씨앗을 뿌리는 사람의 우화

씨앗을 뿌리는 사람의 우화

Parable of the Sower

I

옥타비아 버틀러 _ 장성주 옮김

비채

PARABLE
OF
THE SOWER

차
례

2024년

천재성이란 본질적으로 적응력이자, 집요하고 긍정적인 집착이다.
거기서 집요함을 빼면 남는 것은 한순간의 열정에 지나지 않는다.
적응력을 빼면 남는 것은 파괴적인 광신狂信으로 이어지기도 한다.
긍정적인 집착을 빼면, 아무것도 남지 않는다.

― 로런 오야 올라미나,《지구종: 산 자들의 책》에서

제1장

그대가 손대는 모든 것을
그대는 변화시킨다.

그대가 변화시킨 모든 것은
그대를 변화시킨다.

변치 않는 진리는 오로지
변화뿐.

변화가 곧
하느님이다.

―《지구종: 산 자들의 책》에서

어젯밤에도 같은 꿈을 꿨다. 그럴 줄 알았어야 했는데. 그 꿈은 힘든 일을 겪었을 때 나를 찾아온다. 내가 나만의 고민으로 괴로워하면서도 아무렇지 않은 척할 때. 아빠에게 딸 노릇을 하려 할 때도 마찬가지다.

오늘은 우리 생일이었다. 내 열다섯 살 생일이자 아빠의 쉰다섯 살 생일. 내일은, 아빠가 기뻐하게끔 노력해볼 생각이다. 아빠와 공동체와 하느님이 기뻐하도록. 그래서 어젯밤 그게 다 거짓말이라고 일깨워주는 꿈을 꾼 것이다. 아무래도 그 꿈을 기록으로 남겨둬야 할 것 같은데, 왜냐면 이번 거짓말은 유독 신경이 쓰이기 때문이다.

꿈에서 나는 날아다니는 법을, 저절로 공중에 뜨는 법을 배우는 중이다. 가르쳐주는 사람은 없다. 그냥 나 혼자서 배운다. 꿈을 꿀 때마다 조금씩, 조금씩. 꿈속 이미지는 어렴풋하지 않고 오히려 지긋지긋할 정도로 반복된다. 하도 여러 번 배우다 보니 날아다니는 실력이 전보다 늘었다. 이제는 내 능력에 자신이 붙었지만, 그래도 여전히 두렵다. 방향 잡기가 아직 서툴다 보니.

나는 문 쪽으로 몸을 기울인다. 그 문은 우리 집 거실 복도로 통하는 내 방의 문과 비슷하게 생겼다. 내가 있는 자리에서 문까지는 거리가 멀어 보이지만, 그래도 문 쪽으로 몸을 기울인다. 몸이 뻣뻣해질 정도로 힘을 주고 버티면서, 손으로 잡고 있던 어떤 것을, 내가 위로 떠오르거나 아래로 넘어지지 않도록 붙잡아주던 그것을 놔버린다. 그러면 내 몸은 허공에 기댄 상태가 된다. 위쪽으로 당겨지는 느낌이 들지만 위로 떠오르지는 않고, 그렇다고 바닥으로 쓰러지지도 않는다. 이윽고 나는 움직이기 시작한다. 바닥에서 몇 뼘 높이의 허공을 미끄러지듯 돌아다닌다. 공포와 환희 사이에 끼인 채로.

나는 문 쪽으로 둥둥 떠간다. 차갑고 흐릿한 빛이 문으로 비쳐든다. 오른쪽으로 살짝 움직인다. 그리고 살짝 더. 그대로 가면 문을 통과하지 못하고 옆쪽 벽에 부딪힐 게 뻔하지만 멈추지도, 방향을 틀지도 못한다. 그저 둥둥 뜬 채로 문에서 멀어진다. 차가운 빛에서 벗어나 다른 빛 속으로.

내 앞의 벽이 불타고 있다. 난데없이 치솟은 불이 벽을 집어삼키고 내 쪽으로, 나를 노리고 점점 다가온다. 불길이 화르르 번진다. 나는 공중에 뜬 채 그 불 속으로 들어간다. 불이 내 주위로 활활 타오른다. 죽어라 몸부림치며 그곳에서 벗어나려 허우적거린다. 두 손 가득 공기와 불을 거머쥐며, 발버둥 치며, 불타오르며! 뒤이어 어둠이 내려앉는다.

아마도 잠에서 살짝 깬 모양이다. 불길에 삼켜질 때면 가끔 그러곤 한다. 아쉽게도. 눈이 말똥말똥해질 만큼 깨버리면 다시 잠들 수 없다. 자려고 해봤지만 한 번도 성공하지 못했다.

이번에는 잠이 다 깨지 않는다. 나는 꿈의 후반부로 천천히 들어선다. 이 부분은 평범하고 현실적이다. 몇 년 전 내가 어린애였을 때 실제로 일어난 일이지만, 당시에는 별일 아닌 것처럼 보였다.

어둠.

어둠이 밝아진다.

별.

별들이 뿌옇게 반짝이는 차가운 빛을 내뿜는다.

"내가 어렸을 적엔 별이 저렇게 많이 보이지 않았는데." 새엄마가 내게 말한다. 에스파냐어, 자신의 모어로 말한다. 몸집이 조그마한 새엄마는 가만히 서서 드넓게 펼쳐진 은하수를 올려다본다. 해가 지고 나서 새엄마와 함께 빨래를 걷으러 나온 참이었다. 이날 낮은 여느 날과 마찬가지로 무더웠고, 우리 둘 다 서늘하고 어두운 늦저녁을 좋아하기 때문이다. 달이 아직 뜨지 않았지만 주위가 아주 잘 보인다. 온 하늘에 별이 가득하니까.

우리 동네의 육중한 장벽이 가까운 곳에서 어렴풋하게 존재감을 내비치고 있다. 내게는 그 장벽이 웅크린 짐승으로 보인다. 금방이라도 뛰어오를 것 같은, 나를 지켜주기보다는 위협하는 듯한 짐승. 하지만 새엄마가 곁에 있다. 새엄마는 겁먹지도 않았다. 나는 새엄마 곁을 벗어나지 않는다. 이때의 나는 일곱 살이다.

나는 높고 새카만 하늘의 별을 올려다보며 묻는다. "왜 안 보였어요? 별은 누구한테나 보이는데." 나도 에스파냐어로 말한다. 새엄마가 가르쳐준 그 언어로. 어쩐지 친밀한 느낌이 든다.

"도시의 불빛 때문에. 불빛, 발전, 성장. 날씨가 너무 덥고 우리가 너무 가난해서 이제 더는 신경 쓸 겨를이 없는 그런 것들 때문에, 그때는 별이 보이질 않았어." 새엄마는 잠시 입을 다문다. "내가 너만 했을 때 우리 어머니가 말씀하시길, 우리 눈에 보이는 몇 안 되는 별들은 천국으로 난 창문이라고 하셨단다. 하느님께서 그 창문을 통해 우리를 지켜보신다고 말이야. 나는 그 말을 거의 일 년 동안이나 사실이라 믿었지." 새엄마는 내게 막내 남동생의 기저귀를 한 아름 안겨준다. 나는 그 기저귀들을 받아들고 집으로 돌아와서는, 커다란 버들가지 바구니에 담긴 다른 옷 위로 쌓아둔다. 빨래 바구니가 가득 찼다. 나는 새엄마가 이쪽을 보는지 확인한 다음, 빳빳하고 깨끗한 옷가지로 풀썩 드러눕는다. 몸을 뒤로 해 쓰러지는 그 잠깐 동안 둥둥 떠 있는 듯한 느낌이 든다.

그대로 누운 채 별을 올려다본다. 별자리 몇 개를 알아보고 그 별자리를 이루는 별들의 이름을 떠올린다. 별 이름은 할머니가 읽던 천문학 책에서 배웠다.

느닷없이 별똥별의 빛줄기가 하늘을 가로질러 서쪽으로 흘러간다. 나는 그 빛줄기를 눈으로 좇는다. 별똥별이 또 보이기를 기대하며. 그러다가 새엄마가 부르는 소리를 듣고 그쪽으로 돌아간다.

"지금도 도시에는 불빛이 있잖아요." 나는 새엄마에게 말한다. "그래도 그 불빛이 별빛까지 가리진 않는데."

새엄마가 고개를 젓는다. "예전만큼 불빛이 환한 곳은 한 군데도 없어. 요즘 아이들은 예전의 도시가 얼마나 휘황찬란했는지 상상도 못 할 거야. 그렇게 오래전도 아닌데."

"난 환한 불빛보다는 별빛이 있는 게 더 좋아요."

"별빛은 공짜니까." 새엄마는 별수 있겠느냐는 듯이 어깨를 으쓱한다. "난 별빛보다는 도시의 불빛을 되찾고 싶구나. 너무 늦지 않게 말이야. 하지만 우리 형편으로 누릴 수 있는 건 별빛뿐이겠지."

제2장

하느님이 내려준 선물은
받을 준비가 안 된 손을 불태우기도 한다.

—《지구종: 산 자들의 책》에서

2024년 7월 21일 일요일

짧게 잡아도 삼 년 전부터, 아빠의 하느님은 더는 나의 하느님이 아니다. 아빠의 교회는 더는 내 교회가 아니다. 그런데도 나는 겁쟁이라서 오늘 스스로 그 교회의 신도가 됐다. 아빠가 더는 나의 하느님이 아닌 하느님의 세 가지 이름 모두로 세례를 주는데도, 나는 가만히 있었다.

내가 믿는 하느님의 이름은 따로 있다.

교회에 가려면 시내를 가로질러야 하기 때문에 오늘 아침에는 식구들 모두 일찍 일어났다. 여느 일요일 같으면 아빠가 우리 집 거실에서 예배를 인도했을 텐데. 아빠는 침례교 목사이다. 장벽으로 둘러싸인 우리 동네에는 침례교 신자가 아닌 주민도 있지만, 교회가 그리워지면 다들 기꺼이 우리 집을 찾는다. 그렇게 하면 목숨을 걸면서까지 위험과 광기로 가득한 바깥세상에 나가지 않아도 되기 때문이다. 그런 불행은 주민들 일부—우리 아빠를 비롯해—가 적어도 일주일에 한 번씩 일을 하러 바깥에 나가는 것만으로 충분하다. 이제는 아무도 학교에 다니지 않는다. 아이들이 장벽 바깥으로 나가면 어른들이 걱정하니까.

하지만 오늘은 특별한 날이었다. 아빠는 오늘을 위해 다른 목사와 미리 약속을 잡아뒀다. 아빠의 친구인 그 목사에게는 지금도 정식 세례당을 갖춘 제대로 된 교회 건물이 있었다.

아빠도 한때는 우리 동네를 둘러싼 장벽에서 고작 몇 블록 떨어진 곳에 자기 교회가 있었다. 아빠는 세상에 장벽이 이렇게 많이 생기기 전에 그 교회를 지었다. 하지만 노숙인 무리가 교회를 점거하고 약탈하고 파괴하는 일이 몇 차례 일어난 후, 누군가 교회 안팎에 휘발유를 뿌리고 불을 질러 무너뜨려버렸다. 그날 밤 교회에서 잠을 자던 노숙인 일곱 명도 함께 불탔다.

하지만 아빠의 친구인 로빈슨 목사는 무슨 수를 썼는지 자기 교회가 파괴되지 않도록 지켜냈다. 오늘 아침에 우리는 자전거를 타고 그 교회까지 갔다. 나와 남동생 둘, 세례를 받을 동네 아이들 넷, 거기에 아빠와 동네 어른 몇 명까지 나란히. 어른들은 모두 무장을 했다. 그게 규칙이다. 여럿이 함께 나갈 것, 무장하고 나갈 것.

그게 싫다면 집 욕조에서 세례를 받아야 했다. 그 편이 비용도 적게 들고 더 안전했다. 어차피 나한테는 별 차이도 없다. 그래서 그렇게 하자고 말했지만, 아무도 내 말을 귀담아듣지 않았다. 어른들한테는 바깥세상의 진짜 교회에 가는 일이 예전의 좋았던 시절로 돌아가는 거나 마찬가지니까. 곳곳에 교회가 있고, 불빛도 휘황찬란하고, 휘발유는 뭘 태워버릴 때가 아니라 승용차와 트럭에 연료를 채울 때 썼던 그 시절로. 어른들은 좋았던 옛 시절을 되새길 기회나, 아이들에게 이 나라가 좋았던 그 시절로 돌아가면 얼마나 멋질지 얘기해줄 기회가 생기면 절대로 놓치지 않는다.

퍽이나.

우리 같은 아이들은 대부분 그런 식의 외출을 고작해야 모험, 아니면 장벽 바깥으로 나갈 핑계쯤으로 여긴다. 우리는 의무감 때문에, 아니면 일종의 보험 삼아 세례를 받는데 대부분은 종교에 별 관심이 없다. 나는 관심이 많지만, 내가 믿는 종교는 따로 있다.

"굳이 엇나갈 필요는 없잖아." 며칠 전 실비아 던이 내게 한 말이었다. "종교니 뭐니 저렇게 호들갑 떠는 걸 보면 뭔가 있을지도 모르니까." 실비아의 부모님은 종교에 뭔가 있다고 믿었고, 그래서 그 애도 우리와 함께 세례를 받으러 갔다.

내 남동생 키스 역시 우리와 함께 갔지만, 그 애는 내 신앙에 관해서는 아무것도 몰랐다. 키스는 그냥 아무 생각도 없었다. 아빠가 세례를 받으라고 하니 별수 없이 받는다는 식이었다. 키스는 어디에 관심을 갖는 일 자체가 드물었다. 그 애는 친구들하고 놀러 나가서 어른 행세하기를 좋아했다. 그러다 보니 숙제를 빼먹고, 학교를 빼먹고, 교회도 빼먹었다. 키스는 아직 열두 살밖에 안 됐지만 내 남동생 넷 중에서는 제일 큰 형이다. 나는 키스를 별로 안 좋아하지만 새엄마는 그 애를 끔찍이도 아낀다. 영리한 아들 셋과 멍청한 아들 하나를 뒀는데 하필이면 멍청한 아들을 제일 사랑하다니.

자전거를 타고 가는 동안 키스는 계속해서 주위를 두리번거렸다. 그 애의 포부는, 그것도 포부라고 할 수 있다면 말이지만, 우리 동네를 떠나 로스앤젤레스로 가는 것이다. 거기서 뭘 할지 구체적으로 생각해본 적은 없다. 그냥 큰 도시로 가서 돈을 벌고 싶을 뿐. 아빠 말에 따르면 큰 도시는 수많은 구더기로 뒤덮인 시체다. 아빠 말이 옳은 것 같기는 하지만, 구더기가 로스앤젤레스에만 있는 것은 아니다. 여기에도 있다.

하지만 구더기는 아침 일찍 일어날 만큼 부지런하지는 않은 모양이다. 우리는 여기저기 길에 널브러져 자는 사람들 곁을 지나 페달을 밟았다. 이제 막 깨어난 사람도 몇 있지만 그들은 우리를 보는 척도 하지 않았다. 내가 본 사람들 가운데 적어도 셋은 다시 깨어날 일이 없었다. 영영. 그중 한 명은 아예 머리통이 없었다. 내 시선은 어느새 그 사람의 머리를 찾아 주변을 훑고 있었다. 그다음부터는 아예 주위를 둘러보지 않으려 애썼다.

벌거벗은 젊은 여성 한 명이 지저분한 몰골로 비틀거리며 우리 곁을 지나갔다. 멍한 표정으로 보아 분명 넋이 나갔거나 술에 취했다.

어쩌면 강간을 너무 많이 당한 나머지 정신이 이상해졌는지도 몰랐다. 그런 소문을 들은 적이 있다. 아니면 그냥 마약에 취한 상태였는지도 모르고. 함께 가던 남자애들은 그 여자를 보다가 자전거에 탄 채로 쓰러질 뻔했다. 그 애들이 잠깐 동안 누렸을 짜릿한 기분은 얼마나 종교적이었을까.

그 여성은 우리를 보는 시늉도 하지 않았다. 곁을 지나친 후 돌아보았을 때는 어느 동네 장벽 앞 잡풀에 주저앉아 있었다.

우리의 여정은 대부분 장벽과 장벽을 따라가는 것이었다. 어떤 장벽은 길이가 한 블록 정도였고 어떤 장벽은 두 블록,

어떤 장벽은 다섯 블록…… 그런 식이었다. 언덕 위쪽으로는 장벽을 둘러친 사유지가 있다. 그런 곳에는 거대한 저택 한 채에, 하인들이 사는 허름한 오두막 여러 채가 딸려 있다. 오늘은 그런 곳을 하나도 보지 못했다. 사실 우리가 지나친 동네 몇 군데는 너무 가난해서 장벽 재료가 고작 회반죽도 안 바른 돌이나 콘크리트 덩어리, 쓰레기 따위였다. 뒤이어 장벽조차 없는 초라한 주택지가 나왔다. 부서진 집이 한두 곳이 아니었다. 불타거나 약탈당한 집, 주정뱅이나 약물중독자, 아니면 집 없는 가족이 꾀죄죄하고 깡마르고 반쯤 벌거벗은 아이들을 데리고 차지한 집들이었다. 그런 집에 사는 아이들은 일찌감치 잠에서 깨어 우리를 지켜보는 중이었다. 꼬마 애들은 가엾었지만, 내 또래나 손위로 보이는 아이들은 섬뜩했다. 우리 일행은 갈라진 차도 한복판을 자전거를 타고 달렸고, 그 아이들은 보도 끄트머리에 나란히 늘어서서 우리를 바라봤다. 그저 가만히 서서 보기만 했다. 만약 우리 일행이 한두 명이었다면, 또는 우리가 총을 바깥에 내놓지 않고 감추고 있었다면, 우리를 붙잡아서 옷이고 신발이고 모조리 뺏었을지도 모른다. 그 다음은? 우리를 강간했을까? 죽였을까? 우리는 앞서 본 벌거벗은 여성하고 똑같은 꼴이 됐을지도 모른다. 어딘가 다친 채로, 넋이 나가 비틀비틀 걷는 처지가. 어디서 옷을 훔치기 전까지는 위험한 자들의 표적이 될 만한 그런 몰골이. 그 사람한테 뭐라도 주고 왔으면 좋았을 텐데.

새엄마는 언젠가 아빠와 함께 길을 가다가 다친 여성을 도우려고 걸음을 멈춘 적이 있다. 그런데 그 여성을 다치게 한 남자들이 벽 뒤에 숨어 있다가 튀어나와서 하마터면 죽을 뻔했다고 한다.

우리는 로블리도라는 곳에 산다. 로스앤젤레스에서 30킬로미터쯤 떨어진 이곳은 아빠 말에 따르면 한때는 부유하고 초록이 우거지고 장벽도 없는 도시였는데, 젊었을 적의 아빠는 그런 고향이 싫어서 이곳을 떠나려 안달했다고 한다. 지금 키스가 그렇듯이, 아빠도 따분한 로블리도를 벗어나 활기 넘치는 큰 도시로 가고 싶었던 것이다. 그때는 로스앤젤레스가 지금보다 더 괜찮았다고 한다. 목숨을 걱정할 일이 더 적었다나. 아빠는 스물한 살이 될 때까지 이곳에서 살았다. 그러다가 2010년에 할아버지와 할머니가 살해당하면서 집을 물려받았다. 두 분을 살해한 자들이 누구인지는 모르지만, 살림살이를 털어가고 가구를 부수기는 했어도 집에 불을 지르지는 않았다. 그때는 어느 동네에도 장벽이 없었다고 한다.

지켜줄 장벽도 없이 살다니, 정신 나간 짓이다. 로블리도에서도 거리의 빈민들—불법점거자나 주정뱅이 부랑자, 약쟁이, 대부분의 노숙인—은 위험하다. 무슨 짓이든 할 만큼 자포자기한 처지이거나 정신이 온전치 않거나, 혹은 둘 다이기 때문이다. 그쯤 되면 누구든 위험해지고도 남는다.

더욱 딱한 점은 그들이 자기네끼리도 걸핏하면 싸운다는 사실이다. 그 사람들은 서로 귀나 팔다리를 자르고, 병에 걸려도 병원 한번 못 간 채 곪은 상처를 달고 다닌다. 물 살 돈이 없어서 씻지 못하니 다치지 않은 사람도 몸 곳곳이 헐었다. 그들은 제대로 먹지 못해 영양실조로 고생한다. 아니면 상한 음식을 먹고 식중독에 걸리든가. 자전거를 타고 가는 동안 나는 그들을 돌아보지 않으려 애썼지만, 그들 일상의 비참한 몇몇 구석은 어쩔 수 없이 보고 말았다. 내 안에 모아 담았다.

나는 크나큰 고통도 마음이 무너지는 일 없이 받아들인다. 그렇게 하는 방법을 익혀야만 했으니까. 하지만 눈에 보이는 사람 대부분이 점점 더 큰 괴로움을 안겨주는 와중에, 쉬지 않고 페달을 밟아 일행과 나란히 달려가기란 쉽지 않았다.

아빠는 틈만 나면 나를 돌아봤다. 아빠는 내게 말하곤 한다. "넌 이겨낼 수 있어. 그것 때문에 제풀에 좌절할 필요는 없어." 아빠는 언제나 그게 진실인 척한다. 어쩌면 정말 그렇다고 믿는지도 모른다. 나의 '초공감증후군hyperempathy syndrome'이 내 의지로 떨쳐버리거나 잊어버릴 수 있는 것이라고 말이다. 어쨌거나 내가 느끼는 공감은 실제가 아니다. 나로 하여금 다른 이들의 고통이나 쾌락을 공유하도록 하는 그 힘은 무슨 마법이나 초능력 같은 게 아니다. 그냥 착각이다. 심지어 나 스스로도 그렇다고 인정한다. 내 동생 키스는 나를 속여 거짓 통증을 공유하게 하려고 다친 척을 하곤 했다. 한번은 내가 피를 흘리게 하려고 빨간 잉크를 쓴 적도 있다. 그때 나는 열한 살이었는데, 그 무렵에는 피 흘리는 사람을 보면 살갗에서도 피가 배어났다. 내 의지로는 멈출 수 없는 일이었고, 나는 가족 아닌 남들이 그 일 때문에 내 정체를 알아챌까 봐 늘 불안했다.

열두 살에 초경을 한 이후로는 누구하고도 함께 피를 흘린 적이 없다. 그때는 얼마나 안도했던지. 그 당시 나는 다른 증상도 다 함께 사라지기만을 바랐다. 키스가 나를 속여 피를 흘리게 한 것은 내가 열한 살이었을 때 딱 한 번이고, 그때 나는 그 애를 먼지가 나도록 때려줬다. 꼬맹이였을 때 나는 좀처럼 싸움을 하지 않았다. 내가 상대에게 날리는 주먹이 내게도 고스란히 느껴지기 때문이었다. 내가 내 몸을 때리는 것처럼. 그러다가 한번 작정하고 싸우면 보통 아이들끼리 투덕거리는 것보다 훨씬 더 심한 수준으로 상대를 두들겨 팼다. 마이클 탤컷은 나한테 맞아서 팔이 부러졌고 루빈 킨타니아는 코가 부러졌다. 실비아 던은 내 손에 이가 네 개나 부러졌다. 두세 번은 봐주고 나서 한 짓이었으니 다들 자업자득이었다. 나는 그때마다 벌을 받았고, 그때마다 항의했다. 어쨌거나 나로서는 이중으로 벌을 받는 셈이었으니까. 아빠와 새엄마 코리도 다 아는 사실이었다. 하지만 안다고 해서 벌을 면제해주지는 않았다. 맞은 아이들 부모님의 기분을 풀어주려고 그랬지 싶다. 하지만 키스를 때렸을 때는 코리나 아빠, 아니면 두 사람 모두 나에게 벌을 주리라는 것을 알고 있었다. 어쨌거나 그 애는 내 가여운 동생이니까. 그래서 내 가여운 동생이 내 손에 미리 마땅한 대가를 치르는 꼴을 보고 싶었다. 키스는 내가 아빠와 새엄마한테서 벌을 받아도 억울하지 않을 만큼 혼쭐이 나야 했다.

후련하게 혼내주긴 했다.

나중에 우리 둘 다 아빠에게 벌을 받았다. 나는 나보다 어린 키스를 때렸기 때문이었고, 키스는 하마터면 '집안 사정'을 남들에게 들킬 뻔했기 때문이었다. 아빠는 사생활과 '집안 사정'을 끔찍이 중시한다. 우리 식구가 외부인에게 입도 뻥긋하지 않는 일은 한두 가지가 아니다. 그중 첫째는 친엄마에 관한 모든 것과 나의 초공감증후군, 그리고 그 둘이 연관된 방식이다. 아빠는 그 모든 일을 통째로 수치스러워하니까. 아빠는 목사이자 교수이며, 대학에서 학장 자리도 맡고 있다. 그런 아빠에게 전처가 마약중독자였고 딸은 마약 때문에 장애를 타고났다는 사실은 자랑거리가 아닌 것이다. 나한테는 잘된 일이다. 내가 아는 사람 중에 가장 상처받기 쉬운 사람이 나 자신이라는 사실은 나로서도 자랑할 일이 아니니까.

아빠가 어떻게 생각하든, 또 무엇을 원하고 어떻게 되기를 바라든, 초공감은 내 힘으로 어떻게 할 수 있는 것이 아니다.

나는 내가 파악하거나 추측한 타인의 감각을 함께 느낀다. 의사들은 초공감을 '기질성 망상증후군'이라고 부른다. 개소리도 참. 그 고통은 진짜다. 그건 내가 확실히 안다. 파라세트코, 별명이 '아인슈타인 가루'인 콩알만 한 알약. 엄마가 나를 낳기 전에 작정하고 탐닉한 그 약 때문에, 엄마는 죽고 나는 미쳤다. 나는 내 것이 아닌 슬픔, 진짜가 아닌 슬픔을 잔뜩 받아들인다. 하지만 그런 슬픔에도 고통은 존재한다.

원래는 남의 고통만이 아니라 쾌락도 '함께' 느껴야 하지만, 요즘은 쾌락이랄 게 별로 없다. 내가 아는 한 기꺼이 공유하고픈 쾌락은 섹스가 거의 유일하다. 남자의 기분과 내 기분이 함께 느껴지니까. 차라리 몰랐으면 더 좋았을 텐데. 나는 비밀 따위 없는, 장벽으로 둘러싸인 조그마한 폐쇄형 주택단지에 사는 목사의 딸이니까. 섹스에 관해서라면 내가 할 수 있는 일의 한계는 명확하다.

아무튼 내 몸속 신경전달물질은 뒤죽박죽인 상태이고 앞으로도 쭉 그럴 것이다. 하지만 남들에게 들키지 않는 한 아무렇지도 않다. 우리 동네 장벽 안에서 나는 편히 지내고 있다. 하지만 오늘 외출은 지옥이었다. 가는 길과 다시 돌아오는 길에 나는 여태껏 겪어본 적 없는 최악의 것을 느꼈다. 컴컴한 그림자와 유령이 일렁거렸고, 생각지도 못한 고통이 뒤엉켜 마음을 찔러댔다.

묵은 상처를 너무 오래 들여다보지만 않으면 내가 느끼는 아픔도 그렇게 크지는 않다. 알몸인 남자애 하나는 커다랗고 시뻘건 발진으로 살갗이 온통 뒤덮여 있었다. 오른손이 없는 어떤 남자의 손목에는 큼지막한 피딱지가 앉아 있었다. 일곱 살쯤으로 보이는 벌거벗은 여자애는 허벅지에 피가 흘러내렸다. 어떤 여성은 맞아서 퉁퉁 부은 얼굴에 피가…….

나는 눈에 띄게 안절부절못했을 것이다. 새처럼 주위를 흘깃거리다가, 사람들이 내게 다가오거나 무언가 겨누지 않는지만 확인하면 곧바로 다른 쪽으로 시선을 돌렸으니까.

아빠는 내 표정을 보고 내가 무엇을 느끼는지 조금이나마 알아챈 모양이었다. 나는 표정에 아무것도 드러내지 않으려 애쓰지만, 아빠에겐 속을 들여다보는 재주가 있다. 가끔 사람들은 나더러 아파 보인다거나 화난 것 같다고 한다. 진실을 들키느니 차라리 그렇게 오해하도록 놔두는 편이 낫다. 나를 상처 입히기가 얼마나 쉬운지 남들에게 알려주느니 차라리 아무렇게나 생각하게 놔두는 편이 낫다.

아빠는 식수로도 손색없는 맑고 깨끗한 물로 세례를 해야 한다고 고집을 피웠다. 그런 물을 구할 돈은 당연히 없었다. 그런 부자가 어디 있을까? 다른 집 아이 넷을 같이 데려온 이유가 바로 그거였다.

실비아 던, 헥터 킨타니야, 커티스 탤컷, 드루 볼터. 거기에 내 동생 키스와 마커스까지. 아이를 보낸 보호자들이 비용을 나눠 부담했다. 그들이 보기에 제대로 된 세례는 얼마간의 돈과 어느 정도의 위험을 감수할 만큼 중요한 일이었다. 나이는 내가 제일 많았다. 그다음인 커티스는 나보다 두 달쯤 뒤에 태어났다. 나는 그 자리에 있는 것 자체도 싫었지만 커티스가 함께 있는 것도 만만치 않게 싫었다. 내가 바라는 것 이상으로 그 애한테 관심이 가기 때문이다. 그 애가 나를 어떻게 생각하는지 신경 쓰인다. 언젠가 내가 사람들 앞에서 무너져 내리는 날, 그 애가 그 사실을 알아차릴까 봐 불안하다. 하지만 오늘은 그렇지 않았다.

요새처럼 생긴 교회에 도착할 무렵, 나는 이를 하도 악물었다가 풀었다가 해서 턱 근육이 아프고 온몸의 기운도 다 빠진 상태였다.

예배에 참석한 사람은 오륙십 명 정도였다. 우리 집 거실을 가득 채우고도 남을 숫자라 그곳이었다면 거대한 군중처럼 보였을 것이다. 하지만 높다랗게 둘러싼 벽, 방범용 철창과 가시철조망, 널따랗고 텅 빈 실내 공간과 무장 경비대까지 있는 교회에서는, 몇 안 되는 사람이 여기저기 흩어져 앉은 것처럼 보였다. 상관없었다. 수많은 구경꾼의 고통을 공감하고 엉망이 되는 것이야말로 내가 가장 피하고 싶은 사태였으니까.

세례식은 예정대로 치러졌다. 어른들은 우리에게 화장실에 가서 하얀 가운으로 갈아입으라고 했다. (화장실에는 '남성용' '여성용' '휴지는 어떤 재질이든 변기에 버리지 마세요' '나갈 때 양동이에 든 물을 부어주세요' 같은 안내판이 붙어 있었다.) 준비가 다 끝나자 커티스의 아빠가 우리를 대기실로 데려가 설교를 들으며 기다리게 했다. 설교 내용은 〈요한복음〉 1장과 〈사도행전〉 2장이었다.

내 차례는 마지막이었다. 아빠의 계획인 듯했다. 먼저 동네 아이들, 그다음은 내 남동생들, 그리고 나. 내가 보기에는 별로 말도 안 되는 이유로 아빠는 내가 더 겸손해져야 한다고 생각한다. 나는 생물학적으로 타고난 겸손함―또는 굴욕―만으로 이미 충분히 버거운데.

알 게 뭐람. 마지막을 맡을 사람도 있어야지. 그냥 이 모든 일을 다 건너뛸 용기가 있었으면 하고 바랄 뿐.

그리하여. "성부, 성자, 성령의 이름으로……."

가톨릭에서는 아기일 때 세례를 다 끝낸다. 침례교도 그러면 좋을 텐데. 차라리 나도 이 일이 중요하다고 믿을 수 있으면 좋겠다. 겉으로 보기에 다른 많은 사람들이 그러는 것처럼, 우리 아빠가 그러는 것처럼. 그러지 못할 바에는 차라리 아무 생각도 안 들면 좋겠다.

하지만 그럴 수가 없다. 요즘 들어 하느님 생각이 많이 떠오른다. 나는 이제껏 다른 사람들이 무엇을 믿는지 유심히 관찰했다. 그들에게 믿음이 있는지, 만약 있다면 어떤 하느님을 믿는지. 키스는 하느님 같은 건 그냥 어른들이 아이들을 겁줘서 자기네 말을 듣게 하려고 만들어낸 거라고 한다. 아빠가 있는 데에서는 그런 소리를 안 하지만, 키스는 진심으로 그렇게 말한다. 그 애는 자기 눈에 보이는 것을 믿는데 실은 눈앞에 뭐가 있든 그리 자세히 보지 않는다. 만약 내가 무엇을 믿는지 아빠가 알면 나도 키스와 다를 바 없다고 할 것이다. 어쩌면 아빠 말이 옳을지도 모른다. 하지만 그렇다고 해서 내 눈에 보이는 것이 안 보이게 되지는 않을 것이다.

많은 사람이 힘센 아버지 하느님이나 힘센 경찰 하느님, 힘센 왕 하느님을 믿는 것처럼 보인다. 일종의 초인을 믿는 것이다. 어떤 사람은 하느님이 자연의 다른 이름이라고 믿는다. 그런데 알고 보면 자연이란 공교롭게도 그들이 이해하지 못하거나 통제하기 불가능하다고 느끼는 거의 모든 것을 의미한다.

어떤 이는 하느님이 영靈이자, 힘이자, 궁극의 실재라고 한다. 그게 다 무슨 뜻인지 일곱 사람한테 물어보면 제각각인 일곱 가지 답이 돌아온다. 그러니 하느님이란 도대체 뭘까? 우리에게 특별해진 기분과 보호받는 기분을 안겨주는 뭔지 모를 것의 또 다른 이름?

멕시코 만 쪽에서 거대한 태풍이 때 이르게 발생했다. 폭풍은 만을 휩쓸고 동부 해안의 플로리다 주에서 남부 내륙의 텍사스 주를 거쳐 멕시코까지 내려가며 인명을 앗아갔다. 지금껏 확인된 사망자만 칠백 명이 넘는다. 고작 태풍 하나 때문에. 얼마나 많은 사람이 다쳤을까? 농사가 엉망이 되는 바람에 굶주릴 사람은 또 얼마나 많을까? 자연이란 그런 것이다. 그런 게 하느님일까? 죽은 사람은 대개 갈 곳이 없어 거리를 떠도는 빈민이거나 경고를 너무 늦게 들은 나머지 안전한 곳으로 대피하지 못한 이들이다. 그 사람들을 위한 피난처는 도대체 어디일까? 하느님이 보기에는 가난도 죄일까? 우리도 빈민이나 다름없는 처지다. 우리 공동체에도 일자리가 점점 줄어가는데 아이들은 자꾸만 태어나고, 그래서 기대할 거라곤 아무것도 없는 채로 자라는 아이들이 점점 늘어간다. 어떤 식으로든, 언젠가는 우리 모두 빈민이 될 것이다. 어른들은 형편이 나아질 거라지만 나아진 적은 한 번도 없다. 우리가 가난해지면 하느님, 그러니까 우리 아빠의 하느님은 우리를 어떻게 대할까?

하느님이 있기는 있을까? 만약 있다면, 그(그녀? 아니면 그것?)는 우리를 소중히 여기기는 할까? 벤저민 프랭클린이나 토머스 제퍼슨 같은 이신론자理神論者는 하느님이 우리를 창조한 존재이기는 하지만, 막상 창조하고 나서는 우리가 알아서 살도록 내버려뒀다고 믿었다.

29

"잘못 이해해서 그런 거야." 내가 이신론자에 관해 물었을 때 아빠는 그렇게 말했다. "그 사람들은 성서에 적힌 말씀을 더 믿어야 했는데 그러질 않았어."

멕시코 만 근처에 사는 사람들이 아직도 믿음을 지킬지 궁금하다. 끔찍한 재난을 겪으면서도 믿음을 간직한 사람들은 전에도 있었으니까. 나는 그런 이야기를 많이 읽었다. 나는 원래 책을 많이 읽는다. 성서에서는 〈욥기〉를 제일 좋아한다. 내가 읽은 책 가운데 〈욥기〉만큼 일반적인 신은 물론이고 특히 우리 아빠의 하느님에 관해 많은 것을 가르쳐준 책은 없다.

〈욥기〉에 나오는 하느님은 자기가 세상 모든 것을 만들었고 세상 모든 것을 다 알기 때문에, 그중 무엇으로 어떤 짓을 하든 아무도 이의를 제기할 자격이 없다고 말한다. 좋다. 그것도 말은 된다. 구약성서의 하느님은 오늘날의 세상이 돌아가는 방식하고도 어긋나지 않는다. 하지만 그 하느님은 그리스신화의 제우스와 꽤 비슷하다. 어마어마한 힘을 가진 그 남신이 자기 장난감을 갖고 노는 방식은 내 막냇동생이 장난감 병정으로 하는 놀이와 비슷하다. 탕, 탕! 장난감 병정 일곱이 쓰러져 죽는다. 당신이 장난감 주인이라면 놀이 규칙은 당신이 정한다. 장난감이 무슨 생각을 하는지는 조금도 중요하지 않다. 장난감의 가족을 모조리 없애버렸다면 새 가족을 마련해주면 그만이다. 장난감 아이는 성서에 나오는 욥의 자식처럼 바꿔치기가 가능하니까.

어쩌면 하느님은 자기 장난감을 갖고 노는 덩치 큰 어린애일 뿐인지도 모른다. 만약 그렇다면 태풍에 칠백 명이 죽는 게 그렇게 특별한 일일까? 또는 아이들 일곱 명이 값비싼 물을 채운 수조에 들어가 눕는 게 그렇게 특별한 일일까?

그런데 만약 위에서 한 얘기가 다 틀렸다면 어떨까? 만약 하느님이 완전히 다른 어떤 것이라면?

제3장

우리는 하느님을 떠받들지 않는다.
우리는 하느님을 깨닫고 따른다.
우리는 하느님에게서 배운다.
예지와 수고로써
우리는 하느님을 빚는다.
결국 우리는 하느님을 따른다.
우리가 적응하고 인내하는 까닭은,
우리가 지구종이고
변화가 곧 하느님이기 때문이다.

―《지구종: 산 자들의 책》에서

얼마 전 화성에 도착한 탐사대의 여성 우주비행사 한 명이 목숨을 잃었다. 보호복에 문제가 생겼는데 동료들이 기지로 제때 데려오지 못한 것이다. 우리 동네 이웃들은 애초에 화성에 간 것 자체가 괜한 일이었다고 한다. 지구의 수많은 사람들이 물과 식량과 집조차 못 구하는 형편인데 우주여행에 그렇게 큰돈을 쓰다니 정신 나간 짓이라며.

물값이 또 올랐다. 오늘 뉴스에서 들었는데 살해당한 물장수가 더 늘었다고 한다. 물장수는 불법점거자와 거리의 빈민에게 물을 판다. 집은 간신히 지키며 살지만 공과금까지 낼 여유가 없는 사람도 물을 사 마신다. 물장수는 돈과 손수레를 빼앗긴 채 목이 잘린 몰골로 발견되곤 한다. 아빠 말로는 이제 물이 휘발유보다 몇 배나 비싸다고 한다. 하지만 방화범과 부자를 빼면 대다수 사람들은 휘발유 구매를 진작 포기했다. 내가 아는 이들 중 휘발유로 가는 승용차나 트럭, 오토바이를 타는 사람은 한 명도 없다. 그런 탈것은 집 앞 진입로에서 녹슬다가 금속과 플라스틱을 노리는 사람 손에 뼈대만 남게 된다.

물은 포기하기가 훨씬 더 힘들다.

그나마 유행이 도움이 된다. 요즘은 지저분해 보이는 차림새가 기본이니까. 옷차림이 깔끔하면 표적이 되기를 자처하는 셈이다. 그랬다가는 남들이 당신을 으스댄다고, 잘나 보이려 한다고 오해할 터다. 어린애들 사이에서 깔끔한 차림새는 한판 붙어보자고 이마에 써 붙이고 다니는 것이나 마찬가지다. 코리는 우리가 동네에서 지저분하게 하고 다니는 꼴은 용납하지 않지만, 장벽 바깥에 나갈 때 우리에게 입힐 더러운 옷은 따로 지니고 있다. 심지어 장벽 안쪽에서도 남동생들은 집에서 멀어지기가 무섭게 옷에 흙을 묻힌다. 날마다 두들겨 맞는 것보다야 지저분한 게 나으니까.

오늘 저녁, 동네에 마지막으로 남은 대형 벽걸이 '창문' 텔레비전이 영영 꺼졌다. 우리는 텔레비전에서 붉은 돌투성이 화성을 배경으로 숨을 거둔 우주비행사를 봤다. 물이 말라 흙바닥이 드러난 저수지와, 목이 반쯤 잘리고 팔에는 더러운 파란색 완장을 찬 물장수 셋의 시신을 봤다. 건물이 죄다 널빤지로 막혀 있는 로스앤젤레스의 거리 한 블록이 통째로 불타는 광경도 봤다. 화재 따위를 진압하려고 물을 낭비하는 사람은 당연히 아무도 없었다.

그러다 화면이 캄캄해졌다. 소리는 이미 몇 달째 제멋대로 커졌다가 작아졌다가 했지만, 화면만은 언제나 끄떡없이 보여주던 텔레비전이었다. 열려 있는 널따란 창문 너머의 풍경을 보여주듯.

애니스네 식구는 남에게 그 창문 너머의 풍경을 보여주며 돈을 벌었다. 아빠는 그런 식의 무허가 영업이 불법이라고 하면서도 우리가 가끔 그 집에 텔레비전을 보러 가도록 허락했다. 그 일이 특별히 해로운 것도 아니었고 애니스네 집 살림에 보탬이 되기 때문이기도 했다. 수많은 자영업이 불법이지만, 그런 일은 누구에게도 해를 끼치지 않을뿐더러 한두 가족의 생계를 해결해주기도 한다. 애니스네 창문 텔레비전은 내 나이만큼이나 오래됐다. 집 거실의 기다란 서쪽 벽이 그 텔레비전으로 뒤덮여 있다. 처음 살 때에는 분명 어마어마한 값을 치렀을 것이다. 그래도 지난 이삼 년 동안 그 집 식구들은 텔레비전 관람료를 받고 사람들―오로지 동네 이웃만―을 집에 들였고, 과일과 주스, 도토리빵, 호두 따위를 팔기도 했다. 그 집 사람들은 텃밭에서 나는 것 가운데 남는 게 있으면 뭐든 팔 방법을 궁리해냈다. 우리는 그 집 저장장치에 들어 있는 영화는 물론이고 전파가 잡히는 방송이라면 뉴스든 뭐든 다 봤다. 새로 나온 다중감각 영상은 그 집 형편상 구독하지 못했는데, 어차피 구식 창문 텔레비전으로는 수신도 잘 되지 않았다.

애니스네 집에는 현실체험 조끼도, 촉각구현용 반지인 '터칭'도, 헤드셋도 없다. 그 집에 있는 설비는 그냥 얄따란 기본형 창문 텔레비전뿐이다.

이제 동네의 이 집 저 집을 다 합쳐 우리에게 남은 것이라고

는 화면이 조그맣고 탁하게 나오는 구닥다리 텔레비전 세 대
와 업무용 컴퓨터 두 대, 그리고 라디오뿐이다. 그나마 라디오
는 집집마다 적어도 한 대씩 갖추고 있다. 뉴스는 거의 다 라
디오로 듣는다.

애니스 아주머니가 이제 어떻게 살아갈지 궁금하다. 아주머
니의 자매 둘이 자녀들을 데리고 그 집에 들어와 같이 살고 있
다. 두 자매 다 일을 하니까 살림은 그럭저럭 꾸려갈지도 모른
다. 한 명은 약사고 다른 한 명은 간호사다. 둘 다 수입은 변변
치 않지만, 그래도 애니스 아주머니는 집세를 걱정할 필요는
없다. 부모님에게서 물려받은 집에 사니까.

애니스 자매는 셋 다 남편을 잃었다. 셋의 자녀를 다 합하면
열두 명이나 되고, 모두 나보다 어리다. 이 년 전, 치과의사이
던 애니스 씨는 전기 자전거를 타고 직장으로, 즉 장벽과 경비
원이 갖춰진 병원으로 출근하는 길에 살해당했다. 애니스 아
주머니 말에 따르면 애니스 씨는 집중사격의 표적이 되었다고
한다. 아저씨는 두 방향에서 쏟아진 총알을 맞았고, 나중에는
바로 눈앞에서 발사된 총알을 한 발 더 맞았다. 자전거는 도둑
맞았다. 경찰은 사건을 조사하러 와서 뒷돈만 챙겼을 뿐 아무
것도 찾지 못했다. 날이면 날마다 그렇게 사람이 죽어나간다.
경찰서 문 앞에서 죽으면 모를까 목격자 따위는 애초에 존재
하지도 않는다.

죽은 우주비행사의 유해가 지구로 운구된다고 한다. 본인은 화성에 묻히기를 바랐는데. 그 여성은 자신이 죽을 운명임을 깨닫고서 그렇게 말했다. 화성이야말로 자신이 평생 동경한 곳이고, 이제 영영 그곳의 일부가 될 거라고.

하지만 우주항공부 장관이 허락하지 않았다. 그 남자는 우주비행사의 유해가 오염물질이 될지도 모른다고 했다. 멍청이 같으니.

그 남자는 설마 우주비행사의 몸 안팎에 사는 미생물이 춥고 희박하고 치명적인 화성 대기 속에서 살아남아, 그곳에 정착하기를 간절히 바란다고 믿는 걸까? 어쩌면 그렇게 믿을지도 모른다. 우주항공부 장관은 과학을 잘 모르는 사람도 차지하는 자리니까. 그 대신 정치는 잘 알아야 한다. 우주항공부는 가장 최근에 생긴 정부 부처인데도 벌써 숨이 끊어질 위기이다. 올해 대통령 선거의 후보인 크리스토퍼 모페스 도너는 당선되면 우주항공부를 폐지하겠노라고 공약했다. 우리 아빠도 도너의 공약에 찬성한다.

"빵과 서커스 같은 거야." 아빠는 라디오에서 우주 관련 뉴스가 나오면 그렇게 말한다. "정치가와 대기업은 빵을 차지하고, 우리는 서커스나 구경하는 거지."

"우리 미래가 우주에 달렸을지도 모르잖아요." 나는 그렇게 대꾸한다. 진심으로 그렇게 믿는다. 내가 보기에 우주 탐사와 우주 개척은 지난 세기의 유산 가운데 드물게 우리에게 해악이 아니라 도움이 되는 일이다. 하지만 당장 우리 동네 장벽 너머만 해도 고통받는 사람이 저렇게 많다 보니, 내 생각을 남에게 이해시키기는 쉽지 않다.

아빠는 나를 물끄러미 보다가 고개를 젓는다. "그건 네가 몰라서 하는 말이야. 이른바 우주 계획에 낭비된 돈과 시간은 죄악에 가까운 수준이지. 넌 짐작도 못 할 거다." 아빠는 도너한테 표를 던질 것이다. 내가 아는 사람 중에 투표를 하려는 사람은 아빠뿐이다. 사람들은 대부분 정치가한테 희망을 버렸다. 정치가들은 내 기억이 시작될 무렵부터 우리에게 20세기의 영광과 부와 질서를 되돌려주겠노라고 약속했다. 요즘 추진하는 우주 계획의 목표도 바로 그것이다. 적어도 정치가들한테는 그렇다. 보십시오, 우리는 우주정거장을 운영하고 달에 기지를 만들고 머지않아 화성에 정착지를 건설할 능력이 있습니다. 우리가 여전히 위대하고 진취적이며 강력한 나라라는 증거입니다, 안 그렇습니까?

퍽이나.

뭐, 이제 미국은 나라라고 하기도 뭐한 몰골이 돼버렸지만, 그래도 나는 우리가 아직 우주에 나갈 수 있어서 다행이라고 생각한다. 우리는 변기 구멍 너머가 아니라 어딘가 다른 곳으로 향해야 하니까.

스스로 택한 천국에서 지구로 송환될 우주비행사를 생각하면 가슴이 아프다. 그 여성의 이름은 알리시아 카탈리나 고디네스 레아우. 화학자였다. 나는 그 사람을 잊지 않을 작정이다. 일종의 본보기로 삼아도 좋을 듯싶다. 화성에 가겠다는 목표를 위해 평생을 바친 사람이니까. 자격을 갖춰 우주비행사가 되고, 화성 탐사대에 들어가고, 화성에 가고, 화성의 대지를 인간이 살 만한 환경으로 바꿀 방법을 조금씩 알아가고, 인간이 거주하며 일할 만큼 안전한 터를 닦은 사람……

화성은 돌덩어리다. 춥고 공허하며 대기도 거의 없는, 죽은 돌덩어리. 하지만 어떤 의미에서는 천국이다. 우리가 밤하늘에서 보는 화성은 완전히 딴 세상이지만, 한편으로는 너무나 가까이에 있다. 이 지구의 삶을 지옥으로 만든 사람들의 손이 닿을 만큼 가까이에.

2024년 8월 12일 월요일

오늘 심스 부인이 총으로 자살했다. 아니, 스스로 목숨을 끊은 지는 며칠 됐는데, 코리와 아빠가 오늘 시신을 발견했다. 코리는 한동안 제정신이 아니었다.

신앙심이 깊은 심스 부인은 불우한 노인이었다. 일요일이면 늘 우리 집 거실에서 열리는 예배에 참석해 큰 글자 성서를 손에 들고 설교에 목청껏 응답하곤 했다. "주여!" "할렐루야!" "감사합니다, 예수님!" "아멘!"이라고 소리치며 말이다. 평일이면 바느질을 하거나 바구니를 엮었고, 정원을 가꿔 돈이 되는 작물을 팔았고, 학교에 들어갈 나이가 안 된 아이들을 봐주는 일도 했으며, 그러는 틈틈이 스스로 생각하기에 신앙심이 자기만 못한 사람이면 누구든 가리지 않고 흉을 봤다.

내가 아는 이 가운데 혼자 사는 사람은 심스 부인이 유일했다. 부인이 널따란 자기 집에서 혼자 지낸 까닭은 외아들의 아내와 사이가 나빴기 때문이었다. 아들네 가족은 형편이 어려운데도 부인과 한 집에 살려 하지 않았다. 딱하게도.

사람들은 저마다 심오하고 과격하고 추악한 방식으로 심스 부인을 공포에 빠뜨렸다. 부인은 수 씨 가족을 싫어했다. 그들이 중국계와 중남미계 혼혈인 데에다, 중국계인 노인들은 지금도 불교를 믿기 때문이었다. 부인은 내가 태어나기도 전부터 수 씨네 집과 한 집 건너 이웃이었지만, 여전히 그 집 식구들을 토성에서 온 외계인처럼 대했다.

"우상 숭배자야." 심스 부인은 수 씨네 식구가 없는 데에서 그들을 그렇게 불렀다. 그나마 면전에서 흉보지는 않는 식으로 이웃 간 의리를 지켰다. 지난달에 부인 집에 강도가 들었을 때 수 씨네 가족은 복숭아와 무화과, 질 좋은 목면 한 필을 가져다줬다.

강도 사건은 심스 부인에게 맨 먼저 닥친 비극이었다. 남자 셋이 동네 장벽을 넘어왔다. 벽 위에 치렁치렁 엮인 가시철조 망과 칼날 철사를 다 자르고서. 칼날 철사는 무시무시한 물건 이다. 너무나 가늘고 날카로워서, 철사를 미처 못 봤거나 보고 도 그 위에 앉으려는 새들은 날개나 발이 잘리고 만다. 하지만 인간은 어떻게든 길을 찾아낸다. 위로 넘든, 아래로 기든, 똑바 로 뚫든.

사건 이후 이웃들은 심스 부인에게 너나없이 이런저런 것 을 가져다줬다. 그렇게 몹쓸 사람인데. 이제는 '사람이었다'라 고 해야겠지. 음식, 옷, 돈……. 우리 집은 예배 시간에 모금까 지 했다. 강도들은 심스 부인을 꽁꽁 묶어둔 채 달아났다. 그 중 한 명은 부인을 강간하기까지 했다. 그렇게 늙은 할머니를! 강도들은 식량을 모조리 챙기고 부인이 어머니한테서 물려받 은 장신구와 옷을 훔친 것도 모자라, 부인이 모아놓은 돈마저 다 털어갔다. 알고 보니 부인은 수중에 있는 현금을 모두 부엌 찬장 맨 위 칸의 파란색 플라스틱 그릇에다 보관했다. 딱하기 도 하지, 정신 나간 할머니 같으니. 부인은 우리 아빠를 찾아 와 울며 하소연했다. 이제 무일푼이 되어 자기가 기르는 작물 말고는 먹을거리가 아무것도 없다며 말이다. 공과금도, 납부 일이 다가오는 재산세도 감당할 방법이 없었다. 당장 거리로 나앉을 처지가 된 것이다! 쫄쫄 굶으면서!

아빠는 교회 공동체가 있는 이상 절대 그런 처지는 되지 않을 거라고 몇 번이나 타일렀지만, 심스 부인은 아빠 말을 믿지 않았다. 아빠와 코리가 아무리 안심시키려 해도 부인은 이제 꼼짝없이 거지 신세가 됐다고 거듭 한탄했다. 우습게도 심스 부인은 우리 집 식구들도 좋아하지 않았는데, 우리 아빠가 '멕시코 여자 코리아산'한테 홀려서 결혼했기 때문이었다. 새엄마를 굳이 본명으로 부르고 싶다면 '코라손'이라고 발음하는 게 그리 어려운 일도 아닐 텐데. 다른 사람들은 보통 그냥 코리, 아니면 올라미나 부인으로 부르는데 말이다.

코리는 부인이 자기 이름을 이상하게 부른다고 해서 기분이 상한 내색을 결코 하지 않았다. 코리와 심스 부인은 서로 살갑기 짝이 없는 사이였다. 평화를 지키려면 그런 식의 사소한 가식도 필요한 법이었다.

지난주에는 심스 부인 아들네 집에 불이 나서 아들과 손주 다섯, 며느리, 며느리의 형제, 그 형제의 아이 셋까지 모두 죽었다. 누군가 일부러 낸 불이었다. 아들네 집은 우리 동네 동북쪽의 언덕 기슭, 장벽이 안 쳐진 구역에 있었다. 위험지대는 아니지만 빈곤한 곳이었다. 무방비했다. 어느 날 밤, 누가 그 집에 불을 질렀다. 아마도 그 집 식구에게 원한을 품은 사람이 복수 삼아 지른 불, 아니면 미친 사람이 재미로 일으킨 불일 것이다. 소문으로 들었는데 불을 지르고 싶은 충동을 일으키는 신종 마약이 있다고 한다.

아무튼 심스 가족과 보이어 가족이 함께 사는 그 집에 누가 불을 질렀는지는 아무도 모른다. 물론 목격자도 없고.

그런데 불난 집에서 탈출한 사람이 한 명도 없다. 이상한 일이다. 식구가 무려 열한 명인데 아무도 빠져나오지 못했다니.

결국 심스 부인은 총으로 자기 목숨을 끊었다. 아빠가 경찰한테서 듣기로는 사흘쯤 전이었다고 한다. 그렇다면 아들이 죽었다는 소식을 듣고 고작 이틀 만에 그랬다는 말이 된다. 아빠가 오늘 아침 부인을 찾아간 까닭은 부인이 어제 예배에 나오지 않았기 때문이었다. 코리는 자기도 가봐야 할 것 같다는 생각에 굳이 따라나섰다. 안 갔더라면 좋았을 것을. 내 눈에는 시체가 역겹기만 하다. 냄새도 지독하고, 오래된 시체일 경우에는 구더기까지 들끓는다. 하지만 그게 뭐 대수인가? 어차피 그들은 이미 죽었고, 죽은 사람은 더는 고통받을 일도 없다. 만약 살아 있을 적에 싫어하던 사람이라면 죽었다고 해서 내가 가슴 아플 일도 없지 않은가? 코리는 가슴 아파한다. 산 사람의 고통을 더불어 느낀다는 이유로 나를 나무라면서, 정작 자기는 죽은 사람의 고통을 더불어 느끼려 하다니.

심스 부인 이야기를 여기에 적는 까닭은 부인이 스스로 목숨을 끊었기 때문이다. 나는 그것 때문에 마음이 불편하다. 우리 아빠와 마찬가지로 심스 부인 또한 자살한 사람은 지옥에 떨어져 영원토록 불탄다고 믿었다. 그렇게 성서에 적힌 말을 글자 그대로 믿고 받아들였다. 그랬는데도 자기 힘으로는 도저히 못 버틸 상황이 되자 현실의 고통과 내세에서 겪을 영원한 고통을 맞바꾸기로 결심한 것이다.

어떻게 그럴 수가 있을까?

뭘 진심으로 믿기는 한 걸까? 그 믿음은 다 가식이었을까?

심스 부인은 자신의 하느님이 너무나 많은 것을 요구하자 정신이 홱 나가버렸는지도 모른다. 부인은 성서에 나오는 욥이 아니니까. 현실 세계에 욥 같은 사람이 과연 몇이나 될까?

심스 부인 생각이 머릿속을 떠나질 않는다. 어찌된 영문인지 부인과 부인의 자살에다 우주비행사와 비행사의 죽음, 그리고 자신의 천국에서 추방당한 비행사의 처지까지 합쳐져서 한 덩어리로 뒤엉켜버린 느낌이다. 나는 나의 신앙을 기록으로 남겨야 한다. 내가 열두 살이었을 때부터 하느님을 주제로 토막토막 적은 시들을, 이제는 슬슬 모아 하나의 글로 완성해야 한다. 그 시는 대부분 그저 그런 수준이다. 하지 않고는 못 배기는 말들이 담겨 있지만, 그리 훌륭하게 표현되어 있지는 않다. 그중 몇몇은 그런 식으로 쓸 수밖에 없었다. 그 시들도 두 사람의 죽음처럼 나를 압박한다. 나는 그 생각을 피하려고 우리 집과 아빠의 교회, 코리가 동네 아이들을 가르치는 학교에서 이런저런 일에 몰두했다. 솔직히 내가 하고 싶어서 한 일은 하나도 없다. 그래도 일을 하면 바빠서 딴생각을 할 겨를이 없고 몸도 피곤해지기 때문에 보통은 꿈도 꾸지 않고 푹 잘 수 있다. 게다가 사람들이 내가 얼마나 영리하고 부지런한지 칭찬하면 아빠의 얼굴이 활짝 펴진다.

나는 아빠를 사랑한다. 아빠는 내가 아는 사람 중에서 가장 훌륭한 사람이고, 나는 아빠의 생각을 존중한다. 차라리 그러지 않았으면 좋았으련만.

무슨 쓸모가 있을지는 모르겠지만 그래도 여기에 나의 신앙을 적어둬야겠다. 내가 내 신앙을 이해하기까지는 오랜 시간이 걸렸고, 단어사전과 유의어사전을 찾아가며 정확한 글로 표현하는 데에는 더 오랜 시간이 걸렸다. 이 글은 이렇게밖에 적을 수 없다. 지난 일 년 동안 나는 길고 두서없는 글을 스물다섯 번, 아니면 서른 번쯤 고쳐 적었다. 이것이야말로 정확한 글, 진실한 글이다. 내가 자꾸만 돌이켜 보는 글이기도 하다.

하느님은 힘이다.
무한하고,

무적이고,

무자비하고,

무심한 힘.

그러면서도, 하느님은 유연하다.

사기꾼처럼,

스승처럼,

혼돈처럼,

진흙처럼.

하느님은 빚어지기 위해 존재한다.

변화가 곧 하느님이다.

이것이야말로 있는 그대로의 진실이다.

하느님은 거스를 수도 막을 수도 없지만, 형상을 빚어 구체화할 수는 있다. 그 말은 곧 하느님은 기도를 받을 대상이 아니라는 뜻이다. 기도는 단지 기도하는 사람에게 힘이 될 뿐인데, 그마저도 그 사람의 각오가 더 굳어지고 더 또렷해질 때 얘기다. 그런 기도는 우리가 하느님과 하나뿐이며 실질적인 관계를 맺는 계기가 되기도 한다. 우리는 기도의 힘을 빌려 하느님의 형상을 빚을 뿐 아니라 하느님이 우리에게 내린 형상을 받아들이고, 그 형상 안에서 힘써 살아가는 것이다. 하느님은 힘이고, 그래서 결국에는 하느님이 승리한다.

그러나 하느님은 형상이 빚어지기 위해 존재하고 그 형상은 결국 빚어진다는 것을 우리가 이해한다면, 또한 이것이 우리의 예지나 의지와는 무관하다는 것을 우리가 이해한다면, 게임의 주도권은 우리 손으로 넘어온다.

그것이 내가 아는 내용이다. 아무튼 그 정도는 안다. 나는 심스 부인하고는 다르다. 성서에 나오는 욥처럼 살 능력 같은 건 나에게는 처음부터 없었다. 그런 삶은 오랫동안 고통받으며 완강하게 버티는 삶이다. 그러다가 마침내 전지전능하신 그분 앞에 스스로 몸을 낮추든 아니면 파멸하든, 둘 중 하나다. 나의 하느님은 나를 사랑하거나 미워하거나 굽어살피거나 속속들이 알지 않는다. 나도 나의 하느님에게 애정이나 충성심을 느끼지 않는다. 나의 하느님은 그냥 있을 뿐이다.

어쩌면 나는 알리시아 레아우, 그러니까 화성에서 죽은 우주비행사와 더 비슷한지도 모른다. 그 여성과 마찬가지로 나역시 죽어가는, 부정적인, 과거로 퇴행하는 나의 동료 인간들에게 필요해 보이는 것을 믿는다. 나는 아직 믿음을 완전히 갖추지는 못했다. 내가 이미 지닌 것을 남들에게 어떻게 건네야 하는지도 아직 모른다. 앞으로 배워야 한다. 배워야 할 것이 어쩌나 많은지 겁이 날 정도다. 그걸 다 무슨 수로 배울까?

내가 위에 적은 것들 중에 진짜가 하나라도 있을까?

위험한 질문이다. 가끔은 나도 답을 모를 때가 있다. 스스로를 의심할 때도 있다. 내가 안다고 생각하는 것을 의심할 때도 있다. 잊어버리려고 애쓰기도 한다. 어쨌거나 내가 생각하는 것이 진실이라면, 왜 나 말고 아는 사람이 한 명도 없겠는 가. 변화가 필연이라는 것 정도는 누구나 안다. 열역학 제2법 칙부터 다윈의 진화론까지, 우주 만물은 늘 변하며 모든 고통 은 변치 않으려는 우리의 망상에서 비롯된다는 석가모니의 가 르침부터 구약성서 〈전도서〉 3장("모든 일에는 다 때가 있다")까 지, 변화는 생명과 존재와 보편적 지혜의 한 부분이었다. 하지 만 내가 보기에 우리는 그 모든 말이 의미하는 바를 제대로 실 천하지 못한다. 아직 시작조차 못 했다.

우리는 받아들임의 미덕을 입에 발린 소리로 찬양한다. 마 치 받아들이는 것만으로 충분하다는 듯이. 그리고 나서는 계 속해서 초인들, 즉 초인 부모, 초인 제왕, 초인 경찰을 만들어 우리를 굽어살필 신으로 삼고, 우리와 하느님 사이에 그들을 모신다. 그러나 하느님은 늘 우리 곁에 있으면서 우리를 빚었 고, 우리 손에 빚어졌다. 그 일은 특별한 방식 없이 또는 한꺼 번에 너무나 많은 방식으로 이루어졌다. 마치 아메바처럼. 또 는 암처럼. 카오스 속에서.

설령 그렇다 하더라도 나는 왜 다른 사람들이 이미 한 일을 하지 못할까. 명백한 진리를 무시하고 평범하게 살아가는 일 을. 지금 이 세상에서는 그것만으로도 충분히 힘든데.

하지만 이것(이것을 사상이라고 해야 할까? 아니면 철학? 새로 운 종교?)이 나를 가만두지 않는다. 내가 잊어버리도록, 떨치고

나아가도록 놔두지 않는다. 어쩌면…… 어쩌면 이건 나의 초
공감과 비슷한 것인지도 모른다. 또 하나의 초자연현상인 것
이다. 내가 벗어나지 못할 또 하나의 터무니없고 뿌리 깊은 망
상. 나는 이것에 붙잡혀 있다. 때가 되면 이것을 어떻게든 해
야 할 것이다. 아빠가 나한테 어떤 말이나 행동을 한다고 해
도, 내가 추방당할지도 모르는 저 장벽 바깥의 세상이 험악하
고 추악하다고 해도. 나는 이것을 어떻게든 해야 한다.

그런 현실 때문에 무서워죽을 것만 같다.

2024년 11월 6일 수요일

어제 윌리엄 터너 스미스 대통령이 재선에 실패했다. 이제
크리스토퍼 찰스 모페스 도너가 새 대통령이다. 아직은 대통
령 당선인이라고 해야겠지. 자, 이제 우리 앞날은 어떻게 될
까? 도너는 내년에 대통령으로 취임하면 '실익도, 의미도, 필
요도 없는' 화성 및 달 개척 계획을 곧바로 폐지하겠노라고 공
약했다. 통신 및 연구 목적의 근거리 우주개발 계획은 민영화
한다고 한다. 민간에 팔아넘긴다는 뜻이다.

도너는 사람들을 다시 취업시킬 계획도 밝혔다. 도너는 법
을 이것저것 바꾸고 싶어한다. '지나치게 경직된' 최저임금,
환경 및 노동자 보호 관련 법령을 유예하여 고용주의 편의를

봐주겠다는 것이다. 고용주들이 집 없는 노동자를 거둬서 직업 훈련과 적절한 수준의 숙식을 제공하도록 말이다.

그 적절한 수준이 뭔지 나는 모르겠다. 단독주택일까, 아니면 원룸아파트? 단칸방? 다인실의 침대 한 개? 널따란 합숙소의 이층 침대 한 칸? 마룻바닥 한 귀퉁이? 맨땅바닥 한 뼘? 그렇다면 딸린 식구가 많은 사람은 어떻게 하라는 걸까? 그런 사람들은 수지가 안 맞는 투자 대상으로 보이지 않을까? 기업이 보기에는 독신자나 아이 없는 부부, 아니면 기껏해야 자녀가 한둘뿐인 사람을 채용하는 게 훨씬 더 합리적이지 않을까? 나로서는 궁금할 따름이다.

그리고 법령 유예라는 건 도대체 뭘까? 사람들을 독성물질에 노출시키고 불구로 만들고 병에 감염시켜도 법적으로 문제가 없다는 뜻일까? 그들에게 먹을거리와 물과 누워서 죽어갈 자리만 제공한다면?

아빠는 결국 도너에게 투표하지 않기로 했다. 정확히는 투표 자체를 하지 않았다. 정치가를 생각하면 구역질이 난다며.

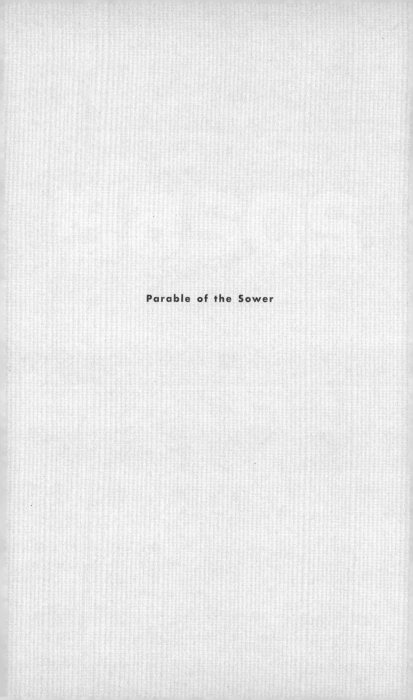

Parable of the Sower

2025년

지성이란 계속 발달하는 개별적인 적응력이다. 지적 생물종에서는 한 세대 만에 가능한 적응이 다른 생물종에서는 선별적 번식 및 선별적 사멸을 통해 여러 세대에 걸쳐 이뤄지기도 한다. 그러나 지성은 다루기가 힘들다. 실수로 또는 고의로 그것을 오용한다면, 지성은 제 나름의 마구잡이식 번식과 사멸을 조장하기도 한다.

—《지구종: 산 자들의 책》에서

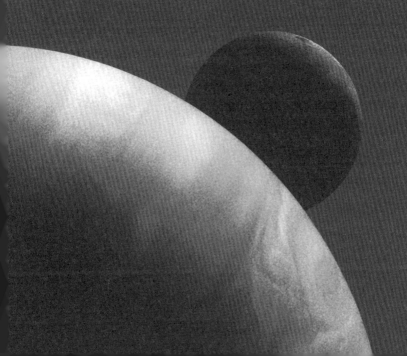

제4장

하느님의 희생양은,

적응을 배움으로써,

하느님의 동반자가 되기도 하고,

하느님의 희생양은,

예지와 계획으로써,

하느님을 빚는 자가 되기도 한다.

아니면 하느님의 희생양은,

근시안과 두려움 탓에 계속 남아 있기도 한다,

하느님의 희생양으로,

하느님의 놀잇감으로,

하느님의 먹잇감으로.

— 《지구종: 산 자들의 책》에서

오늘 동네에 불이 났다. 사람들은 화재가 일어날까 봐 무척이나 걱정하지만, 꼬마 아이들은 기회만 있으면 불장난을 하려 든다. 이번에는 그래도 운이 좋았다. 불은 세 살배기 여자애 에이미 던이 냈다. 불이 난 곳은 그 애네 집 차고였다.

불길이 차고 벽을 타고 올라가자 에이미는 겁을 먹고 집으로 달아났다. 자기가 한 짓이 잘못이란 것 정도는 알았기 때문에, 아무한테도 불이 났다는 얘기를 하지 않았다. 그냥 할머니 침대 밑으로 쏙 들어가 숨어버렸다.

나무로 지은 차고는 순식간에 불길에 휩싸여 뜨겁게 타올랐다. 로빈 볼터가 연기를 목격하고 도로 교통섬에 있는 경보용 종을 울렸다. 로빈은 겨우 열 살이지만 영리한 여자애다. 새엄마가 총애하는 학생이기도 하다. 로빈은 언제나 침착하다. 만약 그 애가 연기를 보자마자 사람들에게 알리지 않았다면 불이 더 크게 번졌을지도 모른다.

나는 종소리를 듣고 남들과 마찬가지로 뭐가 잘못됐는지 보려고 바깥으로 뛰어나갔다. 던 씨네 집은 우리 집 앞 도로 건너편이라서 연기가 대번에 보였다.

소방 훈련은 효과가 있었다. 어른들은 남녀 가릴 것 없이 정원용 호스와 삽, 젖은 수건과 이불까지 동원해 불을 껐다. 호스가 없는 사람은 불이 난 곳 주변을 발로 밟아 불씨를 죽이고 흙으로 덮었다. 내 또래 아이들도 나름의 몫을 다했다. 바람에 날아간 불씨가 있으면 보이는 족족 가서 껐다. 사람들은 물을 담아 나르려고 저마다 집에 있는 양동이를 챙기고 삽과 이불, 수건도 들고 왔다. 모인 사람은 한둘이 아니었다. 모두 정신을 바짝 차리고 있었다. 노인들은 꼬마들이 불 끄기를 방해하거나 위험한 곳에 가지 않도록 돌보는 일을 맡았다.

아무도 에이미가 안 보인다는 생각을 하지 못했다. 애초에 던 씨네 집 뒷마당에서 놀던 에이미를 아무도 못 봤기 때문에 그 애 생각을 한 사람이 없었던 것이다. 그 애는 한참이 흐른 후에야 할머니에게 발견돼 자기가 한 짓을 털어놨다.

불에 탄 차고는 완전히 무너져버렸다. 에드윈 던은 조경용 연장과 목공용 연장을 몇 개 건졌지만 그리 많지는 않았다. 차고 바로 옆의 자몽나무와 차고 뒤편의 복숭아나무 두 그루도 덩달아 반쯤 타버렸는데, 잘하면 살아남을지도 모른다. 당근과 애호박, 케일, 감자 같은 작물은 사람들 발에 밟혀 엉망이 됐다.

당연히 아무도 소방서에 신고하지 않았다. 집도 아닌 차고 하나를 지키려고 소방 요금을 떠맡을 사람은 아무도 없으니까. 우리 동네에 거액의 청구서를 추가로 감당할 여력이 있는 집은 없다. 비싼 물값을 치르고 불을 꺼봤자 돈만 아까울 뿐이었다.

가엾은 에이미 던은 어떻게 될까. 나는 그게 궁금하다. 아무도 그 애를 돌봐주지 않는다. 그 집 식구들은 에이미에게 먹을 것을 주고 이따금 씻겨주기도 하지만, 그 애를 사랑하기는커녕 좋아하지도 않는다. 애 엄마인 트레이시는 나보다 겨우 한 살 위다. 열세 살에 에이미를 낳았다는 뜻이다. 스물일곱 살 먹은 외삼촌한테 몇 년간 강간당하고 결국 임신까지 하게 됐을 때, 트레이시는 겨우 열두 살이었다.

문제는 트레이시의 외삼촌 데릭이 키 큰 금발 미남인 데에다 유머 감각도 있고 머리도 좋은 호감형 인물이었다는 점이다. 반면에 트레이시는 전에도 지금도 머리가 둔하고 못생긴 데에다 매사 부루퉁하고 행색마저 꾀죄죄하다. 심지어 깔끔하게 단장했을 때조차 피부가 울긋불긋하고 지저분해 보인다. 어쩌면 트레이시가 그렇게 된 데에는 몇 년 동안이나 그 애를 강간한 외삼촌 데릭의 탓도 있을 것이다. 데릭은 트레이시의 엄마가 가장 아끼는 막냇동생이었다. 데릭이 한 짓이 드러났을 때 이웃 남자들은 그에게 집을 떠나 다른 곳에 가서 살라고 한목소리로 요구했다. 자기네 딸 주변에 그런 남자가 어슬렁거리는 게 께름칙했으니까. 언제나 비이성적인 트레이시의 엄마는 자기 동생이 추방당한 것도, 그 일 때문에 자신이 창피를 당한 것도 모두 트레이시 탓으로 돌렸다. 우리 동네에서는 여자애가 남자애 손을 붙들고 목사인 우리 아빠한테 와 성스러운 혼인을 인정받기 전에는 아기를 갖는 경우가 드물다. 하지만 트레이시는 결혼할 남자도, 산전 관리나 중절 수술을 받을 돈도 없었다. 딱하게도 에이미는 자랄수록 점점 더 트레이시를 닮아갔다. 깡마른 몸집에 반점이 얼룩덜룩한 피부, 숱이 적고 꼬불꼬불한 머리카락까지. 에이미가 예뻐질 날은 영영 오지 않을 것이다.

트레이시는 엄마가 되고 나서도 모성 본능에 눈을 뜨지 않았는데, 내가 보기에는 그 애 엄마인 크리스마스 던에게도 그런 본능은 없지 싶다. 던 가족은 광기로 악명이 자자하다. 식구 열여섯 명이 한 집에 사는데 적게 잡아도 그중 예닐곱 명은 정신이 나갔다. 하지만 에이미는 멀쩡하다. 적어도 아직은. 그 애는 무시당하는 탓에 외로움을 타고, 오랜 시간 방치되는 아이들이 다 그렇듯이 혼자서도 재미있게 노는 법을 안다.

나는 때리거나 욕하는 식으로 에이미를 학대하는 사람을 보지 못했다. 던 가족도 남의 눈은 의식하기 때문이다. 하지만 에이미에게 관심을 주는 사람도 없기는 마찬가지다. 그 애는 흙바닥에서 혼자 놀며 하루를 보내다시피 한다. 그러다가 흙을 먹기도 하는데 그럴 때는 흙 속에 든 것도 같이 먹는다. 벌레까지 포함해서. 얼마 전에 나는 그저 호기심으로 에이미를 우리 집으로 데려와 씻기고 알파벳을 가르쳐줬다. 자기 이름을 쓰는 법도 알려줬다. 에이미는 좋아서 어쩔 줄 몰라했다.

그 애는 어린애답게 배움에 굶주린 영특한 정신을 지녔고, 남에게서 관심받기를 좋아한다.

오늘 저녁에 코리한테 혹시 에이미를 학교에 일찍 받아줄 수 있는지 물었다. 코리는 다섯 살을 다 채우거나 코앞에 둔 아이가 아니면 학교에 받아주지 않지만, 만약 내가 에이미를 책임지고 돌보면 받아주겠노라고 했다. 이미 예상한 답이었지만, 그렇다고 해서 마음에 드는 건 아니다. 어찌 됐든 대여섯 살짜리 아이들을 돌보는 것이 내 일이긴 하다. 나는 나도 꼬마였을 적부터 아이들을 돌봤다. 이제는 그 일이 지겹다. 하지만 지금 당장 누군가 에이미를 도와주지 않으면 언젠가는 그 애가 집 차고를 불태우는 것보다 훨씬 더 끔찍한 짓을 하리라는 생각이 든다.

2025년 2월 19일 수요일

죽은 심스 부인의 집은 부인의 친척이라는 사람 몇 명이 상속받았다. 온전히 남은 집을 상속받다니, 그 사람들은 운이 좋다. 만약 동네에 장벽이 없었다면 그 집은 이미 탈탈 털리고 불법점거자들 차지가 됐거나, 세간살이를 치우기가 무섭게 불타버렸을 것이다. 실제로는, 동네 사람들이 그 집에서 들고 나온 것은 자기들이 강도 사건 후 심스 부인에게 준 물건과 남아 있던 식량뿐이었다. 식량이 썩게 놔두는 건 어리석은 짓이니까. 부인의 가구나 깔개, 가재도구는 건드리지 않았다. 건드릴 수도 있지만 그러지 않았다. 우리는 도둑이 아니니까.

워델 패리시와 로절리 페인은 사고방식이 우리와 다르다. 두 사람은 심스 부인과 마찬가지로 작은 체격에 피부는 녹슨 못 같은 갈색이고, 부루퉁한 표정을 하고 다닌다. 심스 부인이 그나마 연락을 주고받으며 친하게 지낸 사촌의 자녀들이기도 하다. 워델은 두 번이나 사별한 홀아비인데 아이는 없는 반면, 로절리는 한 번 사별한 과부이고 아이가 일곱이다. 두 사람은 그냥 남매가 아니라 쌍둥이 남매다. 아마 그래서 서로 친한 모양이다. 서로를 제외하면 다른 누구하고도 잘 지낼 리가 없는 사람들이니까.

그들은 오늘 이사 왔다. 남매는 전에도 두어 번 심스 부인의 집을 둘러보러 왔는데, 보나 마나 여태 살던 부모님 댁보다 심스 부인의 집이 더 마음에 들었을 것이다. 예전 집에서는 열여덟 명이 함께 살았다니 말이다. 나는 집 서재에서 내가 맡은 꼬마 아이들을 돌보느라 바빴기 때문에 오늘에야 남매와 인사를 했지만, 전에 아빠와 그들이 대화 나누는 것을 들은 적이 있다. 그때 두 사람은 우리 집 거실에 앉아 자기들이 이사 오기 전에 우리가 심스 부인의 집에 손을 댔다고 넌지시 얘기했다.

아빠는 화를 꾹 누른 목소리로 말했다. "부인께서 강도를 당

하고 한 달도 안 돼서 돌아가신 건 두 분도 아실 겁니다. 경찰
에 문의해보셔도 됩니다, 아직 안 하셨다면요. 그 일이 있고
나서 이 동네 사람들은 그 집을 지켰습니다. 그 말은 곧 그 집
물건을 마음대로 쓰거나 들고 나오지 않았다는 뜻입니다. 저
희 동네에서 함께 사실 거라면 두 분도 아셔야 합니다. 우리는
서로 돕고, 서로 훔치지 않는다는 걸 말입니다."

"훔쳐도 훔친다고 누가 솔직히 말한답디까." 워델 패리시가
웅얼거렸다.

쌍둥이 누이가 급히 끼어들어 워델에게 더 말할 짬을 주지
않았다. "저희는 누굴 의심할 생각은 없어요." 거짓말. "저흰
그냥 궁금해서…… 마저리 아주머니한테 귀중품이 조금 있
었거든요. 아주머니가 어머니한테서 물려받은 보석 장신구인
데…… 굉장히 비싼 거다 보니까……."

"경찰에 가서 확인해보시지요." 아빠가 말했다.

"그게, 그렇죠, 그래야죠, 하지만……."

"여긴 작은 공동체입니다. 사람들끼리 서로 다 알고 지내는
곳이라는 말이지요. 서로 의지하면서요."

침묵이 흘렀다. 남매도 슬슬 말귀를 알아듣는 듯싶었다.

"우리는 붙임성이 별로 없어서." 워델 패리시가 한 말이었
다. "우리 일 아니면 신경도 잘 안 쓰고."

이번에도 워델이 더 말하기 전에 쌍둥이 누이가 냉큼 끼어

들었다. "보나 마나 아무 문제도 없을 거예요. 저희도 분명 잘 어울려 지낼 거고요."

나는 그 이야기를 들었을 때부터 두 사람이 싫었다. 직접 인사를 나누고 나니 더욱 싫어졌다. 그들은 꼭 우리한테서는 고약한 냄새가 나는데 자기들은 아니라는 표정으로 우리를 본다. 하긴 내가 그 남매를 좋아하든 싫어하든 무슨 상관이겠는가. 내가 싫어하는 사람은 우리 동네 사람 중에도 있는데. 하지만 페인과 패리시 남매는 믿음이 가질 않는다. 그 집 아이들은 괜찮아 보이지만, 어른들은……. 그 사람들한테 의지할 일이 안 생기면 좋겠다. 아무리 사소한 일이라도.

페인Payne과 패리시Parrish, '고통pain'과 '죽음perish'이라니. 어쩌면 이름과 사람이 그렇게 딱 어울릴까.

2025년 2월 22일 토요일

오늘 들개 떼와 마주쳤다. 사격 연습을 하러 산에 올라갔을 때의 일이었다. 나하고 아빠, 조앤 가필드, 조앤의 사촌이자 남자친구로 애칭이 '해리'인 해럴드 볼터, 내 남자친구 커티스 탤컷, 커티스의 동생 마이클, 오라 모스와 그 동생 피터까지 함께 갔다. 또 한 명의 성인 보호자는 조앤의 아빠인 제이 가필드였다. 제이 아저씨는 사람도 좋고 총도 잘 쏜다. 아빠는 제이 아저씨와 같이 일하기를 좋아하지만 가끔 문제가 생기기도 한다. 가필드네하고 볼터네는 백인이고, 나머지는 다 흑인이기 때문이다. 요즘은 그런 것 때문에 위험해지기도 한다. 길거리에서는 사람들이 자기와 같은 부류가 아니면 두려워하고 혐오하는 것을 당연하게 여긴다. 하지만 오늘 우리는 모두 무장한 채 경계를 늦추지 않았기에 사람들도 우리를 보기만 할 뿐 건드리지는 않았다. 우리 동네는 섣불리 누군가를 배척하기에는 너무 좁다.

처음에는 모든 일이 평소처럼 흘러갔다. 먼저 탤컷 형제가 옥신각신 다퉜고, 그다음은 모스 남매 차례였다. 모스 가족은 자기네가 무슨 잘못을 하든 다 남 탓으로 돌리는 사람들이고, 그렇다 보니 싸움을 거는 실력도 둘째가라면 서러울 정도다. 그중에서도 오라의 동생 피터 모스가 가장 지독한데, 구제불능 쓰레기인 아빠 리처드 모스를 사사건건 따라하려고 기를 쓰기 때문이다. 리처드 모스는 아내가 셋이다. 캐런, 내털리, 자라, 이렇게 세 명과 같이 사는 것이다. 그들 모두 리처드의 아이를 낳았는데 그나마 가장 어리고 예쁜 자라는 한 명만 낳았다. 혼인관계증명서에 이름을 올린 사람은 캐런이지만, 캐런은 남편이 버젓이 다른 여자를, 다시 또 다른 여자를 집에 데려와 아내라고 부르는데도 그저 구경만 한다. 왜 그러는지 짐작은 간다. 남편이 내털리를 집에 들였을 때 아이가 이미 셋이었고 자라를 들였을 때는 다섯이었다. 자기 혼자 힘으로는 아이들을 못 키울 거라 생각했을 것이다.

모스 가족은 교회에 오지 않는다. 가장인 리처드 모스가 구약성서의 내용과 서아프리카의 유서 깊은 민간신앙을 짜깁기해 자기만의 종교를 만들었기 때문이다. 리처드는 남자가 가부장이 되어 여성을 지배하고 보호하는 것, 또 아버지가 힘닿는 데까지 자식을 많이 만드는 것은 하느님의 뜻이라고 주장한다. 리처드는 물을 판매하는 대기업 한 곳에서 기술자로 일하는 덕분에 젊고 예쁜 노숙인 여성을 골라잡아 일부다처제를 하며 살 만큼 여유가 있다. 그 인간은 다 먹여 살릴 형편만 되면 그런 여성을 스무 명은 데리고 살 것이다. 다른 동네에서는 그런 일이 흔하다는 소문이 돈다. 중산층 남자가 자기 남성성을 증명하려고 임시로 또는 영구적으로 수많은 아내를 거느리고 산다는 것이다. 상류층 남자가 아내는 한 명만 두는 대신 언제든 내보낼 수 있는 예쁘고 젊은 하녀를 여럿 두는 식으로 남성성을 드러내는 경우도 있다. 역겹게도. 그러다가 하녀가 임신을 했는데 부자 고용주가 보호해줄 마음이 없으면, 고용주의 아내가 하녀를 굶주림이 기다리는 바깥으로 쫓아낸다.

그게 앞으로 세상이 돌아가는 방식일까? 궁금하다. 그게 미래일까? 수많은 사람이 대통령 당선인 도너가 고안한 방식의 노예제에, 리처드 모스 같은 자가 만든 굴레에 얽매이는 게?

우리는 자전거를 타고 리버 스트리트 끄트머리까지 갔다. 동네 장벽이 끝나는 곳을 지나, 아직 무너지지 않고 남아 있는 허름하고 담장 없는 집들을 지나. 노면 아스팔트가 부스러진 곳과, 막대에 누더기를 덮어 얼기설기 지은 오두막이 늘어선 곳, 섬뜩할 정도로 공허한 눈으로 우리를 응시하는 불법점거자와 집 없는 빈민 무리의 보금자리를 지나서. 그다음에는 흙길을 따라 산으로 올라갔다. 마침내 땅에 내려서서 자전거를 끌고 좁은 길을 따라 도착한 골짜기는, 우리 일행뿐 아니라 다른 사람도 이용하는 사격장이었다. 오늘은 골짜기가 조용해 보였지만, 늘 경계를 늦추지 말아야 한다. 사람들이 갖가지 용도로 골짜기를 이용하기 때문이다. 어떤 골짜기에서 시체를 발견하면 당분간은 그곳에 가지 않는다. 아빠는 세상사에서 우리를 보호하려 애쓰지만 그건 불가능한 일이다. 그 사실을 알기 때문에 아빠는 우리에게 스스로 지키는 법을 가르친다.

우리는 대부분 손수 만든 표적을 사용하거나 다람쥐 또는 새를 표적 삼아 집에서 소구경 공기총으로 사격 연습을 했다. 나는 세 가지 표적을 다 쏴봤다. 내 사격 솜씨는 좋은 편이지만, 새와 다람쥐를 쏠 때에는 마음이 편치 않다. 나더러 살아 있는 표적을 쏠 줄 알아야 한다고 강권한 사람은 아빠다. 이동하는 표적을 쏴야 조준 실력이 는다며. 꼭 그래서만은 아니지 싶다. 아빠는 내가 살아 있는 표적을 쏠 수 있는지 확인하고 싶었던 모양이다. 새나 다람쥐를 쐈을 때 내 초공감이 발동하는지 알고 싶었던 거다.

사실 제대로 발동하지는 않았다. 마음이 편치는 않았어도 고통스러울 정도는 아니었으니까. 마치 큼직하고 보드라운 허깨비 주먹에 맞는 것처럼 기분이 묘했다. 꼭 공기로 된 거대한 공이 바람에 날아와 부딪히는 것 같았지만, 초공감의 서늘한 느낌은 없었고 바람도 느껴지지 않았다. 그 공기 주먹은 여전히 부드럽기는 했지만, 새를 쏠 때보다 다람쥐나 가끔 보이는 쥐를 쏠 때 조금 더 단단하게 느껴졌다. 하지만 죽여야 하는 것은 세 가지 동물 다 마찬가지였다. 우리 식량을 훔쳐 먹거나 망쳐놓으니까. 특히 나무에서 자라는 작물이 가장 수난을 당했다. 복숭아, 자두, 무화과, 감, 견과류 같은 것들, 또 딸기나 블랙베리, 포도 같은 열매도……. 우리가 뭘 심든 간에 동물들은 발이 닿기만 하면 달려든다. 새는 날아다니므로 특히 더 해롭지만, 그래도 나는 새가 마음에 든다. 하늘을 나는 능력이 부럽기 때문이다. 이따금 겁을 줘 쫓아버리거나 총을 겨누는 사람이 없을 때, 새들이 어떻게 지내는지 보고 싶어서 동틀 녘에 일어나 바깥에 나가곤 한다. 이제 토요일 사격 연습을 하러 갈 나이가 된 이상, 아빠가 뭐라고 하든 간에 새는 쏘지 않을 작정이다. 게다가 새나 다람쥐를 쏴 죽인다고 해서 사람한테도 아무렇지 않게 총을 쏜다는 보장은 없다. 심스 부인네 집을 턴 강도 같은 자라 해도 그렇다. 사람을 쏠 자신이 없다. 혹시라도 사람을 쏘게 됐을 때 내가 어떻게 될지 모르겠다. 나도 같이 죽게 될까?

　우리가 총과 사격에 이렇게나 열중하는 것은 아빠 탓이다. 아빠는 동네를 벗어날 때면 언제나 9밀리미터 구경 자동권총을 허리에 차고 다닌다. 총을 보이도록 지니고 다니면 남들이 엉뚱한 짓을 못 한다면서. 무장한 사람이 살해당하는 경우도 분명히 있고 그런 경우는 대개 집중사격이나 저격을 당하게 마련이지만, 무장하지 않은 사람은 그보다 훨씬 더 많이 살해당한다.

　아빠에게는 소음기가 달린 9밀리미터 구경 기관단총도 있다. 그 총은 아빠가 집을 비운 사이에 무슨 일이 생겼을 때 사용하려고 코리가 맡아둔다. 아빠의 총은 둘 다 독일제다. 상표명은 헤클러운트코흐. 아빠는 기관단총을 어디서 구했는지 절대 가르쳐주지 않는다. 총을 구하는 것은 당연히 불법이다. 그래서 가르쳐주지 않는 아빠가 원망스럽지는 않다. 보나 마나 어마어마한 값을 치렀을 것이다. 아빠가 기관단총을 주로 집에 두었기에 아빠와 코리, 나, 모두 그 총에 익숙해졌다. 남동생들이 더 자라면 아빠는 그 애들에게도 기관단총이 익숙하게 끔 사용법을 가르쳐줄 것이다.

코리는 낡은 스미스앤드웨슨 38구경 리볼버 권총을 한 정 갖고 있고, 그 총을 다루는 솜씨도 훌륭하다. 그 총은 코리가 아빠하고 결혼하기 전부터 지녔던 물건이다. 오늘은 내가 빌려 왔다. 우리 집에 있는 총들은 동네에서 으뜸가는 최신식은 아니지만 다 잘 작동한다. 아빠와 코리가 잘 관리하는 덕분이다. 이제는 나도 거들어야 한다. 두 사람은 시간을 들여 사격 연습을 하고 돈을 들여 탄약도 사야 하니까.

동네 회의가 열릴 때면 아빠는 모든 집의 성인이 집에 총기를 보유하고, 총기 유지와 관리에 신경을 쓰고, 사격법도 익혀야 한다고 열변을 토하곤 했다. "총 다루는 법은 반드시 숙지해야 합니다." 아빠가 그 말을 한 적은 한두 번이 아니었다. "우리는 캄캄한 새벽 2시에도 환한 낮 2시처럼 스스로를 지켜야 하니까요."

처음에는 그 의견을 꺼리는 주민도 몇몇 있었다. 노인들은 주민을 지키는 일은 경찰 몫이라고 했고, 젊은이들은 총이 아직 어린 자녀의 눈에 띌까 봐 걱정했으며, 신앙심 깊은 이들은 복음을 전해야 할 목사가 총을 권하는 것은 적절치 않다고 여겼다. 그것도 다 몇 년 전 일이다.

"경찰은 말입니다. 여러분의 복수는 해줄지 몰라도 여러분을 지켜주지는 못합니다. 세상은 점점 더 험해지고 있어요. 그리고 자녀 때문에 걱정하시는 분들은…… 맞습니다, 총기 사고가 날 위험이 있긴 합니다. 하지만 아이가 아직 아장아장 걸어 다닐 동안에는 손이 안 닿는 곳에 총을 보관하면 됩니다. 그러다가 아이가 웬만큼 자라면 훈련을 시키는 겁니다. 제가 드리려는 말씀이 바로 그겁니다. 여러분께서 지켜주시면 아이들이 무사히 자랄 가능성은 더 커질 겁니다." 아빠는 잠시 입을 다물고 사람들을 가만히 보았다. "저한테는 아내와 다섯 아이가 있습니다. 저는 저희 식구를 위해 기도할 겁니다. 그러는 한편으로 식구들이 알아서 스스로를 지키도록 대비시키는 일도 게을리 하지 않을 겁니다. 또한 누가 저희 집에 침입한다면 가족을 지키고 서서, 힘닿는 데까지 싸울 겁니다." 아빠는 다시금 잠시 말을 쉬었다. "그건 제가 끝까지 지켜야 할 의무입니다. 여러분께서는 여러분의 의무를 다하십시오."

이제는 집집마다 총이 적어도 두 정씩은 있다. 아빠는 심스 부인처럼 총을 너무 꼭꼭 숨겨놓는 집이 있는데, 그러면 비상시에 도움이 안 될 거라고 했다. 요즘 아빠는 그 문제를 개선하려고 궁리하는 중이다.

우리 집에 개설한 학교로 공부하러 오는 아이들은 모두 총기 교습을 받는다. 교습을 다 마치고 열다섯 살이 된 아이들은 동네 어른 두세 명이 산으로 데려가 사격 연습을 시킨다. 통과 의례와 비슷한 일이다. 내 동생 키스는 누가 사격 연습을 하러 가자고 아이들을 모을 때마다 따라가겠다며 울면서 보채지만,

나이 제한 규칙은 엄격하다.

키스가 총을 쥐려고 안달해서 걱정이다. 아빠는 아무렇지 않은 모양이지만 나는 불안하다.

산기슭의 마지막 판잣집 몇 채를 지나면 노숙인 패거리와 들개 떼가 어슬렁거리는 곳이 나온다. 그곳에서는 사람도 개도 토끼와 주머니쥐, 다람쥐 따위를 사냥하고, 가끔은 서로 사냥하기도 한다. 어느 쪽이 죽든 사체는 살아남은 쪽이 처리한다. 들개들은 원래 사람이 키우던 개였다. 아니면 그런 개의 후손이거나. 그런데 개는 육식을 한다. 요즘 세상에 멀쩡한 고기를 개한테 주는 빈곤층이나 중산층 가정은 한 집도 없다. 부유층은 요즘도 개를 키우는데, 좋아해서 키우는 경우도 있고 집이나 거주 구역, 사업장의 경비견으로 키우는 경우도 있다. 부자들은 다른 보안 장비도 잔뜩 가지고 있지만 개가 있다면 더욱 안전하다. 사람은 개를 보면 겁먹게 마련이니까.

오늘, 총을 조금 쏘고 나서 바위에 몸을 기댄 채 다른 아이들이 총 쏘는 광경을 구경할 때였다. 바로 그때 알아차렸다. 근처에 개가 있는 것을, 또 그 개가 나를 지켜보는 것을. 달랑 한 마리였다. 수컷, 노란빛이 도는 갈색에, 귀가 쫑긋하고 털은 짧았다. 나를 너끈히 잡아먹을 만큼 커다랗지도 않았고 손에 스미스앤드웨슨 리볼버 권총도 있었기 때문에, 개가 나를 지켜보는 동안 나도 그 개를 찬찬히 살펴봤다. 체격이 날씬했지만 굶주린 기색은 없었다. 우리를 경계하면서도 한편으로는 호기심이 생긴 모양이었다. 허공에 대고 킁킁거리는 모습을 보며 머릿속에 문득 떠오른 사실은, 개들은 원래 시각보다 후각을 더 믿고 따른다는 것이었다.

"봐, 저기." 나는 가까운 곳에 서 있던 조앤에게 말했다.

고개를 돌린 조앤은 헉 소리를 내더니 대뜸 총을 들어 개를 겨눴다. 그러자 개는 마른 덤불과 바위 뒤로 모습을 감췄다. 조앤은 개가 더 있을지 모른다는 듯이 사방을 두리번거렸지만, 아무것도 보이지 않았다. 그 애는 덜덜 떨고 있었다.

"미안. 네가 개를 무서워하는 줄 몰랐어."

내 말에 조앤은 숨을 길게 들이쉬고는 아까 그 개가 있던 곳을 바라봤다. "나도 오늘 처음 알았어." 조앤의 목소리는 속삭이듯 나직했다. "개하고 이렇게 가까이 있기는 처음이거든. 더…… 더 자세히 봤으면 좋았을 텐데."

그때 오라 모스가 비명을 지르며 자기 아빠의 라마 자동권총을 발사했다.

바위에서 몸을 떼고 돌아보니, 오라는 돌이 널린 곳을 총으로 겨눈 채 알 수 없는 말을 주절거리고 있었다.

"바로 저기 있었어!" 오라가 외쳤다. 한마디 한마디가 앞의 말을 떠밀듯이 튀어나왔다. "무슨 짐승이었는데…… 탁한 노란색에, 이빨이 엄청나게 컸어. 주둥이를 쩍 벌리고 있었고. 엄청나게 컸다고!"

"이 멍청아, 하마터면 내가 맞을 뻔했잖아!" 마이클 탤컷이 악을 썼다. 그제야 바위 뒤에 옹송그린 마이클이 눈에 들어왔다. 오라가 겨눈 총의 조준선에 들어간 것 같은데 다친 곳은 없는 모양이었다.

"오라, 총 내려라." 우리 아빠가 말했다. 나지막한 목소리지만 분노가 서려 있었다. 오라는 눈치를 못 챌지 몰라도 나한테는 또렷이 느껴졌다.

"짐승이 있었다고요." 오라는 고집을 부렸다. "그것도 커다란 짐승이요. 아직 근처에 있을지도 몰라요."

"오라!" 아빠가 목소리를 높였다. 그것도 거칠게.

오라는 우리 아빠를 돌아보고 이제 걱정할 일이 개뿐이 아님을 눈치챈 모양이었다. 손에 쥔 권총으로 눈을 돌린 오라는 찡그린 표정으로 손을 꼼지락거려 안전장치를 잠근 다음, 권총을 총집에 넣었다.

"마이클?" 아빠가 말했다.

"전 괜찮아요." 마이클 탤컷이 대답했다. "오라 덕분이라고는 못 하겠지만요!"

"내가 뭘 잘못했다고 그래!" 오라가 대뜸 받아쳤다. "짐승이 있었단 말이야. 그게 널 죽일 수도 있었다고! 우릴 덮치러 다가오는 중이었어!"

"그냥 개였던 것 같아." 내가 말했다. "저쪽에서 우리를 지켜보고 있었어. 조앤이 움직이니까 달아나버렸고."

"그때 죽였어야지." 오라의 동생 피터였다. "무슨 생각을 한 거야? 개가 누구한테 달려들 때까지 기다렸다가 쏘려고?"

"그 개가 어쨌는데?" 제이 아저씨가 내게 물었다. "그냥 구경만 하던?"

"구경만 했어요, 그게 다예요. 아프거나 배고파 보이진 않았어요. 몸집도 별로 안 컸고요. 여기 있는 사람을 해칠 것 같진 않아요. 우린 수도 많고 다들 키도 크잖아요."

"내가 본 짐승은 엄청 컸어." 오라는 고집을 꺾지 않았다. "주둥이를 쩍 벌리고 있었다고!"

문득 떠오르는 생각이 있어 오라에게 다가갔다. "아마 숨을 헐떡였을 거야. 개는 체온이 올라가면 숨을 헐떡이거든. 그렇다고 꼭 화가 나거나 배가 고픈 건 아니야." 나는 망설이며 오라의 표정을 살폈다. "너 개를 처음 봤구나, 그렇지?"

오라가 고개를 끄덕였다.

"들개는 겁이 없긴 하지만, 그래도 이렇게 많은 사람을 해치려고 덤비진 않아. 그러니까 걱정 안 해도 돼."

오라는 내 말을 다 믿는 눈치는 아니었지만, 조금은 마음이 놓인 듯했다. 모스 집안 딸들은 학대와 과보호를 동시에 받았다. 그 애들은 동네 장벽 바깥으로 나가도록 허락받은 적이 거의 없다. 교육은 집에서 어머니들에게 받았는데, 배우는 내용이라곤 아이들 아버지인 리처드 모스가 짜깁기로 만든 종교의 교리였다. 집 바깥의 세상에 도사린 죄악과 불결함을 피하라는 경고 따위를 받은 것이다. 오라가 우리와 함께 총기 교습과 사격 연습에 참여해도 좋다는 허락을 받은 것 자체가 놀랄 일이다. 이런 시간이 부디 오라에게 도움이 됐으면 좋겠다. 우리 모두 살아남았으면 좋겠다.

"모두 지금 있는 자리에서 움직이지 마라." 아빠는 그렇게 말하고는 제이 아저씨를 흘긋 본 다음, 혹시 오라가 쏜 총에 맞은 것이 있는지 보려고 바위와 졸참나무 덤불 사이로 난 좁은 길을 올라갔다. 안전장치를 푼 권총이 내내 손에 들려 있었다. 아빠가 우리 시야를 벗어난 시간은 채 일 분도 되지 않았다.

되돌아온 아빠의 얼굴은 내가 파악할 수 없는 표정으로 물들어 있었다. "다들 총 챙겨라. 오늘은 이만 돌아갈 거니까."

"개가 제 총에 맞았나요?" 오라가 물었다.

"아니. 가서 자전거나 가져와라." 아빠는 제이 아저씨와 잠시 수군거렸고 이내 아저씨가 한숨을 쉬었다. 조앤과 나는 두 사람을 지켜봤다. 무슨 일인지 궁금했지만, 어른들이 얘기해 줄 마음을 먹을 때까지 아무 말도 들을 수 없을 게 뻔했다.

"죽은 개 한 마리 때문에 저러는 게 아니야." 해리 볼터가 우리 뒤쪽에서 말했다. 조앤은 그 애 곁으로 가서 섰다.

"들개 떼 아니면 사람 패거리야." 내가 말했다. "아니면 시체를 봤을 수도 있고."

나중에 보니 내 짐작이 맞았다. 심지어 일가족 시체였다. 여성 한 명, 네 살쯤 되는 남자애, 갓난아기 하나. 모두 몸 일부가 뜯어 먹힌 상태였다. 아빠는 집에 돌아온 후에야 그 사실을 내게 가르쳐줬기 때문에 골짜기에서는 아빠가 심란한 상태라는 것밖에 알지 못했다.

"근처에 시체가 있었으면 우리가 냄새를 맡았을 텐데." 해리가 말했다.

"죽은 지 얼마 안 됐으면 알 방법이 없잖아." 내가 반론을 제기했다.

조앤은 나를 보더니 자기 아빠와 똑같이 한숨을 쉬었다. "네 말이 사실이라면 다음번엔 어디서 사격 연습을 할지 모르겠어. 다음번이 언제일지도 모르겠고."

오라가 마이클을 쏠 뻔한 게 누구 잘못인지를 놓고 피터 모스와 탤컷 형제가 옥신각신하는 바람에 아빠가 와서 셋을 떼어났다. 뒤이어 아빠는 오라가 괜찮은지 확인했다. 아빠가 오라에게 뭐라고 했는지는 잘 들리지 않았지만, 오라의 뺨 위로 눈물이 흘러내렸다. 오라는 툭하면 운다. 늘 그런 식이다.

아빠는 잔뜩 지친 표정으로 오라 곁을 떠났다. 그런 다음 앞장서서 우리를 이끌고 골짜기에서 벗어났다. 우리는 자전거를 끌고 가며 쉬지 않고 주위를 두리번거렸다. 근처에 모여든 다른 개들이 보였다. 적잖은 수의 들개 떼가 우리를 주시하고 있었다. 제이 아저씨가 일행 맨 뒤에서 후미를 지켰다.

"아빠가 우리끼리 꼭 붙어 있으랬어." 조앤이 말했다. 내가 제이 아저씨를 돌아보는 것을 본 모양이다.

"너하고 나 말이야?"

"응, 해리도 같이. 우리끼리 서로 지켜줘야 한댔어."

"저 개들이 대낮에 우릴 공격할 만큼 멍청하거나 굶주렸을 것 같진 않아. 이따가 밤에 혼자 떠도는 노숙인을 노리겠지."

"어휴, 제발 그만 좀 해."

골짜기에서 나가는 길은 좁은 오르막길이었다. 들개 떼를 쫓으려고 싸우기에는 적당한 장소가 아니었다. 발이라도 삐끗했다가는 금방이라도 무너질 것 같은 길 가장자리를 헛디딜지도 몰랐다. 들개나 일행한테 부딪혀서 낭떠러지로 떨어질 위험도 있었다. 그랬다가는 수십 미터 아래로 추락할 판이었다.

길 아래쪽에서 개들끼리 싸우는 소리가 들려왔다. 들개가 모여 사는 소굴 같은 곳에 가까워진 모양이었다. 어쩌면 들개 떼가 한창 뜯어 먹던 먹잇감이 근처에 있는지도 모른다.

아빠가 나직하고 차분한 목소리로 말했다. "개들이 달려들면 사격 자세를 잡고, 겨냥한 다음, 쏴라. 그래야 살 수 있어.

방법은 그뿐이야. 자세, 겨냥, 발사. 잠시도 경계를 늦추면 안 돼, 침착하게 행동하고."

구불구불 이어진 오르막길을 오르며 머릿속으로 아빠가 한 말을 몇 번이고 되뇌었다. 아빠도 틀림없이 우리가 그러기를 바랐을 것이다. 오라는 여태 훌쩍거렸다. 흙먼지 묻은 뺨에 눈물이 세로로 흐르다 번져 꼭 꼬맹이 같았다. 자기만 아는 슬픔과 공포에 단단히 사로잡힌 그 애가 유사시에 별 도움이 될 것 같지는 않았다.

우리는 별 탈 없이 오르막길 꼭대기에 다다랐다. 슬슬 긴장이 풀리기 시작했다. 한동안은 개 그림자도 안 보였으니까. 그러다가 일행 앞쪽 저편에서 총성이 세 번 들렸다.

일행 모두, 아니 대부분은 그 자리에 우뚝 멈춰 섰다. 무슨 일이 일어났는지 눈으로 확인할 수 없었기 때문이었다.

"멈추지 말고 계속 와." 아빠가 외쳤다. "괜찮아. 들개 한 마리가 너무 가까이 접근했을 뿐이야."

"괜찮으세요?" 내가 큰 소리로 물었다.

"그래, 정신 바짝 차리고 잘 따라오기나 해."

우리는 한 명씩 차례로 총에 맞은 개가 널브러진 곳을 지나갔다. 그 개는 앞서 내가 본 들개보다 몸집이 더 크고 털 색깔도 어두웠다. 어딘가 아름다운 구석이 있는 개였다. 사진으로 본 적 있는 늑대와 비슷했다. 그 개는 벼랑 위로 툭 뛰어나온 바위 밑에 처박혀 있었는데, 우리가 지나는 길에서 몇 발자국 떨어진 곳이었다.

개가 움직였다.

개가 꿈틀거리자 피투성이 상처가 보였다. 개가 분명 느꼈을 고통이 나의 고통이 되면서 나는 혀를 깨물었다. 이제 어떡한다? 계속 걸을까? 그럴 수는 없었다. 한 걸음만 더 걸어도 쓰러져 흙바닥에 누워버릴 것만 같았다. 어찌할 수 없는 고통 때문에 축 늘어진 채로. 아니면 낭떠러지로 추락하든가.

"아직 살아 있어." 내 뒤의 조앤이 말했다. "꿈틀거리잖아."

개는 뛰어가기라도 하듯이 앞발을 살짝 휘적거렸다. 앞발 발톱이 바위를 긁어댔다.

토할 것 같은 기분이었다. 배가 점점 더 아프더니, 몸통이 꼬챙이에 꿰인 것처럼 고통스러웠다. 왼팔로 자전거를 붙잡고 몸을 기댔다. 그리고 오른손으로 스미스앤드웨슨 리볼버를 꺼내어 조준한 다음, 그 아름다운 개의 머리를 총알로 꿰뚫었다.

단단하고 묵직한 총알의 타격이 느껴졌다. 그 느낌은 고통을 뛰어넘은 어떤 것이었다. 뒤이어 개가 죽는 느낌이 들었다. 개는 움찔거리다가 부르르 떨다가 몸을 축 늘어뜨리더니, 두 번 다시 움직이지 않았다. 나는 개가 죽는 것을 봤다. 죽는 것을 느꼈다. 내가 느끼던 고통이 느닷없이 사라지면서 마치 성냥불이 꺼지듯 개의 숨이 끊어졌다. 개의 생명은 그렇게 화르르 타올랐다가 꺼져버렸다. 내 몸이 살짝 뻣뻣해졌다. 자전거가 없었다면 아마 허물어지듯 쓰러졌을 것이다.

사람들이 내 앞뒤로 모여들었다. 먼저 목소리가 들렸고, 뒤이어 그들의 얼굴이 또렷이 보였다.

조앤의 목소리가 들렸다. "개가 죽었어. 불쌍하게도."

"무슨 일이야?" 아빠가 물었다. "개가 또 나온 거냐?"

나는 간신히 아빠의 얼굴에 초점을 맞췄다. 아빠는 내가 있는 곳까지 돌아오느라 틀림없이 벼랑 쪽 길가에 붙어서 왔을 것이다. 그것도 허겁지겁 뛰어서.

"아까 그 개였어요." 나는 간신히 똑바로 서서 말했다. "안 죽었던 거예요. 움직이는 걸 우리가 봤어요."

"내가 세 발이나 쐈는데."

"정말로 움직였어요, 올라미나 목사님." 조앤의 목소리는 꿋꿋했다. "굉장히 고통스러워했어요. 로런이 안 쐈으면 다른 사람이 대신 쏴야 했을걸요."

그 말에 아빠는 한숨을 쉬었다. "그래, 이젠 편해졌겠구나. 일단 여길 벗어나자." 그러더니 조앤의 말이 무슨 뜻인지 퍼뜩 깨달은 눈치였다. 아빠가 나를 돌아봤다. "너 괜찮은 거냐?"

나는 고개를 끄덕였다. 내가 사람들 눈에 어떻게 보일지 알 수 없었다. 나를 이상하게 보는 사람이 한 명도 없는 걸 보아, 방금 전 고통을 크게 내색하지는 않은 모양이었다. 머릿속에는 그저 해리 볼터와 커티스 탤컷, 조앤까지 내가 개를 쏘는 광경을 봤다는 생각뿐이었다. 애들 쪽을 돌아보자 커티스가 나를 보며 씩 웃었다. 그 애는 자기 자전거에 몸을 기대고는 느릿느릿 보이지 않는 총을 뽑는 시늉을 하더니, 개의 사체를 차분하게 겨눈 다음 보이지 않는 총알을 발사했다.

"탕." 커티스가 말했다. "아주 자연스러웠어, 평소에도 늘 하는 일인 것처럼. 탕!"

"어서 가자니까." 아빠 목소리였다.

우리는 오르막길을 따라 다시 걷기 시작했다. 골짜기를 벗어나 산을 내려오자 길거리가 보였다. 그곳에는 개가 없었다.

계속 걷다가 나중에는 자전거를 탔다. 몽롱한 상태로, 내가 죽인 개 생각을 다 떨치지 못한 채로. 나는 그 개가 죽는 것을 느꼈다. 그랬으면서도 죽지 않았다. 나는 그 개의 고통을 마치 인간의 고통처럼 느꼈다. 개의 생명이 화르르 타올랐다가 꺼져버리는 것을 느꼈으면서도, 나는 여전히 살아 있었다.

탕.

제5장

믿음은
행동을 촉발하고 인도한다―
그러지 않는 믿음은 아무것도 아니다.

―《지구종: 산 자들의 책》에서

2025년 3월 2일 일요일

비가 내린다.

어젯밤 라디오에 태평양에서부터 태풍이 몰려온다는 뉴스가 나왔지만, 그 말을 믿는 사람은 거의 없었다. "바람은 불겠지." 코리는 그렇게 말했다. "바람이 불고 비도 몇 방울 내리고, 어쩌면 날씨도 조금 서늘해질 거야. 그 정도면 반가운 수준이지. 그게 다일 거야."

지난 육 년 동안은 그게 다였다. 육 년 전에 내린 비는 지금도 기억이 난다. 물이 뒷마당 포치까지 넘실거렸는데, 집이 잠길 만큼은 아니어도 남동생들이 물장난하러 뛰어들 만큼은 수위가 높았다. 언제나 감염 걱정에 시달리는 코리는 동생들이 물에 뛰어들도록 놔두지 않았다. 몇 년 동안 거름 삼아 정원에 구정물을 뿌렸으니 거기에 뛰어드는 것은 세균이 가득한 수프에서 첨벙거리는 것이나 마찬가지라면서. 어쩌면 코리 말이 옳았을지도 모르지만, 그날 온 동네 아이들이 진흙과 지렁이로 뒤덮인 꼴이 됐는데도 병을 앓은 경우는 없었다.

하지만 그때의 태풍은 열대성 저기압이었다. 빠르고 강력하며 따뜻한 9월의 비바람. 멕시코 태평양 연안 지대를 덮친 허리케인의 가장자리였다. 반면 이번은 차가운 겨울 태풍이다. 비는 사람들이 예배를 보러 온 오늘 아침에 시작됐다.

우리는 코리의 피아노 연주와 바깥에 울려 퍼지는 천둥 번개에 맞춰 흥겨운 구식 찬송가를 합창했다. 멋진 예배였다. 다만 신도 일부는 설교를 다 듣지 못했다. 통과 양동이, 욕조, 냄비까지, 그릇이라는 그릇은 죄다 바깥에 내놓고 하늘에서 공짜로 쏟아지는 물을 받으러 집으로 돌아갔기 때문이다. 지붕이 새는 집은 안에 솥과 양동이를 받치러 돌아가기도 했다.

전문 기술자에게 지붕을 수리받은 집이 한 곳이라도 있는지 모르겠다. 우리 동네 집은 모두 에스 자 모양으로 된 스페인식 기와로 덮여 있어서 그나마 다행이다. 기와지붕은 널빤지나 아스팔트 판재로 덮은 지붕보다 안전하고 오래가는 것 같다. 하지만 세월과 바람, 지진 앞에서는 버틸 방법이 없다. 점점 자라나는 나뭇가지도 지붕에게는 부담이 된다. 하지만 꼭 필요한 것도 아닌 지붕 수리 같은 일에 돈을 쓸 만큼 여유가 있는 집은 없다. 기껏해야 동네 어른들이 구할 수 있는 재료를 뭐든 모아서 임시로 땜질만 하는 정도다. 그나마도 이미 한참 전부터 하는 사람이 없다. 비가 고작 육칠 년에 한 번씩 내리는데 뭐 하러 그런 수고를 하겠는가?

우리 집 지붕은 아직 멀쩡하다. 예배가 끝난 후 바깥에다 내놓은 통과 온갖 그릇마다 빗물이 가득 찼거나 지금도 차오르는 중이다. 하늘이 내려주는 깨끗하고 질 좋은 공짜 물. 비가 더 자주 내리면 얼마나 좋을까.

2025년 3월 3일 월요일

아직도 비가 내린다.

오늘은 하늘이 조용하지만, 어젯밤에는 간간이 천둥이 쳤다. 하루 종일 가랑비가 내리는 와중에 이따금 폭우가 퍼붓는

다. 하루 종일. 본 적 없는 아름다운 풍경이다. 물에 이렇게 압도되는 기분을 느끼기는 처음이다. 나는 바깥에 나가서 온몸이 흠뻑 젖을 때까지 비를 맞고 돌아다녔다. 코리가 그러지 말라고 했지만 막무가내로 쏘다녔다. 정말로 멋진 기분이었다. 코리는 왜 그 기분을 이해하지 못할까? 너무나도 놀랍고 멋진 날이었다.

2025년 3월 4일 화요일

에이미 던이 죽었다.

고작 세 살 나이에, 아껴주는 이 한 명 없이 살다가 죽어버렸다. 말도 안 되는 일처럼, 아니 있을 수 없는 일처럼 느껴진다. 에이미는 간단한 단어를 읽을 줄 알았고 숫자도 서른까지 셀 줄 알았다. 내가 가르쳐준 것들이었다. 그 애는 관심받기를 너무나 좋아해서 수업 시간 내내 나한테 딱 붙어 있었는데, 그 때문에 답답해 미칠 지경이었다. 화장실을 갈 때조차 따라왔으니까.

그랬는데 죽었다.

성가실 때도 있었지만, 정이 많이 들었는데.

오늘, 학교가 끝나고 에이미를 집까지 바래다줬다. 던네 집에서 데리러 오는 사람이 아무도 없다 보니 그 애를 집에 데려다주는 게 일상이 됐다.

"집에 오는 길은 개도 알아." 에이미의 할머니인 크리스마스
가 내게 말했다. "그냥 혼자 오게 놔둬. 알아서 찾아올 테니까."

에이미가 혼자 집에 갈 수 있다는 것은 나도 알았다. 우리
집에서도 도로와 화단형 중앙분리대 너머에 있는 에이미의 집
이 훤히 보였으니까. 하지만 에이미는 정처 없이 돌아다니는
습관이 있었다. 혼자 집에 보냈다가는 제대로 도착할지 아니
면 몬토야네 정원에 들어갈지, 그도 아니면 모스네 집 토끼장
에 찾아가 토끼를 꺼내려고 할지 모를 일이었다. 나는 에이미
를 데려다주며 다시 비를 맞을 핑계가 생겨 기뻤다. 에이미도
비 맞기를 좋아해서 우리는 분리대의 커다란 아보카도나무 아
래에 잠시 머물렀다. 나는 분리대 끄트머리의 오렌지나무에서
잘 익은 오렌지 두 알을 땄다. 한 알은 에이미 것, 한 알은 내
것이었다. 내가 두 알 다 껍질을 벗겼고, 우리는 함께 오렌지
를 먹었다. 색이 옅고 숱도 적은 에이미의 머리카락이 빗물 때
문에 머리에 딱 붙어서 꼭 민머리처럼 보였다.

나는 에이미를 현관까지 데려가 엄마 트레이시에게 맡겼다.

"이렇게 젖게 놔두면 어떡해." 트레이시가 구시렁거렸다.

"비를 맞을 수 있을 때 충분히 맞아둬야지." 나는 그렇게 말
하고 돌아섰다.

트레이시가 에이미를 데리고 집으로 들어가 현관문을 닫

는 것까지 두 눈으로 확인했다. 그런데 어찌된 영문인지 에이미는 다시 바깥으로 나와 동네 정문 근처까지, 그러니까 가필드네와 볼터네, 도리 씨 부부가 함께 사는 집 바로 맞은편까지 이르렀다. 그리고 나서 나중에, 누가 정문 너머로 또 뭘 던져 놨는지 확인하러 나온 제이 아저씨가 에이미를 발견했다. 사람들은 가끔씩 우리에게 이런저런 것들을 던져줬다. 시기와 증오가 섞인 선물이었다. 구더기가 들끓는 동물 사체, 똥이 든 자루, 어쩌다 한번씩 인간의 팔다리나 어린애 시체까지. 어른 시체가 장벽 바로 너머에 버려져 있기도 했다. 하지만 그들은 모두 바깥세상 사람이었다. 에이미는 우리 주민이었고.

누군가 쏜 총알이 금속제 문을 똑바로 뚫고 에이미에게 명중했다. 바깥에서는 정문 안쪽이 보이지 않기 때문에, 틀림없이 우연한 사고였을 것이다. 범인은 정문 바깥에 서 있던 사람을 노렸거나, 정문 자체를 겨눴을 것이다. 우리 동네를 향해, 우리와 우리가 지녔으리라 여겨지는 부와 특권을 향해. 웬만한 총알은 정문을 뚫지 못한다. 원래 방탄 기능을 갖춘 문이니까. 하지만 전에도 두세 번 문 꼭대기에 총알이 뚫고 들어온 적이 있었다. 문 아래쪽으로는 새로 뚫린 총알구멍 여섯 개도 보였다. 구멍 옆에는 기다랗고 완만하게 툭 튀어나온 자리가 있는데, 총알이 문을 관통하지 못하고 튕겨나간 흔적이었다.

총소리는 너무나 많이 들려온다. 한 발씩 쏘는 총소리와 자동화기의 기묘한 연발 총소리는 밤낮을 가리지 않고 들려오고, 가끔은 대구경 포탄이나 수류탄 또는 그보다 더 큰 폭탄의 폭발음도 울려 퍼진다. 우리가 걱정하는 건 주로 폭발음 쪽이지만, 그런 소리가 나는 경우는 드물다. 대형 무기를 훔치기는 쉽지 않을뿐더러 이 일대에 사는 사람들은 불법으로 그런 무기를 구할 형편도 안 된다. 어쩌면 우리 아빠만 그렇게 생각하는지도 모른다. 사실 우리는 총소리를 너무 많이 들은 나머지 소리를 들어도 신경도 안 쓰는 지경이 되고 말았다. 볼터네 아이들 둘은 그날 총소리를 듣긴 했지만 평소와 똑같이 눈도 깜짝 안 했다고 한다. 어차피 바깥에서 들려온 총소리였으니까. 장벽 너머에서. 그때 다른 사람들은 빗소리밖에 듣지 못했다.

에이미는 이제 몇 주만 있으면 네 살 생일을 맞을 참이었다. 유치원 아이들과 함께 조촐한 파티를 열어주려고 했는데.

정말이지 난 이곳이 너무나 싫다.

그러니까, 난 이곳을 좋아하기는 한다. 나한테는 이곳이 고향이니까. 이곳 사람들이 내 이웃이니까. 그래도 싫다. 이곳은 상어 떼한테 포위당한 섬이나 마찬가지다. 다만 바다의 상어는 물에 들어가지 않으면 걱정할 필요가 없다. 하지만 우리가 사는 육지의 상어 떼는 조금씩 이곳으로 다가오는 중이다. 문제는, 상어 떼가 더는 허기를 못 견딜 때까지 시간이 얼마나 남았을까 하는 것이다.

오늘 아침에도 빗속을 걸었다. 춥지만 기분은 괜찮았다. 에이미는 이미 화장됐다. 그 애 엄마의 슬픔이 조금은 덜어졌을지 궁금하다. 표정을 봐서는 그런 것 같지 않다. 트레이시는 딸을 전혀 좋아하지 않았지만, 지금은 엉엉 운다. 우는 척하는 것 같지는 않다. 그 집 식구들은 살인범을 잡으려고 자기네 형편으로는 감당도 못 할 돈을 써가며 경찰에 수사를 의뢰했다. 내 생각에 그 돈을 써서 얻을 효과라고는 우리 장벽에서 가장 가까운 길거리에 사는 사람들을 멀리 쫓아내는 것뿐이다. 그게 잘하는 일일까? 길거리 빈민들은 다시 돌아올 테고, 경찰을 시켜 자기네를 공격한 우리를 원망할 것이다. 빈민들은 어쩔 수 없이 길에서 생활하지만 경찰은 길거리 야영이 불법이라는 이유로 그들을 두들겨 패고, 혹시라도 값나가는 것이 있으면 빼앗고, 그들을 쫓아버리거나 잡아 가둔다. 그런 건 비참하게 사는 사람들의 처지를 더욱 비참하게 만들 뿐이다. 그런 일을 해봤자 에이미에게는 아무 도움도 되지 않는다. 다만 던네 식구들은 자기네가 에이미에게 느끼는 죄책감을 조금이나마 덜지 않을까 싶다.

토요일에 열리는 에이미의 장례식에서 아빠가 설교를 할 예정이다. 나는 그 자리에 안 가고 싶다. 전에는 장례식 때문에 마음이 불편한 적이 한 번도 없었지만, 이번에는 다르다.

"넌 에이미를 많이 아꼈잖아." 조앤 가필드는 내가 장례식 얘기로 불평을 하자 그렇게 말했다. 오늘 점심을 같이 먹을 때의 일이었다. 우리는 내 방에서 단둘이 도시락을 먹었다. 바깥은 여전히 비가 내리다 말다 했고, 내 방을 제외한 우리 집 곳곳은 점심을 먹으러 집에 돌아가지 않은 아이들로 가득했기 때문이다. 하지만 내 방은 나만의 공간이다. 내가 허락하지 않는 한 아무도 들어올 수 없는 유일한 공간. 내가 아는 사람 중에 자기 방이 있는 사람은 나밖에 없다. 요즘은 아빠와 코리도 내 방문을 열기 전에 노크한다. 집안에 하나뿐인 딸로 태어나서 제일 좋은 점이 바로 그거다. 날마다 남동생들을 방에서 쫓아내는 게 일이지만, 그래도 쫓아낼 내 방이 있는 것 자체가 행운이다. 조앤도 외동딸이지만 자기보다 어린 여자 사촌 셋과 방을 함께 쓴다. 늘 떼를 쓰고 불평하는 투덜이 리사, 매사에 킬킬거리며 머리가 천재급으로 좋은 로빈, 목소리가 작고 시선은 늘 땅을 향해 있으며 누가 째려보기라도 하면 울음을 터뜨리는 제시카까지. 그 셋은 모두 성이 볼터다. 해리의 여동생이자 조앤에게는 이모의 딸들이니까. 어른인 자매 둘과 그 남편, 아이 여덟 명, 거기에 아이들 외조부모인 도리 씨 부부까지, 그들 모두 방 다섯 칸짜리 집 한 채에 꼭꼭 끼어 산다. 우리 동네에는 그 집보다 더 복작거리는 집도 있지만, 그래도 나는 조앤네처럼 살지 않아 다행이라는 생각이 든다.

"에이미를 챙겨주는 사람은 없다시피 했어." 조앤이 말을 이었다. "하지만 넌 그 애를 아껴줬잖아."

"그랬지. 저번에 불이 난 다음부터 말이야. 그 일이 있고 나서 난 에이미가 무슨 짓을 할지 두려웠어. 그전까지는 나도 남들처럼 에이미를 못 본 척했지만."

"그래서 지금 죄책감을 느끼는 거구나?"

"그런 거 아니야."

"아니긴, 그런 거면서."

나는 놀라서 조앤을 똑바로 봤다. "아니라고. 진짜 아니야. 에이미가 죽어서 마음이 안 좋긴 해, 그 애가 보고 싶기도 하고. 하지만 그 앤 나 때문에 죽은 게 아니야. 난 그냥, 이 모든 일에 비친 우리 모습을 부정할 수 없을 뿐이야."

"그게 무슨 소리야?"

나는 그때껏 입 밖에 낸 적 없는 말을 조앤에게 당장이라도 털어놓고 싶었다. 나는 그 모두를 기록해두었다. 때로는 글로 적지 않으면 미쳐버릴 것 같았으니까. 내게는 아무한테도 털어놓지 못할 것들이 하늘땅만큼이나 많다.

하지만 조앤은 내 친구다. 다른 사람보다 나를 더 잘 알고 머리도 좋다. 조앤한테는 털어놔도 좋지 않을까? 조만간 누구한테든 털어놓지 않고는 못 버틸 텐데.

"너 무슨 일 있어?" 조앤이 콩 샐러드가 든 플라스틱 밀폐 용기의 덮개를 열며 물었다. 그러고는 침대 옆 작은 탁자에 밀폐 용기를 내려놨다.

"에이미랑 심스 부인이 운 좋은 사람들이라고 생각해본 적 없어?" 내가 물었다. "그러니까, 죽지 않고 살아 있는 우리가 앞으로 무슨 일을 당할지 생각해본 적 있냔 말이야."

천둥이 무겁고 낮게 울리는가 싶더니, 갑자기 소나기가 거세게 퍼붓는 소리가 들려왔다. 라디오 기상예보에서는 오늘의 비로 나흘째 이어지는 폭풍우가 막을 내릴 거라고 했다. 안 그러면 좋겠는데.

"그런 생각이야 나도 당연히 하지." 조앤은 그렇게 대답했다. "어린애가 총에 맞아 죽는 판에 어떻게 안 할 수가 있어?"

"어린애를 죽이는 건 인류가 처음 출현했을 때부터 쭉 해온 짓이야." 내가 말했다.

"여기선 안 그랬잖아, 아무도. 지금까지는."

"맞아, 바로 그거야. 알겠어? 우린 경고를 받은 셈이야. 다음 번에 대비하라는."

"그게 무슨 소리야?"

"에이미는 우리 가운데 그런 식으로 죽은 첫 번째 아이라는 말이야. 마지막 아이가 아닐 거라는 말이기도 하고."

조앤은 한숨을 내쉬었다. 몸서리가 나는 듯 살짝 떨리는 한숨을. "너도 나랑 같은 생각을 한다, 이거구나."

"그래. 네가 그런 생각을 할 줄은 꿈에도 몰랐지만."

"강간에, 강도에, 이젠 살인까지 일어났어. 나도 당연히 생각을 안 할 수가 없잖아. 누구나 마찬가지야. 누구나 걱정하고 있다고. 여길 떠날 수만 있다면 원이 없을 텐데."

"어딜 가려고?"

"그게 문제야, 안 그래? 갈 데가 아무 데도 없다는 거."

"잘하면 있을지도 몰라."

"돈이 없으면 갈 데도 없는 거야. 가진 재주가 애 보기하고 음식 만들기뿐이어도 마찬가지고."

조앤의 말에 나는 고개를 가로저었다. "네가 할 줄 아는 건 그보다 훨씬 더 많잖아."

"그럴지도. 하지만 다 소용없어. 난 학비가 없어서 대학에 못 갈 거야. 취직도 못 하고, 집을 나와 독립할 수도 없겠지. 나 같은 애도 받아주는 일자리로는 혼자 살기에 충분한 돈을 못 벌 테고, 이사할 만한 안전한 집도 못 구할 테니까. 웬걸, 우리 부모님은 지금도 자기네 부모님 집에 얹혀살잖아."

"나도 알아." 내가 말했다. "그리고 네가 말한 것만으로도 상황이 충분히 안 좋아 보이지만, 실은 그게 다가 아니야."

"누가 더 듣고 싶대? 됐어!" 조앤이 콩 샐러드를 먹기 시작했다. 샐러드는 맛있어 보였지만, 이제부터 내가 할 이야기 때문에 조앤이 입맛을 잃을지도 모르겠다는 생각이 들었다.

"미시시피 주 남부하고 루이지애나 주에 콜레라가 돌고 있대. 어제 라디오에서 들은 얘기야. 그쪽 지역엔 가난한 사람이 너무나 많대. 까막눈에, 직업도 집도 없고, 제대로 된 화장실이나 깨끗한 물조차 못 구하는 사람들이. 원래는 물이 풍부한 지역이지만 지금은 대부분 오염됐대. 게다가 복용하면 불을 지르고 싶어진다는 마약 말이야, 뭔지 너도 알지?"

조앤은 샐러드를 우물우물 씹으며 고개를 끄덕였다.

"그 약이 다시 유행하는 중이래. 원래는 동부 해안 쪽에서 시작한 약인데, 지금은 거기서 서쪽으로 시카고까지 번졌다는 거야. 뉴스에 따르면 그 약을 한 사람은 섹스를 할 때보다 불구경을 할 때 더 황홀한 기분을 느낀대. 기자들이 그 약을 비난하려는 건지 광고하려는 건지 모르겠어." 나는 숨을 깊이 들이쉬었다. "앨라배마 주와 켄터키 주, 테네시 주, 그 외에도 두세 개 주가 토네이도에 휩쓸려 초토화됐어. 이때껏 죽은 사람만 해도 삼백 명이나 돼. 중서부 북쪽은 블리자드가 불어닥쳐서 꽁꽁 얼어붙는 바람에 그보다 더 많은 사람이 죽었어. 뉴욕 주하고 뉴저지 주에서는 유행성 홍역 때문에 사람들이 죽어나가고. 홍역 때문에!"

"홍역 소문은 나도 들었어." 조앤이 말했다. "이상해. 아무리 사람들 형편이 어려워서 예방접종을 못 한다 해도, 홍역이란 게 죽을병은 아니잖아."

"그런 사람들은 이미 반쯤 죽은 상태야. 굶주린 데다 다른 병까지 이것저것 걸린 상태로 추운 겨울을 견뎌냈으니까. 그리고 예방접종 같은 건, 그래, 당연히 꿈도 못 꿀 신세지. 우린 부모님이 돈을 마련한 덕분에 필요한 예방접종을 다 마쳤으니 운이 좋은 거고. 혹시라도 자식을 낳으면 우리는 그 애들한테 예방접종이라도 맞혀줄 수 있을까. 난 도저히 모르겠어."

"그래, 누가 아니래." 조앤의 목소리에서는 지루한 기색마저 느껴졌다. "세상이 다 엉망이지. 우리 엄만 새로 뽑힌 그 사람, 도너 대통령한테 기대를 거나 봐. 우리 삶이 슬슬 정상으로 돌아가도록 손을 써줬으면 하는 거지."

"정상이라." 내가 중얼거린 말이었다. "그게 무슨 뜻인지 궁금한걸. 너도 네 엄마하고 같은 생각이야?"

"아니. 도너는 어차피 가망이 없어. 내 생각엔 여건만 되면 잘할 사람 같은데, 해리는 그 사람의 사상이 섬뜩하대. 해리 말로는 아예 나라를 백 년 전으로 되돌려놓을 인간이래."

"우리 아빠도 비슷한 얘길 했어. 해리도 같은 생각을 하다니 뜻밖인걸."

"뜻밖이긴. 해리 아빠가 도너를 무슨 하느님처럼 떠받들어서 그래. 해리는 뭐든 아빠하고 반대로만 하려고 하거든."

나는 웃음을 터뜨리고는, 자기 아빠와 다투는 해리를 생각하면서 딴생각에 빠져들었다. 이웃의 집안싸움이었다. 불꽃은 잔뜩 튀지만, 진짜 불은 붙지 않는 싸움.

"그런 얘기는 뭐 하러 꺼내?" 조앤의 물음이 나를 다시 진짜 불 옆으로 데려다놓았다. "우리 힘으로 어떻게 할 수 있는 것도 아닌데."

"우리가 해야 돼."

"뭘 어떻게 한다는 건데? 우린 열다섯 살이야! 우리 힘으로 할 수 있는 게 뭔데?"

"대비는 할 수 있어. 그게 우리가 지금 해야 하는 일이야. 앞으로 일어날 일에 대한 대비, 그 일을 끝까지 견뎌낼 대비, 다 끝난 후에도 계속 살아갈 대비. 우린 살아남을 계획을 짜는 데 집중해야 해. 미친 사람, 자포자기한 사람, 악당, 자기가 무슨 짓을 하는지조차 모르는 지도자 같은 사람들한테 휘둘리지 않으려면!"

조앤은 나를 물끄러미 바라봤다. "네가 무슨 얘길 하는지 하나도 모르겠어."

나는 정신없이 떠들고 있었다. 어쩌면 너무 서둘렀는지도 모른다. "우리 동네 이야기를 하는 거야, 조앤. 장벽을 둘러친 이 폐쇄형 주택단지 이야기를. 저 바깥의 굶주리고 절망하고 분노한 사람들이 떼로 뭉쳐서 우리 동네에 쳐들어오기로 결심하는 날의 이야기 말이야. 난 그날이 오기 전에 우리가 할 일이 뭔지에 관해 이야기하는 중이야. 그런 위기를 넘기고 다시 일어서려면, 아니면 적어도 살아남아서 거지보다 나은 신세가 되려면 뭘 어떻게 해야 하는지에 관해."

"우리 동네 장벽을 부수고 쳐들어올 거라고?"

"그보단 장벽을 아예 폭파해버리든가 정문을 날려버릴 거야. 언젠간 벌어질 일이야. 너도 나만큼이나 잘 아는 사실이지."

"아니, 난 그런 거 몰라." 조앤이 항변했다. 그러고는 거의 뻣뻣해 보일 만큼 똑바로 허리를 펴고 앉았다. 점심 도시락은 잠시 까맣게 잊은 듯했다. 나는 말린 과일과 견과류가 잔뜩 들어간 도토리빵을 한입 베어 물었다. 제일 좋아하는 음식인데도 아무 맛을 느끼지 못한 채 꾸역꾸역 씹어 삼켰다.

"조앤, 우린 위험에 빠졌어. 그건 너도 이미 인정했잖아."

"맞아. 총격 사건은 다시 일어날 테고, 침입자도 또 나타날 거야. 내 말은 그런 뜻이었어."

"당분간 그런 일이 이어지겠지. 언제까지 그럴지 알면 좋을 텐데. 우린 두들겨 맞고, 또 맞고, 또 맞을 거야. 그러다가 언젠가 진짜로 세게 맞겠지. 만약 그때 대비가 안 되어 있으면, 우린 성서에 나오는 예리코 성처럼 무너져버릴 거야."

조앤은 몸을 꼿꼿이 유지했다. 내 말을 아예 듣지도 않는 듯이. "네가 뭘 안다고 그래, 미래를 읽는 것도 아니면서! 그런 건 아무도 못 하는 일이야."

"할 수 있어." 내가 말했다. "마음만 먹으면 가능해. 처음에

는 무섭지만, 일단 두려움만 넘어서면 그다음은 쉬워. 로스앤
젤레스에는 우리 동네보다 더 크고 튼튼한 장벽 공동체도 있
었지만 지금은 사라졌어. 폐허와 쥐 떼, 불법점거자 따위를 빼
면 아무것도 안 남았다고. 거기 사람들이 당한 일을 우리도 당
할지 몰라. 지금 당장 발 벗고 나서서 살아남을 방법을 찾지
않으면 우린 이 안에서 죽고 말 거야."

"네 생각이 그렇다면 부모님한테 얘기해보지, 왜. 경고 삼아
얘기하고 나서 어떻게 반응하는지 보면 되잖아."

"부모님을 납득시킬 방법이 생각나면 곧바로 얘기할 거야.
게다가…… 두 분은 이미 아시는 것 같아. 아무튼, 아빠는 알
거야. 어른들은 다 알걸. 알고 싶지 않겠지만, 그래도 알아."

"우리 엄마가 도너를 제대로 봤을 수도 있어. 그 사람이 정
말로 좋은 일을 할지도 모른다고."

"아니, 그렇지 않아. 도너는 그냥 '인간 난간' 같은 존재야."

"뭐라고?"

"그러니까 그 사람은…… 미래로 내던져진 우리가 붙잡고
버틸 과거의 상징 같은 거야. 아무것도 아닌 거지. 실체가 없
어. 하지만 그 사람을 그 자리에 앉혀놓으면, 그러니까 이백오
십 년 동안 이어진 미국 대통령 계보가 계속 이어지면 말이야,
사람들은 자기가 자라면서 알아온 조국과 문화가 여전히 자기
곁에 있다는 느낌을 받게 돼. 우리가 이 힘든 시절을 견디고

다시 정상적인 삶으로 돌아갈 거라는 느낌도."

"우린 돌아갈 수 있어." 조앤이 말했다. "어쩌면. 내 생각에 언젠가는 그럴 거야." 아니, 조앤은 그렇게 생각하지 않았다. 다른 것도 아니고 현실을 부정하는 데에서 생겨나는 더없이 얄팍한 위안을 택하기에는, 조앤은 너무나 똑똑한 아이였다. 하지만 피상적인 위안일지언정 아예 없는 것보다는 나을 것이다. 나는 작전을 바꿔보기로 했다.

"중세 유럽에서 가래톳 흑사병이 유행했다는 이야기 읽어본 적 있어?" 내가 물었다.

조앤은 고개를 끄덕였다. 그 애도 나만큼이나 독서를 좋아해서 온갖 분야의 책을 가리지 않고 읽는다. "유럽 대륙의 태반이 무인 지대가 될 정도였지. 생존자 중에는 종말이 머지않았다고 생각한 사람도 있었대."

"맞아. 하지만 일단 종말이 아니란 게 분명해지자, 사람들은 자기네가 마음대로 차지할 빈 땅이 잔뜩 있다는 걸 알아차렸어. 특별한 기술이 있는 사람은 노동의 대가로 품삯을 더 요구할 수 있다는 것 또한 알아차렸고. 그렇게 많은 변화가 일어난 덕분에 생존자들이 살기 편해진 거야."

"그래서 하고 싶은 말이 뭔데?"

"변화." 나는 잠시 생각하다가 말을 이었다. "오늘날 일어날지도 모르는 일에 비하면 아까 말한 변화들은 느리게 일어났어. 하지만 그중 일부나마 세상이 '실제로' 변하기도 한다는 사실을 비로소 깨달은 건, 흑사병이 유행했기 때문이야."

"그래서?"

"세상은 지금도 변하고 있어. 우리 동네 어른들은 전염병에 걸려 싹 사라지지 않은 덕분에, 아직도 과거에 매달려 살아가면서 좋았던 옛 시절이 다시 돌아오길 기다리지. 하지만 세상은 이미 꽤 많이 변했고 앞으로 더 변할 거야. 세상은 늘 변하고 있어. 지금은 조금씩 한 발 한 발 나아가는 쉬운 방식의 변화가 아니라, 크게 성큼 뛰어넘는 방식의 변화가 일어나고 있는 것뿐이야. 사람들은 세상의 기후를 바꿔놨어. 그러고는 이제 와서 옛 시절이 다시 돌아오기를 기다리는 중이지."

"너희 아빠 과학자들이 뭐라 하든 간에 인간한테 기후를 바꿀 능력이 있다고는 믿지 않는다던데. 세상을 그렇게 심오한 방식으로 변화시키는 건 하느님만 가능하다면서."

"넌 우리 아빠 말을 믿어?"

조앤은 입을 벌리고 무슨 말을 할 것처럼 나를 보다가 다시 입을 다물었다. 그러다 잠시 후에 이렇게 말했다. "글쎄."

"우리 아빠도 약점이 있는 사람이야. 내가 아는 사람 중에선 제일 좋은 사람이지만, 그런 사람한테도 약점은 있어."

"어차피 달라질 것도 없잖아." 조앤이 말했다. "처음에 기후가 변하기 시작한 이유가 뭐든 간에 우리 힘으로 그걸 되돌리는 건 불가능해. 너랑 나, 둘이서는 못 해. 온 동네가 합심해도 못 하고. 우리 힘으로는 아무것도 할 수 없어."

내 참을성이 바닥나고 말았다. "그럼 지금 당장 같이 자살하는 걸로 다 끝내면 되겠네!"

조앤이 얼굴을 찌푸렸다. 동그랗고 진지한 얼굴에는 화난 기색마저 보였다. 두 손은 조그마한 오렌지의 껍질을 잘게 뜯고 있었다. "그래서 어쩌라는 건데?" 조앤이 물었다. "우리가 뭘 할 수 있는데?"

나는 마지막 도토리빵 한 조각을 내려놓고 조앤을 지나 침대 옆 협탁으로 갔다. 그런 다음 맨 아래 서랍에서 책 몇 권을 꺼내 조앤에게 보여줬다. "내가 요즘 하는 일이 이거야. 난 지난 몇 달 동안 이 책들을 읽고 공부했어. 우리 집에 있는 책이 다 그렇듯이 이 책들도 오래된 거야. 아빠가 허락할 때면 아빠 컴퓨터도 썼어. 새로운 것들을 조사하느라."

조앤이 얼굴을 찡그린 채 책을 훑어봤다. 거친 자연에서 살아남는 법을 담은 책이 세 권, 총과 사격에 관한 책이 세 권, 응급처치 요령, 캘리포니아 주 토착 및 자생 식물과 그 식물의 활용법, 기본적인 생활 기술을 가르쳐주는 책도 두 권씩 있었다. 통나무집 짓기, 가축 키우기, 작물 재배하기, 비누 만들기……그런 기술이었다. 조앤은 내 생각을 대번에 알아차렸다.

"이게 다 뭐야? 자급자족하는 법이라도 배우려고?"

"바깥세상에서 살아남는 데 유용한 거라면 뭐든지 배울 작정이야. 난 우리 모두 이런 책을 보면서 공부해야 한다고 생각해. 돈이나 생필품은 도둑맞을 걱정 없는 땅속에 묻어둬야 할 것 같아. 장벽 바깥으로 서둘러 대피할 일이 생길지도 모르니까, 덥석 집어서 바로 뛰어갈 수 있게 비상 배낭도 만들어야 해. 돈, 식량, 옷, 성냥, 담요 같은 걸 넣어서……. 뿔뿔이 흩어질 경우에 대비해 우리만 아는 집합 장소를 바깥 몇 군데 정해놓는 것도 좋겠어. 어휴, 생각할 게 너무 많아. 그런데 확실한 건, 이건 정말 확실해! 내가 아무리 많은 걸 미리 생각해놔도 그걸로는 부족할 거라는 사실이야. 난 바깥에 나갈 때마다 장벽 없는 세상에서 사는 건 어떨지 머릿속으로 그려봐. 그러다가 깨달아. 내가 아는 게 하나도 없다는 걸."

"그럼 대체 왜……."

"살아남을 작정이거든."

조앤은 물끄러미 나를 바라볼 뿐이었다.

"아직 시간이 있는 동안 온갖 것을 배워둘 거야. 혹시 바깥에서 사는 처지가 되면, 그 덕분에 살아남을 시간을 벌게 되겠지. 그러면 더 많은 것을 배울 수 있을지도 몰라."

조앤이 불안해 보이는 미소를 지으며 나를 봤다. "너 모험소설을 너무 많이 읽었구나."

나는 눈살을 찌푸렸다. 어떻게 설명해야 조앤의 마음에 닿을까? "농담하는 거 아니야, 조앤."

"그럼 뭔데?" 조앤은 마지막 남은 오렌지 한 조각을 입에 넣었다. "나한테서 무슨 말을 듣고 싶은 건데?"

"네가 내 말을 진지하게 들어주면 좋겠어. 내가 아는 게 별로 없다는 건 나도 실감하고 있어. 아는 게 없기는 우리 모두 마찬가지야. 하지만 누구나 더 배울 수 있어. 그러고 나서 서로서로 가르쳐주는 거야. 현실을 부정하거나, 현실이 마법처럼 바뀔 거라 기대하는 일을 그만하는 거지."

"난 지금도 그런 짓 안 하는데."

나는 비가 내리는 창밖을 내다보며 마음을 가라앉혔다.

"그래. 그럼 넌 지금 무슨 일을 하는데?"

조앤은 표정이 편치 않아 보였다. "난 아직도 우리가 진짜로 뭔가 할 수 있다는 확신이 서질 않아."

"조앤!"

"내가 해도 나중에 문제가 안 될 만한 일이나, 남들이 다 나를 미쳤다고 생각하지 않을 만한 일이 있으면 가르쳐줘. 그냥 가르쳐달라고."

드디어. "넌 너희 집에 있는 책 다 읽었어?"

"일부는. 다 읽진 않았어. 읽을 만한 책만 있는 건 아니라서. 책이 우리를 구원해줄 것도 아니고."

"아무것도 우리를 구원해주지 않아. 우리 힘으로 스스로를 구원하지 않으면 우린 죽은 목숨이야. 자, 이제 상상력을 발휘해봐. 너희 집 책장에 혹시 바깥세상에 오래 머물 경우에 유용한 책이 있어?"

"아니."

"대답이 너무 빠르잖아. 집에 돌아가서 다시 찾아봐. 그리고 방금 말했듯이, 상상력을 발휘해봐. 백과사전에 있든 위인전에 있든 생존에 도움이 되는 정보라면 뭐든지, 땅을 일궈 자급자족하고 내 몸을 지키는 데 도움이 되는 지식이라면 뭐든지 좋아. 심지어는 소설도 쓸모가 있을지 몰라."

조앤은 곁눈으로 나를 흘끔 봤다. "말도 안 돼."

"조앤, 만약 그런 지식이 필요한 날이 영영 안 오더라도 그게 너한테 해가 될 일은 전혀 없을 거야. 그저 전보다 아는 게 조금 더 많아질 뿐이지. 손해 보는 것도 아니잖아? 그나저나 너, 책 읽을 때 메모해?"

조앤의 얼굴에 경계하는 표정이 떠올랐다. "가끔."

"이걸 읽어봐." 나는 조앤에게 식물 책 한 권을 건넸다. 캘리포니아 주 북아메리카 원주민과 그들이 이용했던 식물의 종류, 또 그런 식물의 이용법이 담겨 있었다. 짧지만 신기하고 재미있는 책이었다. 조앤은 놀랐을 것이다. 그 애가 보고 겁을 먹거나, 위협을 느끼거나, 강요로 여길 만한 내용은 그 책에 조금도 들어 있지 않으니까. 그런 건 내가 이미 들려준 얘기로

103

충분할 듯싶었다.

"메모를 해." 나는 조앤에게 말했다. "그렇게 하면 기억에 더 잘 남을 거야."

"난 지금도 네가 한 말 안 믿어. 세상이 반드시 네 이야기처럼 나빠질 거라는 보장은 없으니까."

나는 조앤 손에 책을 쥐여줬다. "메모한 건 잘 보관해둬. 이곳과 해안 사이의 땅에 자라는 식물이나, 이곳에서 해안을 따라 오리건 주까지 펼쳐진 땅에 자라는 식물은 특히 신경 써서 기억해야 해. 어떤 식물인지 내가 책에 표시해뒀어."

"네 말 안 믿는다고 했잖아."

"믿든 안 믿든 상관없어."

조앤은 책을 내려다보다가 검은 천과 판지로 된 표지를 손으로 쓸어내렸다. "그러니까 나더러 덤불 속에서 풀을 먹고 사는 법을 배우자, 이거지."

"살아남는 법을 배우자는 거야." 내가 말했다. "좋은 책이야. 망가지지 않도록 조심해. 우리 아빠가 자기 책을 끔찍이 아끼는 건 너도 알 테니까."

2025년 3월 6일 목요일

비가 그쳤다. 내 방 창문은 우리 집 북쪽으로 나 있기 때문에 하늘에서 구름이 갈라지는 광경이 보였다. 구름은 바람에 날려 산맥을 지나 사막 쪽으로 향했다. 놀랍도록 빨랐다. 차가운 바람이 세게 분다. 나무가 몇 그루쯤 뽑힐지도 모르겠다.

다시 비가 내리는 걸 볼 때까지 몇 년이 걸릴지 궁금하다.

제6장

때로는 물에 빠진 사람이
자신을 구하러 온 사람과
싸우다가 죽기도 한다.

— 《지구종: 산 자들의 책》에서

조앤이 말해버렸다.

조앤은 자기 엄마한테 얘기했고, 조앤 엄마는 우리 아빠한테 얘기했으며, 우리 아빠는 나를 불러서 진지하게 얘기를 좀 나누자고 했다.

망할 계집애. 망할 계집애!

오늘 에이미의 장례식 예배에서 조앤을 봤다. 어제는 학교에서 조앤을 마주쳤다. 그 애는 자기가 무슨 짓을 했는지 나에게 입도 뻥긋하지 않았다. 알고 보니 그 애는 목요일에 이미 자기 엄마한테 내 얘기를 일러바쳤다. 자신과 엄마, 단 둘만 아는 비밀로 삼을 생각이었는지 모른다. 그랬는데, 세상에, 조앤의 엄마인 필리다 가필드는 나를 끔찍이 생각하고 끔찍이도 걱정해주는 사람이었다. 내가 자기 딸한테 겁을 주는 것도 싫었을 것이다. 조앤이 겁을 먹기는 했을까? 보아하니 머리를 써서 고민해봐야겠다는 생각이 들 만큼 겁을 먹은 것 같지는 않다. 조앤은 언제나 영리해 보였는데 말이다. 나를 난처하게 하면 내가 말한 위험이 사라질 거라고 생각했을까? 아니, 그런 식으로는 해결되지 않는다. 그건 그저 부정에 부정을 더하는 짓일 뿐이다. '나쁜 일 이야기를 하지 않으면 그런 일이 일어나지 않을 거야'라는 식의 어리석고 유치한 장난이다. 멍청이 같으니라고! 이제 다시는 조앤한테 중요한 이야기를 털어놓지 못하게 됐다.

내가 좀 더 마음을 터놨다면 어땠을까. 만약 조앤과 함께 신앙 이야기를 나눴다면? 실은 그럴 마음도 있었는데. 이제 내가 누구하고든 그런 이야기를 나누는 게 가능하긴 할까?

그날 내게서 나온 이야기는 돌고 돌아 오늘 저녁 다시 내게 돌아왔다. 장례식이 끝난 후 가필드 아저씨가 아빠에게 그 이야기를 한 것이다. 꼭 어린애들이 하는 귓속말 놀이 같았다. 놀이에서 '우린 지금 위험에 처했어, 그러니까 부지런히 공부해서 스스로를 지켜야 해'로 시작한 말은 한참을 돌아 이렇게 끝났다. '로런은 이곳을 떠날 거래요, 바깥 사람들이 폭동을 일으켜서 장벽을 부수고 우릴 다 죽일까 겁나서요.'

뭐, 그런 얘기도 조금은 했다. 조앤이 자기는 그렇게 생각하지 않는다고 분명히 밝히기도 했고. 하지만 내가 불길한 예측만 두드러지게 강조한 것은 아니었다. '우린 다 죽을 거야, 으흐흐흐.' 그런 말은 해봤자 아무 의미도 없지 않은가? 그런데도 돌고 돌아 내게 온 것은 하나같이 부정적인 말뿐이었다.

"로런, 너 조앤한테 무슨 얘길 한 거냐?" 저녁을 먹고 나서 아빠가 내 방에 찾아왔다. 평소 같으면 내일 예배에서 읽을 설교문을 마지막으로 고치고 있을 시간이었다. 방에 하나 있는 의자에 앉아 나를 보는 아빠의 눈빛은 이렇게 말하는 듯했다. '딸아, 너 정신을 어디다 두고 다니는 거냐? 도대체 뭐가 문제야?' 그 눈빛에 조앤이라는 이름이 합쳐지니 앞서 무슨 일이 있었는지, 또 지금 이건 무슨 사정인지 짐작이 갔다. 내 친구 조앤이 한 짓이었다. 망할 계집애!

나는 침대에 앉아 아빠를 마주 봤다. "조앤한테 우리가 지금 불길하고 위험한 시대에 살고 있다고 했어요. 앞으로 살아남으려면 배울 수 있는 것을 지금 배워둬야 한다고 경고했고요."

그러자 아빠는 조앤의 어머니는 물론 조앤 역시 많이 당황했으며, 두 사람 모두 내가 상담이 필요하다고 생각한다는 얘기를 들려줬다. 내가 세상의 종말이 다가온다고 믿기 때문이었다.

"너 정말로 세상의 종말이 다가온다고 믿는 거냐?" 아빠가 물었다. 나는 정말이지 느닷없이, 하마터면 울음을 터뜨릴 뻔했다. 온 힘을 다해 울음을 참았다. 속으로는 이런 생각을 하면서. 아뇨, 종말을 맞는 건 아빠의 세상일 거예요. 아마 아빠도 같이 끝이 나겠죠. 끔찍한 생각이었다. 그 문제를 그렇게 사적인 방식으로 생각한 건 오늘이 처음이었다. 나는 고개를 돌려 창밖을 보며 한동안 마음을 가라앉혔다. 그러다가 다시 아빠를 돌아보고 말했다. "네. 아빠는 안 그래요?"

아빠는 얼굴을 찌푸렸다. 내가 그런 식으로 대답할 거라는 생각은 못 했을 것이다. "넌 열다섯 살이야. 세상이 어떻게 돌아가는지 제대로 이해하기 힘들지. 지금 우리가 겪는 문제는 네가 태어나기 한참 전에 이미 쌓이기 시작한 것들이야."

"알아요."

아빠는 표정을 누그러뜨리지 않았다. 아빠가 나한테서 듣고 싶은 말이 뭔지 궁금해졌다. "그럼 도대체 왜 그런 거냐? 왜 조앤한테 그런 얘길 했느냔 말이야."

나는 되도록 솔직히 털어놓기로 마음먹었다. 아빠에게 거짓말을 하기는 싫었다. "진실을 말해줬을 뿐이에요." 나는 꿋꿋이 그렇게 얘기했다.

"네가 안다고 생각하는 걸 전부 다 남한테 들려줄 필요는 없어. 아직 그 정도도 모르는 거냐?"

"조앤은 제 친구였어요. 그 애한테는 얘기해도 되는 줄 알았다고요."

아빠는 고개를 가로저었다. "사람들은 그런 얘기를 무서워해. 아예 입 밖에 내지 않는 게 상책이야."

"하지만 아빠, 그건 꼭…… 거실에 불이 났는데 멍하니 구경만 하는 거랑 똑같은 짓이에요. 식구들이 거실이 아니라 주방에 있다는 이유로, 집 안에서 일어난 화재는 너무 무서운 화젯거리라는 이유로요."

"조앤한테든 다른 친구 누구한테든, 경고 같은 건 하지 마. 지금은 그럴 때가 아니야. 넌 네가 옳다고 생각하겠지만 네가 하는 짓은 아무한테도 도움이 안 돼. 그냥 사람들한테 겁만 주고 있을 뿐이야."

이쯤에서 나는 대화 주제를 살짝 바꾸며 치솟는 화를 가까스로 억눌렀다. 때로는 방향을 바꿔 이쪽저쪽 들쑤시는 것이 아빠를 조종하는 비결이었다.

"가필드 아저씨한테서 책은 돌려받으셨어요?" 내가 물었다.

"무슨 책 말이냐?"

"제가 조앤한테 캘리포니아 주의 식물과 원주민식 식물 이용법에 관한 책을 빌려줬거든요. 아빠 책장에 있던 책이에요. 죄송해요, 마음대로 빌려줘서. 하도 평범한 주제라 문제가 되리란 생각은 못 했어요. 그런데 그 책이 말썽이었나 봐요."

아빠는 놀란 듯 움찔했지만, 이내 미소에 가까운 표정을 지었다. "그래, 책은 나중에 꼭 돌려받아야 해, 아무렴. 그 책이 없었다면…… 넌 그렇게 좋아하는 도토리빵을 못 먹었을 거다. 지금 우리가 당연히 여기는 몇 가지도 누리지 못했을 테고."

"도토리빵이요……?"

아빠가 고개를 끄덕였다. "너도 알다시피 우리나라 사람 대부분은 도토리를 먹지 않아. 도토리를 먹는 전통이 없다 보니 어떻게 손질해야 하는지도 알지 못하고, 무슨 까닭에선지 도토리를 먹는다는 생각 자체를 역겹게 여기기도 한단다. 동네에 있는 아름드리 떡갈나무를 죄다 잘라버리고 쓸모 있는 작물을 심자고 하는 이웃도 있었지. 내가 그 사람들 마음을 돌리느라 얼마나 오랜 시간을 들였는지 믿기조차 힘들걸."

"그럼 예전 사람들은 뭘 먹었어요?"

"밀이나 다른 곡물로 만든 빵이었지. 옥수수, 호밀, 귀리 같은……."

"엄청 비싸잖아요!"

"전에는 그렇지 않았어. 조앤한테서 그 책 꼭 돌려받아라." 아빠는 숨을 길게 들이쉬었다. "자, 여담은 그쯤 해두고 본론으로 돌아가자꾸나. 너 도대체 무슨 일을 꾸민 거냐? 조앤을 꼬드겨서 함께 가출이라도 할 작정이었어?"

그 말에 한숨이 나왔다. "그럴 리 없잖아요."

"그 애 아버지 말로는 네가 그랬다던데."

"아저씨가 착각한 거예요. 저는 살아남는 일에 관해 이야기했을 뿐이에요. 장벽 바깥에서 사는 법을 배워야 한다고 했어요. 혹시 피치 못할 상황이 오더라도 버틸 수 있도록요."

아빠는 내 마음속 진실이 다 보인다는 듯한 눈빛으로 나를 가만히 바라봤다. 어릴 적에 나는 아빠에게 정말로 그런 능력이 있는 줄 알았다. "그래. 좋은 의도에서 그랬겠지만, 섬뜩한 얘기는 앞으로 다시는 꺼내지 마라."

"섬뜩한 얘기 아니었어요. 아직 시간이 있을 때 배울 수 있는 것들을 최대한 배워둬야 해요."

"그건 네가 정할 일이 아니란다, 로런. 넌 우리 공동체를 대신해 결정을 내리는 사람이 아니야."

아아, 젠장. 납작하게 움츠리기와 대놓고 밀어붙이기 사이에서 균형을 잡을 수 있다면 좋을 텐데. "네, 알겠어요."

아빠는 의자에 느긋하게 등을 기대고 나를 바라봤다. "조앤한테 한 이야기를 나한테 다시 해보렴. 처음부터 끝까지."

나는 아빠에게 이야기했다. 목소리를 담담하고 시큰둥하게 유지하느라 조심하면서도, 빼먹은 내용은 하나도 없었다. 내가 무엇을 믿는지 아빠가 알았으면, 이해해줬으면 했다. 그래 봤자 조앤에게 들려준 이야기는 내 신앙과는 무관한 부분이었지만. 이야기를 다 끝내고, 나는 입을 다문 채 가만히 기다렸다. 아빠는 내가 할 이야기가 더 있을 거라 짐작한 모양이었다. 의자에 가만히 앉아 나를 물끄러미 보기만 했으니까. 아빠의 기분이 어떨지 가늠하기 힘들었다. 남들은 아빠가 내색하지 않을 때면 절대로 아빠의 기분을 알아차리지 못했지만, 나는 거의 항상 알아차리곤 했다. 그런데 지금은 아빠에게서 완전히 차단당한 느낌이 들었다. 내가 어떻게 할 여지 같은 건 전혀 없었다. 나는 가만히 기다렸다.

한참 후에 아빠는 호흡을 참던 사람처럼 거세게 숨을 내쉬었다. "그 얘기는 두 번 다시 꺼내지 마라." 아빠는 반론을 허락지 않는 목소리로 그렇게 말했다.

나는 다시 아빠를 마주 봤다. 나중에 거짓말이 될 약속은 하고 싶지 않았다.

"로런."

"아빠."

"다시는 그 얘기 꺼내지 않겠다고 아빠하고 약속해."

그때 뭐라고 해야 했을까? 그런 약속을 하고 싶지 않았다.

그럴 수는 없었다. "지진 배낭을 만드는 건 괜찮잖아요." 내가 말했다. "집에서 재빨리 탈출해야 할 경우에 곧장 집어 들면 되는 비상 배낭 말이에요. 거기에 지진 배낭이라는 이름을 붙이면 사람들이 그렇게까지 거북스러워하진 않을 거예요. 지진 걱정이라면 이골이 났으니까요." 길고 긴 말이 한꺼번에 입에서 쏟아졌다.

"우리 딸, 다시는 그런 얘기 안 한다고 아빠하고 약속해."

힘이 빠지다 못해 어깨가 다 축 처졌다. "왜요? 아빠도 내가 옳다는 걸 아시잖아요. 그건 가필드 아저씨도 틀림없이 알걸요. 그런데 왜요?"

나는 아빠가 나한테 소리를 지르거나 벌을 줄 거라고 생각했다. 나와 동생들이 여러 번 들은 끝에 '방울 소리'라는 별명을 붙인 날카로운 경고음이 아빠의 목소리에 섞여 있었으니까. 꼭 방울뱀의 경고음 같은 그 소리가. 방울 소리를 듣고도 아빠를 더 자극했다가는 혼쭐이 나는 수가 있었다. 만약 아빠 입에서 우리 아들이나 우리 딸 같은 말이 나왔다면, 혼나기 직전이라는 뜻이었다.

"왜냐고요." 나는 꿋꿋이 말했다.

"왜냐면 네가 스스로 무슨 짓을 하는지 까맣게 모르기 때문이야." 아빠는 얼굴을 찡그린 채 손으로 이마를 문질렀다. 다시 입을 열었을 때, 아빠의 목소리에 날카로운 기색은 사라지고 없었다. "로런, 사람을 상대할 땐 겁을 주는 것보다 가르쳐 주는 게 낫단다. 겁을 줬는데 아무 일도 일어나지 않으면 사람들은 더는 그것을 두려워하지 않게 되고, 너는 그들에게 행사하던 권위에 손상을 입게 돼. 그렇게 되면 다음번에는 겁주기가 더 힘든 건 물론, 가르쳐주기도, 신뢰를 되찾기도 더 힘들단다. 그냥 처음부터 가르쳐주는 게 상책이야." 아빠가 입꼬리를 올리며 희미한 미소를 지었다. "조앤한테 책을 빌려주는 걸로 작전을 시작하다니, 재미있구나. 책을 가르칠 용도로 사용하겠다는 생각은 안 해본 거냐?"

"가르친다면…… 제가 돌보는 유치원 아이들한테요?"

"못 할 것도 없지. 첫걸음을 제대로 떼게 해주는 거야. 나이가 많은 아이는 아예 어른하고 같은 반에 넣어도 돼. 이바라 씨가 맡은 목공예 수업이나 볼터 부인이 맡은 뜨개질 수업, 수 씨네 아들 로버트가 맡은 천문학 수업 시간에. 사람들은 지루함에 시달린단다. 애니스네 텔레비전도 사라진 마당에 느슨한 형식의 수업이 하나 더 생긴다고 해서 뭐라 할 사람은 없지. 사람들에게 재미뿐 아니라 가르침까지 함께 주는 방법을 생각해낸다면, 네가 가진 정보를 널리 퍼뜨릴 수 있어. 심지어 아무도 아래를 내려다보게 하지 않고도 그렇게 할 수 있을 거다."

"아래를 내려다본다고요……?"

"심연을 말하는 거다, 우리 딸." 아빠 입에서 우리 딸이라는 말이 나왔지만 나를 혼내려는 낌새는 보이지 않았다. 적어도 당장은. "너는 심연의 존재를 이제 막 알아차렸을 뿐이야." 아빠의 말이 이어졌다. "우리 공동체의 어른들은 네가 태어나기도 전부터 심연의 가장자리에서 위태롭게 균형을 잡으며 살아왔단다."

나는 침대에서 일어나 아빠 곁으로 가서 손을 잡았다. "심연이 점점 더 깊어지고 있어요, 아빠."

"나도 안다."

"이제 내려다볼 때가 됐는지도 몰라요. 느닷없이 떠밀려서 추락하기 전에, 손으로 붙잡거나 발을 디딜 자리가 있는지 확인할 때가 됐다고요."

"그래서 매주 사격 연습을 하고 칼날 철사를 설치하고 비상벨도 만든 거야. 네가 말한 비상 배낭도 좋은 생각이야. 이미 그런 배낭을 만들어둔 사람도 있단다. 지진에 대비할 목적으로 그런 거지. 내가 만들자고 제안하면 말을 따르는 사람도 나올 거다. 당연히 손 놓고 구경만 하는 사람도 있겠지. 아무것도 안 하려는 이는 늘 있게 마련이니까."

"아빠가 사람들한테 제안해주실 건가요?"

"그래. 다음번 주민 회의에서."

"그거 말고 또 할 만한 일이 뭐가 있을까요? 이 중에 빨리 성과를 볼 수 있는 건 하나도 없어요."

"그러니 서둘러야지." 아빠가 의자에서 일어섰다. 덩치가 커서 꼭 높다랗고 널따란 인간 장벽 같았다. "동네를 돌아다니면서 격투기를 할 줄 아는 사람이 있는지 찾아보지 그러냐. 맨손으로 싸우는 요령을 제대로 배우려면 책 한두 권으로는 부족할 테니까."

나는 당황해서 눈을 깜박거렸다. "그럴게요."

"수 씨네 할아버지하고 몬토야 씨 부부한테 물어보렴."

"몬토야 씨 부부요?"

"아마 두 사람 다 할 줄 알 거다. 수업을 맡아주겠냐고 물어보렴. 종말 이야기는 꺼내지 말고."

나는 아빠를 올려다봤다. 가만히 서서 내 반응을 기다리는 아빠는 여느 때보다 훨씬 더 장벽처럼 보였다. 그럼에도 아빠는 내게 많은 것을 준 사람이었다. 아마도 내가 가진 모든 것을. 입에서 한숨이 나왔다. "알았어요, 아빠. 약속해요. 아무도 겁먹지 않게 조심할게요. 전 그냥, 아빠 방식을 따라도 괜찮을 만큼만 세상이 버텨주길 바랄 뿐이에요."

그러자 아빠도 나를 따라 한숨을 쉬었다. "이제야 말이 통하는구나. 좋아. 자, 나랑 같이 뒷마당으로 가자. 중요한 물건이 있는데, 밀봉된 상자에 넣어서 땅속에 묻어뒀거든. 거기가 어딘지 이제 너도 알아야 해. 혹시 모를 상황에 대비해서."

오늘 아빠는 〈창세기〉 6장에 나오는 노아의 방주 이야기로 설교를 했다. "주님께서는 사람의 죄악이 세상에 가득 차고 마음속 모든 계획이 악한 것뿐임을 보시고서, 땅 위에 사람 지으셨음을 후회하시며 마음 아파하셨습니다. 주님께서는 이렇게 탄식하셨습니다. '내가 창조한 것이지만 사람을 이 땅에서 쓸어버리겠다. 사람뿐 아니라, 짐승과 땅 위를 기어 다니는 것과 공중의 새까지 그렇게 하겠다. 그것들을 만든 것이 후회되는구나.' 그러나 노아만은 주님께 은혜를 입었습니다."

하느님은 나중에 노아에게 이렇게 말한다. '너는 잣나무로 방주 한 척을 만들어라. 방주에 방을 여러 칸 만들고, 역청을 안팎에 칠하여라.'

아빠는 그 상황의 양면성에 초점을 맞췄다. 하느님은 노아와 그의 가족, 동물 몇 종류만 빼고 모든 것을 멸하기로 결정했다. 하지만 구원을 받으려면 노아는 고된 일을 잔뜩 해내야만 한다.

예배가 끝나고 나서 조앤이 나를 찾아와 그동안 벌어진 황당한 일들에 관해 사과했다.

"괜찮아." 내가 말했다.

"우리 지금도 친구 사이지?" 조앤은 그렇게 물었다.

나는 대답을 얼버무렸다. "아무튼 원수 사이는 아니야. 우리 아빠 책 돌려줘. 아빠가 돌려받고 싶대."

"엄마한테 압수당했어. 그렇게까지 화낼 줄은 몰랐는데."

"너희 엄마 책 아니잖아. 나한테 다시 갖다 줘. 아니면 너희 아빠한테 부탁해서 우리 아빠한테 전해주든가. 어떻게 하든 난 상관없어. 하지만 아빠가 책을 돌려받고 싶다고 하니까."

"알았어."

나는 우리 집을 나서는 조앤을 가만히 지켜봤다. 큰 키에 꼿꼿한 자세, 진중한 성격과 명석한 두뇌. 어쩌나 믿음직해 보이던지 내 마음은 여전히 그 애를 믿자는 쪽으로 기울었다. 하지만 그럴 수 없다. 나는 조앤을 믿지 않는다. 만약 그날 내가 조앤에게 나에게 불리하게 적용될 말을 몇 마디만 더 들려줬다면, 자신이 한 고자질 때문에 내가 얼마나 큰 피해를 입었을지 조앤은 까맣게 모른다. 다시는 조앤을 믿지 못할 거라는 생각이 드는 한편으로, 그 생각이 너무나 싫다. 그 애는 나의 가장 친한 친구였다. 이제는 아니다.

2025년 3월 12일 수요일

간밤에 텃밭 도둑이 들었다. 수 씨네 집 마당과 탤컷 씨네 마당 감귤나무에서 열매를 죄다 따갔다. 그러는 과정에서 겨울 텃밭에 남은 작물과 봄에 심은 작물 태반을 발로 짓밟았다.

아빠는 우리가 정기적으로 불침번을 서야 한다고 했다. 그러면서 오늘 저녁에 주민 회의를 소집해야겠다고 했지만, 오늘 밤에 일을 해야 하는 사람도 있었다. 직장에 출근해서 보고해야 하는 날이면 꼭 동네 바깥에서 자고 오는 게리 수 역시 그런 경우였다. 결국 토요일에 모여 회의를 열기로 했다. 아빠는 또 제이 가필드, 와이엇 탤컷과 케일라 탤컷 부부, 앨릭스 몬토야, 에드윈 던까지 끌어들여서는, 두 명씩 한 조가 돼 무장을 갖추고 교대로 동네를 순찰하자고 했다. 그 말은 곧 이미 짝을 이룬 탤컷 부부를 빼면(어찌나 화가 나 있는지 이들 눈에 띌 도둑이 안쓰러울 정도였다), 나머지 순찰대원은 동네의 다른 어른 중에서 짝을 찾아야 한다는 뜻이었다.

"안심하고 등 뒤를 맡길 만큼 신뢰하는 사람을 찾으세요." 몇 안 되는 순찰대원에게 말하는 아빠 목소리가 들렸다. 각 조는 어두워지기 직전부터 동튼 직후까지 두 시간씩 순찰을 돌 계획이었다. 첫 번째 조는 모든 집 뒷마당을 걸어서 통과하거나 들여다보며, 사람들이 아직 잠에 덜 취했을 때 순찰대의 존재에 익숙해지도록 할 셈이었다.

"첫 번째 조가 되면 반드시 사람들 눈에 띄어야 한다는 걸 명심하세요." 아빠가 순찰대에게 한 말이었다. "첫 번째 조가 돌아다니는 게 보이면 사람들은 밤새 순찰대가 돌아다닌다고 생각할 테니까요. 순찰대를 도둑으로 오인하는 사람은 한 명도 나와선 안 됩니다."

합리적이다. 해가 지면 사람들은 전기를 아끼려고 잠자리에 들지만, 그래도 저녁을 먹고 나서 아주 캄캄해질 때까지는 그리 덥지 않은 포치나 마당에서 시간을 보낸다. 그곳에 앉아 라디오를 듣는 사람도 있다. 가끔은 여럿이 한데 모여 악기를 연주하거나 노래를 부르거나 보드게임을 하거나 얘기를 나눈다. 포장된 길에 가서 배구나 약식 미식축구, 농구, 테니스를 하기도 한다. 햇빛이 남아 있는 동안 길모퉁이에 자리를 잡고 책을 읽는 사람도 몇몇 있다. 흐뭇하고 느긋한 재충전 시간인 셈이다. 그런 시간을 현실의 문제를 떠올리며 낭비하다니, 얼마나 딱한 일인지. 하지만 어쩔 수 없다.

"도둑을 잡으면 어떡할 건데?" 아빠가 집을 나서기 전에 코리가 던진 질문이었다. 아빠는 두 번째 순찰조였기 때문에, 주방에서 코리와 함께 평소에는 좀처럼 꺼내지 않는 커피를 마시며 자기 차례가 오기를 기다렸다. 커피는 특별한 날에만 마시는 음료였다. 방 침대에 뜬눈으로 누워 있던 내가 향긋한 커피 냄새를 놓치기란 불가능했다.

나는 식구들 말을 엿듣는다. 유리잔을 벽에 대거나 바닥에 웅크려 문에 귀를 대거나 하는 건 아니다. 그래도 캄캄해지고 나서 한참 후까지, 그러니까 내 또래 아이들이 마땅히 자고 있어야 할 시간까지 자주 뜬눈으로 누워 있곤 한다. 내 방에서 복도 바로 맞은편이 주방이고, 식당은 복도 끄트머리에 있다. 식당 바로 옆방은 부모님 침실이다. 우리 집은 지은 지 오래 돼서 방음 처리가 잘돼 있다. 문 하나만 닫혀 있어도 내 방에서는 대화 소리가 거의 들리지 않을 정도다. 하지만 밤이 되어 집 안의 빛이 모조리 또는 거의 다 사라지면 방문을 살짝 열어 놔도 눈에 띄지 않는다. 이때 다른 방의 문까지 같이 열려 있으면 온갖 소리가 다 들려온다. 나는 그렇게 온갖 것을 배운다.

"쫓아낼 거야. 할 수만 있으면." 아빠가 말했다. "그러기로 사람들하고 합의했어. 일단 잡히면 호되게 겁을 줘서, 도둑질로 돈 벌기가 쉽지 않단 걸 가르쳐주기로."

"돈을 번다고……?"

"그래, 목적은 돈이었어. 우리 동네에 든 도둑은 배가 고파서 식량을 훔치려던 게 아니야. 놈들은 나무 열매를 죄다 훔쳐 갔어. 따도 될 만큼 익은 건 모조리 다."

"나도 알아." 코리가 말했다. "오늘 수 씨 댁하고 와이엇네 집에 레몬하고 자몽을 몇 개씩 갖다 줬거든. 그러면서 혹시 더 필요하면 우리 나무에서 따라고 일러뒀어. 씨앗도 조금 챙겨 다 줬고. 도둑들이 묘목을 잔뜩 밟아 뭉개긴 했지만, 아직 봄이니까 그 정도 손해는 거뜬히 메우겠지."

"아무렴." 아빠는 잠시 입을 다물었다. "하지만 내 말의 요점이 뭔지는 당신도 알 테지. 사람들은 돈을 벌려고 그런 식으로 도둑질을 해. 도저히 어쩔 수 없어서 그러는 게 아니란 말이야. 단지 탐욕스럽고 위험한 자들인 거지. 우리가 겁을 주면 더 손쉬운 먹잇감 쪽으로 눈을 돌릴지도 몰라."

"그렇게 못 하면 어떡할 건데?" 코리가 속삭이듯 물었다. 목소리가 어찌나 나지막하던지 혹시 못 듣고 놓치는 말이 있을까 초조할 정도였다.

"그렇게 못 하면, 총으로 쏠 거야?"

"응." 아빠가 대답했다.

"……'응'이라고?" 코리는 아까처럼 나직한 목소리였다. "할 말이 '응'밖에 없어?" 코리는 조앤과 똑같이 굴었다. 그야말로 부정의 화신이었다. 저런 사람들은 도대체 어떤 세상에 살고 있는 걸까?

"응." 아빠가 대답했다.

"어째서!"

한참 동안 침묵이 이어졌다. 그러다 아빠가 다시 입을 열었을 때, 아빠의 목소리 또한 몹시 나직했다. "여보, 그 사람들이 마음껏 도둑질하면 애꿎은 우리만 식비를 더 쓰거나 굶어야 해. 그렇잖아도 빠듯하게 사는데 말이야. 우리 형편이 얼마나 어려운지는 당신도 알잖아."

"하지만…… 그냥 경찰에 신고하면 안 돼?"

"신고해봤자 무슨 소용인데? 경찰한테 줄 수고비도 없잖아. 경찰은 어차피 범죄가 실제로 일어나기 전에는 관심도 갖질 않아. 심지어 범죄가 일어나서 신고를 해도 몇 시간이 지나서야 나타나고. 아예 이삼 일 뒤에나 나타날 수도 있어."

"나도 알아."

"그럼 방금 그 소리는 왜 한 거야? 당신은 우리 애들이 쫄쫄 굶으면 좋겠어? 도둑들이 텃밭을 다 턴 후에 집 안에까지 들어오면 좋겠어?"

"하지만 아직 그렇게까지는 안 했잖아."

"안 하기는, 픽이나. 심스 부인이 마지막 피해자일 거란 보장은 없어."

"부인은 혼자 살아서 그랬던 거야. 그러면 안 된다고 예전부터 말렸는데."

"당신은 고작 우리 식구가 일곱이라는 이유만으로 놈들이 우리나 아이들을 해치지 않을 거라고 믿는단 말이야? 여보, 세상이 아직도 이십 년, 삼십 년 전 같다고 생각해선 안 돼. 그래서는 살 수가 없어."

"하지만 당신이 교도소에 갈지도 모른다고!" 코리는 울부짖고 있었다. 흐느끼는 것은 아니었다. 가끔 내곤 하는, 울음이 가득 섞인 목소리였다.

"아니." 아빠가 말했다. "만약 누굴 쏴야 하는 상황이 오면 우린 공범이 될 거야. 일단 총을 쏘면 그 총에 맞은 사람을 현장에서 가장 가까운 집으로 옮기는 거지. 가택침입자한테 총을 쏘는 건 지금도 합법이니까. 옮기고 나서 집 안을 조금 어질러놓고 우리끼리 말을 맞추면 돼."

침묵이 오래, 아주 오래 이어졌다. "그래도 위험이 다 사라진 건 아니야."

"그 정도는 감수할 작정이야."

또다시 침묵이 흘렀다. "살인하지 못한다*." 코리가 나직이 중얼거렸다.

"〈느헤미야〉 4장." 아빠가 대꾸했다. "14절."

그것으로 끝이었다. 몇 분 후, 아빠가 집을 나서는 소리가 들렸다. 나는 코리가 안방으로 들어가 문을 닫을 때까지 기다렸다. 그런 다음 일어나서 내 방문을 닫았다. 문 아래 틈새로 불빛이 새어나가지 않도록 램프를 옮겨놓은 다음, 램프에 불을 붙이고 할머니가 남긴 성서를 펼쳤다. 할머니는 성서가 아주 많았는데, 아빠는 나에게 그중 한 권을 가져도 좋다고 허락해주었다.

〈느헤미야〉 4장 14절. "백성이 두려워하는 것을 보고, 나는

---

* 구약성서 〈출애굽기〉 20장 13절을 인용한 말로, 크리스트교의 가장 중요한 계율인 십계명의 여섯 번째 계율이기도 하다.

귀족들과 관리들과 그 밖의 백성들을 격려하였다. '그들을 두려워하지 말아라. 위대하고 두려운 주님을 기억하고, 형제자매와 자식과 아내와 가정을 지켜야 하니, 싸워라.'"

홍미로웠다. 아빠가 그 구절을 미리 준비해두다니, 또 코리는 장과 절 번호만 듣고 무슨 뜻인지 알아차리다니, 홍미로운 일이었다. 어쩌면 두 사람이 이런 대화를 나눈 게 처음이 아닌지도 모른다.

2025년 3월 15일 토요일

정식으로 발표가 났다.

이제 우리 동네에는 상설 마을 순찰대가 생겼다. 주민 중 열여덟 살이 넘었고 총을 잘 쏘는 사람(자기 것이든 남의 것이든), 또한 우리 아빠를 비롯해 이미 활동중인 순찰대원에게 책임감 있는 이웃으로 인정받은 사람은 모두 순찰대 명단에 올랐다. 순찰대원 가운데 전직 경찰이나 경비원은 한 명도 없기 때문에, 대원들은 앞으로도 계속 두 명이 한 조를 이뤄 활동하며 동네뿐 아니라 자기 파트너의 안전도 함께 지킬 예정이다. 상황이 급박해지면 호루라기를 불어 도움을 청할 거라고 한다. 게다가 일주일에 한 번씩 모여 책을 읽고 토론을 하고 격투기와 사격 훈련도 할 것이다. 몬토야 씨 부부가 정말로 격투기 수업을 맡아주기로 했다. 내가 부탁해서 그렇게 된 것은 아니다. 수 씨 할아버지는 허리가 아파서 당분간은 수업을 아예 못 맡을 테지만, 몬토야 씨 부부만으로 충분할 듯싶다. 훈련에 참가하는 모든 사람의 고통을 공유하겠지만, 그래도 나는 참을 수 있는 데까지 참으며 되도록 자주 수업에 출석할 생각이다.

오늘 오전에 아빠가 나한테 있는 자기 책을 모조리 챙겨갔다. 남은 거라곤 내가 적은 쪽지뿐이다. 그래도 괜찮다. 텃밭 도둑 덕분에 사람들이 자진해서 최악의 상황에 대비하게 되었기 때문이다. 도둑들한테 고맙다는 마음마저 들 지경이다.

아무튼, 도둑들이 또 나타났다는 소식은 아직 들리지 않는다. 만약 또 나타난다면 그때는 우리 쪽에서 생각지도 못한 선물을 안겨주고 말 것이다.

2025년 3월 29일 토요일

간밤에 도둑들이 또다시 동네를 다녀갔다.

어쩌면 다른 사람들일지도 모르지만 다녀간 목적은 똑같았다. 남이 요긴하게 쓸 목적으로 땀 흘려 키워놓은 것을 훔쳐가기 위해서였다.

이번에는 리처드 모스네 토끼가 표적이었다. 몇 년 전에 크루스네와 몬토야네가 기르려다 실패한 닭 몇 마리를 제외하면, 우리 동네에 가축이라고는 그 집 토끼뿐이었다. 닭은 꼬꼬댁 소리를 낼 정도로 자라기가 무섭게 외부에 자신들의 위치를 알리며 도둑질 대상이 되었다. 모스네 토끼는 그동안 우리 동네의 비밀이었는데, 올해 들어 리처드 모스가 토끼 고기와 아내들이 토끼 가죽으로 만든 물건을 장벽 바깥에 내다 팔겠다고 고집을 부렸다. 물론 모스네 식구들은 한동네에 사는 우리한테는 지금껏 고기와 가죽과 거름으로 쓸 분뇨까지, 살아 있는 토끼만 빼고 모든 것을 다 팔아왔다. 리처드 모스는 토끼를 씨가축 삼아 단단히 간수했다. 그런데 고집불통에 교만하고 탐욕스러운 리처드 모스 그 인간이, 이제는 자기 상품을 장벽 바깥에까지 가져가 팔아서 더 많은 돈을 벌려고 했던 것이다. 그러면서 망할 토끼에 관한 소문이 사방으로 퍼져나갔고, 결국 간밤에 누군가 토끼를 훔치러 왔던 거다.

아빠 말에 따르면 모스네 토끼집은 차 세 대가 들어가는 차고를 개조한 건물인데, 그 차고는 1980년대에 증축한 것이라고 한다. 한 집이 차를, 그것도 가솔린 자동차를 세 대나 소유하던 시절이 있었다니 믿기조차 힘들다. 하지만 나는 리처드 모스가 개조하기 전의 차고를 기억한다. 한때 자동차 세 대를 세워놓았다는 것을 증명이라도 하듯 바닥에 시커먼 기름 자국이 세 군데나 남아 있는 커다란 건물이었다. 리처드 모스는 벽과 지붕을 수리하고 바람이 잘 통하도록 창문까지 내는 등, 차고를 사람이 살기에도 별 손색없는 곳으로 바꿔놓았다. 장벽 바깥에는 그 토끼집만도 못한 곳에 사는 사람이 엄청나게 많다. 리처드 모스는 작은 우리를 줄지어 층층이 쌓은 다음, 전등을 더 달고 천장에 실링팬까지 설치했다. 실링팬은 아이들의 힘으로 작동했다. 리처드 모스는 오래된 자전거 틀에 실링팬을 연결해놨다. 모스네 아이들은 자전거 페달에 발이 닿을 만큼 자라면 누구나 실링팬 돌리는 작업에 투입됐다. 모스네 아이들은 그 일을 끔찍이 싫어했지만 안 한다고 했다가 무슨 꼴을 당할지는 뻔할 뻔 자였다.

지금 모스네에 토끼가 몇 마리나 있는지는 몰라도, 가만히 보면 그 집 식구들은 언제나 토끼를 잡고, 가죽을 벗기고, 토끼 털가죽에 이런저런 메스꺼운 처리를 하는 것 같다. 독점사업이란 건 규모가 작아도 온갖 골치 아픈 일을 순순히 할 만큼 이익이 쏠쏠한 모양이다.

마을 순찰대에 발각됐을 때, 두 도둑은 무명천으로 만든 자루에 토끼를 무려 열세 마리나 욱여넣은 참이었다. 순찰대원은 알레한드로 몬토야와, 샤니 애니스의 자매인 줄리아 링컨이었다. 몬토야 부인은 아이 둘이 독감에 걸려 앓는 탓에 당분간 순찰 임무에서 빠지기로 한 상태였다.

링컨 부인과 몬토야 씨는 순찰대 회의에서 정한 대로 행동했다. 두 사람은 명령이나 경고는 한마디도 하지 않은 채 저마다 허공을 향해 총을 두세 발씩 쏘았고, 동시에 호루라기를 있는 힘껏 불었다. 두 사람 모두 엄폐물 뒤에 숨어 있었는데, 이내 모스네 집에서 누군가 일어나 토끼집 전등을 켰다. 순찰대의 안전을 생각하면 치명적인 실수가 될 뻔한 짓이지만, 이때 대원들은 석류나무 덤불 뒤에 숨어 있었다.

두 도둑은 토끼처럼 후다닥 달아났다.

자루, 토끼, 쇠지레, 기다란 밧줄 묶음, 전선 절단기, 심지어 아예 새것인 높다란 알루미늄 사다리조차 포기한 채로. 부리나케 그 사다리를 올라 장벽 너머로 사라져버렸다. 우리 동네 장벽은 높이가 3미터나 된다. 윗면에 날카로운 유리 조각이 박혀 있을 뿐 아니라, 가시철조망과 거의 보이지 않는 칼날 철사도 덮여 있다. 우리가 그렇게 단단히 막아놨는데도 장벽 위 철조망은 죄다 끊어진 상태였다. 철조망에 전류를 흘리거나 다른 덫을 추가할 여력이 없어서 안타까울 따름이었다. 그나마 유리 조각이 도둑의 덜미를 잡아줬다. 설치한 것 중 가장 오래되고 가장 단순한 덫이었다. 오늘 아침, 우리는 장벽 안쪽 아랫부분에서 널따랗게 말라붙은 핏자국을 발견했다.

우리는 도둑이 흘리고 간 글록19 권총도 발견했다. 링컨 부인과 몬토야 씨가 하마터면 총에 맞을 뻔했다는 뜻이다. 만약 도둑들이 혼비백산할 정도로 겁을 먹지 않았다면 총싸움이 벌어졌을 것이다. 모스네 집 또는 그 이웃집에서 총에 맞아 다치거나 죽는 사람이 나왔을지도 모른다.

코리는 오늘 저녁 아빠와 단둘이 주방에 앉기가 무섭게 그 이야기를 꺼냈다.

"나도 알아." 아빠의 목소리에서 피로감과 부루퉁한 느낌이 묻어났다. "우리가 그 정도도 못 내다봤을 거라고 넘겨짚진 마. 도둑들을 겁줘서 쫓으려고 한 이유가 바로 그거야. 하긴, 하늘에 대고 총을 쏘는 것도 안전한 방법은 아니지만. 안전한 방법 같은 건 아예 없어."

"도둑이 이번에는 도망갔지만, 항상 그러진 않을 거야."

"알아."

"알면 어떡할 건데? 이런 식으로 토끼나 오렌지를 지키겠다고? 자칫하면 어린애가 죽을지도 모르는데?"

침묵.

"이런 식으로는 못 살아!" 코리가 악을 썼다. 나는 화들짝 놀랐다. 코리가 그런 소리를 낸 건 이번이 처음이었다.

"이런 식으로도 얼마든지 살 수 있어." 아빠가 말했다. 그 목소리에는 화난 기색도, 악을 지르는 코리에 대한 감정적인 반응도 전혀 담겨 있지 않았다. 아무것도 없었다. 오직 피로와 슬픔뿐. 나는 아빠에게서 그토록 지친 목소리를, 그토록…… 얻어맞은 사람이나 다름없는 목소리를 들어본 적이 없었다. 아빠가 이기긴 했다. 아빠가 생각해낸 방법 덕분에 아무도 다

131

치지 않은 채로 총 든 도둑을 쫓아냈다. 혹시 그들이 제풀에 다쳤더라도 그건 자기들이 알아서 할 일이었다.

물론 그 도둑들이 다시 올 수도 있다. 아니면 다른 도둑이 오든가. 뭐가 어떻게 되든 간에 침입은 확실히 계속될 것이다. 코리 말이 옳다. 어쩌면 다음번에 오는 도둑은 총을 흘리고 줄행랑치지 않을지도 모른다. 그렇다고 어쩔 건가? 도둑이 우리 재산을 몽땅 훔쳐가는 동안 침대에 꼼짝 않고 누워 있어야 할까? 그들이 우리 텃밭을 싹 털어가는 정도로 만족하기를 바라며? 도둑의 만족감이란 건 얼마나 오래 지속될까? 쫄쫄 굶게 되는 건 어떤 걸까?

"우리는 당신이 없었으면 지금까지 못 버텼을 거야." 코리가 말했다. 이제는 악을 지르는 목소리가 아니었다. "거기에 있던 사람이 당신이었을 수도 있어. 악당을 상대한 사람 말이야. 다음번엔 당신 차례인지도 몰라. 총에 맞을지도 모른다고, 고작 이웃집 토끼를 지키려다가."

"당신 못 봤어?" 아빠가 말했다. "어젯밤에 비번이던 순찰 대원들, 호루라기 소리를 듣고 한 명도 안 빠지고 다 뛰어나왔어. 공동체를 지키려고 나왔단 말이야."

"그 사람들은 내 알 바 아니야! 내가 걱정하는 사람은 당신이라고!"

"아니, 이제 그런 식으로 생각하면 안 돼. 코리, 이 세상에 우릴 도와줄 같은 편은 하느님과 우리 자신뿐이야. 나는 리처드 모스를 싫어하지만 그래도 그 인간 집을 지켜줄 거야. 그리고 리처드도 우리 집을 지켜주려 할 거야. 속으로 나를 어떻게 생각하든 간에. 우리 모두 서로를 보살펴야 해." 아빠는 잠시 말을 멈췄다. "보험은 잔뜩 들어놨어. 당신하고 애들은 괜찮을 거야, 만에 하나 내가……."

"웃기지 마! 그거면 다 되는 줄 알아? 돈만 있으면? 당신은 정말……."

"아니야, 여보. 그게 아니야." 잠시 정적. "외톨이로 남는 게 어떤 건지 난 알아. 이런 세상에 외톨이로 남아선 안 돼."

한참 동안 아무 말도 들리지 않았고, 두 사람의 이야기가 더 이어질 거라는 생각도 들지 않았다. 나는 침대에 누운 채로, 램프 불을 켜고 글을 써도 들키지 않게 문을 닫을지 말지 고민했다. 그런데 이야기가 조금 더 이어졌다.

"당신이 죽으면 우린 어떡해?" 코리가 물었다. 내 귀에는 우는 목소리처럼 들렸다. "그자들이 고작 토끼 몇 마리 훔치겠다고 당신을 총으로 쏘면 우린 어떻게 하냐고."

"살아야지!" 아빠가 말했다. "지금은 아무도 그 이상은 못 해. 살아. 버텨. 살아남으라고. 좋은 시절이 다시 올지는 나도 몰라. 하지만 우리가 지금 이 시절을 버티고 살아남지 못하면 좋은 시절이 오든 안 오든 따위는 상관없다는 건 알아."

대화는 거기서 끝났다. 나는 어둠 속에 가만히 누운 채 두 사람이 나눈 이야기를 한참 동안 생각했다. 코리가 한 말은 이번에도 옳았다. 아빠는 다칠지도 모른다. 자칫하면 죽을지도 모른다. 그걸 어떻게 받아들여야 할지 판단이 서지 않는다. 글로 쓰는 건 가능하지만 실감이 나지는 않는다. 마음속 어딘가 깊숙한 곳에서는 그런 일이 일어날 거라 믿지 않기 때문이다. 현실을 부정하는 건 나도 다른 사람들과 다를 바 없는 모양이다.

그러니까 코리 말이 옳기는 하지만, 그래봤자 중요한 문제는 아니다. 그리고 아빠 말도 옳지만, 그것만으로는 부족하다. 변화가 곧 하느님이고, 결국에는 하느님이 승리한다. 하지만 하느님은 형태를 부여받기 위해 존재한다. 간신히 목숨만 부지한 채 절름거리며 살아가는 걸로는, 점점 더 안 좋은 쪽으로 변해가는 세상에서 예전에 하던 짓을 그대로 계속하는 걸로는 부족하다. 만약 우리가 하느님에게 그런 형태를 부여한다면 언젠가 우리는 너무나 약해져서, 너무나 곤궁해서, 너무나 굶주려서, 너무나 아파서 스스로를 지키지 못할 것이다. 그러면 우리는 지워질 것이다.

우리가 할 수 있는 일, 우리가 빚을 수 있는 더 나은 운명이 틀림없이 있을 것이다. 다른 장소에. 다른 방식으로. 뭔가 다른 것이!

제7장

우리는 모두 하느님종種이지만,
이는 우주의 다른 부분들 또한 마찬가지다.
존재하는 것은 모두—변화하는 것은 모두
하느님종이다. 지구종은
지구 생명을 새로운 땅에 퍼뜨리는 모든 것이다.
우주는 하느님종이다. 오직 우리만이 지구종이다.
지구종의 숙명은
별들 사이에 뿌리내리는 것이다.

—《지구종: 산 자들의 책》에서

때로는 어떤 대상에 이름을 붙이는 일, 그러니까 이름을 새로 지어주거나 원래 있던 이름을 찾아주는 일이 그 대상을 이해하는 계기가 되기도 한다. 어떤 것의 이름을 알고 그것의 용도까지 같이 알 때, 우리는 그것을 훨씬 더 잘 다룰 수 있다.

내게는 진리처럼 보이는 '변화가 곧 하느님'이라는 특이한 신앙 체계는 지구의 씨앗이라는 뜻에서 '지구종地球種'으로 이름 지을 것이다. 나는 전에도 내 신앙에 이름을 붙이려고 했었다. 그러다가 실패하자, 그냥 이름 없는 채로 신앙을 놔두려 했다. 그 두 가지 시도 모두 탐탁지 않았다. 이름과 용도가 함께 있어야 집중이 됐으니까.

그런데 오늘 신앙의 이름을 찾았다. 뒷마당에서 잡초를 뽑으며 식물이 스스로 씨앗을 뿌리는 방식, 즉 바람이나 다른 동물이나 물을 이용해 모체에서 멀리 떨어진 곳까지 씨앗을 퍼뜨리는 방식에 관해 생각하다가 이름이 떠올랐다. 식물은 제 힘으로는 결코 먼 거리를 이동하지 못하지만, 그럼에도 불구하고 실제로 이동을 한다. 한자리에 붙박인 채 흔적 없이 멸종되기를 기다리지 않는다. 사방 수천 킬로미터가 바다로 둘러싸인 하와이 제도나 이스터 섬 같은 곳에서도 식물은 인간의 발길이 닿기 한참 전부터 스스로 뿌리를 내리고 자라났다.

지구종.

나는 지구종이다. 누구나 지구종이 될 수 있다. 언젠가는 우리 같은 존재가 많아질 것이다. 우리는 죽어가는 이 땅에서 멀리, 더 멀리 떨어진 곳에 우리 자신을 심어야 할 것이다.

이런 것을 내가 지어냈다고 느낀 적은 한 번도 없다. 지구종이라는 이름도, 그 어떤 것도. 그러니까, 실제가 아닌 다른 것으로 느낀 적이 한 번도 없다는 뜻이다. 그 과정은 고안보다는 발견이었고, 창안보다는 모색이었다. 차라리 그 모든 게 초자연적이라고, 내가 하느님의 말씀을 듣는 거라고 믿고 싶다. 하지만 나는 그런 식의 하느님은 믿지 않는다. 나는 그저 그것들을 관찰하고 메모할 뿐이며, 내가 느끼는 방식과 똑같이 강렬하고 단순하고 직접적으로 기록하려고 애쓸 따름이다. 그런데 그렇게 하기는 불가능하다. 거듭 시도해도 실패할 뿐이다. 작가나 시인, 아니면 그 비슷한 사람이라도 돼야 하는데, 그러기에는 재능이 모자라다. 어떻게 해야 좋을지 모르겠다. 가끔은 이런 생각 때문에 미칠 지경이다. 나아지고는 있지만 속도가 너무나 느리다.

사실 글쓰기 문제도 그렇고, 나는 무언가 조금씩 더 이해할 때마다 어째서 그토록 오랜 시간이 걸렸는지 궁금해지곤 한다. 그토록 명확하고 생생하고 진실한 것을 내가 이해하지 못한 시절이 어째서 존재했는지가 궁금하다는 말이다.

유일한 수수께끼, 유일한 모순, 또는 일말의 불합리나 순환 논증, 아무튼 그 비슷한 이름으로 칭할 만한 생각은 다음과 같다.

우주는 왜 존재할까?
하느님을 빚으려고.

하느님은 왜 존재할까?
우주를 빚으려고.

나는 이 메모를 없애지 못한다. 고쳐 적거나 그냥 버리려고도 해봤지만, 도저히 그러지 못했다. 나한테는 불가능한 일이다. 이건 내가 적은 글 가운데 가장 진실한 것처럼 느껴진다. 이 글은 내가 읽어본 하느님이나 우주에 관한 다른 모든 설명과 마찬가지로 신비로우면서도 뻔한 내용이지만, 다른 설명들은 아무리 그럴 듯해도 아쉽다는 느낌이 들 뿐이다.

이 글을 제외한 지구종의 나머지 내용은 모두 설명이다. 하느님이 누구인지, 하느님은 무엇을 하는지, 우리는 누구인지, 우리는 무엇을 해야 하는지…… 또 우리가 무엇을 할 수밖에 없는지에 관한 설명. 한번 생각해보자. 우리가 인간이든 곤충이든 미생물이든 아니면 돌이든 간에, 다음 시의 내용은 진실이다.

그대가 손대는 모든 것을
그대는 변화시킨다.

그대가 변화시킨 모든 것은
그대를 변화시킨다.

변치 않는 진리는 오로지
변화뿐.

변화가 곧
하느님이다.

예전에 쓴 일기를 샅샅이 훑어보고 내가 적어놓은 시들을 찾아 한 권으로 정리할 것이다. 동네에 남은 컴퓨터가 거의 없다는 이유로 코리가 큰 아이들에게 나눠준 연습장에 그 시들을 적을 것이다. 원래 그런 공책에는 고등학교 숙제를 하면서 쓸데없는 것들을 한가득 적곤 했다. 이제는 그 공책을 더 나은 일에 사용할 것이다. 그러다 언젠가 사람들이 내 나이가 몇 살인지보다 내가 무슨 말을 하는지에 더 관심을 기울이는 날이 오면, 나는 그 시들을 지렛대 삼아 썩어가는 과거에서 사람들을 떼어낼 것이다. 사람들이 스스로를 구하고 더 합리적인 미래를 만들 수 있도록 격려할 것이다.

모든 게 무너지지 않고 몇 년만 버텨주면, 그렇게 될 것이다.

내가 쓸 조그마한 생존 배낭을 드디어 다 꾸렸다. 곧장 집어 들고 뛰면 그만인 배낭이다. 필요한 물품은 차고와 다락을 뒤져 찾아냈으니, 식구 중 누구도 내가 자기 물건을 가져갔다는 불평은 못 할 것이다. 예컨대 내가 찾아 모은 물건 중에는 손도끼 한 개와 작고 가벼운 냄비 두 개가 있다. 그런 물건은 잔뜩 쌓여 있었다. 언젠가 요긴하게 쓸 법한 물건이나 돈 받고 팔 만한 물건을 버리는 짓 따위는 아무도 하지 않기 때문이다.

그동안 모아놓은 현금도 배낭에 챙겼다. 거의 1천 달러에 가까웠다. 잃어버리지 않고 지니고 있으면, 또 장소와 품목을 잘 가려서 쓰면 이 주일 치 식량을 살 만한 돈 아닐까. 나는 아빠와 동네의 다른 남자 어른들이 생필품을 사러 갈 때 값을 물어보는 식으로 물가 동향을 파악해뒀다. 식량 시세는 터무니없이 높은데 늘 오르기만 하고 내리는 법이 없다. 다들 식량이 비싸다고 불평한다.

물통으로 쓰려고 찾은 오래된 수통과 플라스틱병은 늘 깨끗하고 물이 가득한 상태로 유지하기로 마음먹었다. 성냥과, 밤에 일어나서 대피할 상황에 대비한 신발 한 켤레를 포함해 머리부터 발끝까지 갈아입을 옷가지 한 벌, 빗, 비누, 칫솔과 치약, 탐폰, 두루마리 화장지, 반창고, 옷핀, 반짇고리, 알코올, 아스피린, 숟가락과 포크 두 쌍, 깡통 따개, 주머니칼, 도토리 가루 몇 봉지, 말린 과일, 구운 견과류와 식용 씨앗, 가루우유, 설탕과 소금 약간, 생존 요령을 적어둔 메모지, 크고 작은 비닐봉지 몇 장, 싹을 틔울 작물 씨앗 잔뜩, 일기장, 내 지구종 공책, 거기다 기다란 빨랫줄도 함께 챙겼다. 이 모두를 낡은 베갯잇에 다 담았다. 베갯잇은 튼튼하게 버티도록 두 장을 겹쳤다. 나는 불룩한 베갯잇을 담요로 싸서 둘둘 만 다음 냉큼 들고 뛰어도 물건이 빠지지 않도록 빨랫줄로 묶었지만, 위쪽 입구는 여닫기 쉽게 만들어뒀다. 그래야 일기장을 꺼내고 넣을 때나 물통에 깨끗한 물을 채울 때, 또 그보다는 드물겠지만 식량을 채우거나 씨앗의 상태를 확인할 때 편리하기 때문이다. 싹을 틔울 씨앗이나 먹어도 되는 식량이 아닌, 벌레가 득시글거리는 쓰레기를 지고 다니는 것만은 무슨 일이 있어도 피하고 싶으니까.

총이 있으면 좋을 텐데. 나한테는 총이 한 정도 없고, 아빠는 자기 총을 내 방에 보관하도록 허락하지 않을 것이다. 위기가 닥치면 어떻게든 총을 잡아챌 작정이지만 생각대로 되지 않을 수도 있다. 달랑 칼 한 자루만 들고 겁먹은 표정으로 장벽 바깥에 나가는 건 정신 나간 짓이지만, 그런 일이 생길지도 모른다. 오늘 낮에 아빠와 와이엇 탤컷 아저씨를 따라 다 같이 사격 연습을 하러 갔다. 연습을 끝내고 돌아와서 나는 아빠한테 방에 총을 한 정 보관하게 해달라는 얘기를 꺼냈다.

"안 돼." 지친 데에다 먼지까지 뒤집어쓴 아빠는 어질러진 서재에서 의자에 앉으며 그렇게 대답했다. "네 방에는 낮 시간에 총을 안전하게 보관할 곳이 한 군데도 없어. 동생들이 틈만 나면 네 방에 들락거리잖아."

나는 잠시 망설이다가 아빠에게 비상 배낭을 꾸린 이야기를 털어놨다.

아빠는 고개를 끄덕였다. "네가 처음 그 얘기를 꺼낼 때만 해도 좋은 아이디어로 여겼다. 하지만 로런, 한번 생각해봐라. 도둑한테는 그 배낭이 선물이나 마찬가지야. 돈, 식량, 물, 총까지…… 훔치고 싶은 걸 다 품은 채 가져가주길 기다리는 꾸러미와 마주치는 도둑이 있어선 안 돼. 집에 도둑이 들었을 때 총을 훔치기 힘든 상태를 유지하는 게 더 나을 것 같구나."

"배낭은 그냥 침구류하고 같이 옷장에 보관하는 둘둘 말린 담요로 보일 거예요. 뭔지 알아보는 사람조차 없을 거라고요."

"아니." 내 말에 아빠는 고개를 저었다. "안 돼. 총은 지금 있는 자리에 그대로 둘 거다."

대화는 거기서 끝났다. 아빠는 도둑보다 집 이곳저곳을 기웃거리고 다니는 동생들을 더 걱정하는 듯싶었다. 동생들은 태어나서 이때껏 총이 있는 곳 근처에서는 조심해야 한다고 배웠다. 하지만 그레고리는 이제 겨우 여덟 살이고 베넷은 아홉 살이다. 아빠는 애들 앞에 유혹이 될 만한 것을 놔둘 각오가 아직 안 된 거다. 열한 살인 마커스는 웬만한 어른보다 더 믿음직하지만 이제 곧 열세 살이 되는 키스는 영 믿음이 가질 않는다. 키스가 아빠의 총을 훔칠 것 같지는 않다. 그럴 엄두를 낼 애는 아니니까. 하지만 내 물건은 훔친 적이 있는데⋯⋯ 지금까지는 자잘한 것뿐이었다. 다만 키스는 목마른 사람이 물을 탐내듯이 총을 탐낸다. 그 애는 어른이 되고 싶다는 말도 했다. 바로 어제. 그러니 아마도 아빠가 옳을 것이다. 아빠의 결정이 끔찍이도 마음에 안 들긴 하지만, 아마도 아빠가 옳을 것이다.

"어디로 가실 거예요?" 화제를 바꾸려고 아빠에게 그렇게 물었다. "만약 이 동네에서 쫓겨난다면, 우릴 데리고 어디로 가실 거예요?"

아빠는 숨을 길게 내쉬며 잠깐 동안 볼을 동그랗게 부풀렸다. "근처 다른 동네나 대학교로 가야겠지. 대학교에는 화재로 집을 잃거나 살던 집에서 쫓겨난 직원이 임시로 머물 수 있는 비상 숙소가 있으니까."

"거기서 나온 후에는요?"

"집을 다시 짓든가, 장벽을 보강하든가, 안전하게 살기 위한 일은 뭐든 다 해야지."

"여길 떠나겠다는 생각은 안 해보셨어요? 물이 부족하지도 않고 식량도 더 싼 북쪽으로 가겠다는 생각 말이에요."

"아니." 아빠는 허공을 멍하니 바라봤다. "나는 여기서 더없이 안정적인 일을 하고 있어. 북쪽에는 일자리가 없단다. 새로 도착한 사람은 일자리를 구한다고 해도 끼니나 겨우 때우는 정도야. 경험이 있어도 소용없어. 학력이 있어도 소용없고. 그곳엔 절박한 사람이 너무나 많거든. 그 사람들은 길거리에서 노숙을 하면서 콩 한 자루를 얻으려고 죽도록 일한단다."

"북쪽에선 살기가 더 편하다고 들었는데요. 오리건 주나 워싱턴 주, 그 위쪽의 캐나다 같은 곳은요."

"길이 다 막혔어. 오리건 주로 들어가려면 몰래 숨어드는 수밖에 없단다. 워싱턴 주는 숨어들기가 더 힘들지. 캐나다로 밀입국하려다가 총에 맞아 죽는 사람은 매일 몇 명씩 나오고. 캘리포니아 주 출신 쓰레기는 어디서도 환영받지 못해."

"하지만 실제로 떠나는 사람이 있잖아요. 북쪽으로 향하는 사람은 늘 있는데요."

"혹시나 하고 가는 거야. 자포자기한 사람들이라 잃을 게 아무것도 없으니까. 하지만 나는 다르단다. 여긴 내 집이야. 내야 할 세금을 빼면 빚 한 푼 없이 소유한 내 집. 너하고 동생들은 이 집에서 단 하루도 굶주리는 날 없이 이때껏 살아왔어. 그리고 별일이 없는 한은 앞으로도 쭉 그렇게 살 거다."

나는 내 지구종 공책에 이렇게 적었다.

144

나무는
부모의 그늘에 가려진 채로는
자라지 못한다.

 이런 걸 적을 필요가 있을까? 누구나 아는 사실인데. 그나저나 지금 이 말은 무엇을 의미할까? 장벽으로 둘러싸인 폐쇄형 주택단지에 사는 사람에게, 이 말은 무슨 의미가 있을까? 빌어먹을 정도로 운이 좋아서 장벽으로 둘러싸인 폐쇄형 주택단지에 사는 사람에게, 이 말이 도대체 무슨 의미가 있을까?

 오늘 라디오에서 영국과 일본이 달에 설치한 우주관측기지의 발견 성과에 관해 길게 보도했다. 그 기지는 기다랗고 커다란 망원경과 현존하는 가장 정밀한 분광 계측장비를 갖춘 덕분에, 가까운 별들의 주위를 도는 행성을 몇 개 더 찾아냈다. 기지가 새 행성을 찾는 일을 해온 지도 벌써 수십 년, 행성 몇 군데에서는 심지어 생명체가 살지도 모른다는 증거가 발견됐다. 나는 그 주제에 관해 구할 수 있는 자료를 모조리 듣거나 읽었다. 그 결과 생명체가 사는 별이 있을 가능성을 부정하는 학자가 점차 줄어드는 것을 알아차렸다. 그 가능성을 과학계에서도 차츰 받아들인다는 뜻이다. 물론 태양계 바깥에 생

145

명체가 살아봤자 고작 미생물 수조 마리일지 어떨지는 아무도 모른다. 사람들은 지적 생명체가 존재할 거라 추측한다. 물론 흥미로운 가설이지만, 우리와 대화를 나눌 만한 먼 우주의 생명체를 발견했다는 사람은 아무도 없다. 아무래도 상관없다. 생명체라는 사실 하나만으로 충분하다. 내가 보기에 그 사실은…… 내 능력으로는 설명하기 힘들 만큼 흥미진진하고 고무적이며, 이루 설명할 수 없을 만큼 중요하다. 저 바깥에 생명이 존재한다. 고작 몇 광년 떨어진 곳에 생명이 사는 행성이 있건만, 미국은 지구 근처의 죽은 별에서조차, 즉 달과 화성에서조차 후퇴하느라 바쁘다. 어째서 그러는지는 이해하지만 그래도 후퇴는 안 했으면 좋겠다.

생명체가 사는 행성에서는 지구와 연결된 기다랗고 값비싼 탯줄 없이도 인류가 더 쉽게 적응하고 살아갈 거라고 한다. 나는 그 주장이 미심쩍다. 그건 더 쉬울 뿐이지 쉬운 일은 아니다. 그럼에도 그 주장은 의미가 있다. 몇 광년 거리를 연결하는 탯줄 따위는 애초부터 없을 것이기 때문이다. 태양계 바깥의 행성에 간 사람들은 정치가, 사업가, 망가진 경제, 고통받는 생태계 따위와는 거리를 유지한 채 오로지 자신들의 힘에 의지했을 테고, 도움의 손길도 바라지 않았을 것이다. 부모 행성의 그늘에서 멀찍이 벗어난 상태로.

내일 나는 열여섯 살이 된다. 겨우 열여섯 살. 느낌상으로는 나이를 더 먹은 것 같다. 나이가 더 많았으면 좋겠다. 지금보다 나이가 더 많아야 한다. 나는 어린애인 게 싫다. 시간이 왜 이리 안 가는지!

트레이시 던이 실종됐다. 트레이시는 딸인 에이미가 죽은 후로 우울한 상태였다. 어쩌다 입을 열 때면 죽음에 관한 얘기나 죽고 싶다는 얘기, 자신은 죽어도 싸다는 얘기만 했다. 다들 트레이시가 슬픔(또는 죄책감)을 극복하고 자기 삶을 꾸려 가기를 바랐다. 아마도 그럴 힘이 없었던 모양이다. 우리 아빠가 트레이시와 몇 차례 상담을 했는데, 상담 후에 걱정하는 기색이 또렷했다. 트레이시의 정신 나간 가족은 전혀 도움이 되지 않았다. 식구들은 예전 에이미를 대하던 방식으로 트레이시를 대했다. 무시했던 것이다.

소문대로라면 트레이시는 어제 오후쯤 장벽 바깥으로 나갔다. 모스네와 페인네 아이들 몇몇이 하굣길에 트레이시가 정문 바깥으로 나가는 모습을 봤다고 했다. 그 후로 트레이시를 본 사람은 아무도 없다.

오늘 아침 잠에서 깼을 때 머릿속에 생일 선물이 떠올랐다. 딱 두 줄이다.

지구종의 숙명은
별들 사이에 뿌리내리는 것이다.

며칠 전 새 행성이 발견됐다는 이야기에 흥미를 느꼈을 때, 나는 바로 이 생각에 몰두해 있었다. 물론 이 생각은 진실이다. 명확한 진실.

한편으로 지금 당장은 불가능한 일이기도 하다. 세상은 끔찍한 몰골을 하고 있다. 지금은 잘사는 나라조차 역사책에 나오는 과거의 부자 나라들만큼 사치를 누리지 못한다. 과학 연구 및 우주개발 계획을 취소하고 헐값에 팔아치우는 지도자는 도너 대통령 한 명만이 아니다. 단기간에 이익을 내거나 적어도 훗날 큰 이익을 보장하는 탐사 활동이 아니면, 아무도 규모를 키우려 하지 않는다. 지금은 불필요하거나 낭비로 여겨지는 일은 아예 하지 않으려는 분위기다. 그럼에도.

지구종의 숙명은
별들 사이에 뿌리내리는 것이다.

어떤 식으로 그렇게 될지, 언제 그렇게 될지는 모른다. 시작도 하기 전에 해야 할 일이 너무나 많다. 그 정도는 마땅히 감수해야 할 것이다. 천국에 갈 채비를 하려면 미리 준비할 게 많은 법이니까.

제8장

하느님과 잘 지내려면
그대가 한 행동의 결과가 어떠할지 생각하라.

—《지구종: 산 자들의 책》에서

2025년 7월 26일 토요일

트레이시 던은 집으로 돌아오지 않았고 경찰에 발견되지도 않았다. 앞으로도 그럴 일은 없을 듯싶다. 실종된 지 일주일밖에 안 됐지만, 장벽 바깥에서 보내는 일주일은 지옥에서 보내는 일주일과 다를 바 없을 것이다. 사람들은 바깥에 나가서 사라진다. 애니스 씨가 그랬던 것처럼 사람들은 정문으로 나가고, 우리 모두는 그들이 다시 돌아오기를 기대한다. 하지만 결코 돌아오지 않는다. 아니면 유골 단지에 담긴 채 돌아오거나. 트레이시 던은 죽었을 것이다.

비앙카 몬토야가 임신했다. 한낱 소문이 아니라 사실이다. 모종의 이유로 나한테는 중요한 문제다. 비앙카는 열일곱 살이고 결혼은 안 했는데, 욜란다 이바라의 남동생이자 이바라 씨 댁에 함께 사는 호르헤 이투르베에게 홀딱 반해서 제정신이 아니다.

호르헤는 자신이 아기 아빠라고 인정했다. 어째서 이런저런 사정이 죄다 소문나기 전에 결혼을 안 했는지 도무지 알 수가 없다. 호르헤는 스물세 살이니까 적어도 사리 판단 정도는 할 텐데. 아무튼 둘은 이제 곧 결혼할 예정이다. 이바라 집안과 이투르베 집안은 그 일 때문에 몬토야 집안과 일주일 동안 으르렁댔다. 어쩌나 어리석은지. 할 일이 그렇게나 없었을까. 그나마 양쪽 모두 중남미계 혈통이라 다행이다. 이번 싸움은 인종 간 다툼은 아니니까. 작년에 백인이자 던 집안 식구 중 정신이 멀쩡한 축에 드는 크레이그 던이, 흑인인 데에다 리처드 모스의 큰딸이기까지 한 시티 모스와 섹스를 하다가 들킨 일이 있었다. 그때 나는 누군가 죽지 싶었다. 다들 제정신이 아니었으니까.

누가 누구랑 자는 사이이고, 누가 누구랑 앙숙 사이인지 같은 이야기를 하려는 게 아니다. 이야기의 요점, 그러니까 내가 품은 의문은 이 모양 이 꼴이 된 세상에서 어떻게 결혼을 하고 아기 가질 생각을 하느냐는 것이다.

그러니까, 결혼을 하고 아기를 낳는 사람은 늘 있었지만……. 지금은 갈 곳도 없고 할 일도 없다. 운이 좋은 부부라면 방 한 칸이나 차고를 얻어 살 수 있을 것이다. 삶이 나아질 거라는 희망은 조금도 없고 나빠질 거라고 전망할 이유는 넘치는 채로.

비앙카가 택한 삶은 내게 주어진 선택지이기도 하다. 실천하고 싶은 삶이 아니지만, 이웃들이 내게 기대하는 삶하고는 상당히 비슷하다. 내 또래라면 누구나 마찬가지다. 조금 더 자라서 결혼을 하고 아기를 가질 것. 커티스 탤컷이 말하길 새로 탄생한 이투르베 부부는 어느 차고의 절반을 신혼집으로 삼을 거라고 한다. 그 차고의 나머지 절반은 호르혜의 누나인 셀리아 이투르베 크루스가 남편과 아기와 함께 사는 집이다. 부부 두 쌍이 차고 한 칸에 사는데, 그들 중 일을 해서 돈을 버는 사람은 한 명도 없다. 그들이 꿈꿀 만한 최고의 삶은 널따란 부잣집에 하인으로 취직해 숙식을 해결하는 것이다. 조금이나마 돈을 모으거나 살림을 더 키울 생각은 꿈에도 하지 못한다.

그런데 만약 그들 부부가 북쪽으로 가려 한다면, 더 나은 삶을 꿈꾸며 오리건 주나 워싱턴 주나 캐나다로 향한다면 어떨까? 아기 한둘을 데리고 떠나는 경우에는 여행길이 훨씬 더 힘들어질 테고, 사나운 경비대의 눈을 피해 주 경계나 국경을 넘을 때에도 훨씬 더 위험할 것이다.

비앙카가 용감한지 어리석은지 잘 모르겠다. 그 애는 동생과 함께 자기 엄마의 오래된 웨딩드레스를 고치느라 바쁘다. 그 집 식구들은 마치 좋았던 옛 시절로 돌아가기라도 한 것처럼 요리를 하고 파티를 준비한다. 어떻게 그럴 수가 있을까?

나는 커티스 탤컷을 많이 좋아한다. 어쩌면 그 애를 사랑하는지도 모르겠다. 가끔 그렇다는 생각이 들 때도 있다. 커티스는 자기가 나를 사랑한다고 한다. 하지만 내 앞에 기다리는 미래가 커티스와 결혼해서 아기를 갖고 점점 더 가난해지는 것뿐이라면, 난 차라리 자살하고 말 것이다.

2025년 8월 2일 토요일

오늘 사격 연습을 하러 갔는데, 내가 개를 죽인 날 이후 처음으로 또 시체를 발견했다. 이번에는 일행이 다 함께 봤다. 나이 든 여성의 벌거벗은 주검이었고, 반쯤 뜯어 먹힌 데에다 구더기까지 들끓어 역겹다는 말로는 부족할 지경이었다.

그 광경이 오라 모스에게는 결정타였다. 오라는 이제 사격 연습을 안 하겠다고 한다. 두 번 다시 안 하겠다고. 내가 설득해보려 했지만, 오라는 우리를 지키는 건 어차피 남자들 임무라고 한다. 여자는 총 쏘는 연습을 하면 안 된다면서.

"동생들을 네 손으로 지켜야 할 상황이 오면 어떡할 건데?" 나는 오라에게 그렇게 물었다. 그 애는 하루가 멀다 하고 동생을 돌봐야 하는 처지였다.

"그 정도는 이미 배운 걸로도 충분해."

"연습을 안 하면 실력이 녹슬잖아."

"난 다시는 장벽 바깥에 안 나갈 거야." 오라는 고집을 꺾지 않았다. "네가 상관할 일이 아니잖아. 내가 꼭 가야 하는 것도 아니고!"

나는 오라의 마음을 돌리지 못했다 그 애는 겁을 먹었고, 그래서 방어적으로 변했다. 아빠는 시체를 본 기억이 희미해질 때까지 기다렸다가 설득해보라고 했다. 내가 보기에도 아빠 말이 옳다. 다만 참기 힘든 것은 모스 집안 사람들의 태도다. 리처드 모스는 밭일과 토끼 기르기와 집안일에는 자기 아내들과 딸들을 노예처럼 부려먹으면서, 공동체의 일이라면 어떤 것에든 귀부인처럼 굴라고 한다. 집안 여자들이 맡은 몫을 다하지 않으려 하면, 그는 어김없이 식구들을 편들고 나선다. 위험하고 어리석은 짓이다. 남들에게 반감을 사는 지름길이나 마찬가지이기 때문이다. 모스 집안 여자 가운데 순찰대에 참가한 사람은 한 명도 없다. 그 사실을 알아차린 사람은 나 혼자가 아니다.

오늘 사격 연습에는 페인 집안 아이들 중 나이가 가장 많은 도일과 마거릿이 처음으로 참가했다. 둘은 사격이 처음인데도 겁먹지 않았다. 야무진 구석이 있는 아이들이다. 그 애들은 잘 버틸 것이다. 아이들 외삼촌인 워델 패리시는 사격 연습을 반대했다. 그는 지저분한 말을 써가며 불평을 늘어놨다. 우리 아빠의 자존심에 대해, 사설 군대와 자경단에 대해, 또 자기가 내는 세금에 대해서도. 자신은 이때껏 살면서 세금을 낼 만큼 냈으니 경찰의 보호를 받을 권리가 있다는 얘기였다. 그리고 또 헛소리, 또 헛소리. 워델은 괴짜인 데에다 혼자 있기를 좋아하는 불평꾼이었다. 워델이 전에 부자였다는 얘기를 들은 적이 있다. 그가 못 미더운 사람이라는 내 의견에는 아빠도 동의한다. 하지만 그는 도일과 마거릿의 아버지가 아니고, 그 아이들의 어머니인 로절리 페인은 자신의 다섯 아이를 키우는 일에 관해서는 누구의 참견도 받기 싫어한다. 자기 자식들과 자기 돈에 대한 통제권이야말로 로절리가 이 세상에서 지닌 권력의 전부다. 실제로 로절리에게 부모에게서 물려받은 돈이 조금 있기는 하다. 로절리의 쌍둥이 남매인 워델은 어쩌다 그만 자신의 재산을 다 날려버렸다. 그렇다 보니 워델이 로절리에게 이래라저래라 간섭하거나 조카들을 이렇게 저렇게 키우라고 훈수를 두는 건 멍청한 짓이다. 사람이면 그 정도 분별력은 있어야 할 텐데……. 다만 아이들을 생각하면 워델이 어리석어서 차라리 다행이다.

내 동생 키스는 자신도 사격 연습에 데려가달라고 여느 때처럼 졸랐다. 며칠만 있으면 8월 14일, 키스의 열세 번째 생일이다. 그 애는 열다섯 살이 되려면 이 년을 더 기다려야 한다는 사실이 견디기 힘든 모양이다. 나도 이해한다. 기다리는 건 끔찍한 일이다. 나이 먹기를 기다리는 게 다른 일보다 더 끔찍한 까닭은 그 일이 더 일찍 일어나도록 힘쓸 방법이 아예 없기 때문이다. 가엾은 키스. 가엾은 나.

아빠에게 집에 있는 공기총으로 새나 다람쥐를 쏴도 좋다는 허락을 받기는 했지만, 키스는 여전히 부루퉁하다. "이건 불공평해요." 키스가 그 말을 하는 건 오늘로 스무 번째, 어쩌면 서른 번째였다. "로런 누나는 여자앤데도 사격하러 가라고 허락하시잖아요. 아빠는 항상 누나한테만 너그러워요. 사격을 배우면 저도 순찰대랑 같이 도둑을 쫓아낼 텐데……." 키스는 전에 한번 '쫓아낸다'라고 하지 않고 '쏴버릴 텐데'라고 말하는 실수를 저질렀다. 그때 아빠는 키스에게 거의 설교를 했다. 아빠가 우리한테 손찌검하는 경우는 사실상 없지만, 아빠는 손가락 하나 펴지 않고도 우리를 겁주는 방법을 안다.

물론 키스는 오늘 사격 연습에 가지 못했다. 시체를 발견하

156

기 전까지는 연습도 별문제 없이 진행됐다. 개는 한 마리도 보이지 않았다. 다만 리버 스트리트를 따라 산으로 향하는 길에 누더기와 막대기 및 판지, 야자나무 잎으로 지은 집이 전보다 몇 채 더 보였다. 그런 집들은 늘 볼 때마다 전보다 많아지는 것 같다. 거기 사는 사람들이 구걸하거나 욕하는 것 이상으로 우리를 귀찮게 하는 경우는 없지만, 그들은 언제나 우리를 뚫어져라 본다. 자전거를 타고 그 앞을 지나가기가 점점 더 힘들어질 정도다. 그들 몇몇은 살아 있는 해골이나 다름없다. 살갗과 뼈, 이 몇 개만 남은 지경이다. 그 사람들은 산에서 눈에 띄는 거라면 뭐든지 다 먹는다.

우리를 응시하는 그 눈길을 꿈에서 가끔 본다.

그러는 동안 우리 집에서는 키스가 몰래 동네를 빠져나갔다. 코리의 정문 열쇠를 훔쳐 문을 열고 바깥으로 사라진 것이다. 키스는 혼자서 나갔다. 아빠와 나는 집에 도착해서야 그 사실을 알았다. 우리가 돌아왔을 때에도 키스의 모습은 보이지 않았고, 그제서야 코리도 그 애가 바깥에 나간 게 틀림없음을 알아차렸다. 코리는 이웃들에게 확인한 끝에 던 집안 꼬마인 여섯 살배기 쌍둥이 앨리슨과 마리에게서 키스가 정문으로 나가는 모습을 봤다는 말을 들었다. 집으로 돌아간 코리가 자기 열쇠가 없어진 것을 안 시점이 바로 그때였다.

아빠는 피곤하고 화나고 겁먹은 상태로 곧장 다시 바깥으로 나가 키스를 찾으려 했지만, 막 출발하려는 참에 키스가 집에 돌아왔다. 그때 나와 코리, 마커스는 아빠를 배웅하러 집 앞쪽 포치에 나가 있었다. 우리 셋은 키스가 갈 만한 곳을 저마다 궁리했고, 마커스와 나는 아빠와 함께 키스를 찾으러 가겠다고 나서던 참이었다. 날이 거의 저물었을 무렵이었다.

"너희는 집에 들어가서 꼼짝 말고 기다려." 아빠가 말했다. "너희 중 한 명만 나가 있는 걸로도 충분히 위험하니까." 그러고는 기관단총을 살펴보고 탄창이 꽉 차 있는지 확인했다.

"아빠, 저기 보세요." 내가 말했다. 두 집 건너 이웃인 집 근처에서 뭔가 움직이는 것이 눈에 띄었다. 컴컴한 형상 하나가 가필드네 집 옆을 따라 빠르게 움직였다. 그땐 그 형상이 키스인 것을 알지 못했다. 다만 그 형상의 은밀함에 관심이 갔다. 누군가 남의 눈을 피해 살금살금 돌아다니고 있었다.

눈이 밝은 아빠는 그 형상이 가필드네 집에 가려지기 전에 재빨리 포착했다. 그러고는 벌떡 일어서서 총을 들고 정체를 확인하러 갔다. 우리 셋은 가만히 지켜보며 기다렸다.

잠시 후, 코리가 집 안에서 이상한 소리가 들린다고 했다. 나는 아빠와 바깥에서 벌어지는 일에 너무 집중한 탓에 코리가 들은 소리를 못 들었던 것 같다. 아니면 코리에게 신경을 쓰지 못했거나. 코리가 먼저 집 안으로 들어갔다. 마커스와 나는 코리가 비명을 지를 때까지도 포치에 있었다.

마커스와 나는 잠시 서로 마주 보다가 나란히 현관으로 눈을 돌렸다. 마커스가 현관문을 향해 부리나케 뛰어갔다. 나는 큰 소리로 아빠를 불렀다. 내가 있는 곳에서 아빠가 보이지는 않았지만, 아빠의 목소리는 들렸다.

"빨리 오세요!" 나는 그렇게 외치고 집으로 뛰어갔다.

코리와 마커스, 베넷, 그레고리가 주방에서 키스를 둘러싸고 모여 있었다. 키스는 달랑 속옷 한 장만 걸친 채 바닥에 널브러져 숨을 헐떡였다. 긁히고 멍들고 피가 나서 잔뜩 지저분해진 몰골이었다. 코리는 키스 곁에 무릎을 꿇고 앉아 여기저기 살펴보고 이것저것 물어보며 울고 있었다.

"어떻게 된 거야? 누가 이랬어? 왜 바깥에 나간 거야? 옷은 다 어디 있어? 도대체 어쩌다가⋯⋯?"

"열쇠는?" 아빠가 코리 말을 잘랐다. "열쇠를 뺏긴 거냐?"

모두가 화들짝 놀라 아빠를 올려다봤고, 뒤이어 키스를 내려다봤다.

"어쩔 수가 없었어요." 키스가 여전히 헐떡이는 목소리로 대답했다. "어쩔 수 없었어요, 아빠. 상대는 다섯이었어요."

"그러니까 그자들이 정문 열쇠를 가져갔단 말이지."

키스는 아빠와 눈을 마주치지 않으려고 조심하며 고개를 끄덕였다.

아빠는 돌아서서 성큼성큼 걸으며, 거의 뛰다시피 집을 나섰다. 조지 수나 브라이언 수를 불러서 정문 자물쇠를 교체해 봤자 이미 엎질러진 물이었다. 교체 작업은 내일이나 돼야 끝날 테고, 새 열쇠도 만들어 집집마다 나눠줘야 하니까. 아빠는 분명 이웃들에게 위험을 알리고 순찰 임무에 인원을 더 투입하려고 나간 것이다. 나도 사람들에게 알리는 일을 돕고 싶었지만, 그러지 않았다. 아빠가 너무 화가 난 나머지 당장은 자식 누구의 도움도 받아들이지 못할 것처럼 보여서였다. 아빠가 돌아오면 키스는 벌을 받을 처지였다. 꼼짝없이 벌을 받아야 했다. 바지뿐 아니라 셔츠, 심지어 신발까지 잃어버렸으니까. 다른 집 아이들은 맨발로 돌아다니곤 하지만, 코리는 우리가 집 바깥에서 맨발로 돌아다니는 꼴을 절대로 용납하지 않았다. 코리가 생각하는 교양의 범위에는 피부병에 걸려 꾀죄죄해진 살갗뿐 아니라 지저분하고 잔뜩 갈라진 발뒤꿈치도 포함되지 않기 때문이었다. 신발값은 비쌌고 우리는 빠르게 자라 어느새 신발이 안 맞곤 했지만, 코리는 고집을 굽히지 않았다. 신발이 아무리 비싸도 우리는 저마다 멀쩡한 신발이 적어도 한 켤레씩은 있었다. 신발은 정말로 비싼 물건이었다. 이제 키스에게 새 신발을 사주려면 돈이 필요했다.

키스는 주방 바닥에 쓰러져 몸을 옹송그린 채 코와 입에서 흐르는 피로 타일을 물들였다. 이윽고는 팔로 자기 몸을 감싸고 울면서 아빠가 보이지 않는다고 소리쳤다. 코리는 이삼 분

정도 낑낑댄 끝에 키스를 일으켜 반쯤 들다시피 하여 욕실로 데려갔다. 나도 거들려고 했지만, 마치 내가 키스를 때린 당사자라도 되는 듯 쏘아보는 코리의 눈빛 때문에 그냥 물러서고 말았다. 내가 돕고 싶은 마음에서 그랬던 것 같지는 않다. 그저 해야 할 일 같아서 그랬을 뿐이었다. 키스는 정말로 고통스러워했고, 나는 그 고통을 공유하며 참기가 힘들었다.

나는 누가 밟고 미끄러지거나 단서로 삼아 따라오지 않도록 핏자국을 닦았다. 그런 다음 저녁을 만들어 세 동생과 함께 먹었고, 남은 것은 아빠와 코리와 키스가 먹도록 챙겨두었다.

2025년 8월 3일 일요일

키스는 오늘 아침 예배에서 자기가 저지른 짓을 억지로 고백했다. 모든 신자 앞에서 모든 것을. 악당 다섯 명이 자신에게 무슨 짓을 했는지까지 모조리 털어놨다. 그다음은 사과할 차례였다. 하느님께, 부모님께, 그리고 자신 때문에 위험해지고 불편을 겪은 신자들에게. 코리가 반대했는데도 아빠는 키스에게 사과하도록 시켰다.

아빠는 키스를 체벌한 적이 한 번도 없지만, 어젯밤에는 틀림없이 그러고 싶은 유혹을 느꼈을 것이다. "도대체 왜 그런 짓을 한 거냐!" 아빠는 거듭 그렇게 물었다. "내 아들 중에 이렇게 멍청한 놈이 있었다니! 이 녀석아, 도대체 머리를 어디다 두고 다니는 거야? 무슨 생각으로 그런 거냐고! 내 말이 안 들리는 거냐? 대답을 해!"

키스는 대답하고 다시 대답하고 거듭 대답했지만, 아빠는 영 납득이 안 가는 모양이었다. "전 이제 어린애가 아니에요." 키스는 흐느꼈다. 이런 말도 했다. "아빠께 보여드리고 싶었어요. 그냥 보여드리고 싶었다고요! 로런 누나는 뭐든 하라고 허락하시잖아요!" 그리고 이런 말도. "저는 남자예요! 집 안에 숨어 있으면 안 돼요, 장벽 안에 숨어 있으면 안 된단 말이에요! 전 남자라고요!"

키스가 자신은 어떠한 잘못도 저지르지 않았다고 우긴 까닭에 언쟁은 계속됐다. 그 애는 자신이 남자라는 것을 증명하고자 했다. 겁쟁이 여자애가 아니라는 것을. 남자 여럿에게 습격당해 얻어맞고 소지품까지 빼앗긴 것은 그 애 잘못이 아니었다. 그 애는 아무 짓도 하지 않았다. 그 애 잘못이 아니었다.

아빠는 넌더리가 나서 견디기 힘들다는 표정으로 키스를 응시했다. "너는 부모 말을 거역했어. 부모의 물건을 훔쳤고. 이곳에 사는 모두의 생명과 재산을 위험에 빠뜨렸어. 네 엄마와 누나, 어린 동생들까지 포함해서. 네가 스스로 생각하는 것만큼 진짜 남자였다면 아마 내 손에 흠씬 두들겨 맞았을 거다!"

키스는 똑바로 앞만 바라봤다. "나쁜 놈들은 열쇠가 없어도 들어오잖아요." 키스가 중얼거렸다. "그냥 우리 동네에 들어와서 도둑질을 하잖아요. 전 잘못한 거 없어요!"

아빠가 키스로 하여금 변명을 그만두고 자기 잘못을 인정하도록 하기까지 두 시간이 걸렸다. 키스는 잘못을 저질렀다. 다시는 그 잘못을 되풀이하지 않을 것이다.

내 동생은 머리가 아주 영리한 편은 아니지만, 정말이지 돌같은 고집으로 부족한 머리를 보완한다. 반면에 아빠는 영리하고 고집도 세다. 키스는 빠져나갈 가망도 없는 상태로 아빠에게 승리의 발판을 마련해줬다. 그리하여 이튿날인 오늘 아침, 아빠는 복수를 실행에 옮겼다. 내가 보기에 아빠는 키스가 사람들 앞에서 한 억지 고백을 복수로 여기지 않을 듯싶지만, 키스의 표정을 보아하니 그 애는 그렇게 여기는 모양이었다.

"이 집을 무슨 수로 탈출한담." 키스의 고백을 지켜보는 동안 마커스가 내게 소곤거렸다. 마음이 짠해졌다. 마커스는 키스와 한 방을 쓰는데, 고작 한 살 터울이다 보니 날마다 싸우다시피 한다. 이제 둘이 함께 지내기가 더욱 힘들어질 것이다.

키스는 코리가 가장 아끼는 아들이다. 혹시 유독 아끼는 아이가 있느냐고 코리에게 물으면 없다고 하겠지만, 실은 그렇지 않다. 코리는 키스를 갓난아기처럼 애지중지하며 집안일을 빼먹어도, 살짝 거짓말을 해도, 사소한 도둑질을 해도 늘 봐준다. 어쩌면 그래서 키스가 자신은 잘못을 저질러도 별일 없을 거라고 생각하는지 모른다.

오늘 아침 설교는 십계명 중에서도 특히 '너희 부모를 공경하여라'와 '도둑질하지 못한다'를 강조하는 내용이었다. 아빠는 설교를 하면서 화가 가라앉고 답답함도 많이 가신 듯했다. 다만 키스는, 키가 크고 무표정해서 실제 나이인 열세 살보다 더 들어 보이는 그 아이는, 분노를 꾹꾹 눌러 간직했다. 내 눈에는 훤히 보였다. 그 애가 마음속에 간직한, 꾹꾹 눌러놓은, 목구멍까지 가득 쌓인 분노가.

제9장

모든 투쟁은
본질적으로
권력 투쟁이다.
누가 다스리고,
누가 이끌고,
누가 정의 내리고,
개선하고,
제한하고,
설계하고,
또 누가 지배하는가.
모든 투쟁은
본질적으로
권력 투쟁이며,
대개는

대가리를 부딪치며 다투는
숫양 두 마리보다
지적으로 나은 구석이 전혀 없다.

—《지구종: 산 자들의 책》에서

평소에는 판단력이 좋던 부모님이 이번 주에는 키스의 생일
선물을 놓고 실수를 저질렀다. 그 애한테 공기총을 준 것이다.
공기총은 새것은 아니지만 멀쩡하게 작동했고, 실제 성능보다
훨씬 더 위험한 물건처럼 보였다. 게다가 그건 키스의 소유물
이었다. 다른 사람과 함께 쓰지 않아도 상관없다는 뜻이었다.
내 짐작에는 스미스앤웨슨 리볼버를, 운이 좋으면 헤클러운
트코흐 기관단총을 손에 넣을 때까지 이 년 더 기다려야 하는
그 애를 위로하려고 준비한 선물 같았다. 물론 몰래 장벽 바깥
에 나가려는 어리석은 욕망을 다스리도록, 또 공개 사과라는
부끄러운 경험을 극복하도록 도우려는 생각도 있었을 것이다.

키스는 그 공기총으로 비둘기와 까마귀를 몇 마리 쏘고 나
서는 마커스를 쏘겠다고 위협했다. 오늘 저녁에 마커스가 내
게 털어놓은 사실이다. 그러고는 어제 어디로 가는지 밝히지

도 않고 사라져버렸다. 공기총은 물론 갖고 갔다. 아무도 그 애를 못 본 지 거의 열여덟 시간이 됐다. 보나 마나 다시 장벽 바깥에 나갔을 것이다.

2025년 8월 18일 월요일

오늘 아빠가 키스를 찾으러 바깥에 나갔다. 아빠는 심지어 경찰에 신고까지 했다. 경찰한테 수고비를 줄 여력은 없지만 겁이 나서 불렀다고 말했다. 실종 기간이 길어질수록 키스가 다치거나 살해될 위험은 더욱 커지니까. 마커스는 키스가 자신을 폭행한 자들을 찾으러 간 것 같다고 한다. 내가 보기에는 아니다. 아무리 키스라고 해도 소구경 공기총 한 정을 들고서 남자 다섯 명을(심지어 한 명이라고 해도) 찾으러 나서지는 않을 것이다.

코리는 아빠보다 더 안절부절못한다. 겁에 질려 흠칫거리고, 속이 메슥거린다고 잘 먹지도 못하고, 울음을 그치질 않는다. 나는 코리를 달래 침대에 눕히고 수업도 대신 맡았다. 코리의 몸이 안 좋아지기 전에도 네댓 번 그렇게 한 적이 있어 아이들도 그리 어색해하지 않았다. 나는 코리가 만든 수업 자료를 이용했다. 오전에는 나이가 많은 아이들과 내가 가르치는 유치부 아이들을 짝지어 잘 모르는 사람을 가르치고 또 그

167

런 사람에게 배우는 재미를 맛보여줬다. 학생 몇몇은 내 또래이거나 나보다 나이가 더 많았는데, 그런 아이들 가운데 오라모스와 마이클 탤컷은 일어서서 나가버렸다. 그 애들은 내가 교사로 일할 자격이 있는 것을 안다. 나는 거의 이 년 전에 고등학교 교과과정과 졸업 자격시험을 다 마쳤으니까. 그 이후로 나는 아빠에게서 비공인(무료) 대학 과정을 배우고 있다. 마이클과 오라는 그런 사실을 다 알지만, 이미 다 커버렸기 때문에 나 같은 아이한테서는 아무것도 배우려 하지 않는다. 그러거나 말거나. 다만 내가 좋아하는 커티스에게 마이클 같은 형제가 있는 게 딱할 뿐이다. 형제를 골라서 갖지는 못하는 법이니까.

2025년 8월 19일 화요일

키스는 코빼기도 보이지 않는다. 코리는 벌써부터 그 애를 추모하는 것 같다. 나는 오늘도 코리 대신 수업을 맡았고, 아빠는 오늘도 키스를 찾으러 장벽 바깥에 나갔다. 밤이 되어 기진맥진한 모습으로 돌아온 아빠에게 코리는 울며불며 마구 악을 썼다.

"제대로 찾아보지도 않았잖아!" 코리는 나와 동생 셋이 다지켜보는 와중에 그렇게 말했다. 아빠가 키스와 함께 왔는지 보려고 우리 모두 나와 있을 때였다. "작정하고 돌아다녔으면 진작 찾았을 텐데!"

아빠는 코리를 달래려고 다가갔지만 코리는 뒤로 물러나며 계속 악을 썼다. "그렇게 애지중지하는 로런이 장벽 바깥에 혼자 나갔다면 아마 진작 찾았을걸! 당신은 키스가 안중에도 없는 거야."

코리가 그런 말을 입에 담은 건 오늘이 처음이었다.

우리 사이는 언제나 '코리와 로런'이었다. 코리는 한 번도 자신을 어머니로 불러달라고 하지 않았고, 나도 그럴 생각이 없었다. 코리가 새엄마라는 사실은 늘 내 머릿속에 붙박여 있었다. 그렇기는 했지만 나는 늘 코리를 사랑했다. 코리가 키스를 가장 아낀다는 사실 때문에 심란해질 때도 있었지만, 그걸로 코리에 대한 사랑이 식거나 하지는 않았다. 나는 코리의 자식이면서 코리의 자식이 아니었다. 정확히는, 아니었다. 실제로는. 하지만 나는 늘 코리가 나를 사랑한다고 생각했다.

아빠는 방에 가서 자라는 말로 우리 모두를 쫓아냈다. 그리고는 코리를 안정시켜 안방으로 데려갔다. 몇 분 후, 아빠가 내 방에 찾아왔다.

"코리가 한 말은 진심이 아니야." 아빠가 말했다. "그 사람은 너를 친딸처럼 아낀단다, 로런."

나는 아빠를 물끄러미 보기만 했다.

"코리가 미안하다고 전해달라더라."

나는 고개를 끄덕였다. 아빠는 내게 안심이 될 만한 말을 몇 마디 더 남기고 돌아갔다.

코리가 미안해할까? 그럴 것 같진 않다.

그 말은 코리의 진심이었을까. 그랬다. 아무렴, 그때 코리는 진심이었다. 젠장.

2025년 8월 28일 목요일

어젯밤에 키스가 돌아왔다.

우리가 저녁을 먹고 있을 때 태연하게, 일요일부터 쭉 실종됐던 아이가 아니라 방금 전까지 바깥에서 축구를 하던 아이처럼 집으로 걸어 들어왔다. 게다가 이번에는 말끔해 보였다. 멍 자국 하나도 없었다. 입고 있는 옷가지는 모두 깨끗한 새것이었다. 심지어 새 신발까지 신고 있었다. 옷은 집을 나갈 때 입은 것보다 하나같이 훨씬 더 좋았고, 가격 또한 우리 형편으로 살 수 있는 것보다 훨씬 더 비쌌다.

키스가 그때까지도 지니고 있던 공기총은 아빠가 빼앗아 부서뜨려버렸다.

키스는 그동안 어디에 있었고 새 옷은 어디서 났는지 밝히려 하지 않았다. 아빠는 키스를 피가 나도록 두들겨 팼다.

아빠의 그런 모습은 전에 딱 한 번 본 적이 있다. 내가 열두 살 때의 일이었다. 코리는 아빠를 말리려고, 키스에게서 떼어 내려고 했다. 처음에는 영어로 악을 썼고 그다음에는 에스파냐어로 악을 쓰다가, 나중에는 아예 말을 하지 않았다.

그레고리가 바닥에 토를 하는가 싶더니, 베넷이 울기 시작했다. 마커스는 모든 광경을 뒤로하고 몰래 집을 빠져나갔다.

이윽고 소동이 끝났다.

키스는 두 살배기 아이처럼 엉엉 울었고, 코리는 우는 키스를 안고 있었다. 아빠는 그런 두 사람을 굽어보며 서 있었다. 멍한 표정이었다.

나는 마커스의 뒤를 따라 뒷문으로 나가다가 발을 헛디뎌, 하마터면 뒤쪽 계단에서 구를 뻔했다. 내가 뭘 하는지 스스로도 알지 못하는 상태였다. 근처에 마커스의 모습은 보이지 않았다. 나는 훈훈한 어둠으로 뒤덮인 계단에 앉아서, 키스와 속 수무책으로 공감한 내 몸이 덜덜 떨리고 고통을 느끼고 구토를 하는 동안 아무것도 하지 않았다. 그러다가 아마도 의식을 잃었던 모양이다.

시간이 조금 흐르고 나서 마커스가 나직이 이름을 부르며 나를 흔들어 깨웠다.

나는 마커스를 팔로 붙잡고 일어선 다음, 부축해주려고 낑낑대는 그 애와 함께 내 방에 도착했다.

"나 이 방에서 잘게." 내가 침대에 앉자마자 마커스가 말했다. 나는 그때까지도 머리가 멍하고 통증을 느끼는 상태였다. "그냥 바닥에서 잘게, 누나. 난 괜찮아."

"그래." 마커스가 어디서 자는지는 내 알 바 아니었다. 나는 신발도 안 벗은 채 침대에 길게 누웠다가, 이불 위에서 태아처럼 동그랗게 몸을 옹송그렸다. 그러고는 그 상태 그대로 잠이 들었거나 다시 의식을 잃은 것 같다.

2025년 10월 25일 토요일

키스가 또 바깥에 나가서 돌아오지 않는다. 집을 나선 때는 어제 오후였다. 코리는 키스가 이번에는 자신의 열쇠뿐 아니라 총까지 들고 갔다는 사실을 오늘 저녁에야 말했다. 그 애가 가져간 총은 스미스앤드웨슨 리볼버였다.

아빠는 키스를 찾으러 나가지 않겠다고 했다. 어젯밤에 아빠는 서재에서 잤다. 오늘도 거기서 잘 것이다.

나는 키스가 마음에 들었던 적이 한 번도 없다. 식구들에게 하는 짓 때문에 이제는 그 애가 미울 지경이다. 특히 아빠한테 한 짓 때문에. 나는 그 애가 밉다. 젠장, 정말로 밉다.

오늘 저녁, 아빠가 탤컷네에 가 있는 사이에 키스가 돌아왔다. 나는 키스가 우리 집 근처에서 지켜보며 아빠가 나갈 때까지 어슬렁거린 게 아닌지 의심스러웠다. 그 애는 코리를 만나러 왔다. 둥그렇게 만 두툼한 지폐 뭉치를 코리에게 주러 온 길이었다.

코리는 돈뭉치를 가만히 보다가 멍한 표정으로 받았다. "키스, 이건 너무 많잖니." 코리의 목소리는 조그마했다. "어디서 난 돈이야?"

"엄마한테 주는 거야. 다 엄마 거야, 아빠 건 없어."

키스는 코리의 손을 잡아 돈뭉치를 감쌌고, 코리는 키스가 그렇게 하도록 놔뒀다. 훔친 돈이거나 마약을 판 돈이거나, 어쩌면 그보다 더 지독한 짓으로 번 돈인 줄 다 알았을 텐데도.

키스는 베넷과 그레고리에게 커다랗고 값비싼 땅콩 초콜릿을 몇 개 줬다. 나와 마커스에게는 빙그레 웃는 표정만 지을 뿐이었다. 꺼지라는 의미가 분명한 웃음이었다. 키스는 아빠가 돌아와 집에 있는 자신을 보기 전에 다시 떠나버렸다. 코리는 키스가 다시 집을 나갈 거라고는 생각도 못했는지, 비명을 지르다시피 하며 그 애한테 매달렸다.

"안 돼! 바깥에 나갔다가는 살아남지 못할 거야! 너 도대체 왜 이러니? 집에 있어!"

"엄마, 난 다시는 아빠한테 순순히 맞지 않을 거야. 아빠한테 맞아가면서 이래라저래라 설교까지 듣지 않아도 돼. 이제 얼마 안 있으면, 난 아빠가 일주일에 버는 것보다 훨씬 많은 돈을 단 하루에 벌 거야. 잘하면 한 달 치 수입보다 더 많이."

"너 그러다 죽어!"

"아니, 안 죽어. 난 풋내기가 아니야." 키스는 코리에게 입을 맞추고는, 자기 몸을 붙든 코리의 팔을 놀랍도록 가뿐하게 풀어버렸다. "엄마 보러 또 올게. 선물도 갖고 올 거야."

그러고는 뒷문으로 슬그머니 나가서는 그대로 사라졌다.

Parable of the Sower

2026년

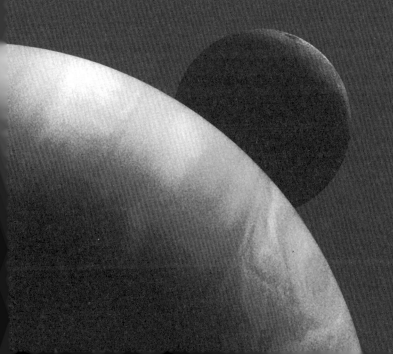

개인에게 지성이 있듯이 집단에는 문명이 있다. 문명은 연속적인
집단 적응을 성취하기 위해 다수의 지성을 결합하는 수단이다.
문명은 지성과 마찬가지로 적응 기능을 훌륭하게 수행하기도 하고,
적절히 수행하기도 하며, 수행하지 못하기도 한다. 문명이 제 몫을
다하지 못하고 내부 또는 외부의 통합된 힘마저 문명을 행동의 기
준으로 삼지 않는다면, 그 문명은 무너져야 마땅하다.

—《지구종: 산 자들의 책》에서

제10장

확실한 안정이 무너질 때,

변화가 곧 하느님이라는

법칙을 따르듯이

사람들은 하나둘 굴복한다.

공포와 우울에,

욕구와 탐욕에.

사람들을 하나로 통합할 만큼

강력한 영향력이 존재하지 않을 때

그들은 분열한다.

그들은 다툰다.

개인이 개인을 상대로,

집단이 집단을 상대로,

생존과 지위와 권력을 놓고서.

그들은 해묵은 원한을 기억한 채 새로운 원한을 빚고,

혼돈을 창조해 길러낸다.
그들은 죽이고 죽이고 또 죽인다.
스스로 지쳐 무너질 때까지,
외부의 적에게 정복당할 때까지,
또는 그들 중 하나가
다들 따르는
지도자가 되거나,
다들 두려워하는
독재자가 될 때까지.

— 《지구종: 산 자들의 책》에서

2026년 6월 25일 목요일

어제 키스가 집에 왔다. 전보다 훨씬 더 자란 모습이었는데, 키도 덩치도 커다란 아빠에게 뒤지지 않을 정도였다. 아직 열네 살 생일도 지나지 않았지만 벌써부터 그토록 되고 싶어하던 어른처럼 보였다. 우리 올라미나 집안 식구들이 원래 그렇다. 키가 크고 체격이 다부지고 쑥쑥 자라는 사람들이다. 아직 아홉 살인 그레고리만 빼면 우리 식구들 모두 코리를 위에서 굽어볼 정도로 키가 크다. 아직은 아이들 가운데 내가 가장 큰데, 요즘 들어 코리는 내 큰 키가 마음에 안 드는 모양이다. 하지만 키스의 큰 키는 마음에 들어했다. 키스는 자신의 큰아들이니까. 코리는 단지 키스가 더는 우리와 함께 살지 않는다는 사실이 싫을 뿐이다.

"나 방을 얻었어." 어제 키스가 내게 그렇게 말했다. 우리는 얘기를 나눴다. 그 애와 나 둘이서. 코리는 가장 친한 친구이자 얼마 전에 아기를 또 낳은 도로테아 크루스의 집에 가 있었다. 다른 동생들은 길거리와 교통섬에서 노느라 집에 없었다. 아빠는 대학교에 가서 하룻밤 자고 올 예정이었다. 이제는 동틀 녘에 바깥에 나갔다가 이튿날 동틀 녘이 돼서야 집에 돌아오는 것이 더욱 안전한 일이 됐다. 그것도 바깥에 꼭 나가야 할 때의 얘기인데, 아빠는 일주일에 한 번 정도는 그렇게 하는 수밖에 없었다. 가장 지독한 기생충들이 밤에 먹잇감을 찾아 돌아다니고, 아침이 돼서야 뒤늦게 잠자리에 드니까. 그런데도 키스는 장벽 바깥에 산다.

"다른 사람 몇 명하고 같이 사는 건물에 있는 방이야." 키스의 말을 통역하면 이런 뜻이었다. '친구들하고 같이 버려진 건물 한 채를 불법으로 점거하고 있어.' 친구란 누구일까? 불량배? 매춘 조직? 마약을 하고 둥둥 떠다니는 기분으로 살아서 '우주비행사'라는 별명이 붙은 패거리? 도둑 소굴? 아니면 그 모두가 함께 사는 곳일까? 키스는 우리 집에 올 때마다 코리에게 돈을, 베넷과 그레고리에게는 조그만 선물을 준다.

어디서 나는 돈일까? 정직하게 벌 방법은 하나도 없는데.

"친구들은 네가 몇 살인지 알아?" 내가 물었다.

키스는 씩 웃었다. "미쳤어? 당연히 모르지. 그런 걸 가르쳐 줘서 뭐 하게?"

나는 동의하듯 고개를 끄덕였다. "때로는 나이 들어 보이는 게 확실히 도움이 되지. 뭐 좀 먹을래?"

"나한테 먹을 걸 만들어주려고?"

"이때껏 수백 번이나 만들어줬잖아. 수천 번이나."

"알아. 하지만 그건 다 해야 하니까 한 일이었잖아."

"바보 같은 소리 하지 마. 나는 너처럼 굴 줄 모르는 것 같 아? 멋대로 의무를 무시하는 짓을 할 줄 몰라서 못 한 것 같으 냐고. 난 그냥 그러기가 싫을 뿐이야. 그래서 뭐 좀 먹을 거야, 말 거야?"

"당연히 먹어야지."

나는 토끼 스튜와 도토리빵을 만들었다. 나중에 집에 돌아 온 코리와 동생들이 먹을 것까지 넉넉하게 했다. 키스는 주방 근처에서 요리하는 나를 잠시 지켜보다가, 얘기를 하기 시작 했다. 그 애가 그런 행동을 하기는 이번이 처음이었다. 우리 둘은 결코, 절대로 친한 사이가 아니었다. 하지만 키스는 내가 궁금해하는 정보를 쥐고 있었고, 누구하고든 얘기를 하고 싶 은 모양이었다. 그 애가 보기에 가장 안전한 대화 상대는 분명

나였을 것이다. 그 애는 내가 자기 이야기를 듣고 충격을 받을까 봐 걱정하지 않았다. 내가 무슨 생각을 하는지 관심이 있는 것도 아니었다. 게다가 내가 아빠나 코리에게 자기 이야기를 일러바칠까 봐 걱정하지도 않았다. 물론 그러지 않을 거다. 두 사람의 마음을 아프게 할 이유가 뭐란 말인가? 어차피 남을 고자질하는 짓을 그리 좋아하지도 않았다.

"그냥 장벽 바깥에 있는 오래되고 지저분한 건물이야." 키스는 자신의 새 집 이야기를 했다. "하지만 안에 들어가면 얼마나 멋진지, 아마 보면서도 믿기 힘들걸."

"매춘굴이야? 아니면 약쟁이 소굴?" 내가 물었다.

"거기엔 누나가 본 적도 없는 것들이 있어." 키스는 어물쩍 말을 돌렸다. "창문 텔레비전도 그냥 앉아서 보기만 하는 게 아니라, 아예 영상 속에 들어가서 체험할 수 있어. 헤드셋, 벨트, 터치링까지…… 모든 걸 다 보고 느끼고, 뭐든 다 할 수 있어. 뭐든지 다! 그 장비들이 있으면 끝내주게 멋진 곳에 가서 멋진 일을 하는 게 가능하단 말이야! 먹을 걸 구할 때만 빼면 길거리에는 나갈 필요도 없어."

"그런데 누군지는 모르겠지만 그런 걸 소유한 사람이 널 받아줬단 말이지?" 내가 물었다.

"맞아."

"어째서?"

키스는 나를 보다가 웃음을 터뜨렸다. "내가 글을 읽고 쓸 줄 알기 때문이지." 한참 후에 키스가 한 말이었다. "거기 사람들은 아무도 할 줄 모르는데 말이야. 다들 나보다 나이가 많지만, 그중에 글을 읽고 쓸 줄 아는 사람은 한 명도 없어. 온갖 멋진 물건을 훔쳐다 놓고 쓰지도 못했던 거야. 내가 들어가 살기 전에는 설명서를 못 읽어서 물건을 망가뜨린 적도 있대."

코리와 나는 키스에게 읽고 쓰기를 가르치느라 죽도록 애를 먹었다. 키스는 싫증을 잘 내고 주의력이 부족해서 공부를 열심히 한 적이 없었다.

"그러니까 넌 글을 읽어서 먹고산다, 이거구나……. 새로 사귄 친구들이 훔친 물건의 사용법을 익히도록 도와주면서."

"맞아."

"그리고 또?"

"그게 다야."

이렇게 어설픈 거짓말쟁이가 또 있을까. 키스는 언제나 그랬다. 그 애한테 양심 같은 건 아예 없다. 단지 신뢰가 가는 거짓말을 지어낼 만큼 똑똑하지 않을 뿐이다. "마약 장사는 안 하는 거니, 키스?" 내가 물었다. "매춘은? 절도는?"

"그게 다라고 했잖아! 뭐든 다 아는 척하는 건 그대로네."

내 입에서 한숨이 흘러나왔다. "너야말로 아빠하고 코리를 걱정시키는 건 그대로구나, 안 그래? 하나도 안 변했어."

키스의 표정을 보니 나한테 악다구니를 쓰거나 나를 때리려는 것처럼 보였다. 만약 내가 코리의 이름을 입에 담지 않았다면 그 둘 중 하나를 했을지도 모른다.

"아빠가 뭐라고 하든 신경 안 써." 키스는 귀에 거슬리는 걸걸한 목소리로 말했다. 이미 어른 남자의 목소리였다. 생각하는 수준만 빼고 모든 것이 어른 같았다. "엄마한테 해주는 걸로 치면 아빠보다 내가 더 많아. 돈도 주고 좋은 물건도 챙겨다 주니까. 그리고 내 친구들도…… 내 친구들도 우리 엄마가 여기 사는 걸 알아. 알면서도 이 동네를 가만히 두는 거야. 아빠는 아무것도 아니야!"

나는 돌아서서 키스를 바라봤다. 그때 내 눈에 아빠의 얼굴이 보였다. 피부색이 더 옅고 더 어리고 더 말랐지만, 틀림없는 아빠의 얼굴이었다. "아빠는 너야." 나는 나직이 말했다. "너를 볼 때마다 아빠가 보여. 네가 아빠를 볼 때, 네 눈에 보이는 건 너 자신이야."

"헛소리하지 마!"

나는 알 바 아니라는 듯이 어깨를 으쓱했다.

키스가 다시 입을 열기까지는 오랜 시간이 걸렸다. 마침내 그 애가 말을 꺼냈다. "누나도 아빠한테 맞은 적 있어?"

"안 맞은 지 오 년쯤 됐어."

"그럼 그 전에는…… 왜 맞았어?"

나는 가만히 생각하다가 키스에게 사실대로 털어놓기로 마음먹었다. 그 애도 알 만한 나이가 됐으니까. "내가 루빈 킨타니야하고 풀숲에 같이 있다가 아빠한테 들켰거든."

키스는 느닷없이 큰 소리로 웃음을 터뜨렸다. "누나하고 루빈이? 진짜? 루빈하고 그런 사이였다고? 뻥치시네."

"우린 그때 열두 살이었어. 알 게 뭐야."

"임신은 안 해서 다행이네."

"나도 알아. 열두 살 땐 누구나 멍청한 짓도 하고 그러잖아."

키스는 내게서 눈을 돌렸다. "그래도 누나는 나하고는 비교도 안 되게 살살 맞았겠지!"

"아빠는 나를 때리기 전에 너랑 동생들을 델컷네 집에 보내서 그 집 애들하고 놀게 했어." 나는 키스에게 시원한 오렌지주스를 한 잔 따라주고 내 것도 따랐다.

"난 기억 안 나는데." 키스가 말했다.

"그때 넌 아홉 살이었어. 무슨 일이 있었는지 너한테는 아무도 안 가르쳐줬을걸. 내가 기억하기론, 난 너한테 뒷문 계단에서 굴러서 다쳤다고 둘러댔을 거야."

아마도 기억이 떠올랐는지 키스는 눈살을 찌푸렸다. 그때의 내 얼굴은 기억에 남을 만했으니까. 아빠는 키스를 두들겨 팰 때만큼 나를 심하게 때리지는 않았지만, 겉으로 보기에는 내가 더 엉망이었다. 키스는 틀림없이 기억할 것이다.

"아빠가 엄마도 때린 적 있어?"

나는 고개를 가로저었다. "아니. 그런 흔적은 한 번도 본 적 없어. 내 생각엔 아빠가 그럴 것 같진 않아. 아빠가 엄마를 사랑하는 건 너도 알잖아. 그것도 끔찍이."

"망할 인간!"

"그 사람은 너하고 나의 아빠야. 내가 아는 사람 중 최고로 훌륭한 분이고."

"아빠한테 맞을 때도 그렇게 생각했어?"

"아니. 하지만 나중에 내가 얼마나 멍청했는지 깨닫고 나서는, 아빠가 엄격해서 다행이라는 생각밖에는 안 들었어. 실제로 맞는 동안에는 아빠가 날 죽이지 않아서 다행이라고만 생각했고."

키스는 또다시 웃음을 터뜨렸다. 잠깐 사이에 두 번이나, 그것도 내가 한 말 때문에. 어쩌면 마음을 열 준비가 조금은 됐는지도 몰랐다.

"바깥세상 이야기 좀 들려줘." 내가 말했다. "넌 저 바깥에서 어떻게 지내?"

키스는 오렌지주스를 두 잔째 깨끗이 비웠다. "말했잖아. 바깥에서 진짜로 잘 먹고 잘산다고."

"하지만 바깥에 막 나갔을 때는 어떻게 지냈어? 넌 아예 눌러살 생각으로 나갔잖아."

키스는 나를 힐끗 보고는 빙그레 웃었다. 몇 년 전, 빨간색 잉크를 피로 속여서 있지도 않은 상처에 내가 공감하도록 장난쳤을 때 지었던 그 웃음이었다. 몹시도 야비했던 그 웃음을 기억한다.

"누나도 나가고 싶구나, 그렇지?" 키스가 물었다.

"언젠가는."

"뭐야, 커티스랑 결혼해서 애를 잔뜩 낳기는 싫어?"

"그래. 그런 건 싫어."

"웬일로 나한테 이렇게 잘해주나 했더니."

냄새를 맡아보니 음식이 다 익은 것 같았다. 나는 자리에서 일어나 오븐의 빵과 찬장 속 대접을 꺼냈다. 키스에게 스튜는 알아서 덜어 먹으라고 하고 싶었지만, 고기만 다 건져내고 감자와 채소만 식구들 몫으로 남겨둘 것이 뻔했다. 그래서 내 몫과 키스 몫의 스튜를 덜고 냄비 뚜껑을 덮어 불을 가장 약하게 줄여두었다. 빵도 식어서 마르지 않게 천을 덮어놨다.

나는 키스가 마음 편히 음식을 먹도록 잠시 내버려뒀지만, 속으로는 굶주린 동생들이 당장이라도 집에 도착할 거라는 생각을 했다.

그러자 초조해져서 더는 기다리기가 힘들었다. "얘기 좀 해봐, 키스. 정말로 궁금해서 그래. 네가 장벽 바깥에 나가서 처음에 어떻게 살아남았는지."

키스가 두 번째로 보인 웃음은 앞선 웃음보다 덜 야비했다. 어쩌면 속이 든든해져서 마음이 누그러졌는지도. "사흘 밤은 골판지상자에 들어가서 잤고, 음식은 훔쳐서 먹었어. 왜 그 상자로 자꾸 돌아갔는지는 나도 몰라. 잠은 아무 길모퉁이에서나 자면 그만인데. 어떤 애들은 깔고 잘 골판지를 아예 들고 다녀. 그럼 맨 땅바닥에 바로 눕지 않아도 되니까. 그러다가 어떤 노인한테서 침낭을 받았어. 새것이더라고, 한 번도 안 쓴 것처럼. 그러고 나서는……."

"너 설마 침낭을 훔친 거야?"

키스는 비웃는 표정으로 나를 봤다. "그럼 어쩌라고? 돈이 한 푼도 없는데. 달랑 권총뿐이었어. 엄마의 38구경 리볼버."

그랬다. 키스는 지난번에 집에 왔을 때 탄환 두 상자와 함께 그 총을 코리에게 돌려줬다. 탄환을 어디서 구했는지, 또 그 총 대신 지니고 다니는 총이 어디서 났는지는 당연히 가르쳐주지 않았다. 새 총은 아빠의 총과 똑같은 9밀리미터 구경 헤클러운트코흐 자동권총이었다. 키스는 이런저런 물건을 들고 나타나서 바깥에서는 돈만 있으면 뭐든 다 손에 넣는다는 말만 했다. 돈이 어디서 나는지는 한 번도 밝히지 않았다.

"알았어." 내가 말했다. "그러니까 침낭을 훔쳤단 말이지. 음식도 계속 훔쳤어? 그러고도 안 붙잡혔다니 놀랄 일이네."

"그 노인한테 돈이 조금 있더라고. 그걸로 먹을 걸 샀어. 그

다음엔 로스앤젤레스 쪽을 향해 걷기 시작했고."

그건 키스의 오랜 꿈이었다. 오로지 자신만 납득하는 이유 때문에 키스는 늘 로스앤젤레스에 가고 싶어했다. 제정신인 사람이라면 누구나 덧난 상처 같은 그 역겨운 도시와 우리 동네가 30킬로미터 남짓 떨어져 있는 현실에 감사할 텐데도.

"로스앤젤레스로 이어진 고속도로는 온통 사람들로 가득해." 키스가 말했다. "아예 샌디에이고에서부터 걸어서 올라오는 사람도 있을 정도야. 자기가 어디로 가는지조차 모르는 사람도 있어. 나하고 얘기를 나눈 어떤 남자는 자기가 알래스카 주로 가는 중이랬어. 젠장. 알래스카 주라니!"

"행운을 빌어줘야겠네." 내가 말했다. "거기까지 가는 동안 총 든 패거리를 수도 없이 만날 테니까."

"그 사람이 무슨 수로 가겠어. 여기서 알래스카 주까진 분명 1천 500킬로미터는 될 텐데!"

나는 고개를 끄덕였다. "그보다 더 멀어. 게다가 경비가 삼엄한 주 경계선과 국경도 넘어야 해. 그래도 행운을 빌어줘야지. 그건 이치에 맞는 목표니까."

"그 남자는 가방에 돈을 2만 3천 달러나 넣고 다녔어."

나는 아무 대꾸도 하지 않았다. 그저 굳은 표정으로, 혐오감과 새삼 솟아난 반감이 깃든 표정으로 키스를 바라보기만 했다. 하지만 바깥에서라면 당연히 일어날 일이었다. 당연히.

"가르쳐달라고 한 사람은 누나잖아. 그게 바깥세상이 돌아가는 방식이야. 총이 있으면 남들한테 인정을 받아. 총이 없으면 개똥이나 다름없는 신세야. 그런데 바깥에는 총 없이 사는 사람이 잔뜩 널렸어."

"난 거의 대부분 총이 있는 줄 알았는데……. 너무 가난해서 강도당할 일도 없는 사람만 빼고."

"나도 그런 줄 알았어. 하지만 총은 되게 비싸. 근데 그거 알아? 원래부터 총을 갖고 있으면 하나 더 구하기도 쉬워."

"혹시라도 알래스카 주에 간다는 그 남자한테 총이 있었다면 어쩔 뻔했어? 넌 죽었을지도 몰라."

"잠든 사이에 몰래 접근했어. 그 사람이 도로를 벗어나 잘 곳을 찾으러 갈 때까지 미행했지. 그다음엔 바로 덮쳤고. 그렇지만 나도 그 사람 때문에 로스앤젤레스에서 멀어지고 말았어."

"그 사람을 총으로 쏜 거야?"

키스는 또다시 비열한 웃음을 지었다.

"그 사람하고 얘기를 나눴다며. 친근하게 대해준 사람이잖아. 그런데도 쐈단 말이지."

"그럼 어쩌라고? 하느님이 내려와서 나한테 돈을 줄 때까지 기다려? 내가 뭘 어떻게 했어야 하는데?"

"집에 오면 되잖아."

"웃기시네."

"남의 목숨을 빼앗아놓고 양심의 가책조차 안 느낀단 말이야? 사람을 죽이고도?"

키스는 잠시 내 말의 의미를 곱씹어보는 눈치였다. 그러다가 고개를 가로저었다. "가책 같은 건 안 느껴. 처음에는 겁이 났지만, 나중에는…… 저질러버리고 나서는 아무 느낌도 안 들었어. 목격자도 없어. 난 그냥 소지품만 챙기고 그 사람은 거기다 버려뒀을 뿐이야. 어쩌면 안 죽었는지도 몰라. 총에 맞았다고 해서 다 죽는 건 아니거든."

"살았는지 죽었는지 확인도 안 한 거야?"

"그냥 그 남자의 소지품이 탐났을 뿐이야. 어차피 제정신도 아닌 사람이었고. 알래스카 주라니!"

나는 키스에게 말을 더 걸지도, 뭘 더 물어보지도 않았다. 키스는 어떤 사람들을 만나서 패거리에 합류했는데, 알고 보니 다들 자신보다 나이가 많았는데도 글을 읽고 쓸 줄 아는 사람이 없었다는 이야기를 더 들려줬다. 키스는 그 패거리의 도우미였다. 그들의 삶을 더 쾌적하게 만들어줬다. 어쩌면 그 때문에 키스가 잠들 때까지 기다렸다가 아이를 죽이고 그 애가 약탈한 것을 자신들 몫으로 챙기지 않았을 것이다.

잠시 후, 내가 입을 꾹 다문 것을 알아차린 키스가 웃음을 터뜨렸다. "누나는 차라리 커티스랑 결혼해서 애를 낳는 게 좋을걸. 저 바깥에, 그러니까 장벽 바깥에 나가면 말이야, 누난

하루도 못 버틸 거야. 그 초공감인지 뭔지 하는 것 때문에 누가 손가락 하나 안 건드려도 알아서 나자빠질 테니까."

"그렇게 생각하는구나." 내가 말했다.

"있잖아, 내가 본 어떤 남자는 두 눈이 다 도려내졌어. 그다음엔 사람들이 그 남자 몸에 불을 붙이더니, 활활 타는 몸으로 비명을 지르며 뛰어다니는 걸 구경했다고. 그런 꼴을 누나가 참고 볼 수 있을 것 같아?"

"네가 새로 사귄 친구들이 그런 짓을 했단 말이야?"

"어휴, 아니야! 미친놈들이 그랬어. '페인트' 패거리가. 머리카락이랑 눈썹까지 몽땅 밀어버리고 피부를 초록색이나 파란색, 빨간색, 노란색으로 칠한 녀석들이야. 그놈들은 불을 먹고 부자를 죽이고 다녀."

"뭘 어쩐다고?"

"불구경하는 걸 좋아하게 되는 마약을 먹는단 말이야. 모닥불을 피울 때도 있고, 쓰레기 더미나 집에다 불을 지를 때도 있어. 아니면 부자를 붙잡아서 몸에다 불을 붙일 때도 있고."

"어째서?"

"난들 알아. 그놈들은 미쳤어. 듣기로는 그중 몇몇은 예전에 잘살던 집 애들이라는데, 부자를 왜 그렇게 미워하는지 이해가 안 가. 근데 그 불 마약이란 건 진짜 지독해. 페인트 패거리에는 그 약에 홀딱 빠져서 불에 너무 가까이 다가가는 녀석들도 있어. 친구라고 해도 말릴 방법이 없지. 그냥 불타 죽는 걸 구경하는 수밖에. 그건 꼭…… 뭐랄까, 꼭 불하고 떡을 치는 것 같은 광경인데, 그게 그 사람한테는 평생 최고의 섹스인 것처럼 보여."

"넌 그 불 마약이라는 걸 해본 적 없어?"

"없다니까! 얘기했잖아. 페인트들은 미쳤다고. 그 패거리에선 여자애들도 머리를 빡빡 밀고 다녀. 징그러워죽겠다고!"

"그럼 대부분 아이들이라는 거네?"

"응. 누나 또래부터 위로는 스무 살 정도일 거야. 어른도 몇 명 있어. 스물다섯 살, 심지어 서른 살도. 근데 다들 그렇게 오래 살진 못한대."

그때 코리와 동생들이 집에 돌아왔다. 그레고리와 베넷은 자기들 편이 축구를 이겨서 신나했다. 코리는 도로테아 크루스가 얼마 전에 낳은 딸 이야기를 마커스와 나누며 흐뭇하면서도 짠한 표정을 짓고 있었다. 물론 식구들 모두가 키스를 봤을 때는 분위기가 바뀌었지만. 그래도 오늘 저녁은 그리 나쁘지는 않았다. 키스는 여느 때처럼 어린 두 동생에게는 선물을, 코리에게는 돈을 줬고, 마커스와 나에게는 아무것도 주지 않았다. 다만 이번에는 나를 보며 살짝 머쓱해하기는 했다.

"다음에는 누나 것도 좀 챙겨올게." 키스가 말했다.

"아니, 그러지 마." 나는 알래스카 주로 향하던 그 여행자를 떠올렸다. "난 괜찮아. 필요한 거 없어."

키스는 좋을 대로 하라는 듯이 어깨를 으쓱하고는 돌아서서 코리에게 말을 걸었다.

2026년 7월 20일 월요일

오늘 해가 지기 직전에 키스가 나를 보러 왔다. 그 애가 나를 발견했을 때 나는 탤컷네 집에서 커티스에게 진심 어린 생일 축하를 받고 집으로 돌아오는 길이었다. 커티스하고 나는 무척이나 조심하면서 사귀는 사이였다. 그런데 어디서 난 물건인지, 커티스가 콘돔을 구해왔다. 그건 구식이기는 해도 효과가 확실하다. 그리고 탤컷네 집 차고 한구석에는 식구들이 안 쓰는 암실이 있다.

나는 감미로운 느낌에 젖어 있다가 키스를 보고 겁이 더럭 났다. 그 애는 내 뒤쪽으로 두 번째 집의 그늘에서 소리도 없이 불쑥 나타났다. 그러고는 누가 있는 걸 내가 알아차리고 뒤를 돌아보기도 전에 나를 거의 따라잡다시피 했다.

키스가 빙그레 웃으면서 두 손을 번쩍 들었다. "생일 선물 가져왔어." 그러고는 내 왼손에 뭔가 쥐여줬다. 돈이었다.

"됐어, 키스. 코리한테 줘."

"누나가 갖다줘. 돈을 엄마가 갖는 게 더 좋으면, 누나가 엄마한테 줘. 난 이미 누나한테 줬으니까."

동네 정문까지 함께 걸으며 키스를 배웅하는 동안, 나는 순찰대원 중에 누가 키스를 발견하고 총으로 쏘지 않을까 걱정했다. 동네를 떠났을 때와 비교하면 지금의 키스는 키가 훨씬 더 컸다. 그 애는 집에는 아빠가 있다며 들르려 하지 않았다. 나는 돈을 줘서 고맙다고 인사한 뒤 코리에게 전해주겠다고 했다. 그 애가 그 사실을 꼭 알아줬으면 했다. 다시는 내게 아무것도 갖다주지 않기를 바랐으니까.

키스는 아랑곳하지 않는 모양이었다. 내 볼에 입을 맞추고 이렇게 말했으니까. "생일 축하해." 그러고는 정문으로 나가버렸다. 키스는 코리의 열쇠를 지금도 갖고 있다. 아빠는 그 애한테 열쇠가 있는 걸 알면서도 정문 자물쇠를 바꾸지 않았다.

2026년 8월 26일 수요일

오늘, 부모님이 키스의 시신을 확인하러 시내에 다녀왔다.

2026년 8월 29일 토요일

수요일부터 이때껏 한 글자도 쓰지 못했다. 쓸 말이 하나도 떠오르지 않았다. 시신은 키스가 맞았다. 물론 나는 보러 가지 않았다. 아빠는 코리도 보지 못하게 막으려 했다고 말했다. 키스가 죽기 전에 누군지 모를 인간한테 무슨 짓을 당했냐면…… 그걸 글로 쓰고 싶지 않지만, 그래도 써야 한다. 때로는 글을 쓰면 그 일을 견디기가 더 수월하니까.

누군가 내 동생 키스의 피부를 거의 다 벗기고 불로 지져버렸다. 얼굴만 빼고. 범인들은 그 애의 두 눈은 불태웠지만 얼굴의 나머지 부분은 건드리지 않았다. 마치 키스의 신원이 곧바로 밝혀지기를 바란 것처럼. 그자들은 피부를 자르고 지지고, 자르고 또 지졌다. 상처 가운데 일부는…… 무려 죽기 며칠 전에 생긴 것이었다. 누군가 내 동생을 밑도 끝도 없이 미워했다는 뜻이었다.

아빠는 식구들을 모두 모아놓고 키스가 무슨 일을 당했는지 설명했다. 아빠는 어떠한 감정도 없이 단조로운 목소리로 덤덤하게 말했다. 우리에게 겁을 주려고, 특히 마커스와 베넷과 그레고리에게 겁을 주려고. 아빠는 장벽 바깥이 얼마나 위험한지 우리가 깨달았으면 했던 것이다.

경찰은 키스가 고문당한 방식이 마약 판매상의 방식이라고 했다. 마약 판매상은 자기네 재산을 훔치거나 사업상의 이익을 놓고 다투는 사람을 고문한다. 우리는 키스가 그 둘 중 어느 쪽이었는지까지는 알지 못한다. 그저 그 애가 죽은 것만 알 뿐이다. 그 애의 시신은 우리 동네를 기준으로 시내 건너편에 있는, 예전에 요양원이었지만 지금은 불타버린 오래된 건물 앞에 버려져 있었다. 갈라진 콘크리트 바닥에 팽개쳐진 키스의 시신은 숨이 끊어지고 나서 몇 시간이 흐른 상태였다. 시신이 어느 골짜기에 버려졌다면 개들에게만 발견되고 끝났을 것이다. 하지만 그 시신이 사람들 눈에 띄기를, 그 애가 죽은 것이 알려지기를 바란 자가 있었다. 키스에게 당한 피해자의 가족이나 친구가 마침내 원수를 갚은 걸까?

경찰은 키스를 죽인 범인을 식구들이 안다고 생각하는 모양이었다. 경찰이 던지는 질문에서 그들이 아빠나 코리를, 할 수만 있으면 두 사람 모두를 기꺼이 체포했을 거라는 느낌을 받았다. 그러나 우리 부모님 둘 다 사회생활을 매우 활발하게 하는 편이고, 이유 없이 자리를 비우거나 평소와 다르게 행동한 일도 없었다. 두 사람의 알리바이를 입증할 사람이 수십 명은 있었다. 물론 나는 내가 들은 장벽 밖 그 애의 삶에 관해 입도 뻥긋하지 않았다. 얘기해봐야 좋을 게 뭐란 말인가? 그 애는 죽었는데. 그것도 끔찍한 방식으로. 우연이든 의도된 일이든, 키스에게 당한 피해자 모두가 복수를 한 셈이다.

워델 패리시는 키스와 아빠가 작년에 대판 싸운 일을 경찰에게 제보해야 한다는 사명감 비슷한 것을 느꼈던 모양이다. 물론 싸우는 소리는 들었을 것이다. 동네 사람의 절반은 들었을 테니까. 집안싸움은 동네 구경거리다. 심지어 우리 아빠는 목사 아닌가!

경찰한테 고자질한 사람이 워델 패리시인 것을 안다. 워델의 막내 조카인 태니아가 무심코 흘린 얘기를 들었으니까. "워델 삼촌이 그러는데 자기는 정말로 그 일을 언급하고 싶지 않았대. 그런데……."

아아, 물론 언급하고 싶지 않았을 것이다. 망할 인간 같으니! 하지만 아무도 워델의 제보에 힘을 실어주지 않았다. 경찰이 동네를 돌아다니며 그때의 싸움에 관해 이것저것 캐물었지만 뭔가 안다고 나서는 사람은 아무도 없었다. 어쨌거나 동네 사람들은 아빠가 키스를 죽이지 않은 것을 안다. 범인으로 점찍은 사람에게서 증거를 발견하는 경찰의 오래된 수법 또한 잘 알려져 있다. 경찰에게는 아무것도 알리지 않는 게 상책이다. 사람들이 도와달라고 할 때 경찰이 도와준 적은 한 번도 없다. 경찰은 신고를 받고도 느지막이 도착하고, 안 좋은 상황을 더 나쁘게 만드는 경우가 많다.

키스의 장례식은 오늘 치렀다. 아빠는 친구인 로빈슨 목사님께 식을 주관해달라고 부탁했다. 코리와 다른 식구들과 함께 가만히 앉아 있던 아빠는 허리가 구부정해서 노인 같았다. 너무나 늙어 보였다.

코리는 종일 울었다. 대개는 소리도 내지 않고 흐느꼈다. 수요일부터 툭하면 울음을 터뜨렸기 때문에 마커스와 아빠가 달래느라 애를 먹었다. 나도 함께 달래려고 했지만, 나를 보는 코리의 눈빛은 마치…… 키스가 죽은 데에는 내 탓도 있다고, 내가 증오스러울 지경이라고 말하는 듯했다. 나는 계속 코리에게 손을 내밀었다. 그것 말고는 할 일이 떠오르지 않았다. 시간이 흐르면 코리도 나를 용서할까? 내가 자신의 딸이 아닌 것을, 자기 아들은 죽었는데 나는 살아 있는 것을, 내가 아빠와 다른 여자 사이에서 태어난 것을……? 글쎄.

아빠는 눈물 한 방울 흘리지 않았다. 나는 아빠가 우는 모습을 이때껏 살면서 한 번도 보지 못했다. 오늘은 차라리 아빠가 울었으면 싶었다. 아빠도 울고 싶었을 텐데.

커티스 텔컷은 오늘 내 곁에 붙어 있다시피 했다. 우리는 이야기를 나누고 또 나눴다. 나는 무슨 말이라도 해야 하는 상태였던 것 같은데, 커티스는 그런 나를 기꺼이 참아줬다.

커티스는 내가 울어야 한다고 했다. 키스가 나나 우리 식구들하고 아무리 사이가 틀어졌다고 해도 당연히 울어야 한다는 말이었다. 이상했다. 커티스가 말을 꺼내기 전까지는 내 눈에서 눈물이 안 난다는 사실을 알아차리지도 못했다. 나는 조금도 울지 않았다. 어쩌면 코리도 알아차렸을지 모른다. 어쩌면 눈물 자국 한 줄 없는 내 얼굴이 코리에게는 원한을 품을 또한 가지 이유였는지도 모른다.

자제심을 발휘해서 눈물을 참은 것은 아니었다. 그저 내 마

음속에 키스를 사랑하는 마음만큼이나 키스를 미워하는 마음
도 함께 존재했을 뿐. 그 애는 이복동생일지라도 내 동생이었
다. 하지만 한편으로는 내가 아는 사람 가운데 반사회성 인격
장애의 정의에 가장 가까운 사람이기도 했다. 어렸을 적에 다
르게 자랐더라면 그 애는 괴물이 됐을지도 모른다. 어쩌면 이
미 괴물이었는지도 모른다. 그 애는 자기가 하는 일이 어떤 결
과를 불러올지 조금도 신경 쓰지 않았다. 뭔가 하고 싶은 일이
있는데 그 일을 해도 당장 신체적 고통을 느끼지 않는다면, 키
스는 세상 무엇도 아랑곳 않고 그걸 해버렸다.

키스는 우리 가족을 엉망으로 망치고, 가족보다 못한 상태
로 부숴놓았다. 그럼에도 나는 결코 키스가 죽기를 바라지는
않았을 것이다. 누구라고 해도 그렇게 끔찍한 방식으로 죽기
를 바라지는 않았을 것이다. 키스는 아마도 자신보다 훨씬 더
지독한 괴물들에게 목숨을 잃은 듯싶다. 한 인간이 다른 인간
에게 어떻게 그런 짓을 할 수가 있는지 짐작조차 가지 않는다.
만약 초공감증후군이 더 흔한 병이었다면 사람들은 그런 짓
을 하지 못할 것이다. 피치 못할 경우라면 살인을 저지르겠지
만, 그랬다가는 상대방의 고통을 함께 겪거나 그 고통 때문에
폐인이 돼버릴 것이다. 모든 이가 다른 모든 이의 고통을 함께
느낀다면, 누가 고문 같은 짓을 하려고 하겠는가? 누가 남에게
쓸데없는 고통을 가하겠는가? 전에는 내가 앓는 병이 어떤 식

으로든 좋은 효과를 일으키리라 생각한 적이 한 번도 없지만, 지금 세상이 돌아가는 꼴을 보면 내 문제가 도움이 될 것도 같다. 남들에게 초공감증후군을 나눠주면 좋겠다. 그럴 수 없다면 그 증상을 앓는 사람들을 찾아내 그들과 함께 살고 싶다. 생물학적 이유 때문에 느끼는 가책이라고 해도 아예 안 느끼는 것보다는 나으니까.

하지만 울어야 한다면, 만약 내가 울어야 한다면, 차라리 아빠가 키스를 때렸을 때 울었어야 했다는 생각이 든다. 폭행이 다 끝나고 아빠가 자신이 무슨 짓을 했는지 알아차린 그때, 그런 아빠를 나란히 바라보는 키스와 코리의 표정이 어땠는지 우리 모두 목격한 그때. 그때 나는 그 둘 모두 절대로 아빠를 용서하지 않으리라는 것을 알았다. 영원토록. 우리 가족이 지녔던 소중한 무언가가 그렇게 끝을 맞았다.

나는 아빠가 아들을 그리워하며 울었으면 했지만, 정작 나는 동생을 위해 울어야겠다는 생각이 들지 않았다. 부디 키스가 편히 쉬기를. 유골 단지 속에서든, 천국에서든, 어디서든.

제11장

무릇 변화에는 은혜의 씨앗이 묻혀 있다.

그 씨앗을 찾으라.

무릇 변화에는 재앙의 씨앗이 묻혀 있다.

조심하라.

하느님은 끝없이 유연하다.

변화가 곧 하느님이다.

—《지구종: 산 자들의 책》에서

우리는 산산이 흩어지고 있다.

동네 공동체가, 가족이, 식구들 개개인이……. 우리는 밧줄이다. 한 번에 한 가닥씩 끊어지는, 밧줄.

어젯밤에 또 절도 사건이 일어났다. 아니, 절도 미수 사건이었다. 그걸로 끝났으면 좋았을 텐데. 남자 셋이 장벽을 넘어와서는 쇠지레를 이용해 크루스네 집에 들어갔다. 물론 크루스 가족도 다른 모든 집과 마찬가지로 요란한 소리가 나는 도난경보기와 방범 창문을 설치하고 출입문마다 방범 덧문도 달았지만, 그런 설비는 쓸모가 없는 모양이었다. 남의 집에 들어가고자 하는 사람들은 어떻게든 들어갔다. 도둑들이 사용한 도구는 단순했다. 쇠지레와 유압잭, 아무나 손에 넣을 법한 수공구 따위였다. 그 사람들이 도난경보기를 무슨 수로 해제했는지는 알 길이 없다. 집으로 들어가는 전력선과 전화선을 끊은 건 나도 안다. 하지만 경보기에는 보조배터리가 있기 때문에 그 정도는 문제가 되지 않는다. 도둑들이 뭘 어떻게 했든, 아니면 뭐가 어떻게 잘못됐든 간에, 경보기는 울리지 않았다. 그들은 쇠지레로 문을 열고 부엌으로 들어간 다음, 그 쇠지레로 도로테아 크루스의 일흔다섯 살 먹은 할머니를 공격했다. 킨타니야 할머니는 잠을 얕게 자는 편이었는데 밤에 눈이 떠지면 레몬그라스차를 끓여 마시는 버릇이 있었다. 그 집 식구들 말로는 도둑이 들었을 때도 그렇게 차를 마시러 부엌에 간 길이었다고 한다.

이윽고 도로테아의 남동생인 헥터와 루빈 킨타니야가 총을 들고 뛰어왔다. 형제의 방이 부엌에서 가장 가깝다 보니 소란스러운 낌새를 놓치지 않았던 것이다. 억지로 문을 열고 들어오는 소리뿐 아니라 킨타니야 할머니가 식탁과 의자에 부딪혀 쓰러지는 소리까지, 고스란히. 형제는 도둑 셋 가운데 둘을 사살했다. 나머지 한 명은 달아났는데, 아마도 다쳤을 것이다. 바닥에 피가 흥건했다고 하니까. 그러거나 말거나 연로한 킨타니야 할머니는 돌아가셨다.

이번 일은 키스가 죽고 나서 일곱 번째로 일어난 사건이다. 점점 더 많은 사람이 우리가 가진 것을, 또는 우리가 가졌다고 믿는 것을 빼앗으려고 장벽을 넘어온다. 열한 집이 사는 동네에 두 달도 안 되는 기간 동안 무단침입 사건이 일곱 번 일어났다. 우리 동네가 이 지경이라면, 진짜 부자들은 도대체 무슨 일을 겪고 있을까……? 하긴 그 사람들은 총도 커다란 것을 쓰고 경비대도 사설 군대나 다름없을 테다. 보안설비도 최신식일 테니 도둑에 대항할 힘도 훨씬 더 셀 것이다. 어쩌면 그래서 우리 동네가 이토록 도둑들에게 각광받는지도 모른다. 훔칠 만한 물건이 몇 가지 있는데 방어 시설은 썩 훌륭하지 않으니까. 지난 일곱 번의 침입 사건 가운데 세 번은 성공리에 끝났다. 집에 들어온 도둑이 뭔가 챙겨간 것이다. 라디오 두 개, 호두 한 포대, 밀가루 한 포대, 옥수숫가루 한 포대, 장신구 몇 점, 오래된 텔레비전 한 대……. 도둑들은 들고 갈 만한 물건이 있으면 냉큼 들고 사라졌다. 키스가 들려준 이야기가 사실이라면 우리 동네를 찾는 도둑은 자기네 업계에서도 가난한 부류다. 더 사납고 영리하고 대담한 도둑은 보나 마나 가게 아니면 기업을 노릴 테니까. 하지만 우리 동네를 노리는 하급 악당들 때문에 우리는 천천히 죽어가는 중이다.

내년이면 나는 열여덟 살이 된다. 아빠 말로는 정식 야간 순찰대원이 되기에 충분한 나이다. 마음 같아서는 당장이라도 하고 싶다. 생일이 지나기가 무섭게 순찰대에 들어갈 것이다. 하지만 그걸로는 부족하다.

생각해보면 우습다. 코리와 아빠는 키스가 갖다준 돈을 조금씩 헐어 집이 털린 이웃들을 도와준다. 도둑질한 돈으로 도둑질 피해자를 돕다니. 그 돈의 절반은 혹시 모를 재난에 대비해 집 뒷마당에 묻어놨다. 거기에는 언제나 약간의 돈이 숨겨져 있었다. 이제는 뭔가 뜻깊은 일을 하기에 충분한 액수가 됐다. 나머지 절반의 돈은 위기에 처한 이웃을 도울 목적으로 교회 기금에 넣어뒀다. 그걸로는 부족할 테지만.

2026년 10월 20일 화요일

뭔가 새로운 일이 시작되려 한다. 또는, 뭔가 오래되고 역겨운 일이 또다시 벌어지는 중인지도 모른다. '카기모토, 슈탐,

프램프턴'의 머리글자를 따 KSF라고 부르는 기업이 올리버라는 조그마한 해안 도시의 운영권을 차지한 것이다. 1980년대에 세워진 올리버는 로스앤젤레스 교외의 평범한 해안가 베드타운으로서, 작지만 풍요로운 도시다. 산업기반은 거의 없고 지형은 대부분 경사진 비탈과 빈 땅, 너비가 좁고 침식이 일어나는 돌투성이 해안으로 이루어졌다. 그곳 사람들은 우리가 사는 이곳 로블리도의 몇몇 주민과 마찬가지로 옛날이었더라면 풍족하고 편안한 삶을 보장했을 정도의 급여를 받는다. 사실 올리버는 우리보다 훨씬 더 부유한 곳이지만, 해안 도시이다 보니 세금이 많고 일부 토지가 불안정하다는 문제가 있다. 이따금 도시 곳곳이 바닷물에 침식되거나 심하게 침윤되어 바닷속으로 허물어지는 것이다. 기후가 점점 따뜻해지면서 해수면은 계속 높아지고 가끔씩 지진도 일어난다. 모래가 가득 깔린 평평한 올리버의 해변은 이미 추억이 돼버렸다. 해변에 자리 잡았던 주택과 가게도 마찬가지다. 세계 전역의 해안 도시가 다 그렇듯이 올리버에도 특별한 도움이 필요하다. 이곳에서 공동체를 이루고 사는 교양 있는 중상류층 백인들은 예전에는 꽤 큰 영향력을 행사했다. 이제는 그들이 지지해서 당선된 정치인조차 올리버를 지키려 하지 않는다. 익히 알려졌듯이 지금은 캘리포니아 주 전체가, 온 미국이, 전세계가 도움이 필요한 상태이기 때문이다. 콩알만 한 올리버가 우는소리를 해봤자 누가 신경이나 쓸까?

그보다 더 풍요로우면서 지질학 현상은 덜 활발한 공동체에는 도움의 손길이 전해진다. 제방, 방파제, 피난 지원, 필요한 것이라면 무엇이든. 반면 태평양과 로스앤젤레스 사이에 자리 잡은 올리버에는 한쪽에서는 소금기가 있는 바닷물이 흘러들고, 반대쪽에서는 자포자기한 빈민들이 몰려든다. 비교적 평평하고 안정된 올리버의 토지 일부에는 태양광발전을 이용한 해수담수화 공장이 있어서 주민들이 마음 편히 물을 사용한다.

하지만 올리버는 점점 침식해오는 바다와 부스러져가는 땅, 무너져내리는 경제, 자포자기한 피난민 무리 등에게서 스스로를 지킬 힘이 없다. 재택근무를 할 형편이 안 되는 소수의 주민들은 우리 동네 이웃들과 마찬가지로 직장과 집을 오가기조차 점점 위험해졌다. 그들에게는 출퇴근이 거듭하고 또 거듭해야 하는 일종의 끔찍한 시련이었다.

그러던 와중에 KSF 직원들이 나타났다. 갖가지 약속과 거듭된 흥정, 의심, 공포, 희망, 그리고 법적 분쟁 끝에, 올리버의 유권자 및 정치인 일동은 자기네 도시를 양도하고 매각하여 사유화하는 일에 동의했다. KSF는 담수화 공장의 규모를 거대하게 키울 예정이다. 올리버의 공장은 수많은 담수화 공장 가운데 첫 번째가 될 것이다. KSF는 서남부 거의 전 지역의 농업 및 수력, 태양광, 풍력 에너지의 판매망을 장악할 작정이다. 그

회사는 비옥하지만 물이 부족한 토지를 헐값에 잔뜩 사났다. 아직까지 올리버는 KSF가 해안가에 보유한 조그마한 자산일 뿐이다. 하지만 KSF는 올리버와 함께 성실하고 교육 수준도 높은 노동자 집단을 손에 넣는 셈이다. 나보다 고작 몇 살 많은 그 노동자들에게 열려 있는 미래는 매우 제한적이다. 게다가 과거엔 공유지였던 곳도 이제는 KSF가 통제하게 됐다. 그러니까 그 회사는 남들이 다 포기한 땅에 엄청난 수자원과 전력과 기업형 농업 시스템을 갖추려 하는 것이다. KSF는 오랜 기간에 걸쳐 계획을 세웠고, 올리버 주민들은 그 계획의 일부가 되기로 결정했다. 안전한 삶과 안정적인 식량 공급, 일자리, 또 태평양을 상대로 벌이는 싸움에 대한 원조 등을 조건으로 예전에 받던 것보다 적은 급여를 받아들이기로 했다는 말이다.

올리버의 일부 주민들은 지금도 이런 식의 변화를 달가워하지 않는다. 초기 미국의 기업도시에서 기업이 사람들을 어떻게 속이고 학대했는지 알기 때문이다.

하지만 이번에는 다를 것이다. 올리버 주민들은 두려움과 빈곤에 시달리는 희생자가 아니다. 그들은 자기 자신과 자기 권리, 자기 재산을 지킬 능력이 있다. 그들은 로스앤젤레스 카운티의 다른 지역에서 점점 확산되는 혼돈에 휘말리기를 꺼리는, 고등교육을 받은 사람들이다. 어젯밤 그들 중 일부가 우리 식구가 다 함께 듣던 라디오 방송에 나와서 직접 한 이야기다.

그들은 그렇게 자발적으로 KSF에 매각당하는 과정을 공개적인 구경거리로 만드는 중이다.

"잘돼야 할 텐데." 아빠가 말했다. "어차피 길게 보면 잘될 가망은 없지만."

"그게 무슨 말이야?" 코리가 반박했다. "내가 보기엔 아주 멋진 계획인데. 우리한테 필요한 게 바로 저거야. 우리 로블리 도에서도 대기업이 똑같은 사업을 벌이면 좋을 텐데."

"아니." 아빠가 말했다. "하느님이 보우하사 그렇게는 안 될 거야."

"당신이 뭘 안다고! 왜 안 된다는 거야?"

"로블리도는 누가 관심을 갖기에는 너무 크고 너무 가난하고, 흑인도 중남미계도 너무 많은 곳이거든. 심지어 해안선도 펼쳐져 있지 않고. 여기에 있는 거라곤 가난뱅이 노숙자나 버려진 시체뿐이야. 기껏해야 땡볕을 가려주는 가로수, 으리으리한 집, 산, 골짜기 같은 한때는 잘 사는 도시였다는 흔적뿐이라고. 그런 게 지금도 거의 남아 있긴 하지만, 어떤 기업도 우리 같은 사람들은 안 받아줄 거야."

방송이 끝날 즈음에 나온 이야기인데, KSF는 공인 간호사와 정교사 등 올리버에 이주할 용의가 있는 전문직 종사자를 모집하는 중이었다. 올리버에서 일하며 그 대가로 본인의 숙식을 제공받는 조건이었다. 물론 정확히 그렇게 말한 건 아니지만, 아무튼 그런 내용이었다. 그럼에도 코리는 라디오방송에 나오는 전화번호를 받아 적은 다음, 그 번호로 곧장 전화를 걸었다. 코리와 아빠는 둘 다 교사이고, 둘 다 박사학위가 있다. 코리는 수많은 경쟁자보다 한발 앞서려고 안달이 난 상태였다. 아빠는 자기가 신경 쓸 일이 아니라는 듯이 어깨를 으쓱하고는 코리를 내버려뒀다.

숙식 제공이라는 조건 때문일까. KSF가 제시한 급여는 너무 적었다. 아빠와 코리가 맞벌이를 해도 아빠 혼자 대학교에서 버는 것보다 수입이 줄 것이다. 심지어 그 수입을 쪼개 생활비뿐 아니라 식구들이 따로 살 집의 집세까지 해결해야 한다. 사실 식구가 여섯인 우리 집 사정을 이것저것 다 따져보면, 두 사람의 수입으로 가계 적자를 면하기란 불가능하다. 내가 어떤 식으로든 취업을 하면 방법이 있을지도 모르지만, 올리버에 나를 필요로 하는 일자리는 없다. 그곳에는 나 같은 애들이 적어도 수백 명은 있다. 어쩌면 수천 명일지도 모른다. 여태 살아남은 공동체에는 학교를 중도에 그만둔 실업 상태의 미성년자나, 학교를 아예 안 다닌 실업 상태의 미성년자가 잔뜩 있다.

KSF에 고용된 사람은 회사에서 받은 급여로 생계를 꾸리느라 애를 먹을 것이다. 내 생각에 새로 고용된 사람들은 조만간 회사에 빚을 지게 될 듯싶다. 기업도시의 오래된 속임수다. 사람들로 하여금 빚을 지도록 유도해 발을 묶어놓고 일을 더 많이 시키는 것. 이른바 '부채 노예제'다. 크리스토퍼 도너가 대통령인 미국에서는 그런 방법이 통할지도 모른다. 연방법이든 각 주의 법이든, 노동법은 우리가 알던 예전의 그 법이 아니다.

"한번 해보자." 코리는 뜻을 굽히지 않았다. "올리버에서는 안전하게 살 수 있을 거야. 애들은 제대로 된 학교에 다니고, 나중에는 그 회사에 취직할지도 몰라. 장벽 바깥이라면 모를까, 어차피 거기 말고는 갈 데도 없잖아."

아빠는 고개를 가로저었다. "꿈도 꾸지 마, 코리. 노예제에 안전이란 없으니까."

마커스와 나는 그때껏 잠들지 않고 있었다. 마커스보다 어린 동생 둘은 일찌감치 자라고 방으로 보냈지만, 우리 넷은 늦도록 라디오를 둘러싸고 앉아 있었다. 이윽고 마커스가 입을 열었다.

"이야기를 들어보니까 올리버에 노예제가 있을 것 같진 않아요. 그곳의 부자들이 자청해서 노예가 되진 않을걸요."

아빠는 서글픈 웃음을 띠고 마커스를 바라봤다. "당장은 안 그렇겠지. 처음에는." 아빠가 고개를 저었다. "카기모토, 슈탐, 프램프턴. 일본, 독일, 캐나다가 함께 만든 회사란다. 내가 어릴 적에 결국 이렇게 될 거라고들 했지. 뭐, 우리한테 남은 걸 우리 손으로 팔겠다고 내놨는데 다른 나라가 못 사갈 것도 없지. 올리버 주민 중에 자기가 무슨 짓을 하는지 아는 사람이 몇이나 있을지, 난 그게 궁금하구나."

"많진 않을 것 같아요." 내가 말했다. "아마 알아볼 엄두도 못 낼걸요."

아빠는 나를 돌아봤고, 나는 그런 아빠를 마주 봤다. 사람들은 자신의 자유나 생명이 위험한 상황에서조차 현실을 끈덕지게 부정한다. 나로서는 지금도 익숙해지지 않는 사실이다. 아빠는 나보다 더 오래 그 사실을 마주하며 살아왔다. 그 비결이 궁금하다.

마커스가 말했다. "로런 누나, 올리버 같은 곳에는 다른 누구보다 누나가 먼저 가야 해. 누나는 다른 사람이 다치는 걸 볼 때마다 함께 고통을 느끼잖아. 올리버에서는 고통을 느낄 일이 훨씬 적을 거야."

"그리고 경비원도 잔뜩 있겠지." 나는 그렇게 대꾸했다. "내가 보니까 권력을 조금이나마 가진 사람은 그걸 휘두르고 싶어하는 경향이 있어. KSF가 모집하는 그 많은 경비원들은 부자들한테는 마음대로 손을 대지 못할 거야. 적어도 처음에는. 하지만 숙식 제공이라는 조건에 끌려 새로 이사 온 가난뱅이 노동자들은…… 그 사람들은 만만한 사냥감이겠지."

"회사가 그런 일이 일어나게 놔둘 거라는 근거는 하나도 없어." 코리가 말했다. "너는 왜 항상 모두가 최악의 행동을 할 거라고 예상하니?"

"총을 든 낯선 사람을 상대할 땐, 신뢰보다는 의심을 하는 편이 목숨을 건질 확률이 더 높아 보이는데요."

내 대답이 경멸스럽다는 듯이 코리는 말 대신 날카로운 소리를 냈다. "넌 세상이 어떻게 돌아가는지 아무것도 몰라. 넌 네 머릿속에 모든 답이 다 들어 있는 줄 알겠지, 하지만 넌 아무것도 몰라!"

나는 따지지 않았다. 코리를 상대로 따지고 들어봐야 아무 보람도 없으니까.

"어차피 내가 보기엔 올리버에서 흑인이나 중남미계 가정을 모집하는 것 같진 않아." 아빠가 말했다. "볼터네나 가필드네, 잘하면 던네 집에서도 몇 명 들어갈지 모르지만, 내 생각에 우리 집은 아니야. 내가 식구들을 믿고 맡길 만큼 KSF를 신뢰한다고 해도 아마 그쪽에서 우리를 안 받아줄걸."

"한번 시도해볼 순 있잖아." 코리는 물러나지 않았다. "해봐야지! 올리버 쪽에서 우릴 돌려보낸다고 해도 지금보다 못한 처지가 되는 건 아니야. 그리고 혹시라도 무사히 들어갔는데 마음에 안 들면 이리로 다시 돌아오면 되잖아. 이 집은 식구가 많은 가족한테 빌려주면 돼. 그 대신에 집세를 조금 받는 거지. 그렇게 하다가……"

"그렇게 하다가 실업자에 빈털터리가 돼서 이리로 돌아오겠지." 아빠가 대꾸했다. "아니, 정말로. KSF의 사업은 절반은 노예해방 이전으로 돌아가자는 소리 같고, 절반은 무슨 공상 소설 같아. 난 도저히 믿음이 가질 않아. 코리, 자유는 위험하지만 소중한 것이기도 해. 그냥 내팽개치거나 저절로 사라지게 놔두면 안 되는 거라고. 빵과 수프를 대가로 자유를 팔아넘겨선 안 돼."

코리는 아빠를 물끄러미 바라봤다. 단지 바라보기만 했다. 아빠도 눈을 피하지 않았다. 코리는 일어서서 안방으로 가버렸다. 잠시 후에 내가 본 코리는 침대에 앉아 키스의 재가 든 유골 단지를 손으로 쓰다듬으며, 울고 있었다.

마커스가 말하길, 가필드네가 올리버에 가서 살 방법을 찾는 중이라고 한다. 마커스는 자주 어울려 놀던 로빈 볼터에게 그 이야기를 들었다. 로빈은 자기 친자매 둘보다 사촌인 조앤을 훨씬 더 좋아하기 때문에 그 집이 이사 가는 것을 끔찍이 싫어한다. 또, 조앤이 올리버로 떠나면 다시는 조앤을 못 볼까봐 두려워한다. 내가 보기에는 로빈의 생각이 옳다.

가필드네가 없는 동네를 상상하기조차 힘들다. 조앤, 제이 아저씨, 필리다 아주머니…… 이웃을 한 명씩 잃은 적은 물론 전에도 여러 번 있었지만, 한 가족을 통째로 잃은 적은 한 번도 없다. 그러니까…… 그 집 식구들은 여전히 살아 있을 테지만, 그래도…… 떠나고 없을 테니까.

올리버가 그 집 식구들을 거부하면 좋겠다. 이기적인 소리인 줄은 알지만, 그러거나 말거나. 어차피 내가 바란다고 현실이 조금이라도 달라지는 건 아니니까. 아, 젠장. 아무쪼록 그집 식구들이 살아남는 데에 가장 필요한 것을 얻을 수 있다면 좋겠다. 무사해야 할 텐데.

이제 열세 살이 된 내 동생 마커스는 내가 보기에 우리 집에서 잘생겼다고 할 만한 유일한 식구다. 또래 여자애들은 마커스의 시선이 딴 데로 향했다 싶으면 그 애 얼굴을 뚫어져라 바라본다. 여자애들은 마커스 주위에서 정신없이 키득거리거나 미친 사람처럼 그 애 뒤를 쫓아다니기도 하지만, 정작 그애는 로빈 곁을 떠날 줄 모른다. 로빈은 뼈밖에 없다 싶을 만큼 비쩍 말라서 조금도 예쁘지 않지만, 재미있고 눈치가 빠르다. 일이 년만 지나면 로빈도 차츰 살이 오를 테다. 그러면 내 동생은 영리하면서 예쁘기까지 한 로빈과 만나게 될 것이다. 그러고 나서도 오랫동안 함께한다면, 둘의 삶은 훨씬 더 흥미로워질 것이다.

나는 마음을 고쳐먹었다. 한때 나는 폭발이나 거대한 격변,

갑작스러운 혼돈 같은 것이 일어나 우리 동네가 산산이 부서지기를 기다렸다. 내 바람과 달리 세상은 조금씩 조금씩 흐트러지고 허물어졌다. 수전 탤컷 브루스는 남편과 함께 올리버에 전입 신청을 했다. 다른 이웃들도 전입 신청에 관해 이야기하거나 생각하는 눈치다. 올리버에는 조그마한 대학이 한 곳있다. 폭력배와 부랑자를 몰아낼 강력한 보안 장비도 있다. 게다가 일자리도 점점 더 많이 생기고 있으니까…….

어쩌면 올리버가 미래인지도 모른다. 적어도 미래의 모습가운데 하나이거나. 거대 기업이 지배하는 도시는 과학소설의오래된 설정이다. 우리 할머니는 책장 하나를 가득 채울 만큼많은 과학소설을 남기셨다. 과학소설 중에서도 기업도시가 소재인 책들을 보면 하나같이 주인공이 회사를 지력으로 압도하거나, 뒤집어엎거나, 아니면 회사의 손아귀에서 탈출한다. 회사에 들어가 착취나 다름없는 임금을 받으려고 죽을 고생을하는 주인공은 본 적이 없다. 현실의 삶은 바로 그런 식으로돌아가는데. 그게 바로 세상이 돌아가는 방식인데.

그렇다면 나는 어떻게 해야 할까? 내가 할 수 있는 게 뭘까?앞으로 내 열여덟 살 생일까지는 고작 일 년도 안 남았다. 어른이 되는 거다. 허물어져가는 동네에 사는 것 말고는 어떠한전망도 없는 어른. 또는 지구종.

지구종을 시작하려면 바깥세상으로 나가야 한다. 그 사실은 이미 오래전부터 알았지만, 나간다는 생각이 두렵기는 전이나 지금이나 마찬가지다.

내년에 열여덟 살이 되면 나는 떠날 것이다. 그 말은 장차 어떻게 할지 지금부터 계획을 짜야 한다는 뜻이다.

2026년 10월 31일 토요일

나는 북쪽으로 떠날 것이다. 우리 조부모님은 일찍이 자동차를 타고 여러 곳을 여행했다. 두 분이 남긴 오래된 도로 지도에는 캘리포니아 주의 거의 모든 카운티와 함께 미국의 다른 지역도 몇 군데 실려 있다. 가장 근래의 것인 지도조차 사십 년은 묵었지만, 그래도 괜찮다. 도로는 지금도 제자리를 지킬 테니까. 그저 우리 조부모님이 자동차를 타고 지나갈 당시보다 노면 상태가 안 좋아졌을 뿐일 거다. 나는 우리 동네 기준으로 북쪽에 있는 캘리포니아 주의 카운티 지도와, 겨우 몇 장밖에 찾지 못한 워싱턴 주 및 오리건 주의 카운티 지도를 배낭에 챙겨 넣었다.

간단한 읽기와 쓰기를 가르쳐주는 대가로, 또는 자신들 대신 글을 읽거나 써주는 대가로 나한테 돈을 지불할 사람들이 장벽 바깥에 있을지 궁금하다. 키스가 내게 불어넣은 생각이다. 어쩌면 읽기와 쓰기를 가르치면서 지구종 시도 함께 가르

칠 수 있을지 모른다. 기회만 있으면 기꺼이 남을 가르치는 일
을 하고 싶다. 생계를 잇느라 다른 일도 같이 해야 한다 하더
라도, 나는 사람들에게 무언가를 알려줄 것이다. 그 일을 잘해
내면 사람들은 나에게 이끌릴 것이다. 그리고 지구종에도.

> 모름지기 성공한 삶이란
> 적응력이 좋고,
> 기회를 잘 타고,
> 끈질기고,
> 서로 연결되어 있으며, 또한
> 씨를 많이 퍼뜨린다.
> 이 점을 이해하라.
> 이용하라.
> 하느님의 모습을 빚어라.

나는 이 시를 몇 달 전에 썼다. 다른 모든 시가 그렇듯이 이
또한 진실이다. 두려움에 빠진 지금의 나에게 이 시는 어느 때
보다 더 진실하게, 더 유용하게 느껴진다.

내 지구종 시들을 적어놓은 책의 제목이 드디어 떠올랐다.
바로 《지구종: 산 자들의 책》이다. 티베트와 이집트에는 《죽은
자들의 책》이라는 책이 있다. 우리 아빠도 그 책을 갖고 있다.
나는 '산 자들의 책'이라는 제목을 한 번도 들어본 적이 없지
만, 설령 그런 책이 있다고 해도 놀라지는 않을 것이다. 그러

거나 말거나 상관없다. 나는 진실을 말하려고, 쓰려고 애쓸 따름이다. 명확히 밝히려고 애쓰는 중이다. 멋져 보이는 것이나 창시자가 되는 것에도 관심 없다. 명확성과 진실성을 쟁취할 수만 있으면, 그것으로 충분하다. 만에 하나라도 바깥세상 어딘가에 이 진실을 전파하는 이들이 더 있다면, 나는 그들과 합류할 것이다. 그렇지 않다면 적응해야 할 땐 잘 적응하고, 찾아낸 기회든 직접 만든 기회든 있는 대로 이용하며, 꿋꿋이 버티면서, 제자들을 모아, 가르칠 것이다.

제12장

우리는 지구종
스스로를 변화로 여기는
생명들.

—《지구종: 산 자들의 책》에서

가필드 가족은 올리버에 전입해도 좋다는 허가를 받았다.

이사는 다음 달에 할 예정이다. 그렇게 서둘러 가다니. 태어나서부터 지금껏 내내 알고 지낸 사람들이 이제 사라져버린다. 생각이 다른 부분도 있지만, 조앤은 나와 함께 자란 친구인데. 어째선지 나는 장차 내가 동네를 떠날 때에도 조앤이 여전히 이곳에 남아 있을 거라고 생각했다. 모두가 이곳에 있을 거라 생각했다. 내가 그들을 떠나는 시점에 그대로 멈춰버린 채로. 하지만 그렇지 않다. 그건 환상이다. 변화가 곧 하느님이다.

"너도 가고 싶어?" 오늘 아침 조앤에게 그렇게 물었다. 우리는 아직은 설익은 레몬과 오렌지, 거의 다 익어서 연주황색으로 변한 감을 따러 나와 있었다. 먼저 우리 집에서, 다음으로 조앤네 집에서 과일을 따며 즐거운 시간을 보냈다. 날이 시원했다. 바깥에 나와 있기 좋은 계절이었다.

"난 가야 해." 조앤이 말했다. "나한테는 그 길밖에 없어. 나뿐 아니라 누구한테도. 여긴 모든 게 다 엉망이 돼가는 중이야. 너도 알잖아."

나는 조앤을 빤히 바라봤다. 이제 조앤은 이곳을 떠날 처지니까 그런 이야기를 해도 상관없을 거라는 생각이 들었다. "그러니까 또 다른 요새를 찾아 들어가겠다는 거구나." 나는 그렇게 말했다.

"더 튼튼한 요새야. 그곳에선 악당들이 벽을 넘어와 할머니를 죽이는 일은 없을 거야."

"네 엄마가 그러던데, 작은 아파트 한 채에 다 함께 살아야 한다며. 마당도 텃밭도 없이. 지금보다 수입이 더 적어질 텐데, 식량을 사려면 돈이 더 많이 들 거야."

"우리가 알아서 할 거야!" 조앤의 목소리에서 불안이 느껴졌다.

나는 과일 수확기를 대신해 사용하던 쇠스랑을 내려놨다. 쇠스랑은 레몬과 오렌지를 따기에 알맞은 도구였다. "두려워?" 나는 조앤에게 그렇게 물었다.

조앤은 손에 들고 있던 진짜 과일 수확기를 내려놨다. 수확기에는 우스꽝스럽게 생긴 기다란 손잡이와 조그마한 과일 받기용 바구니가 달려 있는데, 감을 딸 때 가장 쓸모가 있다. 조앤은 양팔로 자기 몸을 감쌌다. "난 태어나서 지금껏 이 동네에 살았어. 나무하고 텃밭하고 함께. 난…… 좁은 아파트에 갇혀 살면 어떤 기분일지 상상도 안 가. 그래서 두렵지만, 그래도 다 함께 버틸 거야. 버텨야 해."

"뜻대로 잘되지 않으면 이리로 다시 돌아오면 돼. 너희 외조부모님이랑 이모네 가족은 여기서 쭉 살 거잖아."

"해리도 여기서 계속 살겠지." 조앤은 나직이 중얼거리며 자기 집 쪽을 바라봤다. 이제 더는 '가필드네'가 아닐 그 집을. 해리와 조앤은 커티스와 나만큼이나 가까운 사이였다. 나는 조앤이 해리를 두고 떠날 거라고는 생각지도 못했다. 둘이 어떤 식으로 이별할지 또한 생각하지 못했다. 해리 볼터는 좋은 애다. 해리와 조앤이 사귀기 시작했을 때 내가 놀랐던 게 기억난다. 둘은 태어나서 이때껏 한집에 살았다. 예전에 나는 해리와 조앤을 거의 남매처럼 여겼다. 하지만 둘은 기껏해야 사촌 지간이었고, 이런저런 불편함을 무릅쓰면서 애써 사랑하는 사이가 됐다. 내 생각엔 그랬다는 거다. 둘은 지난 몇 년간 다른 누구하고도 사귀지 않았다. 다들 그 둘이 나이를 조금 더 먹으면 결혼도 할 거라고 짐작했다.

"해리하고 결혼해서 같이 가." 내가 말했다.

"그 애는 안 갈 거야." 조앤의 목소리는 아까처럼 나지막했다. "같이 몇 번이나 얘기했어. 그 앤 내가 자기랑 여기 남았으면 한대. 나더러 조만간 결혼해서 북쪽으로 가자고 했어. 그냥…… 일단 가고 보자는 거야. 계획도 뭣도 없이. 미쳤지."

"올리버에는 왜 안 간대?"

"해리도 너희 아빠랑 생각이 같아. 올리버가 함정이라는 거야. 19세기부터 20세기 초까지 있었던 기업도시에 관한 책을 읽었다는데, 올리버가 겉으로는 아무리 멋져 보여도 결국에는 우리한테 빚만 얹어주고 자유는 뺏어갈 거래."

내가 아는 해리는 분별 있는 아이였다. "조앤, 너 내년에 성인이 되잖아. 그때까지 여기 남아서 볼터네 식구들하고 같이 살다가 해리와 결혼하면 돼. 아니면 너희 아빠를 설득해서 지금 결혼 허락을 받든가."

"그러고 나서는? 길거리의 부랑자 패거리에 합류할까? 여기 남아서 애를 낳으면 안 그래도 북적거리는 집을 더 북적거리게 만들 뿐이야. 해리에게는 직업도 없고, 돈을 버는 직업을 가질 전망도 없는 거나 마찬가지야. 그럼 해리 부모님의 수입에 얹혀살아야 할까? 그런 삶에 미래가 있을까? 없어! 아무것도 없다고!"

합리적인 말이었다. 보수적이고 합리적이고 어른스럽고, '틀린' 말. 그야말로 조앤이 할 법한 말.

아니면 틀린 쪽은 나인지도 몰랐다. 어쩌면 조앤이 올리버에서 찾는 안전이야말로 부유하지 않은 사람이 누릴 만한 하나뿐인 안전인지도 몰랐다. 다만 나에게는 올리버가 제공하는 안전이 키스가 유골 단지 속에서 마지막으로 찾은 안전보다 딱히 더 매력적으로 보이지 않았다.

나는 레몬과 오렌지를 몇 개 더 따면서, 나 또한 내년에 떠날 작정이라는 걸 조앤이 알게 되면 어떨지 상상했다. 이번에도 자기 엄마한테 달려갈까? 내 걱정으로 덜덜 떨면서, 내가 스스로를 해치지 못하도록 다른 사람의 도움을 구하려고 안달할까? 조앤이라면 그럴지도 모른다. 그 애는 자신이 이해하는 범위 안에서 자신이 의지할 만한 미래를 꿈꾼다. 자기 부모님이 누리는 현재와 아주 비슷한 미래를. 나는 그런 미래가 가능하다고 믿지 않는다. 세상은 너무나 많이, 너무나 빠르게 변화하고 있다. 과연 누가 하느님에 맞서 싸울 수 있을까?

우리는 과일 바구니를 우리 집 뒷문 쪽에 넣어둔 다음, 조앤네 집으로 향했다.

"넌 어떻게 할 거야?" 함께 걷는 동안 조앤이 물었다. "이 동네에 그냥 눌러살 거야? 그러니까 내 말은…… 여기서 살다가 커티스랑 결혼할 거야?"

나는 어깨를 으쓱하고는 거짓말을 했다. "글쎄. 만약 내가 결혼을 한다면 상대는 커티스겠지. 하지만 결혼에 대해서는 아무것도 모르겠어. 이 동네에서 애를 낳기 싫은 건 나도 너랑 똑같아. 그래도 한동안은 식구들하고 같이 여기서 지낼 거야. 우리 아빠는 코리가 올리버에 전입 신청을 하는 것조차 허락하지 않거든. 그건 나도 다행이라고 생각해. 난 거기 가고 싶은 마음이 없으니까. 하지만 올리버와 비슷한 곳이 또 있을 거야. 먼 훗날 내가 뭘 하고 있을지는 아무도 모르는 일 아닐까?" 마지막 한마디는 거짓말처럼 느껴지지 않았다.

"네 생각엔 사유화된 도시가 올리버 말고 또 있을 것 같아?" 조앤이 물었다.

"올리버가 잘되면 그런 곳은 더 생길 수밖에 없지. 이 나라는 조각조각으로 나뉘어서 값싼 노동력과 값싼 토지의 공급원이 될 거야. 올리버 주민들이 지금 하는 것처럼 사람들이 스스로를 팔려고 안달하는 날이 오면, 아직 망하지 않고 버티던 도시들은 돈으로 도시를 살 만큼 부유한 집단의 경제 식민지로 전락하고 말걸."

"아아, 맙소사, 또 시작이다. 하여튼 틈만 나면 종말론을 꺼 낸다니까."

"나한텐 저 장벽 바깥에 뭐가 있는지 보여. 너한테도 보이잖 아. 넌 그걸 부정할 뿐이야."

"쫄쫄 굶은 패거리가 장벽을 기어 넘어올 거니까 다 함께 산으로 도망가서 풀을 먹어야 한다고 했던 거, 기억해?"

그걸 '기억'하느냐고? 나는 조앤을 향해 고개를 돌렸다. 처 음에는 머리끝까지 화가 났지만, 이윽고 놀랍게도 슬픔이 느 껴졌다. "보고 싶을 거야." 나는 조앤에게 그렇게 말했다.

조앤도 나의 기분을 알아챈 듯했다. "미안." 조앤의 목소리 는 나직했다.

우리는 서로 끌어안았다. 나는 조앤에게 뭐가 미안한지 묻 지 않았고, 조앤도 더는 말이 없었다.

2026년 11월 17일 화요일

아빠가 집에 돌아오지 않았다. 원래라면 오늘 아침에 왔어 야 하는데.

그게 무슨 의미인지 모르겠다. 무엇부터 생각해야 하는지도 알 수가 없다. 겁이 나서 죽을 것만 같다.

코리는 여기저기 전화를 걸었다. 대학교에, 아빠 친구들에게, 아는 목사님들께, 동료들에게, 경찰에, 병원에……

다 헛수고였다. 아빠는 체포되지도, 병이 나지도, 다치거나 죽지도 않았다. 적어도 아직은 아무도 그런 소식을 듣지 못했다. 오늘 아침 일찍 학교를 나선 이후로 아빠 모습을 본 친구나 동료는 한 명도 없다. 그때 아빠의 자전거는 멀쩡하게 굴러갔다. 아빠도 평소와 조금도 다를 바 없었다.

아빠는 근처 다른 동네에 사는 동료 세 명과 함께 자전거를 타고 집으로 향했다. 셋 모두 똑같은 얘기를 들려줬다. 평소와 다름없이 리버 스트리트와 듀런트 로드의 교차점에서 아빠와 헤어졌다고. 거기서 우리 집까지는 고작 다섯 블록이다. 우리 집은 듀런트 로드 끝자락에 있으니까.

아빠는 대체 어디 있는 걸까?

오늘 동네 사람 여럿이서 무장한 채로 자전거를 타고, 우리 집에서 리버 스트리트까지 갔다가 리버 스트리트를 따라 대학까지 가봤다. 거리를 다 합치면 8킬로미터였다. 우리는 샛길과 뒷골목, 빈 건물까지 생각나는 곳은 모조리 확인했다. 나도 함께 갔다. 마커스도 데리고 갔는데, 그냥 뒀다가는 혼자서 나갈지도 모르기 때문이었다. 나는 스미스앤드웨슨 리볼버를 챙겼다. 마커스가 가진 무기는 자기 칼이 전부였다. 마커스는 칼을 날쌔고 능숙하게 쓸 줄 아는 데다 또래 아이들에 비해 힘도 세지만, 살아 있는 것을 상대로 칼을 휘두른 적은 한 번도 없었다. 혹시라도 그 애한테 무슨 일이 일어났다면 나는 차마 집에 돌아갈 엄두조차 안 났을 것이다. 코리는 안 그래도 아빠가 걱정돼서 제정신이 아니니까. 키스를 먼저 보낸 마당에 이런 일까지 생기다니. 어떻게 해야 좋을지 모르겠다. 모두가 우리를 도와줬다. 제이 가필드 아저씨는 곧 이사를 갈 예정인데도 망설이지 않고 수색 작업을 이끌었다. 제이 아저씨는 좋은 사람이다. 아빠를 찾을 만한 방법은 하나도 빼놓지 않고 시도할 정도로.

　내일 우리는 산과 골짜기 쪽에 가볼 것이다. 가야 한다. 그곳에 가고 싶은 사람은 아무도 없지만, 그것 말고는 방법이 없지 않은가.

2026년 11월 18일 수요일

　오늘처럼 많은 오물과 시신과 들개를 본 적은 한 번도 없었다. 이 사실을 글로 적어야 한다. 종이에 쏟아내야 한다. 내 안에 담아둬서는 안 된다. 전에는 시신을 보아도 아무렇지 않았지만, 이번에는……

　우리가 찾는 것은 당연히 아빠의 시신이지만, 그 사실을 입밖에 내는 사람은 없었다. 나는 그 현실을 부정도 외면도 할 수 없었다. 코리는 다시금 경찰과 병원과 우리가 아는 아빠의 모든 지인에게 전화를 걸어 아빠 소식을 물었다.

다 헛수고였다.

그래서 우리는 산에 가보는 수밖에 없었다. 사격 연습을 하러 산에 갈 때는 안전을 확보할 목적이 아니면 주위를 둘러보는 일이 없었다. 발견하고 싶지 않은 것을 일부러 찾아보는 사람은 없으니까. 하지만 오늘은, 서너 명씩 조를 지어 리버 스트리트 꼭대기에서 가장 가까운 지역을 샅샅이 수색했다. 나는 마커스를 곁에 데리고 다녔다. 쉬운 일은 아니었다. 남자애들은 도대체 뭐가 문제이기에 그렇게 혼자 돌아다니다가 살해당하려고 용을 쓰는 걸까? 턱에 수염이 두 가닥만 나도 남자 행세를 하려고 발악하는 족속이라니.

"네가 누나 뒤를 지켜주면 누나도 네 뒤를 지켜줄게." 나는 마커스에게 그렇게 일러줬다. "난 네가 다치게 놔두지 않을 거야. 그러니까 너도 누나 말 잘 들어."

나를 보며 씩 웃다시피 하는 마커스의 표정은 내가 무슨 말을 하려 하는지 다 안다고, 하지만 자신은 마음 내키는 대로 할 거라고 말하는 듯했다. 불쑥 화가 치밀어서 마커스의 양어깨를 붙잡았다.

"새끼야, 너 누나가 나 말고 또 있어? 아빠가 한 명이 아니라 몇 명씩 있냐고!" 나는 정말로 심각할 때가 아니면 마커스 앞에서는 사소한 욕설도 입에 담지 않았다. 그런 내가 지껄인

229

욕이 마커스의 관심을 끌었다.

"걱정 마." 마커스가 웅얼거렸다. "나도 협조할게."

이윽고 우리는 팔을 발견했다. 그걸 찾은 사람은 다름 아닌 마커스였다. 무언가 시커먼 것이 우리가 따라가던 산길 바로 옆, 졸참나무의 아래쪽 가지에 걸려 있었다.

팔은 잘린 지 얼마 안 된 상태였고 형체도 온전했다. 손과 팔뚝, 팔꿈치 위쪽까지. 흑인 남자의 팔이었고, 색깔도 우리 아빠의 살갗과 똑같았다. 절단된 데에다 칼에 베인 상처가 잔뜩 났는데도 여전히 다부져 보였다. 팔뼈가 기다랗고 손가락도 기다랬지만, 그러면서도 근육이 튼실하고 커다래서……. 그래서 익숙해 보였던 걸까?

어깨 쪽 끄트머리에 매끈하고 하얀 뼈가 툭 불거져 있었다. 팔은 예리한 칼에 잘린 상태였다. 뼈가 부서진 흔적은 없었다. 그리고 물론, 우리 아빠의 팔일지도 몰랐다.

마커스는 팔을 보고 구역질을 했다. 나는 용기를 내 팔을 꼼꼼히 살펴봤다. 무언가 익숙한 흔적을, 확신을 찾으려고. 제이 아저씨가 나를 막아섰지만 나는 아저씨를 밀쳐내며 꺼지라고 했다. 그 말을 했던 게 마음에 걸려서 나중에 아저씨께 사과했다. 하지만 그때는 알아야만 했다. 그랬건만, 나는 아직도 알지 못한다. 그 팔은 너무 심하게 난자당한 데에다 온통 마른 피로 뒤덮여 있었다. 확신이 서지 않았다. 제이 아저씨가 조그마한 수첩에 지문을 찍기는 했지만, 팔 자체는 있던 자리에 그냥 두고 돌아왔다. 그 팔을 가져와서 코리한테 보여주는 건 말도 안 되는 짓이니까.

그러고 나서도 우리는 수색을 계속했다. 달리 뾰족한 수가 있었을까? 조지 수가 방울뱀을 발견했다. 뱀은 아무도 물지 않았고, 우리도 뱀을 죽이지 않았다. 아마 아무도 무언가의 생명을 끊고 싶은 기분이 아니었을 것이다.

들개가 여러 마리 눈에 띄었지만, 개들은 우리에게서 멀찍이 거리를 뒀다. 덤불 밑에서 우리를 보는 고양이도 발견했다. 고양이는 부리나케 달아나든가 아니면 몸을 옹송그리고 꼼짝 않든가, 둘 중 하나다. 어째선지 보는 재미가 있다. 아니, 다른 때 같았으면 그 고양이에게서 재미를 느꼈을 것이다.

그러다 누군가 불쑥 비명을 질렀다. 나는 그런 비명을 이때껏 들어본 적이 없었다. 끊어지지 않고 계속 이어지는 비명이었다. 웬 남자가 악을 쓰며 애원하며 기도하고 있었다. "안 돼! 그만! 아아, 하느님, 그만, 제발. 주님, 주님, 주님, 제발!" 이윽고 말 대신 귀에 거슬리는 비명과 함께 날카롭고 섬뜩한 울음 소리가 들려왔다.

남자 목소리. 우리 아빠 같지는 않지만 딱 잘라 아니라고 하기도 힘든 목소리였다. 우리는 그 소리가 어디서 들려오는지 파악하지 못했다. 메아리가 골짜기에 부딪혀 사방으로 되울리는 바람에 우리는 이쪽으로 갔다가 다시 저쪽으로 향했다. 자잘한 돌과 가시 돋친 나무가 골짜기를 가득 뒤덮은 탓에 우리는 얼마 안 되는 오솔길을 따라 이동하는 수밖에 없었다.

비명이 멈추는가 싶더니, 뒤이어 섬뜩하게 그르렁거리는 소리가 또다시 들려왔다.

그 무렵 나는 일행 맨 뒤쪽에 처져서 따라가는 중이었다. 고통 때문에 괴로운 상태는 아니었다. 내 초공감은 소리로 촉발되지는 않으니까. 초공감이 일어나려면 먼저 다른 사람이 고통받는 모습을 목격해야 한다. 나는 어떤 대가를 치르고서라도 그 비명의 당사자를 보고 싶지 않았다.

마커스가 내 곁으로 다가와 나직이 물었다. "누나, 괜찮아?"

"응. 난 그냥, 저 남자가 지금 무슨 일을 당하는지 조금도 알고 싶지 않아."

"키스 형 생각난다."

"그래." 나는 마커스의 말에 맞장구를 쳤다.

우리 둘은 자전거를 끌고 다른 사람들을 따라가며 혹시 뒤에 누가 있는지 살폈다. 케일라 텔컷이 걸음을 늦춰 우리가 괜찮은지 확인하러 왔다. 케일라는 우리에게 수색대를 따라가지 말라고 했지만, 우리가 기어이 따라가자 자신도 함께 와서 내내 우리를 지켜봤다. 케일라는 그런 사람이었다.

"너희 아빠 목소리 같진 않아." 케일라가 말했다. "하나도 안 비슷해." 케일라는 내 친엄마와 마찬가지로 남부에 위치한 텍사스 주 출신이다. 말씨가 가끔은 텍사스 주를 떠난 적이 한 번도 없는 토박이 같기도 하고, 가끔은 아예 남부 근처에도 안 가본 사람 같기도 하다. 아마도 억양의 강세를 마음대로 조절할 줄 아는 모양이다. 케일라가 억양을 강하게 해서 말하는 경우는 주로 사람들을 위로할 때, 그리고 누군가를 죽이겠다고 협박할 때였다. 커티스와 함께 있을 때 나는 이따금 그 애 얼굴에서 케일라를 봤다. 그럴 때면 케일라와 내가 시어머니와 며느리 사이가 되면 어떤 느낌일지 궁금했다. 오늘은 마커스도 나도 케일라가 함께 있어서 기뻤던 것 같다. 우리를 엄마처럼 보살펴줄 케일라 같은 사람이 필요했으니까.

소름 끼치는 소리가 뚝 끊겼다. 어쩌면 그 가엾은 남자는 숨이 끊어져 고통에서 벗어났는지도 모른다. 그렇게 됐길 바란다.

우리는 끝내 아빠를 찾지 못했다. 그 대신 사람 해골과 동물 뼈를 발견했다. 바위 사이에 흩어져 썩어가는 시신도 다섯 구나 목격했다. 불이 꺼진 지 오래된 모닥불 잔해에는 사람의 넓적다리뼈 한 개와 머리뼈 두 개가 잿더미 속에 놓여 있었다.

결국 우리는 장벽으로 둘러싸인 동네로 돌아왔다. 그러고는 안전하다는 환상에 빠져들었다.

아무도 아빠를 찾지 못했다. 동네 어른들 가운데 몇 시간이라 할지라도 수색 작업에 참여하지 않은 사람은 거의 없다. 리처드 모스는 빠졌지만 그의 큰아들과 딸이 대신 참여했다. 위델 패리시도 빠졌지만 누이와 큰조카가 그를 대신했다. 사람들이 그 이상 무엇을 해줄 수 있을지 짐작도 가지 않는다. 짐작이라도 간다면, 내가 직접 나가서 그 일을 할 것이다.

하지만 없다. 아무것도, 아무것도, 아무것도! 경찰은 아빠의 흔적을 단 하나도 찾아오지 않았다. 아빠는 어디서도 목격되지 않았다. 사라진 것이다. 감쪽같이. 심지어는 그 잘린 팔의 지문조차 아빠 것이 아니었다.

지난 수요일부터 매일 밤 꿈에 그날의 끔찍한 비명이 들린다. 나는 동네 사람 여럿과 함께 두 차례 더 골짜기에 가서 주위를 샅샅이 수색했다. 우리가 찾아낸 거라곤 시신 몇 구와 세상에서 가장 가난한 사람들뿐이었다. 퀭한 눈과 앙상한 몸에 툭툭 불거진 뼈 말고는 아무것도 없는 사람들. 그들에게 공감하느라 뼈가 다 아팠다. 꿈에 비명이 들리지 않는 날이면 그 사람들이 나왔다. 살아 있는 시체들이. 꿈에서 늘 보다시피 했지만 또렷이 본 적은 한 번도 없는 이들이었다.

나와 따로 움직인 수색조는 살아 있는 어린애가 개 떼에게 몸을 뜯기는 광경을 목격했다. 그 조는 개들을 죽인 다음, 숨이 천천히 끊어져가는 남자애를 무력하게 지켜봤다.

오늘 오전 예배에서 내가 설교를 했다. 그게 내 의무 같았다. 잘은 모르겠다. 사람들은 하나같이 불안하고 상심한 채로, 무슨 일을 해야 할지 모르는 채로 교회를 찾아왔다. 내 생각에 사람들은 한데 모이고 싶었던 거다. 마침 모두에게 일요일 오전마다 우리 집에 모이는 것은 습관이 된 지 오래였다. 불안한 마음에 망설이면서도 사람들은 교회를 찾아왔다.

와이엇 탤컷과 제이 아저씨가 예배에서 간증을 하겠다고 나섰다. 두 사람 다 짧은 간증을 했는데, 두 경우 모두 격의 없이 아빠를 추모하는 내용이었다. 하지만 둘 중 누구도 자신이 하는 말을 추도사로 인정하지 않았다. 나는 신자들 모두가 한마디씩 하겠다고 나서서 예배가 즉흥 장례식으로 탈바꿈하는 난감한 사태가 벌어질까 불안했다. 그러다가 나는 자리에서 일어섰다. 몇 마디만 하고 다시 앉을 생각은 아니었다. 나는 사람들에게 마음에 품고 집으로 돌아갈 어떤 것을 줄 작정이었다. 오늘 예배에 온 보람이 있다는 느낌이 들 만한 이야기를.

나는 우선 사람들 모두에게 아빠를 찾으려고 계속해서 애써주어 감사하다고 했다. '계속'을 강조해 말했다. 그다음엔……뭐, 그다음엔 인내에 관해 이야기했다. 만약 목사 안수를 안 받은 어린애도 설교를 할 수 있다면 나는 인내에 관한 설교를 한 셈이다. 아무도 나를 말리려 하지 않았다. 말릴 사람이 있다면 코리 한 명뿐이었지만, 코리는 혼수상태인 채로 걸어다니는 사람과 비슷했다. 목숨을 이어가느라 꼭 해야 할 일이 아니면 아무것도 하지 않았다.

그래서 나는 신약성서 〈누가복음〉의 18장 1절부터 8절까지를 인용하며 설교를 했다. 그 구절에는 끈질긴 과부의 우화가 나온다. 나는 전부터 그 이야기가 좋았다. 어느 과부가 재판관에게 어찌나 끈질기게 자기 권리를 찾아달라고 요구했던지, 하느님도 사람도 두려워하지 않는 재판관이 결국 버티지 못하고 과부의 뜻대로 해준다. 과부는 재판관을 굴복시켰다.

이 이야기의 교훈은 약한 자도 인내하면 강한 자를 능히 누른다는 것이다. 참는다고 해서 늘 안전한 것은 아니지만, 참아야만 하는 경우는 자주 있다.

우리 아빠와 교회에 나온 어른들은 곤궁함과 바깥세상의 폭력을 무릅쓰고 우리 동네라는 공동체를 만들어 유지해왔다. 아빠가 있든 없든 간에 공동체는 지속돼야 하고, 하나가 돼 버텨야 하며, 이를 통해 살아남아야 한다. 나는 내가 꾼 악몽과 그 악몽의 근원에 관해서도 이야기했다. 그런 이야기를 아직 어린 자기 아이한테 들려주기 싫은 사람도 있었겠지만, 나는 아랑곳하지 않았다. 만약 어린 내 동생 키스가 세상에 관해 더 많이 알았다면, 지금도 멀쩡히 살아 있을 것이기 때문이다. 그래도 키스의 이름을 꺼내지는 않았다. 사람들이 키스가 당한 일을 자업자득이라고 할지도 몰랐으니까. 아빠를 두고 그런 식으로 이야기할 사람은 아무도 없었다. 장차 우리 동네에 관해서도 그런 식으로 말하는 사람이 한 명도 없으면 좋겠다.

"만약 우리가 서로 돕지 못한다면 제가 꾼 악몽이 곧 우리 미래가 될 것입니다." 나는 설교를 마무리할 생각으로 그렇게 말했다. "더는 사람이라 할 수 없는 사람들의 손에서 비롯된 기아와 고통, 신체 훼손, 죽음, 그런 것들 말입니다. 우리에게는 하느님이 계시고 서로가 있습니다. 우리에게는 격리된 공동체가, 연약하나 요새 같은 이 동네가 있습니다. 때로 우리 공동체는 너무나 작고 너무나 약해서 살아남지 못할 것처럼 보입니다. 게다가 그리스도의 우화에 나오는 과부의 적이 그러했듯이, 우리 공동체의 적들 또한 하느님도 사람도 두려워할 줄 모릅니다. 그러나 한편으로 그 과부가 그러했듯이, 우리 공동체 또한 참고 버팁니다. 우리는, 참고, 버팁니다. 무슨 일이 일어난다 한들 우리가 거할 자리는 이곳입니다."

그것이 나의 메시지였다. 나는 그 메시지를 남기고 자리로 돌아왔다. 사람들 앞에 덩그러니, 완료되지 않은 느낌이 들게끔 메시지를 던져둔 채로. 내게는 느껴졌다. 사람들이 뭔가 더 있을 거라 기대하는 느낌, 그러다 내 설교가 그걸로 끝인 것을 깨닫는 느낌, 뒤이어 내가 한 말을 곰곰이 곱씹는 느낌까지도.

마침맞게 케일라 탤컷이 오래된 찬송가를 부르기 시작했다.

다른 사람들도 따라 불렀다. 노랫소리는 느릿했지만 감정으로 충만했다. "흔들리지 않으리, 우리 흔들리지 않으리……."

만약 목소리가 더 작은 사람이 부르기 시작했다면, 그 노랫소리는 가냘프거나 조금은 애처롭게 들렸을 것이다. 나였다면 모깃소리만 하게 불렀을지도 모른다. 내 노래 실력은 기껏해야 그럭저럭 들어줄 수준이니까. 그런 반면에 케일라의 목소리는 우렁우렁하고 아름답다. 맑고, 어떤 감정도 자유자재로 표현한다. 게다가 케일라는 스스로 하고 싶은 일이 아니면 꼼짝도 않기로 유명한 사람이다.

나중에 예배가 끝나고 교회를 나설 때, 나는 케일라에게 고마웠다고 인사했다.

케일라가 나를 돌아봤다. 이미 몇 년 전에 자신보다 더 크게 자란 나를 보려면 케일라는 이제 고개를 드는 수밖에 없다. "잘했다." 케일라는 그렇게 말하고는 고개를 끄덕이더니, 자기 집 쪽으로 휘적휘적 걸어갔다. 나는 그런 케일라를 사랑한다.

오늘 다른 사람들한테서도 칭찬을 들었는데, 진심에서 우러난 말들 같았다. 표현은 조금씩 달라도 대개는 '네 말이 맞아'나 '네가 그렇게 설교를 잘할 줄 몰랐어'나 '아버지가 너를 자랑스러워하실 거야' 같은 내용이었다.

그래, 나도 그랬으면 좋겠다. 오늘 설교는 아빠를 위해 한 일이었으니까. 아빠는 그저 집 여러 채가 모인 곳에 지나지 않던 이 동네에 공동체를 일궜다. 그런 아빠가 이제는, 십중팔구 돌아가셨을 것이다. 사람들이 아빠를 땅에 묻힌 사람으로 취급하게 놔둘 생각은 없지만, 실은 나도 안다. 나는 부정과 자기기만에는 젬병이니까. 내가 설교를 맡은 예배는 아빠의 장례식이었다. 아빠와 우리 공동체의 장례식. 왜냐하면 설교에서 한 말이 모두 진실이기를 내가 아무리 간절히 바란들, 실은 진실이 아니기 때문이다. 그렇다. 우리는 흩어질 것이다. 문제는 언제, 누구에 의해, 얼마만큼 뿔뿔이 흩어지느냐일 뿐.

제13장

살아 있는 세상이
그대에게 요구하는 것에는
한계가 없다.

—《지구종: 산 자들의 책》에서

2026년 12월 19일 토요일

오늘, 내가 세례를 받은 교회의 매슈 로빈슨 목사님이 아빠의 장례 예배를 집전하러 왔다. 장례 준비는 코리가 맡았다. 시신도, 유골 단지도 없었다. 아빠가 어떻게 됐는지는 아무도 모른다. 우리뿐 아니라 경찰도 알아내지 못했다. 분명 아빠는 돌아가셨을 것이다. 살아 계시다면 지금쯤 집에 돌아올 방법을 찾으셨을 테니까. 우리는 아빠가 돌아가셨다고 확신한다.

아니, 확신하진 않는다. 확신은 조금도 없다. 어디서 앓고 계신 건 아닐까? 혹시 다치셨을까? 아무도 모르는 이유 때문에 아무도 모르는 괴물들한테 강제로 붙잡혀 계신 건 아닐까?

키스가 죽었을 때보다 더 지독하다. 훨씬 더. 끔찍하기는 그때나 지금이나 마찬가지지만, 그래도 그때 우리는 키스가 죽었다는 것 정도는 알았다. 그 애가 어떤 고통을 겪었든 간에, 더는 고통스러워하지 않아도 된다는 것 정도는 알았다. 어쨌거나 이 세상에서는. 그때 우리는 그런 것들을 알 수 있었다. 지금은, 아무것도 알지 못한다. 아빠는 돌아가셨다. 하지만 우리는 어떻게 된 일인지 알지 못한다.

에이미가 죽고 트레이시가 사라졌을 때, 던네 식구들도 분명 이런 기분을 느꼈겠지. 제정신이 아닌 사람들일지언정, 트레이시 역시 제정신이 아니었을지언정, 그 가족도 분명 이런 기분이었을 것이다. 지금은 어떨까? 트레이시는 돌아오지 않았다. 만약 장벽 바깥에서 죽지 않았다면, 무슨 일을 겪고 있을까? 혼자 바깥에 나간 여자가 마주할 미래는 한 가지뿐이었다. 나는 바깥세상에 나갈 때 남자로 변장할 작정이다.

내가 사라지면 사람들은 어떤 기분을 느낄까? 그들에게 나는 죽은 사람일 것이다. 코리에게, 동생들에게, 이웃들에게. 다들 내가 죽지 않았을 경우에 겪을 법한 일을 떠올리면서 내가 차라리 죽었으면 하고 바랄 것이다. 그래도 다행히 나는 아빠를 닮아 키가 크고 힘도 세긴 하다.

이제 내가 아빠를 두고 떠나며 슬퍼할 일은 없을 것이다. 아빠는 이미 나를 두고 세상을 떴으니까. 아빠는 쉰일곱 살이었다. 생판 모르는 남들이 쉰일곱 살 먹은 남자를 살려둘 이유가 있을까? 그들은 일단 아빠의 소지품을 털고 나서 아빠를 풀어줬거나 죽였을 것이다. 만약 그들이 풀어줬다면 아빠는 집에 돌아왔을 것이다. 걸어서라도, 절뚝거리면서라도, 기어서라도.

그러니까 아빠는 돌아가셨다.

그렇게 된 거다.

그래야 한다.

가필드 가족이 오늘 올리버로 떠났다. 필리다 아주머니, 제이 아저씨, 조앤이. KSF의 장갑 트럭이 그 집 식구들과 이삿짐을 싣고 가려고 올리버에서 우리 동네까지 왔다. 동네 어른들은 꼬맹이들이 트럭에 우르르 올라가 운전사를 귀찮게 하지 못하도록 막느라 진땀을 흘렸다. 내 동생 또래 아이들은 실제로 주행하는 트럭 근처에도 가본 적이 없었다. 모스 가족의 어린애들 중에는 트럭이 뭔지 본 적조차 없는 아이도 있었다. 얘니스네 집 텔레비전이 아직 멀쩡하던 무렵에도 모스네 아이들은 그 집에 놀러가는 것을 금지당했다.

KSF에서 온 남자 둘은 아이들이 도둑질을 하거나 물건을 부수러 오는 게 아니라는 것을 알아차리고 귀찮음을 꾹 참았다. 제복에 권총, 채찍, 곤봉까지 갖춘 두 남자는 이삿짐센터 직원이 아니라 경찰 같았다. 트럭 안에는 분명 훨씬 더 크고 강력한 무기가 있을 터였다. 내 동생 베넷이 보닛 위로 올라갔을 때 봤다며, 트럭 안쪽에 더 큰 총이 설치되어 있다고 했다. 하지만 그렇게 큰 트럭이 얼마나 비쌀지 생각해보면, 또 트럭과 그 안에 실린 짐을 빼앗으려 하는 자들이 얼마나 많을지 생각해보면, 그 정도 무장은 놀랄 일도 아니지 싶다.

이삿짐을 나르러 온 두 직원 가운데 한 명은 흑인이고 한 명은 백인이었는데, 보아하니 코리는 이 점에 희망을 거는 듯했다. 아빠의 예상과 달리 올리버가 백인 전용 거주지가 아닐지도 모른다는 뜻이니까.

코리는 흑인 직원을 한쪽으로 데려가 그 사람이 이제 그만하자고 할 때까지 이것저것 물어봤다. 코리가 우리를 데리고 올리버로 가려는 걸까? 내 생각엔 그런 것 같다. 어쨌거나 아빠가 받는 급여가 없어졌으니 코리로서는 무슨 일이든 해야 한다. 우리가 간절히 원한다 한들 올리버에서 우리를 받아줄 것 같지는 않지만. 보험회사는 아빠의 사망보험금을 지급하지 않을 것이다. 아니면 한참 시간이 지난 후에 지급하든가. 보험회사 사람들은 아빠가 죽었다고 믿으려 하지 않는다. 확실한 증거 없이도 사망으로 간주하는 '실종선고'를 받으려면 무려 칠 년이 지나야 한다. 보험회사가 우리 돈을 그렇게 오랫동안 틀어쥐고 있어도 되는 걸까? 잘은 모르지만, 설령 그렇다고 해도 놀랄 일은 아니다. 칠 년이라는 시간 동안 우리 식구들은 몇 번이고 굶어 죽을 위기를 맞을지도 모른다. 코리는 올리버에서 자기 혼자 버는 돈으로 우리 가족을 건사하기란 불가능하다는 사실을 잘 알 것이다. 코리는 나도 자신과 함께 취업하기를 바라는 걸까? 우리가 어떻게 해야 좋을지 모르겠다.

나는 조앤과 끌어안고 엉엉 울며 작별 인사를 나눴다. 앞으로도 전화로 쭉 연락하자고 약속했다. 아마 그러기는 힘들 것이다. 올리버에 전화를 걸려면 추가 요금을 내야 하니까. 우리 집 형편으로는 그 요금을 감당하지 못할 것이다. 조앤도 마찬가지겠지. 아마도 우리는 두 번 다시 못 만날 것이다. 나와 어린 시절을 함께한 사람들이 내 삶에서 사라져간다. 한 명씩, 차례로.

트럭이 출발한 후에 커티스가 눈에 띄었다. 나는 사랑을 나누고 싶은 마음에 그 애를 데리고 아무도 안 쓰는 암실로 향했다. 안 한 지 한참이었지만, 오늘 나한테는 그게 필요했다. 그냥 커티스와 결혼해서 이곳에 머물며 둘이 함께 번듯하게 사는 상상을 할 수 있다면 얼마나 좋을까.

그건 불가능한 꿈이다. 설령 지구종 같은 게 아예 존재하지 않는다 해도 그 꿈은 이뤄질 수 없다. 만약 지금 집을 나간다면 나는 식구들에게 은혜를 베푸는 거나 마찬가지다. 입이 하나 줄어드는 셈이니까. 혹시라도 내가 일자리를 구하면 또 모르겠지만…….

"우리도 여길 떠나야 해." 둘이 나란히 누워 있을 때 커티스가 한 말이었다. 우리는 들킬 위험을 감수하고 암실에서 뭉그적댔다. 서로의 감촉을 너무 빨리 잊고 싶지 않았으니까. 그러나 커티스가 말하는 '여기'는 암실이 아니었다. 나는 그 애 쪽으로 고개를 돌렸다.

"넌 떠나고 싶지 않아?" 커티스가 물었다. "로블리도를 떠나고 싶지 않으냔 말이야. 이 막다른 골목 같은 동네를."

나는 고개를 끄덕였다. "나도 마침 그 생각을 하고 있었어. 하지만……."

"나랑 결혼하자. 결혼해서 같이 떠나는 거야." 커티스의 목소리는 속삭이듯 나직했다. "이곳은 죽어가고 있어."

나는 팔꿈치로 바닥을 짚고 몸을 일으켜 커티스를 내려다봤다. 암실에 빛이라고는 천장 근처에 하나뿐인 창으로 들어오는 햇빛이 전부였다. 커튼 같은 것도 아예 없고 유리도 다 깨졌지만, 그럼에도 창으로 들어오는 빛은 한 줌뿐이었다. 커티스의 얼굴은 거의 다 그늘에 가려져 있었다.

"어디로 가고 싶은데?" 내가 물었다.

"올리버는 아니야. 거긴 알고 보면 여기보다 더 살기 팍팍한 막다른 골목일 수도 있어."

"그럼 어디?"

"글쎄. 오리건 주나 워싱턴 주? 캐나다? 알래스카 주?"

그 순간 내가 갑작스레 신이 난 기색을 보인 것 같지는 않다. 사람들 말로는 내가 얼굴에 감정을 드러내지 않는다고들 하니까. 초공감이라는 엄격한 스승 덕분이었다. 하지만 커티스는 내 얼굴에서 어떤 낌새를 챘다.

"너 이미 여길 떠나기로 마음먹었구나. 안 그래?" 커티스가 물었다. "그래서 결혼 얘기는 하려고 하질 않는 거야."

나는 커티스의 매끈한 가슴에 손을 올렸다.

"너 혼자서 가려고 그런 거지!" 커티스가 내 손을 자기 몸에서 치우려는 듯 손목을 덥석 잡았다. 그러더니 손목을 쥔 채 우두커니 움직이지 않았다. "넌 나를 버리고 이곳에서 그냥 사라져버릴 작정이었던 거야."

나는 커티스에게 내 얼굴이 안 보이도록 몸을 틀었다. 이제 내 얼굴에 감정이 너무나 선명하게 드러난다는 느낌이 들어서였다. 당혹, 두려움, 희망 같은 것들이……. 나는 당연히 혼자서 떠날 작정이었고, 떠날 거라는 얘기도 당연히 아무에게도 하지 않았다. 아빠가 실종된 상황에서 내가 떠나는 것이 어떤 의미일지 또한 아직 결론짓지 못했다. 그 생각을 하면 섬뜩한 의문이 떠올랐다. 내 의무는 어떤 것이 있을까? 동생들을 코리에게 떠넘기고 떠나버리면 어떻게 될까? 동생들은 코리의 친자식이니까, 그 애들을 먹이고 입히고 따뜻한 집에 재우기 위해서라면 코리는 지구도 거뜬히 떠받치려 할 것이다. 하지만 코리 혼자서 그 일을 해낼 수 있을까? 무슨 수로?

"난 떠날 거야." 나는 순순히 인정했다. 그리고는 콘크리트 바닥에 낡은 침낭을 깔아 만든 이부자리에서 조금이라도 편하게 누우려고 몸을 틀었다. "계획도 다 세워뒀어. 아무한테도 말하지 마."

"같이 떠난다면 누구한테 말하고 싶어도 못 할 거 아냐."

나는 그렇게 말하는 커티스가 사랑스러워서 빙그레 웃었다. 하지만……

"코리하고 내 동생들은 살림을 도와줄 사람이 필요해. 아빠가 있을 땐, 난 열여덟 살이 되는 내년에 떠날 생각이었어. 그런데 지금은…… 모르겠어."

"어디로 가려고 했는데?"

"북쪽. 어쩌면 캐나다까지. 어쩌면 못 갈지도 모르고."

"너 혼자서?"

"응."

"왜?" 왜 혼자 가는데. 커티스는 그렇게 묻고 있었다.

나는 별일도 아니라는 듯이 어깨를 으쓱했다. "난 이곳을 나서기가 무섭게 살해당할지도 몰라. 굶어 죽을지도 모르고, 경찰한테 잡힐 수도 있어. 들개한테 잡아먹히거나 병에 걸릴지도 모르지. 어떤 일을 겪어도 이상하지 않을 거야. 난 이미 다 생각해봤어. 그중에 절반도 얘기하지 않은 거야."

"그래서 도와줄 사람이 필요한 거잖아!"

"그래서 아무한테도 청할 수가 없는 거야. 음식과 잘 곳, 그리고 얼마 안 되긴 하지만 아직 이 세상에 남아 있는 안전을 버리고 나와 함께 떠나자고는. 그저 북쪽을 향해 쭉 걷다가, 어딘가 멋진 곳에 도착하길 바라자는 말을. 내가 어떻게 너한테 그런 부탁을 하겠어?"

"그렇게 암담하지만은 않아. 먼 북쪽에 가면 일자리가 있을 거야."

"어쩌면. 하지만 사람들은 오래전부터 북쪽으로 꾸역꾸역 몰려갔어. 일자리가 부족하기는 그쪽도 마찬가지야. 주 경계선하고 국경은 닫혔고."

"남쪽엔 아예 아무것도 없잖아!"

"알아."

"그럼 코리하고 동생들은 무슨 수로 돌볼 건데?"

"글쎄. 우리도 뾰족한 수를 못 찾았어. 일단 지금까지 내가 생각한 방법은 전부 별로인 것 같아."

"네가 집을 떠나면 남은 식구들 앞으로 뭐든 조금씩 더 돌아가긴 하겠지."

"그럴지도. 하지만 커티스, 내가 어떻게 식구들을 두고 떠나겠어? 넌 네 가족을 버리고 그냥 가버릴 수 있어? 남은 식구들이 무슨 수로 살아갈지 알지도 못하는 채로?"

"가끔 그러고 싶을 때가 있어." 커티스가 말했다.

나는 그 말을 못 들은 척했다. 커티스는 형제인 마이클과 사이가 좋은 편은 아니지만, 우리 동네에서 가장 결속력이 강한 집을 꼽자면 십중팔구 커티스네 가족일 것이다. 그 집 식구 한 명을 건드렸다가는 온 가족을 다 상대해야 한다. 가족이 곤경에 처하면 커티스는 절대로 떠나지 못할 것이다.

"우리 당장 결혼하자." 커티스가 말했다. "둘이 같이 여기서 살면서 너희 집 형편이 나아질 때까지 돕자. 그런 다음에 우리끼리 떠나는 거야."

"지금은 안 돼." 내가 대답했다. "내가 보기에 당장은 어떤 일도 잘될 것 같지 않아. 모든 게 다 정상이 아니야."

"그럼 어쩔 건데? 나중에는 뭐가 정상으로 돌아올 것 같아? 세상이 정상이었던 적은 애초에 없어. 우린 그냥 꿋꿋이 사는 수밖에 없다고. 뭐가 어떻게 되든 간에."

뭐라고 대꾸해야 좋을지 알 수가 없어서, 나는 커티스에게 키스했다. 하지만 그 애의 정신을 딴 데로 돌려놓지는 못했다.

"난 이 암실이 지긋지긋해. 너랑 함께 있으려면 이렇게 숨어야 하는 것도, 이런 사이가 아닌 척 가장하는 것도 지긋지긋하고." 커티스는 잠시 입을 다물었다. "하지만 널 사랑하는 마음은 진심이야. 젠장! 차라리 널 사랑하지 않았으면 좋았을 거란 생각이 들 때도 있어."

"그런 생각은 하지 마." 내가 말했다.

커티스는 나에 관해 아는 게 거의 없으면서도 자기는 모르는 게 없다고 생각한다. 예를 들면, 나는 커티스한테 내 초공감을 밝힌 적이 한 번도 없다. 결혼하기 전에는 털어놔야 할 것이다. 만약 나중에 커티스가 스스로 알아차리면, 내가 자신을 믿지 않아서 그때껏 솔직하지 않았다고 여길 것이다. 게다가 초공감에 관해서는 밝혀진 사실도 별로 없다. 혹시 내가 아이를 낳으면 그 증후군도 유전될까?

그리고 지구종도. 커티스에게 그 이야기도 해야 한다. 과연 어떻게 생각할까? 내가 완전히 미쳤다고 생각할까? 그 애한테 털어놓을 수는 없다. 아직은.

"우린 너희 집에서 같이 살면 돼." 커티스가 말했다. "먹을 거리는 우리 부모님이 도와주실 거야. 잘하면 나도 어디든 취직할 수 있을 테고……."

"나도 너랑 결혼하고 싶어." 그 말을 하고 나서 망설이는 바람에 우리 둘 사이에는 완전한 침묵이 흘렀다. 내 입에서 그 말이 나오다니 믿을 수 없었지만, 그래도 사실이었다. 어쩌면 나는 그저 상실감에 시달렸을 뿐인지도 모른다. 키스, 아빠, 가필드네, 킨타니야 할머니까지…… 사람들이 너무나 덧없이 사라져갔다. 나는 나를 소중히 여겨줄 사람, 나를 두고 사라져버리지 않을 사람이 갖고 싶었다. 하지만 그렇다고 해서 내가 판단력을 다 잃어버린 건 아니었다.

"우리 집 형편이 나아지면 그때 결혼하자." 내가 말했다. "그땐 우리도 여길 떠날 수 있을 거야. 난 동생들이 잘 지낼지 어떨지, 그것만 알면 돼."

"어차피 결혼할 거면 왜 지금 하면 안 되는데?"

왜냐면 너한테 털어놔야 할 비밀이 있거든. 나는 속으로 생각했다. 그리고 혹시라도 네가 그 비밀을 알고서 나를 버리거나 내가 너를 버리고 싶게끔 굴 경우에, 이곳에 남아서 네가 다른 사람과 함께하는 걸 보고 싶지 않기 때문이기도 하고.

"지금은 안 돼. 날 기다려줘."

내 말에 커티스는 눈에 띄게 진저리가 난 표정으로 고개를 가로저었다. "내가 지금까지 해온 건 뭐라고 생각하는데?"

크리스마스이브다.

어젯밤, 페인과 패리시 남매의 집에 누가 불을 질렀다. 동네 사람들이 불을 끄려고, 더 크게 번지지 않도록 애쓰는 사이에 다른 세 집에 도둑이 들었다. 그중 한 곳은 우리 집이었다.

도둑은 우리가 가게에서 산 식재료를 모조리 털어갔다. 밀가루, 설탕, 통조림, 가공식품까지……. 심지어 라디오도 들고 갔다. 우리 집에 한 대밖에 안 남은 라디오인데. 황당한 사실은, 우리가 잠자리에 들기 전까지 라디오로 듣던 삼십 분짜리 뉴스 프로그램에서 마침 점점 늘어나는 방화 사건에 관해 보도했다는 것이다. 사람들은 범죄를 감출 목적으로 점점 더 많이 불을 질렀다. 요즘 같은 때에 굳이 왜 그런 번거로운 짓을 하는지 나로서는 잘 이해가 안 간다. 지금은 경찰이 범죄자들에게 어떤 위협도 되지 않는 시절인데. 사람들은 또 어제 방화범이 한 것과 같은 짓을 하려고 불을 지른다. 불난 집의 이웃이 문도 잠그지 않은 채 자기네 집을 비우고 대피하는 상황을 만들려는 것이다. 때로는 자기 마음에 안 드는 사람을 없애버리려고 불을 지르기도 하는데, 그 대상에는 개인적인 앙숙부터 외모나 말씨가 외국 출신으로 보이는 사람, 또 인종이 다른 사람까지 포함된다. 어떤 사람들은 좌절하거나 분노하거나 절망했기 때문에 불을 지르기도 한다. 그런 사람들에게는 자기 삶을 더 행복하게 만들 힘은 조금도 없지만, 남의 삶을 더 비참하게 만들 힘은 있다. 그리고 자신이 가진 힘을 스스로에게 입증하는 유일한 방법은 그 힘을 사용하는 것이다.

별명이 무려 열 개가 넘는 '불을 지르고 싶어지는 마약' 때문이기도 하다. 블레이즈, 푸에고, 플래시, 선파이어……. 가장 흔하게 불리는 이름은 '파이로pyro'다. 방화광을 뜻하는 단어 '파이로마니아pyromania'를 줄인 별명이다. 이름은 여럿이지만 결국 똑같은 약이고, 사람들 사이에 그게 퍼진 지도 꽤 됐다. 키스의 말처럼 그 마약은 점점 더 인기를 끄는 중이다. 그 약을 하면 일렁거리는 불길의 모양을 지켜보는 일에서 섹스보다 더 강렬하고 오래가는 황홀경을 느끼게 된다. 내 친엄마가 사용한 마약 '파라세트코'가 그랬듯이, 파이로 또한 신경계를 엉망으로 만들어버린다. 하지만 파라세트코가 원래 알츠하이머병 치료제로 개발된 합법적인 약물이라면, 파이로는 우연의 산물이다. 그건 아마추어의 작품이었다. 길거리에서 팔리는 값비싼 마약을 가정집 지하실에서 합성하다가 우연히 나온 것이다. 발명자는 아주 사소한 화학적 실수를 저질렀다가 파이로를 만들어냈다. 그 사건은 동부 해안지대에서 일어났는데, 그 직후 크고 작은 무차별 방화 사건이 급증했다.

파이로는 잠재력에 걸맞은 규모의 피해는 아직 일으키지 않은 채 서부까지 전해졌다. 이제 파이로는 점점 더 크게 인기를

_끄_는 중이다. 그리고 짚단처럼 건조한 이곳 캘리포니아 주 남부에서라면, 파이로는 진짜 불지옥을 만들어낼지도 모른다.

"세상에." 라디오 프로그램이 끝났을 때, 코리는 그렇게 말했다. 그러고는 소곤거리듯 나지막한 목소리로 〈요한계시록〉에 나오는 구절을 중얼거렸다. "무너졌다. 무너졌다. 큰 도시 바빌론이 무너졌다. 바빌론은 귀신들의 거처가 되고……."

그 '귀신들'이 페인과 패리시 남매 집에 불을 질렀다.

새벽 2시경, 나는 땡그랑거리는 종소리에 잠에서 깼다. 비상사태! 지진일까? 화재? 침입자?

하지만 땅은 흔들리지 않았고, 낯선 소음도 안 들렸고, 연기도 안 보였다. 무슨 일인지는 몰라도 우리 집에서 일어난 일은 아니었다. 허겁지겁 옷을 걸치고 비상 배낭을 들까 하는 생각을 아주 잠깐 하다가 그냥 놔뒀다. 배낭은 이불과 헌 옷 보따리에 섞인 채로 벽장에 무사히 숨겨져 있었다. 혹시 배낭이 필요한 상황이면 방에 돌아와서 재빨리 낚아채면 그만이었다.

나는 어떻게 대응해야 할지 보려고 바깥으로 나갔다가, 무슨 일인지 대번에 알아차렸다. 페인과 패리시 남매 집이 불길에 휩싸여 활활 타고 있었다. 근무중이던 순찰대원 한 명이 그때까지도 경보를 울리고 있었다. 이 집 저 집에서 사람들이 뛰어나왔다. 내가 그랬듯 다들 패리시네 집이 거의 다 불타버린 광경을 틀림없이 봤을 것이다. 이웃들은 벌써부터 그 집 양옆 두 집에 물을 뿌리느라 바빴다. 까마득히 나이가 많은 아름드리 떡갈나무 한 그루에도 불이 붙었다. 불붙은 나뭇잎과 잔가지가 잔잔하게 부는 바람을 타고 소용돌이를 그리며 허공에 떠오르더니, 사방으로 퍼져나갔다. 나는 사람들 속에 섞여 땅바닥의 불씨를 밟아 끄고 물을 뿌렸다.

페인네 가족은 어디 있었을까? 워델 패리시는? 소방서에 신고한 사람이 있기는 할까? 어쨌거나 그곳은 불타는 차고가 아니라 사람들이 한가득 모여 사는 집이었는데.

나는 동네 사람 몇 명에게 혹시 누가 소방서에 신고를 했느냐고 물어봤다. 케일라 탤컷이 자기가 했다고 말했다. 나는 고마움과 부끄러움을 동시에 느꼈다. 만약 아빠가 살아 계셨다면 굳이 물어볼 필요도 없었다. 우리 식구가 대번에 신고했을 테니까. 이제 우리는 소방차를 부를 형편이 못 된다.

페인네 식구를 본 사람은 아무도 없었다. 워델 패리시는 애니스네 집 마당에 있었다. 마침 코리와 내 동생 베넷이 담요를 덮어주는 중이었다. 워델은 말하기도 힘들 정도로 심하게 기침을 해댔고, 옷은 달랑 잠옷 바지만 걸치고 있었다.

"이 사람 괜찮아요?" 내가 물었다.

"연기를 너무 많이 마셔서 그래." 코리가 말했다. "그나저나 누가 신고를 좀……."

"케일라 탤컷이 소방서에 신고했대요."

"다행이구나. 하지만 소방차가 들어오게 정문을 열어줄 사람이 없는데."

"제가 갈게요." 나는 그대로 출발하려고 돌아섰지만, 코리가 내 팔을 잡았다.

"다른 식구들은?" 코리가 물었다. 페인네 가족 얘기였다.

"나도 몰라요."

코리는 고개를 끄덕이고 내 팔을 놔줬다.

정문으로 가는 길에 앨릭스 몬토야의 열쇠를 빌렸다. 그가 정문 열쇠를 늘 주머니에 넣고 다니는 것처럼 보였기 때문이다. 내가 열쇠를 챙기러 집에 가지 않은 것, 도둑을 막으려다 죽었을지도 모르는 상황을 피한 것은 앨릭스 덕분이었다.

소방관들은 딱히 서두르는 기색도 없이 도착했다. 나는 소방차를 들여보내고 정문을 잠근 다음, 그들이 불 끄는 광경을 구경했다.

페인네 가족을 목격한 사람은 아무도 없었다. 우리는 그 집 식구들이 끝내 빠져나오지 못했을 거라 추측할 뿐이었다. 코리는 워델 패리시를 우리 집으로 데려가려 했지만, 워델은 죽었든 살았든 쌍둥이 누이와 그 자녀들을 찾기 전에는 꼼짝도 않겠다고 버텼다.

불이 거의 다 꺼졌을 무렵, 경보가 다시 울리기 시작했다.

모두 주위를 두리번거렸다. 해리의 엄마인 캐럴라인 볼터가
경보용 종을 밀고 당기며 악을 쓰고 있었다.

"침입자예요!" 캐럴라인이 외쳤다. "도둑이라고요! 이 집 저
집 다 털렸어요!"

그 말에 우리는 생각할 겨를도 없이 각자 집을 향해 우르르
달려갔다. 워델 패리시는 우리 식구들을 따라왔다. 여전히 쿨
룩거리고 쌕쌕거리는 몰골이었지만 쓸모가 없기는, 다시 말해
무기가 없기는 우리 식구들도 마찬가지였다. 그렇게 무턱대고
집에 뛰어들었다가는 도둑들에게 살해당할 수도 있었다. 하지
만 우리는 운이 좋았다. 우리가 시끄럽게 소란을 피운 덕에 도
둑들이 겁을 먹고 달아난 것이다.

도둑들은 우리 집의 식재료와 라디오뿐 아니라 아빠가 남긴
연장과 자재도 조금 훔쳐갔다. 못, 철사, 나사, 볼트, 대강 그런
것들이었다. 전화기나 컴퓨터처럼 아빠 서재에 있는 물건에는
손을 대지 않았다. 사실 도둑들은 서재에 아예 들어가지도 못
했다. 아마 우리 집을 다 뒤지기 전에 요란한 소리에 겁을 먹
고 달아난 모양이었다.

도둑들은 코리 방에 들어가 옷과 신발을 훔쳤지만, 동생들
방과 내 방은 건드리지 않았다. 현금도 조금 가져갔다. 코리가
'부엌 비상금'으로 부르는 돈이었다. 코리는 그 돈을 세제 통
에 넣어 부엌에 숨겨뒀다. 그런 것을 훔쳐갈 사람은 없을 거라

믿으면서. 사실 도둑들은 그 통에 든 것이 세제가 아닌 줄 알지도 못한 채 그냥 중고로 팔 생각에 훔쳤는지도 모른다. 그 정도로 끝나서 차라리 다행이었다. 부엌 비상금은 사소한 비상시에 쓰려고 1천 달러 정도만 떼어둔 돈이었으니까.

도둑들이 찾지 못한 나머지 돈 일부는 우리 집 레몬나무 옆에 묻어뒀고, 다른 일부는 집에 남은 총 두 정과 함께 코리의 벽장 안쪽 바닥 밑에 숨겨뒀다. 아빠는 갖은 수고를 다한 끝에 일종의 바닥 금고를 만들었는데, 이 금고는 잠그는 기능이 없는 대신 낡은 서랍장과 깔개 밑에 감쪽같이 숨겨져 있었다. 서랍장은 여기저기서 모은 자투리 천, 단추, 지퍼, 후크 같은 바느질 재료로 가득하다. 서랍장 자체는 한 손으로도 거뜬히 옮길 만큼 가벼웠다. 서랍장을 제대로 밀면 벽장 한쪽 끝에서 반대쪽 끝까지 움직이기 때문에 단 몇 초 만에 총과 돈을 챙길 수 있다. 집을 뒤질 시간이 충분했다면 그 정도의 은닉 수법은 통하지 않았겠지만, 우리 집에 든 도둑들한테는 통했다. 그들은 서랍 몇 개를 바닥에 팽개쳐놨지만 서랍장 아래까지 뒤질 생각은 하지 못했다.

도둑들은 코리의 재봉틀은 빼놓지 않고 챙겨갔다. 조그맣고 튼튼하고 오래된 그 재봉틀은 전용 가방까지 딸린 물건이었다. 가방과 재봉틀, 둘 다 사라지고 없었다. 정말이지 가슴이 미어지는 듯했다. 코리도 나도 그 재봉틀을 돌려 식구들 옷을 짓고, 고치고, 기웠으니까. 잘하면 재봉틀로 적게나마 돈을 벌수 있을 거라는 생각도 해봤다. 동네 이웃에게서 바느질거리를 받는 식으로. 이제 재봉틀은 사라졌다. 식구들 옷은 손바느질로 해결해야 한다. 전보다 시간도 훨씬 오래 걸릴 테고, 전에 입던 옷처럼 말쑥하지도 않을 것이다. 아쉽고 슬펐다. 하지만 죽을 정도는 아니다. 코리는 재봉틀을 잃었다는 생각에 엉엉 울었지만, 우리는 재봉틀 없이도 거뜬히 버틸 것이다. 코리는 그저 연이어 터지는 일 때문에 기운이 빠졌을 뿐이다.

우리는 적응할 것이다. 그래야만 한다. 변화가 곧 하느님이니까.

그 생각을 하면 얼마나 기운이 솟는지, 참 신기하다.

커티스 탤컷이 방금 내 방 창가에 들러서 얘기해줬는데, 소방관들이 페인과 패리시 남매 집의 잿더미에서 불탄 시체와 뼈를 발견했다고 한다. 경찰도 도착해서 절도 사건과 증거가 명백한 방화 사건을 조사하는 중이라고 한다. 나는 코리에게 그 이야기를 들려줬다. 코리는 워델에게 직접 말을 전하거나 경찰을 통해 듣도록 할 것이다. 지금 워델은 우리 집 소파에 누워 있다. 잠든 것 같지는 않다. 늘 눈엣가시 같은 사람이었지만, 지금은 짠하다는 마음이 든다. 집을 잃고 가족도 잃었으니까. 워델은 외톨이로 살아남았다. 그건 어떤 기분일까?

얼마나 오래갈지는 모르지만, 또 내가 보기에는 합법적인 방법을 쓴 것 같지도 않지만, 아빠가 오랫동안 맡았던 일의 일부가 이제 코리 몫이 됐다. 아빠가 가르치던 수업을 이제 코리가 가르치게 된 것이다. 코리는 집에 이미 연결해놓은 컴퓨터를 이용해 숙제를 내고, 과제물을 받고, 전화와 컴퓨터로 이루어지는 원격회의에도 참석할 것이다. 아빠의 업무 가운데 행정적인 부분은 추가 보수를 탐내는 사람, 또 한 달에 한두 번 이상 대학교에 기꺼이 들를 사람이 처리할 예정이다. 마치 아빠가 지금도 교직에 있지만 가르치는 것 외 다른 의무는 포기한 것 같은 상황이다.

코리는 간청하고 애원하고, 울고 설득하고, 연줄과 친구를 모조리 동원한 끝에 일을 성사시켰다. 대학교 사람들은 코리를 안다. 코리도 대학교에서 학생들을 가르쳤기 때문이다. 베넷을 낳기 전, 집안일을 도맡아야 할 필요를 느끼고 동네 아이들을 모아 우리 집 거실에 학교를 열기 전에 말이다. 아빠는 코리가 일을 그만두는 데 대찬성이었다. 코리가 장벽 바깥으로 출퇴근을 하며 온갖 위험에 노출되는 것이 싫어서였다. 동네 사람들은 아이 한 명당 얼마씩 수업료를 냈지만 얼마 되지 않는 돈이었다. 그걸로 가족을 부양하기란 불가능했다.

이제 코리는 다시 장벽 바깥에 나가야 한다. 나갈 때 따라와

서 호위해줄 남자 어른과 청년은 이미 구하는 중이다. 일자리가 없는 남자는 동네에 잔뜩 있기 때문에, 얼마 안 되는 급료로 그런 사람을 쉽게 구할 것이다.

이제 며칠만 있으면 새 학기가 시작되고, 코리는 아빠의 일을 맡아서 할 것이며, 코리의 일은 내가 맡는다. 거실 학교는 코리의 도움과 조앤과 해리의 할아버지인 러셀 도리의 도움을 받아 운영할 것이다. 러셀 할아버지는 예전에 고등학교 수학 선생님이셨다. 은퇴한 지는 오래됐지만 지금도 지혜가 번득이는 분이다. 나는 할아버지의 도움까지 필요하다고는 생각지 않지만 코리 생각은 나와 다르다. 또 할아버지도 도와주시겠다고 하니까 그냥 그렇게 하기로 했다.

설교를 비롯해 아빠가 교회에서 하던 일은 앨릭스 몬토야와 케일라 탤컷이 맡아주기로 했다. 목사 안수는 둘 중 아무도 안 받았지만, 둘 다 일찍이 아빠 대신 예배를 맡아준 경험이 있다. 둘 다 동네와 교회에서 말발이 서기도 하고. 그리고 물론, 두 사람 다 성서를 잘 안다.

우리는 이런 식으로 살아남아 함께 버틸 것이다. 이 방법은 통할 것이다. 얼마나 오래갈지는 나도 모르지만, 그래도 당장은 통할 것이다.

워델 패리시는 결국 자기 일족에게 돌아갔다. 그가 쌍둥이 누이와 함께 심스 부인네 집을 상속받기 전까지 함께 살던 가족에게 돌아간 것이다. 워델은 누이와 조카들이 화재로 모조리 죽고 나서 쭉 우리 집에 머물렀다. 코리는 워델에게 아빠의 옷을 입으라고 줬지만, 워델에게는 너무 컸다. 커도 너무 컸다.

워델은 멍하니 돌아다닐 뿐 말도 하지 않고, 뭘 눈여겨보지도 않고, 식사도 제대로 하지 않았다. 그러다 어제는 꼭 어린 애처럼 이렇게 말했다. "나 집에 갈래. 여기 못 있겠어. 나 여기 싫어. 다들 죽었어! 나 집에 가야 돼."

그래서 오늘 와이엇 탤컷과 마이클, 커티스가 함께 워델을 집까지 바래다줬다. 불쌍한 사람. 고작 일주일 사이에 폭삭 늙어버리다니. 워델이 그리 오래 살 것 같지는 않다.

Parable of the Sower

2027년

우리는 지구종. 우리는 육신. 스스로를 잘 알고, 탐구하고, 문제를 해결하는 육신. 우리는 지구 생명 가운데 하느님의 모습을 가장 잘 알고 똑같이 빚을 줄 아는 부류. 우리는 성숙해가는 지구 생명, 부모 행성에서 떨어져 나올 준비를 하는 지구 생명. 우리는 새 땅에 뿌리 내릴 준비를 하는 지구 생명, 스스로의 사명을, 약속을, 숙명을 다하는 지구 생명.

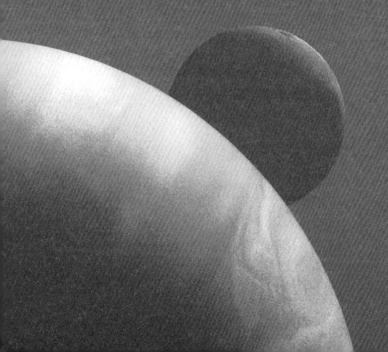

제14장

스스로의 잿더미에서
날아오르려면
불사조는
반드시
먼저
불타야 한다.

— 《지구종: 산 자들의 책》에서

2027년 7월 31일 토요일 오전

어젯밤, 내가 탈출하면서 본 우리 동네는 불타고 있었다. 집
도, 나무도, 사람들도. 활활 탔다.

연기 냄새를 맡고 잠에서 깬 나는 소리를 지르며 거실을 지나 코리와 동생들에게 뛰어갔다. 코리는 동생들을 데리고 바깥으로 향했고, 나는 옷가지와 비상 배낭을 챙겨들고 그 뒤를 따랐다.

비상경보는 전혀 울리지 않았다. 순찰대원들은 분명 비상벨에 손을 뻗지도 못한 채 죽었을 것이다.

사방이 혼돈의 도가니였다. 사람들은 달아나며 비명을 지르고 총을 쐈다. 정문이 부서져 있었다. 동네에 쳐들어온 패거리가 낡은 트럭을 몰고 와 그대로 들이받은 탓이었다. 분명 정문을 부술 목적으로 훔친 트럭이었을 것이다.

내 생각엔 틀림없이 파이로 중독자들이었다. 다들 머리카락을 박박 밀고 머리와 얼굴, 손에 색칠을 했으니까. 빨간 얼굴. 파란 얼굴. 초록 얼굴. 악을 지르는 입. 열기와 광기에 들뜬, 불빛을 받아 번들거리는 눈.

그들은 우리에게 총을 쏘고, 쏘고 또 쐈다. 비명을 지르며 달아나는 내털리 모스가 보였다. 내털리의 상반신이 뒤로 확 젖혀졌다. 얼굴의 절반이 날아갔는데도 몸은 여전히 앞으로 가려고 허우적거렸다. 내털리는 이내 똑바로 눕듯이 쓰러지더니 다시는 움직이지 않았다.

나는 내털리와 공감했다. 내털리의 죽음에 사로잡히고 말았다. 나는 그 자리에 드러누워 몽롱한 상태에 빠진 채 몸을 움직이려고, 일어나려고 안간힘을 썼다. 코리와 동생들은 나보다 앞서 달아난 탓에 내 상태를 전혀 눈치채지 못했다. 다들 냅다 달아나기 바빴다.

나는 몸을 일으켰다. 그러고는 주위를 더듬거려 비상 배낭을 찾아들고는 뛰기 시작했다. 주위에서 벌어지는 일은 보지 않으려고 애썼다. 총소리와 비명이 들렸지만 발을 멈추지 않았다. 에드윈 던의 시체가 보여도 멈추지 않았다. 몸을 숙여 던의 권총을 주워 들고 계속 뛰었다.

누가 근처에서 악을 지르더니, 내게 달려들어서는 나를 붙잡고 쓰러졌다. 나는 겁에 질린 나머지 반사적으로 권총의 방아쇠를 당겼고, 상대가 느낄 끔찍한 충격을 내 배로 함께 받아냈다. 초록색 얼굴이 보였다. 입을 헤 벌리고 눈을 휘둥그레 뜬, 총상의 고통을 아직 완전히 느끼지는 못하는 얼굴이었다. 나는 그 남자를 한 번 더 쐈다. 그가 고통을 느끼면 그 고통 때문에 나도 꼼짝 못 하리라는 생각에 겁이 났다. 그 남자는 한참이 지나서야 숨이 끊어졌던 것 같다.

다시 몸을 움직일 수 있게 됐을 때, 나는 내 위에 널브러진 남자의 시체를 치웠다. 그런 다음 일어나서 권총을 꽉 쥔 채 부서진 정문을 향해 달렸다.

장벽 바깥의 어둠에 섞이는 것이 가장 좋은 방법이었다. 그 어둠 속에 숨는 것이.

나는 듀런트 로드를 벗어나 메러디스 스트리트를 따라 달렸다. 화재를 피해서, 또 총격을 피해서. 코리와 동생들은 그만 놓치고 말았다. 식구들은 시내 중심부가 아니라 산 쪽으로 갔을 듯싶었다. 어느 쪽이나 위험하기는 마찬가지지만 사람이 많은 곳은 더 위험하게 마련이니까. 밤중에 아이 셋을 데리고 다니는 여자라니, 어떤 이들에게는 음식과 돈과 섹스가 함께 담긴 선물 바구니로 보일지도 몰랐다.

산을 향해 북쪽으로. 캄캄한 길거리를 지나, 가까운 언덕과 산이 별빛을 가린 저 북쪽으로.

그리고 그다음은?

글쎄. 뾰족한 수가 떠오르지 않았다. 캄캄할 때 장벽 바깥에 머물기는 처음이었으니까. 목숨을 유지할 방법은 주의 깊게 소리를 듣는 것뿐이었다. 어떠한 움직임이든 내게 너무 가까워지기 전에 기척을 알아챌 것, 별빛에 의지해 보이는 데까지 볼 것, 그러는 동안 힘닿는 데까지 정적을 유지할 것.

나는 보면서 또 들으면서 차도 중앙을 따라 걸었고, 그러는 한편으로 노면에 팬 구멍과 아스팔트 덩어리를 피하려 애썼다. 다른 쓰레기는 거의 없었다. 불이 붙을 만한 것은 모조리 땔감으로 썼으니까. 재활용하거나 팔 만한 것도 죄다 주워갔다. 코리가 전에 해준 말이 있다. '빈곤 덕분에 길거리가 더 깨끗해졌단다.'

코리는 어디에 있을까? 동생들을 데리고 어디로 갔을까? 다들 무사할까? 동네에서 탈출하기는 했을까?

나는 걸음을 멈췄다. 동생들이 아직 동네에 남아 있을까? 커티스는? 커티스의 그림자도 보지 못했지만, 혹시라도 이 난리통에 살아남을 사람이 있다면 다름 아닌 탤컷 가족이었다. 하지만 우리는 서로를 찾을 방법이 없었다.

소리가 났다. 발소리. 사람 둘이 달리면서 내는 발소리였다. 나는 있던 자리에 가만히 서서 얼어붙은 듯 꼼짝도 하지 않았다. 내 쪽으로 관심을 끌 만한 갑작스러운 동작은 전혀 하지 않았다. 저 사람들은 이미 나를 발견했을까? 내가 보이기는 할까? 나는 주위의 어둠보다 더 검은 형상이지만, 그런 나를 빼면 이 거리는 텅 비어 있었다.

소리는 내 뒤쪽에서 들려왔다. 가만히 들어보니 누가 멀찍이 떨어진 한쪽 구석으로 다가가다가, 그곳을 그대로 지나치는 모양이었다. 두 사람이 골목길을 달려가는 중이었다. 자신들의 발소리에 신경 쓸 겨를도 없이, 여자처럼 보이는 이 어두운 형상에도 아랑곳없이.

나는 입으로 숨을 내쉬고 다시 입으로 숨을 들이쉬었다. 그렇게 하면 소리를 더 작게 내면서 숨을 더 깊이 쉴 수 있다. 불바다가 된 동네와 고통받는 이웃들에게 돌아갈 수는 없는 노릇이었다. 만약 코리와 동생들이 여태 그곳에 있다면 죽었거나 죽느니만 못한 상태, 즉 침입자들에게 붙잡힌 상태일 터였다. 하지만 식구들은 나보다 먼저 대피했다. 틀림없이 바깥으로 피신했으리라는 생각이 들었다. 코리는 동생들이 나를 찾으러 집으로 돌아가도록 놔둘 사람이 아니니까. 우리 동네였던 곳의 하늘이 이글거리는 불로 환하게 물들어 있었다. 코리가 동생들을 데리고 빠져나왔다면, 뒤를 한번 돌아보기만 했어도 다시 돌아가면 안 된다는 것을 알았을 테다.

코리가 스미스앤드웨슨 리볼버를 챙겼을까? 그 총과 탄약두 상자가 차라리 내 손에 있었으면 하는 생각이 들었다. 내무기는 배낭에 든 칼과 에드윈 던의 시체 옆에서 주운 낡은45구경 자동권총뿐이었다. 탄약은 탄창에 남은 것이 다였다. 행여나 탄창이 비어 있지 않다면 말이다. 나는 그 권총을 잘알았다. 탄창에 일곱 발이 들어갔다. 쏴본 적도 두 번이나 있다. 에드윈 던은 쓰러지기 전에 총을 몇 번이나 쐈을까? 날이밝고 나서야 탄약이 몇 발 남았는지 확인할 엄두가 날 것 같았다. 배낭에 손전등이 있지만, 내가 표적이 되지 않으리란 확신이 없는 한 불을 켤 생각은 없었다.

낮에는 주머니에 권총을 넣어 불룩하게 하고 다니는 것만으로 충분하다. 그걸 본 사람들은 강도질이나 강간을 하려고 내게 덤비지 않을 것이다. 하지만 밤에는 푸르스름한 권총을 꺼내 들고 있어도 거의 보이지 않는다. 탄약이 없다면 기껏해야

몽둥이로밖에 쓰지 못할 물건이었다. 그리고 그걸로 누굴 때리는 순간, 나는 나 자신도 함께 때리는 셈이었다. 무슨 이유에서든 싸움 도중 의식을 잃었다가는 목숨은 건진다 해도 빈털터리가 될 게 뻔했다. 오늘 밤 나는 숨어야만 하는 신세였다.

그러다 날이 밝으면 온 힘을 다해 허세를 떨어야 한다. 웬만한 사람은 내 총이 장전되었는지 확인할 목적으로 자신에게 쏴보라고 윽박지르지 않을 듯싶었다. 병원 갈 돈이 없는 길거리 부랑자에게는 사소한 상처가 치명상이 되기도 하니까.

이제 나도 어엿한 길거리 부랑자다. 나보다 더 형편이 어려운 사람도 있겠지. 하지만 나는 집도 없고, 외톨이에다가, 책은 잔뜩 읽었지만 세상 물정에는 까막눈이다. 동네에서 온 사람과 만나면 또 모를까, 이 바깥에 내가 마음 놓고 신뢰할 사람은 아무도 없다. 내 뒤를 봐줄 사람이 아무도 없다는 말이다.

산까지는 약 5킬로미터. 달빛에 물든 뒷골목을 걸으며, 나는 무슨 소리가 들리는지 귀를 쫑긋 세우고서 주위를 두리번거렸다. 손에는 총을 쥔 채였다. 총은 계속 그렇게 들고 있기로 마음먹었다. 그리 멀지 않은 곳에서 들개들이 싸우는지 컹컹대고 으르렁대는 소리가 들렸다.

식은땀이 났다. 살면서 그렇게 겁이 난 적은 처음이었다. 하지만 아무도 나를 공격하지 않았다. 아무도 나를 찾지 못했다.

산까지 다 가지는 않았다. 메러디스 스트리트 끄트머리까지 몇 블록 남은 곳에서 불에 타 벽이 무너진 집을 발견했다. 들개가 무서운 나머지 길을 가면서도 한편으로는 몸을 피할 곳을 계속 찾은 것이다.

그 집은 폐허였다. 그것도 약탈당한 폐허였다. 손전등을 켜든 안 켜든 그곳에 들어서는 것은 위험한 짓이었다. 마치 꼿꼿하고 시커먼 뼈를 모아 지붕 없이 세운 집 같았다. 그런데 집 자체가 지면에서 떨어져 있었다. 콘크리트 계단 다섯 칸을 올라가면 한때는 포치였을 법한 곳이 나오는 구조였다. 분명 집 아래에 길이 있을 듯싶었다.

만약 그 아래에 다른 사람들이 있다면?

나는 집 주위를 빙 돌아 걸으며 소리에 귀를 기울이고, 뭐가 보이는지 주의 깊게 살폈다. 그러다가 집 아래로 기어드는 모험 대신, 집에 딸린 차고 잔해에 머무는 정도로 만족하기로 했다. 차고 한쪽 귀퉁이는 아직 무너지지 않고 서 있었다. 그 앞에 쌓인 돌무더기는 불빛을 밝히지 않으면 내 몸 하나는 너끈히 숨길 만큼 커다랬다. 혹시 기습당하거나 해도 집 아래에서 기어나오는 것보다는 차고에서 뛰어나오는 쪽이 더 빨랐다. 차고의 콘크리트 바닥 또한 내 몸무게를 못 이겨 주저앉을지 모르는 집 안 나무 바닥보다 더 튼튼해 보였다. 내게 허락된 피난처 중에는 그곳이 가장 훌륭했고, 나는 기진맥진한 상태였다. 잠들 자신은 없었지만 어쨌거나 쉬어야만 했다.

그렇게 아침이 밝았다. 이제 어떡해야 할까? 조금은 눈을 붙였지만 자꾸만 흠칫 놀라 잠에서 깨곤 했다. 온갖 것들이 내는 소리가 나를 깨웠다. 바람, 쥐, 벌레, 그다음은 다람쥐, 거기다 새까지……. 푹 쉰 기분은 들지 않아도 피곤은 조금 가신 듯했다. 그럼 이제 어떡한다?

우리는 왜 장벽 바깥에 집합 장소를 미리 정해두지 않았을까. 재난이 일어난 후 식구들이 모일 곳을 정해야 했는데. 아빠한테 그렇게 하자고 말한 건 기억나지만 아빠는 아무 조치도 하지 않았고, 나 역시 그 생각을 실천해야 했건만 끝까지 밀어붙이지 않았다. (미숙한 하느님 빚기. 예지가 부족한 탓이다.)

이제 어떡하면 좋지!

집에 가야 한다. 돌아가고 싶지 않다. 생각만 해도 겁이 나 죽을 것 같다. 집. 고작 이 한 글자를 쓰는 데만도 한참이 걸렸다. 하지만 동생들이 어떻게 됐는지 알아야 한다. 코리와 커티스가 무사한지도. 혹시라도 그들이 다치거나 누구한테 붙잡혔다면 어떻게 도와야 할지 모르겠다. 동네로 돌아갔을 때 무엇이 기다리고 있을지도 모르겠다. 얼굴에 색칠을 한 패거리가 더 몰려왔을까? 경찰이 출동했을까? 어느 쪽이든 곤란하다. 경찰이 와 있다면 동네에 들어서기 전 총을 감춰야 한다. 얼마 안 되는 비상금도 마찬가지다. 분위기가 뒤숭숭할 때 총을 들고 돌아다니다가 경찰 눈에 띄면 원치 않는 관심을 잔뜩 받는 수가 있다. 다만, 총이 있는 사람은 누구나 소지하고 다닌다. 비결은 소지하고 있다는 사실을 들키지 않는 것이다.

한편, 얼굴에 색칠을 한 패거리가 아직 남아 있다면 동네에 아예 들어가지 말아야 한다. 파이로와 불에 취한 상태가 얼마나 오래 갈까? 뭐든 다 신나게 훔치고 어쩌면 사람까지 몇 명 더 죽였을 텐데, 아직 현장을 떠나지 않고 있을까?

뭐가 어떻게 됐든 상관없다. 나는 가서 확인해야 한다.

집으로 돌아가야 한다.

2027년 7월 31일 토요일 저녁

글을 써야 한다. 그것 말고는 할 일이 생각나지 않는다. 다른 사람들은 자고 있지만, 날은 아직 저물지 않았다. 아무리 자려고 해도 잠이 오지 않아서 불침번을 서는 중이다. 가슴이 하도 조마조마해서 미칠 것만 같다. 그렇다고 울 수는 없다. 벌떡 일어나 냅다 달리고 또 달려서…… 모든 것에서 달아나고 싶다. 하지만 무엇에서도 달아날 수 없다.

글을 써야 한다. 내게 남은 익숙한 것은 오로지 글쓰기뿐이다. 변화가 곧 하느님이다. 나는 하느님이 밉다. 나는 글을 써야 한다.

동네에 돌아와 살펴보니 몇몇 집이 다른 집보다 심하게 탔다 하는 차이일 뿐, 불타지 않은 집은 한 채도 없었다. 경찰이나 소방차가 왔는지는 알 길이 없다. 설령 왔다 해도 내가 도착했을 때는 이미 사라지고 없었다. 동네는 완전히 무방비 상태였고 약탈자들이 사방에 돌아다녔다.

나는 정문 앞에 우두커니 서서, 검게 타 뼈대만 남은 이웃집을 낯선 사람들이 뒤지고 다니는 광경을 멍하니 바라봤다. 집의 잔해에서는 여전히 연기가 피어올랐지만 남녀노소 모두가 달려들어 잿더미를 파헤치고, 나무에서 열매를 따고, 시신의 옷을 벗기고, 방금 막 주운 물건을 놓고 말싸움이나 주먹다짐을 벌이고, 옷가지나 보따리에 이것저것 쑤셔 담았다. 그런데 그 사람들은 도대체 누구였을까?

나는 주머니에 손을 넣어 탄약이 네 발 남은 것을 확인하고, 권총을 쥐고서 정문으로 들어섰다. 밤새 흙과 재에 누워 있었던 탓에 몰골이 꾀죄죄했다. 남들 눈에 띄지는 않을 듯싶었다.

듀런트 로드를 걷다가 시야가 탁 트인 지점에 이르렀을 때, 애니스네 집 잔해를 뒤지는 여자 셋을 봤다. 그들은 깔깔 웃으며 목재와 석회 덩어리를 사방에 집어던졌다.

샤니 애니스와 딸들은 어디 있을까? 샤니의 자매들은?

나는 동네를 걸으면서 구더기 같은 인간들은 못 본 척 무시하고, 내가 어릴 적부터 알던 사람을 몇 명이라도 찾으려고 애

썼다. 죽은 사람은 눈에 띄었다. 에드윈 던은 내가 그의 총을 주운 곳에 그 모습 그대로 쓰러져 있지만, 이제는 셔츠도 신발도 벗은 모습이었다. 옷에 달린 주머니는 모조리 바깥으로 뒤집혀 있었다.

온 땅에 재투성이 시체가 가득 널브러져 있는데, 몇몇은 불타거나 자동화기에 난사당해 몸이 반쯤 날아간 상태였다. 거리 이곳저곳에 고인 피는 다 마르거나 거의 말라 있었다. 남자 둘이 동네 비상경보용 종을 떼어내는 중이었다. 밝고 투명한 이른 아침 햇살 때문에 그 모든 광경이 왠지 덜 현실적이고 더 악몽같이 느껴졌다. 나는 우리 집 앞에 멈춰 서서 어른 다섯과 아이 한 명이 잔해를 뒤지는 광경을 응시했다. 남의 불행을 틈타 자기 욕심을 채우는 이 인간들은 누굴까? 불이 난 걸 보고 몰려들었을까? 이게 길거리 부랑자들이 사는 방식일까? 시체를 찾아 옷을 벗길 생각에 들떠서 화재 현장으로 달려가는 게?

우리 집 앞쪽 포치에 얼굴을 초록색으로 칠한 시체가 있었다. 계단을 올라가 그 남자를 내려다보니…… 여자였다. 그 초록색 얼굴은 여자였다. 키가 크고 늘씬하고 머리를 박박 밀었지만, 여자였다. 그 여자는 무엇을 위해 죽었을까? 이게 다 무엇을 위한 일일까?

"건드리지 마." 웬 여자가 코리의 신발 한 켤레를 손에 들고 내 앞으로 성큼성큼 다가왔다. "그 여잔 우리 모두를 위해 죽었어. 그러니까 건드리지 마."

다른 인간을 죽이고 싶다는 생각이 그토록 강하게 든 것은 처음이었다. "내 앞에서 당장 꺼져." 나는 목소리도 높이지 않고 그렇게 말했다. 그때 표정이 어땠는지는 나도 모르지만, 도둑은 순순히 앞에서 물러났다.

나는 초록색 얼굴을 한 시체를 넘어 주검이 된 우리 집에 들어섰다. 다른 도둑들도 나를 봤지만 누구도 입을 열지 않았다. 그중 한 쌍은 가만히 보니 어린 남자애와 그 애를 데리고 온 남자였다. 그 남자는 아이한테 내 동생 그레고리의 청바지를 입혀주는 중이었다. 아이가 입기에는 바지가 너무 컸지만, 남자는 아이에게 허리띠를 채우고 바지 밑단을 접어줬다.

그레고리는, 똘똘한 익살꾸러기 내 동생 그레고리는 어디에 있을까? 어디로 간 걸까? 다들 어떻게 된 걸까?

우리 집은 지붕이 내려앉은 상태였다. 거의 다 타버렸다. 주방, 거실, 식당, 내 방……. 바닥은 발을 디디며 걷기조차 위험했다. 도둑 한 명이 바닥이 꺼지는 바람에 아래로 떨어지며 비명을 질렀지만, 이내 멀쩡한 모습을 하고 바닥 들보로 기어올라왔다.

내 방에는 건질 만한 물건이 하나도 남아 있지 않았다. 잿더미뿐이었다. 열기에 휘어진 금속 침대틀, 부서진 램프의 금속과 도자기 파편, 검게 그을린 옷과 책 뭉텅이. 책은 속까지 다

278

타지 않은 것이 많았다. 더는 읽지 않는 책이지만, 책장에 하도 빽빽하게 끼워놓은 덕분에 불이 책 가장자리와 책등 쪽을 태우며 번진 덕이다. 타지 않은 종이는 거친 원 모양이 되어 재에 둘러싸여 있었다. 온전하게 남은 페이지는 한 쪽도 없었다.

집 안쪽 방 두 칸은 상태가 그나마 나았다. 약탈자들은 그곳에 있었고, 나 역시 그곳으로 향했다.

나는 짝을 맞춰 묶어놓은 아빠의 양말 여러 켤레와 속옷과 티셔츠, 그리고 45구경 자동권총을 넣고 다닐 만한 여분의 총집 한 개를 찾아냈다. 모두 엉망이 된 아빠의 서랍장 속 또는 그 밑에서 찾은 것들이다. 대부분 너무 심하게 불타 쓸 수 없었지만 그나마 상태가 좋은 것은 배낭에 챙겨뒀다. 아까 어린 남자애와 함께 있던 남자가 쓸 만한 물건이 있는지 보려고 곁으로 다가왔다. 무슨 까닭에선지, 어쩌면 아이 때문인지, 아니면 지저분한 누더기를 걸친 이 낯선 남자도 누군가의 아버지이기 때문인지, 나는 그 남자를 막지 않고 그냥 내버려뒀다. 조그마한 남자애는 작고 무표정한 갈색 얼굴로 남자와 나를 지켜봤다. 그러고 보니 정말로 그레고리와 조금 닮은 아이였다.

나는 배낭에서 말린 살구를 꺼내 남자애에게 내밀었다. 기껏해야 여섯 살쯤으로 보이는데도, 남자가 받아도 괜찮다는 신호를 하지 않는 한 살구에 손을 댈 기미조차 없었다. 교육을 잘 받았다는 증거였다. 하지만 남자가 고개를 끄덕이자마자 아이는 살구를 홱 낚아채더니, 살짝 깨물어서 맛을 본 다음 나머지를 통째로 입에 넣었다.

그렇게 해서 나는 우리 가족이 살던 집을 낯선 사람 다섯 명과 함께 약탈했다. 안방 벽장 바닥에 숨겨둔 탄약은 불에 타서 폭발한 흔적이 뚜렷했다. 벽장이 심하게 불탄 상태였으니까, 그 밑에 숨겨둔 돈도 같은 운명이었다.

나는 안방 욕실에서 치실과 비누, 바셀린 한 통을 챙겼다. 다른 물건은 죄다 사라진 후였다.

코리와 동생들이 각각 입을 겉옷 한 벌씩을 모으는 데에 가까스로 성공했다. 특히 식구들이 신을 신발을 찾아야 했다. 웬 여자가 마커스의 신발을 훔치려다가 나를 보고 눈을 부라렸지만, 그 이상 시끄럽게 굴지는 않았다. 동생들은 잠옷 바람으로 집을 뛰쳐나갔다. 코리는 코트를 걸치고 있었다. 마지막으로 집을 나선 사람은 나였다. 나는 비상 배낭을 집어 들고 청바지와 면 스웨터, 신발까지 챙기는 위험을 감수했다. 자칫하면 죽었을지도 모르는 짓이었다. 만약 생각을 하고 행동했다면, 그러니까 잠시 짬을 내 생각한 후에 행동했다면, 나는 틀림없이 죽었을 것이다. 나는 비록 최신 훈련 방식하고는 거리가 멀지만, 나름대로 혼자 훈련한 방식대로 반응했다. 다른 생각은 전혀 하지 않고 기억한 대로만 움직인 것이다. 늦은 밤에 대피하는 훈련은 안 한 지가 이미 한참이었다. 그럼에도 나의 자기

관리식 훈련법은 효과가 있었다.

이제 옷을 코리와 동생들에게 갖다주면, 그들은 훈련이 부족한 탓에 겪은 어려움에서 벗어날 수 있을 것이다. 레몬나무 옆 돌 아래에 묻어둔 돈까지 꺼내 전해준다면 더더욱.

나는 집에서 주운 베갯잇에 옷과 신발을 쑤셔 담고 혹시 이불이 있을까 싶어 주위를 둘러봤다. 전혀 보이지 않았다. 사람들이 일찌감치 훔쳐간 모양이었다. 레몬나무 아래의 돈을 꺼내야 할 이유가 점점 더 많아졌다.

나는 집 바깥으로 나가 복숭아나무 아래로 향했고, 다른 약탈자들이 못 보고 놔둔 거의 다 익은 복숭아 두 개를 큰 키 덕분에 가까스로 땄다. 그런 다음 딸 만한 복숭아가 더 남은 척하며 주위를 둘러보았다. 코리가 잘 가꾼 널따란 뒷마당 텃밭이 자근자근 짓밟힌 것을 보고는 하마터면 절규할 뻔했다. 소리를 지를 뻔했다는 사실에 또 혼자 당황해서 어쩔 줄을 몰랐다. 피망, 토마토, 호박, 당근, 오이, 양상추, 멜론, 해바라기, 콩, 옥수수…… 태반이 아직 다 익지도 않았건만, 훔쳐가지 않고 남은 것은 죄다 박살 나 있었다.

나는 당근 몇 개와, 땅에 떨어진 해바라기 꽃송이에서 발라낸 씨앗 몇 줌을 옷 보따리에 담았다. 코리가 해바라기 줄기와 옥수숫대를 타고 오르게끔 심어놓은 콩 넝쿨에서 콩도 몇 깍지 땄다. 아직 남아 있는 것들 가운데 뒤늦게 도착한 약탈자가 챙길 만한 것을 챙긴 셈이었다. 그런 다음 남의 눈에 띄지 않게 레몬나무 쪽으로 천천히 다가갔다. 자그마한 초록색 레몬이 가득 달린 나무에 도착하고 나서는 조금이라도 초록빛이 옅어진 열매가 있는지, 노란빛을 띤 것이 하나라도 있는지 살살이 살폈다. 나는 나무에 달린 레몬을 몇 개 따고 땅에 떨어진 것도 몇 개 주웠다. 코리는 그늘에서 잘 자라는 꽃을 레몬나무 아래에 심어뒀는데, 이제 그 꽃들이 한가득 피어 있었다. 코리와 아빠가 꽃 사이사이에 흩어놓은 작고 동그란 조약돌은 누가 봐도 장식에 지나지 않았다. 누가 조약돌 몇 개를 뒤집은 바람에 근처 꽃이 짜부라져 있었다. 감춰둔 돈 위에 놓인 조약돌 또한 뒤집혀 있었다. 하지만 비닐을 세 겹이나 두르고 열을 가해 밀봉까지 한 돈 봉투 위에 반 뼘 깊이로 덮어놓은 흙은, 건드린 흔적이 없었다.

돈 봉투를 꺼내는 데 걸린 시간은 방금 전 레몬 두어 개를 따는 데 걸린 시간과 전혀 차이가 나지 않았다. 먼저 봉투를 숨긴 자리를 확인한 다음, 봉투와 흙 한 줌을 손아귀에 함께 쥐고 잽싸게 들어올렸다. 그러고 나니 그 자리를 떠나고 싶어 조바심이 났지만, 주의를 끌까 봐 불안해서 레몬 몇 개를 더 줍고는 먹을 것이 더 있는지 보려고 괜히 이곳저곳 기웃거렸다.

무화과는 자주색이 아니라 초록색을 띤 데에다 단단하기까지 했고, 감 역시 주황색이 아니라 노르께한 초록색이었다. 나는 쓰러진 옥수숫대에 혼자 붙어 있는 옥수수 한 개를 주워 들고 그것을 담는 척하며 돈 봉투를 보따리 속으로 더 깊이 밀어 넣었다. 그러고는 자리를 떠났다.

등에는 배낭을 메고 왼팔로 안은 베갯잇 보따리는 갓난아기처럼 골반에 얹은 채로, 차고 앞 진입로를 내려와 차도로 나왔다. 오른손은 주머니에 넣어둔 권총을 잡기 편하도록 빈손으로 유지했다. 총집을 차느라 낭비할 시간은 없었다.

장벽 안에 있는 사람의 수는 내가 도착했을 때보다 더 많았다. 바깥으로 나가려면 거의 모든 사람의 곁을 지나가야 했다. 수확물을 챙겨 나가려는 사람들이 있어서, 나는 어떤 패거리와도 너무 가까이 붙지 않도록 애쓰며 그 사람들 뒤를 따라갔다. 그러니까 내 말은, 본래 내 의지보다 한참 느리게 걸었다는 뜻이다. 그러다 보니 시체를 목격하기도 하고, 보고 싶지 않던 것들도 보게 됐다.

리처드 모스는 자기 피로 이루어진 웅덩이에 알몸으로 누워 있었다. 우리 집보다 동네 정문과 더 가까운 그의 집은 깡그리 불타버렸다. 돌무더기 위로 검게 변한 굴뚝만 오도카니 서 있었다. 모스의 두 아내 캐런과 자라는 어디 있을까? 살아남기는 했을까? 그 많은 아이들은 다 어디로 갔을까?

어린 로빈 볼터 역시 알몸이었다. 로빈은 지저분했으며, 다리 사이가 피투성이였다. 막 음모가 나기 시작한 깡마른 몸이 차갑게 식어 있었다. 언젠가 마커스와 결혼할지도 모르는 아이였는데. 나와 가족이 될 수도 있었는데. 로빈은 늘 명랑하고 영리하고 멋진 아이였다. 모든 일에 진지하고 박식했다. '열두 살이 아니라 서른다섯 살 같다니까.' 코리는 이따금 그렇게 말했다. 그 말을 할 때면 코리는 어김없이 빙그레 웃었다.

로빈의 외할아버지 러셀 도리도 있었다. 그에게서 없어진 것은 신발뿐이었다. 시신이 자동화기에 난사당해 갈가리 찢기다시피 한 상태였으니까. 노인과 아이였다. 얼굴에 색칠을 한 패거리는 도대체 뭘 위해 이 많은 사람을 죽였을까?

'그 여잔 우리 모두를 위해 죽었어.' 앞서 약탈하러 온 여자는 초록색 얼굴의 시체를 보며 그렇게 말했다. 그건 '부자들 태워 죽이기 운동' 같은 미친 짓이야. 예전에 키스가 한 말이었다. 우리 집은 결코 부자가 아니지만, 자포자기한 사람들 처지에서는 우리도 부자로 보였을 테다. 우리에게는 삶을 이어 갈 여유가 있고, 장벽도 있었으니까. 그렇다면 우리는 가난한 사람을 돕자는 마약중독자들의 정치적 선언에 밑거름이 돼주려고 숨을 거둔 걸까?

시체가 더 있었다. 나는 대부분 자세히 살펴보지 않았다. 시체는 앞마당에, 길거리에, 교통섬에 아무렇게나 널브러져 있었다. 비상경보용 종은 이제 흔적도 보이지 않았다. 종을 욕심내던 사람들이 떼서 가져가버린 것이다. 어쩌면 고철로 팔려고 그랬을지도 모른다.

샤니의 큰딸인 레일라 애니스가 눈에 띄었다. 로빈이 그랬 듯이 레일라도 강간당했다. 마이클 탤컷은 머리 한쪽이 안쪽 으로 푹 꺼진 상태였다. 나는 커티스를 찾으려고 두리번거리 지 않았다. 근처에 쓰러져 있는 그 애 시체가 눈에 띌까 봐 겁 이 났다. 생각만으로도 거의 정신이 나갈 지경이었다. 하지만 남들의 주의를 끌어선 안 됐다. 남들 눈에 나는 값나가는 물건 을 훔치러 온 평범한 약탈자로 보여야만 했다.

시야 아래쪽으로 시체가 줄줄이 보였다. 제러미 볼터, 로빈 의 남동생 한 명, 필립 모스, 조지 수, 조지의 아내와 큰아들, 후아나 몬토야, 루빈 킨타니야, 리디아 크루스…… 리디아는 고작 여덟 살인데, 그 애 역시 강간당했다.

나는 다시 정문 바깥으로 나갔다. 정신을 놔버리는 일은 없 었다. 학살 희생자들 가운데 코리와 동생들은 없었다. 그렇다 고 해서 동네에 없으리라는 법은 없지만, 적어도 내 눈에는 보 이지 않았다. 어쩌면 살아 있는지도 몰랐다. 커티스도 살아 있 을지 몰랐다. 어딜 가야 찾을 수 있을까?

탤컷 가족은 로블리도에 친척이 있는데 나는 그 집이 어딘 지 알지 못했다. 리버 스트리트 건너편 어디쯤일까. 커티스가 그리로 갔을 법도 했지만 당장 그 집을 찾아 나설 수는 없었 다. 어째서 나 말고 다른 이웃 중에 쓸 만한 물건을 챙기려고 동네에 남은 사람이 한 명도 없었을까?

장벽이 보일 정도 거리에서 동네를 한 바퀴 빙 돈 다음, 더 큰 원을 그리며 한 번 더 돌았다. 아무도 보이지 않았다. 적어도 내가 아는 사람은. 길거리 부랑자들만 나를 주시했다.

이윽고 달리 할 일이 떠오르지 않은 나는 메러디스 스트리트에 있는 불탄 차고로 다시 돌아갔다. 경찰에 신고할 방법은 없었다. 내가 아는 전화기는 모조리 숯덩이로 변했으니까. 모르는 사람에게 설령 전화가 있어도 내게 빌려줄 리가 없었다. 돈을 주고 대신 신고해달라고 부탁할 만한 사람이나, 그런 부탁을 할 만큼 신뢰하는 사람 역시 없었다. 사람들은 대개 나를 피하거나, 돈만 챙기고 신고는 하지 않을 것이다. 게다가 어차피 경찰이 이때껏 우리 동네에서 벌어진 일을 무시해왔다면, 그렇게 큰 화재와 많은 시체를 못 본 척하는 일이 가능하다면, 굳이 경찰을 찾아갈 이유가 있을까? 경찰이 어떻게 나올까? 나를 체포하려 할까? 내가 가진 현금을 자기네 수고비로 챙기려 할까? 그렇게 나온다 해도 놀랄 일은 아니다. 경찰하고는 처음부터 얽히지 않는 게 최고다.

우리 가족은 도대체 어디 있는 걸까!

그때 누가 내 이름을 불렀다.

주머니에 손을 넣은 채 돌아서서 보니, 리처드 모스의 가장 어린 아내 자라와 로빈 볼터의 큰오빠 해리가 눈에 들어왔다.

뜻밖의 한 쌍이지만, 분명 함께였다. 두 사람은 서로 손끝 하나 대지 않은 채로 거의 끌어안은 듯한 분위기를 풍겼다. 둘 다 몸 곳곳에 피가 묻고 엉망이 된 차림새였다. 맞아서 퉁퉁부은 해리의 얼굴을 보니 문득 떠오르는 기억이 있었다. 조앤은 해리를 사랑했지만(또는 사랑한다고 생각했지만) 해리는 조앤과 결혼해서 올리버로 떠나려 하지 않았다. 우리 아빠가 올리버에 품었던 것과 같은 의심을 해리도 품었기 때문이다.

"너 괜찮아?" 해리가 물었다.

대답 삼아 고개를 끄덕이는 사이에 로빈이 생각났다. 해리는 알까? 러셀 도리, 로빈, 그리고 제러미까지……. "그 사람들한테 맞은 거야?" 해리에게 그렇게 물으며 나는 바보가 된 듯한 어색한 기분을 느꼈다. 그 애한테 외할아버지와 남동생과 여동생이 다 죽었다고 알려주고 싶지는 않았다.

"밤새 싸우면서 간신히 빠져나왔어. 그놈들이 총을 쏘지 않아 천만다행이야." 해리는 비틀거리며 주위를 둘러봤다. "저 도로 경계석에 가서 좀 앉자."

자라와 나는 근처에 사람이 있는지 확인했다. 우리는 해리를 가운데에 두고 나란히 앉았다. 나는 옷가지가 든 베갯잇 보따리를 깔고 앉았다. 자라와 해리는 피와 흙이 덕지덕지 묻기는 했어도 옷은 다 걸쳤지만, 소지품은 하나도 없었다. 원래부터 빈손이었을까? 아니면 다른 곳에 짐을 놔뒀을까? 뭔지는

287

몰라도 가족이 남긴 물건과 함께? 그나저나 자라의 어린 딸 비비는 어디 있을까? 자라는 리처드 모스가 죽은 걸 알까?

"모두 죽었어." 자라가 소곤거렸다. 꼭 내 생각에 직접 답하는 것 같았다. "모두 다. 얼굴에 색칠을 한 놈들이 다 죽였어!"

"아니에요!" 해리가 고개를 저었다. "우린 빠져나왔잖아요. 우리 같은 사람이 더 있을 거예요." 해리가 얼굴을 두 손에 파묻고 있어서, 그 애가 내 짐작보다 더 심하게 다쳤는지 궁금했다. 나는 그 애와 심한 통증 같은 것을 전혀 공유하지 않았다.

"내 동생들이나 코리 못 봤어요?" 내가 물었다.

"죽었어." 자라가 소곤거렸다. "내 딸 비비처럼. 다 죽었어."

나는 벌떡 일어섰다. "아니에요! 다 죽었을 리가 없어요. 직접 보고 하는 말이에요?"

"몬토야 가족을 거의 다 만났어." 해리가 말했다. 나한테 하는 말이 아니라 크게 중얼거리는 혼잣말에 가까웠다. "어젯밤에 우리 둘이 같이 봤어. 후아나는 죽었다더라. 남은 식구들은 글렌데일에 있는 친척 집까지 걸어갈 거랬어."

"그럼……." 나는 그렇게 말을 꺼내려 했다.

"래티샤 수도 봤어. 칼로 사십 번, 아니면 오십 번쯤 찔렸어."

"그럼 내 동생도 봤어?" 반드시 해야 하는 질문이었다.

"말했잖아, 다 죽었다고." 자라였다. "집에서 탈출하기는 했는데, 페인트 패거리가 붙잡아 끌고 가서 다 죽였어. 내가 봤어. 나도 그 패거리 중에 한 놈한테 붙잡혀 쓰러졌는데, 그놈이 나를…… 어쨌든 내가 봤어."

강간당하는 와중에 우리 식구들이 끌려가 살해당하는 광경을 목격한 걸까? 자라의 말은 그런 뜻일까? 그게 사실일까?

"내가 오늘 아침에 다시 가봤어요." 내가 말했다. "우리 식구들 시체는 하나도 없었어요. 하나도 안 보였다고요." 아아, 안 돼. 아아, 안 돼. 아아, 안 돼…….

"내가 봤어. 네 엄마. 너희 식구 모두. 내가 봤어." 자라는 팔로 자기 몸을 끌어안았다. "보고 싶지 않았지만, 그래도 봤어."

우리는 아무 말도 않고 앉아 있었다. 그 자리에 얼마나 오래 있었는지는 나도 모른다. 이따금 누군가 우리 앞의 도로를 지나가며 흘끔거렸다. 그러는 사람들은 지저분하고 허름한 차림새에 꾸러미를 들고 있었다. 행색이 더 멀끔한 사람들은 몇 명씩 무리를 지어 자전거를 타고 우리를 지나갔다. 오토바이를 탄 사람 셋이 지나갈 때는 적막한 거리에 전기모터 윙윙대는 소리가 울려 퍼져서 기이한 느낌이 들었다.

내가 일어서자 두 사람이 나를 올려다봤다. 다른 이유가 아니라 순전히 버릇 때문에, 나는 베갯잇 보따리를 집어 들었다. 속에 든 물건으로 뭘 할지는 나도 알지 못했다. 다만 다른 사람이 와서 자리를 잡기 전에 내 차고로 돌아가야겠다는 생각뿐이었다. 그때 나는 머리가 잘 돌아가지 않는 상태였다. 마치 그 차고가 이제는 우리 집이고, 내가 세상에서 이루고 싶은 소원은 오로지 그곳에 머무는 것뿐인 듯싶었다.

해리는 경계석에서 일어서다가 하마터면 다시 주저앉을 뻔했다. 그러더니 몸을 굽히고 하수구에 속을 게웠다. 해리가 토하는 광경은 나를 강렬하게 붙들었다. 나는 그 애와 공감하기 직전에 간신히 눈을 돌렸다. 그 애는 속을 다 게우고 침을 뱉은 다음, 자라와 나를 향해 돌아서서 기침을 했다.

"죽겠군." 해리가 말했다.

"어젯밤에 그놈들한테 머리를 맞았어." 자라가 설명했다. "해리가 구해주지 않았으면 나는 그중 한 놈한테…… 뭐, 말 안 해도 알겠지. 얘가 날 구해줬어. 그러다가 다친 거야."

"불에 탄 차고가 있어요. 내가 어젯밤에 잠을 잔 곳이에요." 내가 말했다. "걸어서 한참 걸리지만, 거기 가면 해리는 푹 쉴 수 있을 거예요. 우리 모두 마음 놓고 쉴 수 있어요."

자라는 내 베갯잇 보따리를 챙겨 들었다. 어쩌면 그 속에 든 물건 중에 자라에게 도움이 될 만한 게 있을지도 몰랐다. 자라와 나는 해리의 양옆에서 걸으며 그 애가 멈춰서거나 엉뚱한 쪽으로 가거나 너무 심하게 비틀거리지 않도록 지켜봤다. 어찌어찌해서 우리는 그 애를 데리고 차고에 도착했다.

제15장

상냥함이 깃들면 변화가 수월해진다.

―《지구종: 산 자들의 책》에서

2027년 8월 1일 일요일

해리는 오늘 종일 자다시피 했다. 자라와 나는 교대로 해리
곁을 지켰다. 해리는 최소한 뇌진탕을 겪은 상태였고, 회복하
려면 시간이 필요했다. 회복하지 않고 오히려 상태가 더 안 좋
아지면 어떻게 할지에 관해서는 아직 의논해보지 않았다. 자
라는 자신을 지키려고 싸움까지 한 해리를 버리지 않을 작정
이다. 나 역시 평생 알고 지낸 해리를 버리고 싶지 않다. 해리

는 착한 애다. 가필드 가족과 연락이 닿을 방법이 없을까. 그 사람들은 해리에게 머물 곳을 제공해줄 텐데. 아니면 적어도 병원에 가도록 도와주든가.

해리의 상태가 나빠지는 것 같지는 않다. 이제 해리는 비틀 거리는 걸음으로 울타리 쳐진 뒷마당에 나가 소변을 보곤 한 다. 내가 주는 음식과 물을 먹고 마신다. 우리는 굳이 의논할 것도 없이 내가 가진 식량과 물을 조금씩 소비하는 중이다. 우 리가 가진 건 그게 전부다. 조만간 위험을 감수하고 더 사러 나가야 할 것이다. 하지만 오늘은 일요일, 우리에게는 휴식과 치유의 날이다.

해리가 느끼는 두통과, 폭행으로 멍든 몸의 통증이 나에게 는 반가울 정도다. 그 덕분에 딴 생각을 할 겨를이 없다. 해리 의 두통과 통증은 자라가 죽은 딸을 떠올리며 중얼거리고 통 곡하는 소리와 함께 내 머릿속을 채운다.

어째선지 그들의 고통이 내 고통을 덜어준다. 그들의 고통 덕분에 잠시나마 내 가족을 떠올리지 않는다. 모두 다 죽었다. 하지만 어떻게 그럴 수가 있을까? 모두 다?

자라의 목소리는 가냘프고 어린애 같다. 일부러 꾸며냈을 거라 생각했는데, 알고 보니 진짜 목소리였다. 하지만 화를 낼 때면 목소리가 사포로 문지른듯 거칠게 변한다. 꼭 말을 하면 서 목을 갈아대는 것처럼 고통스럽게 들리기까지 한다.

자라는 자기 딸 비비가 살해당하는 광경을 봤고, 자신이 딸을 안고 달릴 때 그 애를 총으로 쏜 파란 얼굴도 봤다. 자라는 그 파란 얼굴 남자가 움직이는 표적을 모조리 쏘며 즐거워했다고 말했다. 그 표정을 보고 섹스를 할 때 남자들이 짓는 표정이 떠올랐다고 했다.

"난 땅에 쓰러졌어." 자라의 목소리는 나직했다. "내가 죽은 줄 알았어. 그 남자가 나를 죽인 거라고 생각했어. 피가 흘렀으니까. 그러다가 비비를 봤는데, 목이 한쪽으로 푹 꺾여 있는 거야. 그때 웬 빨간 얼굴을 한 남자가 와서 비비를 나한테서 빼앗았어. 그 남자가 어디서 나타났는지 보지도 못했는데. 그 남자는 비비를 수 씨네 집으로 던져버렸어. 집이 온통 불바다였는데, 그 불 속에 던진 거야."

자라의 말이 이어졌다. "그 후로는 정신을 놔버렸어. 내가 무슨 짓을 했는지 나도 기억이 안 나. 누가 나를 붙잡았다가 놨다가 하더니, 누가 또 나를 밀어서 쓰러뜨리고는 내 몸을 덮쳤어. 숨도 제대로 쉴 수 없었어. 그놈이 내 옷을 막 찢더니 위에 올라탔는데, 할 수 있는 게 아무것도 없더라. 그때 본 거야, 네 엄마랑 동생들을……. 그러다가 해리가 나타나서 그 망할 놈을 끌어내렸어. 나중에 해리한테 들었는데 내가 비명을 막 질렀대. 나는 기억이 안 나는데. 해리가 놈을 마구 패고 있을 때 다른 놈이 새로 나타나서 해리한테 덤볐어. 새로 나타난 놈은 내가 돌로 쳐버렸고, 먼젓번 놈은 해리가 때려눕혔지. 그러고 나서 우린 달아났어. 그냥 정신없이 달렸어. 잠도 안 자고. 불이 난 곳에서 멀리 떨어져서 담장이 안 처진 두 집 사이에 숨었는데, 웬 남자가 도끼를 들고 나와서 우릴 쫓아냈어. 그때부터 정처 없이 돌아다니다가 널 만난 거야. 사실 해리하고는 전에 거의 알지도 못하는 사이였어. 알다시피 리처드는 우리가 이웃하고 왕래하는 걸 끔찍이 싫어했잖아……. 특히 백인하고 왕래하는 걸."

나는 리처드 모스를 떠올리며 고개를 끄덕였다. "저, 그 사람 죽었어요." 내가 말했다. "내가 봤어요." 나는 말을 뱉기가 무섭게 다시 삼키고 싶었다. 남에게 '당신 남편이 죽었다'라는 소식을 어떻게 전해야 하는지는 모르지만, 그래도 이것보다는 더 나은, 더 조심스러운 방식이 틀림없이 있을 듯싶었다.

자라는 고통에 물든 표정으로 나를 가만히 응시했다. 나는 무신경한 말을 해서 미안하다고 사과하고 싶었지만, 그래봤자 자라의 기분이 나아질 것 같지는 않았다. "미안해요." 나는 세상 모든 일을 뭉뚱그려 사과하는 것처럼 말했다. 자라는 울음을 터뜨렸고, 나는 같은 말을 되풀이했다. "미안해요."

나는 자라를 끌어안고 울도록 놔뒀다. 해리는 잠에서 깨어 물을 조금 마시고 자라가 들려주는 이야기를 들었다. 리처드 모스가 노숙자이던 자라의 어머니에게 돈을 주고 고작 열다섯 살인 자라를 사와서는, 생전 처음으로 길거리가 아닌 집에서 살도록 해줬다는 이야기였다. 내 짐작보다 더 어린 나이였다. 리처드는 자라를 배불리 먹였고 손찌검도 하지 않았다. 자라 말에 따르면 그의 다른 아내들이 독살스럽게 굴 때조차 어머니와 함께 길에서 굶주리며 살던 시절에 비하면 천 배는 더 편했다고 한다.

"너희는 갈 데가 있니?" 한참 후에 자라가 물었다. "아는 사람 중에 아직 멀쩡한 집에 사는 사람 있어?"

나는 해리를 돌아봤다. "넌 올리버에 가면 되잖아, 걸어서 거기까지 갈 자신만 있으면. 가필드 가족이 널 받아줄 거야."

해리는 내 말을 듣고 잠시 생각했다. "그러기는 싫어. 내가 볼 때 미래가 없는 건 우리 동네나 올리버나 마찬가지야. 하지만 우리 동네엔 적어도 총은 있잖아."

"그 총이 아주 큰 도움이 됐지." 자라가 중얼거렸다.

"맞아요. 그래도 그 총은 우리 거였어요, 돈으로 고용한 총잡이들 게 아니라. 총구를 우리 쪽으로 돌리는 게 불가능했단 말이죠. 조앤한테 들었는데 올리버에서는 경비대원이 아니면 절대 총을 소지하지 못한대요. 그런데 경비대가 어떤 자들인지 누가 알겠어요?"

"회사 사람이야." 내가 말했다. "올리버 바깥에서 온 사람들이지."

해리는 동의하듯 고개를 끄덕였다. "나도 들었어. 어쩌면 별일 아닐지도 모르지만, 소문을 들어보면 느낌이 안 좋아."

"사람들이 굶어 죽는다는 소식보다는 좋은 느낌인데." 자라가 말했다. "너흰 한 끼도 굶어본 적 없겠지, 안 그래?"

"난 북쪽으로 갈 거예요." 내가 말했다. "어차피 식구들 형편이 안정되면 떠날 생각이었어요. 이제는 식구고 뭐고 없으니까, 난 갈 거예요."

"북쪽 어디로?" 자라가 물었다.

"캐나다 쪽으로 올라갈 거예요. 지금 세상 돌아가는 꼴을 보면 그렇게 멀리까진 못 갈지도 모르지만요. 그래도 물값이 음식값보다 싸고 일을 하면 급료를 주는 곳으로 갈 거예요. 얼마 안 되는 돈이라도 상관없어요. 난 21세기판 노예 같은 꼴로 평생을 허비하진 않을 거예요."

"나도 북쪽으로 갈 건데." 해리가 말했다. "여긴 아무것도 없으니까. 여기서 취업을 하려고 일 년 넘게 발버둥 쳤어……. 돈 주는 일이면 뭐든지 하려고. 그런데 하나도 없었어. 난 일해서 돈을 벌고 대학에 가고 싶어. 돈을 많이 버는 직업은 우리 부모님이 하던 일 같은 건데, 그런 일자리를 얻으려면 대학 졸업장이 필요하거든."

나는 해리를 돌아봤다. 뭔가 물어보려다가, 망설이다가, 결국 불쑥 묻고 말았다. "해리, 너희 부모님은 어떻게 되셨어?"

"몰라. 부모님이 살해되는 건 못 봤어. 자라도 못 봤다고 하고. 우리 식구 누가 어디에 있는지 하나도 몰라. 다 뿔뿔이 흩어지는 바람에."

나는 긴장한 나머지 침을 삼켰다. "나도 너희 부모님은 못 봤는데…… 다른 식구들 몇 명은…… 죽은 것 같아."

"누구?" 해리가 물었다.

내 생각에 누군가에게 가까운 친족이 죽었다고 알려주는 방법은 그냥 사실대로 말하는 것 말고는 없는 것 같다. 아무리 그렇게 하고 싶지 않다 해도. "너희 할아버지." 나는 곧바로 덧붙였다. "그리고 제러미하고 로빈도."

"로빈하고 제러미가? 그 애들이? 그렇게 어린 애들이?"

자라가 해리의 손을 쥐었다. "그놈들은 어린애도 죽여. 이 바깥세상에서는 살해당하는 아이들이 날마다 나와."

해리는 울지 않았다. 어쩌면 우리가 잠든 사이에 울었는지도 모른다. 다만 입을 꾹 다물고는 아무 말도 대답도 하지 않더니, 해가 거의 다 저물 때까지 꼼짝도 않은 채로 가만히 있었다. 그 무렵, 낮에 바깥에 나갔던 자라가 내 동생 베넷의 셔츠를 보자기 삼아 잘 익은 복숭아를 가득 싸들고 돌아왔다.

"복숭아가 어디서 났냐고 물어보진 마." 자라가 말했다.

"훔쳤겠죠." 내가 말했다. "그래도 이 근처 집에서 훔친 건 아니면 좋겠네요. 한동네 사람들을 화나게 하는 건 현명한 짓이 아니니까요."

내 말을 들은 자라의 눈이 동그래졌다. "너한테 바깥세상에서 사는 법을 배울 필요가 없어. 난 원래 여기서 태어났으니까. 복숭아나 먹어."

나는 복숭아를 네 개 먹었다. 아주 맛있었고, 너무 푹 익어서 어차피 멀리 들고 가기도 힘들었다.

"거기 있는 옷들, 한번 입어보지 그래요." 내가 말했다. "맞는 옷이 있으면 가져요."

바지 밑단을 접어 올려야 했지만, 마커스의 셔츠와 청바지는 자라에게 잘 맞았다. 다행히 신발도 자라에게 꼭 맞았다. 신발은 비싼 물건이다. 이제 자라에게는 신발이 두 켤레 있다.

"네가 괜찮다고 하면, 내가 저 조그만 신발을 식량으로 바꿔 올게." 자라가 말했다.

나는 고개를 끄덕였다. "내일 그렇게 해요. 무엇으로 바꿔오든 셋이서 공평하게 나눠요. 그러고 나서 난 출발할 거예요."

"북쪽으로 가려고?"

"예."

"무조건 북쪽이란 말이지. 도로 사정이나 도시 상황, 식량을 사거나 훔칠 만한 곳 같은 건 조금이라도 알고 가는 거야? 돈은 있어?"

"지도가 있어요. 낡았지만 아직 쓸 만한 것 같아요. 요즘은 누가 새 지도를 만들지도 않고요."

"당연하지. 돈은?"

"조금 있어요. 아마 부족하겠지만."

"돈은 아무리 많아도 부족한 법이야. 저 애는 어쩔 거야?" 자라는 꿈쩍 않는 해리의 등을 손짓으로 가리켰다. 해리는 누워 있었다. 자는지 깨어 있는지 분간이 가지 않았다.

"자기가 알아서 결정해야죠. 어쩌면 여기 잠시 머물면서 식구들을 찾아본 후에 떠나려고 할지도 몰라요."

해리가 천천히 몸을 틀었다. 몸은 안 좋아 보였지만 눈은 말똥말똥했다. 자라는 해리 몫으로 남겨둔 복숭아를 그 애 곁에 놔줬다.

"미적거리고 싶은 생각은 조금도 없어." 해리가 말했다. "너랑 같이 당장 떠날 거야. 난 이곳이 지긋지긋해."

"얘랑 같이 가겠다고?" 자라가 엄지손가락으로 나를 쓱 가리키며 물었다.

해리가 나를 돌아봤다. "서로 도움이 될지도 모르잖아. 우린 적어도 아는 사이이고, 나한테 집에서 도망 나올 때 간신히 챙긴 돈도 몇백 달러쯤 있어." 해리는 나에게 신뢰의 악수를 청하는 셈이었다. 우리가 서로 신뢰하는 사이가 될 수 있다는 뜻으로 하는 말이었으니까. 그건 결코 사소한 일이 아니었다.

"난 남자로 변장하고 떠나려던 참이었는데." 내가 말했다.

해리의 표정은 꼭 비어져 나오는 웃음을 참는 듯했다. "너야 그러는 게 더 안전하겠지. 그래도 키가 크니까 사람들이 잘 속을 거야. 머리는 짧게 잘라야겠지만."

자라가 푸념하듯 구시렁거렸다. "흑인하고 백인이 쌍으로 다니면 남들 눈에 동성애자로 보이든 이성애자로 보이든, 단단히 고생할 거야. 흑인은 해리를 보고 열받을 테고, 백인은 너를 보고 기분 나빠할 테니까. 잘들 해봐."

나는 그 말을 하는 자라를 가만히 보다가, 문득 자라가 말하지 않은 본심을 알아차리고는 물었다. "우리랑 같이 갈래요?"

자라는 기가 차다는 듯이 콧방귀를 뀌었다. "내가 왜? 난 머리카락 자르기 싫어!"

"안 잘라도 돼요. 우리 셋이서 흑인 한 쌍하고 백인 친구 행세를 하면 되니까. 만약에 해리가 볕에 타서 웬만큼 가무잡잡해지면, 우리 사촌이라고 해도 통할걸요."

자라는 잠시 머뭇거리다가 나지막이 말했다. "알았어, 나도 같이 갈게." 그러고는 울음을 터뜨렸다. 해리는 자라를 놀란 표정으로 지켜봤다.

"우리가 그냥 버리고 갈 줄 알았어요?" 내가 물었다. "그냥 같이 가고 싶다고 하면 되는데."

"난 빈털터리야. 돈이 단 1달러도 없단 말이야."

답답해서 한숨이 나왔다. "저 복숭아는 어디서 났어요?"

"네가 제대로 봤어. 훔친 거야."

"그 말은 당신이 쓸 만한 기술을 지녔다는 뜻이죠. 그리고 바깥세상에서 생활하는 데에 필요한 정보도 알고." 나는 해리 쪽을 돌아봤다. "네 생각은 어때?"

"도둑질을 했다는데 넌 아무렇지도 않아?" 해리가 물었다.

"난 어떻게든 살아남을 작정이야." 내가 말했다.

"도둑질하지 못한다." 해리가 십계명의 여덟 번째 계명을 인용했다. "평생 지겹게 들었을 텐데. '도둑질하지 못한다'라는 소리를."

해리에게 대꾸하기 전에 불같이 치솟는 화부터 꾹 틀어막아야 했다. 아빠도 아닌 주제에 무슨 자격으로 내 앞에서 성서를 인용하는 걸까. 제까짓 게 뭐라고. 나는 해리를 보지 않았다. 차분한 목소리를 낼 자신이 생긴 후에야 비로소 대꾸했다. "말했지, 난 어떻게든 살아남을 작정이라고. 넌 안 그래?"

해리는 고개를 끄덕였다. "비난하려던 건 아니야. 그냥 뜻밖이라서."

"살아남겠답시고 도둑질을 하다가 붙잡히거나, 다른 사람이 굶어 죽도록 그냥 놔두는 일은 절대 없었으면 좋겠어." 나는 그렇게 말했다. 나조차 놀랍게도 빙그레 웃음이 나왔다. "실은 한번 해볼까 생각한 적은 있거든. 그냥 그랬다는 거지 실제로 뭘 훔친 적은 한 번도 없지만."

"한 번도 없다니, 농담이겠지!" 자라가 말했다.

나는 별수 없다는 뜻으로 어깨를 으쓱했다. "사실이에요. 동생들한테 모범이 되려고 애쓰면서 자랐고, 아빠의 기대에도 부응해야 했으니까요. 도둑질을 안 하는 건 당연히 지켜야 할 의무 같았어요."

"맏이들 처지가 원래 그렇지." 해리가 말했다. "나도 알아." 해리는 맏아들이었다.

"맏이 같은 소리 하고 있네." 자라는 그렇게 말하고는 깔깔 웃었다. "이 바깥에선 너희 둘 다 갓난아기야."

그 말이 왠지 불쾌하게 들리지 않았다. 사실이기 때문인지도 몰랐다. "난 미숙해요." 나는 선선히 인정했다. "하지만 배울 거예요. 당신도 내 스승 가운데 한 명이 돼줘요."

"한 명? 너한테 나 말고 스승이 또 누가 있는데?"

"모두 다요."

자라는 가소롭다는 표정을 지었다. "아무도 없잖아."

"바깥세상에 살아남은 사람들은 모두 내가 알아야 할 것들을 이미 알아요. 난 그 사람들을 지켜보고, 그 사람들에게 귀기울이고, 그 사람들에게서 배울 거예요. 그렇게 하지 않으면 살해당할 테니까요. 아까 말했다시피 난 어떻게든 살아남을 작정이에요."

"바깥 인간들은 대접에 똥을 담아서 너한테 팔아치울걸."

나는 고개를 끄덕였다. "알아요. 하지만 그런 대접은 되도록 적게 살 거예요."

자라는 나를 한참이나 바라보다가 두 손 들었다는 듯 한숨을 내쉬었다. "이런 난리가 터지기 전에 서로 알고 지냈으면 좋았을 텐데. 넌 목사 딸치고는 유별난 애야. 정말 남자 행세를 할 생각이라면 머리는 내가 잘라줄게."

2027년 8월 2일 월요일
(8월 8일 일요일 자 일기에 덧붙인 메모에서)

우리는 길을 나섰다.

오늘 아침, 자라는 우리를 데리고 로블리도에서 가장 크고 보안이 철저한 쇼핑몰 '해닝 조스'로 향했다. 거기에는 우리에게 필요한 모든 물건이 있었다. 해닝의 상인들은 진귀한 식재료부터 이 잡는 크림, 의수나 의족부터 가정 분만용 도구 모음, 총부터 최신 터치링과 헤드셋과 녹화 테이프까지, 뭐든 다 판매한다. 매장 통로를 따라 어슬렁거리며 내 형편으로는 사지도 못할 물건들을 멍하니 구경만 해도 며칠이 그냥 흘러갈 만한 곳이었다. 나는 이때껏 해닝에 가보기는커녕 그런 곳을 실제로 본 적조차 없었다.

우리는 한 번에 한 명씩만 쇼핑몰에 들어갔다. 남은 두 명

은 바깥에서 짐을 지켰다. 짐에는 내 총도 포함됐다. 라디오에
서 여러 차례 들었다시피 해닝은 우리 시에서 가장 안전한 장
소로 꼽히는 곳이었다. 만약 그곳의 마약 탐지견과 금속 탐지
기, 수하물 제한 규정, 무장 경비원, 수상쩍어 보이는 출입자는
누구든 알몸 수색을 하는 적극적 조치 등이 마음에 안 든다면,
어디 다른 곳에 가서 쇼핑을 하면 된다. 해닝 조스는 원하는
물건을 평화롭게 구입할 수만 있다면 번거로운 절차나 사생활
침해는 얼마든지 감수하려는 사람으로 가득했다.

나에게 알몸 수색을 하겠다고 한 사람은 없었지만, 그래도
부랑자가 아니라고 증명해보라는 사람은 있었다.

"해닝 고객증이나 돈을 보여주시죠." 거대한 정문에 서 있
던 무장 경비가 요구했다. 경비가 훔칠까 봐 겁이 났지만, 안
에서 쓸 돈을 보여주자 그 사람은 그저 고개를 끄덕였다. 돈에
는 손도 대지 않았다. 말할 것도 없이 우리 둘 다 감시당하는
중이었고, 우리가 하는 행동 또한 녹화되는 중이었다. 보안을
그토록 중시하는 상점에서 경비가 고객의 돈을 훔치게 놔둘
리 없었다.

"평화롭게 쇼핑하시길." 그렇게 인사하는 경비의 표정에는
웃음기가 전혀 없었다.

나는 소금과 작은 튜브에 든 꿀, 그리고 건조식품 중 제일
싼 것들을 샀다. 오트밀, 건과일, 견과류, 콩가루, 렌즈콩, 육포

조금. 다 합쳐도 자라와 내가 함께 들 만한 양이었다. 물도 더 사고 특이한 물건도 몇 샀다. 만약의 경우에 대비해 알약형 정수제를 구입했고, 흑인인 자라와 나에게 필요한 자외선 차단제, 벌레 물린 자리에 바르는 약 몇 가지, 근육통이 생긴 곳에 아빠가 바르던 연고도 샀다. 앞으로 그런 물건을 쓸 일이 잔뜩 생길 테니까. 두루마리 화장지와 탐폰, 립밤도 샀다. 내가 쓸 공책 한 권과 볼펜 두 자루도 새로 사고, 45구경 권총에 쓸 고급 탄약도 샀다. 잔뜩 사고 나니 기분이 좋아졌다.

값싼 다용도 침낭도 세 개 샀다. 침낭은 커다랗고 튼튼한 물품 보관용 가방이자, 주머니 사정에 여유가 있는 노숙자들이 선호하는 이부자리였다. 이 나라는 물과 음식은 일해서 번 돈으로 사거나 훔칠 수 있어도 잠자리로는 간이침대 한 개조차 못 빌리는 사람들로 넘쳐났다. 이런 사람들은 길거리에서 한뎃잠을 자거나 임시로 지은 판잣집에서 잤지만, 그래도 여유가 생기면 맨땅과 자기 몸 사이에 침낭부터 깔았다. 침낭에는 여밀 수 있는 끈이 달려 있어서 낮에는 접어서 가방으로 사용한다. 침낭은 가볍고 튼튼하고, 함부로 다뤄도 대개 별 손상을 입지 않는다. 콘크리트 바닥에 깔고 누워도 따뜻하지만, 두께는 얇다. 아늑함보다는 편리함이 매력인 것이다. 커티스와 나는 침낭을 요처럼 깔아놓고 그 위에서 사랑을 나누곤 했다.

큰 치수의 웃옷도 세 벌 샀다. 침낭처럼 얇고 통기성이 좋은 합성섬유로 된 옷이었다. 북쪽으로 이동하는 동안 이 옷을 입으면 밤에 체온을 유지하는 일은 걱정할 필요가 없을 것이다. 무엇보다 값이 싸고 멋이 없어서 좋았다. 도둑맞을 염려가 없다는 뜻이니까.

내가 가진 돈은 그걸로 끝이었다. 비상 배낭에 넣어둔 현금의 전부였다. 레몬나무 아래서 파낸 돈은 아직 건드리지도 않았다. 그 돈은 두 뭉치로 나눠 아빠의 양말 두 짝에 각각 넣어뒀다. 그 양말은 눈에 띄지 않도록, 또 누가 훔쳐가지도 못하도록 내 청바지 속에 옷핀으로 고정해뒀다.

거액은 아니지만, 그래도 그렇게 많은 돈을 가져보기는 처음이었다. 내가 지녔을 거라고는 아무도 짐작 못 할 큰돈이었다. 지난 토요일 밤에 그 돈을 비닐로 한 번 더 싸서 양말에 감추고, 지금 있는 자리에 핀으로 고정해뒀다. 그때 나는 글쓰기를 마치고, 지나간 과거 앞에 나는 무력할 뿐이라는 사실을 끊임없이 생각하고 떠올리고 곱씹고 있었다.

그러다가 문득 돈이 든 봉투와 흙 한 줌을 통째로 집어서 배낭에 넣은 기억이 손으로 만지듯이 생생하게 떠올랐다. 이때 나는 안절부절못하느라 어마어마하게 많은 에너지를 허비한 상태였다. 그렇다 보니 손이 하도 떨려서 돈뭉치가 배낭 어디에 있는지조차 찾기 힘들 지경이었다. 어둠 속에서 손을 더듬더듬 움직여봤자였다. 나는 아예 집중력 훈련을 하듯 해보기

로 했다. 먼저 돈과 양말과 옷핀을 찾은 다음, 돈뭉치를 절반
으로, 아니 보지 않는 상태에서 최대한 절반에 가까운 분량으
로 나누고, 각각 양말에 넣고, 숨길 자리에 옷핀으로 고정했다.
이튿날 아침 소변을 보러 나갔을 때 양말을 확인했다. 내 솜씨
는 훌륭했다. 바깥쪽에서 보니 옷핀이 아예 보이지 않았다. 발
목 근처의 바지 솔기에 단단히 찔러놨기 때문이었다. 양말이
덜렁거리지도 않아서 정말이지 완벽했다.

나는 내가 구입한 갖가지 물건을 들고 한때는 주차장 1층이
었다가 이제는 절반만 벽으로 둘러싸인 벼룩시장이 된 곳으로
향했다. 화재 현장의 잿더미와 쓰레기장에서 파낸 물건 가운
데 많은 것들이 그곳으로 흘러들어와 팔리고 있었다. 벼룩시
장의 규칙은 해닝 조스에서 뭔가 구입하면 그것과 비슷한 가
격의 물건을 시장에서 판매해도 좋다는 것이었다. 물건을 사
고 받은 영수증, 암호화되고 날짜가 찍힌 그 영수증이 곧 판매
허가증이었다.

경비대가 시장 건물을 순찰하기는 했지만, 목적은 누구를
보호하는 것이 아니라 허가증을 확인하는 것이었다. 그럼에도
그 건물은 길거리보다 안전했다.

나는 우리 짐 옆에 앉아 있는 해리와 자라를 발견했다. 해리
는 쇼핑몰로 들어가려 기다리는 중이었고, 자라는 판매 허가
증을 받으려 기다리는 중이었다. 둘은 길거리에서도 멀고, 구

매자와 판매자 무리에서도 멀리 떨어진 가게의 벽에 등을 대고 있었다. 나는 자라에게 영수증을 건넨 다음, 새로 산 물품을 분류하고 짐을 싸기 시작했다. 자라와 해리가 구매와 판매를 다 마치면 출발할 예정이었다.

우리는 캘리포니아 주 118번 고속도로까지 걸어가서 서쪽으로 방향을 틀었다. 118번 고속도로를 따라 23번 고속도로까지 간 다음, 23번 도로를 따라 101번 국도까지 갈 생각이었다. 101번 국도를 따라가면 서부 해안을 북쪽으로 올라가 오리건 주에 도착하게 된다. 우리는 고속도로를 따라 서쪽으로 걷는, 강처럼 널따란 인파의 일부가 됐다. 이 흐름을 거슬러 동쪽으로 향하는 무리는 몇몇이 드문드문 눈에 띌 뿐이었다. 동쪽은 산과 사막이 있는 곳이었다. 서쪽을 향해 걷는 그 많은 사람들의 목적지는 어디였을까? 어딘가 정해놓고 가는 중이었을까, 아니면 그냥 이곳을 떠나는 길이었을까?

우리는 대개 밤에 이동하는 트럭 몇 대와, 수동 자전거 및 전기 자전거 여러 대, 승용차 두 대를 봤다. 모두 바깥쪽 차선을 타고 쉽게 속도를 높여 우리를 지나쳐 갔다. 이따금 나타나는 진출입 도로를 피하려면 왼쪽 차선에 머무는 편이 더 안전했다. 캘리포니아 주에서는 고속도로를 걷는 일이 불법이지만, 법은 이제 고대 유물이 돼버렸다. 걸을 힘이 있는 사람은 누구나 결국 고속도로를 걷게 마련이다. 고속도로는 도시와 도시 사이를, 또 도시의 여러 부분을 가장 빠르게 연결하니까. 우리 아빠는 걷거나 자전거를 타는 식으로 고속도로를 자주 이용했다. 음식, 물, 다른 생필품 따위를 파는 행상인이나 매춘부 일부는 고속도로를 따라 오두막이나 판잣집을 짓고 살았다. 노숙을 하는 경우도 있었다. 걸인, 도둑, 살인자도 이곳을 삶의 터전으로 삼았다.

하지만 나는 오늘 난생처음으로 고속도로를 걸었다. 환상적이면서도 두려운 경험이었다. 어떤 면에서는 오래된 영화에서 본 20세기 중반의 중국 길거리가 떠오르는 광경이었다. 보행자들, 자전거 행렬, 온갖 물건을 들고 끌고 미는 사람들 때문이었다. 그러나 고속도로 인파의 구성원은 다양했다. 흑인과 백인, 아시아계, 중남미계가 섞여 있었고, 아기를 등에 업거나 아니면 손수레나 마차, 자전거 짐칸에 올려놓은 채 다 함께 이동하는 일가족도 있었다. 노인이나 장애인과 동행하는 이들도 있었다. 탈것에 앉지 않은 노인이나 환자, 장애인은 지팡이를 짚거나 자신보다 더 잘 걷는 사람에게 의지하며 안간힘을 다해 비틀비틀 나아갔다. 많은 사람이 칼집에 든 칼과 장총, 그리고 당연히 눈에 잘 띄도록 총집에 꽂아둔 권총 등으로 무장하고 있었다. 이따금 지나가는 경찰관은 그런 무기를 거들떠도 안 봤다.

아이들은 울고 뛰어놀고 쪼그려 앉는 등, 먹는 일만 빼고 온갖 짓을 다 했다. 걸으면서 음식을 먹는 사람은 아주 드물었다. 수통에 든 물을 마시는 사람은 두어 명 있었다. 그들은 누가 볼세라 재빨리 물을 꿀꺽꿀꺽 들이켰다. 꼭 무슨 남부끄러운 짓이라도 하는 것처럼, 아니면 위험한 짓을 하는 것처럼.

우리 옆에서 걸어가던 여성이 풀썩 고꾸라졌다. 그 때문에 온 체중이 느닷없이 무릎에 집중되는 충격을 느꼈지만, 고통은 전혀 없었다. 충격으로 비틀거렸을 뿐 쓰러지지도 않았다. 그 여성은 쓰러진 자리에 잠시 앉아 있다가 휘청휘청 일어서더니, 커다란 배낭의 무게 때문에 구부정하니 몸을 숙인 자세로 다시 걷기 시작했다.

거의 모든 사람이 지독히도 더러웠다. 가방과 보따리와 배낭도 더럽기 짝이 없었다. 체취는 끔찍했다. 그리고 우리는, 재와 흙먼지를 뒤집어쓴 채 콘크리트 바닥에서 잠을 잔 우리는, 사흘 동안 몸을 씻지 못한 우리는, 주위 사람들과 썩 잘 어울렸다. 새 침낭 가방만이 우리가 길을 나선 지 얼마 안 된 사람들이며, 훔칠 만한 새 물건을 지닌 사람들이라는 비밀을 공공연히 드러냈다. 출발하기 전에 침낭 가방에 흙을 좀 묻혀야 했는데. 이따 밤에 묻혀야겠다. 기억해뒀다가 꼭 해야지.

근처에 어린 남자애들이 몇 명 있었다. 몸이 날씬하고 행동이 민첩했고, 몇몇은 꾀죄죄했지만 몇몇은 말끔하기 그지없었다. 키스. 오늘날의 키스 같은 아이들이었다. 나는 짐이 별로 없는 아이들에게 가장 마음이 쓰였다. 개중에는 달랑 무기만 지니고 다니는 아이도 있었다.

포식자들이었다. 그 애들은 툭하면 주위를 두리번거리며 사람들을 뚫어져라 응시했고, 그러면 사람들은 시선을 다른 쪽으로 돌렸다. 나도 그 애들의 눈길을 피했다. 다행히 해리와 자라도 나와 똑같이 행동했다. 우리는 말썽에 휘말리면 안 되는 처지였다. 만약 말썽이 닥쳐오면 우리 손으로 처치하고 계속 걸을 수 있기만을 바랄 뿐이었다.

내 권총은 가득 장전된 상태로 총집에 꽂혀 있었지만, 나는 셔츠로 권총을 반쯤 가렸다. 해리는 자신이 쓸 칼을 한 자루 샀다. 불타는 집에서 빠져나올 때 챙긴 돈이 총을 사기에는 부족했기 때문이다. 나는 권총을 한 정 더 살 여유가 있었지만, 그랬다가는 가진 돈을 너무 많이 쓰는 셈이었다. 우리는 갈 길이 아직 먼 처지였다.

자라는 신발 판 돈으로 칼과 개인용품 몇 가지를 샀다. 그 돈에서 내 몫을 주겠다고 했지만 내가 거절했다. 자라도 비상금 몇 푼은 있어야 하니까.

자라와 해리가 칼을 써야 할 날이 오면, 부디 확실히 죽이면 좋겠다. 그러지 않으면 고통에서 벗어나기 위해 내가 죽여야 할지도 모르니까. 둘은 그런 짓을 하는 나를 어떻게 생각할까?

그들은 내가 초공감자인 것을 알 자격이 있다. 그들 자신의 안전을 위해서라도 마땅히 알아야 한다. 하지만 나는 누구에게도 그 사실을 밝힌 적이 없다. 공감은 곧 약점이자 수치스러운 비밀이다. 내 정체를 아는 사람은 나를 다치게 할 수도, 배신할 수도, 손가락만 까딱하는 정도로 망가뜨릴 수도 있다.

아직은 털어놓을 수가 없다. 조만간 털어놔야 할 테지만, 그건 나도 알지만, 아직은 안 된다. 우리 셋은 함께하는 사이지만 아직은 하나가 아니다. 해리와 나는 자라를 잘 알지 못하고 자라 역시 우리를 잘 모른다. 그리고 우리가 시련에 직면했을 때 무슨 일이 생길지는 우리 중 아무도 알지 못한다. 어쩌면 우리는 인종차별이라는 시련에 부딪혀 억지로 흑백으로 나뉠지도 모른다. 나는 두 사람을 믿고 싶다. 나는 그들이 마음에 들고, 그리고…… 나한테는 그들밖에 남지 않았다. 하지만 마음을 정하려면 시간이 더 필요하다. 자신의 운명을 걸고 다른 사람을 신뢰하는 건 결코 사소한 일이 아니니까.

"너 괜찮아?" 자라가 물었다.

나는 고개를 끄덕였다.

"안색이 너무 안 좋잖아. 평소에는 더럽게 무표정한 얼굴로 사는 애가……."

"그냥 생각 좀 하느라고요. 이젠 생각할 일이 너무 많네요."

자라는 거의 휘파람에 가까운 소리로 한숨을 내쉬었다. "그래. 나도 알아. 하지만 눈은 항상 똑바로 뜨고 있어야 해. 혼자만의 생각에 너무 깊이 빠지면 놓치는 것들이 생기거든. 고속도로는 한시도 쉬지 않고 시체가 나오는 곳이야."

제16장

새 땅에 뿌려진
지구종은
먼저 자신이 아무것도 모른다는 것부터
인정해야 한다.

—《지구종: 산 자들의 책》에서

2027년 8월 2일 월요일

(8월 8일 자 일기에 덧붙인 메모에서 계속)

내가 오늘 배운 것 몇 가지를 적어본다.

걷기는 고통스러운 일이다. 전에는 그 사실을 깨달을 만큼 충분히 걸어본 적이 없어서 몰랐지만, 이제는 안다. 우리 모두 발에 물집과 통증이 생겼지만 그게 다가 아니다. 시간이 지나면 온몸이 다 아프다. 허리와 어깨가 내 몸을 버리고 남의 몸으로 달아나는 게 아닌가 하는 생각마저 들었다. 통증을 누그러뜨리는 방법은 오로지 쉬는 것뿐이다. 우리는 오늘 느지막이 출발했는데도 두 번이나 걸음을 멈추고 쉬었다. 고속도로를 벗어나 산이나 덤불숲으로 들어가 앉아서 물을 마셨고, 말린 과일과 견과류도 먹었다. 그러고는 다시 걷기 시작했다. 일년 중 이맘때는 낮이 긴 계절이니까.

자두나 살구 씨를 종일 입에 물고 쪽쪽 빨면 갈증이 덜 난다. 자라가 우리에게 가르쳐준 비법이다.

"어렸을 때 가끔 조약돌을 입에 물곤 했어. 뭐든 입에 넣고 있으면 기분이 나아지니까. 그래봤자 속임수지만. 물을 충분히 마시지 않으면 기분이 어떻든 간에 결국 죽어."

첫 번째 휴식을 마치고 나서 우리 셋 모두 입속에 씨를 물고 걸었는데, 그러자 기분이 조금 나아졌다. 물은 산에 가서 쉴 때만 마셨다. 그렇게 하는 게 더 안전했다.

활기찬 캠프파이어보다는 썰렁한 야영지가 더 안전하다. 하지만 오늘 밤에는 산기슭을 적당히 청소하고 구덩이를 판 다음, 속에 조그맣게 모닥불을 피웠다. 그 불에다 내 특기인 도토리빵을 구웠다. 견과류와 과일도 넣고 구우니 맛이 끝내줬다. 그런 음식은 얼마 못 가서 다 떨어질 것이다. 그 뒤에는 콩과 옥수숫가루, 오트밀같이 가게에서 산 비싼 음식으로 연명해야 한다. 도토리빵은 원래 집에서 만드는 음식인데, 이제 나에게는 집이 없다.

불을 피우는 건 불법이다. 산 곳곳에 깜박이는 불빛이 보이지만, 그 불도 다 불법이다. 사방이 너무 건조하다 보니 모닥불이 사람 손을 벗어나 동네 한두 곳을 통째로 없애버릴 위험이 있기 때문이다. 실제로 그런 일이 일어나곤 한다. 하지만 집 없는 사람들은 불을 피울 것이다. 우리처럼 불 때문에 무슨일이 일어나는지 아는 사람들도 불을 피울 것이다. 불은 아늑한 느낌과 따뜻한 음식, 안전하다는 착각을 선사하니까.

식사를 하는 동안, 그리고 식사를 마치고 나서까지도 사람들이 다가와 우리 틈에 끼려 했다. 대개는 악의 없는 사람들이라 돌려보내기 쉬웠다. 그저 불 앞에서 몸만 좀 녹이고 싶다는 사람이 셋 있었다. 아직 지지 않은 해가 지평선을 벌겋게 물들이고 있어, 추워지려면 한참 남은 때였는데도 말이다.

해리와 나 같은 젊은 남자 둘이 여자를 한 명만 데리고 다녀도 충분하겠느냐고 묻는 여성이 셋 있었다. 그렇게 물은 여성들은 몸에 걸친 옷의 가짓수가 너무나 적었던 걸로 보아 추위를 느꼈을지도 모른다. 내가 계속 남장을 하고 다니면 앞으로도 어색한 일이 생길 것이다.

"그 불에다 감자만 좀 구우면 안 될까요?" 웬 노인이 말라비틀어진 감자 한 알을 보여주며 그렇게 물었다.

우리는 그 노인에게 불만 조금 나눠주고 돌려보냈다. 그런 다음 노인이 어디로 가는지 지켜봤는데, 왜냐면 같은 패거리가 어딘가 숨어 있는 경우에는 우리가 준 불붙은 장작이 무기로 쓰이거나, 우리의 주의를 분산시키는 수단이 되기 때문이다. 이런 식으로 살아가는 건 말도 안 된다. 힘없는 노인을 의심하다니. 미칠 노릇이다. 하지만 살아남으려면 편집증 환자가 돼야 한다. 웬걸, 해리는 그 노인을 우리 곁에 앉히려고 했다. 그런 일은 꿈에도 일어나선 안 된다고 해리에게 일깨워주기 위해 자라와 나는 힘을 합쳐야 했다. 해리와 나는 태어나서 이때껏 호의호식하고 안전하게 보호받으며 살아왔다. 우리는 또래 아이들보다 힘도 세고 건강하고 교육도 잘 받았다. 하지만 바깥세상에서 우리는 바보나 다름없다. 남을 신뢰하려 하니까. 나는 그 충동에 맞서 싸운다. 해리는 아직 싸우는 방법을 깨우치지 못했다. 우리는 나중에 그 점에 관해 논쟁했다. 나직한 목소리로, 거의 소곤거리듯이.

"아무한테도 마음을 놓아선 안 돼." 자라가 해리에게 말했다. "겉으로는 아무리 불쌍해 보이는 사람이라도 네 짐을 탈탈 털어갈 능력은 있어. 어린애들, 빼빼 말라서 눈만 퀭한 꼬맹이들조차 돈이고 물이고 음식이고 거뜬히 다 들고 내뺀단 말이

317

야! 난 알아. 예전에 내가 하던 짓이니까. 아마 나한테 도둑질을 당한 사람들은 죽었을 테지만, 그야 내 알 바 아니지. 어쨌든 난 안 죽었으니까."

해리와 나, 둘 다 자라를 멍하니 바라봤다. 우리는 자라가 어떻게 살았는지 거의 모르다시피 했다. 하지만 그때 내가 보기에 우리 일행에서 가장 알 수 없는 사람은 해리였다.

"넌 힘도 세고 자신감도 있어." 나는 해리에게 그렇게 말했다. "넌 이 바깥세상에서 혼자 힘으로 살 수 있을 거라 생각하겠지. 실제로 그럴 수도 있어. 하지만 여기에서 칼에 찔리거나 뼈가 부러지면 어떻게 될지 한번 상상해봐. 불구가 되거나 감염되거나 굶주려서 천천히 죽어가는 거야. 병원 치료도, 아무 도움도 못 받은 채."

해리는 앞으로도 나와 아는 사이로 지내야 할지 고민하는 눈빛으로 나를 봤다. "그래서 뭐?" 해리가 물었다. "결백이 입증될 때까지는 모두가 유죄라고? 뭘 했다고 유죄라는 거야? 또 결백은 무슨 수로 입증하라는 건데?"

"남들이 결백하든 어떻든 난 쥐뿔도 관심 없어." 자라의 말이었다. "자기들 앞가림이나 잘하라고 해."

"해리, 넌 머릿속에서는 지금도 예전 우리 동네에 살고 있어." 내가 말했다. "지금도 실수를 저질러봤자 아빠한테 큰소리로 야단맞거나, 손가락이 부러지거나, 이에 금이 가거나 하는 정도로 끝날 줄 알지. 하지만 여기에서는 실수가, 단 한 번의 실수가 곧 죽음으로 이어지기도 해. 아까 낮에 본 남자 기억나? 그런 일이 우리한테 일어난다면?"

우리는 어떤 남자가 도둑들한테 털리는 광경을 목격했다. 서른다섯 살 아니면 마흔 살쯤 돼 보이는 피둥피둥 살찐 남자가 종이봉투에 든 견과류를 먹으며 걸어가고 있었다. 현명한 행동은 아니었다. 열두세 살로 보이는 아이 하나가 그 봉투를 낚아채 달아났다. 날치기를 당한 남자가 그 아이한테 정신이 팔린 사이, 나이가 조금 더 든 아이 둘이 남자의 발을 걸어 넘어뜨리고 배낭 어깨끈을 잘랐다. 아이들은 남자의 등에서 배낭을 벗겨 그대로 들고 달아났다. 모든 일이 너무나 순식간에 일어나서 막으려 한 사람이 있었다 한들 끼어들 틈조차 없었다. 실제로 막아서는 사람도 없었지만. 피해자는 멍이 들고 살갗이 까졌을 뿐 크게 다치지는 않았다. 그 정도는 우리가 동네에 살 때도 매일 같이 겪던 일이었다. 하지만 그 남자는 생존에 필요한 물자를 다 잃어버렸다. 집이 이 근처이고 물자가 더 있다면 그리 큰일은 아닐 것이다. 그렇지 않다면, 이제 그 남자가 살아남을 방법은 다른 사람을 터는 것뿐이었다. 그렇게 할 능력이 있다면 말이다.

"잊어버렸어?" 나는 해리에게 물었다. "피치 못할 경우가 아니라면 남을 해칠 필요는 없지만, 그렇다고 해서 경계를 늦추면 절대 안 돼. 남을 신뢰하면 안 된단 말이야."

해리는 납득이 안 간다는 듯 고개를 저었다. "만약 내가 자라를 덮친 놈을 저지할 때 네 말대로 했다면 어떻게 됐을까?"

나는 치솟는 화를 꾹 눌렀다. "해리, 우리끼리 서로 믿지도 돕지도 말자는 뜻이 아니란 건 알잖아. 우린 서로 아는 사이야. 함께 먼 길을 가기로 약속한 사이고."

"우리가 서로 그렇게 잘 아는지 난 모르겠는데."

"난 알아. 그리고 네가 모른다고 해도 신경 안 써. 그런 것까지 신경 쓸 여유가 없거든."

해리는 나를 가만히 바라보기만 했다.

"여기에서는 주변 환경에 알아서 적응해야 해. 아니면 죽는 수밖에 없어." 내가 말했다. "그건 분명한 사실이야!"

이제 나를 보는 해리의 눈빛은 정말이지 모르는 사람을 보는 듯했다. 그런 해리를 마주 보며, 부디 해리를 잘 안다고 믿었던 내 생각이 착각이 아니기를 바랐다. 내가 아는 해리는 영리하고 용감했다. 단지 변하기를 싫어할 뿐이었다.

"우리랑 갈라서고 싶은 거야?" 자라가 물었다. "우리하고 헤어져서 너 혼자 가겠다는 거냐고."

해리는 부드러워진 눈길로 자라를 돌아봤다. "그럴 리가요. 하지만 그렇다고 해서 꼭 짐승처럼 살 필요는 없잖아요, 젠장."

"어느 정도는 그럴 필요가 있어." 내가 말했다. "우린 한 패야. 우리 셋만 그렇고, 그 외는 아니야. 우리가 잘 지내면서 함께 협력하면 살아남을 가망이 있을 거야. 바깥에 패를 지어 다니는 사람들이 우리 말고도 많다는 건 뻔할 뻔 자고."

해리는 바위에 등을 기대고 놀란 표정을 지었다. "너 말본새가 거친 게 누가 보면 진짜 남자인 줄 알겠다."

하마터면 해리를 주먹으로 칠 뻔했다. 어쩌면 자라와 나는 해리가 없는 편이 더 나을 것도 같았다. 하지만 그렇지 않았다. 사실이 아니었다. 머릿수는 중요한 문제였다. 우정도 중요했다. 일행에 진짜 남자가 한 명 있는 것 또한 중요했다.

"그 말 다시는 하지 마." 나는 해리 쪽으로 몸을 숙였다. "두 번 다시 꺼내지 마. 이 산에는 다른 사람도 잔뜩 있어. 우리 얘기 누가 들을지 모른다고. 내 정체를 누설하면 위험해지는 건 바로 너야!"

해리는 그 말을 듣고서야 상황을 눈치챘다. "미안."

"바깥세상은 끔찍한 곳이야." 자라가 말했다. "그래도 정신만 똑바로 차리면 대개는 살아갈 수 있어. 우리보다 더 약한 사람들도 살아. 정신만 똑바로 차리면."

해리는 힘없이 웃었다. "벌써부터 이 세상이 싫어지네요."

"그래도 여럿이 힘을 합치면 그렇게까지 끔찍하진 않아."

해리는 자라에게서 내게로 시선을 옮겼다가, 다시 자라를 돌아봤다. 그러더니 자라에게 빙긋이 웃어 보이고는 고개를 끄덕였다. 나는 그제야 퍼뜩 알아차렸다. 해리는 자라를 좋아한다. 자라의 매력에 끌린다. 나중에 자라는 그런 해리 때문에 곤란해질지도 몰랐다. 자라는 예쁘고, 나는 결코 예뻐질 일이 없었다. 그래도 나는 상관없었다. 남자애들은 언제나 나를 좋아하는 것 같았으니까. 하지만 자라의 미모는 사내들의 관심을 끌었다. 만약 자라와 해리가 사귀는 사이가 되면, 나중에 자라는 두 사람 몫의 무거운 몸이 되어 북쪽으로 향하는 처지가 될지도 몰랐다.

내가 두 사람 일을 고민하느라 생각에 빠져 있을 때, 자라가 발로 나를 쿡 찔렀다. 덩치 크고 꾀죄죄한 남자 둘이 근처에 서서 우리를 지켜보고 있었다. 특히 자라를.

나는 자리에서 일어섰다. 자라와 해리도 일어나더니 내 양옆에 나란히 섰다. 남자들은 우리와 너무 가까웠다. 일부러 가까이 다가왔던 것이다. 나는 한 손으로 권총을 쥐었다.

"왜요?" 내가 말했다. "무슨 용건이라도 있어요?"

"아니, 그냥." 둘 중 한 남자가 자라를 향해 씩 웃었다. 둘 다 칼집에 든 큼지막한 칼을 만지작거리고 있었다.

나는 총을 뽑아 들었다. "그래, 한판 떠보자."

남자들 표정에서 웃음이 사라졌다. "뭐야, 여기 서 있었단 이유만으로 쏘겠다고?" 둘 중 말수가 많은 쪽이 말했다.

나는 엄지손가락으로 안전장치를 풀었다. 말이 많은 쪽, 그러니까 두목을 쏠 작정이었다. 그러면 부하는 달아날 테니까. 그쪽은 이미 달아나고 싶은 눈치였다. 그는 입을 벌리고 총을 멍하니 보고 있었다. 내가 두목을 쏘고 초공감 때문에 고통스러워하다 쓰러질 즈음이면 부하는 사라지고 없을 듯싶었다.

"어이, 좋게 넘어가자고!" 말이 많은 남자는 두 손을 든 채로 뒤로 물러섰다. "진정해, 이 친구야."

나는 그들을 순순히 보내줬다. 차라리 쏴버렸다면 나았을 텐데. 그런 남자들 때문에 불안하다. 시빗거리와 희생자를 찾아다니는 남자들. 하지만 불안을 느낀다는 이유만으로 사람을 쏘면 안 되겠지. 나는 우리 동네가 불타던 밤에 한 남자를 죽였고, 그 일을 딱히 대단한 사건으로 여기지도 않았다. 하지만 이건 다르다. 해리가 도둑질에 관해 한 말과 통하는 구석이 있기 때문이다. 나는 태어나서 지금껏 '살인하지 못한다'라는 계명을 들으며 자랐다. 하지만 피치 못할 상황에서는 살인이라도 하는 수밖에 없다. 아빠가 뭐라고 할지 궁금하다. 따지고 보면 나에게 사격을 가르쳐준 사람은 다름 아닌 아빠다.

"오늘 밤엔 불침번을 철저히 서야겠어." 나는 방금 전까지 내가 지었을 표정을 해리의 얼굴에서 보고 어쩐지 반가움을 느꼈다. 분노와 불안이 섞인 표정이었다. "네 손목시계하고 내 권총을 돌아가면서 쓰자." 나는 해리에게 말했다. "한 사람당 세 시간씩."

"너 진짜로 쏠 작정이었지, 그렇지?" 해리가 물었다. 목소리를 들어보니 진지하게 묻는 것 같았다.

나는 고개를 끄덕였다. "너 같으면 안 쐈겠어?"

"아니. 내키진 않지만, 그놈들은 재미 볼 상대를 찾아다니는 중이었으니까. 자기들식 재미이긴 하지만." 해리는 자라를 흘깃 봤다. 그 애는 전에도 자라를 덮치려던 남자를 막아냈고, 그러다가 흠씬 얻어맞기까지 했다. 아마도 해리는 자라가 명백한 위협을 맞닥뜨려야 정신을 차리는 모양이었다. 어찌 됐든 정신을 차렸으니 꼭 나쁘다고만 할 일은 아니었다.

나는 자라를 돌아보며 들릴락 말락 한 목소리로 말했다. "우리하고 사격 연습을 하러 간 적 없잖아요. 총 쏠 줄 알아요?"

"알아. 리처드는 나이를 웬만큼 먹은 애들은 외출을 시켰지만, 나는 바깥에 못 나가게 했지. 하지만 리처드한테 팔려오기 전에 난 명사수였어."

자라의 낯선 과거 이야기가 또 나왔다. 그 말을 들으니 잠시 딴생각이 들었다. 나는 언젠가 자라에게 요즘은 사람 한 명이 얼마 정도에 팔리는지 물어볼 기회가 오기를 기다렸다. 자라는 일찍이 자기 엄마에 의해 생판 모르는 남자에게 팔린 과거가 있다. 그 남자가 미치광이나 사람의 탈을 쓴 짐승일지도 모르는데. 우리 아빠는 미래형 노예제도나 부채 노예제도가 도래하지 않을까 하고 걱정했다. 아빠는 자라의 사연을 알았을까? 그러진 않았을 텐데.

"이런 총도 쏴본 적 있어요?" 나는 45구경 자동권총의 안전장치를 다시 채우고 자라에게 건넸다.

"그럼, 당연하지." 자라는 총을 살펴보았다. "내가 좋아하는 총이야. 무겁긴 하지만, 이걸로 사람을 쏴 맞히면 확실히 나자빠지지." 자라는 탄창을 꺼내 탄약이 몇 발이나 들어 있는지 확인했다. 그리고는 탄창을 다시 총 손잡이에 끼우고 끝까지 밀어 고정한 다음, 나에게 돌려줬다. "나도 너희랑 같이 사격 연습을 했으면 좋았을 텐데. 항상 그러고 싶었어."

불타버린 우리 동네가 느닷없이 떠올라 마음 한구석이 사무치게 쓸쓸했다. 그 느낌은 거의 신체적 통증에 가까웠다. 그토록 간절하게 떠나고 싶었지만, 나는 우리 동네가 제자리에 남아 있기를 바랐다. 비록 모습은 변하더라도 살아 있기를 바랐다. 동네가 아예 사라진 지금, 나는 가끔 그곳 없이 내가 무슨 수로 살아남을지 막막해지곤 한다.

"둘 다 눈 좀 붙여요." 내가 말했다. "난 너무 긴장해서 잠이 안 오네요. 첫 번째 불침번은 내가 설게요."

"자기 전에 땔감을 더 찾아야겠어." 해리가 말했다. "모닥불이 약해져서."

"그냥 꺼지게 놔둬." 내가 말했다. "불빛이 있으면 남들 관심을 끌 거야. 우리 야간시력도 떨어질 거고. 사람들은 우리가 알아보기 한참 전에 우리 위치를 파악할 거야."

"그럼 어둠 속에 그냥 앉아 있어야겠구나." 해리의 말은 반론이 아니었다. 기껏해야 내키지 않는 찬성이었다. "다음 차례는 내가 설게." 그 말을 남기고 해리는 땅에 드러누워 침낭을 덮고는, 나머지 소지품을 베개 삼아 머리에 받쳤다. 그러다가 뒤늦게 생각이 났는지 손목시계를 풀어 나에게 건넸다. "우리 엄마가 선물로 준 거야."

"잘 챙길 테니 안심해." 나는 해리에게 말했다.

해리는 고개를 끄덕였다. "조심해." 해리는 눈을 감았다.

나는 시계를 손목에 차고 유리판에 우연히 불빛이 반사되는 일이 없도록 웃옷 소매를 내려 가린 다음, 경사진 지면에 등을 기대고 앉아 메모 몇 장을 휘갈겨 적었다. 자연의 빛이 아직 남아 있는 동안은 경계를 서면서 글을 쓰는 게 가능했다.

자라는 나를 물끄러미 보다가 내 팔을 가만히 잡았다. "그거 어떻게 하는지 나도 가르쳐줘."

무슨 말인지 몰라 멍하니 자라를 봤다.

"글 읽고 쓰는 법을 가르쳐달란 말이야."

놀랐지만 어찌 보면 당연한 일이었다. 자라처럼 살아온 사람이 시간과 돈이 어디 있어서 학교를 다녔겠는가. 리처드 모스에게 팔려오고 나서도 나머지 아내들이 질투심 때문에 글을 가르쳐주지 않았을 것이다.

"동네에 살 때 우리 집에 오지 그랬어요." 나는 자라에게 말했다. "수업은 수준에 맞게 우리가 준비했을 텐데."

"리처드가 안 보내줬을걸. 그 사람은 자기랑 사는 데에 필요한 건 내가 이미 다 안다고 했어."

내 입에서 끙 소리가 나왔다. "내가 가르쳐줄게요. 괜찮으면 내일 아침에 바로 시작해요."

"좋아." 자라는 나를 보며 묘한 웃음을 짓고는, 침낭과 내가 주운 베갯잇으로 싸놓은 몇 안 되는 소지품을 정리하기 시작했다. 그러고는 침낭에 누워 몸을 옆으로 틀고 나를 바라봤다. "내가 널 마음에 들어 할 줄은 몰랐는데. 목사님 딸에, 여기저기 돌아다니면서 이 사람 저 사람한테 설교하고, 이 일 저 일 안 끼는 데가 없는 애를. 그래도 넌 나쁜 애는 아니야."

나는 놀라움에 이어 흐뭇함을 느꼈다. "당신도 나쁜 사람은 아니에요."

"너도 전에는 나를 싫어했구나?" 이번에는 자라가 놀랄 차례였다.

"당신은 우리 동네에서 제일가는 미인이었잖아요. 뭐, 미치도록 좋아하진 않았어요. 그리고 이삼 년 전에 토끼 잡아서 손질하고 가죽 벗기는 법을 가르칠 때요, 나 토하게 하려고 온갖 짓을 다했던 거 기억 안 나요?"

"애초에 그런 걸 왜 배우려고 한 거야?" 자라가 물었다. "피,

내장, 기생충까지 나오는데……. 그때 난 그냥 이렇게 생각했어. '또 저 계집애네, 하여튼 낄 데 안 낄 데 분간을 못 하고. 어디 맛 좀 봐라!'"

"내가 할 수 있을지 궁금했어요. 동물 사체를 손질하고, 가죽을 벗기고, 살을 바르고, 생가죽을 무두질해서 부드러운 가죽으로 만드는 일을요. 그런 일은 어떻게 하는 건지, 내가 토하지 않고 그걸 끝까지 해낼 수 있을지 알고 싶었어요."

"왜?"

"언젠가는 그런 일을 해야 할지도 모른다고 생각했어요. 바깥세상에 나올지 모른다는 생각도 했고요. 비상 배낭을 싸서 손이 금방 닿는 곳에 놔둔 것도 같은 이유예요."

"안 그래도 어떻게 된 건지 궁금했어. 네가 집에서 챙겨온 그 많은 물건들 말이야. 처음에는 네가 동네에 다시 돌아갔을 때 챙겨온 건 줄 알았어. 하지만 아니야, 넌 그 난리가 터지기 전에 이미 대비가 돼 있었어. 앞일을 미리 내다본 거지."

"아니에요." 나는 기억을 떠올리며 고개를 가로저었다. "그건 누구도 대비할 수 없는 일이었어요. 하지만…… 언젠가는 무슨 일이 터질 거라고 생각했어요. 그 일이 얼마나 심각할지, 언제 일어날지는 알 길이 없었죠. 하지만 모든 게 나빠져만 갔어요. 기후, 경제, 범죄, 마약, 그런 것들 말이에요. 우리만 장벽 안쪽에서 느긋하게, 깨끗하고 든든하고 풍족하게 살 자격이 있다고는 믿을 수가 없었어요. 다른 사람들은 바깥세상에서 굶주리고 목마른 채 집도 없이 지저분하게 사는데 말이에요."

자라는 몸을 다시 틀어 똑바로 누운 채로, 별이 총총한 하늘을 올려다봤다. "나도 그런 걸 조금이라도 알았어야 해. 그런데 그러질 못했지. 높다란 장벽이 있었으니까. 총도 다들 갖고 있었고. 밤마다 순찰대도 돌아다녔으니. 나는 우리가…… 우리가 아주 강한 줄 알았어."

나는 공책과 볼펜을 내려놓고 침낭 위에 앉은 다음, 내 베갯잇 보따리를 뒤에 받치고 등을 젖혔다. 보따리가 울퉁불퉁해서 몸을 기대기 불편했다. 불편함이야말로 내가 바라는 바였다. 피곤했으니까. 온몸이 욱신욱신 쑤셔서 조금만 편해도 곯아떨어질 판이었다.

이제 해는 져서 보이지 않았고, 우리가 피운 모닥불도 이글거리는 숯덩이 몇 개만 빼면 꺼진 상태였다. 나는 총을 꺼내 무릎에 올려놨다. 만에 하나 총이 필요한 상황이 생기면 빨리 꺼내야 했으니까. 우리는 꾸물거리거나 멍청한 실수를 저지르고도 살아남을 만큼 강한 사람들이 아니었다.

나는 앉은 자리를 떠나지 않은 채 피로와 긴장으로 물든 세 시간을 보냈다. 우리에게는 아무 일도 없었지만, 주변에서 이런저런 일이 일어나는 것은 눈과 귀로 눈치챌 수 있었다. 사람들이 산을 돌아다녔다. 이따금 누가 능선 위로 달리거나 걸을 때면 하늘에 어두컴컴한 사람 형상이 보이곤 했다. 여럿이 가는 사람도 있었고 혼자서 가는 사람도 있었다. 개도 두 번 목격했는데, 멀리 있어도 불안했다. 총소리는 여러 번 났다. 한 발씩 쏘는 소리와 자동화기를 연발로 설정하고 짧게 끊어 쏘는 소리가 함께 들려왔다. 자동화기 소리와 개 때문에 걱정되고 불안해졌다. 기관총이나 자동소총 앞에서 권총 따위는 아무도 지켜주지 못할 것이다. 개들은 총의 위력을 모르므로 겁내지 않을지도 모른다. 두세 마리를 쏴서 쓰러뜨렸는데도 같은 무리의 개들이 계속 덤비면 어떻게 해야 할까? 그렇게 앉아서 식은땀을 흘리다 보니 장벽 생각이 간절했다. 하다못해 권총에 쓸 탄창 한두 개만 더 있었어도.

자정이 다 됐을 무렵, 해리를 깨워 총과 손목시계를 건넸다. 그다음 개들과 총소리, 밤에 돌아다니는 그 많은 사람들 이야기로 한껏 겁을 줬다. 침낭에 누우면서 보니 해리는 졸음이 싹 달아난 표정이었고, 눈도 초롱초롱했다.

나는 순식간에 곯아떨어졌다. 몸이 쑤시고 피곤한 탓인지, 단단한 땅바닥이 집에 있던 내 침대처럼 반갑기만 했다.

고함 소리에 잠이 깼다. 뒤이어 총소리가 들렸다. 한 발씩 쏘는 총소리가 몇 차례, 근처에서 커다랗게 났다. 해리일까?

침낭에서 나오기도 전에 뭔가 내 위로 쓰러졌다. 커다랗고 무거웠다. 숨이 턱 막혔다. 몸에서 치우려고 버둥거리다가 보니, 사람 몸뚱이였다. 죽었거나 의식이 없는 사람. 손으로 밀어 내다가 만진 빽빽한 수염과 덥수룩한 머리카락으로 보아 남자였고, 해리는 아니었다. 모르는 사람이었다.

근처에서 엎치락뒤치락하는 소리와 투덕거리는 소리가 났다. 욕하는 소리와 주먹질하는 소리도 들렸다. 싸움이 났다는 뜻이었다. 어둠 속에 사람들이 보였다. 사람 형상 둘이 땅바닥에서 싸우고 있었다. 밑에 깔린 쪽이 해리였다.

해리는 권총을 놓고 누구와 싸우는 중이었고, 그 싸움에서 지고 있었다. 총구가 해리를 향해 있었다.

있을 수 없는 일이었다. 우리에게 권총이나 해리가 없으면 끝장이었으니까. 나는 모닥불 구덩이에서 작은 화강암 덩어리를 주워 들고 이를 악문 다음, 돌로 침입자의 뒤통수를 있는 힘껏 내리쳤다. 그러고는 나도 힘없이 쓰러졌다.

이때껏 공유한 것 가운데 가장 지독한 고통은 아니었지만, 그래도 최악에 가까웠다. 나는 그 일격을 날린 후에 꼼짝도 못하는 신세가 돼버렸다. 아마 한동안 의식을 잃었던 것 같다. 자라가 어디선가 나타나 내가 괜찮은지 확인하려고 몸을 여기 저기 더듬거렸다. 물론 다친 곳은 찾지 못했겠지만.

몸을 일으키고 앉아서 자라의 손길을 막으며 보니, 해리도 곁에 있었다.

"그 사람들 죽었어?" 내가 물었다.

"그놈들은 신경 쓰지 마." 해리가 말했다. "넌 괜찮아?"

나는 일격의 여파로 비틀거리며 일어섰다. 속이 메슥거리고 어지러웠고, 머리가 깨질 듯이 아팠다. 나는 며칠 전에도 해리 때문에 그런 상태에 빠졌지만 그때는 우리 둘 다 다시 멀쩡해 졌다. 그렇다면 내가 돌로 찍은 남자도 회복이 될까?

나는 그 남자의 상태를 확인했다. 숨은 붙어 있지만 의식이 없어서 당장은 아무 고통도 느끼지 못했다. 내가 느끼는 고통 은 내가 가한 공격에 대한 반응이었다.

"다른 놈은 죽었어." 해리가 말했다. "이놈은…… 저런, 뒤통 수에 동굴을 파쳤구나. 어떻게 아직 살아 있는지 모르겠네."

"아아, 안 돼." 나는 나직이 중얼거렸다. "이런, 젠장." 그러 고는 해리에게 말했다. "총 이리 줘."

"뭐 하게?"

내 손 끝에 피와 부서진 머리뼈가 닿았다. 모르는 사람의 뒤 통수가 곤죽이 돼 있었다. 해리가 옳았다. 그 남자는 이미 죽 었어야 했다.

"총 이리 줘." 나는 그 말을 되풀이하며 피 묻은 손을 내밀 었다. "안 줄 거면 네 손으로 직접 하든가."

"총으로 쏴버릴 순 없잖아. 그렇게 아무렇게나……."

"만약 내가 이런 상태가 되면, 병원이라곤 눈을 씻고 찾아도 없는 이 바깥에서 이렇게 되면 말이야, 부디 용기를 내서 날

쏴주면 좋겠어. 우린 이 남자를 쏘든가 산 채로 여기 두고 가든가, 둘 중 하나를 택해야 해. 이 남자가 숨이 끊어질 때까지 얼마나 걸릴 것 같아?"

"어쩌면 안 죽을지도 모르잖아."

나는 토하지 않으려고 기를 쓰며 내 배낭이 있는 곳으로 갔다. 아까 본 죽은 남자 밑에서 배낭을 꺼낸 다음, 속을 뒤져 내칼을 찾아냈다. 예리하고 튼튼한 훌륭한 칼이었다. 나는 칼날을 펼쳐서 뒤통수를 맞고 기절한 남자의 목을 그었다.

피가 멈추고 나서야 마음이 놓였다. 남자의 심장은 주인의 목숨을 펌프질해 땅바닥에 쏟아냈다. 남자는 의식을 회복하지 못했고, 나를 자신의 고통에 끌어들이지도 못했다.

그러나 당연히 나는 안심할 처지가 아니었다. 어쩌면 예전의 삶에서 내가 알던 마지막 두 사람이 떠날지도 몰랐다. 내가 그들을 충격과 공포에 빠뜨렸으니까. 두 사람이 떠난다 해도 그들을 비난할 생각은 없었다.

"시체의 옷을 다 벗겨." 내가 말했다. "소지품은 뒤져서 챙겨두도록 해. 다 끝나면 낮에 땔감을 모은 졸참나무 덤불에 시체를 가져다 버릴 거야."

나는 남자의 몸을 뒤졌다. 바지 주머니에서 얼마 안 되는 돈이 나왔고, 오른쪽 양말에서는 더 많은 돈이 나왔다. 성냥 한 갑, 아몬드 한 봉지, 육포 한 봉지, 조그맣고 동그란 자주색 알약도 한 봉지 있었다. 칼을 비롯해 무기는 하나도 없었다. 그러니까 이 남자는 아까 저녁에 우리를 떠보러 온 남자가 아닌 것이다. 예상외의 일이었다. 그때 둘 중에 머리가 긴 사람은 없었는데, 지금은 둘 다 머리가 길었다.

나는 알약 봉지를 원래 있던 주머니에 다시 넣었다. 그것만 빼고 다른 것은 다 챙겼다. 돈은 우리가 버티는 데에 도움이 될 것이다. 식량은 먹을 수 있을지 없을지 아직 모른다. 날이 환해지면 확인해야겠다.

나는 자라와 해리가 뭘 하는지 보려고 두리번거리다가, 그들이 다른 시체의 옷을 벗기는 걸 보고 안심했다. 해리는 시체를 똑바로 뒤집어놓고는 계속 불침번을 섰고, 그러는 동안 자라는 시체의 옷과 신발, 양말, 머리카락 속까지 샅샅이 뒤졌다. 뒤지는 솜씨가 나보다 훨씬 더 꼼꼼했다. 점잔 빼느라 미적거리는 기색은 조금도 없이, 죽은 남자의 옷을 벗기고 땟자국이 시커먼 주머니와 솔기, 밑단까지 철저히 살폈다. 왠지 처음 하는 일이 아니라는 느낌이 들었다.

"돈, 식량, 칼 한 자루." 한참 후에 자라가 나직이 말했다.

"저쪽 남자는 칼이 없었어요." 나는 두 사람 사이에 쪼그려 앉았다. "해리, 어떻게 된 거야?"

"그놈한테도 칼이 있었어." 해리가 나직한 목소리로 말했다. "내가 멈추라고 소리치니까 그놈이 칼을 꺼냈어. 어딘가 땅바닥에 떨어져 있을 거야. 자, 이놈들을 덤불에 갖다 버리자."

"그건 너랑 내가 하면 돼. 자라한테 총을 줘. 우릴 엄호할 수 있게."

나는 군말 없이 자라에게 총을 넘기는 해리를 보며 안도했다. 앞서 해리는 내가 총을 달라고 했을 때 꿈쩍도 하지 않았지만, 그때는 사정이 달랐으니까.

우리는 시체 두 구를 졸참나무 덤불까지 끌고 가서 잘 안 보이는 안쪽으로 굴려 넣었다. 그런 다음 발로 흙을 차서 눈에 띄는 핏자국과 한 놈이 흘린 소변 자국을 가렸다.

그 정도로는 부족했다. 야영지를 옮기기로 했다. 짐과 침낭을 챙겨 들고 나직한 산등성이를 넘어 원래 있던 곳에서 보이지 않는 자리로 이동하자는 뜻이었다.

갈비뼈처럼 줄줄이 늘어선 나직한 능선 사이의 경사지에 야영지를 만들 경우, 지붕은 없어도 세 면이 막힌 방 정도의 사생활은 보장받을 수 있다. 산등성이나 능선 위에서 내려다보면 야영지가 고스란히 보인다는 약점이 있지만, 능선 위에서 야영을 하면 훨씬 더 많은 사람의 눈에 띌 위험이 있다. 우리는 능선 사이의 지점을 고르고 자리를 잡은 다음, 한동안 말없이 앉아 있었다. 나는 일행과 떨어져 있는 느낌이 들었다. 뭔가 말을 해야 한다는 것은 알았지만, 내 입에서 아무 도움도 안 되는 말만 나올까 봐 두려웠다. 두 사람은 나를 버리고 갈

335

지도 몰랐다. 역겨워서, 믿음이 가지 않아서, 두려워서. 더는 나와 함께 여행할 수 없다고 결론 내릴 만도 했다. 그렇게 되기 전에 선수를 치는 것이 상책이었다.

"내 비밀을 얘기해줄게요." 나는 그렇게 말을 꺼냈다. "그걸 알면 나를 더 잘 이해할지 어떨지 모르겠지만, 그래도 얘기해야겠어요. 두 사람 다 알 자격이 있으니까요."

나직이 속삭이는 목소리로, 내 친엄마의 사연과 초공감에 관해 이야기했다.

내 이야기가 끝나고 나서 다시금 침묵이 길게 이어졌다. 그러다 자라가 입을 열었다. 나는 너무나도 부드러운 목소리에 놀라 그만 움찔했다.

"그러니까 그 남자를 돌로 내리쳤을 때, 너는 널 내리친 거나 마찬가지였구나."

"아뇨." 내가 말했다. "난 실제로 다치진 않아요. 그냥 고통만 느끼지."

"그래도 네가 너 자신을 때리는 것처럼 느껴지는 거잖아?"

나는 고개를 끄덕였다. "거의 비슷해요. 어렸을 땐 내가 남을 다치게 하거나 남이 다치는 걸 보면, 나도 똑같이 피를 흘렸어요. 이제는 그렇지 않지만요. 안 그런 지 몇 년 됐어요."

"하지만 당사자가 기절하거나 죽은 상태면 아무 공감도 안 한단 말이지."

"맞아요."

"그래서 그 남자를 죽인 거야?"

"그 남자가 우릴 위험에 빠뜨리려고 하니까 죽인 거예요. 나한테는 특별한 방식으로 위협이 됐지만, 당신들도 위험하긴 마찬가지였어요. 달리 무슨 수가 있었겠어요? 그 남자를 파리와 개미와 들개가 처리하도록 그냥 버려둘까요? 당신이야 기꺼이 그렇게 하겠지만, 해리가 찬성했겠어요? 아니면 그 남자를 데리고 있을까요? 언제까지요? 무슨 이유로? 대담하게 경찰관을 찾아가서 우리하고 관련된 부분은 쏙 빼고 웬 남자가 다치는 걸 봤다고 신고하는 방법도 있죠. 하지만 요즘 경찰은 사람들을 안 믿어요. 경찰은 아마 신원을 조사한답시고 우릴 며칠 동안 가둬놓을 테고, 아예 우리한테 그 남자를 공격하고 남자의 친구를 죽인 혐의까지 씌울지도 몰라요." 나는 입을 꾹 다문 해리 쪽을 돌아봤다. "너라면 어떻게 했겠어?"

"글쎄." 해리의 무뚝뚝한 목소리에 못마땅한 기색이 묻어났다. "적어도 네가 아까 한 것처럼은 안 할 거야."

"너한테 나처럼 하라고 시키지 않을 거야." 내가 말했다. "실제로도 시키지 않았고. 하지만 해리, 난 다시 똑같은 일을 할 거야. 아마 그렇게 해야 할 때가 또 올 거야. 그래서 지금 이 얘기를 미리 들려주는 거야." 나는 자라를 흘깃 봤다. "더 일찍 털어놓지 않아서 미안해요. 진작 얘기해야 했는데 말을 꺼내기가…… 힘들어서요. 정말로 힘들어요. 이때껏 아무한테도 얘기 안 했을 정도로. 이제……." 나는 숨을 깊이 들이쉬었다. "이제 모든 건 당신들한테 달렸어요."

"그게 무슨 말이야?" 해리가 물었다.

나는 해리의 표정을 읽고 그 질문이 정말로 몰라서 묻는 것인지 간파해보았다. 아무래도 몰라서 묻는 것 같지는 않았다. 나는 해리를 무시하기로 했다.

"당신 생각은 어때요?" 나는 자라를 보며 물었다.

둘 다 한참 말이 없었다. 그러다 자라가 입을 열더니, 나긋한 목소리로 섬뜩한 이야기를 꺼냈다. 자라가 우리에게 이야기를 하는지 아니면 혼잣말을 하는지 확신이 서지 않았다.

"우리 엄마도 마약을 했어. 젠장, 내가 태어난 곳에서는 임신한 여자도 하나같이 마약을 했지……. 약값을 대려고 매춘도 같이 했고. 그러면서도 뻔질나게 애를 낳고는, 그 애가 죽으면 무슨 쓰레기 버리듯이 내다버렸어. 아기들은 거의 대부분 마약이나 사고로, 영양부족이나 오랜 방치로, 아니면 병으로 죽었어. 안 아픈 아기가 없을 정도였지. 개중에는 날 때부터 아픈 애도 있었고. 온몸에 발진이 돋거나 눈에 큼지막한 종기가 돋거나, 종양인가 하는 거 있잖아, 아니면 다리가 없거나 경련을 하거나 숨을 제대로 못 쉬거나…… 하여튼 온갖 증세를 다 보였어. 그나마 살아남은 아기들 일부는 머리가 바보 천

338

치였지 뭐야. 생각도 못 해, 배운 적도 없어, 아홉 살이나 열 살이 돼서도 그냥 앉은 채 바지에 오줌을 지리고 몸을 꺼떡거리며 침만 질질 흘리는 거야. 그런 애들이 아주 많았어."

자라는 내 손을 꼭 쥐었다. "로런, 넌 잘못한 거 하나도 없어. 걱정할 것도 하나도 없고. 그 파라세트코라는 마약이 너한테는 분유였던 거야."

어째서 동네에 살 때에는 자라와 알고 지낼 기회가 없었을까? 나는 자라를 끌어안았다. 처음에는 당황한 기색이 느껴졌지만, 이내 자라도 나를 안아줬다.

우리 둘은 함께 해리를 봤다. 해리는 가만히 앉아 있었다. 우리 곁에, 그러면서도 우리에게서 멀리. 나에게서 멀리.

"만약에 그놈이 팔이나 다리만 부러졌다면, 그랬다면 넌 어떻게 했을 것 같아?" 해리가 물었다.

나는 고통을 떠올리며 신음했다. 뼈가 부러졌을 때 어떤 느낌이 드는지는 바라는 것 이상으로 잘 아니까. "그냥 놔줬을 것 같아. 그러고 나서 분명 후회하겠지. 불안해서 자꾸 뒤돌아보는 짓을 그만하기까지 시간이 한참 걸릴 테니까."

"고통에서 벗어나려고 남자를 죽이진 않았을 거란 말이야?"

"우리 동네에 살 때 고통에서 벗어날 생각으로 누굴 죽인 적이 한 번도 없어."

"하지만 생판 모르는 남인데……."

"방금 얘기했잖아, 그런 경우에 내가 어떻게 할지."

"만약에 내 팔이 부러지면 어떻게 할 거야?"

"너한테 별 도움은 안 되겠지. 어쨌거나 내 팔도 같이 불편해질 테니까. 그래도 우리한텐 멀쩡한 팔이 두 짝 남아." 입에서 한숨이 흘러나왔다. "해리, 우린 어릴 때부터 함께 자란 사이야. 넌 나를 잘 알잖아. 내가 어떤 사람인지 알 거 아냐. 내가 기대에 어긋나는 모습을 보일 때도 있겠지만, 그래도 내 앞가림을 할 힘만 있으면 너를 배신하진 않을 거야."

"나도 내가 너를 잘 아는 줄 알았어."

나는 해리의 두 손을 잡은 다음, 큼지막하고 희끄무레하고 뭉뚝한 손가락을 내려다봤다. 힘센 손이지만, 그 손이 누구를 괴롭히는 광경은 한 번도 보지 못했다. 해리는 웬만한 불편은 감수할 가치가 있는 친구였다.

"우리가 생각하는 모습과 본모습이 일치하는 사람은 아무도 없어." 내가 말했다. "그건 우리가 텔레파시 능력을 못 가져서 치르는 대가야. 하지만 넌 지금껏 날 믿었잖아. 나도 널 믿었고. 난 방금 내 목숨을 네 손에 맡겼어. 어떻게 할 거야?"

해리는 내 '약점' 때문에 나를 버릴 작정이었을까? 미래의 어느 시점에 가상의 부러진 팔 때문에 내가 자신을 버리는 일이 일어나지 않도록? 뒤이어 떠오른 생각은 이러했다. 해리, 한 집안의 맏이로서 다른 집안의 맏이에게 하는 말인데, 너 이게 책임감 있는 행동이라고 생각해?

해리는 내게 잡힌 손을 빼냈다. "뭐, 네가 사람들을 마음대로 조종하는 나쁜 년인 건 진작 알고 있었어."

자라는 웃음을 참느라 쿡쿡거렸다. 나는 깜짝 놀랐다. 해리가 그런 말을 입에 담는 걸 본 적이 없었으니까. 그 말이 좌절감의 표현처럼 들렸다. 해리는 떠나지 않을 것이다. 나에게 해리는 아직 포기하지 않아도 되는 고향의 마지막 한 조각이었다. 그 애는 그 점을 어떻게 생각할까? 하마터면 우리 일행을 뿔뿔이 흩어놓을 뻔한 나한테 화가 났을까? 충분히 화낼 만한 이유이긴 하다.

"네가 어떻게 지금껏 그럴 수 있었는지 이해가 안 가." 해리가 말했다. "무슨 수로 감춘 거야?"

"아빠가 숨기라고 가르쳤어. 아빠가 옳았지. 사람이 집 밖에도 못 나가고, 겁에 질려 살고, 비위도 약하면 이 세상에 있을 자리가 없어. 만약 모두 내 비밀을 알았다면 난 바로 그런 사람이 됐을 거야. 예컨대 다른 아이들이 알았다면 말이야. 어린애들은 아주 악독하거든. 그건 너도 알잖아?"

"하지만 네 동생들은 알았을 거 아니야."

"아빠가 겁을 잔뜩 줬어. 말발이 잘 서는 편이었거든. 내가 아는 한 동생들은 아무한테도 내 비밀을 안 밝혔어. 키스는 나를 상대로 저한테만 재미있는 장난을 가끔 쳤지만."

"그러니까 여태 모두를 속인 거네. 굉장한 배우인걸."

"정상인 척하는 법을 배워야만 했어. 아빠는 내가 스스로를 정상이라고 믿도록 늘 나를 설득하려 했고. 그 점에 관해선 아빠 생각이 틀렸지만, 그래도 아빠가 나를 그런 방식으로 가르쳐서 다행이라고 생각해."

"어쩌면 넌 정상인지도 몰라. 무슨 뜻이냐면, 만약 그 고통이 진짜가 아니라면, 어쩌면……."

"이 초공감이라는 게 전부 내 머릿속에서 일어나는 일일지도 모른다는 말이지? 당연히 그렇지! 그런데 그걸 내 머릿속에서 들어낼 방법이 없다는 게 문제야. 진심이야, 나도 정말 그러고 싶어."

침묵이 길게 이어졌다. 그러다 해리가 물었다. "밤마다 공책에 뭘 적는 거야?" 화제를 바꾸려는 질문치고는 흥미로웠다.

"생각한 것들. 그날그날 일어난 일. 느낀 것들."

"말로 할 수는 없는 것들이야?" 해리가 물었다. "너한테는 중요한 것들이고?"

"맞아."

"그럼 좀 읽게 해줘. 네가 감추는 걸 조금이나마 알게 해달란 말이야. 나는 꼭…… 꼭 네가 거짓말쟁이처럼 느껴져. 너를 잘 모르겠어. 너의 진짜를 좀 보여줘."

이렇게 거창한 부탁이라니! 아니면 요구였을까? 나는 만약 해리가 지구종과 관련된 일기를 읽고 이해한다면 해리에게 돈을 줄 용의도 있었다. 다만 해리는 내 일기 내용에 익숙해질 필요가 있었다. 혹시라도 그릇된 방식으로 읽는다면 우리 사이의 거리가 더욱 멀어질 뿐이니까.

"해리, 네 부탁을 들어주려면 나는 위험을 감수해야 하지만……. 좋아, 일기를 조금 보여줄게. 나도 그렇게 하고 싶어. 그것도 나한테는 처음 시도하는 일이 될 거야. 대신 부탁이 딱하나 있는데, 너한테 보여주는 일기를 자라도 들을 수 있도록 소리 내어 읽어줘. 환해지면 바로 보여줄게."

날이 밝았을 때 내가 해리에게 보여준 글은 다음과 같다.

그대가 손대는 모든 것을
그대는 변화시킨다.

그대가 변화시킨 모든 것은
그대를 변화시킨다.

변치 않는 진리는 오로지
변화뿐.

변화가 곧
하느님이다.

지난해 나는 이 시를 《지구종: 산 자들의 책》 첫 권 첫 쪽에 싣기로 결정했다. 이 시에 모든 것이 담겨 있다. 모든 것이!

나에게 그 시에 관해 묻는 해리의 모습을 상상해보라.

나는 조심스럽게 대답해야 한다.

제17장

다양성을 포용하라.

단결하라—

그러지 않으면 그대를 먹잇감으로 보는 자들에 의해

분열당하고,

약탈당하고,

지배당하고,

죽임당한다.

다양성을 포용하지 않으면

멸망당할 것이다.

—《지구종: 산 자들의 책》에서

(8월 8일 자 일기에 덧붙인 메모에서)

우리 야영지 동쪽에 큰 산불이 났다. 처음에는 가늘고 검은 연기 한 줄기만 보였는데, 높이 피어오르는 그 연기만 빼면 하늘은 그지없이 맑았다. 이제 불은 드넓게 퍼졌다. 불탄 곳은 산비탈 한두 곳일까? 건물 몇 채? 집 여러 채? 우리 동네 같은 곳이 또 생긴 걸까?

우리는 산불을 계속 지켜보다가 이윽고 눈길을 돌렸다. 다른 사람들이 죽어갔다. 가족을 잃고, 집을 잃은 채……. 우리는 불이 난 곳을 지나친 후에도 뒤를 돌아보았다.

이번에도 얼굴에 색칠을 한 사람들 짓일까? 자라는 걸으면서 울었다. 욕을 중얼거리기도 했는데, 목소리가 너무나 작아서 나에게는 모진 말 몇 마디밖에 들리지 않았다.

오늘 낮에 118번 고속도로를 벗어난 우리는 23번 고속도로를 찾아 마침내 그 도로에 접어들었다. 23번 도로의 한쪽에는 불에 그슬리고 잡풀이 무성하게 자란 들판이, 다른 한쪽에는 주택지가 펼쳐져 있다. 이제 산불 자체는 보이지 않는다. 우리는 산불이 난 곳을 지나 먼 길을 왔다. 해안을 향해 남쪽으로 나아가며 이때껏 넘은 산만 여러 개다. 하지만 연기는 지금도 보인다. 우리는 날이 거의 캄캄해지고 셋 다 피로와 허기를 견디기 힘들 때가 돼서야 걸음을 멈추고 야영 준비를 시작했다.

우리는 들판으로 나가, 도로 쪽에서는 안 보이지만 느릿느릿 걸어가는 사람들의 발소리는 들리는 곳까지 가서 야영을 했다. 그 발소리는 캘리포니아 주 북부까지만 가든 아니면 캐나다까지 쭉 올라가든 간에, 우리가 여행하는 내내 듣게 될 터였다. 저렇게 많은 사람이 저렇게 간절히 바라는 것은 고작 해마다 비가 내리는 땅이었다. 못 배운 사람도 급료를 콩이나 물이나 감자가 아니라, 등을 붙이고 잘 수 있는 바닥 한 뼘이 아니라, 돈으로 받는 일자리가 있는 땅이었다.

하지만 당장 모두의 관심을 끄는 것은 산불이었다. 사고로 일어난 불인지도 몰랐다. 아닐 수도 있었다. 어느 쪽이건 그쪽 사람들은 대체할 길 없는 것을 잃는 중이었다. 설령 불 속에서 살아남는다 해도 지금은 보험이 별 소용이 없는 시대니까.

어둠 속에서 시커먼 형상으로 보이던 고속도로의 사람들은 이미 흐름을 되돌려 다시 북쪽으로, 즉 불이 난 곳으로 천천히 이동하는 중이었다. 화재 현장의 잔해에서 쓸 만한 물건을 주우려면 서둘러 도착하는 것이 상책이니까.

"우리도 갈까?" 자라가 입안 가득 육포를 우물거리며 물었다. 오늘 저녁에는 모닥불을 피우지 않았다. 어둠에 모습을 감춘 채 불청객을 피하는 게 가장 좋았다. 빽빽하게 자란 나무와 덤불을 등지고 야영하며 이 방법이 잘 통하기를 바랐다.

"불난 곳으로 가서 도둑질을 하자고요?" 해리가 물었다.

"폐품 수거 활동이야." 자라가 대답했다. "남들이 더는 필요로 하지 않는 물건을 가져오는 거라고. 죽은 사람한테 물건 같은 건 별로 필요하지 않잖아."

"우린 쉬어야 해요." 내가 말했다. "지금 우린 지친 상태고, 물건을 주우러 다녀도 될 만큼 현장의 열기가 식을 때까진 시간이 한참 걸릴 거예요. 어차피 거리도 멀고요."

자라는 어쩔 수 없다는 듯이 한숨을 쉬었다. "알았어."

"우린 어차피 그런 짓 안 해도 돼요." 해리가 말했다.

자라는 알 게 뭐냐는 듯이 어깨를 으쓱했다. "조금씩이라도 더 모으면 좋지, 뭘."

"방금 전까지만 해도 저 화재 때문에 울었으면서."

"아니, 아니야." 자라는 자기 무릎을 당겨 팔로 끌어안았다. "저 불 때문에 운 게 아니야. 우리 동네에 난 불하고 내 딸 비비 때문에 울었어. 저렇게 불을 지르는 놈들이 얼마나 미운지 생각하면서. 그놈들이 불타 죽으면 좋겠어. 내 손으로 태워 죽이고 싶어. 질질 끌고 가서 불에다 처넣고 싶어……. 그놈들이 우리 비비한테 한 것처럼." 그러고 자라는 또다시 울음을 터뜨렸다. 해리는 자라를 안아주며 자기가 한 말에 대해 사과했다. 해리 본인도 눈물을 찔끔 흘렸던 것 같다.

비탄은 그렇게 덮쳐온다. 우리는 어떤 일을 계기로 지난 일이나 고향 집, 예전에 알던 사람을 떠올리고, 이내 그 모두가 사라져버렸음을 깨닫는다. 죽었거나, 십중팔구 죽었을 것이다. 우리가 친숙하고 소중하게 여기던 모든 것이 사라졌다. 우리 셋만 남겨놓고서. 우리는 과연 얼마나 잘 버티고 있을까?

"다른 데로 가야겠어요." 시간이 조금 흐른 후 해리가 말했다. 해리는 여전히 자라 곁에 앉아서 한 팔로 자라를 감싸고 있었고, 자라 역시 그런 접촉을 반가워하는 듯했다.

"왜?" 자라가 물었다.

"더 높은 곳으로 가고 싶어요. 높이가 고속도로하고 비슷하거나 더 위쪽인 곳으로요. 만약 불이 고속도로로 옮겨붙어서 우리 쪽으로 번지면, 불이 보이는 곳에 있고 싶거든요. 너무 가까워지기 전에 보고 싶어요. 불은 빨리 움직이니까요."

내 입에서 끙 소리가 흘러나왔다. "네 말이 맞지만, 지금처럼 어두울 때 움직이는 건 위험해. 이곳을 버리고 떠났는데 더 좋은 자리를 못 찾을 수도 있고."

"잠깐 있어봐." 해리가 일어서더니 어둠 속으로 걸어갔다. 총은 나에게 있었기 때문에 아무쪼록 해리가 칼을 챙겨 갔기를, 또한 칼이 필요한 일이 생기지 않기를 바랐다. 해리는 간밤에 일어난 일을 아직 제대로 받아들이지 못했다. 그 애는 사람을 죽였다. 그 일 때문에 괴로워했다. 나는 그 애보다 훨씬 잔혹하게 사람을 죽였는데, 해리 말에 따르면 나는 그 일로 괴로워하지 않았다. 해리는 나의 잔혹함이 마음에 걸린다고 했다. 해리는 초공감자가 아니다. 나에게는 고통이 곧 악이라는 것을 그 애는 이해하지 못했다. 죽음은 고통의 끝을 의미했다. 내 고통에 관해서는 성서의 어떤 구절도 죽음이 곧 끝이라는 사실을 바꾸지 못했다. 해리는 초공감이 뭔지 이해하지 못했다. 해리가 알아야 할 이유가 있을까? 어차피 그게 뭔지 거의 모르거나 아예 모르는 사람이 태반인데.

한편, 해리는 내가 쓴 지구종 시를 읽고 깜짝 놀랐다. 내 생각에는 조금 기뻐한 것도 같다. 마음에 든 것이 내 글인지 아니면 내 생각인지는 잘 모르겠지만, 해리는 읽고 이야기할 것이 생겼다는 사실에 기뻐했다.

"시잖아?" 오늘 오전에 내가 보여준 일기를 몇 장 훑어보며 해리가 한 말이었다. 마침 그 부분에 지구종 시가 적혀 있었다. "네가 시를 좋아하는 줄은 까맣게 몰랐어."

"시라고 하기도 힘든 글이 많아. 그래도 이게 내 믿음이고, 내 딴에는 최선을 다해 쓴 거야." 나는 해리에게 시를 총 네 편 보여줬다. 자신도 모르게 매료돼서 굳이 의도하지 않아도 오래도록 기억할 만한, 온건하고 짤막한 시들이었다. 내 경우에는 성서의 몇몇 구절이 같은 역할을 했는데, 그 문장은 내가 신앙을 버린 지금도 나와 함께한다.

나는 먼저 해리에게, 다음으로 해리를 통해 자라에게, 그들이 부디 품어줬으면 하는 나의 생각을 전했다. 그런데 해리가 다른 것까지 함께 품지 못하도록 막을 수는 없었다. 예를 들면 해리가 나에게 새롭게 느끼는 불신, 거의 혐오에 가까운 그 새로운 감정을 막을 수는 없었다. 이제 해리는 나를 더는 로런 올라미나로 보기 힘든 것 같았다. 그 생각이 그 애 표정에 시시때때로 드러났다. 이상한 일이었다. 예전에 조앤 역시 자신이 살짝 목격한 나의 본모습을 좋아하지 않았다. 반대로 자라는 그런 것에 신경을 안 쓰는 듯했다. 그도 그럴 것이, 자라는 한동네에 살 때 나와 잘 알고 지낸 사이가 아니었다. 그래서 자라는 이제 막 알게 된 것들을 속았다는 느낌 없이 받아들일 수 있었다. 반면 해리는 나에게 속았다는 기분을 절절히 느낄 테고, 어쩌면 내가 지금도 자신을 속이려고 어떤 말이나 행동을 하지는 않는지 궁금해할 것이다. 그건 오로지 시간만이 고칠 수 있다. 해리에게 고칠 마음이 있다면.

우리는 해리가 돌아오자마자 길을 나섰다. 해리가 찾은 새 야영지는 고속도로에서 가까우면서도 눈에 잘 안 띄는 곳이었다. 거대한 고속도로 표지판 한 개가 저절로 추락했는지 아니면 사람 손에 부서졌는지 땅에 떨어져 있었고, 플라타너스 두 그루가 표지판 한쪽 끄트머리를 받치고 있었다. 표지판과 나무가 힘을 합쳐 거대한 처마를 이룬 셈이었다. 돌과 재로 남은 모닥불 흔적은 우리보다 앞서 이곳을 사용한 이들이 있다는 증거였다. 어쩌면 오늘 저녁에도 누군가 머물렀지만, 일찌감치 뭔가 훔칠 것이 있는지 보려고 화재 현장으로 향했는지도 몰랐다. 우리는 약간의 호젓함과 불난 곳이 보이는 탁 트인 조망, 또 얼마나 도움이 될지는 모르지만 적어도 벽 한 개만큼의 안전을 손에 넣은 덕분에 기분이 흐뭇했다.

"좋았어!" 자라가 침낭을 펴고 누우며 말했다. "오늘 밤은 내가 맨 먼저 불침번 설게, 괜찮지?"

물론이었다. 눈을 붙이고 싶은 마음이 간절했기에 자라에게 총을 건네고 드러누웠다. 옷을 입은 채 땅에 침낭을 깔고 누웠는데도 그토록 편안한 느낌이 들다니, 나는 또다시 감탄했다. 세상에 기진맥진보다 끝내주는 마약은 없다.

밤이 얼마간 깊었을 무렵, 나는 부드럽고 나직한 목소리와 숨소리에 잠이 깼다. 자라와 해리가 사랑을 나누고 있었다. 나는 고개를 돌려 두 사람의 몸짓을 지켜봤지만, 그들은 서로에게 정신이 팔린 나머지 내 기척을 알아차리지도 못했다.

그리고 당연히 불침번을 서는 사람은 없었다.

나는 두 사람의 성행위에 말려들고 말았고, 꼼짝 않고 누운 채 소리 내지 않으려 안간힘을 썼다. 그들의 감각에서 벗어날 수가 없었다. 불침번도 제대로 서지 못했다. 그들 사이에 섞여 몸을 비틀든가 혼자서 뻣뻣하게 버티든가, 둘 중 하나였다. 나는 두 사람이 행위를 마칠 때까지 혼자서 뻣뻣하게 버텼다. 그러니까 해리가 자라에게 키스하고 일어서서는, 바지를 입고 불침번을 서기 시작할 때까지.

그러고 나서도 나는 뜬눈으로 누워 있었다. 화도 났고, 걱정도 됐다. 둘 중 누구를 상대로 이야기하든 간에 도대체 어떻게 말을 꺼내야 할까? 둘이 그 행위를 한 시간대만 빼면 이 문제는 내가 상관할 일이 아니었다. 그런데 하필이면 그 시간에! 우리는 하마터면 몰살당할 뻔했다.

땅바닥에 앉은 자세 그대로 해리가 코를 골기 시작했다.

나는 코 고는 소리를 잠시 듣다가 일어나 앉은 다음, 자라 위로 손을 뻗어 해리를 흔들었다.

해리는 화들짝 놀라며 잠에서 깨더니, 주위를 두리번거리다가 이내 나를 돌아봤다. 그 모습이 나에게는 이리저리 움직이는 시커먼 윤곽으로밖에 보이지 않았다.

"총 나한테 주고 더 자." 내가 말했다.

해리는 우두커니 앉아 있기만 했다.

"해리, 이러다 우리 다 죽어. 총하고 시계 나한테 주고 누워서 자. 이따가 내가 깨울게."

해리는 자기 손목시계를 내려다봤다.

"미안해, 생각보다 더 피곤했나 봐." 해리는 아까보다 잠기운이 가신 목소리로 말했다. "난 괜찮아. 이제 잠 다 깼어. 너야말로 더 자."

해리의 자존심에 발동이 걸렸다. 이제 총과 시계를 넘겨받기란 불가능에 가까운 일이었다.

나는 다시 누웠다. "어젯밤 일을 기억해." 나는 해리에게 그렇게 말했다. "네가 정말로 자라를 아낀다면, 자라가 살아 있길 바란다면, 어젯밤 일을 기억하도록 해."

해리는 대답이 없었다. 부디 내 말을 듣고 놀랐으면 좋겠는데. 아마 부끄럽기도 했을 것이다. 어쩌면 내가 한 말 때문에 화가 나서 방어적으로 구는지도 몰랐다. 내 말이 어떤 작용을 일으켰는지는 모르겠지만, 해리가 코 고는 소리는 두 번 다시 들려오지 않았다.

2027년 8월 4일 수요일

오늘은 유료 급수장에 들러 깨끗하고 안전한 물을 잔뜩 마시고, 물통도 가득 채웠다. 물은 유료 급수장에서 사는 게 최고다. 고속도로에 다니는 물장수에게서 물을 사면 반드시 끓여 먹어야 한다. 가끔은 끓인 후에도 안전하지 않다. 물을 끓이면 물속 병균은 죽일 수 있지만 화학물질 찌꺼기까지 제거하지는 못한다. 석유, 살충제, 제초제나, 물장수가 쓰는 물병에 원래 들어 있던 물질들도. 물장수가 대개 문맹이라는 사실 때문에 이 문제는 더욱 심각해진다. 가끔은 본인들이 화학물질에 중독되기도 한다.

유료 급수장에서는 돈을 내면 수도꼭지에서 나오는 물을 받을 수 있다. 낸 돈보다 단 한 방울도 더 받을 수는 없지만. 이 물은 그 일대에 집을 소유한 사람이 마시는 물과 똑같다. 맛이나 냄새, 또는 색깔이 안 좋아 보일지는 몰라도, 그 물을 마시고 죽을까 봐 걱정할 필요는 없다.

급수장은 수가 넉넉하지 않다. 그래서 물장수가 존재한다. 급수장은 위험한 장소기도 하다. 사람들이 돈을 지니고 들어가는 곳이니까. 나올 때는 물을 지니고 나오는데 그 또한 돈과 다름없는 가치를 지닌다. 그런 곳은 걸인과 도둑이 주변을 맴돌게 마련이고, 매춘부와 마약 판매상도 빠지지 않는다. 아빠는 우리에게 급수장을 조심하라고 당부했다. 혹시라도 우리가 바깥에 나갔다가 집에서 먼 곳에 발이 묶였을 때, 물을 구하려고 급수장에 들르는 일이 생길까 봐 걱정했다. 그때 아빠는 이렇게 충고했다. "가지 마라. 갈증 때문에 괴로워도 참아. 곧장 집으로 돌아오는 거다."

아무렴.

셋은 급수장을 편히 이용하는 데에 필요한 최소 인원이다. 두 명은 주변을 감시하고 한 명은 물을 채우면 되니까. 급수장까지 오가는 길에 문제가 생길 경우에도 셋이서 대비하면 해볼 만하다. 세 명은 계획범죄가 특기인 강도단을 상대하기에는 역부족이지만, 우발적인 강도는 막을 수도 있다. 약탈자는 대개 우발범이다. 그들은 노인이나 혼자 다니는 여성, 어린애를 데리고 다니는 여성, 장애인 등을 표적으로 삼고, 정작 자신들이 다치는 것은 싫어한다. 우리 아빠는 그런 자들을 '코요테'로 부르곤 했다. 예의를 차려서 말해야 하는 경우에 아빠는 그들을 코요테로 지칭했다.

물을 사서 돌아오는 길에, 우리는 두 다리로 걷는 코요테 두 마리가 커다란 배낭을 메고 아기를 안은 여성에게서 물병을 뺏는 광경을 목격했다. 여성과 동행하던 남자가 물병 뺏은 코요테를 붙잡았지만, 그 코요테는 자기 동료에게 물병을 던졌다. 물병을 받은 코요테는 우리 쪽을 향해 똑바로 달려왔다.

나는 그자의 발을 걸어 넘어뜨렸다. 아마도 그 여성의 아기가 내 관심을, 내 연민을 유도한 모양이었다. 물이 들어 있던 플라스틱 물통은 얄따랗고 투명하지만 튼튼해서 깨지지 않았다. 코요테도 많이 다치지는 않았다. 나는 이를 악물고서 그자가 넘어질 때 느낀 휘청하는 충격과 팔뚝이 까지는 통증을 공유했다. 동네에 살던 시절 어린애들이 매일같이 안겨주던 아픔과 비슷한 정도의 통증이었다.

나는 코요테에게서 물러나 권총에 손을 얹었다. 해리가 다가와 내 곁에 나란히 섰다. 해리가 그 자리에 함께 있어서 다행이었다. 둘이 함께 있으면 더 험악해 보였으니까.

물병을 빼앗긴 여성의 남편은 자기가 붙잡은 녀석을 땅바닥에 패대기쳤다. 두 코요테는 자신들이 머릿수로 밀리는 것을 깨닫고는 잽싸게 달아났다. 깡마르고 소심한 잔챙이 악당들이 오늘 치 도둑질을 하러 나왔던 모양이다.

나는 얇고 투명한 플라스틱 물통을 주워 남자 쪽에 건넸다.

남자는 물병을 받았다. "고마워, 형씨. 정말 고마워."

나는 남자에게 고개를 끄덕이고 우리 갈 길을 갔다. '형씨'라는 말을 들으면 아직도 기분이 어색하다. 마음에 들지는 않지만, 어차피 중요한 일은 아니다.

"뜬금없이 선한 사마리아인이 됐네." 해리가 말했지만, 언짢은 것 같지는 않았다. 목소리에 반감이 전혀 느껴지지 않았다.

"아기 때문이지, 안 그래?" 자라가 물었다.

"맞아요." 나는 선선히 인정했다. "실은 그 가족 때문에 그랬어요. 그 사람들 모두요." 그 사람들 모두. 그 말은 흑인 남자 한 명과 중남미계 여성 한 명, 그리고 자세히 보면 그 두 사람을 조금씩 다 닮은 아기 한 명을 가리켰다. 몇 년 후에는 우리 동네에도 그런 가족이 많이 보였을 텐데. 웬걸, 해리와 자라도 그런 가족을 만들려고 애쓰는 중이 아니던가. 예전에 자라가 지켜본 바로는, 서로 인종이 다른 커플은 바깥세상에서 아주 모진 대접을 받는다고 한다.

그런데도 해리와 자라는 저렇게 딱 붙어 걸어가고, 너무 붙은 나머지 가끔은 본의 아니게 서로 몸을 비빈다. 그래도 방

심하지 않고 주위를 경계하기는 한다. 이제 우리는 101번 국도를 따라가는 중인데, 이곳은 전보다 사람이 더 많다. 솜씨가 서툰 도둑도 이렇게 북적이는 인파 속에서는 쉽게 모습을 감출 것이다.

자라는 오늘 아침 읽기 수업 때 나와 이야기를 나눴다. 원래는 알파벳의 발음과 쉬운 단어의 철자를 배울 예정이었다. 하지만 해리가 일어나서 우리가 변소로 지정한 덤불로 향했을 때, 나는 수업을 중단했다.

"며칠 전에 나한테 한 얘기 기억나요?" 나는 자라에게 그렇게 물었다. "내가 생각에 빠져서 헤매고 있을 때 나한테 경고했잖아요. '고속도로는 한시도 쉬지 않고 시체가 나오는 곳이야.' 그렇게 말했잖아요."

놀랍게도 자라는 내가 무슨 얘기를 하려는지 단번에 간파했다. "됐어, 닥쳐." 자라는 내가 준 종이에서 시선을 들어 나를 봤다. "네가 잠을 푹 안 자는 것뿐이야, 그게 다야." 그렇게 말하며 빙그레 웃었다.

"사생활을 보장받고 싶다면 그렇게 해줄게요. 그냥 나한테 알려줘요. 그럼 내가 야영지에서 조금 떨어진 곳에 가서 불침번을 설게요. 당신들은 하고 싶은 대로 마음껏 해요. 하지만 불침번을 설 시간에 개수작을 하는 건 못 봐주겠다고요!"

자라는 놀란 표정을 지었다. "그런 말을 할 줄은 몰랐는데."

"나도 당신이 그런 짓을 할 줄은 몰랐어요. 바보같이!"

"알아. 그래도 짜릿하니까. 해리는 덩치도 크고 힘도 세거든." 자라는 잠시 입을 다물었다. "질투하니?"

"자라!"

"안심해. 어젯밤엔 어쩌다 보니 그렇게 된 거니까. 난……난 뭔가 필요했어. 사람이. 다신 그런 일 없을 거야."

"알았어요."

"너 질투하니?" 자라는 같은 말을 되풀이했다.

나는 억지로 빙그레 웃었다. "나도 당신이랑 똑같은 사람이에요. 하지만 낙관적인 전망도 하나 없고 무슨 일이 일어날지도 전혀 모르는 이 바깥세상에서 유혹에 굴복하는 일은 아마 없을 거예요. 임신할지도 모른다고 생각하면 몸이 싸늘하게 식을 것 같다고요."

"여기에서도 아이를 낳는 사람은 항상 있었어." 자라가 나를 보며 씩 웃었다. "너도 남자친구랑 어떻게든 했을 거 아냐."

"우린 조심해서 했어요. 콘돔을 썼다고요."

자라는 알 바 아니라는 듯이 어깨를 으쓱했다. "뭐, 해리하고 나는 안 썼어. 혹시라도 임신하면 하는 거지."

우리가 물통을 찾아준 커플에게는 혹시가 아니라 분명히 일어난 일이다. 그들에게는 북쪽으로 업어 옮길 아기가 있다.

그 일행은 오늘 우리 근처에 머물렀다. 그들이 자꾸 눈에 들어왔다. 키가 크고 튼실한 체격에 피부가 곱고 새까만 남자는 커다란 배낭을 메고 다녔다. 키가 작고 예쁘장한 얼굴에 통통하고 살갗이 연갈색인 여성은 아기를 안고 배낭을 멨다. 살갗이 중간 농도의 갈색인 아기는 생후 몇 개월쯤으로 보였는데, 눈이 크고 검은 머리칼은 곱슬곱슬했다.

우리가 쉴 때 그 가족도 쉬었다. 지금은 우리에게서 그리 많이 뒤처지지 않은 곳에서 야영하는 중이다. 잠재적 위협보다는 잠재적 아군에 가까운 사람들이지만, 그래도 나는 지켜볼 생각이다.

2027년 8월 5일 목요일

오늘 오후 느지막이 바다가 보이는 곳에 도착했다. 우리 셋 모두 바다를 보기는 처음이었다. 우리는 가까이 다가가 구경하고, 바다 풍경이 보이고 파도 소리가 들리고 물 냄새까지 나는 곳에 야영지를 정하기로 했다. 일단 그렇게 하기로 결정한 뒤, 우리는 바지 밑단을 걷어 올리고는 파도치는 해변을 맨발로 걸었다. 이따금 우두커니 서서 바다를 가만히 바라보기도 했다. 태평양. 지구에서 가장 넓고 깊은 수역으로서, 전세계 수량의 거의 절반에 해당하는 물. 하지만 지금 상태 그대로는 단한 방울도 마실 수 없는 물.

해리는 속옷만 입은 채로 시원한 물이 가슴까지 차는 곳으로 첨벙첨벙 나아갔다. 수영은 물론 할 줄 몰랐다. 우리 셋 다 마찬가지였다. 들어가서 헤엄을 칠 만한 물을 본 적이 이때껏 한 번도 없으니까. 자라와 나는 조마조마한 심정으로 해리를 지켜봤다. 우리 둘 다 선뜻 해리를 따라나서지 못했다. 나는 남자 행세를 하는 몸이고, 자라는 옷을 입은 상태로도 엉뚱한 관심을 잔뜩 끄는 몸이니까. 우리는 해가 지면 옷을 입은 채 물에 들어가서 때와 냄새만 대강 씻어내기로 했다. 그러고 나면 옷을 갈아입어도 괜찮았다. 우리 둘 모두 비누가 있었고, 그걸 쓰고 싶어 안달하는 상태였다.

해변에는 우리 말고도 사람이 더 있었다. 사실, 가늘게 이어진 그 해변은 사람으로 가득했다. 그래도 다들 간신히 남의 길을 막지 않고 돌아다녔다. 사람들은 넓게 흩어져서 다녔고, 우리가 산에서 밤을 보내던 무렵과 비교하면 훨씬 더 너그러워 보였다. 총소리나 싸우는 소리는 전혀 들리지 않았다. 들개도, 공공연히 저지르는 절도 행위도, 강간 사건도 없었다. 바다와 서늘한 바람이 충동을 누그러뜨린 모양이었다. 옷을 벗고 물에 들어간 사람은 해리 말고도 더 있었다. 여성도 몇 있었는데 옷을 거의 걸치지 않은 채였다. 어쩌면 이곳은 우리가 이때껏 들른 어느 곳보다 더 안전한 장소인지도 몰랐다.

몇몇은 텐트를 쳤고 몇몇은 모닥불을 피웠다. 우리는 조그만 건물의 잔해에 자리를 잡았다. 그러고 보면 우리는 늘 우리를 가려줄 벽을 찾아다녔던 것 같다. 우리를 가두는 함정으로 변할지도 모르는 벽이 있는 곳이 나을까, 아니면 사방이 다 드러나는 탁 트인 곳에서 야영하는 게 나을까? 알 길이 없었다. 적어도 한쪽 방향은 벽으로 막힌 곳이 더 안심될 뿐.

나는 건물 잔해에서 주운 기다란 나무판자를 들고 바다 쪽으로 몇 걸음 걸어간 다음, 모래를 파기 시작했다. 축축한 모래가 나올 때까지 계속 팠다. 그러고는 기다렸다.

"이제 어떻게 되는 거야?" 자라가 물었다. 자라는 그때껏 말 없이 나를 지켜보기만 했다.

"마셔도 되는 물이 솟을 거예요. 전에 읽은 책 두어 권에 그런 내용이 나왔어요. 바닷물은 모래 위로 스며 나오는 사이에 소금기가 거의 다 걸러진다고."

자라는 축축한 구덩이를 들여다봤다. "언제 나오는데?"

나는 모래를 조금 더 팠다. "좀 기다려봐요. 이 방법이 통하면 시간이 얼마나 걸리는지도 알게 되겠죠. 이 지식 덕분에 언젠가 목숨을 건질 날이 올지도 모르고."

"독에 중독될지도 모르지. 아니면 병에 걸리든가." 자라는 그렇게 말하고는 고개를 들어 우리 쪽으로 다가오는 해리를 바라봤다. 해리는 쫄딱 젖어 있었다. 심지어 머리카락까지도.

"저 애는 벗은 몸도 꽤 괜찮은걸." 자라가 말했다.

해리는 속옷은 입고 있었지만, 나는 자라의 말이 무슨 뜻인지 이해가 갔다. 해리의 몸은 멋지고 탄탄해 보였고, 우리가 자기 몸을 보는데도 아무렇지 않은 눈치였다. 게다가 해리는 깨끗해 보였고, 몸에서 악취도 나지 않았다.

나도 물에 들어가고 싶은 마음이 굴뚝같았다.

"어서 들어가." 해리가 말했다. "이제 해가 질 때잖아. 짐은 내가 보고 있을게. 가."

우리는 비누를 챙기고 해리에게 권총을 건넨 다음, 신발과 양말을 벗고 바다로 향했다. 환상적이었다. 바닷물은 차가웠고 파도는 서 있기 힘들 만큼 세게 쳤다. 모래가 우리 발 주위에서 물결에 휩쓸려 무너졌다. 심지어 우리 발밑에서도 그랬다. 우리는 서로 물을 끼얹고, 옷과 몸과 머리카락을 깨끗이 씻고, 파도에 몸을 맡긴 채 이리저리 밀려다니며 미친 사람처럼 깔깔 웃었다. 집을 떠난 이후로 가장 즐거운 한때였다.

해리 곁으로 돌아와서 보니 내가 파놓은 구덩이에 물이 꽤 많이 차 있었다. 나는 그 물을 맛봤다. 손으로 그 물을 조금 떠서 들고 있는 동안, 해리는 옆에서 내게 잔소리를 했다.

"이 좁아터진 바닷가에 저 많은 사람들 좀 봐!" 해리가 말했다. "네 눈에는 화장실이 한 군데라도 보여? 저 사람들이 여기서 볼일을 어떻게 해결한다고 생각해? 하다못해 그 물에다 정수제 알약을 넣어야겠다는 생각 정도는 해야 할 거 아니야!"

생각해보니 입에 머금은 물 한 모금을 당장 뱉을 이유가 충분했다. 해리의 말이 옳았다. 하지만 내가 알고 싶었던 것이 그 물 한 모금에 들어 있었다. 물은 소금기가 조금 섞이기는 했지만, 그래도 괜찮았다. 마셔도 되는 물이었다. 그 물을 끓이거나 해리 말대로 물에 정수제 알약을 넣으면 마실 수 있을 것 같았다. 책에 따르면 그보다 앞서 모래에 물을 여과시킬 경우에는 소금기를 더 제거하는 것도 가능했다. 그 말은 곧 해안가에 머물면 물이 다 떨어져도 살아남을 길이 있다는 뜻이었다. 알아두면 유용한 사실이었다.

그 사람들은 우리를 여전히 그림자처럼 따라다녔다. 그 커플은 우리 근처에 야영지를 만들었는데, 여성은 모래톱에 앉아 아기를 보고 남자는 무릎을 꿇고 앉아 배낭을 뒤적거리는 중이었다.

"저 사람들도 몸을 씻고 싶을까요?" 나는 해리와 자라에게 물었다.

"어쩌려고?" 자라가 대꾸했다. "가서 아기라도 봐주게?"

나는 고개를 가로저었다. "아뇨, 그것까진 너무 간 것 같아요. 저 가족을 이리로 초대하는 건 어떨까 하는데, 혹시 누구 반대하는 사람 있어요?"

"저 사람들이 강도로 변할까 봐 겁나진 않아?" 해리가 물었다. "넌 다른 사람은 무조건 겁내잖아."

"저 가족이 가진 장비가 우리 것보다 더 좋아." 나는 그렇게 대꾸했다. "그리고 저 사람들에게 선천적이라 할 만한 아군은 이 근처에 우리밖에 없어. 여기서는 인종이 섞인 커플이나 집단이 드무니까. 우리 뒤에 가까이 따라오는 것도 보나 마나 그래서일 거야."

"그리고 네가 도와준 적도 있고." 자라가 말했다. "바깥에선 모르는 사람을 돕는 경우가 드물거든. 그런데 넌 저 사람들한테 물병을 돌려줬어. 그건 곧 네 처지가 궁하지 않아서 저 사람들을 털 이유가 없다는 뜻이지."

"그러니까 초대하지 말자는 말이에요?" 나는 다시 물었다.

두 사람은 물끄러미 마주 봤다.

"난 상관없어." 자라였다. "다 같이 유심히 지켜보겠다면."

"저 사람들을 왜 부르려는 건데?" 해리가 나를 보았다.

"우리는 저 사람들이 없어도 되지만 저 사람들은 우리가 없으면 곤란하니까." 나는 그렇게 대답했다.

"그건 이유라고 할 수도 없잖아."

"저 사람들은 잠재적인 아군이야."

"우린 아군 같은 거 없어도 돼."

"지금은 그렇지. 하지만 도움이 간절히 필요한 때가 닥쳐서야 아군을 만들려고 하는 건 구제 불능의 얼간이나 하는 짓이야. 그때가 되면 저 사람들은 우리 곁에 없을지도 모른다고."

해리는 알 바 아니라는 듯 어깨를 으쓱하고 한숨을 쉬었다.

"알았어. 자라 말마따나 유심히 지켜보겠다면 상관없어."

나는 일어서서 그 커플 쪽으로 걸어갔다. 두 사람은 내가 가까워질수록 움직임이 뻣뻣해지고 긴장하는 기색이 뚜렷했다. 나는 너무 가까이 접근하거나 너무 급하게 움직이지 않으려고 주의를 기울였다.

"안녕하세요?" 내가 말했다. "혹시 두 분이 차례로 물에 들어가실 거라면, 저희 있는 데로 오셔서 같이 계셔도 돼요. 그러는 게 아기한테도 더 안전할 거예요."

"같이 있자고?" 남자가 물었다. "지금 우리한테 동행이 되라고 하는 거야?"

"초대하는 거예요."

"왜?"

"못할 일도 아니죠. 우린 선천적인 아군이잖아요. 한쪽은 인종이 섞인 커플이고 한쪽은 인종이 섞인 집단이니까."

"아군?" 남자는 그렇게 말하더니 껄껄 웃었다.

나는 왜 웃는지 궁금해하면서 남자를 바라봤다.

"진짜 속셈이 뭐야?" 남자가 따지듯이 물었다.

한숨이 나왔다. "혹시 생각 있으면 와요. 부담 느낄 필요 없어요. 일이라도 생기면 둘보다는 다섯이 훨씬 든든하니까요."

나는 자기들끼리 얘기해서 결정하도록 두고 돌아섰다.

"오겠대?" 야영지로 돌아오니 자라가 물었다.

"올 거예요. 오늘 저녁에 바로 오진 않을지도 모르지만."

2027년 8월 6일 금요일

어젯밤에 우리는 불을 피워서 따뜻한 저녁을 지어 먹었다. 그 커플은 합류하지 않았다. 이해한다. 바깥세상에서 목숨을 유지하는 비결은 의심을 품고 사는 것이니까. 하지만 그들은 우리에게서 멀어지지도 않았다. 그들이 우연히 우리 근처에 남는 쪽을 택한 것은 아니었다. 우리와 가까이 있는 게 그들에게는 좋은 일이었다. 평화롭던 해변 풍경이 어젯밤 늦게 변했기 때문이다. 모래톱에 개들이 나타난 것이다.

개들은 내가 불침번을 설 때 나타났다. 바닷가 저 아래쪽에 뭔가 움직이는 기색이 보이기에 집중해서 살피던 참이었다. 이윽고 고함 소리와 비명이 들려왔다. 싸움 아니면 강도이겠거니 했다. 개 떼가 사람들 무리에게서 떨어져 뭍 쪽으로 달려온 다음에야 소동의 원인을 파악했다. 그중 한 마리는 주둥이에 뭔가 물고 있었는데, 내 눈에는 그게 뭔지 분간이 가지 않았다. 나는 개들이 뭍으로 사라질 때까지 지켜봤다. 사람들이 쫓아가기는 했지만 개들은 너무나 빨랐다. 누군가 재산을 잃어버린 사람이 있었다. 보나 마나 식량이었을 것이다.

그러고 나자 신경이 곤두섰다. 나는 일어서서 뭍 쪽으로 간 다음, 해변이 더 잘 보이는 곳에 앉았다. 무릎에 권총을 올려 놓고 가만히 앉아 있는데, 해변 위 길게 자리한 도시 구획에서 뭔가 움직이는 기척이 눈에 띄었다. 희끄무레한 모래와 대비 되는 시커먼 형상. 개들이 더 있었다. 총 세 마리였다. 개들은 잠시 모래밭에 주둥이를 대고 킁킁거리다가 우리 쪽으로 다 가왔다. 나는 움직이지 않으려고 애쓰며 가만히 지켜봤다. 불 침번 없이 잠든 사람이 너무나 많았다. 개 세 마리가 야영지를 내키는 대로 돌아다니며 여기저기 기웃거렸지만 아무도 그들 을 쫓아내려 하지 않았다. 사람들이 지닌 오렌지나 감자, 곡물 같은 것들은 개에게 그다지 구미가 당기는 식량이 아니었다. 우리에게 얼마 안 되게 남은 육포는 예외일지도 몰랐다. 개한 테 우리 육포를 뺏기는 일은 있을 수 없지만 말이다.

그런데 개들이 그 커플의 야영지에서 걸음을 멈췄다. 나는 아기가 생각나 소스라치게 놀랐다. 바로 그때, 아기가 울기 시 작했다. 발로 자라를 밀자 자라는 대번에 잠에서 깼다. 자라라 서 가능한 일이었다.

"개들이에요. 해리를 깨워요." 나는 그렇게 말하고 그 커플 에게로 향했다. 여자는 비명을 지르며 맨손으로 개를 때리고 있었다. 다른 개 한 마리는 남자의 발길질을 피해 아기에게 덤 비려고 기회를 노렸다. 나머지 한 마리만이 가족의 반격에서 자유로웠다.

　나는 멈춰서서 권총의 안전장치를 푼 다음, 그 개가 아기에게 달려드는 순간 방아쇠를 당겼다. 개는 깽 소리도 못 내고 쓰러졌다. 나도 덩달아 쓰러졌다. 가슴을 발에 채인 듯한 충격에 숨이 찼다. 부드러운 모래밭인데도 쓰러져 부딪히는 느낌이 놀랍도록 딱딱했다.

　날카로운 총소리에 다른 개 두 마리가 놀라서 뭍으로 달아났다. 나는 엎드린 자세로 멀리 달아나는 개들을 조준했다. 둘 중 한 마리는 더 처치할 수도 있었지만, 그냥 보내줬다. 내 몫의 고통은 이미 충분히 느꼈으니까. 숨도 제대로 쉬기 힘든 느낌이었다. 다만 그렇게 숨을 헐떡이다 보니 문득 엎드린 자세가 나에게 잘 맞는 사격법이라는 생각이 들었다. 땅에 엎드려 두 손으로 총을 잡고 쏘면 초공감 때문에 쓰러져서 꼼짝 못 하게 되는 일은 없을 테니까. 나는 그 지식을 나중에 써먹을 생각으로 기억 속에 갈무리했다. 개들이 총에 겁을 먹은 것 또한 흥미로웠다. 총소리에 겁먹었을까? 아니면 패거리가 총에 맞았다는 사실 때문에? 개에 관해 더 잘 알았다면 좋았을 텐데. 개가 영리하고 충성스러운 반려동물이라는 얘기를 책에서 읽은 적이 있지만, 그것도 다 옛날이야기다. 지금의 개는 기회만 있으면 아기를 잡아먹으려 하는 들짐승이다.

　내 총에 맞은 개가 죽었다는 느낌이 들었다. 꼼짝도 하지 않았으니까. 이제 주변에는 잠에서 깨어 돌아다니는 사람이 한둘이 아니었다. 살아 있는 개라면 설령 다쳤다 하더라도 필사적으로 달아나려 했을 것이다.

가슴의 통증이 서서히 사그라졌다. 헐떡이지 않고 숨을 쉬게 됐을 때, 나는 일어서서 우리 야영지로 돌아왔다. 그때쯤에는 사방이 너무나 혼란스러워서 해리와 자라를 빼면 누구 한 명 나를 거들떠보지도 않았다.

해리가 다가와서 나를 맞이했다. 그 애는 내 손의 권총을 받아든 다음, 팔을 잡고 나를 침낭으로 데려갔다.

"너 뭘 쐈구나." 잠깐 걸은 것 때문에 힘이 빠져서 또다시 숨소리를 쌕쌕거리는 나에게 해리가 물었다.

나는 고개를 끄덕였다. "개를 죽였어. 금방 괜찮아질 거야."

"넌 곁에 붙어서 통제해줄 사람이 필요해." 해리가 말했다.

"개들이 아기한테 덤비려고 했다고!"

"남이 들으면 네가 그 망할 가족을 입양한 줄 알걸."

나도 모르게 웃고 말았다. 해리가 마음에 들어서, 동시에 해리와 자라도 내가 입양한 거나 다름없다는 생각이 들어서 웃음이 나왔다. "그게 뭐 잘못됐어?" 내가 물었다.

해리의 입에서 한숨이 흘러나왔다. "침낭에 들어가서 자, 제발. 다음 불침번은 내가 설게."

"방금 어떤 사람들이 와서 네가 죽인 개를 가져갔어." 자라가 말했다. "우리가 먼저 챙겼어야 하는데."

"난 아직 개를 먹을 준비는 안 됐어요." 해리가 자라에게 말했다. "더 자요."

인종이 섞인 그 가족의 구성원은 이름이 다음과 같았다. 남자는 트래비스 찰스 더글러스, 여자는 글로리아 나티비다드 더글러스, 육 개월 난 아기는 도미니크 더글러스이고 애칭은 도밍고. 그들은 결국 자포자기한 상태로, 오늘 저녁 우리가 야영지를 차린 후 우리 쪽에 합류했다. 앞서 우리는 다른 해변에 야영지를 차리려고 고속도로에서 멀리 벗어났는데, 그 가족도 따라왔다. 일단 우리가 자리를 잡자 다가와서는, 불안하고 미심쩍은 표정으로 우리에게 조그만 보물을 내밀었다. 진짜 밀크초콜릿이었다. 초콜릿 맛이 나는 캐러브 열매로 만든 사탕이 아니라 진짜 초콜릿. 그 초콜릿은 로블리도에 살 때를 통틀어 내가 먹은 가장 맛있는 음식이었다.

"어젯밤에 당신이었어요?" 나티비다드가 해리에게 물었다. 그 여성이 우리에게 맨 먼저 한 말은 자신을 나티비다드로 불러달라는 말이었다.

"로런이었어요." 해리가 손짓으로 나를 가리켰다.

그 말에 나티비다드는 나를 돌아봤다. "고마웠어요."

"아기는 괜찮아요?" 내가 물었다.

"개한테 끌려가는 바람에 여기저기 긁히고, 눈과 입에 모래도 들어갔어요." 나티비다드는 잠든 아기의 검은 머리칼을 쓰다듬었다. "상처에 연고를 발라주고 눈도 씻겼어요. 지금은 아무렇지도 않아요. 정말 착한 아기예요. 별로 울지도 않았어요."

"웬만해선 울지 않는 녀석이지." 트래비스는 은근히 자랑스러워하는 목소리였다. 트래비스는 피부가 보기 드물게 새까맣다. 살결은 또 어찌나 고운지 생전 여드름이 하나라도 있었을까 싶다. 흠잡을 데 없는 그 피부를 보고 있으면 감촉이 어떨지 손으로 만져보고 싶다. 젊고 잘생겼고 진지한 남자다. 몸집이 크고 근육질에 키도 훤칠하다. 해리보다는 키가 조금 작고 몸무게도 조금 더 나가는 것 같다. 나티비다드도 통통한 편이다. 연갈색 피부에 동그란 얼굴이 예쁘장한 그 여성은 까맣고 기다란 머리카락을 똬리로 틀어 정수리에 얹어놨다. 작은 키이지만 배낭과 아기까지 안고서 종일 꾸준히 걷는 게 어째선지 놀랍지 않다. 나는 나티비다드가 마음에 든다. 점점 신뢰하고 싶어진다. 그 점은 앞으로 주의해야겠다. 하지만 나티비다드가 우리 짐을 훔칠 것 같지는 않다. 트래비스는 아직 마음을 열지 않았지만 나티비다드는 다르다. 우리가 자기 아기를 도와줬으니까. 나티비다드에게 우리는 친구다.

"우리는 시애틀로 가는 중이에요." 나티비다드는 우리에게 그렇게 얘기했다. "트래비스의 이모님이 거기 사시거든요. 우리한테 일자리를 찾을 때까지 머물러도 된다고 하셨어요. 돈벌이가 되는 일자리를 찾아볼 생각이에요."

"누군들 안 그렇겠어요." 자라도 동의했다. 자라는 해리의 팔을 어깨에 두른 채 해리의 침낭에 나란히 앉아 있었다. 오늘 밤은 나한테 짜증스러운 시간이 될 듯싶었다.

트래비스와 나티비다드는 침낭 세 개를 땅바닥에 깔았다. 그러고는 아기가 잠에서 깨면 기어다니게끔 중앙에 빈 공간을 두고 떨어져 앉았다. 나티비다드는 기다란 빨랫줄로 아기와 자기 손목을 묶어두었다.

나는 두 커플 사이에서 외로움을 느꼈다. 그들이 북쪽 낙원에 어떤 희망을 걸고 어떤 소문을 들었는지 떠드는 동안 나는 잠자코 있었다. 마지막 초콜릿 한 조각의 여운을 음미하며, 공책을 꺼내 하루 동안 있었던 일을 적기 시작했다.

배가 고파서 잠이 깬 아기가 울기 시작했다. 나티비다드는 헐렁한 셔츠의 단추를 풀고 아기에게 젖을 물리더니, 내게 다가와 내가 뭘 하는지 들여다봤다.

"글을 아는군요." 나티비다드는 놀란 목소리였다. "그림을 그리나 보다 했는데. 무슨 글을 쓰는 거예요?"

"우리 로런 여사님은 항상 뭔가 쓰고 있어요." 해리였다. "시를 읽어달라고 해보세요. 꽤 괜찮은 것도 있으니까요."

나는 놀라서 움찔했다. 내 이름은 중성적이다. 적어도 발음

373

만은 그렇다. 원래 이름은 로런Lauren이지만 남자 이름 중에도 로런Loren이 있으니까. 하지만 농담을 한답시고 성별이 드러나는 명사로 부르면 곤란해지는데. 해리는 그 점을 미처 깨닫지 못한 모양이다.

"여사?" 트래비스는 이상한 구석을 대번에 눈치챘다. "여자였어?"

"어휴, 해리." 내가 말했다. "테이프를 사서 네 입을 막아놨어야 하는데."

해리는 고개를 가로젓더니 나를 보며 계면쩍은 웃음을 지었다. "우린 태어나서 이때껏 알고 지낸 사이잖아. 네 얘기를 할 때 하나하나 남자로 바꿔야 하는 걸 자꾸 깜박하게 돼. 그래도 이번엔 괜찮을 것 같은데, 뭐."

"내 말이 맞잖아!" 나티비다드가 자기 남편에게 외쳤다. 그러고는 무안한 표정을 지었다. "남편한테 당신이 남자처럼 안 보인다고 얘기했거든요." 나티비다드가 나를 봤다. "당신은 키도 크고 힘도 세지만, 그래도⋯⋯ 글쎄요. 얼굴이 남자 얼굴이 아니에요."

가슴과 골반 등 체형이 남자와 비슷한 나로서는 얼굴이 남자 같지 않다는 말을 들었으니 기뻐해야 마땅했지만, 방랑자로 살아야 하는 상황에 그런 얼굴은 별 도움이 되지 않았다. "여자 둘에 남자 한 명보다는 남자 둘에 여자 한 명이 살아남

기가 더 쉬울 거라고 생각했거든요." 내가 말했다. "여기에서
는 처음부터 센 척해서 다툼을 피하는 게 생존 비결이니까요."

"우리 셋이 당신이 센 척하는 데 도움이 되긴 힘들겠군." 트
래비스의 목소리에 씁쓸함이 묻어났다. 아기와 나티비다드 때
문에 좌절한 경험이라도 있는 걸까?

"당신들은 우리의 선천적 아군이잖아요." 내가 말했다. "지
난번에 내가 같은 말을 했을 때 당신은 코웃음 쳤지만, 그래도
사실이에요. 아기는 그렇게 큰 약점이 아닐 거예요. 희망 사항
이긴 하지만. 그리고 어른 다섯이 주위에 있는 편이 살아남을
확률도 더 높을걸요."

"아내하고 아들은 나 혼자서도 지킬 수 있어." 트래비스의
목소리에는 필요 이상의 자부심이 담겨 있었다. 나는 그 말을
못 들은 척하기로 했다.

"당신하고 나티비다드가 우리 전력에 보탬이 되겠지요." 내
가 말했다. "눈도 손도 네 개나 더 생기는 셈이니까요. 혹시 칼
있어요?"

"있어." 트래비스는 자기 바지 주머니를 툭툭 두드렸다. "우
리한테도 총이 있으면 좋을 텐데."

우리에게 총이 더 있으면, 그것도 여러 정 더 있었으면 하는
마음은 나도 마찬가지였다. 하지만 그 마음을 입 밖에 내지는
않았다. "당신하고 나티비다드는 튼튼하고 건강해 보여요. 약

375

탈자들은 우리 같은 사람 다섯 명이 같이 다니는 걸 보면 다른 사냥감 쪽으로 관심을 돌릴 거예요."

트래비스는 여전히 모호한 말만 구시렁거렸다. 하긴, 자신을 두 번이나 도와준 내가 여자로 밝혀졌으니. 아무리 고마운들 내가 했던 남자 행세를 용서하려면 시간이 좀 걸리겠지.

"당신이 쓴 시를 읽어보고 싶어요." 나티비다드가 말했다. "전에 우리 고용주 아내가 시를 썼거든요. 기분이 쓸쓸할 때면 우리한테 자기 시를 읽어주곤 했어요. 그게 참 좋았는데. 당신이 쓴 시를 읽어줘요, 너무 캄캄해지기 전에."

부잣집 안주인이 자기 집 하녀에게 글을 읽어주다니, 생각해보면 별난 일이었다. 하녀는 나티비다드가 밝힌 자신의 전직이었다. 어쩌면 내가 부잣집 안주인들을 오해했는지도 모르겠다. 하긴, 누구나 쓸쓸할 때가 있으니까. 나는 일기장을 내려놓고 지구종 시가 적힌 공책을 집어 들었다. 내가 고른 것은 설교조가 아닌 부드러운 내용의 시, 노숙 생활에 지친 마음과 몸에 위로가 될 만한 시였다.

제18장

일주일에
한두 차례
지구종끼리 모이는 것은
유익하고 필요한 일이다.
이를 통해 감정을 발산하고
마음을 진정시키므로.
이로써 정신을 집중하고,
사명감을 북돋고,
사람들을 하나로 묶으므로.

―《지구종: 산 자들의 책》에서

"넌 그 지구종이란 걸 진심으로 믿지, 그렇지?" 트래비스가 나에게 던진 질문이었다.

오늘은 쉬는 날, 즉 우리가 정한 안식일이었다. 우리는 하루 밤낮 동안 야영하며 느긋하게 쉴 해변을 찾고자 고속도로를 벗어났다. 우리가 찾은 샌타바버라 해변에 딸린 공원은 일부가 불타기는 했어도 피크닉 테이블과 나무 그늘이 있었다. 사람이 많지 않아서 낮에도 우리끼리 오붓하게 지낼 만했다. 바다도 지척에 있었다. 두 커플은 내가 짐과 아기를 봐주는 동안 차례로 모습을 감췄다. 더글러스 부부가 벌써부터 나를 믿고 자신들의 귀중품을 모조리 맡기다니, 흥미로운 일이었다. 우리는 그들을 아직 철저히 신뢰하지 않기 때문에 그제 밤에도 어젯밤에도 부부 중 한 명을 단독 불침번으로 세우지 않았다. 그래도 불침번 임무를 맡기기는 했다. 안심하고 등을 기댈 벽이 하나도 없었던 어젯밤에는 한 번에 두 명씩 불침번을 서는 게 도움이 됐다. 나티비다드는 나와 함께 서고 트래비스는 해리와 함께 섰다. 마지막은 자라 혼자 맡았다.

시간표는 내가 짰는데, 그렇게 짜면 모두에게 가장 편할 거라는 생각이 들었다. 어느 쪽도 상대편을 철석같이 신뢰할 필요가 없으니까.

이제 피크닉 테이블과 화덕, 소나무, 야자수, 플라타너스 따위에 둘러싸여 지내다보니, 신뢰는 그다지 중요해 보이지 않았다. 불에 타서 보기 싫게 변한 자리를 등지고 보면 공원은 아름다운 곳이었다. 고속도로에서 충분히 멀리 떨어진 덕분에 쉼 없이 흐르는 강처럼 북쪽으로 꾸역꾸역 몰려가는 사람들 눈에 띨 염려도 없었다. 내가 이 공원을 발견한 비결은 다름 아닌 지도였다. 정확히 말하면, 샌타바버라 카운티의 행정구역이 대부분 표시된 거리 지도였다. 조부모님이 남긴 지도 덕분에 우리는 수많은 거리 표지판이 땅에 떨어지거나 사라진 와중에도 고속도로를 벗어나 탐험에 나설 수 있었다. 그러다가 해변에 가까워지면 바다 쪽을 가리키는 표지판이 여럿 눈에 띄곤 했다.

해변에는 이 지역 주민들도 있었다. 원래 살던 집을 떠나 바닷가의 8월 날씨를 즐기러 온 이들이었다. 사람들의 짤막한 대화를 엿듣고 알아낸 사정은 딱 그만큼이었다.

나중에 나는 몇 명에게 말을 걸어봤다. 놀랍게도 대부분 기꺼이 대화에 응했다. 확실히 그 공원은 얼굴에 색칠을 한 멍청이들이 불태운 곳만 빼면 아름다운 곳이었다. 소문에 따르면 그들이 일으킨 화재는 가난한 이들을 위한 투쟁으로, 부자들이 몰래 쌓아놓은 재산을 폭로하거나 파괴하는 것이 목적이었다. 하지만 바닷가 공원은 사유재산이 아니었다. 모두에게 열린 공간이었다. 그런 곳을 왜 불태운단 말인가? 그 답은 아무도 알지 못했다.

　그곳 사람 중 누구도 몸에 색칠을 하고 마약과 방화에 취하는 유행이 어디서 시작됐는지 알지 못했다. 대부분 그 유행이 로스앤젤레스에서, 그들 말로는 세상에서 제일 멍청하고 못된 것들이 태어나는 그 도시에서 처음 시작됐을 거라 짐작했다. 지역적 편견이었다. 나는 그들에게 내가 로스앤젤레스 근교 출신인 것을 밝히지 않았다. 그저 빙그레 웃으며 이 일대의 일자리 사정이 어떤지만 물어봤다. 식사나 안전한 잠자리를 제공하는 곳을 안다는 사람은 몇 있었지만, 노동의 대가를 돈으로 주는 일자리를 아는 사람은 한 명도 없었다. 그렇다고 해서 그런 일자리가 하나도 없다는 뜻은 아니겠지만, 설령 있다 한들 찾기도 힘들고 잡기는 더 힘들 듯싶었다. 그 점은 우리가 어디를 가든 문제가 될 것이다. 그럼에도 우리 셋은, 우리 다섯은, 아는 것이 아주 많다. 우리는 아주 많은 것을 할 줄 안다. 우리가 숙식을 제공받는 하인 신세에 머물지 않도록 그 지식들을 통합하는 방법이 틀림없이 있을 것이다. 하나가 된 우리는 흥미로운 집단이니까.

　이곳은 물값이 굉장히 비싸다. 로스앤젤레스나 벤투라 카운티 일대보다 더 심하다. 오늘 아침에는 다 함께 급수장에 갔다. 우리는 지금도 물장수에게서는 절대로 물을 사지 않는다.

　어제 길에서 남자 시체 세 구를 봤다. 일행인 듯 보이는 청년들로 별 특색은 없었지만 본인들이 토한 피에 온몸이 물들고, 시체가 부풀어 슬슬 악취를 풍기는 상태였다. 우리는 곁을 지나며 슬쩍 보기만 했을 뿐 시체에서 아무것도 챙기지 않았다. 있었을지 모르는 그들의 배낭은 이미 사라지고 없었다. 옷은 우리 쪽에서 사양하고 싶었다. 셋의 물통도 그대로였는데, 아무도 가지려 하지 않았다.

우리는 어제 근처에 있는 해닝 조스 매장에 가서 생필품을 보충했다. 그곳을 보니 긴장이 풀리는 한편으로 놀랍기도 했다. 아기가 먹을 식재료부터 비누를 비롯해, 바닷물과 햇빛과 오랜 도보 여행 때문에 튼 살갗에 바를 연고까지, 필요한 것은 뭐든 다 살 수 있는 신뢰할 만한 곳이 눈앞에 있었으니까. 나티비다드는 유아차에 넣을 새 안감을 산 다음, 비닐봉지에 모아뒀던 낡고 지저분한 안감 여럿을 빨아 말렸다. 매장에 따로 마련된 세탁장에는 자라도 따라가서 우리가 모아둔 더러운 옷가지를 빨았다. 우리는 바닷물로 빤 옷을 입고 지냈는데, 짭짤한 소금기는 느껴져도 안 좋은 냄새는 별로 나지 않았다. 돈을 내고 빨래를 하는 건 우리로서는 흔치 않은 사치였지만, 꾀죄죄하게 지내기가 편한 사람은 아무도 없었다. 우리는 그런 삶에 익숙하지 않았으니까. 모두가 한마음으로 북쪽의 물값은 부디 더 싸기를 바랐다. 나는 권총에 쓸 탄창도 한 개 더 구입했다. 권총을 닦을 때 쓸 유기용제와 윤활유, 솔까지 함께. 이때껏 권총을 청소하지 못한 것이 마음에 걸렸기 때문이다. 위기의 순간에 권총이 제대로 발사되지 않으면 우리는 죽을지도 모른다. 여분의 탄창을 사니 마음이 놓였다. 그게 있으면 금세 재장전을 마치고 계속 총을 쏠 수 있으니까.

나중에 우리는 소나무와 플라타너스가 드리운 그늘에 느긋하게 앉아 바닷바람과 휴식을 즐기며 두런두런 이야기를 나눴다. 나는 이번 한 주 치 일기에 살을 붙이려고 글을 썼다. 일기 쓰기를 막 끝내려는 참에 트래비스가 내 앞에 와서 앉더니, 앞서 말한 그 질문을 던졌다.

"넌 그 지구종이란 걸 진심으로 믿지, 그렇지?"

"한 글자도 빠짐없이요." 나는 그렇게 대답했다.

"하지만…… 다 네가 지어낸 거잖아."

나는 몸을 숙여 조그마한 돌멩이를 집은 다음, 우리 둘 사이의 테이블에 올려놨다. "만약 내가 이 돌멩이를 분석해서 무슨 성분으로 이뤄졌는지 당신한테 빠짐없이 가르쳐준다면, 내가 이 돌멩이의 구성 원소를 만들어냈다는 뜻인가요?"

트래비스는 돌멩이를 힐긋 보는 둥 마는 둥 했다. 눈길을 나에게 고정한 채로. "그럼 지구종은 뭘 분석해서 알아낸 거야?"

"다른 사람들이요. 그리고 나 자신, 내가 읽고 듣고 보는 모든 것들, 내가 배운 모든 역사도 함께요. 우리 아빠는 목사이자 교수예요, 아니, 교수였어요. 새엄마는 동네 학교 선생님이었고요. 난 이것저것 볼 기회가 많았어요."

"너희 아버지는 네가 상상하는 하느님을 어떻게 받아들이셨지?"

"아예 알지도 못했는걸요."

"아버지한테 말할 배짱은 없었나 보구나."

나는 좋을 대로 생각하라는 뜻으로 어깨를 으쓱했다. "혹시라도 상처받을까 봐 내가 조심조심 대한 사람은 이 세상에 우리 아빠밖에 없었어요."

"돌아가신 거야?"

"네."

"우리 부모님도 마찬가지야." 트래비스는 고개를 저었다. "장수하기 힘든 시절이지."

잠시 침묵이 흘렀다. 한참 후에 트래비스가 입을 열었다. "그런 식의 하느님은 어떻게 생각해냈어?"

"난 하느님을 찾으려고 했어요. 신화나 신비주의나 마법을 찾으려고 한 게 아니에요. 찾게 될 신이 있을지 없을지는 몰랐지만, 그래도 알고 싶었어요. 신은 누구도 어떤 것도 감히 거스르지 못하는 힘일 테니까요."

"그게 변화구나."

"맞아요, 변화예요."

"하지만 변화는 신이 아니잖아. 사람도 아니고 지능이 있는

383

생물도 아니고, 아예 아무것도 아니야. 그건 그냥…… 글쎄. 그냥 개념이야."

나는 빙긋이 웃었다. 트래비스의 말이 형편없는 비판일까? "변화는 진실이에요." 내가 말했다. "변화는 계속 진행되는 거니까요. 모든 것은 어떤 식으로든 변해요. 크기, 위치, 구성, 빈도, 속도, 생각, 뭐든지요. 살아 있는 모든 것, 지극히 작은 양의 물질 하나하나, 우주에 존재하는 모든 에너지, 그 모든 것이 어떠한 방식으로든 변화해요. 난 모든 것이 모든 방식으로 변화한다고 주장하는 게 아니라, 모든 것이 어떤 방식으로든 변화한다고 말하는 거예요."

해리는 바다에서 나와 물을 뚝뚝 흘리며 돌아오다가 내가 한 마지막 말을 들었다. "얘기만 들으면 꼭 하느님이 열역학 제2법칙이라도 되는 것 같네." 해리가 씩 웃으며 말했다. 그 애와 나는 이미 이런 이야기를 나눈 적이 있었다.

"그것도 하느님의 한 측면이에요." 나는 트래비스에게 말했다. "열역학 제2법칙을 아세요?"

트래비스는 고개를 끄덕였다. "엔트로피. 자연 상태의 열은 뜨거운 부분에서 차가운 부분으로만 흐르고 그 반대로는 흐르지 않기 때문에, 우주 자체는 점점 식어가고 느려지고, 우주의 에너지는 소멸한다는 거지."

나는 놀란 기색을 감추지 않았다.

"어머니가 원래 신문과 잡지에 글을 기고하셨어." 트래비스가 말했다. "나를 집에서 직접 가르치셨고. 그러다가 아버지가 돌아가시고, 어머니 수입만으로는 집을 유지할 수가 없게 됐지. 어머니는 돈벌이가 되는 일자리를 끝내 찾지 못하셨어. 그래서 입주 요리사가 되셨지만, 그 후로도 나한테 공부는 계속 가르쳐주셨지."

"어머니가 엔트로피를 가르쳐주셨다고요?" 해리가 물었다.

"읽고 쓰는 법을 가르쳐주셨어. 그다음엔 독학하는 법을 알려주셨고. 어머니가 일하는 집에는 서재가 있었지. 책이 빼곡히 들어찬 널따란 서재가."

"고용주가 책을 읽으라고 허락했어요?" 내가 물었다.

"책 근처에도 못 가게 하더군." 트래비스는 나를 보며 싸늘한 웃음을 지었다. "그러거나 말거나 읽었어. 어머니가 책을 몰래 가져다주셨거든."

당연한 일이었다. 노예들은 200년 전에도 그렇게 살았으니까. 그들은 몰래 빼돌린 책을 돌려보며 안간힘을 다해 독학을 했다. 때로는 그렇게 안간힘을 썼다는 이유로 채찍질을 당하거나 팔려가거나 팔다리가 잘리는 수모를 겪었다.

"어머니나 당신이 책을 갖고 있다가 들킨 적은 없나요?" 내가 물었다.

"없어." 트래비스는 고개를 돌려 바다를 바라봤다. "우린 조심했어. 들키지 않는 게 중요했으니까. 어머니는 한 번에 한 권씩만 빌려오셨어. 내 생각에 고용주의 아내는 눈치챈 것 같은데, 그 여자는 사람이 점잖았어. 입도 뻥긋 안 했으니까. 집 주인을 설득해서 내가 나티비다드하고 결혼하도록 허락을 받아준 사람도 그 여자야."

요리사의 아들이 그 요리사가 일하는 집 하녀와 결혼하다니. 이것 역시 다른 시대 이야기 같았다.

"그러다 어머니가 돌아가시고 나니까 세상에 나티비다드하고 나, 그리고 아기, 이렇게 셋뿐이었어. 나는 정원사 겸 관리인으로 계속 그 집에서 일했지만, 그 무렵 늙다리 고용주 놈이 나티비다드한테 손을 대려고 마음먹었어. 아기한테 젖을 먹일 때 훔쳐보려고 하더군. 난 아내를 혼자 둘 수가 없었지. 그래서 그 집을 떠난 거야. 고용주의 아내도 우리가 떠나도록 도와줬고. 그 여자가 우리한테 돈을 줬어. 나티비다드의 잘못이 아니란 걸 알았으니까. 난 고용주 놈을 죽여야 하는 상황은 피하고 싶었어. 그래서 떠난 거야."

노예제 사회에서 그런 일이 생겼을 때 노예가 할 수 있는 일은 아무것도 없었다. 죽임당하거나 팔려가거나 구타당하지 않고 넘어갈 방법은, 없었다.

나는 얼마 떨어지지 않은 곳에 앉아 있는 나티비다드를 바라봤다. 나티비다드는 침낭에 앉아 아기를 놀아주면서 자라와 얘기를 나누고 있었다. 운이 좋은 사람이었다. 혹시 알고 있을까? 자신보다 운이 안 좋은 사람이 얼마나 많은지를……. 주인의 관심에서 벗어나지 못하거나 안주인의 동정을 얻지 못한 사람들. 요즘은 주인과 안주인이 고분고분한 맛이 덜한 하인을 길들일 때 어떤 수단까지 동원할까?

"그래도 변화나 엔트로피가 하느님으로 보이진 않아." 트래비스는 화제를 다시 지구종으로 가져갔다.

"그럼 변화보다 더 만연한 힘이 뭔지 나한테 가르쳐줘요." 내가 말했다. "그건 단순한 엔트로피가 아니에요. 하느님은 그보다 더 복잡하니까요. 인간의 행위만 봐서는 딱 그 정도밖에 파악할 수가 없죠. 그런데 우리가 늘 그러듯이 몇 가지 것들을 한꺼번에 다루다 보면, 더 많은 복잡성이 생겨날 때가 있어요. 우주에는 온갖 종류의 변화가 존재하는 거예요."

트래비스는 고개를 가로저었다. "어쩌면 그럴지도 모르지. 하지만 그런 건 아무도 숭배하려고 하지 않을걸."

"바라는 바예요." 내가 말했다. "지구종이 다루는 건 계속 진행되는 현실이지, 초자연적 권위의 표상이 아니에요. 숭배는 행동을 동반하지 않으면 쓸모가 없어요. 행동을 동반하는 숭배는 오로지 그것이 당신을 진정시키고, 당신의 노력을 집중시키고, 당신의 마음을 편하게 해줄 때만 쓸모가 있고요."

트래비스는 씁쓸한 미소를 지었다. "사람들은 할 수 있는 행동이 전혀 없을 때조차 기도를 하면 기분이 좋아지지. 난 하느님의 쓸모를 고작 그 정도로 여겼어. 우리 어머니 같은 사람들이 짊어져야 하는 짐을 더 쉽게 지도록 돕는 존재로."

"하느님은 그러라고 있는 게 아니지만, 가끔 그런 게 기도의 목적일 때가 있죠. 이 시들도 가끔은 그런 목적으로 쓰일 테고요. 변화가 곧 하느님이에요. 그리고 결국에는 하느님이 승리하죠. 하지만 하느님의 성질을 이해하면 희망이 보여요. 하느님은 벌하거나 질투하지 않고 무한히 변하거든요. 사람과 사물이 모두 하느님을 따른다는 걸 깨달으면 편안해져요. 하느님을 또렷이 보고, 하느님의 경로를 바꾸고, 더 나아가 하느님을 빚는 일까지 누구에게나 가능하다는 걸 알면 힘이 생겨요. 하지만 체력과 머리만으로는 힘이 생기지 않아요. 그걸 가지고서도 하느님이 자기 소원을 이뤄주거나 자기 대신 복수해주기만 기다린다면요. 당신도 아는 사실이죠. 가족을 데리고 고용주 집에서 탈출할 때 알았을 거예요. 하느님은 우리가 사는 동안 날마다 우리 모두를 빚을 거예요. 그걸 이해하고 그 힘을 되돌리는 게 가장 중요해요. 우리가 하느님을 빚는 거예요."

"아멘!" 해리가 빙그레 웃었다.

나는 해리를 봤다. 짜증도 나고 동시에 웃음도 나왔는데, 즐기자는 쪽으로 마음을 굳혔다. "햇볕에 타기 전에 옷 좀 걸쳐, 해리."

"네 얘길 들으니까 '아멘' 정도는 붙여야겠더라." 해리가 헐렁한 파란색 셔츠를 입었다. "설교 이어서 할래, 아니면 뭐 좀 먹을래?"

우리는 콩에다 육포 조금과 토마토, 피망, 양파를 넣어 요리했다. 오늘은 일요일이었다. 공원에는 공용 화덕이 있었고, 우리에게는 시간이 잔뜩 있었다. 우리는 밀가루로 빵도 조금 해 먹었고, 아기는 우리가 먹는 음식을 으깨거나 엄마가 대신 씹어준 것이 아니라 진짜 이유식을 우유와 함께 먹었다.

멋진 하루였다. 이따금 트래비스는 나에게 질문을 하거나 지구종에 관해 시비를 걸었고, 그러면 나는 설교를 늘어놓지 않고 대답하느라 애를 먹었다. 쉬운 일은 아니었지만 대부분 그럭저럭 해낸 듯싶다. 자라와 나티비다드는 내가 얘기하는 신이 남성인지 여성인지를 놓고 말다툼을 벌였다. 내가 변화는 애초에 성별이 없고 사람도 아니라고 지적하자 혼란스러워했지만, 내 말을 무시하지는 않았다. 오직 해리만이 진지하게 토론하기를 거부했다. 그래도 해리는 일기 쓰기에 매력을 느꼈다. 어제 조그만 공책을 한 권 사더니 지금은 나와 마찬가지로 일기를 쓰고 있다. 자라의 읽고 쓰기 수업도 도와준다.

나는 해리도 지구종으로 끌어들이고 싶다. 일행 모두를 끌어들이고 싶다. 그들은 지구종 공동체의 시초가 될 수도 있다. 도미니크가 자라는 동안 지구종에 관해 가르쳐주면 얼마나 좋을까. 나는 그 애를 가르치고, 그 애는 나를 가르칠 텐데. 아이가 하는 질문은 도무지 끝날 줄을 모르기 때문에 힘들긴 하지만, 질문을 받는 사람은 그 덕에 생각할 기회를 얻는다. 다만 지금 나는 트래비스가 던지는 질문에 대답해야 했다.

나는 기회를 틈타 트래비스에게 숙명에 관해 이야기했다.

앞서 트래비스는 나에게 지구종이 도대체 무슨 소용이냐고 물었다. 변화를 하느님으로 부르면서 의인화하는 이유가 뭐야? 변화는 단지 개념일 뿐인데, 그냥 변화라고 하면 되잖아? 거기에 중요하다는 말만 덧붙이면 되지.

"왜냐면 시간이 조금 지나면 중요하지 않은 게 될 거니까요!" 나는 트래비스에게 그렇게 말했다. "사람들은 개념을 잘 잊어버려요. 하지만 하느님은 개념보다 더 잘 기억하죠. 특히 겁먹었을 때나 다급할 때는 더더욱."

"그래서 사람들한테 뭘 시키려는 건데?" 트래비스는 따지듯이 물었다. "시를 읽으라고 할 거야?"

"아니면 진실의 말이나 위안의 말, 행동을 촉발하게 하는 말을 떠올리는 것도 좋죠." 내가 말했다. "그건 사람들이 평소에도 늘 하는 일이에요. 사람들은 성서나 탈무드, 쿠란, 그 밖의 종교 경전을 머릿속으로 되새기는데, 그런 책은 우리가 살면서 겪는 무서운 변화를 잘 넘기도록 도와주잖아요."

"사람들이 대부분 변화를 두려워하긴 하지."

"맞아요. 하느님은 두려워요. 그걸 감당하는 법을 배우는 게 최선이죠."

"네가 지은 시는 읽기가 그리 편하진 않던데."

"시간이 조금 지나면 편해질 거예요. 나도 아직 연습이 다 안 끝났거든요. 하느님은 선하지도 악하지도 않고, 우리를 좋아하지도 미워하지도 않지만, 그래도 맞서 싸우느니 한편이 되는 게 나아요."

"하지만 너의 하느님은 널 전혀 돌보지 않잖아." 트래비스가 말했다.

"그러니까 더더욱 나 자신과 남들을 돌봐야죠. 더더욱 지구종 공동체를 만들고 사람들과 함께 하느님을 빚어야 하고요. '하느님은 유연하다. 사기꾼처럼, 스승처럼, 혼돈처럼, 진흙처럼.' 그중 어떤 면을 받아들일지는 우리가 결정해요. 다른 면들을 어떻게 대할지도 마찬가지고요."

"네가 하고 싶은 일이 그거라는 거지? 지구종 공동체를 만드는 거?"

"네."

"그럼 그다음은?"

드디어. 입구가 열렸다. 나는 침을 꿀꺽 삼키고 고개를 살짝 틀어 공원의 불탄 곳을 바라봤다. 정말로 추악하기 그지없었다. 누군가 일부러 저지른 일이라고는 믿기 힘들 정도였다.

"그다음은 뭔데?" 트래비스는 집요했다. "네가 섬기는 그런 하느님이라면 사람들이 꿈꾸는 천국 같은 건 만들지도 않았을 거 아니야. 그러면 그다음은 뭐야?"

"천국이요." 나는 다시 고개를 돌려 트래비스를 마주 보았다. "그래요, 맞아요. 천국이에요."

트래비스는 말이 없었다. 뭔가 미심쩍을 때 짓는 특유의 표정을 하고는 내 말을 기다렸다.

"'지구종의 숙명은 별들 사이에 뿌리내리는 것이다.'" 나는 그렇게 말을 꺼냈다. "그건 지구종의 궁극적인 사명이자, 죽음을 제외하고 인간이 겪는 궁극적인 변화이기도 해요. 만약 우리가 살갗이 매끈한 공룡 수준에 그치지 않고 조금이라도 더 나은 존재가 되고 싶다면, 우린 바로 그 숙명을 좇아야 해요. 오늘 이렇게 살아 있다가 내일 죽으면 우리 뼈는 우리가 살던 도시의 뼈와 재와 함께 섞여서 묻힐 텐데, 그렇게 되면 무슨 의미가 있겠어요?"

"우주라고?" 트래비스가 물었다. "화성 말이야?"

"화성 너머 말이에요. 다른 항성계. 생명이 사는 외계 행성."

"너 아주 단단히 돌았구나." 트래비스는 그렇게 말했지만, 그 말을 할 때의 목소리는 부드럽고 나직했다. 퍽 마음에 들었다. 그건 조롱이 아니라 감탄이 섞인 목소리였다.

나는 씩 웃었다. "아주 먼 미래에나 가능하다는 건 나도 알아요. 지금은 숙명에 집중해서 그 토대, 지구종 공동체를 다질 시기죠. 아무튼 나의 천국은 실제로 존재하고, 꼭 죽어야만 갈 수 있는 곳도 아니에요. '지구종의 숙명은 별들 사이에 뿌리내리는 것이다.' 아니면 잿더미 속에 내리게 되겠죠." 나는 불탄 자리 쪽을 고갯짓으로 가리켰다.

트래비스는 내 말을 경청했다. 전 재산을 배낭 하나에 담아 메고 아무도 모르는 목적지를 향해 로스앤젤레스에서 북쪽으로 걸어가는 여자애가 알파 켄타우리행 우주 항로를 논하는 것은 주제넘은 짓이라는 점을, 트래비스는 지적하지 않았다. 그러기는커녕 주의 깊게 들었다. 조금 웃기는 했다. 꼭 내 이야기에 정신이 팔린 것을 남에게 들킬까 봐 걱정이라도 하듯이. 하지만 나에게서 뒷걸음치지는 않았다. 오히려 내 쪽으로 몸을 기울였다. 그러면서 자기주장을 내세웠다. 언성을 높였다. 잇달아 질문을 했다. 나티비다드는 트래비스에게 나를 그만 귀찮게 하라고 했지만, 그는 멈추지 않았다. 나는 괜찮았다. 나는 집요함이 뭔지 아니까. 그 가치를 높이 사니까.

2027년 8월 15일 일요일

트래비스 찰스 더글러스는 첫 번째 개종자인 것 같다. 자라 모스는 두 번째다. 자라는 하루하루 지나는 사이에, 또 트래비스와 내가 이따금 논쟁을 벌이는 사이에 점점 내 말에 귀를 기울였다. 때로는 질문을 하거나 자신이 보기에 앞뒤가 안 맞는 부분을 지적하기도 했다. 시간이 조금 흐른 후에 자라는 이렇게 말했다. "난 외계에 대해서는 하나도 관심 없어. 그러니까 그 부분은 빼고 얘기해도 돼. 하지만 네가 만들고 싶다는 게 사람들이 서로 보살펴줘서 누구도 모진 취급을 당하지 않는 공동체라면, 난 네 편이야. 나티비다드하고 이때껏 내내 얘기해봤어. 난 나티비다드가 가야 했던 길을 따라가긴 싫어. 우리 엄마가 가야 했던 길을 따라가는 것도 싫고."

나는 나티비다드를 자기 소유물처럼 대한 예전 고용주와 자기만의 하렘을 만들려고 돈을 주고 여자들을 사온 리처드 모스 사이에 얼마나 큰 차이가 있을지 궁금했다. 전적으로 개인의 감정에 달린 문제였다. 의심할 여지가 없었다. 나티비다드는 자신의 고용주에게 분개했다. 자라는 운명을 받아들였고, 어쩌면 리처드 모스를 사랑했을 것이다.

바로 이곳, 101번 고속도로에서 바야흐로 지구종이 태어나는 중이다. 101번 고속도로에서도 한때 '엘 카미노 레알', 즉 캘리포니아 주가 에스파냐 식민지였던 과거에 '왕의 대로大路'로 불렸던 이곳에서. 이제 이곳은 고속도로이자 가난한 이들이 물처럼 흘러가는 강이다. 북쪽을 향해 거세게 흐르는 강.

이제 그 강의 물살을 따라가는 한편으로 강물에 낚싯대를 드리워야 한다는 생각이 들었다. 우리에게 해를 끼칠 자가 누군지 파악하기 위해서만이 아니라, 트래비스와 나티비다드처럼 우리에게 합류할 소수의 반가운 이들을 찾아내기 위해서라도. 나는 사람들을 지켜봐야 한다.

그리고 그다음은? 머물기에 적당한 곳을 찾아 억지로 눌러앉을까? 무슨 갱단처럼 행세하면서? 아니. 딱히 갱단이라고 하기는 힘들다. 우리는 그런 부류가 아니니까. 남을 지배하고 약탈하고 겁주려는 욕구를 지닌 갱단 같은 부류와 어울리고 싶지 않다. 그런데도 어쩌면 우리는 남을 지배해야 할지도 모른다. 살아남기 위해 약탈을 해야 할지도 모르고, 심지어는 적을 겁주거나 죽여야 할지도 모른다. 우리는 욕구가 우리 자신의 모습을 빚도록 허락할 때 매우 조심해야 할 것이다. 하지만 우리가 뿌리를 단단히 내리고 성장하려면 경작이 가능한 토지와 신뢰할 만한 물 공급원, 공격당하지 않고 느긋하게 지낼 거처가 반드시 필요하다.

어쩌면 해안가에서 그런 조건을 갖춘 외딴 장소를 찾아 그곳에 사는 이들과 협상하는 일도 가능할 것이다. 우리 머릿수가 좀 더 많다면, 또 우리가 더 잘 무장한다면, 지낼 곳을 보장받는 대가로 경비 활동을 제공할 수도 있을 것이다. 아이를 가르치는 일뿐 아니라 까막눈인 어른에게 읽기와 쓰기 교육을 제공할 수도 있을 것이다. 어쩌면 그런 것을 거래하는 시장이 있을지도 모른다. 요즘은 아이고 어른이고 문맹이 너무 많으니까…… 어쩌면 우리는 할 수 있을지도 모른다. 우리 식량을 우리 손으로 키워내는 일을, 우리 자신과 이웃을 전에 없던 새로운 존재로 키워내는 일을. 지구종으로 변화시키는 일을.

제19장

변화들.

은하계는 우주 공간을 지나며 움직인다.

별들은 불붙고,

타오르고,

나이 들고,

식어가며,

진화한다.

변화가 곧 하느님이다.

하느님은 끝내 승리한다.

—《지구종: 산 자들의 책》에서

(8월 29일 일요일 자 일기에 덧붙인 메모에서)

오늘 지진이 났다.

지진은 아침 일찍 우리가 오늘 치 도보 여행을 막 시작하려 할 때 일어났다. 강력했다. 땅 전체가 둔중하게 드르륵거리고 우르릉거리는 것이 꼭 땅속에 천둥이 묻힌 것 같았다. 땅이 용틀임을 하다가 푹 꺼지는 것처럼 느껴졌다. 틀림없이 꺼졌을 것이다. 얼마나 깊이 꺼졌는지는 알 길이 없지만. 진동이 멈추자 모든 것이 전과 똑같아 보였다. 주위의 갈색 산기슭 여기저기에 느닷없이 피어오른 먼지구름만 빼면.

땅이 흔들리는 동안 몇몇 사람은 비명을 지르거나 악을 썼다. 무거운 배낭을 가누지 못해 다리가 풀리는 바람에 흙바닥에 구르거나, 갈라진 아스팔트 위로 넘어지는 사람도 있었다. 가슴에 도미니크를 안고 등에는 무거운 배낭을 멘 트래비스도 하마터면 그중 한 명이 될 뻔했다. 트래비스는 발을 헛디뎌 비틀거리면서도 가까스로 균형을 잡아 넘어지지 않았다. 아기 도미니크는 다치지는 않았지만 갑작스러운 진동에 소스라치게 놀라 울기 시작했다. 이로써 근처에 걸어가던 조금 큰 아이 둘이 떠드는 소리와, 길 위 모두가 한꺼번에 대화하는 소리, 지진 때 쓰러진 노인이 헐떡거리는 소리에다 아기 울음소리까지 더해졌다.

나는 평소의 의심 많은 태도를 일단 접어두고 그 노인이 괜찮은지 보러 갔다. 괜찮지 않을 경우 어차피 내가 해줄 일은 별로 없었다. 나는 노인의 손이 닿지 않는 곳에 떨어져 있던 지팡이를 주워 건네고 일어서도록 부축했다. 노인은 몸이 어린애처럼 가벼웠고, 가녀렸고, 이가 없었고, 나 때문에 겁을 먹은 상태였다.

나는 노인의 어깨를 다독여 갈 길을 가도록 보낸 다음, 노인이 등을 돌리기가 무섭게 소지품 중에 혹시 사라진 것이 있는지 확인했다. 세상은 도둑 천지니까. 노인과 어린애가 소매치기인 경우는 흔했다. 사라진 물건은 없었다.

근처에 있던 남자가 나를 보며 빙그레 웃었다. 나이를 먹었지만 아직 노인까지는 아니어서 이가 멀쩡한 흑인 남자였다. 그 사람은 작지만 튼튼한 금속제 쇼핑 카트에 오토바이 안장용 쌍둥이 짐 가방을 걸어놓고, 거기에 소지품을 담아 밀고 가는 중이었다. 남자는 아무 말도 하지 않았지만 그의 미소가 마음에 들었다. 그래서 나도 미소로 화답했다. 그러다 문득 내가 지금 남장을 하고 있다는 사실이 떠올랐고, 그가 내 변장을 꿰뚫어 봤는지 궁금해졌다. 어차피 중요한 일도 아니지만.

일행에게 돌아오니 자라와 나티비다드는 도미니크를 달래는 중이었고, 해리는 도로변에서 뭘 줍고 있었다. 해리 쪽으로 가서 그 애가 찾은 것을 봤다. 조그만 공처럼 둥글게 매듭을 꽁꽁 지어놓은 지저분한 천 쪼가리였다. 그 속에 뭔가 들어 있었다. 해리가 너덜너덜한 천을 찢자 손바닥에 돈뭉치가 떨어졌다. 100달러짜리 지폐 뭉치였다. 이삼십 장은 돼 보였다.

"얼른 숨겨!" 나는 나직이 말했다.

해리는 돈뭉치를 바지 주머니 깊숙이 쑤셔 넣었다. "새 신발을 사야겠어." 해리가 소곤거렸다. "멋진 걸로 살 거야. 다른 물건도 좀 사고. 넌 뭐 필요한 거 없어?"

해리에게는 안심하고 살 만한 가게가 보이면 곧바로 새 신발을 사주겠다고 약속해둔 참이었다. 그 애 신발이 다 닳았기 때문이다. 그런데 이제 내 머릿속에 다른 생각이 떠올랐다. "혹시 돈이 넉넉하면, 네가 쓸 총을 사도록 해. 신발은 내가 사줄게. 너도 총을 갖는 거야!" 나는 해리의 놀란 표정을 못 본 척하고 다른 일행들에게 물었다. "그래도 되죠?"

모두 동의했다. 엄마 등에 다시 업혀 엄마 머리카락을 잡아당기며 노는 도미니크도 흐뭇한 표정이었다. 자라는 배낭끈 길이를 조절하는 중이었고, 트래비스는 앞쪽에 있는 조그만 동네를 살피러 간 참이었다. 이곳은 농장 일대였다. 우리는 며칠 동안 걸어오면서 망해가는 작은 마을이나, 인적이 드문 도로변 동네와 농장 말고는 아무것도 보지 못했다. 농장 중에는 사람이 있는 곳도 있고 버려진 채 잡초만 자라는 곳도 있었다.

우리는 트래비스가 있는 앞쪽을 향해 걸어갔다.

"화재야." 우리가 다가가는 사이에 트래비스가 말했다.

도로 아래쪽 비탈 기슭에 있는 집의 창문 몇 군데에서 연기가 피어올랐다. 고속도로에 있던 사람들은 이미 그 집을 향해 몰려가는 중이었다. 큰일이었다. 그 집을 소유한 사람들은 간신히 불을 끈다고 해도 약탈자들에게 습격당할 판이었다.

"다른 데로 피해야겠어요." 내가 말했다. "저기 사는 사람들은 아직 힘이 있을 거예요. 포위당했다는 느낌을 받으면 곧 반격을 시작할 거라고요."

"쓸 만한 물건이 있을지도 모르잖아." 자라가 반대했다.

"총에 맞으면서까지 챙겨야 할 만큼 쓸모 있는 물건은 없어요. 자, 빨리 출발해요!" 나는 앞장서서 걸었다. 우리가 동네를 거의 다 빠져나왔을 때, 총소리가 들리기 시작했다.

도로에 우리 말고도 여전히 사람이 있긴 했지만, 그 조그만 동네를 약탈하러 몰려간 이들은 엄청나게 많았다. 무리가 불난 집 한 곳에만 관심을 둘 리는 없을 테니 온 동네 집들이 함께 저항해야 할 거다.

뒤에서 총소리가 더 났다. 처음에는 한 발씩 쏘는 소리가, 이내 공방을 거듭하며 불규칙하게 딱딱거리는 소리가, 뒤이어 듣자마자 알아차릴 수 있는 자동화기의 드르륵거리는 연발 발사음이 울려 퍼졌다. 아무쪼록 총의 사정거리에서 벗어났기를 바라며 우리는 걸음을 재촉했다.

"젠장!" 나와 나란히 걷던 자라가 나직한 목소리로 말했다. "나도 저렇게 될 줄 예상했어야 하는데. 바깥세상에서도 이런 시골구석에 사는 것들은 거칠거든."

"그 거친 사람들도 오늘은 버티기 힘들 것 같네요." 나는 뒤를 돌아보았다. 이제 연기가 더욱 짙게 올라왔고, 올라오는 지점도 한 곳이 아니었다. 가물가물한 고함 소리와 비명이 총소리에 섞여 들렸다. 이런 곳에서 조그만 동네를 무방비 상태로 유지하다니, 멍청하기는. 모르는 사람은 갈 일도 없는 산속으로 이사해서 숨어 살았어야지. 나는 이 교훈을 머릿속 깊이 새겨둘 참이었다. 이 조그만 공동체의 구성원들에게 이제 가능한 일이라고는 저세상으로 떠날 때 자신들을 공격한 이 몇 명을 함께 데리고 가는 것뿐이었다. 여기서 살아남은 이들은 내일이면 남은 재산을 주섬주섬 모아 등에 지고 길을 나서야 할 운명이었다.

이상하게도, 지진 때문이든 다른 이유 때문이든 간에, 화재만 일어나지 않았다면 사람들이 집단으로 그 동네를 습격하는 일은 없었을 거라는 생각이 든다. 조그마한 화재 한 건이 약점이 된 거다. 약탈자들이 지금 그러고 있는 것처럼, 그 화재가 동네를 너끈히 초토화시켜도 된다는 허가가 된 셈이다. 적에게 총을 쏘면 일부는 겁을 먹고 달아나고 일부는 죽거나 다치지만, 남은 자들은 화가 머리끝까지 치솟는다. 그 동네 주민들

은 그토록 위험한 곳에 살기로 마음먹은 이상 압도적인 방어
시설을 구축해야 마땅했다. 폭탄과 인화물질을 줄줄이 묻어놓
거나 하는 식으로 말이다. 그 정도로 강력한 힘, 그 정도로 파
괴적이고 예측 불허한 힘만이, 공격자들을 최초의 동기인 탐
욕과 욕구보다 더 지독한 혼란에 빠뜨려 쫓아낼 수 있다. 그런
폭탄이 없다면 몰려오는 약탈자 패거리를 목격하기가 무섭게
돈과 아이들을 챙겨 죽기 살기로 달아났어야 한다. 그들은 분
명 이 근처 산을 떠돌이 약탈자보다 더 훤히 알 것이다. 피난
처를 미리 마련해두든가, 적어도 약탈자들이 자기네 집을 헤
집어놓는 사이에 산으로 감쪽같이 숨어드는 능력 정도는 갖추
고 있어야 한다. 하지만 그들은 어떤 대비도 하지 않았다. 우
리 뒤편에서는 커다랗고 새까만 연기 기둥이 구름처럼 뭉게뭉
게 솟아오르며, 더 많은 약탈자를 끌어들이는 중이었다.

　"온 세상이 돌아버렸어." 내 근처에서 목소리가 들려왔다.
나는 눈을 돌려 확인하기도 전에 그 목소리의 주인이 안장 가
방이 달린 카트를 미는 흑인 남자인 것을 알았다. 우리 일행
이 뒤를 돌아보느라 걸음을 조금 늦춘 사이에 그 남자가 우리
를 따라잡은 것이다. 남자 또한 조그만 동네를 털러 가지 않을
정도의 지각은 있었다. 남자는 약탈자처럼 보이지 않았다. 옷
은 지저분하고 평범했지만 몸에 잘 맞았고, 거의 새것 같았다.
청바지는 아직 진청색을 유지했고 밑단에는 다린 자국이 여태

남아 있었다. 빨간색 반팔 셔츠도 단추가 모두 온전히 붙어 있었다. 신발은 고급 워킹화를 신었고 머리도 전문가에게서 자른 지 얼마 안 된 듯했다. 그런 사람이 쇼핑 카트를 들고 이런 데에서 뭘 하는 걸까? 그야말로 부자 거지였다. 아니면 적어도 한때는 부자였던 걸인이거나. 남자는 짧고 숱이 많은 희끗희끗한 수염을 기르고 있었다. 나는 처음 봤을 때나 지금이나 남자의 외모가 마음에 든다는 것을 인정했다. 정말로 잘생긴 중년이었다.

세상은 정말로 돌아버렸을까?

"전에 어디서 읽었는데요." 내가 말했다. "세상은 삼사십 년마다 한 번씩 돌아버린대요. 중요한 건 세상이 다시 제정신으로 돌아갈 때까지 안 죽고 버티는 거죠." 내 교육 수준과 출신 배경을 자랑하려고 한 말이었다. 그 점은 나도 인정한다. 하지만 나이 든 남자의 표정은 시큰둥해 보였다.

"1990년대도 미친 시절이었지." 남자가 말했다. "하지만 그때는 풍족했어. 지금처럼 지독하지 않았다고. 이렇게 지독한 시절은 처음인 것 같아. 저 인간들, 아까 그 동네로 몰려간 저 짐승들을 생각하면……."

"어떻게 저렇게까지 하는지 모르겠어요." 나티비다드가 말했다. "경찰에 신고라도 했으면 좋았을 텐데……. 이 근처 경찰들이 어떤지는 모르겠지만요. 집주인들이 신고를 하겠죠?"

"해봤자 소용없을걸요." 내가 말했다. "경찰이 도착하는 게 내일이 아니라 오늘이라고 해도, 사망자 수나 늘리는 게 고작일 거예요."

우리는 계속 걸었다. 낯선 남자도 함께 걸었다. 남자는 우리와 나란히 걷는 게 마음에 드는 모양이었다. 뒤처지는 것도, 무겁게 짊어진 짐이 없으니 앞질러 가는 것도 가능했는데 그러지 않았으니까. 도로에 있는 한 남자는 얼마든지 속도를 낼수 있었다. 그런데도 우리 곁을 떠나지 않았다. 나는 남자에게 말을 걸어 내 이름을 밝히고, 그의 이름이 반콜레라는 것을 알아냈다. '테일러 프랭클린 반콜레'였다. 우리는 서로 성씨가 무엇인지 알자마자 친근감을 느꼈다. 둘 다 1960년대에 성씨를 아프리카식으로 고친 남자들의 후손이기 때문이다. 남자의 아버지와 우리 할아버지는 법적 절차를 밟아 개명을 했고, 두사람 다 요루바어 이름을 골라 새 성씨로 삼았다.

"1960년대에는 사람들이 대부분 스와힐리어 성을 골랐어." 반콜레가 내게 한 말이었다. 남자는 자신을 반콜레로 불러달라고 했다. "우리 아버지는 뭔가 다른 걸 골라야 했어. 한평생 남하고 다르게 살아야 직성이 풀리는 사람이었으니까."

"난 우리 할아버지가 왜 성을 바꿨는지 모르겠어요." 내가 말했다. "원래 성이었던 '브룸'은 앵글로색슨계 성씨니까, 바꿀 만했던 건 맞지만요. 그런데 왜 하필 '올라미나'를 성으로

405

골랐을까요? 우리 아빠도 이유를 몰랐어요. 할아버지가 성을 바꾼 건 아빠가 태어나기 전 일이라, 아빠는 태어날 때부터 쭉 성이 올라미나였거든요. 자식인 우리도 마찬가지고요."

반콜레는 우리 아빠보다 한 살이 적었다. 1970년에 태어난 반콜레는, 본인 말에 따르면 전 재산을 안장 가방 두 개에 담은 채 고속도로를 걷기에는 너무 늙어빠졌다. 그는 이제 쉰일곱 살이다. 나는 무심결에 반콜레가 더 젊어서 앞으로 더 오래 살면 좋을 텐데 하고 속으로 생각했다.

늙었건 아니건 간에, 반콜레는 도와달라고 외치는 두 소녀의 목소리를 우리보다 먼저 들었다.

아스팔트보다 흙으로 덮인 부분이 더 많은 길이 고속도로 아래쪽을 따라 길게 이어지다가, 방향을 틀어 산기슭으로 들어갔다. 그 길 저편에 반쯤 무너진 집이 보였다. 무너지면서 피어오른 흙먼지가 다 가라앉기도 전이었다. 이제는 아예 돌무더기로 변해버렸지만 전에도 그리 멀쩡한 집은 아니었을 듯싶었다. 반콜레가 한번 주의를 환기하고 나니, 그쪽에서 뭐라고 외치는 소리가 우리 귀에도 가물가물 들려왔다.

"여자 목소리 같은데." 해리가 말했다.

내 입에서 한숨이 나왔다. "가보자. 그냥 나무 기둥만 치워 주면 끝나는 일일 수도 있어."

해리는 내 어깨를 손으로 잡았다. "너 진짜 갈 거야?"

"그래." 나는 혹시라도 다른 사람의 고통 때문에 무력해지는 일이 생길까 봐 권총을 꺼내 해리에게 맡겼다. "뒤는 네가 봐줘."

우리는 조심스럽게 머뭇거리며 그 집으로 들어섰다. 도와달라는 소리는 실은 속임수이고, 사람들을 끌어들여 덮치려는 수작일 수도 있다는 것쯤은 이미 아는 바였다. 모르는 사람 몇 명이 우리를 따라 고속도로에서 벗어나자, 해리가 걸음을 늦춰 뒤쪽으로 처지더니 그 사람들과 우리 일행 사이를 지켰다. 반콜레는 줄곧 자기 카트를 밀며 나와 나란히 걸었다.

건물 잔해에서 외치는 사람은 두 명이었다. 목소리를 들어보니 여성들 같았다. 한 사람은 애원했고, 다른 한 사람은 욕을 지껄였다. 우리는 목소리로 두 사람의 위치를 파악했다. 이내 자라와 트래비스와 내가 잔해를 치우기 시작했다. 바싹 말라 부러진 목재, 석회, 플라스틱, 낡디낡은 굴뚝의 벽돌 따위가 나왔다. 반콜레는 해리와 나란히 서서 주위를 경계하며 위압적인 분위기를 조성했다. 그 사람도 총이 있을까? 있으면 좋을 텐데. 수가 그리 많지 않은 약탈자 무리가 눈을 희번덕거리며 우리 쪽으로 다가오는 중이었다. 대부분은 우리가 뭘 하는지 궁금했는지 한번 들여다보고는 가던 길을 갔다. 몇몇은 남아서 우리를 지켜봤다. 만약 이 여성들이 지진이 일어난 후에 잔해에 갇혔다면, 진작 누군가 들이닥쳐 물건을 훔치고 두 사람이 갇힌 집 잔해에 불을 질렀을 것이다. 아무도 그러지 않았다니 이상했다. 나는 누가 우리 일행을 덮치기 전에 어서 그 여성들을 구출하고 다시 고속도로로 돌아갔으면 하는 마음이 굴뚝같았다. 혹시라도 우리가 값나가는 물건을 눈에 띄게 지니고 있었다면, 이미 한참 전에 습격당했을 것이다.

나티비다드는 반콜레와 무슨 얘기를 나누더니 도미니크를 반콜레의 한쪽 안장 가방에 넣었다. 그다음 자기 주머니를 더듬어 칼이 제대로 있는지 확인했다. 나는 그 행동이 그다지 마음에 들지 않았다. 혹시라도 뛰어서 달아날 경우에 대비해 아기는 늘 안고 있는 게 좋으니까.

기둥에 깔린 하얀 다리 한 짝이 보였다. 멍들고 피도 나지만 부러지지는 않은 듯했다. 그들 위로 벽 한 면 전체와 천장, 굴뚝 일부까지 한꺼번에 무너져 내렸던 것이다. 우리는 가벼운 파편을 먼저 치운 후 다 함께 더 무거운 잔해를 옮기기 시작했다. 그러다 마침내 잔해 사이로 드러난 팔다리를 잡고 둘을 끌어냈다. 한 명은 팔과 다리, 다른 한 명은 두 다리를 잡았다. 당사자들 못지않게 나에게도 유쾌하지 않은 경험이었다.

한편으로는, 영 나쁜 결과는 아니었다. 그들 모두 살갗이 여기저기 벗겨졌으며, 한 명은 코와 입에서 피가 났다. 그는 부러진 이 두 개를 피와 함께 뱉어내고 욕을 중얼거리며 일어서려고 애썼다. 나는 자라에게 그를 부축해주라고 했다. 내 머릿속에는 그곳을 떠나고 싶다는 생각뿐이었다.

다른 여성은 눈물에 젖은 얼굴로 우두커니 앉아 우리를 바라볼 뿐이었다. 그는 비정상적으로 멍하고 조용했다. 너무 조용했다. 트래비스가 일으켜 세우려고 하자, 몸을 움찔하며 악을 질렀다. 트래비스는 그대로 물러섰다. 긁힌 상처 몇 군데만 빼면 멀쩡해 보였지만 머리를 다쳤을 가능성도 있었다. 어쩌면 쇼크 상태인지도 몰랐다.

"짐은 어디다 뒀어요?" 자라는 피를 흘리는 여성에게 그렇게 물었다. "여기서 빨리 나가야 해요."

나는 입을 손으로 문지르며 내 이 두 개가 빠졌다는 허황된 확신에서 벗어나려고 기를 썼다. 기분이 끔찍했다. 살갗이 까지고 멍들고 욱신거리는 느낌이었지만, 그러면서도 뼈는 부러지지 않아 멀쩡한 느낌이었다. 어떤 식으로든 크게 다치지는 않은 느낌이었다. 그저 비참한 기분이 조금 가실 때까지 어디 틀어박혀 웅크리고 싶었다. 나는 숨을 한번 깊이 들이쉬고는 겁에 질려 움찔한 여성에게 다가갔다.

"내 말 들려요?" 내가 물었다.

여성은 나를 보고는 뒤이어 주위를 두리번거리다가, 때가 낀 손으로 피를 닦는 동행을 발견하고는 일어나서 그쪽으로 가려 했다. 와중에 그 여성은 발을 헛디뎌 휘청거렸는데, 내가 붙잡았다. 여성의 몸집이 그리 크지 않아 다행이었다.

"다리는 괜찮아요." 내가 말했다. "그래도 조심하세요. 어서 여길 떠나야 하는데, 걷는 데에 문제가 생기면 안 되니까요."

"누구세요?" 여성이 내게 물었다.

"생판 모르는 사람이에요." 내가 대답했다. "괜찮은지 한번 걸어보세요."

"지진이 일어났어요."

"알아요. 어서 걸어요!"

여성은 휘청거리는 걸음을 한 발 내디디며 내게서 멀어졌고, 뒤이어 한 발을 더 내디뎠다. 그렇게 휘청휘청 걸으며 자신의 친구에게 다가갔다. "앨리?" 여성이 말했다.

앨리라는 친구는 그 여성을 돌아보더니 비틀비틀 다가와 끌어안았다. 여성의 옷이 앨리의 피로 물들었다. "질! 천만다행이야!"

"이게 저 사람들 짐이야." 트래비스가 말했다. "늦기 전에 어서 데리고 나가자고."

우리는 그들에게 그곳에 있으면 위험하다는 것을 찬찬히 설명하며, 조금 더 걸어보자고 했다. 그들을 억지로 끌고 갈 수는 없었지만, 그렇다고 기껏 잔해에서 꺼내놓고는 약탈자들 손에 내버려두고 갈 수도 없는 노릇이었다. 그들이 자기 앞가림을 할 만큼 기운을 차릴 때까지 동행해야 할 처지였다.

"알았어요." 피를 흘리던 여성이 말했다. 그 사람이 키가 더 작고 억세 보였지만, 둘의 체격이 크게 다른 건 아니었다. 둘 다 중간 체격에 머리가 갈색인 이십 대 백인 여성이었다. 어쩌면 자매 사이인지도 몰랐다.

"알았어요." 피를 흘리던 여성이 되풀이해서 말했다. "여길 떠나도록 하죠." 이제 그 여성은 절뚝거리거나 비틀거리지 않고 걸었지만, 다른 한 명은 회복이 더뎠다.

"짐 돌려주세요." 여성이 말했다.

트래비스는 여성을 손짓으로 불러 흙먼지가 묻은 침낭 가방 두 개를 내밀었다. 여성은 가방 한 개를 등에 지더니, 나머지 한 개를 내려다보고 뒤이어 동행 쪽을 돌아봤다.

"내가 들게." 동행인 여성이 말했다. "난 괜찮아."

괜찮지 않았지만, 그래도 자기 짐은 자기가 드는 수밖에 없었다. 배낭 두 개를 짊어지고 오랫동안 걸을 힘은 누구에게도 없으니까. 배낭 두 개를 등에 진 채로 싸울 수 있는 사람 역시 아무도 없다.

두 여성을 데리고 잔해에서 나오는 동안 사람들 여남은 명이 주위에 둘러서서 우리를 지켜봤다. 해리가 앞장서서 총을 들고 걸어갔다. 해리한테서는 어쩐지 살인도 불사하겠다는 각오가 몹시 선명하게 느껴졌다. 만약 누가 살짝이라도 밀었다면, 해리는 그 사람을 죽였을 것이다. 해리의 그런 모습을 그때 처음 봤다. 인상적이었지만, 섬뜩하고 어울리지 않는 모습이었다. 그 순간과 상황에는 어울렸을지 몰라도 해리에게는 아니었다. 해리는 남들 앞에서 그런 식으로 행동하는 부류의 남자가 결코 아니었다.

나는 언제부터 해리를 남자애가 아니라 남자로 여겼을까? 알 게 뭐람. 이제 우리는 다 남자고 여자이지, 더 이상 아이가 아니다. 젠장.

반콜레는 해리 뒤쪽에서 걸었는데, 머리와 수염이 희끗희끗한데도 해리보다 훨씬 더 만만치 않게 보였다. 손에는 권총을 들고 있었다. 나는 그의 곁을 지나가면서 총을 슬쩍 봤다. 역시 자동권총이었다. 아마도 9밀리미터 구경. 반콜레가 명사수라면 좋을 텐데.

나티비다드는 반콜레 바로 앞에서 그의 카트를 대신 밀고 갔는데, 안장 가방에 아직도 도미니크가 앉아 있었다. 트래비스는 카트와 나란히 걸으며 아내와 아들을 지켰다.

나는 두 여성과 나란히 걸었다. 둘 중 한 명이 쓰러질까 봐, 아니면 어떤 멍청이가 둘 중 한 명을 끌고 갈까 봐 두려웠기 때문이다. 이름이 앨리인 여성은 여태 출혈이 멎지 않아 피가 섞인 침을 뱉었고, 피 묻은 팔로 코피를 닦기도 했다. 이름이 질인 여성은 여전히 멍한 표정으로 몸을 덜덜 떨었다. 앨리와 나는 질의 양옆을 지키며 나란히 걸었다.

습격이 시작되기도 전에, 나는 그 일이 벌어질 것을 이미 알고 있었다. 우리는 곤경에 처한 여성 둘을 도왔기 때문에 표적이 됐다. 가장 난폭하고 극단적인 무리들이 앞서 도로 아래쪽 동네로 몰려가지 않았다면, 우리는 한참 전에 이미 습격당했을 것이다. 오늘은 약자들이 습격당하는 날이었다. 지진이 분위기를 그렇게 만들어놨다. 한 차례의 습격은 또 다른 습격을 촉발하게 마련이다.

우리는 기껏해야 대비밖에 못 하는데.

느닷없이 웬 남자가 자라를 붙들었다. 자라는 체격이 아담해서 예쁘기만 한 게 아니라 연약하게도 보였을 것이다. 다음 순간, 누군가 나를 붙잡았다. 나는 억지로 몸을 틀다가 발을 헛디뎌 그만 휘청하고 말았다. 어쩌면 그렇게 멍청할까. 누구한테 얻어맞기도 전에 제풀에 발을 헛디디고 자빠지다니. 하지만 날 공격한 남자가 자기 쪽으로 나를 잡아당긴 탓에, 나는 쓰러지면서 그 남자의 몸에 부딪혔다. 남자를 붙잡고 함께 쓰러진 셈이었다. 그러는 동안 어찌어찌해서 칼을 꺼냈다. 나는 칼날을 휙 펼치고는 나를 습격한 남자의 몸 위쪽을 힘껏 찔렀다. 길이가 15센티미터인 칼날이 자루 바로 앞까지 쑥 들어갔다. 뒤이어 초공감이 일으킨 고통을 느끼며, 나는 칼을 한 번 더 찔러 넣었다.

그때의 고통은 형용할 수조차 없다. 나중에 사람들이 얘기해줬는데, 내가 지른 그런 비명은 생전 처음 들어봤다고 했다.

놀랍지 않았다. 나 역시 그렇게 아픈 적은 처음이었으니까.

잠시 후 가슴의 통증이 서서히 잦아들다 사라졌다. 내 위에 엎어져 있던 남자가 피를 흘리다 죽었다는 뜻이었다. 그제야 고통 이외의 다른 것이 느껴지기 시작했다.

맨 처음 들은 소리는 도미니크의 울음소리였다. 총소리도 들은 것이 기억났다. 그것도 몇 번이나. 다들 어디 있을까? 다쳤을까? 죽었을까? 붙잡혔을까?

나는 죽은 남자 밑에서 꼼짝 않고 가만있었다. 남자의 몸뚱이는 산처럼 무거웠고, 냄새 또한 구역질이 날 것처럼 고약했다. 남자는 자기 피로 내 가슴을 온통 물들였고, 내 후각이 틀리지 않다면 숨이 끊어지는 순간 내 몸에 대고 방광을 비웠다. 그럼에도 나는 상황을 다 파악하기 전에는 움직일 엄두가 나지 않았다.

나는 눈을 아주 가늘게 떴다. 눈에 보이는 것의 의미를 채 이해하기도 전에, 누군가 내 위에서 죽은 남자를 끌어당겨 치웠다. 걱정스러워하는 표정으로 나를 내려다보는 얼굴이 둘 있었다. 해리와 반콜레였다.

나는 쿨룩거리며 몸을 일으키려 했지만, 반콜레가 나를 일어나지 못하도록 눌렀다.

"어디 다친 데 없어?" 그가 물었다.

"예, 괜찮아요." 내가 대답했다. 그러고는 피투성이가 된 내 옷을 멍하니 보는 해리를 위해 이렇게 덧붙였다. "걱정 마. 피는 다 저 자식이 흘린 거니까."

두 사람에게 부축받아 일어서서 보니 내 짐작이 옳았다. 죽은 남자가 내 위에서 소변을 지린 것이다. 더러워진 옷을 벗고 몸을 씻고 싶은 마음이 어찌나 간절하던지 미쳐버릴 것만 같았다. 하지만 목욕은 나중으로 미뤄야 했다. 몸이 아무리 더러워진들, 나는 환한 낮에 남들이 보는 데에서는 옷을 벗지 못하는 처지였다. 오늘은 이 이상의 고생은 사양하고 싶었다.

주위를 둘러보니 여태 우는 도미니크를 트래비스와 나티비다드가 달래고 있었다. 자라는 새로 합류한 두 여성과 함께 있었는데, 두 사람은 땅에 앉아 있고 자라는 그 곁에서 경계를 서는 중이었다.

"저 둘은 괜찮아요?" 내가 물었다.

해리가 고개를 끄덕였다. "겁먹고 놀라긴 했지만 둘 다 괜찮아. 모두 무사해. 저 사람하고 그 패거리만 빼고." 해리는 죽은 남자 쪽을 손짓으로 가리켰다. 근처에 시체가 세 구 더 널브러져 있었다.

"패거리 중에 몇은 다치기만 했는데." 해리가 말했다. "그런 사람들은 그냥 가게 놔뒀어."

나는 고개를 끄덕였다. "우리도 빨리 털고 어서 떠나자. 여긴 고속도로에서 너무 훤히 보여."

우리는 죽은 자들의 몸을 재빨리 그러나 철저하게 뒤졌다. 몸에 원래부터 나 있던 구멍까지는 건드리지 않았다. 아직은 그렇게까지 해야 할 정도로 형편이 궁하지 않았으니까. 그런 다음 나는 자라의 성화를 못 견디고 무너진 집 뒤편으로 가서 재빨리 옷을 갈아입었다. 자라는 해리에게 권총을 받아와서 경계를 서줬다.

"몸이 피투성이야." 자라가 말했다. "다친 것처럼 보이면 사람들이 달려들 거야. 오늘 같은 날은 조금이라도 모자란 인간으로 보였다간 큰일 나."

내가 생각해도 자라의 말은 사실일 듯싶었다. 아무튼, 그러잖아도 간절히 하고 싶던 일을 자라가 나서서 하라고 부추기니 기분은 흐뭇했다.

나는 더럽고 축축한 옷을 비닐봉지에 넣고 입구를 묶어 배낭에 집어넣었다. 죽은 이들 가운데 한 명이라도 내 몸에 맞는 옷을 입었고 그 옷이 아직 입을 만한 상태였다면, 이 옷 따위는 당장 버렸을 것이다. 현실이 그렇지 않다 보니 나는 더러워진 옷을 챙겨뒀다가 다음번에 급수장이나 세탁을 허용하는 상점에 들렀을 때 빨아야 한다. 시체를 뒤져 돈도 찾았지만, 그 돈은 생필품을 사는 데 써야 할 것이다.

시체 네 구에서 찾은 돈을 모두 합했더니 약 2천 500달러였다. 함께 찾은 칼 두 자루는 팔거나 아까 만난 두 여성에게 줘도 괜찮을 거다. 해리가 총으로 쏜 남자에게서 뺏은 권총도 한 자루 있었다. 지저분한 베레타 9밀리미터 구경 자동권총이었는데, 확인해보니 빈총이었다. 총 주인은 탄약이 바닥난 상태였지만 그거야 우리가 사면 그만이었다. 어쩌면 반콜레한테 탄약이 있을지도 모른다. 탄약을 사는 데에는 돈을 아끼지 않을 것이다. 나는 나를 덮쳤던 남자의 주머니에서 보석 장신구를 몇 점 발견했다. 금반지 두 개와 청금석으로 보이는 파란색 보석이 박힌 목걸이, 그리고 귀걸이 한 짝. 알고 보니 그 귀걸이는 라디오였다. 라디오 귀걸이는 우리가 갖기로 했다. 그게 있으면 고속도로 바깥에서 벌어지는 일들을 알 수 있을 테니까. 세상과 단절된 상태를 끝낼 수 있어 좋았다. 나는 그자가 이 라디오를 얻으려고 누구를 털었을지 궁금했다.

시체 네 구 모두 몸 어딘가에 조그만 플라스틱 약상자를 감추고 있었다. 상자 두 개에는 각각 알약이 두 알씩 들어 있었고, 나머지 두 개는 비어 있었다. 그러니까 식량도 물도 제대로 된 무기도 하나 없는 이 인간들은, 뭔가를 훔치거나 훔친 것을 팔아 뭘 살 수 있게 되면 오직 약만 구한 것이다. 약쟁이들 같으니라고. 그 약이 무엇일지 궁금했다. 파이로일까? 며칠만에 처음으로 키스가 생각났다. 키스도 우리를 습격한 자들의 시체에서 자꾸만 발견되는 동그란 보라색 알약을 사고팔았을까? 그래서 죽은 걸까?

고속도로를 따라 몇 킬로미터 더 걷다가 경찰이 탄 순찰차가 눈에 띄었다. 남쪽으로 향하는 순찰차의 목적지는 분명 수많은 시체와 까맣게 타서 이제 뼈대만 남았을 그 동네였다. 어쩌면 경찰은 뒤늦게 도착한 약탈자 몇 명을 체포할 터였다. 경찰도 약탈에 살짝 가담할지도 몰랐다. 아니면 그냥 한번 둘러본 후에 차를 몰고 떠나거나. 우리 동네가 불탔을 때 경찰이 우리를 위해 해준 일이 뭐였을까? 아무것도 없다.

우리가 잔해에서 꺼내준 두 여성은 우리와 동행하기를 원했다. 그들의 이름은 앨리슨 길크리스트와 질리언 길크리스트다. 각각 스물네 살과 스물다섯 살의 자매로, 가난한 형편 때문에 매춘을 해야 하는 삶을 등지고 달아났다. 포주는 친아버지였다. 아까 파묻혔던 집은 두 사람이 어젯밤에 묵을 곳을 찾아 들어간 곳이었다. 비어 있었다고 했다. 사람이 안 산 지 오래된 곳 같았다고.

"버려진 건물은 함정이야." 함께 걷는 도중에 자라가 그들에게 말했다. "이렇게 어딘지도 모를 외진 곳에서는 온갖 인간들이 그런 건물을 노리거든."

"아무도 우릴 건드리지 않았어요." 질이 말했다. "그런데 집이 무너지니 도와주는 사람도 없기는 마찬가지였어요. 당신들이 오기 전까지는."

"이번엔 운이 아주 좋았어." 반콜레가 질에게 말했다. 그는 여전히 우리와 함께였고, 내 바로 옆에서 나란히 걸었다. "바깥세상에서는 사람들이 좀처럼 서로 돕질 않거든."

"알아요." 질은 순순히 인정했다. "우리도 고맙게 생각해요. 그나저나 당신들, 뭐 하는 사람들이에요?"

해리는 질을 보며 묘한 웃음을 지었다. "지구종이에요." 그 말을 하고 나서 해리는 나를 힐긋 봤다. 해리가 그런 식으로 웃을 때면 조심해야 한다.

"지구종이 뭔데요?" 질이 곧바로 그렇게 물었다. 시선은 해리를 따라 이미 나에게 향한 채였다.

"우리가 공유하는 생각이 좀 있어요." 내가 말했다. "우린 북쪽에 정착할 거예요. 거기서 공동체를 만들려고요."

"북쪽 어디요?" 앨리가 물었다. 앨리 입의 상처가 아직 덜 아물었기 때문에, 나는 앨리에게 관심을 돌릴 때마다 그 통증을 함께 느꼈다. 출혈은 마침내 거의 멎은 상태였다.

"우린 돈을 꼬박꼬박 주는 일자리를 찾는 중인데, 물값도 눈여겨보는 편이에요." 내가 대답했다. "물 때문에 고생하지 않는 곳에 정착하고 싶어서요."

"물은 어디에서나 문제죠." 앨리는 딱 잘라 말했다. "당신들 정체가 뭐예요? 무슨 종교 집단 같은 거예요?"

"몇 가지 생각을 함께 믿는 사이에요." 내가 말했다.

앨리의 시선에서 적대감 비슷한 감정이 느껴졌다. "난 종교는 개똥같은 거라고 생각하는데." 앨리의 말투는 꼭 선언 같았다. "다 사기 아니면 헛소리니까."

나는 좋을 대로 하라는 듯이 어깨를 으쓱했다. "우리하고 같이 가든 둘이서만 떠나든, 당신들 좋을 대로 해요."

"그런데 당신들은 뭘 받들죠?" 앨리가 물었다. "뭘 향해서 기도를 올려요?"

"우리 자신요." 내가 말했다. "그거 말고 또 뭐가 있겠어요?"

앨리는 혐오스럽다는 표정으로 고개를 돌렸다가, 다시 내쪽을 돌아봤다. "당신네랑 동행하려면 꼭 같은 종교를 믿어야하나요?"

"아뇨."

"좋아요, 그럼!" 앨리는 나에게서 등을 돌리고는 무슨 싸움에라도 이긴 사람처럼 나를 앞질러 걸어갔다.

나는 듣는 사람이 살짝 놀랄 정도로만 목소리를 높여 앨리의 뒤통수를 향해 이렇게 외쳤다. "우린 오늘 당신들을 구하려고 목숨을 걸었어요."

앨리는 놀라서 움찔했지만, 꿋꿋이 앞만 바라볼 뿐이었다.

나는 계속 말했다. "그 일 때문에 우리한테 무슨 빚을 졌다는 말은 아니에요. 그건 사고팔 수 있는 일이 아니니까요. 하지만 우리하고 같이 가다가 무슨 문제가 생기면, 당신들은 우리 곁을 지키면서 우리와 힘을 합쳐 싸워야 해요. 그렇게 할 건가요, 안 할 건가요?"

앨리가 뒤로 홱 돌아섰다. 화가 나서 움직임이 뻣뻣했다. 그렇게 내 앞쪽에 멈춰서서 꼼짝 않고 버텼다.

나는 멈추지도, 방향을 틀지도 않았다. 양보할 때가 아니었으니까. 나는 앨리가 자존심과 분노 때문에 무슨 짓까지 저지르는지 알아둘 필요가 있었다. 앨리의 노골적인 적대감 가운데 진심은 얼마만큼이고, 고통에서 비롯됐을 감정은 또 얼마만큼일까? 함께했을 때 얻게 될 이득보다 우리에게 골칫거리가 될 위험이 더 크지는 않을까?

그 자리에서 끝까지 버틴다면 내가 자신을 밟고 지나갈 작정이라는 것을, 그런 내 각오가 진심이라는 것을 알아차린 순간, 앨리는 내 옆으로 비켜서서 처음부터 그럴 생각이었다는 듯이 나와 나란히 걷기 시작했다.

"우리를 꺼내준 은인이 아니었다면 절대 당신들하고 같이 안 갔을 거예요." 앨리는 그렇게 말하고는 가슴을 떨며 숨을 한가득 들이쉬었다. "우리는 자기 앞가림 정도는 할 줄 알아요. 친구를 도와주고 적하고 싸울 줄도 알고요. 어릴 때부터 쭉 그렇게 살았어요."

나는 앨리를 돌아보며 그들 자매가 짧게 들려준 과거사를 떠올렸다. 매춘, 포주였던 아버지…… 사실이라면 엄청난 이야기였다. 자세한 사연은 훨씬 더 기구할 것이 뻔했다. 그나저나 두 사람은 아버지의 손아귀에서 어떻게 빠져나왔을까? 계속 주시하기는 해야겠지만, 알고 보면 어딘가 쓸 만한 구석이 있는 사람들일지도 모르겠다.

"일행이 된 걸 환영해요." 내가 말했다.

앨리는 나를 가만히 보다가 고개를 끄덕이고는, 빠른 걸음으로 성큼성큼 나를 앞질러 갔다. 언니인 질은 우리 둘이 얘기를 나누는 동안 근처에서 천천히 걸으며 속도를 맞추다가, 이제 앨리를 따라잡으려고 걸음을 재촉했다. 질을 지켜보려고 뒤로 처졌던 자라는 나를 향해 씩 웃으며 고개를 가로저었다. 그러고는 선두에서 걷던 해리에게 다가갔다.

반콜레가 다시 내 곁으로 다가왔고, 나는 그가 앨리와 나의 신경전을 보자마자 자리를 피해준 것을 그제야 알아차렸다.

"싸움은 하루에 한 번이면 충분하거든." 반콜레는 나의 시선을 눈치채고 그렇게 말했다.

나는 빙그레 웃었다. "아까 같이 싸워줘서 고마웠어요."

반콜레는 별일 아니라는 듯이 어깨를 으쓱했다. "모르는 사람 두 명이 그 꼴이 됐는데 우리 말고는 아무도 관심이 없다니, 난 그게 놀랍더군."

"아저씨는 관심이 있었잖아요."

"그랬지. 난 언젠가 그 관심 때문에 송장 신세가 되는 날이 올 거야. 괜찮다면 나도 자네들하고 동행하고 싶은데."

"여태 그렇게 했잖아요. 얼마든지 환영이에요."

"고맙네." 반콜레는 그렇게 말하고는 미소로 화답했다. 그는 눈이 맑고 눈동자가 그윽한 갈색이다. 매력적인 눈이다. 나는 이미 그가 너무나 마음에 든다. 조심해야겠다.

우리는 느지막이 살리나스에 도착했다. 이 조그만 도시는 지진과 그 후의 여진에 별 피해를 입지 않은 것처럼 보였다. 땅이 하루 종일 이따금 우르릉거렸는데도 말이다. 게다가 살리나스는 우리가 오전에 불타는 동네에서 처음 본 이후로 줄곧 목격한 극성맞은 약탈자 무리에게서도 무사한 것처럼 보였다. 놀랄 일이었다. 이때껏 지나온 조그만 동네들은 거의 모두 불길에 휩싸인 채 약탈자 무리로 가득했으니까. 마치 오늘 일어난 지진이 어제까지만 해도 얌전하게 터벅터벅 걷던 걸인들에게 짐승으로 변하라고, 아직 집을 갖고 사는 사람이라면 누구든 약탈해도 좋다고 허가해준 것만 같았다.

나는 난폭한 그 무리가 아직 우리 뒤편에 있지 않을까, 여전히 약탈품을 놓고 죽이고 죽고 싸우고 있지 않을까 하고 의심했다. 오늘처럼 주변 일에 관심을 갖지 않으려고 애쓰기는 처음이었다. 연기와 소음이 이런저런 것들을 가려줬다. 나는 앨리의 욱신거리는 얼굴과 입, 고속도로를 잔잔하게 뒤덮은 비참함을 상대하는 것만으로도 충분히 고됐다.

살리나스에 도착할 무렵에는 다들 피곤했지만, 그래도 생필품을 보충하고 세탁을 다 끝내면 다시 길을 나서기로 했다. 흉악한 약탈자들이 도착했을 때 이곳 시내에 남아 있고 싶지 않았기 때문이다. 방화와 도둑질로 하루를 다 보낸 자들이 기진맥진한 나머지 얌전하게 굴 가능성도 있지만, 내 생각은 달랐다. 그들은 힘을 휘두르는 데에 취한 나머지 더 많은 폭력을 갈망할 위험이 있었다. 반콜레가 한 말처럼. "일단 사람들이 원하는 건 빼앗고 나머지는 때려 부숴도 좋다고 생각하기 시작하면, 그런 짓이 언제 끝날지는 아무도 몰라."

하지만 살리나스는 무장이 철저해 보였다. 고속도로 갓길을 따라 줄줄이 주차된 순찰차에서 경찰이 우리를 주시했는데, 그중 일부는 산탄총이나 자동소총을 든 것이 꼭 발포할 명분이 생기기만 기다리는 것처럼 보였다. 아마 어떤 패거리가 다가오는지 이미 아는 모양이었다.

우리는 부족한 생필품을 보충해야 했지만, 도시로 들어가도 좋다는 허가를 받을지 못 받을지 확신이 서지 않았다. 살리나스는 겉만 보면 '도로에서 벗어나지 말 것'이라는 표지판이 붙어 있을 법한 도시였다. 거주자가 아닌 사람에게는 해가 지기 전에 떠나라고 압력을 넣는 도시. 우리는 이번 주와 지난주에 그런 작은 도시 몇 곳을 통과했다.

하지만 우리가 도로를 벗어나 어느 상점으로 향하는 동안,

아무도 우리를 막아서지 않았다. 이제 도로에 남은 사람은 몇 명뿐이었기 때문에 경찰에게는 우리가 한 명도 빠짐없이 다 보였다. 경찰이 우리 일행을 유독 눈여겨보는 티가 났지만, 그러면서도 우리에게 멈추라고 지시하지는 않았다. 우리는 얌전했다. 남자뿐 아니라 여성과 아기도 있는 데에다, 일행 가운데 셋은 백인이었다. 그 어떤 특징도 경찰에게 안 좋은 인상을 주지는 않았을 것이다.

상점의 경비원들도 경찰만큼이나 무장이 철저했다. 산탄총과 자동소총이 보였고, 위쪽의 좁다란 공간에는 삼각대가 딸린 기관총이 두 대나 설치되어 있었다. 반콜레는 경비원들이 리볼버나 곤봉만 갖고 다니던 시절이 떠오른다고 했다. 우리 아빠도 그 비슷한 이야기를 들려주곤 했다.

경비원 중에는 훈련을 제대로 못 받은 부류도 있었다. 또는, 약탈자 무리와 다름없이 힘에 취한 부류이거나. 그런 자들은 우리에게 총을 겨눴다. 어이없는 일이었다. 우리 일행 두세 명이 가게에 들어서면 총구 두세 개가 그쪽으로 향했다. 처음에는 뭐가 어떻게 된 건지 파악하지도 못했다. 우리는 움직임을 멈추고 멍하니 앞만 보며 앞으로 벌어질 일을 기다렸다.

총구 뒤편의 남자들이 껄껄 웃었다. 그중 한 명이 말했다.
"쇼핑하든가, 꺼지든가!"

우리는 그 가게에서 나왔다. 이곳의 가게들은 크기가 작았지만 골라서 들어갈 곳이 수도 없이 많았다. 그중 몇 군데는 알고 보니 같은 경비원을 썼다. 그 정신 나간 경비원들이 총으로 일으킨 사고가 얼마나 많을까 하는 궁금증이 도무지 머릿속을 떠나지 않았다. 그런 사고는 나중에 살인 의도가 명백한 무장 강도 사건으로 모조리 바뀌었겠지.

급수장의 경비원들은 차분하고 전문가다웠다. 그들은 총구를 땅으로 향하도록 유지한 채 사람들에게 빨리빨리 움직이라고 욕하는 것 이상의 행동은 엄격히 자제했다. 우리는 안심한 나머지 물을 사고 빨랫감의 세탁과 건조만 재빨리 마친 것이 아니라, 남성용과 여성용 샤워 부스를 각각 빌리고 한 사람당 한 대야씩 물을 받아 몸까지 씻었다. 이로써 새로 합류한 사람들 중에 아직 내 성별을 알아차리지 못했던 이들도 확실한 답을 얻었다.

마침내 조금 더 깨끗해진 몸으로, 식량과 물과 총 세 정의 탄약을 보충한 상태로, 그리고 혹시 모를 내 미래를 위해 콘돔까지 챙긴 채로, 우리는 살리나스를 떠났다. 도시에서 나가는 길에 우리는 시내 변두리에 세워진 조그만 벼룩시장을 통과했다. 몇 명 안 되는 사람들이 테이블이나 아스팔트 바닥에 지저분한 천을 펼쳐두고 상품 몇 가지를 놓고 있었다. 대부분 허섭스레기였는데, 그중 한 테이블에 놓인 라이플총이 반콜레의 눈에 띄었다.

그 총은 골동품이었다. 수동 장전식 윈체스터 라이플총이었고, 다섯 발까지 들어가는 탄창은 당연히 비어 있었다. 반콜레도 인정했다시피 작동 자체는 느린 총이었다. 그런데도 그는 총을 마음에 들어했다. 그는 총을 눈으로 살피고 손으로 직접 만져본 다음, 그 총을 팔고 있는 무장한 남녀 노인 한 쌍과 흥정을 벌였다. 두 사람은 비교적 깨끗한 테이블 하나에 팔 물건을 가지런히 진열해놨다. 소형 수동 타자기 한 대, 책 한 더미, 낡았지만 깨끗한 수공구 몇 가지, 헌 가죽 칼집에 든 칼 두 자루, 냄비 두 개, 멜빵끈과 조준경이 달린 라이플총 한 정.

반콜레가 라이플총을 놓고 늙은 남자와 흥정하는 동안, 나는 늙은 여성에게서 냄비를 샀다. 반콜레를 설득해서 카트에 냄비를 싣고 가게 할 생각이었다. 냄비는 수프나 스튜나 죽을 끓이면 일행이 다 함께 먹어도 넉넉할 만큼 커다랬다. 이제 우리는 아홉 명이었으니 더 큰 냄비를 마련하는 게 이치에도 맞았다. 그러고 나서 나는 책 더미를 구경하는 해리에게 갔다.

비소설 책은 한 권도 없었다. 나는 두꺼운 시 모음집을 한 권, 해리는 서부소설을 한 권 샀다. 다른 사람들은 돈이 없거나 흥미가 없는지 책은 거들떠보지도 않았다. 나는 더 들고 갈 힘만 있었어도 책을 더 많이 샀을 것이다. 배낭 무게는 이미 내 힘으로 짊어질 한계치에 다다른 것 같았다. 그래도 나는 그 배낭을 메고 하루 종일 걸었다.

거래를 마친 우리는 테이블에서 떨어진 곳에 서서 반콜레를 기다렸다. 반콜레는 우리에게 놀라운 소식을 전했다.

반콜레는 늙은 남자를 설득해 자신이 보기에 적당한 가격까지 총값을 낮춘 다음, 우리를 따로 불러 이렇게 물었다. "혹시 자네들 중에 이런 골동품 총을 다룰 줄 아는 사람 있나?"

뭐, 해리와 나는 다룰 줄 알았고, 반콜레는 그런 우리에게 라이플총을 살펴보라고 했다. 나중에는 우리 일행 모두가 그 총을 한 번씩 살펴봤는데, 눈에 띄게 어색해하는 사람도 있었고 총이 익숙해 보이는 사람도 있었다. 예전 동네에 살 때 해리와 나는 다른 집이 소유한 총으로도 사격 연습을 하곤 했다. 그중에는 권총뿐 아니라 라이플총과 산탄총도 있었다. 우리 동네에서는 적어도 사격 연습 때만큼은 합법적인 총기를 모두가 공유했다. 우리 아빠는 어떤 총이 우리 손에 들어와도 익숙하게 다루는 수준에 오르기를 바랐다. 해리와 나는 둘 다 사격에 능숙한 명사수였지만, 중고 총을 구입해본 경험은 없었다. 그 라이플총의 형태와 감촉까지 다 마음에 들긴 했지만, 그런 것은 별 의미가 없었다. 해리도 그 총을 마음에 들어했다. 나와 똑같은 문제로 고민했을 뿐.

"이쪽으로 좀 와봐." 반콜레는 우리를 데리고 나이 든 커플의 귀에 목소리가 닿지 않을 만큼 떨어진 곳으로 향했다. "저 총은 사야 돼." 반콜레가 말했다. "아까 그 죽은 약쟁이들 넷한테서 챙긴 돈이면 내가 합의한 총 값을 치르고도 남아. 명중률이 높고 사정거리도 긴 총이 적어도 한 정은 있어야 하는데, 저 총은 좋은 물건이야."

"하지만 그 돈이면 식량을 잔뜩 살 수 있는데요." 트래비스가 말했다.

반콜레는 고개를 끄덕였다. "맞아, 하지만 식량도 산 사람한테나 필요한 거야. 저 총은 일단 사놓으면 쓸 일이 생기자마자 제값을 다할 거야. 혹시 라이플총 다루는 법을 모르는 사람이 있으면 내가 가르쳐줄게. 난 저거랑 똑같은 총을 들고 아버지를 따라 사슴 사냥을 가곤 했거든."

"총이 거의 골동품이던데요." 해리가 말했다. "자동소총이라면 또 모를까……."

"자동소총이었다면 우리 형편으로는 엄두도 못 낼 만큼 비쌌을걸." 반콜레는 별수 없다는 듯이 어깨를 으쓱했다. "저 총은 오래되고 합법적인 물건이라서 싼 거야."

"작동하는 속도도 느리고요." 자라가 말했다. "저 노인이 부르는 값이 싸다고 생각한다면, 당신도 제정신은 아니야."

"내가 여기 신참인 건 나도 아는데요." 이번에는 앨리가 말했다. "나도 반콜레 의견에 찬성해요. 당신들이야 권총만으로도 그럭저럭 버텼지만, 조만간 권총 사정거리 바깥에 버티고 앉아서 우리를 한 명씩 쓰러뜨리는 상대가 나타날 거예요. 한 명씩 쏴서 쓰러뜨리는 상대가."

"그때 저 라이플총이 우릴 구해줄 거라고?" 자라가 물었다.

"저 총이 우릴 구해줄 것 같진 않아요." 내가 대답했다. "하지만 명사수가 저 총을 손에 쥐면, 그 덕분에 우리가 몸을 피할 기회 정도는 생길지도 모르죠." 나는 반콜레를 돌아봤다. "사슴을 쏴서 맞힌 적이 있어요?"

반콜레는 빙그레 웃었다. "한두 마리는."

나는 웃음으로 화답하지 않았다. "저 총은 당신 돈으로 사는 게 어때요?"

"그럴 형편이 못 돼. 지금 가진 돈으로는 당분간 부지런히 이동하면서 생필품을 사는 게 고작이야. 전에 지녔던 건 죄다 도둑맞거나 불타버렸어."

나는 그 말을 다 믿지는 않았다. 그런데 생각해보면 나한테 돈이 얼마나 있는지 또한 아무도 모르기는 마찬가지였다. 어떻게 보면 반콜레는 우리 일행의 주머니 사정이 어떤지 묻는 것 같기도 했다. 우리는 뜻하지 않게 생긴 큰돈을 낡은 라이플 총을 사느라 다 써버릴 만큼 부자일까? 만약 그렇다면, 반콜레는 우리에게 무슨 짓을 할 작정일까? 나는 반콜레가 그저 잘생긴 도둑이 아니었으면 하고 속으로 기도했다. 그 기도는 처음이 아니었다. 총이 마음에 들기는 나도 마찬가지였다. 그리고 우리에게는 그 총이 필요했다.

"해리하고 나도 명사수예요." 나는 일행들에게 말했다. "난 저 총의 느낌이 마음에 들어요. 우리가 지금 당장 구할 수 있는 최고의 무기도 바로 저 총이고요. 혹시 저 총에서 심각한 문제를 발견한 사람이 있나요?"

사람들은 서로 돌아볼 뿐, 대답은 아무도 하지 않았다.

"잘 닦고 30-06탄만 조금 사면 돼." 반콜레가 말했다. "안 쓰고 놔둔 지 꽤 됐지만, 보아하니 관리는 잘해놨어. 만약 자네들이 총을 사면 총기 손질 도구하고 탄약은 내가 어떻게든 마련해볼게."

그 말에 나는 다른 사람이 뭐라고 하기 전에 먼저 말을 꺼냈다. "만약 산다면 방금 그 조건으로 살 거예요. 라이플총 다룰 줄 아는 사람 또 있나요?"

"나도 알아요." 나티비다드는 그렇게 말하고는, 몇 명이 놀란 표정으로 돌아보자 빙그레 웃었다. "형제가 없는 외동딸이었거든요. 우리 아빠는 사격을 가르칠 제자가 필요했고요."

"우리 둘은 총 쏘는 법을 배울 기회가 없었어요." 그 말을 한 사람은 앨리였다. "하지만 가르쳐주면 금방 배워요."

질도 끄덕였다. "사격은 전부터 꼭 배우고 싶었어요."

"나도 배워야 돼." 트래비스는 총을 쏠 줄 모른다는 사실을 순순히 인정했다. "우리 고향에서 총은 금고에 넣어두든가 용역 경비원만 차고 다니는 물건이었거든."

"그럼 저 총은 사는 걸로 할게요." 내가 말했다. "그리고 어서 출발해야겠어요. 곧 해가 질 거예요."

반콜레는 총기 손질 도구와 탄약을 잔뜩 사서 자기가 한 약속을 지켰다. 그는 살리나스를 떠나기 전에 반드시 그 물건들을 사야 한다고 고집했는데, 이유는 이러했다. "누가 알겠나. 이게 필요한 순간이 언제 닥칠지, 또 이걸 우리한테 순순히 팔 사람들이 언제 다시 나타날지."

거래를 마치고 나서 우리는 그곳을 떠났다.

출발하면서 해리는 라이플총을 어깨에 멨고 자라는 베레타 권총을 찼다. 두 총 모두 탄창은 빈 채였다. 장전하기 전에 먼저 손질부터 해야 했다. 완전히 장전한 총은 반콜레와 나만 휴대했다. 나는 일행의 선두에 섰고 반콜레는 후미를 맡았다. 사방이 점점 캄캄해졌다. 우리 뒤편 저 멀리서, 총소리와 작은 폭발음이 둔중하게 들려왔다.

제20장

하느님은 선도
악도 아니고,
사랑도
미움도 아니다.
하느님은 힘이다.
하느님은 변화다.
그밖에 우리에게 필요한 것들은
우리 안에서,
서로에게서,
운명에서 찾아야 한다.

―《지구종: 산 자들의 책》에서

(8월 31일 화요일 자 일기에 덧붙인 메모에서)

오늘 아니면 내일쯤 하루 날을 잡고 쉬어야 하지만, 우리는 쉬지 않고 계속 가기로 합의했다. 어젯밤에 멀리서 총소리와 폭발음, 불타는 소리가 쉬지 않고 들려왔다. 뒤를 돌아보면 불빛이 보였지만 앞쪽은 그렇지 않았다. 피곤하기는 해도 계속 이동하는 게 이성적인 판단 같았다.

오늘 아침, 나는 배낭에서 꺼낸 알코올로 조그맣고 까만 귀걸이 라디오를 청소한 뒤 전원스위치를 올리고 귀에 끼웠다. 다른 사람들한테는 라디오 소리가 안 들리기 때문에 내가 듣고 큰 소리로 얘기해줬다.

라디오에서 들은 소식은 우리에게 쉴 생각을 버려야 할 뿐 아니라, 앞으로의 계획 또한 바꿔야 한다고 가르쳐줬다.

우리는 101번 국도를 따라 북쪽으로 샌프란시스코까지 올라가서 금문교를 건널 생각이었다. 하지만 라디오방송은 금문교가 있는 베이 에어리어 일대에 가까이 가지 말라고 경고했다. 새너제이에서 북쪽으로 샌프란시스코, 오클랜드, 버클리까지 온통 난장판이었다. 북쪽은 지난번 지진의 피해가 컸는데, 약탈자와 성범죄자, 경찰, 경비원들로 이뤄진 사설 군대 따위가 지진을 견디고 살아남은 것들을 열심히 파괴하고 있는 모양이었다. 당연히 파이로도 혼란에 한몫을 하는 중이었다.

먼 북쪽의 라디오방송 기자들은 그 마약을 '프로'나 '로'로 줄여서 불렀고, 그 지역에 중독자가 굉장히 많다는 소식도 전해 줬다.

중독자들은 지진 피해를 입지 않은 곳에 불을 지르며 거칠게 날뛰었다. 길거리 빈민들은 그런 중독자 패거리와 앞서거니 뒤서거니 하며 상점과 부자 동네와 얼마 안 남은 중산층 거주지를 닥치는 대로 약탈했다. 닥치는 대로.

몇몇 지역에서 부자들은 헬리콥터를 타고 하늘을 날아 탈출하기도 했다. 다리는 대부분 아직 멀쩡했는데, 경찰이나 갱단이 그곳을 지키고 있었다. 두 집단 모두 달아나는 사람들에게서 무기와 돈, 식량, 최소한 물이라도 뺏으려고 그러는 것이다. 강도질조차 못 당할 정도로 가난한 사람들이 받는 처벌은 따로 있었다. 구타와 강간과, 그로 인한 죽음 또는 그와 상관없는 죽음이었다. 질서 유지 차원에서 주 방위군이 소집됐다. 어쩌면 그들은 소집된 목적을 이룰지도 모르지만, 짧게 보면 군대는 혼란을 더 부추기기만 할 것이다. 지금 같은 광란의 도가니에 잘 무장된 집단이 또 하나 추가된다면 그것 말고 또 무슨 일이 벌어질까. 사려 깊은 군인들은 총을 비롯한 군용 장비를 챙겨 자기 가족을 지키려고 사라질 것이다. 자신이 지켜야 할 국민이 어느새 적이 돼버렸음을 깨닫는 군인도 있을 것이다. 그들은 당황하고 겁을 먹은 나머지 위험한 존재가 되겠지. 물론 개중에는 새로 얻은 힘을 즐거워하는 이도 있을 것이다. 남을 굴복시키는 힘, 원하는 것을 손에 넣는 힘. 재산, 섹스, 목숨 같은 것들을······.

상황은 끔찍했다. 베이 에어리어는 앞으로 오랫동안 가까이 가지 말아야 할 곳이었다.

우리는 땅바닥에 지도를 펼쳐놓고 아침을 먹으며 진로를 궁리한 끝에, 오늘 오전에 101번 국도를 벗어나기로 결정했다. 더 작은 길, 당연히 사람도 더 적은 길을 따라 내륙 쪽으로 가서 작은 마을인 샌후안바우티스타에 도착한 다음, 156번 주州 도로를 따라 이동하기로 했다. 156번 도로에서 152번 도로로 갈아탄 다음에는 5번 주간州間 고속도로로 넘어갈 예정이었다. 우리는 그 도로를 따라 베이 에어리어를 우회할 것이다. 당분간은 해안을 따라가지 않고 캘리포니아 주 중심부를 걸으며 북쪽으로 올라가기로 했다. 어쩌면 5번 주간 고속도로는 건너뛰고 동쪽으로 더 가서 33번 주 도로나 99번 주 도로를 타야 할지도 모른다. 5번 주간 고속도로 주위가 대부분 비어 있는 게 마음에 든다. 도시는 위험하다. 작은 마을도 치명적일 수 있다. 하지만 생필품은 보충해야 한다. 특히 물은 반드시 필요하다. 만약 물을 구할 방법이 고속도로 인근의 인구 밀집 지역에 들어가는 것뿐이라면, 우리는 그렇게 할 것이다. 한편으로 우리는 항상 주의할 것이다. 생필품은 틈틈이 보충하고,

물과 식량은 기회가 있을 때마다 가득 채워놓고, 아무것도 낭비하지 않을 것이다. 하지만 젠장, 지도가 너무 오래됐다. 어쩌면 5번 주간 고속도로 일대에 지금은 사람이 더 많이 살지도 모른다.

5번 주간 고속도로까지 가려면 널따란 담수호를 지나야 한다. 바로 샌루이스 저수지다. 지금은 물이 다 말랐을지도 모른다. 지난 몇 년 동안 많은 것들이 말라붙었으니까. 하지만 그곳에는 나무와 서늘한 그늘이, 편하게 쉴 곳이 있을 것이다. 적어도 급수장은 있을 것이다. 그렇다면 거기서 야영하며 하룻밤, 아예 이틀 밤 정도 머물 것이다. 이때껏 수많은 산을 오르고 넘으며 걸어왔으니 그곳에서 푹 쉴 것이다.

지금 당장은, 이제 곧 살리나스에서 북쪽으로 쫓겨올 약탈자와 베이 에어리어에서 남쪽으로 내려올 피난민 무리가 우리를 향해 몰려올 거라는 생각이 든다. 우리로서는 도로에서 벗어나는 것이 최선의 선택이다.

우리는 살리나스에서 산 든든한 음식을 배불리 먹고 아침 일찍 출발했다. 반콜레의 카트에 싣고 가기는 하지만, 음식은 모두 돈을 보태서 샀다. 우리는 밀가루로 만든 빵에 육포와 치즈, 얇게 썬 토마토를 넣고 샌드위치를 해 먹었다. 포도도 먹었다. 허겁지겁 먹어 아쉬울 따름이었다. 그렇게 맛있는 음식은 오랜만이었으니까.

오늘 북쪽 방향 고속도로는 전에 없이 한산했다. 그 일대에서 우리 일행이 어른 여덟에 아기 하나로 수가 가장 많았기 때문에 사람들은 가까이 오려 하지 않았다. 다른 도보 여행자 중에는 혼자 또는 커플이 아이를 데리고 가는 경우도 드문드문 있었다. 그 사람들은 하나같이 서두르는 듯했다. 마치 자신들도 뒤쪽에서 뭐가 다가오는지 안다는 듯이. 앞쪽에 뭐가 기다리는지도 알았을까? 101번 국도에 계속 머물러 있는다면 무엇과 마주칠지 알았던 걸까? 101번 국도를 벗어나기 전에 나는 아이를 데리고 홀로 여행하는 여성 두 명에게 베이 에어리어 쪽으로 가지 말라고 경고했다. 그쪽이 굉장히 소란스럽다는 소문을 들었다고 말이다. 화재, 폭동, 처참한 지진 피해 같은 소문을. 두 여성은 자기 아이를 단단히 안고 내게서 슬금슬금 멀어질 뿐이었다.

그렇게 우리는 101번 국도를 벗어나 좁고 가파른 산길로, 즉 샌후안바우티스타로 향하는 지름길로 접어들었다. 길은 포장돼 있었고 심하게 파손되지도 않았다. 인적은 드물었다. 한참 동안 이동하면서 사람 그림자도 보지 못했다. 101번 국도에서 아무도 우리를 따라오지 않았다. 우리는 농장과 작은 마을, 오두막집을 지나 걸어갔고, 그곳에 사는 사람들은 총을 들고 바깥으로 나와 우리를 봤다. 하지만 우리를 건드리지는 않았다. 지름길은 효과가 있었다. 해가 지기도 전에 가까스로 샌후안바우티스타에 도착해 그곳을 통과했다. 야영지는 마을 바로 동쪽에 만들었다. 다들 기진맥진한 상태에 발은 욱신거리고 쑤시고 물집투성이였다. 하루 날을 잡아 푹 쉬고 싶은 마음이 굴뚝같았지만 아직은 때가 아니었다. 아직은.

반콜레의 침낭 옆에 내 침낭을 깔고 드러누울 때 나는 이미 반쯤 눈이 감긴 상태였다. 불침번은 마른풀 뽑기로 정했다. 내 차례는 새벽이었다. 나는 견과류와 건포도, 빵, 치즈로 요기를 하고 나서 시체처럼 잤다.

2027년 8월 29일 일요일
(8월 31일 화요일 자 일기에 덧붙인 메모에서)

오늘 아침 일찍, 가까이서 커다랗게 난 총소리에 잠이 깼다. 자동화기를 짧게 끊어 연사하는 소리였다. 어디선가 불빛도 비쳤다.

"침착하게 행동해." 누군가 말했다. "자세 낮추고 조용히 있어." 자라의 목소리. 자라는 내 바로 앞 차례 불침번이었다.

"무슨 일이에요?" 길크리스트 자매 중 한 명이 물었다. 그리고 뒤이어, "어서 달아나야 해요!"

"가만있어요!" 나는 나직이 말했다. "가만있어요, 그럼 지나갈 거예요."

156번 주 도로에서 사람들 두 무리가 우리 쪽으로 뛰어오는 것이 그제야 보였다. 한 무리가 다른 무리의 뒤를 쫓고 있었고, 둘 다 이 세상에 있는 거라곤 자기편과 상대편뿐이라는 듯이 서로 총질을 해댔다. 우리는 꼼짝 않고 엎드린 채 그들이 실수로 이쪽을 쏘지 않기만 바랐다. 우리 쪽에서 아무도 움직이지 않으면 오발 사고가 일어날 확률은 낮았다.

불빛의 출처는 우리 야영지에서 조금 떨어진 곳에 일어난 화재였다. 건물에 일어난 불은 아니었다. 우리는 건물 인근에 야영지를 만들지 않았으니까. 그런데도 뭔가 불타고 있었다. 그런 식으로 불탈 만한 것은 트럭뿐이었다. 어쩌면 그래서 총을 쏘는지도 몰랐다. 누군가, 또는 어떤 무리가 고속도로에서 트럭을 탈취하려다 계획이 틀어진 것이다. 그 트럭에 실린 짐이 뭐였든지 간에, 내 짐작엔 식량이었을 듯한데 아무튼, 이제는 불에 삼켜질 판이었다. 탈취범 패거리도 트럭을 지키는 패거리도 지는 싸움이었다.

우리는 휘말리지만 않으면 이기는 싸움이었다.

나는 반콜레가 무사한지 확인하고 싶어서 그쪽으로 손을 더듬더듬 뻗었다.

반콜레는 그곳에 없었다. 침낭과 소지품은 제자리에 있지만 반콜레는 없었다. 나는 최대한 살금살금 몸을 튼 다음, 우리가 변소로 지정한 곳을 바라봤다. 반콜레는 분명 그곳에 있었다.

눈에는 안 보였지만, 그가 있을 곳이 거기 말고 또 어디겠는가? 하필이면 이럴 때. 나는 눈을 가늘게 뜨고 그의 모습을 파악하려 안간힘을 썼다. 아무리 찾아도 안 보인다는 사실에 기뻐해야 할지 두려워해야 할지 갈피가 잡히지 않았다. 어쨌거나 내 눈에 보였다면 남 눈에도 보였을 테니까.

총싸움은 우리가 납작 엎드린 채 소리 없이 겁에 질려 있는 동안에도 계속됐다. 야영지 위쪽 나무에 총알이 두 번 날아와 박혔지만, 우리 머리보다 한참 위쪽이었다.

이윽고 트럭이 폭발했다. 내부에서 뭐가 폭발했는지는 알 길이 없었다. 오래된 트럭 같지는 않았다. 경유를 넣는 트럭처럼 오래된 차는 아닌 듯했지만, 그래도 혹시 모를 일이었다. 경유도 폭발을 일으킬까? 나도 모르겠다.

총싸움은 폭발과 함께 끝난 모양이었다. 총성이 몇 번 더 들린 후에 완전히 끊겼다. 불빛 덕분에 트럭 쪽으로 다시 걸어가는 사람들의 모습이 보였다. 잠시 후에는 다른 사람 몇 명이 무리 지어 마을 쪽으로 이동하는 광경이 눈에 들어왔다. 두 집단 모두 우리 쪽에서 멀어지는 중이었다. 다행히도.

자, 그럼 반콜레는 어디로 갔을까? 낼 수 있는 가장 작은 목소리로 다른 사람에게 물었다. "반콜레 본 사람 있어요?"

대답이 없었다.

"자라, 그 사람 어디 가는 거 못 봤어요?"

"봤어, 총싸움이 시작되기 이삼 분 전에 어디로 가던데."

그렇다면. 반콜레가 곧바로 나타나지 않을 경우에는 우리가 찾으러 다니는 수밖에 없었다. 나는 침을 꼴깍 삼키며, 다치거나 숨이 끊어진 반콜레의 모습을 머릿속에서 애써 지웠다. "다른 사람들은 모두 괜찮아요?" 내가 물었다. "자라?"

"난 괜찮아."

"해리는?"

"여기 있어." 해리가 대답했다. "나도 괜찮아."

"트래비스? 나티비다드?"

"우린 다 괜찮아." 트래비스가 말했다.

"도미니크는요?"

"깨지도 않고 계속 자."

그나마 다행스러운 일이었다. 만약 아기가 깼다면 울음소리 때문에 우리가 죽었을지도 모르니까. "앨리? 질?"

"우리도 괜찮아요." 앨리가 대답했다.

나는 천천히, 조심스레 움직여 일어나 앉았다. 벌레 우는 소리와 먼 곳에 일어난 화재의 불빛 말고는 들리는 것도, 보이는 것도 없었다. 내가 총에 맞지 않고 멀쩡히 있자 다른 사람들도 일어나 앉았다. 총소리와 불빛도 깨우지 못한 도미니크였건만, 애 엄마인 나티비다드는 그 힘든 일을 해냈다. 잠에서 깬 도미니크는 훌쩍거리다가 엄마가 안아주자 다시 조용해졌다.

하지만 반콜레는 여전히 보이지 않았다. 나는 그를 찾으러 가고 싶었다. 머릿속에 그의 모습이 두 가지로 떠올랐다. 하나는 다치거나 죽어서 널브러진 모습, 다른 하나는 자신의 베레타 9밀리미터 자동권총을 손에 쥐고 나무 뒤에 웅크려 있는 모습이었다. 후자가 현실이라면 그는 어둠 속에서 돌아다니는 나 때문에 겁을 먹고 나를 쏠지도 몰랐다. 신경을 곤두세운 채 총을 들고 돌아다니는 사람이 더 있을 가능성도 있었다.

"지금 몇 시예요?" 나는 해리의 시계를 지니고 있을 불침번 자라에게 물었다.

"3시 40분."

"그 총 이리 줘요. 어차피 불침번 교대할 시간 다 됐으니까."

"반콜레는 어떡하고?" 자라는 시계와 총을 한꺼번에 나에게 건넸다.

"앞으로 오 분이 지나도 안 돌아오면 찾으러 갈 거예요."

"잠깐만." 해리가 말했다. "혼자는 안 돼. 나도 같이 갈게."

나는 하마터면 '됐어'라고 말할 뻔했다. 그렇게 말했어도 해리는 눈도 깜짝 안 했을 테지만, 그래도 실제로 그 말을 입 밖에 내지는 않았다. 만약 반콜레가 다쳤지만 의식이 있는 상태라면 나는 그를 보자마자 힘이 쭉 빠져버릴 터였다. 나 혼자서 야영지로 엉금엉금 기어오기만 해도 다행이었다. 반콜레를 데려오려면 누군가 함께 가야 했다.

443

"고마워." 나는 해리에게 그렇게 말했다.

오 분 후, 해리와 나는 먼저 변소 구역으로 가서 그 주위를 둘러봤다. 아무도 없었다기보다는 그저 누구도 보이지 않았다. 주변에 다른 사람이 있을지도 몰랐다. 야영하며 밤을 보내는 사람들, 아까 그 총싸움에 가담한 사람들, 범행 대상을 찾아 어슬렁거리는 사람들이…… 그럼에도 나는 반콜레의 이름을 한 번 큰 소리로 불렀다. 그에 앞서 경고 삼아 해리를 툭 건드렸다. 해리는 화들짝 놀랐다가 진정하는가 싶더니, 내가 반콜레를 부르자 다시금 화들짝 놀랐다. 우리는 침묵 속에서 혹시 무슨 소리가 들릴까 봐 귀를 쫑긋 세웠다.

우리가 있던 자리 오른편, 나무 몇 그루가 별빛을 가려 칠흑 같은 어둠으로 물든 그곳에서 부스럭거리는 소리가 들려왔다. 거기에 뭐가 있을지는 아무도 모를 일이었다.

부스럭거리는 소리가 또 나는가 싶더니, 훌쩍이며 우는 소리가 함께 들려왔다. 어린애가 훌쩍이는 소리였다. 뒤이어 반콜레의 목소리가 들렸다.

"올라미나!"

"네." 내가 대답했다. 안도감에 팔다리의 힘이 다 빠질 것만 같았다. "이쪽이에요!"

시커먼 웅덩이 같은 어둠 속에서 반콜레가 모습을 드러냈다. 키가 크고 어깨가 떡 벌어진 시커먼 형상이 원래 모습보다

444

더 커다랗게 보였다. 뭔가 들고 있다는 뜻이었다.

"고아가 된 아이를 데려왔어." 반콜레가 말했다. "애 엄마가 빗나간 총알에 맞았지 뭐야. 방금 숨이 끊어졌어."

내 입에서 한숨이 흘러나왔다. "아이도 다쳤어요?"

"아니, 그냥 겁먹은 것뿐이야. 우리 야영지까지 내가 안고 갈게. 둘 중에 누가 이 애 짐 좀 들어주겠어?"

"먼저 애네 야영지로 같이 가요." 내가 말했다.

해리는 아이의 소지품을 모아서 챙겼고, 나는 아이 엄마의 물건을 모으고 시신의 몸수색을 했다. 우리는 단 둘이서 그곳 물건을 모두 챙겼다. 일을 끝마칠 때쯤, 세 살 정도로 보이는 어린 남자애가 울음을 터뜨렸다. 그 소리에 겁이 덜컥 났다. 나는 해리가 죽은 여성의 배낭을 유아차에 실어 밀고 가도록, 또 반콜레가 훌쩍거리는 아이를 안고 가도록 놔뒀다. 내가 지닌 것은 총뿐이었다. 언제든 쏠 수 있게 꺼내든 총. 다 함께 야영지로 돌아온 후에도 긴장이 풀리지 않았다. 어린 남자애는 울음을 그칠 줄을 몰랐고 도미니크도 더 큰 소리로 따라 울기 시작했다. 자라와 질이 새로 온 아이를 달래려 했지만, 한밤중에 처음 보는 사람들한테 둘러싸인 아이가 찾는 건 당연히 자기 엄마 아닐까!

불탄 트럭의 잔해 주위로 뭔가 움직이는 기척이 눈에 띄었다. 불은 아직 꺼지기 전이지만, 아까보다는 불길이 작아져 스스로 잦아드는 중이었다. 불 근처에는 여전히 사람들이 있었다. 트럭을 잃어버린 사람들이었다. 그들이 우는 아이한테 관심이나 있을까? 설령 관심이 있은들 그 아이를 도와주려고 할까, 아니면 입을 다물게 하려고 할까?

시커먼 형상 하나가 트럭 쪽에서 나오더니 우리 쪽으로 몇 걸음 걸어왔다. 그 순간 나티비다드가 새로 온 아이를 받아들더니, 이미 그럴 나이가 지난 아이 입에 한쪽 가슴을 물렸다. 도미니크에게도 다른 쪽 가슴을 물렸다.

그 방법이 통했다. 두 아이 모두 즉시 안정을 되찾았다. 작게 칭얼대는 소리를 몇 번 더 내고 나서, 아이들은 젖 먹기에 몰두했다.

트럭 쪽에서 온 검은 형상이 가만히 섰다. 길잡이가 돼준 아이 울음소리가 끊긴 탓에 당황한 모양이었다. 잠시 후, 그 형상은 뒤로 돌아 트럭을 지나 걸어가서 시야 바깥으로 사라졌다. 영영. 우리를 보진 못했을 것이다. 우리는 야영지를 가려주는 시커먼 나무 그늘에서 불빛에 의지해, 또 별빛에 의지해 바깥을 내다봤다. 하지만 바깥의 사람들이 우리 위치를 파악하려면 아기 울음소리를 따라오는 수밖에 없었다.

"다른 데로 이동해야 해요." 앨리의 나지막한 목소리가 들려왔다. "저쪽에서 우리가 안 보인다고 해도 우리가 여기 있다는 건 이미 들통났어요."

"나랑 불침번 서요." 내가 말했다.

"뭐라고요?"

"자지 말고 나랑 같이 보초를 서자고요. 다른 사람들은 좀
더 쉬게 돼요. 어둠 속에선 이동하는 게 가만히 있는 것보다
위험하니까."

"……알았어요. 하지만 난 총이 없는데."

"칼은 있어요?"

"예."

"다른 총을 청소해서 쓸 준비가 될 때까진 칼로 버텨야 할
거예요." 우리는 녹초가 된 와중에 서두르기까지 하느라 여태
총 손질도 못 한 참이었다. 게다가 앨리와 질에게는 아직 총을
주고 싶지 않기도 했다. 아직은 아니었다. "그냥 눈만 똑바로
뜨고 있으면 돼요." 어차피 자동소총에 실제로 효과가 있는 방
어 수단은 은폐와 침묵을 유지하는 것뿐이다.

"지금은 총보다 칼이 더 나아." 자라가 말했다. "무기를 써
야 할 경우에는 소리가 안 나야 하니까."

나는 고개를 끄덕였다. "다른 사람들은 조금 더 자요. 해가
뜰 때 내가 깨울게요."

일행들은 대부분 잠을 자려고, 또는 적어도 휴식을 취하려
고 몸을 뉘었다. 나티비다드는 두 아이를 모두 안고 있었다.
하지만 날이 밝으면 우리 중 한 명이 그 남자애를 맡아야 했

다. 그렇게 큰 아이는 우리에게 버거운 짐이었다. '온 사방을 뛰어다니며 아무거나 만지작거리는' 나이에 접어든 아이는. 하지만 우리가 이미 데려왔고, 달리 떠넘길 곳도 없었다. 근처에 친척이 사는 여성이라면 애초에 아이를 데리고 고속도로 근처에서 야영할 일이 없었을 테니까.

"올라미나." 반콜레가 내 귀에 대고 말했다. 목소리가 나직하고 작아서 나밖에 듣지 못했다. 고개를 돌려보니 반콜레가 어찌나 가까이 있었던지, 그의 수염에 내 얼굴이 쓸릴 정도였다. 부드럽고 덥수룩한 수염이었다. 오늘 아침에 그는 그 수염을 머리보다 더 공들여 빗었다. 일행 가운데 거울이 있는 사람은 그뿐이었다. 허영심 덩어리 노인네 같으니. 나는 거의 반사적으로 그를 향해 움직였다.

턱수염이 그렇게나 덥수룩한 사람과 키스를 하면 어떤 느낌일지 궁금해하며, 나는 반콜레에게 키스했다. 처음에는 정말로 수염에 키스했다. 하도 캄캄해서 입을 살짝 비껴가는 바람에 그만. 이윽고 나는 그의 입을 찾았고 그는 몸을 살짝 움직여 두 팔로 나를 안았다. 우리는 그 상태로 잠시 가만히 있었다.

내 의지만으로 반콜레를 밀어내기란 힘든 일이었다. 그러고 싶지 않았으니까. 그 역시 내게서 떨어지고 싶어하지 않았다.

"찾으러 와줘서 고맙다고 말하고 싶었어." 반콜레가 말했다. "저 애 엄마는 숨이 거의 끊어질 때까지도 의식을 유지했어.

내가 도울 일이라곤 임종을 지키는 것뿐이었지."

"아까 거기서 총에 맞은 건 아닐까 하고 걱정했어요."

"애 엄마의 신음 소리가 들릴 때까지만 해도 땅바닥에 납작 엎드려 있었어."

나는 안도의 한숨을 내쉬었다. "그래요." 그러고는, "자요."

반콜레는 내 곁에 누워 내 팔을 쓰다듬었다. 손끝이 닿는 곳마다 찌릿한 느낌이 들었다. "우리 조만간 얘기를 나눠야겠는 걸." 그가 말했다.

"적어도 얘기라도." 나도 동의했다.

어둠 속에 하얀 이가 번득였다. 반콜레는 씩 웃더니 몸을 돌리고 잠을 청했다.

남자애의 이름은 저스틴 로어였다. 죽은 엄마는 샌드라 로어였다. 저스틴은 삼 년 전 캘리포니아 주 리버사이드에서 태어났다. 엄마가 아들을 데리고 리버사이드에서 이렇게 먼 북쪽까지 온 것이다. 샌드라는 아들의 출생증명서와 아기였을 적에 찍은 사진 몇 장, 그리고 다부진 체격에 주근깨가 있는 빨강 머리 남자의 사진을 간직하고 있었다. 사진 뒷면에 적힌 메모에 따르면 이름이 리처드 월터 로어인 그 남자는 2002년 1월 9일에 태어나 2026년 5월 20일에 죽었다. 아이의 아빠였다. 고작 스물네 살에 세상을 뜬 아빠. 나는 그가 왜 죽었는지 궁금했다. 샌드라 로어는 자신의 결혼증명서와 함께 중요한 서류 몇 가지를 보관하고 있었다. 서류는 모두 내가 샌드라의 시신에서 찾은 플라스틱 통에 안전하게 들어 있었다. 시신의 다른 곳에서는 몇 천 달러나 되는 현금과 금반지가 나왔다.

친척이나 특정한 목적지에 관한 정보는 전혀 없었다. 샌드라는 단지 더 나은 삶을 찾아 아들을 데리고 북쪽으로 향하던 사람 같았다.

어린 저스틴은 오늘 하루 일행 모두와 잘 지냈지만, 그러면서도 우리가 자기 뜻을 단번에 파악하지 못하면 불만을 터뜨렸다. 울음이 터지면 우리에게 엄마를 데려오라고 떼를 썼다.

저스틴은 일행 가운데 하필이면 앨리를 대리 엄마로 골랐다. 앨리는 처음부터 저스틴을 거부했다. 못 본 척하거나 가까이 못 오게 밀어내는 식이었다. 하지만 유아차를 타지 않고 이동할 때면 그 애는 앨리와 함께 걷거나 앨리에게 안겨서 가겠다고 고집을 부렸다. 날이 저물 즈음에는 앨리도 포기하는 수밖에 없었다. 둘은 그렇게 서로를 선택했다.

"앨리한테도 어린 아들이 있었어요." 자매인 질이 나란히 걷는 나에게 그 말을 했을 때 우리는 156번 주 도로를 지나는 중이었다. 도로에는 우리와 같은 길을 고른 도보 여행자 몇 명이 더 있었다. 도로는 한산했다. 가끔은 사람 그림자도 안 보이는 구간을 지날 때도 있었고, 가끔은 동북쪽으로 향하는 우리 시야에 서남쪽으로 향하는 무리가 보일 때도 있었다. 해안 쪽으로 가는 사람들이었다.

"아들 이름이 애덤이었는데." 질이 계속 이야기했다. "생후 몇 개월밖에 안 됐는데 그만…… 죽었어요."

나는 질을 돌아봤다. 이마 한복판에 보라색으로 든 멍이 커다랗게 부어서 꼭 일그러진 제3의 눈 같았다. 그래도 그렇게 아파 보이지는 않았다. 나도 별로 아프지 않았으니까.

"아기가 죽다니." 나는 질이 한 말을 곱씹어 중얼거렸다. "누가 죽인 건가요?"

질은 내 시선을 피하며 이마의 멍을 문질렀다. "우리 아빠가 그랬어요. 그래서 우리가 집을 나온 거예요. 그 인간이 아기를 죽여서. 아기가 울었다는 이유로. 울음을 그칠 때까지 주먹으로 아기를 때렸어요."

나는 고개를 저으며 한숨을 쉬었다. 끔찍한 일을 저지르는 아빠들 이야기는 내내 들어온 터라 전혀 새삼스럽지 않았다. 하지만 자기 아빠에게 이토록 명백한 피해를 입은 사람을 만난 것은 이번이 처음이었다.

"우리는 집에 불을 질렀어요." 질의 목소리는 나직했다. 나는 질이 한 말을 분명히 들었다. 질이 말하지 않고 감춘 것이 무엇인지 또한 굳이 묻지 않아도 짐작이 갔다. 그런데 질은 꼭 혼잣말을 하는 사람처럼, 주위에 듣는 사람이 있다는 것을 잊

451

어버린 사람처럼 말했다. "그 인간은 술에 취해서 바닥에 자빠져 잠들어 있었어요. 아기는 죽었고요. 우린 소지품하고 돈을 챙겼어요. 우리가 번 돈이니까! 그 후에 바닥에 떨어진 쓰레기하고 소파에다 불을 붙였어요. 남아서 지켜보진 않았고요. 어떻게 됐는지는 몰라요. 그대로 달아났으니까. 불이 꺼졌을지도 모르죠. 그 인간이 안 죽었을지도 모르고." 질은 나를 뚫어지게 바라봤다. "어쩌면 살아 있을지도 몰라요."

질의 목소리는 다른 어떤 감정보다 두려움으로 짙게 물들어 있었다. 어떻게 되기를 바라거나 어떻게 되지 않아 유감이라는 느낌은 들지 않았다. 두려움. 그 악마가 아직 살아 있을지도 모른다는 두려움이었다.

"어디서 달아났어요?" 내가 물었다. "집이 어디예요?"

"글렌데일."

"로스앤젤레스 카운티 남쪽에 있는 거기요?"

"맞아요."

"그럼 여기서 400킬로미터 넘게 떨어져 있잖아요."

"……그렇죠."

"그 인간 술도 엄청 마셨겠죠, 아무래도?"

"날마다요."

"그럼 불 속에서 멀쩡하게 살아났다고 해도 당신들을 쫓아올 상태는 절대 아닐걸요. 주정뱅이가 고속도로를 따라 걸으면 무슨 꼴을 당할 것 같아요? 그 인간은 아마 로스앤젤레스를 빠져나오지도 못할 거예요."

질은 고개를 끄덕였다. "말하는 게 앨리랑 똑같네요. 두 사람 얘기가 다 맞아요. 나도 알아요. 하지만 난…… 가끔 그 인간이 나오는 꿈을 꿔요. 우릴 쫓아와서 찾아내는 꿈을……. 말도 안 되는 소린 줄 알아요. 하지만 그런 꿈에서 깨어보면 몸이 땀에 흠뻑 젖어 있어요."

"그렇군요." 나는 아빠를 찾아다닐 적에 내가 꾼 악몽들을 떠올렸다. "그래요."

질과 나는 한동안 말없이 나란히 걸었다. 저스틴이 이따금씩 내려서 걷게 해달라고 조르는 바람에 우리 일행은 천천히 이동하는 중이었다. 그 애는 몇 시간씩 유아차에 가만히 앉아 있기에는 너무나 기운이 넘쳤다. 그리고 내려서 걸어도 좋다는 허락을 받을 때면 당연히 사방으로 뛰어다니며 온갖 것을 들여다봤다. 나는 잠시 짬을 내어 걸음을 멈추고 배낭을 몸 앞으로 돌린 다음, 속을 뒤져 기다란 빨랫줄을 찾아냈다. 그러고는 그 빨랫줄을 질에게 건넸다.

"앨리한테 이걸로 애를 묶어보라고 하세요. 이 줄이 저 애의 목숨을 구할지도 몰라요. 한쪽 끄트머리는 애 허리에, 반대쪽 끄트머리는 앨리 손목에 묶는 거예요."

질은 내가 내민 빨랫줄을 받았다.

"나도 세 살배기 아이들을 돌본 적이 있어요." 내가 말했다. "그래서 하는 말인데, 앨리는 저 애 때문에 도움이 많이 필요할 거예요. 아직 모르겠다면, 곧 알게 되겠죠."

"애 보기를 전부 앨리한테 떠넘길 건가요?" 질이 물었다.

"그럴 리가요." 나는 나란히 걷는 앨리와 저스틴을 가만히 바라봤다. 호리호리하다 못해 앙상하게 마른 여성과, 호박벌처럼 통통한 남자애. 아이는 도로변의 나무 덤불로 쪼르르 달려가 요모조모 살펴보다가, 자기 쪽으로 다가오는 낯선 사람들을 보고 다시 앨리에게 쪼르르 달려왔다. 그러고는 앨리가 자기 손을 잡아줄 때까지 청바지를 붙들고 늘어졌다. "그래도 둘이 서로 적응하는 것처럼 보이기는 하네요." 내가 말했다. "어쩌면 다른 사람을 돌보는 일이 악몽에서 벗어나는 치료제일지도 몰라요. 당신이 꾸는, 어쩌면 앨리도 꿀지 모르는 그런 악몽에서요."

"잘 아는 것처럼 말하네요."

나는 고개를 끄덕였다. "나도 같은 세상에서 사니까요."

우리는 정오가 되기 전에 홀리스터라는 도시를 통과했다. 그곳에서 생필품을 보충했는데, 상품이 잘 갖춰진 가게를 언제 다시 볼지 알 수 없기 때문이었다. 우리는 지도에 표시된 작은 마을들 가운데 지금은 사라진 곳이 몇 군데나 된다는 사실을 이미 확인했다. 실은 사라진 지 꽤 오래됐다는 것도. 홀리스터는 지진으로 큰 피해를 입었지만 그곳 주민들은 아직 짐승 수준으로 타락하지 않은 상태였다. 서로 힘을 합쳐 피해를 복구하고 극빈자를 돕는 것처럼 보였다. 누가 상상이나 할수 있을까.

제21장

자아는 제 나름의 존재의 이유를
스스로 만들어야 한다.
하느님을 빚으려면,
자아를 빚어라.

— 《지구종: 산 자들의 책》에서

2027년 8월 30일 월요일

샌루이스 저수지에는 아직 물이 조금 남아 있다. 한 장소에
저장된 담수치고는 내가 이때껏 본 것 중에 가장 많은 양이었
다. 하지만 저수지의 광대한 크기를 감안하면 원래 있어야 할

수량, 즉 예전에 있던 물의 양에서 극히 일부만 남은 것이 한 눈에 보였다.

고속도로는 휴양 구역 내부를 지나며 몇 킬로미터나 이어졌다. 덕분에 우리는 도로로 이동하다가 아직 아무도 차지하지 않은, 하루 날을 잡고 쉬기에 좋은 야영 장소를 발견했다.

그 일대에는 사람이 아주 많았다. 누더기와 비닐로 세운 천막부터 인간이 살 수 있는 주거 기준에 거의 걸맞은 나무 움막까지, 온갖 방식으로 영영 눌러살 집을 만든 사람들이었다. 사람이 저렇게 많으면 볼일은 다 어디서 보는 걸까? 저수지의 물은 얼마나 깨끗할까? 그곳의 물을 받아 쓰는 도시에서는 분명 정수 과정을 거칠 것이다. 도시 사람들이 정수를 하든 안 하든 간에, 이제 우리가 가진 정수제 알약을 꺼낼 때가 왔다는 생각이 들었다.

천막과 판잣집 몇 군데 주위에 조그맣고 경계가 들쑥날쑥한 텃밭이 있었다. 새로 심은 작물과 여름에 심고 남은 작물이 함께 있는 텃밭이었다. 수확할 만한 것은 얼마 되지 않았다. 큼직한 애호박과 호박, 당근과 피망, 이런저런 초록 채소와 함께 자라는 조롱박, 옥수수도 조금 있었다. 맛있고 값싸고 든든한 식량들이었다. 단백질은 부족하겠지만 아마 사냥으로 보충할 듯싶었다. 이 일대에는 분명 사냥해서 잡을 동물이 있을 터였다. 주위에 보이는 총도 한둘이 아니었다. 사람들은 총집에 권총을 꽂아 차고 다니거나 라이플총 또는 산탄총을 어깨에 메고 다녔다. 특히 남자들이 무장을 많이 했다.

그들 모두가 우리를 물끄러미 바라봤다.

우리가 지나가는 동안 사람들은 밭일이든 요리든 그때까지 하던 일을 다 멈추고서 우리를 바라봤다. 우리는 걸음을 재촉하며 이동해왔다. 베이 에어리어 쪽에서 금방이라도 들이닥칠 것 같은 군중보다 더 일찍 이곳에 도착하려고 열심히 걸었던 것이다. 그렇다 보니 우리는 평소와 달리 거대한 인파와 함께 도착하지 않았다. 하지만 우리 일행의 머릿수만으로도 이곳의 불법점유자들을 불안케 하기에는 충분했다. 다만 그들은 우리를 내버려뒀다. 지난번 지진 이후에 벌어졌던 사태처럼 재난으로 인한 집단 난동을 제외하면, 사람들은 보통 서로를 건드리지 않았다. 도미니크와 저스틴이 있어서 우리가 더 쉽게 사람들 속에 섞여드는 것 같기도 하다. 앨리의 손목에 빨랫줄로 연결된 저스틴은 사방을 뛰어다니며 이곳 사람들을 빤히 구경하다가 겁을 먹고 물러나곤 했다. 그럴 때면 앨리에게 쪼르르 달려가 안아달라고 졸랐다. 귀여운 꼬맹이. 깡마르고 표정이 어두운 사람들도 그 애를 보면 대개 빙그레 웃는다.

고속도로를 따라 걷는 동안 아무도 우리에게 총을 쏘거나 시비를 걸지 않았다. 고속도로에서 벗어나 적당한 야영지로 보이는 수풀을 향해 나아가는 동안에도 우리를 건드리는 사람은 없었다. 우리는 오래된 야영지와 변소의 흔적을 발견하고 그곳을 피해갔다. 고속도로에 있는 사람의 시야나 남의 천막 또는 오두막에서 보이는 곳도 피하고 싶었다. 우리가 원하는 장소는 우리끼리 호젓하게 지낼 만한 곳, 자려고 누웠을 때 등이 너무 배기지 않는 곳, 남의 눈에 너무 많이 띄지 않고도 물을 구하러 갈 만한 곳이었다. 그런 생각을 하며 한 시간이 넘게 돌아다닌 끝에 오래된 야영지를 찾아냈다. 그곳은 인적이 끊긴 지 오래였고, 앞서 본 다른 곳들보다 비탈로 조금 더 올라간 곳에 있었다. 그 자리는 일행이 다 함께 머물 만큼 널찍했다. 그리하여 아직 해가 지려면 몇 시간이 남은 시점이었는데도, 우리는 어마어마하게 아늑하고 나른한 기분을 느끼며 휴식을 취했다. 오늘 남은 시간과 내일 하루 종일은 아무것도 안 해도 된다. 나티비다드는 도미니크에게 젖을 먹이다가 함께 스르르 잠이 들었다. 앨리도 저스틴을 데리고 같은 일을 했지만, 그 애가 먹을 음식을 준비하는 데에는 품이 조금 더 들었다. 두 여성 모두 다른 일행들보다 더 쉽게 지치고 더 많이 자야 할 이유가 충분했기 때문에, 우리는 그 두 사람을 빼놓고 나머지 일행 중에서 불침번을 정했다. 밤뿐 아니라 낮에 서는 보초도 함께. 지나치게 편한 생활은 금물이니까. 그리고 주위를 둘러보거나 물을 구하러 갈 때는 절대 혼자 가지 않기로 합의했다. 아마 커플들은 조만간 단 둘이서 어디로 사라지기 시작할 거다. 나도 반콜레와 슬슬 그 이야기를 할 때가 됐다는 생각이 든다.

나는 라이플총을 청소하는 반콜레 곁에 앉아 새로 구한 권총을 청소했다. 해리가 보초를 서느라 내 권총이 필요했기 때문이었다. 그 권총을 주러 갔을 때, 해리는 나와 반콜레가 어떤 사이인지 다 안다는 말을 내게 들려줬다.

"조심해." 해리는 조그맣게 소곤거렸다. "불쌍한 영감님한테 심장마비 일어나지 않게."

"네가 걱정하더라고 전할게." 내가 말했다.

그 말에 해리는 껄껄 웃다가 이내 표정을 진지하게 바꿨다. "조심해, 로런. 반콜레는 분명 괜찮은 사람일 거야. 딱 봐도 그렇게 보이니까. 하지만, 그래도…… 혹시 뭐가 잘못됐다 싶을 때 소리를 질러."

나는 해리의 어깨에 잠시 손을 얹었다. "고마워."

잘 모르는 사람이지만 앞으로 더 잘 알고 싶은 사람과 나란히 앉아 일할 때 좋은 점이 있다. 그 사람과 얘기를 나눠도 좋고 그냥 말없이 있어도 좋다는 사실이다. 그렇게 있다 보면 그 사람에게 익숙해질 뿐 아니라 곧 그 사람과 사랑을 나눌 거라는 생각에도 익숙해진다.

반콜레와 나는 처음 한동안은 말이 없었다. 조금 쑥스럽기도 했다. 그를 흘깃거리다 보면 나를 흘깃거리는 그의 모습이 눈에 띄곤 했다. 그러다가, 내가 봐도 뜬금없게도 내 입에서 지구종 이야기가 나왔다. 설교는 아니고 그냥 이야기였는데, 어쩌면 떠보는 이야기였던 것도 같다. 반콜레가 어떻게 반응하는지 확인해야 했다. 지구종은 내 삶에서 가장 중요한 것이니까. 나는 반콜레가 지구종을 비웃을 사람인지 아닌지 당장 알아야 했다. 그가 내 생각에 동의할 거라는 기대는 하지 않았고, 심지어 크게 관심을 보일 거라는 기대조차 없었다. '나이가 있으니까 분명 자기가 믿는 종교로 만족하겠지.' 당신의 종교를 모른다고 반콜레에게 말했을 때 든 생각이었다. 나는 그에게 종교가 있느냐고 물었다.

"난 무교야." 반콜레가 말했다. "아내가 살아 있을 땐 둘이서 감리회 교회를 다녔지. 아내가 신앙을 중요하게 여기는 사람이라 나도 덩달아 다닌 거야. 신앙 덕분에 평안을 느끼는 아내를 보며 나도 믿음을 얻고 싶었는데, 끝내 안 되더군."

"우리 집은 침례교였어요." 내가 말했다. "나도 끝까지 신앙을 못 얻었는데, 아무한테도 털어놓질 못했죠. 우리 아빠가 목사였거든요. 입을 꾹 다물고 있다가 서서히 지구종에 눈을 뜬 거예요."

"서서히 지구종을 창시했군." 반콜레가 말했다.

"지구종을 발견하고 이해하기 시작한 거죠. 진리를 우연히 발견하는 것하고 진리를 만들어내는 건 같은 일이 아니에요."

나는 앞으로 새로 만나는 사람들에게 이 말을 얼마나 여러 번, 또 얼마나 여러 가지 표현으로 얘기해야 할지 궁금했다.

"들어보니까 불교하고 존재론 철학, 이슬람교의 수피즘 같은 걸 결합한 사상 같은데, 그것 말고 또 뭐가 섞였는지는 나도 모르겠어." 반콜레가 말했다. "불교에서는 변화라는 개념으로 신을 만들진 않지만, 만물이 덧없다는 사상은 불교의 기본 원리지."

"알아요. 나도 책을 많이 읽었거든요. 다른 종교나 철학에도 지구종과 일치하는 사상이 있지만, 그중 어떤 것도 지구종은 아니에요. 다들 제 나름의 방향으로 뻗어나가니까요."

반콜레는 내 말에 고개를 끄덕였다. "알았어. 그런데 말이야, 지구종 공동체의 훌륭한 구성원이 되려면 뭘 어떻게 해야 하지?"

멋진 질문, 이해의 문을 여는 질문이었다. "일단 기본은, 예지와 배려와 수고로써 하느님의 모습을 빚는 법을 배우는 거예요. 공동체와 가족과 자기 자신을 가르치고 이롭게 하는 것, 운명이 실현되도록 힘을 보태는 것도 해당하고요."

"그런데 운명같이 터무니없는 것에 왜 신경을 써야 하지? 운명이 우리한테 뭘 주는데?"

"이 지구에서 누리는 총체적으로 의미 있는 삶, 그리고 자신과 후손이 갈 천국이 있다는 희망을 주죠. 신화나 철학에 나오는 천국이 아니라 진짜 천국이요. 자신들의 뜻대로 빚어 만드는 천국."

"또는 지옥이거나." 반콜레의 입꼬리가 짓궂게 뒤틀렸다. "인간은 풍족하게 사는 와중에도 스스로를 지옥에 빠뜨리는 재주가 탁월하니까." 그는 잠시 생각했다. "그거 말이야, 너무 단순한 얘기처럼 들려."

"당신이 보기엔 단순한 것 같아요?" 나는 놀라서 물었다.

"난 단순한 얘기처럼 '들린다고' 했어."

"어떤 사람들은 어마어마한 얘기로 들린다던데."

"그러니까 내 말은, 너무…… 직설적이라고. 일단 네가 사람들을 설득해서 그걸 받아들이게 하면, 사람들은 그걸 더 복잡하게 만들고, 해석의 여지도 더 풍부하게 만들고, 더 신화적이고 더 위안이 되게끔 고치기도 할 거야."

"내가 있는 한은 그렇게 못 할 거예요!" 내가 말했다.

"네가 있든 없든 사람들은 알아서 그렇게 할 거야. 모든 종교는 다 변하게 마련이야. 덩치가 큰 종교들을 떠올려봐. 그리스도가 지금 세상에 태어났다면 뭐가 됐을 것 같아? 침례교 신자? 감리회 신자? 가톨릭 신자? 부처는 또 어떻고. 만약 부처가 지금 세상에 태어났다면, 불교를 믿기는 할까? 믿는다면 어떤 식의 불교를 실천하려고 할까?" 반콜레는 빙그레 웃었다. "결국에는, 만약 '변화가 곧 하느님'이라면, 지구종도 틀림없이 변할 거야. 지구종이 오래도록 남는다면 그렇게 되겠지."

그때 나는 반콜레에게서 눈을 돌렸다. 그가 빙그레 웃었기 때문이다. 그에게는 이 모든 얘기가 아무것도 아니었던 것이다. "알아요." 내가 말했다. "변화는 아무도 막지 못하지만, 우리는 누구나 자기 의도와 상관없이 변화의 모습을 빚어요. 나는 지구종이 마땅히 지녀야 할 모습을 지니도록 이끌면서 빚어낼 작정이에요."

"아마 그렇겠지." 반콜레는 미소를 거두지 않았다. "넌 그 생각을 얼마나 진지하게 하는 거지?"

그 질문은 나를 내면 깊숙이 몰고 갔다. 나는 무슨 말을 하려는지 스스로도 거의 알지 못한 채 입을 열었다. "우리 아빠가…… 실종됐을 때요." 나는 그렇게 말을 꺼냈다. "그때 난 지구종 덕분에 간신히 버텼어요. 이웃들이 거의 다 죽고 남은 식구들도 다 사라져버렸을 때, 그래서 혼자가 됐을 때, 그때도 나한텐 지구종이 있었어요. 지금의 나는, 지금의 나라는 존재는 구석구석까지 지구종이에요."

"지금의 너는 말이지." 반콜레는 한참 동안 말이 없었다. "아주 보기 드문 젊은 여성이야."

그 말을 끝으로 우리는 한동안 대화를 나누지 않았다. 나는 반콜레가 무슨 생각을 하는지 궁금했다. 우스워죽겠다는 기분을 억누르는 것처럼 보이지는 않았다. 내가 예상했던 반응 이상은 아니었다. 그는 자기 아내가 종교적 욕구를 추구하도록 기꺼이 협조한 사람이니까. 이제는 내가 나의 종교적 욕구를 추구하도록 용인하는 정도는 해줄 것이다.

나는 반콜레의 아내에 관해 알고 싶어졌다. 그는 이때껏 아내 이야기를 꺼낸 적이 없었다. 어떤 사람이었을까? 어쩌다 세상을 떴을까?

"아내분이 돌아가셔서 집을 떠난 거예요?" 내가 물었다.

반콜레는 총을 청소하느라 들고 있던 길고 가느다란 꽂을대를 내려놓고 뒤편의 나무에 등을 기댔다. "아내는 5년 전에 죽었어. 남자 셋이 집에 침입했는데…… 마약중독자였는지 마약 밀매상이었는지 그건 나도 몰라. 놈들은 마약이 어디 있는지 털어놓으라며 아내를 폭행했어."

"마약이라고요?"

"놈들은 자기네가 직접 쓰든가 아니면 팔아먹을 만한 약이 우리한테 틀림없이 있다고 판단했어. 아내가 꺼낼 수 있는 약은 다 꺼내서 내놓았는데, 그건 성에 차질 않았던 거야. 그래서 계속 때린 거지. 그 사람은 심장이 안 좋았어." 반콜레는 숨을 길게 들이쉬었다가 한숨을 내쉬었다. "아내는 내가 집에 돌아왔을 때까지도 살아 있었어. 무슨 일이 있었는지 나한테 얘기까지 해줬지. 아내를 살리려고 안간힘을 썼지만, 놈들이 아내의 약은 물론이고 이것저것 전부 다 가져가버린 상태였어.

465

구급차를 불렀는데, 아내의 숨이 끊어지고 한 시간이 지난 후에 도착하더군. 나는 아내를 구하려고 애썼어. 그다음엔 아내를 되살리려고 애썼고. 정말이지 죽을힘을 다했는데……."

나는 우리 야영지의 비탈 아래쪽을 물끄러미 내려다봤다. 나무와 덤불 사이로 멀리 있는 저수지의 수면이 살짝 보였다. 세상은 가슴 아픈 이야기로 가득했다. 가끔은 그것 말고 다른 이야기는 하나도 없는 것처럼 보이지만, 그럼에도 나는 어느새 나무 사이로 보이는 물이 얼마나 아름다운지 생각하고 있었다.

"샤론이 죽었을 때 북쪽으로 떠났어야 했는데." 반콜레가 말했다. "그 생각도 해봤거든."

"그런데 그냥 머물렀군요." 나는 물에서 눈을 돌려 반콜레를 봤다. "어째서요?"

반콜레는 고개를 절레절레 흔들었다. "뭘 어떻게 해야 좋을지 알 수 없어서 한동안 아무것도 하질 않았어. 친구들이 나를 돌봐줬지. 식사를 만들어주고, 집 청소도 해주고. 그렇게까지 해주는 게 놀라웠어. 대부분 교회 사람들이었지. 이웃들이었고. 내 친구라기보다는 아내의 친구들이었지만."

나는 워델 패리시가 떠올랐다. 누이와 조카들을 잃고 나서 폐인이 돼버린 그의 모습이. 그리고 그의 집도. 반콜레도 어딘가 다른 동네의 워델 패리시 같은 사람이었을까? "혹시 장벽으로 둘러싸인 폐쇄형 주택단지에 살았어요?" 내가 물었다.

"맞아. 하지만 부자는 아니었어. 부자 시늉도 못 낼 동네였지. 간신히 자기 집을 유지하면서 가족들을 먹여 살리는 사람들이 사는 곳이었으니까. 그것 말고는 별것도 없었어. 가사 도우미도 없고, 용역 경비원도 없고."

"꼭 전에 내가 살던 동네 같네요."

"지금은 사라진 수많은 동네들이 내 얘기 속 동네 같을 거야. 난 나를 도와준 사람들을 도와주려고 그곳에 남았어. 차마 그 사람들을 두고 떠날 수가 없어서."

"하지만 결국엔 떠났잖아요. 왜 그랬어요?"

"화재 때문에……. 그리고 약탈자들 때문에."

"당신도 그랬어요? 온 동네가 다요?"

"그래. 집들은 불탔고, 이웃들은 대부분 살해당했어. 나머지는 뿔뿔이 흩어져서 타지에 사는 친척이나 친구를 찾아 떠났지. 그들 대신 약탈자 무리하고 불법점거자 패거리가 들어오더군. 난 작정하고 그곳을 떠난 게 아니야. 탈출한 거지."

익숙해도 너무 익숙한 사연이었다. "당신 집은 어디였어요? 어느 도시였죠?"

"샌디에이고."

"그렇게나 남쪽에 살았다고요?"

"그래. 아까도 말했지만 차라리 몇 년 전에 떠나야 했어. 그

467

랬다면 비행기표하고 재정착 자금 정도는 마련했을 텐데."

비행기표에 더해 재정착 자금까지? 반콜레가 보기에는 아닐지 몰라도, 우리가 보기에는 그 정도면 부자였다.

"지금은 어디로 가는 길이에요?"

"북쪽." 반콜레는 어깨를 으쓱했다.

"그냥 무턱대고 북쪽이에요? 아니면 따로 갈 데가 있어요?"

"일을 하면 돈을 주는 곳. 또 식량이나 물을 노리고 나를 죽이려 들지 않는 사람들 틈에서 살 수 있는 곳이라면, 어디든 상관없어."

또는 마약을 노리려 들지 않는. 나는 속으로 생각했다. 수염이 부숭부숭한 반콜레의 얼굴을 가만히 보며, 나는 오늘과 지난 며칠 동안 모은 단서들을 하나로 맞춰봤다. "당신 의사죠, 맞죠?"

반콜레는 조금 놀란 모양이었다. "그래, 의사였어. 가정의학과 의사. 그것도 이제 옛날 일 같군."

"사람들에게 의사는 언제나 필요한 존재예요. 당신은 잘 지낼 거예요."

"우리 어머니도 그 말씀을 곧잘 하셨지." 반콜레는 나를 보며 쓸쓸한 미소를 지었다. "그런데 지금 내 꼴을 좀 봐."

나도 반콜레를 보며 미소를 지었다. 이제 그를 보고 있으면 미소를 참기 힘들었다. 하지만 그의 이야기를 들으며, 나는 그의 말 중에 적어도 한 가지는 거짓이라고 결론지었다. 그는 겉으로 보이는 것처럼 살던 곳에서 쫓겨나 괴로워하는지도 몰랐지만, 그렇다고 해서 정처 없이 무작정 북쪽으로 향하는 것은 아니었다. 자기가 한 일의 대가를 돈으로 지불받고 강도질이나 살해의 위협이 없는 곳이라면 어디든 찾아가려는 것도 아니었다. 그는 애초에 정처 없이 돌아다니는 부류가 아니다. 그는 자신의 목적지를 알았다. 그에게는 어딘가 은신처가, 확실한 목적지가 있었다. 가령 친척 집이라든가 자신의 또 다른 집, 친구 집, 아니면 그 비슷한 무언가라도.

어쩌면 단순히 혼자 힘으로 워싱턴 주나 캐나다나 알래스카 주에 거처를 마련할 정도의 돈이 있는지도 몰랐다. 빠르고 안전하고 비싼 비행기 여행을 누리는 것과 목적지에 도착한 후에 쓸 정착 자금을 아끼는 것 사이에서 양자택일을 해야 했겠지. 반콜레는 둘 가운데 정착 자금을 택한 거다. 만약 실제로 그랬다면, 나도 그의 선택에 동의한다. 그가 위험을 감수한 만큼 그는 곧바로 새로운 삶을 시작할 수 있을 것이다. 일단 그 위험에서 살아남기만 한다면 말이다.

한편, 내가 제대로 짚은 구석이 하나라도 있다면, 반콜레는 어느 날 밤에 나를 두고 그대로 사라져버릴지도 몰랐다. 아니면 그보다 더 노골적일 수도 있다. 문득 어느 샛길로 빠지면서 내게 손을 흔들어 작별인사를 하는 식으로. 그렇게 되기는 싫었다. 그와 밤을 함께 보내고 나면 더욱 그러기 싫어질 터였다.

　이렇게 된 마당에도, 나는 반콜레가 내 곁에 있기를 바랐다. 그가 나에게 거짓말을 했다는 사실은 가증스러웠다. 아니, 그건 그냥 내 생각인지도 몰랐다. 그런데 그가 반드시 나에게 모든 것을 털어놔야 하는 걸까? 우리는 아직 잘 모르는 사이고, 나처럼 그도 살아남기로 작정한 사람인데. 어쩌면 우리 둘이 함께 잘 살아남는 일이 가능할 거라고 그를 설득할 방법이 있을 것이다. 한편으로는 그를 지나치게 신뢰하지 않고 그냥 즐기기만 하는 것이 상책이라는 생각이 들었다. 어쩌면 죄다 착각일지도 모르지만, 나는 내가 착각한 것 같지는 않다. 딱하게도.

　우리는 총 손질을 끝내고 탄약을 장전한 다음, 손을 씻으러 물가로 내려갔다. 여기서는 물이 있는 곳까지 곧장 내려가 냄비로 물을 조금 떠서 가져오는 게 가능하다. 그것도 공짜로. 나는 혹시 누가 우리를 막아서거나 아니면 우리에게 덤벼들까 봐 자꾸만 주위를 두리번거렸다. 강도를 만날 법도 했지만 우리를 눈여겨보는 사람은 아무도 없었다. 다른 사람들도 병이나 수통, 냄비, 봉지 따위에 물을 채우는 중이었지만 주위는 평온해 보였다. 아무도 다른 이를 건드리지 않았다. 우리에게 관심을 보이는 사람도 없었다.

　"이런 곳이 오래 보존되지 못하다니." 나는 반콜레에게 말했다. "아쉽네요. 여기서라면 괜찮게 살 수 있을 텐데."

"내 생각에 여기서 사는 건 아마 불법이지 싶은데. 여긴 주에서 지정한 휴양지거든. 체류 기한이 분명 정해져 있을 거야. 보나 마나 이 일대를 관리하는 기관도 따로 있거나 있었을 테고. 어느 기관의 공무원들이 가끔씩 들러서 뇌물을 거둬가는 건 아닌지 궁금해지는군."

"우리가 머무는 동안에는 안 오면 좋겠네요." 나는 손과 팔의 물기를 닦고 나서 반콜레가 자기 손을 닦는 동안 기다렸다. "혹시 배고파요?"

"아, 물론이지." 반콜레는 잠시 나를 바라보다가, 손을 뻗어 나를 자신 쪽으로 끌어당겼다. 그는 내게 키스를 하고는 내 귀에 대고 이렇게 말했다. "넌 안 고파?"

나는 아무 말도 하지 않았다. 잠시 후, 나는 반콜레의 손을 잡고 야영지로 돌아와 그의 담요를 한 장 챙겼다. 그런 다음 전에 둘이 함께 점찍어둔 외딴 곳으로 향했다.

반콜레와 나란히 누워 부드럽고 단단하고 널따란 그의 몸을 만지고 있자니 자연스럽고 편안한 기분이 들었다. 그는 몸매를 날렵하게 유지하는 편이었다. 몸에 지방이 얼마나 붙어 있었든, 지난 몇 주 동안 수백 킬로미터를 걷는 사이에 틀림없이 다 연소해버렸을 것이다. 그런데도 그는 덩치가 커다랬다. 가슴통이 굵다랬고 키도 훤칠했다. 무엇보다 그는 내 몸에서 순수한 즐거움을 한가득 찾았다. 나 또한 그와 함께 그 즐거움을 누렸다. 초공감의 좋은 면을 즐길 기회는 좀처럼 찾기 힘든데. 나는 강렬하고 거친 그 감각에 나를 맡겼다. 심장마비는 그보다 내가 더 걱정해야 할 판이었다. 이 느낌을 잊은 채로 어떻게 그렇게 오랫동안 버텼을까?

아무렇게나 쌓아둔 옷 쪽으로 둘이 함께 손을 뻗어 콘돔을 꺼냈을 때는 한순간 낭만이 깨진 듯한, 어색한 느낌이 들었다. 둘 다 동시에 똑같은 생각을 한 것이 우스워서 우리는 웃음을 터뜨렸고, 이내 다시 서로에게 사랑과 쾌락을 선사하는 진지한 작업으로 돌아갔다. 그가 멋을 부리며 빗고 다듬은 수염 때문에 나는 간지러워 미칠 것만 같았다.

"처음부터 너를 상대하지 말았어야 했는데." 반콜레가 나에게 그렇게 말했을 때, 우리는 두 번이나 사랑을 나누고도 일어나서 일행에게 돌아갈 마음이 좀처럼 들지 않았다. "아무래도 너 때문에 죽을 것 같다. 난 이러고 있기엔 너무 늙었어."

나는 깔깔 웃으며 반콜레의 어깨를 베개 삼아 벴다.

잠시 후 반콜레가 말했다. "아가씨, 내가 잠깐 진지한 얘기를 할까 하는데."

"그래요."

반콜레는 숨을 길게 들이쉬었다가 한숨으로 내쉬더니, 침을 한번 삼키고도 여전히 망설였다. 그러다가 입을 열었다. "난 널 포기하고 싶지 않아."

나는 빙그레 웃었다.

"넌 아직 어린애야. 내가 처신을 똑바로 해야 하는데. 그나저나 너 몇 살이지?"

나는 내 나이를 가르쳐줬다.

반콜레는 화들짝 놀라더니, 나를 자기 어깨에서 밀어냈다. "열여덟?" 움찔하며 내게서 멀어지는 모습이 꼭 내 살갗에 닿아 화상을 입은 사람 같았다. "맙소사, 아예 어린애잖아! 내가 범죄자라니!"

웃음이 터지려고 했지만 참았다. 나는 그저 반콜레를 말똥말똥 보기만 했다.

반콜레는 찡그린 표정으로 고개를 절레절레 흔들었다. 시간이 조금 더 흐르자 그는 다시 내 곁으로 돌아와 내 얼굴과 어깨와 가슴을 만졌다.

"열여덟 살은 더 돼 보이는데."

나는 알아서 생각하라는 뜻으로 어깨만 으쓱했다.

"언제 태어났지? 몇 년도에?"

"2009년요."

"말도 안 돼." 반콜레는 말꼬리를 길게 끌었다. "말도 안 돼애애."

나는 그에게 키스하고 그의 말투를 흉내 냈다. "말이 돼요오

오. 그러니까 헛소리는 그만해요. 당신은 내 곁에 있고 싶고, 나는 당신 곁에 있고 싶어요. 내 나이 때문에 우리가 헤어지는 일은 없을 거예요, 그렇죠?"

잠시 후 반콜레는 고개를 끄덕였다. "넌 트래비스처럼 괜찮은 젊은이를 만나야 하는데. 나한테 분별력과 자제력이 있었다면 네가 그런 짝을 찾아가게 보내줬을 텐데."

그 말에 나는 커티스를 떠올렸고, 움찔 놀라며 커티스 생각을 떨쳐버렸다. 이때껏 커티스 탤컷 생각은 되도록 떠올리지 않았다. 그 애는 내 동생들하고는 다르니까. 어쩌면 죽었는지도 모르지만, 우리 가운데 그 애의 시신을 본 사람은 한 명도 없다. 그 애 동생인 마이클의 시신은 내가 봤지만. 나는 커티스의 시신이 눈에 띨까 봐 겁이 났지만, 끝내 보지 못했다. 그 애는 어쩌면 안 죽었을지도 모른다. 나한테는 이미 없는 사람이 돼버렸지만, 나는 그 애가 죽지 않았으면 좋겠다. 그 애도 나와 함께 이 길을 같이 가야 하는데. 무사히 살아 있으면 좋으련만.

"나를 보고 누가 떠오른 거야?" 반콜레가 물었다. 목소리가 부드러우면서도 굵직했다.

나는 고개를 저었다. "고향에 살 때 알던 남자애요. 올해 결혼하기로 한 사이였는데. 지금은 살았는지 죽었는지도 모르겠어요."

"그 애를 사랑했어?"

"그럼요! 결혼해서 같이 고향을 떠나기로 했어요. 걸어서 북쪽으로 가기로 했죠. 올가을에 출발할 작정이었는데."

"미쳤구먼! 피치 못할 사정이 있는 것도 아니었는데 이 길을 걸으려고 했다고?"

"맞아요. 더 일찍 출발했다면 그 앤 지금 나랑 같이 있었을 거예요. 무사히 지내는지만이라도 알고 싶은데."

반콜레는 다시 드러눕더니 나를 자기 곁으로 끌어당겼다. "다들 누군가를 잃었어. 너하고 나는 모두를 잃어버린 것 같지만. 아마 그것도 유대감을 느끼는 계기겠지."

"끔찍한 유대감이네요. 하지만 그게 다는 아니에요."

반콜레는 고개를 절레절레 흔들었다. "너 정말 열여덟 살이 맞아?"

"그래요. 지난달부로."

"외모도 그렇고 행동거지도 그렇고 더 들어 보이는데."

"난 원래 이래요."

"집에서 맏이였지, 그렇지?"

나는 고개를 끄덕였다. "남동생이 넷 있었어요. 이제는 다 죽었지만."

"그랬구나." 반콜레는 한숨을 쉬었다. "그랬어."

오늘은 이야기를 나누고 글을 쓰고 책을 읽고 반콜레와 사랑을 나누느라 하루를 꼬박 보냈다. 일어나서 짐을 챙기고 종일 걸을 필요가 없는 하루가 굉장한 사치처럼 느껴진다. 일행들 모두 야영지 주위에 뿔뿔이 흩어져 지친 근육을 쉬게 하고, 음식을 먹고, 딱히 하는 일 없이 시간을 보냈다. 고속도로 쪽에서 사람들이 더 흘러들어와 자기네 야영지를 차렸지만, 우리를 귀찮게 하는 사람은 없었다.

내가 자라에게 글 읽기를 가르치자 질과 앨리도 흥미를 보였다. 나는 처음부터 그럴 생각이었다는 듯이 그 둘을 수업에 참가시켰다. 알고 보니 그들 자매는 읽기는 조금 할 줄 알지만 쓰기는 배운 적이 없었다. 수업이 끝날 무렵, 나는 해리가 내는 짜증 섞인 끙 소리를 무시하고 두 사람에게 지구종 시를 몇 편 읽어줬다. 그런데 앨리가 변화의 신 같은 것에는 절대로 기도를 올리지 않겠다고 공언했을 때, 개념을 잘못 이해했다고 바로잡아준 사람은 다름 아닌 해리였다. 자라와 트래비스는 그 광경을 보며 나란히 웃었고, 반콜레는 호기심이 완연한 표정으로 우리를 지켜봤다.

그러고 나자 앨리는 경멸 섞인 공언이 아니라 질문을 하기 시작했다. 그 질문은 대부분 다른 일행들이 대답해줬다. 트래비스와 나티비다드, 해리와 자라가. 한번은 반콜레가 어제 나

476

한테서 들은 이야기를 발전시켜 대답해주기도 했다. 그러다가 문득 말을 멈추더니 살짝 당황한 표정을 지었다.

"난 지금도 그게 너무 단순하다고 생각해." 반콜레는 내게 그렇게 말했다. "상당히 논리적이긴 한데, 거기에 신비롭고 오묘한 느낌을 살짝 뿌리지 않으면 절대 성공하지 못할 거야."

"그건 내 후손들한테 맡길래요." 내가 그렇게 말하자 반콜레는 다른 일에 몰두했다. 자기 짐을 뒤져 아몬드 한 봉지를 꺼내 손바닥에 조금 덜고 나머지는 일행들에게 돌리는 일이었다.

날이 캄캄해지기 직전에 고속도로 쪽에서 총싸움이 벌어졌다. 우리가 있는 곳에서는 아무것도 안 보였지만, 그래도 다들 대화를 멈추고 자세를 낮췄다. 총알이 마구 날아다닐 때면 아무래도 납작 엎드려 있는 게 상책 같다.

총싸움이 멈추는가 싶더니, 장소를 옮겼다가, 다시 원래 자리에서 벌어졌다. 내가 불침번을 설 시간이었기 때문에 정신을 바짝 차려야 했다. 총소리가 그렇게 요란한 와중에도 근처에서 움직이는 거라곤 저녁 바람에 흔들리는 나뭇가지뿐이었다. 너무나 평화로운 광경이었지만, 한쪽에서는 사람들이 서로 죽이려고 안간힘을 쓰고 명백하게 성공을 거뒀다. 근처에서 사람들이 서로 죽이려고 기를 쓰고, 우리는 땅바닥에 드러누워 총소리에 귀를 기울인다. 이런 일이 일상이 되다니 생각해보면 참 이상하다.

제 22장

바람이 그러하듯,
물이 그러하듯,
불이 그러하듯,
생명이 그러하듯,
하느님 또한
창조적인 동시에 파괴적이고,
요구하는 동시에 베풀며,
조각가인 동시에 찰흙이다.
하느님은 무한한 잠재력이다.
변화가 곧 하느님이다.

―《지구종: 산 자들의 책》에서

우리는 일주일이 넘도록 피로와 두려움과 신경을 갉아먹는 긴장 속에서 계속 걸었다. 새크라멘토에 도착해 시내를 통과할 때까지는 큰 문제가 없었다. 식량과 물은 충분히 구입했고, 산에서는 야영을 할 만한 공터도 여러 곳 발견했다. 그럼에도 우리가 방금 빠져나온 기나긴 5번 주간 고속도로를 여행하는 동안 편안한 느낌이나 행복한 기분을 느낀 사람은 단 한 명도 없었다.

101번 국도가 지진으로 혼란한 와중에도 5번 주간 도로는 그곳보다 오가는 사람이 훨씬 더 적었다. 가끔은 가도 가도 우리밖에 안 보일 때도 있을 정도였다. 그런 시간이 오래간 적은 한 번도 없지만, 그래도 그 순간에는 정말로 그랬다.

반면에 5번 주간 도로에는 트럭이 많이 다녔다. 트럭은 낮뿐 아니라 밤에도 운행했기 때문에 조심해야 했다. 게다가 사람 해골 또한 다른 도로보다 더 많이 널려 있었다. 머리뼈와 턱뼈, 골반뼈나 몸통뼈와 마주치는 일은 아무것도 아니었다. 팔뼈와 다리뼈는 그보다 더 드물었지만, 가끔은 그런 뼈도 눈에 띄곤 했다.

"트럭이 그랬을 거야." 반콜레가 우리에게 한 말이었다. "만약 이 도로에서 누굴 치면, 운전사는 트럭을 세우지 않을 거야. 세울 엄두가 안 나겠지. 약쟁이나 알코올 의존자는 걸을 때 주위를 별로 의식하지 않거든."

내가 보기에도 그의 말이 옳은 듯싶었다. 다만 그 길고 텅 빈 도로를 걷는 동안, 내가 보기에 취했거나 제정신이 아닌 것 같은 사람은 딱 네 명밖에 없었다.

그런데 그게 다가 아니었다. 화요일에는 도로 서쪽 산비탈의 우묵한 곳에 야영지를 차렸는데, 검은색과 흰색이 섞인 커다란 개 한 마리가 방금 물어뜯은 듯 피 묻은 어린애의 손을 팔뚝째 물고서 비탈에서 어슬렁어슬렁 내려왔다.

개는 우리를 발견하고 딱 멈춰서더니, 방향을 틀어 왔던 길로 후다닥 달아났다. 하지만 우리 모두 달아나기 전의 개를 확실히 목격했고, 모두 똑같은 것을 봤다. 그날 밤에는 두 명씩 불침번을 섰다. 보초는 두 명, 총도 두 자루, 쓸데없는 대화는 금물, 섹스도 금물이었다.

이튿날, 우리는 새크라멘토를 지날 때까지는 하루를 통째로 쉬지 않기로 결정했다. 새크라멘토를 지난 후에 상황이 호전될 거라는 보장은 없지만, 이 음산한 땅에서 빨리 벗어나고 싶었다.

그날 저녁에 야영지로 삼을 곳을 찾아다니다가, 모닥불 주위에 몸을 옹송그리고 있는 누더기 차림의 꾀죄죄한 어린애 넷과 마주쳤다. 그 아이들 모습이 지금도 머릿속에 생생하다. 내 동생들 또래였다. 열두 살, 열세 살, 어쩌면 열네 살일 남자애 셋과 여자애 하나. 여자애는 임신을 했는데 배가 어찌나 불렀는지, 금방이라도 해산할 낌새가 역력했다. 우리는 물이 마른 강바닥의 굽이진 곳을 돌자마자 그 광경을 목격했다. 그 아이들은 잘린 사람 다리를 모닥불 정중앙에 올려놓고는, 발을 잡고 돌려가며 굽는 중이었다. 우리가 지켜보는 사이에 여자애가 그 허벅지에서 탄 살점 하나를 쭉 찢더니 자기 입에 꾸역꾸역 집어넣었다.

그 애들은 우리를 보지 못했다. 맨 앞에서 가던 내가 다른 이들이 굽이를 다 돌기 전에 멈춰 세웠으니까. 해리와 자라는 내 바로 뒤에 있었기 때문에 내가 본 것을 고스란히 다 봤다. 우리 셋은 다른 일행들에게 돌아서서 이곳을 떠나라고 신호했다. 그래야 했던 이유는 식인 잔치의 현장에서 멀찍이 떨어진 후에야 가르쳐줬다.

아무도 우리를 공격하지 않았다. 귀찮게 하는 사람 한 명 없었다. 우리가 걸어서 지나온 이 지역의 어떤 곳은 심지어 아름답기까지 했다. 초록색 숲과 완만한 산비탈. 말라서 황금빛으로 변한 풀밭과 조그만 마을들. 풀이 웃자란 채 버려진 농장과 집들. 멋진 곳이었고, 캘리포니아 주 남부와 비교하면 풍족한 곳이었다. 물도 흔하고, 식량도 많고, 공간도 넓고…….

그런데 어째서 사람이 사람을 잡아먹을까?

불탄 건물이 몇 채 있었다. 이곳도 다른 곳과 마찬가지로 소란스러웠지만, 해안가에 비하면 훨씬 덜했다. 그럼에도 우리는 하루 빨리 해안가로 돌아가고 싶었다.

새크라멘토에서는 생필품을 보충하고 서둘러 통과하기까지 별문제가 없었다. 물과 식량은 고속도로 인근보다 당연히 더 저렴했다. 물가만 놓고 보면 도시는 늘 구세주나 다름없다. 하지만 도시는 위험한 곳이기도 하다. 갱단도 더 많고, 경찰도 더 많고, 수상쩍고 불안정한 사람들이 총을 들고 다니는 경우도 더 많으니까. 도시를 지날 때는 조심해서 걸어야 한다. 일정한 속도를 유지하며 주위를 부지런히 경계해야 하고, 위협적이라서 건드리기 힘들 것처럼 보이되 동시에 눈에 잘 띄지 않아야 한다. 기가 막힌 기술이다. 반콜레 말에 따르면 도시는 오래전부터 그런 곳이었다고 한다.

반콜레 이야기가 나와서 말인데, 그는 쉬는 날에도 나 때문에 제대로 쉬지 못했다. 본인은 그리 신경을 쓰지 않는 눈치지만. 그가 한 이야기 중에 내가 적어둬야 할 것이 하나 있었다. 그는 나더러 자신과 함께 이 무리를 떠나자고 했다. 내 짐작대로 그에게는 안전한 은신처가 있었다. 최첨단 보안설비와 무장 경비원이 겹겹이 지키지 않는 은신처치고는 꽤나 안전한 곳이었다. 위치는 이곳에서 가려면 두 주쯤 걸리는 멘도시노곶 근처 해안가의 산기슭이었다.

"여동생네 가족이 전부터 거기 살았어." 반콜레가 말했다.

"하지만 부동산 소유주는 나야. 네가 머물 자리도 있어."

나는 반콜레의 동생이 나를 보고 과연 얼마나 기뻐할지가 머릿속에 훤히 그려졌다. 그래도 예의 정도는 차리려고 할까? 아니면 나를 빤히 보다가, 뒤이어 반콜레를 보다가, 이내 그에게 지금 제정신으로 이러는 거냐고 물어볼까?

"내가 한 얘기 들은 거야?" 반콜레가 물었다.

나는 반콜레를 돌아봤다. 그의 목소리에서 화난 기색이 느껴져 흥미로웠다. 왜 화를 냈을까?

"내가 뭐 잘못했어? 내 얘기가 지루해?" 그는 따지듯이 물었다.

나는 그의 손을 잡고 들어 올려 입을 맞췄다. "당신이 동생한테 나를 소개하면, 동생분은 당신한테 정신병 검사를 받게 할걸요."

잠시 후 반콜레는 웃음을 터뜨렸다. "그러겠지." 뒤이어 덧붙였다. "난 그래도 상관없어."

"상관이 있을 거예요. 결국에는."

"그럼 나하고 같이 가겠다는 거구나."

"아뇨. 가고 싶지만, 안 돼요."

반콜레는 빙긋이 웃었다. "아니. 넌 나랑 같이 갈 거야."

나는 반콜레를 가만히 응시했다. 그의 웃음이 무슨 의미인지 읽어보려 했지만, 수염으로 뒤덮인 얼굴은 표정을 읽기가 힘들었다. 내 눈에 뭐가 안 보이는지 말하는 게 더 쉬웠다. 또는, 내가 뭘 못 알아보는지 말하는 게. 그에게선 상대를 내려다보는 태도나, 일부 남자들이 여성에게만 특정한 방식으로 드러내는 상대를 무시하는 태도가 보이지 않았다. 나의 거절을 은밀한 수락으로 결론 내리지도 않았다. 뭔가 다른 일이 일어나는 중이었다.

"내가 소유한 땅은 자그마치 120만 제곱미터야. 오래전에 투자 목적으로 사놓은 땅이지. 그 일대에 대규모 택지 개발계획이 예정돼서 나 같은 투자자들은 돈벼락을 맞을 판이었어. 개발업자한테 땅을 팔아서 말이야. 그런데 무슨 이유 때문인지 개발계획은 중단됐어. 나한테는 땅이 남았지. 손해를 보고 팔든가 아니면 갖고 있든가였어. 난 그 땅을 계속 갖고 있기로 했어. 대부분 농사짓기 좋은 땅이거든. 나무도 조금 있고, 군데군데 커다란 나무 그루터기도 있어. 동생 부부가 자기네 집뿐 아니라 별채도 몇 채 지어놨고."

"지금쯤 그 땅에 불법점거자 패거리가 수십 명, 수백 명은 눌러앉아 있을지도 몰라요."

"그럴 것 같진 않아. 접근하는 것부터가 문제라서. 정식 도로로는 하나같이 접근하기가 불편하고, 넓은 고속도로하고도 멀찍이 떨어진 곳이야. 숨어 지내기에 훌륭한 장소지."

"물은요?"

"우물이 있어. 동생 말로는 그 일대 기후가 점점 건조해지고 더워진대. 이상할 것도 없지. 하지만 지하수는 아직 든든한 것 같아."

반콜레가 어디로 향하는지 슬슬 알 것 같았다. 하지만 그는 혼자 떠날 운명이었다. 그 땅은 그의 것이었고, 그리로 가겠다는 선택 또한 그가 내린 것이었으니까.

"그렇게 먼 북쪽에는 흑인이 많이 안 살잖아요. 안 그래요?" 내가 물었다.

"많지는 않지." 반콜레도 동의했다. "그래도 내 동생은 별일 없이 지내던데."

"동생분은 무슨 일을 하세요? 농사를 짓나요?"

"맞아. 그리고 동생 남편은 현금을 벌려고 잡역부로 일하는데, 일 때문에 며칠 아니면 몇 주, 심지어 몇 달씩 동생하고 애들만 놔두고 위험하게 집을 비우곤 해. 만약 우리가 동생네의 얼마 안 되는 재산을 빨아먹지 않고 우리 앞가림을 하면, 아마 그 집에도 도움이 될 거야. 우리가 같이 있으면 마음이 더 놓일 테니까."

"애들이 몇이에요?"

"셋. 어디 보자…… 이제 열한 살, 열세 살, 열다섯 살이겠군. 동생도 이제 겨우 마흔 살이야." 반콜레의 한쪽 입꼬리가 올라갔다. 겨우 마흔이라. 나 참. 그의 여동생조차 내 엄마뻘 나이라니. "동생 이름은 앨릭스야. 알렉산드라의 애칭이지. 남편 이름은 돈 케이시. 둘 다 도시를 싫어해. 내 땅을 하늘이 내린 선물로 여겼지. 거기서는 애들이 무사히 자라는 걸 지켜볼 수 있을 거라면서." 그는 고개를 끄덕거렸다. "그 애들은 정말 무사히 잘 자랐어."

"연락은 어떻게 주고받았어요? 전화로?"

"그것도 미리 약속을 했어. 동생네 집에는 전화가 없지만, 돈이 일을 하러 시내에 나가면 나한테 전화해서 다들 어떻게 지내는지 알려주기로 했지. 돈은 지금 내가 어떤 상황인지 모를 거야. 나한테서 연락이 올 거라고 생각지도 않을 거고. 혹시 나한테 전화를 했다면 아마 앨릭스하고 함께 내 걱정을 하고 있겠지."

"비행기를 타지 그랬어요. 나로서는 당신이 안 그래서 다행이지만."

"다행이라고? 나도 마찬가지야. 그러니까 내 말 들어. 나랑 같이 가는 거야. 난 너보다 더 갖고 싶은 게 뭔지 생각조차 나질 않아. 실은 뭘 갖고 싶다고 생각하는 것 자체가 오랜만이야. 그것도 너무 오랜만."

나는 나무에 등을 기댔다. 우리 야영지는 샌루이스 저수지에 있을 때와는 달리 사생활이 완전히 보호되지는 않았지만, 그래도 숲이 있어서 세 커플이 각각 둘만의 시간을 갖는 것이

가능했다. 커플마다 총이 한 정은 있었고, 길크리스트 자매는 저스틴뿐 아니라 도미니크도 봐줬다. 우리는 자매와 아이들을 세 커플이 만든 느슨한 세모꼴 진형의 복판에 두고, 내 총도 함께 맡겼다. 앞서 5번 주간 고속도로를 지나는 동안 자매와 트래비스는 틈틈이 사격 연습을 했다. 지금 우리가 할 일은 이따금씩 주위를 둘러보고 모르는 사람이 근처에 다가오지 않게 막는 것뿐이었다. 나는 주위를 둘러봤다.

몸을 일으켜 앉으니 비둘기를 쫓아 쪼르르 뛰어다니는 저스틴이 보였다. 질은 그 애를 눈여겨보면서도 함께 놀아주려고 하지는 않았다.

반콜레는 내가 자신을 마주 보도록 어깨를 잡고 돌려세웠다. "내 얘기가 지루한 건 아니지, 그렇지?" 두 번째로 묻는 질문이었다.

나는 그때껏 반콜레의 시선을 피하려 했다. 이제는 그의 눈을 마주 봤지만, 그는 나와 함께 가려면 반드시 해야 하는 말을 아직도 하지 않은 상태였다. 그도 그 사실을 알까? 내 생각에는 아는 것 같았다.

"나도 당신하고 같이 가고 싶어요." 내가 말했다. "하지만 난 지구종에 진심이에요. 이보다 더 진심일 수 없을 만큼요. 그건 당신이 이해해줘야 해요." 이 말이 왜 나 자신에게조차 기묘하게 들렸을까? 그 말은 절대적인 진실이었지만, 입 밖에 내면서 이상한 기분이 들었다.

"내 경쟁자의 정체는 나도 알아." 반콜레가 말했다.

어쩌면 그래서 기묘하게 들렸는지도 모른다. 나는 반콜레에게 누군가 다른 상대가 있다고 말하는 중이었으니까. 심지어 사람이 아닌, 뭔가 다른 것이. 그게 다른 남자였다면 아마 덜 이상했을 텐데.

"당신이 나를 도와줄 수도 있을 거예요." 내가 말했다.

"돕다니, 어떻게? 무슨 구체적인 계획이라도 있어?"

"최초의 지구종 공동체를 세우는 거예요."

반콜레는 한숨을 쉬었다.

"당신이 도와줄 수 있을 거예요." 나는 똑같은 말을 되뇌었다. "이 세상은 산산이 무너지는 중이에요. 내가 뭔가 목적이 있는 건설적인 걸 시작하도록 당신이 도와줄 수 있어요."

"세상을 바로잡을 작정이로군, 안 그래?" 말투에 은근히 재미있어 하는 기색이 느껴졌다.

나는 반콜레를 가만히 바라봤다. 어찌나 화가 나던지 잠깐 동안 말조차 나오지 않았다. 목소리를 다스릴 여유가 생기자 나는 이렇게 말했다. "안 믿어도 상관없지만 비웃지는 마요. 뭔가 믿고 따를 것을 가지는 게 어떤 건지 알기나 해요? 비웃지 마요."

잠시 후 반콜레가 말했다. "알았어."

방금 전보다 더 긴 침묵이 흐른 뒤, 내가 말했다. "세상을 바로잡는 건 지구종의 목표가 아니에요."

"별들을 향해 떠나는 게 목표였지. 나도 알아." 반콜레는 땅바닥에 벌렁 드러누웠지만, 눈은 하늘을 보지 않고 고개를 돌려 내 쪽으로 향했다.

"사람들이 지구종 사상을 따라 살아가면 세상은 더 나은 곳이 될 거예요. 그런데 따지고 보면, 어떤 종교의 가르침이든 사람들이 따르며 살아간다면 세상은 더 나은 곳이 되겠죠."

"옳은 말이야. 그런데 넌 무슨 이유로 사람들이 네 가르침을 따르며 살 거라고 생각하는 거지?"

"몇 명은 그렇게 할 거예요. 수천 명? 수십만 명? 수백만 명? 잘 모르겠어요. 하지만 본거지로 삼을 곳이 생기면, 난 첫 번째 공동체를 세울 거예요. 실은 이미 세우는 중이죠."

"내가 필요한 이유가 그거야?" 반콜레는 웃는 척도, 그 말이 농담인 척도 하지 않았다. 농담이 아니었으니까. 나는 그에게 더 다가가, 얼굴이 바로 내려다보이도록 누워 있는 그의 옆에 바짝 붙어 앉았다.

"당신이 이해해줘야 해요. 날 있는 그대로 받아들이든가, 아니면 당신 혼자 당신 땅으로 가야 해요."

"나더러 네가 교회를 세울 수 있도록 너랑 네 친구들을 길바닥 생활에서 구제해달라는 거구나." 이번에도 반콜레의 표정은 더없이 진지했다.

"그렇게 안 하면 다 끝이에요." 나도 똑같이 진지한 표정으로 말했다. 반콜레는 장난기 없는 미소로 답했다. "이제 우리 앞에 놓인 길이 분명해졌네요."

나는 반콜레의 수염을 쓰다듬었다. 손길을 피하고 싶어하는 기척이 느껴졌지만, 그럼에도 그는 움직이지 않았다. "하느님이 경쟁자여도 괜찮은 거 확실해요?" 내가 물었다.

"선택의 여지는 별로 없어 보이는데?" 반콜레는 수염을 어루만지는 내 손을 자기 손으로 쥐었다. "말해봐, 너도 이성을 잃고 울고불고할 때가 있어?"

"그럼요."

"상상이 안 가는데. 솔직히 말해서 도무지 상상이 안 가."

그 말을 듣고 보니 내가 반콜레에게 아직 밝히지 않은 사실 하나가 퍼뜩 떠올랐다. 그가 알아차린 후에 속았다거나 내가 자신을 불신한다고 생각하지 않도록 미리 얘기해두는 편이 더 나았다. 솔직히 나는 아직도 그를 완전히 믿지는 않았다. 그래도 어리석거나 소심하게 굴다가 그를 잃어버리고 싶지는 않았다. 절대로 잃고 싶지 않았다.

"여기까지 듣고도 나랑 같이 가고 싶어요?" 내가 물었다.

"아, 그럼. 난 일단 자리를 잡으면 너랑 결혼할 작정이야."

반콜레는 기어이 나를 충격에 빠뜨렸다. 나는 입을 벌린 채 그를 바라봤다.

"정말이지 솔직한 반응이로군. 이건 기억해둬야겠는걸. 그건 그렇고, 나랑 결혼해줄래?"

"우선 내 말부터 들어봐요."

"더 들을 것도 없어. 내 땅에다 네 교회를 세워. 네 신도들도 데려오고. 별들이 어쩌고 하는 이야기에는 저 신도들도 나만큼이나 관심이 없을 것 같지만, 그래도 데려와. 난 저 사람들이 마음에 들고, 다 함께 머물 공간도 충분하니까."

만약 저들이 오겠다고 하면 내 다음번 과업은 일행들을 설득하는 것이었다. 하지만 눈앞의 과업 또한 아직 다 끝난 것이 아니었다.

"그게 다가 아니에요. 당신한테 할 얘기가 한 가지 더 있어요. 그 얘길 듣고 나서도 나랑 결혼하고 싶다면, 난 당신이 결혼하자고 할 때 언제든 할 거예요. 그러고 싶어요. 내 마음도 그렇다는 걸 알아줘요."

반콜레는 나의 다음 말을 기다렸다.

"우리 엄마는 나를 가졌을 때 처방약을 복용, 엄밀히 말하자면 남용했어요. 파라세트코라는 약을요. 그 결과로 나는 초공감증후군을 갖고 태어났어요."

반콜레는 자신의 감정을 전혀 드러내지 않고 그 말을 받아들였다. 그는 일어나 앉아서 나를 바라봤다. 호기심이 가득 담긴 표정으로, 마치 내 얼굴이나 몸에 초공감의 증거가 보이기를 바라는 사람처럼. "다른 사람의 고통을 느낀다고?" 그가 물었다.

"다른 사람의 고통과 쾌락을 함께 느껴요. 쾌락은 요즘 들어 느낄 일이 별로 없었지만요. 당신하고 있을 때를 빼면."

"출혈도 같이 일어나는 거야?"

"이제는 안 그래요. 어릴 적엔 그랬지만."

"하지만 넌…… 난 네가 사람을 죽이는 걸 봤는데."

"맞아요." 나는 반콜레가 목격한 장면을 떠올리며 고개를 절레절레 저었다. "그땐 어쩔 수 없었어요. 안 그랬으면 그자가 날 죽였을 테니까."

"알아. 난 그냥…… 네가 그런 일을 해낸 게 놀라울 뿐이야."

"말했잖아요. 어쩔 수 없었다고."

반콜레는 고개를 가로저었다. "그 증후군에 관한 글은 나도 당연히 읽어본 적이 있어. 사례를 직접 본 적은 없지만. 자신이 초래한 고통을 고스란히 겪는다면 그리 나쁜 일은 아닐 거라고 생각했던 기억이 나. 의사나 의료업에 종사하는 사람 말고, 평범한 사람일 경우에 말이야."

"터무니없는 생각이네요." 내가 말했다.

"과연 그럴까."

"내 말 믿어요. 터무니없는, 얼토당토않은 생각이에요. 정당

방위가 극도의 고통을 경험하는 일이거나 아니면 상대의 목숨을 끊는 일, 또는 그 모두일 필요는 없어요. 내가 명사수가 된 건 사람을 쏴서 다치게만 했다가는 나 스스로 견딜 자신이 없기 때문이에요. 그리고……." 나는 입을 다물고 반콜레의 어깨 너머를 잠시 보았다. 그러고는 숨을 한 번 길게 들이쉰 다음 다시 그의 눈을 마주 봤다. "제일 끔찍한 건, 혹시라도 당신이 다칠 경우 내가 당신을 못 구할지도 모른다는 거예요. 당신이 입은 부상 때문에, 그러니까 당신이 겪는 고통 때문에 당신과 똑같이 움직이지 못하는 신세가 될 수도 있어요."

"내 짐작으로는 네가 그걸 극복할 방법을 찾을 것 같은데." 반콜레는 엷은 웃음을 지었다.

"그런 짐작은 하지 마요, 반콜레." 나는 얘기를 멈추고 그를 이해시킬 만한 말을 머릿속에서 부지런히 찾아봤다. "칭찬을 듣고 싶어서 이러는 게 아니에요. 나를 안심시키려는 말은 더더욱 듣기 싫고요. 난 당신이 이해해주면 좋겠어요. 만약 당신이 다리에 심한 골절을 당하거나, 총에 맞거나, 어떤 식으로든 심각한 부상을 입어서 몸에 장애가 생기면, 나 역시 당신과 똑같은 장애가 생길지도 몰라요. 당신은 의사니까 진짜 고통이 사람을 얼마나 망가뜨리는지 알고도 남겠죠."

"그래. 그리고 너에 관해서도 조금은 알지. 아니, 칭찬을 바라는 게 아니란 말은 또 하지 않아도 돼. 그건 나도 아니까. 자,

야영지로 돌아가자. 내 가방에 진통제가 조금 있어. 나든 누구든 그 약이 필요한 경우가 생기면 언제 어떻게 써야 하는지 너한테 가르쳐줄게. 네가 다친 사람한테 진통제를 쓸 때까지만 정신을 차리고 버틴다면, 해야 할 일을 마저 할 수 있을 거야."

"……알았어요. 그런데…… 지금도 나랑 결혼하고 싶어요?"

그 질문을 꺼내기가 어찌나 망설여지던지, 나는 깜짝 놀랐다. 반콜레가 여전히 나를 원한다는 것을 알았다. 그런데도 나는 그에게 그렇게 물었다. 직접 말해달라고 거의 애원하는 것처럼. 그의 목소리로 그 말을 들어야 했다.

반콜레는 웃음을 터뜨렸다. 커다랗고 우렁찬 목소리가 너무나 진실해서 거슬리지 않았다. "방금 그 말은 잊지 말고 기억해둬야겠군. 잠깐이나마 널 순순히 포기할 줄 알았다면 착각한 거야, 이 아가씨야."

제23장

그대를 둘러싼 모든 것이
그대의 스승이다.
그대가 인식하는 모든 것,
그대가 경험하는 모든 것,
그대에게 주어지거나
그대가 빼앗긴 모든 것,
그대가 사랑하거나 미워하는,
필요로 하거나 두려워하는 모든 것이
그대를 가르칠 것이다—
그대에게 배울 마음이 있다면.
하느님은 그대의 처음이자
마지막 스승이다.
하느님은 그대의 가장 모질고,
예리하고,

기준 높은 스승이다.
배움, 아니면 죽음뿐이다.

—《지구종: 산 자들의 책》에서

오늘 아침에도 날이 밝기 전부터 싸움이 벌어졌다. 그 바람에 소음을 이기고 잠을 자느라 고생했다. 이번 싸움은 우리 야영지에서 남쪽인 고속도로 위나 근처에서 벌어진 듯했다. 처음에는 우리 쪽으로 소리가 점점 가까워지더니 이윽고 점점 멀어졌다.

사람들이 총을 쏘는 소리, 비명 지르는 소리, 욕하는 소리, 달아나는 소리가 들려왔다. 말하자면 늘 듣던 소리였다. 지긋지긋하고 위험하고 어리석은 소리. 총소리는 한 시간 넘도록 이어지며 커졌다가 작아졌다가 했다. 마지막 집중포화는 여태까지보다 훨씬 더 많은 총을 끌어 모은 듯했다. 그 소리를 끝으로 소음이 그쳤다.

나는 그 시끄러운 와중에도 간신히 잠깐 눈을 붙였다. 겁이 나는 것도, 심지어 화가 나는 것도 참아 넘겼다. 나는 피곤할 뿐이었다. 속으로는 이런 생각을 했다. '어차피 저 망할 자식

496

들이 날 죽일 작정이라면, 내가 깨어 있다는 이유로 살려두진 않겠지.' 그 생각이 다 옳은 것은 아니라고 해도 상관없었다. 나는 그냥 잤다.

그런데 어찌된 일인지 소란 도중 또는 소란이 끝난 후에, 불침번이 있었는데도 불구하고 낯선 사람 둘이 우리 야영지로 몰래 들어왔다. 그들은 일행 틈에 자리를 펴고 누워 잠을 잤다.

우리는 볕이 너무 뜨거워지기 전에 길을 나서려고 평소처럼 일찍 일어났다. 다들 누가 깨우지 않아도 동트기 무섭게 일어나는 것이 습관이 됐다. 오늘은 네 명이 거의 동시에 눈을 뜨고 침낭에서 일어나 앉았다. 나는 소변을 보러 가려고 침낭에서 꾸물꾸물 기어나오다가 새로 나타난 사람들을 발견했다. 희끄무레한 새벽빛 속에 회색 덩어리 두 개가 서로 몸을 기댄 채 맨바닥에 잠들어 있었다. 하나는 큼지막하고 하나는 조그마했다. 천 쪼가리와 옷가지를 쌓아 만든 듯한 무더기에서 막대처럼 가느다란 팔다리가 뻗어 나온 것이 보였다.

주위를 훑어보니 다른 일행 모두 내가 보는 곳을 보는 중이었다. 단 한 명, 이 시간에 불침번을 서는 질만 예외였다. 우리는 점점 질을 신뢰하게 되어 지난주부터는 동료 한 명과 함께 야간 불침번을 서도록 했다. 단독 불침번은 오늘이 고작 두 번째였다. 질은 어디를 보고 있었을까? 이곳은 멀찍이 떨어진 숲속이었다. 나중에 따로 얘기를 나눠야 할 일이었다.

해리와 트래비스는 땅에 누워 있는 사람들에게 이미 조치를
취하는 중이었다. 두 남자는 소리도 없이 침낭을 열어젖히고
속옷 차림으로 일어섰다. 나는 조금 더 옷을 갖춰 입은 상태로
그들과 동작 하나하나를 맞춰가며 움직였다. 우리 셋은 두 침
입자를 둘러싼 채 조금씩 간격을 좁혔다.

둘 중 덩치가 큰 쪽이 느닷없이 잠에서 깨어 벌떡 일어서더
니, 해리 쪽으로 두세 걸음 후다닥 달려가다가 우뚝 멈췄다.
여성이었다. 이제 모습이 더 또렷이 보였다. 피부색은 나와 비
슷한 정도로 어둡고, 검고 긴 머리카락은 헝클어진 상태였다.
앙상할 정도로 야윈 여성이었다. 날카롭고 강단 있는 인상이
지만, 그러면서도 제대로 된 식사 몇 끼와 느긋한 목욕이 필요
해 보였다. 도로에서 본 수많은 사람들과 비슷했다.

다른 침입자도 잠에서 깨더니 근처에 속옷 바람으로 서 있
는 트래비스를 보고 비명을 질렀다. 그 소리가 모두의 관심을
끌었다. 가늘고 날카로운 비명. 아이 목소리였다. 일곱 살쯤으
로 보이는 여자애였다. 아이는 먼저 깬 여성을 꾹 눌러 조그맣
게 줄여놓은 것처럼 외모가 비슷했다. 그쪽이 아이의 엄마 아
니면 언니일 듯싶었다.

여성은 허겁지겁 아이 곁으로 돌아가 아이를 안아 들려고
했다. 하지만 아이가 태아처럼 단단히 몸을 웅송그린 탓에 들
기는커녕 손으로 몸을 붙잡는 것조차 불가능했다. 비틀거리다

가 땅에 쓰러진 여성은 순식간에 자신도 아이처럼 몸을 둥글게 옹송그렸다. 그때쯤에는 우리 일행이 모두 모여 두 사람을 구경하고 있었다.

"해리." 나는 해리를 부르고 그 애가 나를 볼 때까지 기다렸다. "자라하고 같이 보초를 서줄래? 우리가 놀랄 일이 더 생기지 않게."

해리는 고개를 끄덕였다. 그 애와 자라는 일행들에게서 떨어져 따로 갈라선 다음, 야영지 양쪽 끄트머리에 자리를 잡았다. 해리의 위치는 고속도로에서 야영지로 접근하는 가장 가까운 길, 자라의 위치는 가장 가까운 샛길에서 야영지로 접근하는 길목이었다. 반콜레는 이곳이 한때 공원이었을 거라고 했다. 우리는 외딴 구역에 되도록 깊숙이 틀어박히기는 했지만, 그 일대에 우리밖에 없을 거라고 착각하지는 않았다. 우리는 5번 주간 고속도로를 따라 새크라멘토 교외의 작은 도시로 이동했기 때문에 어지러운 대도시 주변부의 최악의 상황은 피했지만, 근처에는 아직 빈민이 잔뜩 있었다. 이곳에 사는 걸인과 우리 같은 피난민이었다.

누더기 차림에 겁에 질린 이 지저분한 두 사람은 도대체 어디서 왔을까?

"해치지 않아요." 나는 여전히 몸을 바짝 웅크린 채 있는 두 사람을 향해 말했다. "일어나요. 어서요, 일어나세요. 말도 없

이 우리 야영지에 들어왔잖아요. 어떻게 된 일인지 설명 정도
는 해줘야죠."

우리는 두 사람의 몸을 건드리지 않았다. 반콜레는 그러고
싶은 눈치였지만, 내가 팔을 잡자 생각을 바꿨다. 그러지 않아
도 두 사람은 죽도록 겁먹은 상태였다. 낯선 남자가 손을 뻗었
다가는 극단적인 반응을 보일지도 몰랐다.

여전히 부들부들 떨면서, 여성은 웅크렸던 몸을 펴고 우리
를 올려다봤다. 다시 보니 피부색만 빼면 아시아계처럼 보였
다. 여성은 고개를 숙이고 아이에게 뭐라고 소곤거렸다. 잠시
후 두 사람이 함께 일어섰다.

"여기가 당신네 땅인 줄 몰랐어요." 여성은 기어들어가는
목소리였다. "이만 가볼게요. 보내주세요."

나는 한숨을 쉬고는 겁에 질린 어린 여자애의 얼굴을 돌아
보았다. "가도 좋아요. 아니면 우리랑 같이 아침을 먹어도 좋
고요. 당신들만 괜찮다면."

두 사람 모두 달아나려 했다. 꼭 사슴 같았다. 겁에 질려 우
뚝 멈춰 섰지만, 당장이라도 뛸 준비가 된 사슴들. 하지만 내
입에서 나온 것은 마법의 주문이었다. 두 주 전이었다면 하지
않았을 그 말을, 오늘 나는 몹시 굶주린 듯 보이는 두 사람에
게 들려줬다. '먹다'라는 말을.

"먹을 게 있어요?" 여성이 소곤거렸다.

"네. 조금 나눠줄게요."

여성은 아이를 돌아봤다. 아무래도 모녀 사이가 분명해 보였다. "우린 돈이 없어요." 여성이 말했다. "아무것도 없어요."

그 정도는 내 눈에도 훤히 보였다. "그냥 우리가 주는 걸 받고 그 이상은 아무것도 가져가지 마요. 그렇게 하면 음식값은 치른 걸로 할게요."

"도둑질은 안 해요. 우린 도둑이 아니에요."

말할 것도 없이 둘은 도둑이었다. 아니라면 여태 살아 있지도 못했을 테니까. 도둑질도 조금 하고 약탈도 조금 하고, 가끔은 몸도 팔았을 텐데……. 초라한 행색을 보건대 솜씨가 좋은 편은 아니었다. 하지만 어린 여자애의 처지를 생각하면, 나는 모녀에게 적어도 식사 한 끼는 챙겨주고 싶었다.

"기다려요, 그럼." 내가 말했다. "식사를 준비할게요."

서 있던 자리에 다시 앉아 우리를 지켜보는 두 사람의 눈에는 그야말로 허기가 그렁그렁했다. 우리가 가진 식량을 모조리 쏟아부어도 다 메우지 못할 허기였다. 아무래도 실수했다는 생각이 들었다. 이들은 너무나 절박했고, 그래서 위험했다. 겉모습이 무해해 보이는 것은 조금도 중요하지 않았다. 그들은 여태 죽지 않고 살아남았고 뛰어서 달아날 정도로 기운이 있었다. 무해한 사람들이 아니었다.

그들 눈 속의 바닥 모를 허기가 불러일으킨 긴장을 조금이나마 누그러뜨린 사람은 다름 아닌 저스틴이었다. 아이는 옷을 하나도 안 입은 몸으로, 모녀 앞에 아장아장 걸어가 두 사람을 슬며시 훑어봤다. 여자애는 아이를 빤히 볼 뿐이었지만 여성의 얼굴에는 미소가 번졌다. 여성이 무슨 말을 건네자 저스틴도 빙그레 웃었다. 그러고는 저스틴은 앨리에게 쪼르르 달려가 매달렸다. 앨리가 아이를 한참 붙잡고 옷을 입혔다. 저스틴은 제 몫을 다했다. 우리를 보는 여성의 눈빛이 전과 달라졌으니까. 여성은 도미니크에게 젖을 먹이는 나티비다드를 가만히 바라보다가, 뒤이어 수염을 빗질하는 반콜레를 가만히 지켜봤다. 그 모습이 우스웠는지 모녀가 함께 키득거렸다.

"당신 인기가 보통이 아니네요."

"남자가 수염을 빗질하는 게 뭐가 우습다는 건지 도무지 알 수가 없군." 반콜레는 그렇게 중얼거리며 빗을 집어넣었다.

나는 배낭을 뒤져 달콤한 배를 꺼낸 다음, 여성과 아이에게 한 개씩 줬다. 고작 이틀 전에 샀는데, 남은 것은 딱 세 개였다. 다른 일행들도 상황을 눈치채고 저마다 여분이 있는 식량을 내놓기 시작했다. 껍데기를 깐 호두, 사과, 석류, 오렌지, 무화과…… 이런저런 소소한 것들을.

"아낄 수 있는 건 아껴둬요." 나티비다드가 아몬드를 빨간 천에 싸서 여성에게 건넸다. "여기다 넣고 둘둘 만 다음에 양 끄트머리를 하나로 묶는 거예요."

우리는 꿀을 조금 넣어 만든 옥수수빵과 어제 사서 완숙으로 삶아놓은 달걀을 다 함께 나눠 먹었다. 옥수수빵은 오늘 아침 일찍 출발하려고 어젯밤 모닥불의 재 속에 넣어 구운 것이었다. 여성과 아이는 차게 식은 그 소박한 음식을 마치 평생 처음 먹는 진미인 것처럼, 누가 공짜로 준 음식이라고는 믿지 못하겠다는 것처럼 맛있게 먹었다. 그들은 우리가 도로 뺏을까 봐 두려웠는지 몸을 숙여 가린 채로 음식을 먹었다.

"우린 이제 가야 돼요." 나는 결국 그 말을 꺼냈다. "볕이 점점 뜨거워져서요."

여성이 나를 봤다. 묘하게 날카로운 표정에 또다시 허기가 드러났지만, 이제는 먹을 것에 대한 허기가 아니었다.

"우리도 같이 가게 해주세요." 여성이 말했다. 뒤에 나온 말이 앞서 나온 말에 걸려 넘어질 듯 다급했다. "일을 할게요. 나무도 하고, 불도 피우고, 설거지도 하고, 뭐든지 할게요. 우리도 데려가요."

반콜레가 나를 돌아봤다. "넌 이렇게 될 줄 알았겠지."

나는 고개를 끄덕였다. 여성은 우리 일행들을 한 명씩 차례로 바라봤다.

"뭐든지 할게요." 여성이 조그맣게 말했다. 흐느끼는 소리였을지도 모른다. 여성의 눈은 물기 없이 허기만 가득했지만, 아이의 두 눈에서는 눈물이 줄줄 흘러내렸다.

"우리끼리 잠깐 상의 좀 할게요." 내 말은 '친구들이 나한테 악을 써도 안 들리게 저쪽으로 가 있어요'라는 뜻이지만, 여성은 눈치를 못 챈 모양이었다. 꼼짝도 않고 가만있었으니까.

"저쪽에서 기다려요." 나는 도로 옆 수풀을 가리켰다. "우리끼리 얘기해볼게요. 그러고 나서 어떻게 할지 알려줄게요."

여성은 그러고 싶지 않은 듯 망설이다가, 이내 일어서서 자신보다 더 떠나기 싫어하는 딸을 일으켜 세웠다. 그러고는 내가 가리킨 수풀로 함께 터덜터덜 걸어갔다.

"젠장." 자라가 중얼거렸다. "데려갈 거지, 맞지?"

"지금 결정할 문제가 바로 그거예요."

"뭐야, 아까 먹을 걸 줘놓고는. 이제 와서 저 여자한테 알아서 갈 길 가다가 굶어 죽으라고 말하자는 거야?" 자라는 경멸스럽다는 듯이 혀 차는 소리를 냈다.

"저 여자가 도둑이 아니라면." 반콜레가 말했다. "또 그 밖의 위험한 습관이 없는 사람이라면 데리고 가도 좋겠지. 저 어린애를 봐서라도……."

"맞아요." 내가 말했다. "반콜레, 당신 집에 저 사람들이 머물 자리도 있을까요?"

"'당신 집'이라고?" 세 명이 동시에 물었다. 나는 그때껏 일행들에게 반콜레의 사정을 얘기할 기회가 없었다. 그런 얘기를 할 배짱도 없었다.

"이 사람한테 북쪽 해안가에 넓은 땅이 있어요." 나는 그렇게 말을 꺼냈다. "거기 한 가족이 살 만한 집이 있긴 한데, 여동생 가족이 이미 살고 있어서 우리가 들어가진 못해요. 하지만 공간이 넓고 숲이랑 물도 있대요. 이 사람 말로는……." 침을 한 번 삼키고 반콜레를 돌아봤더니, 그는 살짝 웃고 있었다. "이 사람 말로는 우리가 거기서 지구종을 시작할 수 있을 거래요. 우리 힘으로 세울 수 있는 걸 세우래요."

"거기 일자리도 있나요?" 해리가 반콜레에게 물었다.

"내 여동생의 남편은 일 년 내내 밭일을 하고, 가끔 임시직 일을 하는 식으로 생계를 꾸려. 그렇게 자식 셋을 키우지."

"일한 대가는 돈으로 받나요?"

"그래, 돈으로 받아. 많지는 않지만 지불은 확실히 하지. 이 얘기는 지금 말고 나중에 하는 게 좋겠어. 저쪽에 계신 젊은 여성분께서 우리 때문에 괴로워하시잖아."

"저 여잔 도둑질을 할 거예요." 나티비다드가 말했다. "자기 말로는 안 한다지만 할 거예요. 척 보면 알아요."

"저 여자, 맞으면서 살았나 봐요." 질의 말이었다. "처음 봤을 때 몸을 바짝 웅크리고 있었잖아요. 맞고 차이고 얻어터지는 데 이골이 났다는 뜻이에요."

"맞아요." 앨리는 꼭 유령이라도 본 사람 같았다. "머리를 안 맞으려고 그런 식으로 웅크리는 거예요. 눈을 안 맞으려고,

그리고…… 몸 앞쪽을 보호하려고. 우리가 때릴 거라고 지레
짐작한 거죠. 자기하고 아이 둘 다 때릴 거라고."

앨리와 질이 상황을 그토록 훤히 꿰뚫어보다니. 두 사람의
아버지는 정말로 끔찍한 인간이었나 보다. 그런데 둘의 어머
니는 어떻게 됐을까? 두 자매는 어머니 얘기를 꺼낸 적이 한
번도 없다. 그런 집에서 무사히 빠져나와 멀쩡한 정신으로 온
전히 살아가다니, 놀라웠다.

"같이 가자고 해도 될까요?" 나는 사람들에게 물었다.

길크리스트 자매는 둘 다 고개를 끄덕였다. "그래도 한동안
은 골치 좀 앓을 거예요." 앨리가 말했다. "나티비다드 말마따
나 저 여잔 도둑질을 할 거예요. 스스로도 통제가 안 될걸요.
우리가 눈을 크게 뜨고 지켜보는 수밖에 없어요. 도둑질은 저
어린애도 할 거예요. 뭔가 훔쳐서 정신없이 내빼겠죠."

그 말에 자라가 씩 웃었다. "그 나이 때 내가 어떻게 살았는
지 떠오르는군. 둘 다 우리 속을 단단히 썩일 거야. 난 일단 데
려가자는 쪽에 한 표 던질게. 예의를 아는 사람이거나 예의를
배울 자세가 된 사람이라면, 계속 같이 가는 거지. 너무 멍청
해서 뭘 배우고 자시고 할 것도 없다면 중간에 버리는 거고."

나는 나란히 서 있던 트래비스와 해리를 돌아보며 물었다.
"두 사람 의견은?"

"내가 보기에 넌 점점 마음이 물러지는 것 같아." 해리가 말

했다. "몇 주 전에 우리가 구걸하는 여자랑 아이를 데려가자고 했으면, 넌 길길이 날뛰면서 안 된다고 했을걸."

그 말에 나는 고개를 끄덕였다. "네 말이 맞아. 그랬을 거야. 그리고 아마 우린 그 태도를 계속 유지해야 할 거야. 하지만 저 두 사람은…… 어쩌면 어딘가 쓸모가 있을지도 몰라. 내가 보기엔 위험한 것 같지도 않고. 혹시 잘못 본 거라면 언제든 쫓아내면 돼."

"둘이 순순히 쫓겨날 거라는 보장은 없어." 트래비스는 누가 알겠냐고 말하듯이 어깨를 으쓱했다. "난 저 어린애를 또다시 훔치고 구걸하고 몸 파는 처지로 내모는 악당이 되고 싶진 않아. 하지만 로런, 생각 좀 해봐. 데려갔다가 사이가 틀어지기라도 하면, 떼어내느라 죽도록 애를 먹을지도 몰라. 게다가 알고 보니 이 근처에 패거리가 있기라도 하면 어쩔 거야. 만약 저 둘을 정찰병으로 부리는 패거리가 있다면, 지금 둘 다 제거하는 게 나을지도 몰라."

그 말에 해리와 나티비다드가 함께 항의하고 나섰다. 여성과 아이를 죽이자고? 말도 안 돼! 그럴 순 없어! 절대로!

나머지 일행들은 그들이 말하는 동안 잠자코 있었다. 둘의 목소리가 잦아들자 내가 나섰다. "상황이 그 정도로 안 좋아질 수도 있겠지만, 내 생각은 달라요. 저 여자는 살고 싶어해요. 자기 아이가 살기를 바라는 마음은 그보다 더 간절하고요. 내

507

가 보기엔 아이를 위해 많은 것을 참고 견딜 사람 같은데, 갱
단을 위해 정찰병 노릇을 하는 식으로 아이를 위험에 빠뜨리
진 않을 거예요. 어차피 이 일대 갱단은 행동 방식이 더 무식
하잖아요. 정찰병 같은 건 쓰지도 않아요."

침묵이 흘렀다.

"데리고 갈까요?" 내가 물었다. "아니면 당장 쫓아낼까요?"

"저 둘을 반대하진 않아." 트래비스가 말했다. "아이를 위해
서라도 데려가자고. 하지만 당장 오늘부터 야간 불침번은 다
시 두 명씩 서야 해. 애초에 저 둘이 어떻게 우리 야영지로 몰
래 들어왔겠어?"

그 말에 질이 살짝 움찔했다. "어젯밤엔 언제라도 들어올 수
있었을 거예요. 언제라도."

"우리가 못 보고 놓친 게 우리를 죽일 수도 있어요." 내가
말했다. "질, 어제 저 사람들 못 봤어요?"

"내가 교대했을 때 이미 여기 있었을지도 모르잖아요!"

"그래도 못 본 건 마찬가지잖아요. 저 사람들은 당신 목을
자를 수도 있었어요. 아니면 당신 동생의 목이든가."

"뭐, 어쨌든. 안 잘랐잖아요."

"다음번 침입자는 자를지도 몰라요." 나는 질 쪽으로 몸을
숙였다. "세상은 온통 위험한 미치광이로 가득해요. 그 증거는
날마다 눈앞에 나타나죠. 알아서 조심하지 않으면 그자들은

우릴 약탈하고, 죽이고, 어쩌면 잡아먹을지도 몰라요. 세상은 이미 지옥으로 변해버렸어요, 질. 우리까지 그 지옥에 떨어지지 않으려면 서로 지켜주는 수밖에 없어요."

부루퉁한 침묵이 흘렀다.

나는 손을 뻗어 질의 손을 쥐었다. "질."

"내 잘못이 아니에요! 증거도 없으면서 왜 나한테……."

"질!"

질은 입을 다물고 나를 빤히 쳐다봤다.

"내 말 잘 들어요. 아무도 당신을 때리지 않을 거예요. 절대로요. 하지만 당신은 실수를 했어요. 위험하다고요. 그건 당신도 알잖아요."

"그래서 우리 언니한테 뭘 어쩌라는 거예요?" 앨리가 따지듯이 물었다. "무릎 꿇고 사과라도 하라고요?"

"난 당신 언니가 불침번을 서면서 경계를 늦추지 않을 만큼 자기 자신과 당신의 목숨을 소중히 여기면 좋겠어요. 그게 내가 바라는 바예요. 당신도 그래야 해요, 어느 때보다 바로 지금 더욱 그래야 하고요. 질?"

질은 눈을 질끈 감았다. "어휴, 젠장!" 그리고 뒤이어 말했다. "알았어요, 알았다고요! 내가 못 보고 놓쳤어요. 못 본 게 맞아요. 앞으로는 더 주의할게요. 다음부턴 아무도 내 눈을 못 피할 거예요."

나는 질의 손을 조금 더 쥐고 있다가 놨다. "좋아요. 이제 출발하죠. 저 겁먹은 모녀를 데리고 여길 떠나는 거예요."

그들은 알고 보니 내가 이때껏 만난 사람 중에 인종적으로 가장 복잡했다. 오늘 낮과 저녁에 두 사람한테서 들은 짤막짤막한 사연을 하나로 이어 붙이면 다음과 같은 이야기가 된다. 여성은 아버지가 일본계이고 어머니는 흑인이며 남편은 멕시코 출신인데, 모두 죽었다. 본인과 딸만 살아남았다고 한다. 여성의 이름은 에머리 다나카 솔리스. 딸은 토리 솔리스다. 토리는 일곱 살 정도인 줄 알았는데 아홉 살이다. 아마 태어나서 지금까지 배불리 먹어본 적이 별로 없었나 보다. 토리는 조그맣고, 잽싸고, 조용하고, 눈빛에 허기가 감돈다. 토리는 우리가 반콜레의 셔츠를 고쳐서 만들어준 새 원피스로 갈아입을 때까지 자신이 입던 지저분한 누더기 속에 음식을 조금 감춰놓고 있었다. 그러다가 원피스가 생기고 나서는 그 속에 음식을 감췄다. 토리가 아홉 살인데도, 엄마인 에머리는 고작 스물세 살이었다. 에머리는 열세 살 때 자신을 돌봐주겠다고 약속한, 자신보다 훨씬 연상인 남자와 결혼했다. 에머리의 아버지는 그때 이미 죽고 없었는데 남의 총싸움에 휘말려 그렇게 됐다고 한다. 어머니는 건강이 좋지 않았고 결핵으로 죽어가는 중이었다. 어머니는 딸 에머리가 길거리에 넘쳐나는 폭력과 굶주림의 희생자가 되지 않도록 억지로 결혼을 시켰다.

여기까지는 우울하기는 해도 평범한 사연이었다. 에머리는 이후 삼 년 동안 아이를 셋 낳았다. 딸 하나와 아들 둘이었다. 에머리와 남편은 농장에서 일하는 대가로 숙식과 헌 옷가지를 제공받았다. 그러다가 농장이 거대 농업 기업에 매각되면서 노동자들은 새로운 고용주의 손아귀에 들어갔다. 임금이 지불되기는 했지만, 현금이 아니라 회사가 발행한 전표였다. 일꾼들이 사는 오두막에는 임대료가 부과됐다. 일꾼들은 음식과 옷과 그 밖의 필요한 모든 것에 대가를 지불해야 했고, 당연히 회사가 운영하는 가게에서 회사가 발행한 전표를 사용해야 했다. 급여는 놀랍게도 결코 생활비를 충당할 만큼 넉넉하지 않았다. 실제로 존재하는지 아닌지도 모를 새 법에 따르면 노동자가 빚을 진 상태에서 고용주를 떠나는 것은 불법이었다. 그런 노동자는 기간제 노동자 또는 재소자 신분으로 일해서 자신의 빚을 갚을 의무가 있었다. 그 말은 곧 노동자가 일을 거부한다면 체포되어 감금당하거나, 끝내는 원래 고용주에게 넘겨지기까지 한다는 뜻이다.

둘 중 어떤 경우이든 그런 '부채 노예'는 더 적은 보수를 받고 더 오랜 시간 일하도록 강요당하기도 하고, 할당된 작업량을 다 채우지 못하면 징벌을 받기도 하고, 임시 또는 고정 노동력이 필요한 먼 곳의 고용주에게 다른 노예와 맞바꾸는 조건으로 건네지거나 팔려가기도 했다. 이 경우 당사자 동의는 고려 대상이 아니었고, 가족을 동반하는가 하면 당사자 혼자만 보내지는 경우도 있었다. 심지어 부모가 빚을 남기고 죽거나 장애를 입거나 도주를 하면, 어린 자식이 그 빚을 대신 갚아야 되는 일도 생겼다.

에머리의 남편은 병을 앓다가 죽었다. 의사는 없었고, 처방전 없이 구입하는 비싼 약 몇 가지와 일꾼들이 손바닥만 한 밭에서 키우는 약초를 빼면 약이랄 것도 없었다. 호르헤 프란시스코 솔리스는 그렇게 의사에게 진찰 한번 못 받아보고 자기 오두막집 흙바닥에 누워 고열과 통증에 신음하다가 숨을 거뒀다. 반콜레는 그 이야기를 듣고 호르헤가 맹장염에 걸렸는데 치료를 못 받은 탓에 복막염으로 악화되어 숨을 거둔 것 같다고 했다. 그렇게 간단한 병 때문에. 하지만 생각해보면 비숙련 노동자만큼 갈아치우기 쉬운 것도 없었다.

에머리는 딸과 함께 솔리스 명의의 빚을 갚아야 할 처지였다. 그 부채를 순순히 떠맡아 일을 하던 어느 날, 에머리는 미리 통보도 받지 못한 채 아들을 빼앗겼다. 딸보다 한 살, 두 살 어렸던 두 아들은 너무 어려서 부모 없이 살아가기란 불가능했다. 그런데도 그 아이들은 끌려갔다. 에머리는 작별 인사를 하라는 말도, 두 아들이 앞으로 어떻게 될 거라는 말도 듣지 못했다. 고용주가 억지로 놓은 진정시키는 약의 효과에서 벗어난 후에 에머리는 끔찍한 생각이 들었다. 에머리는 아들을 돌려달라고 요구하며 다시는 일하지 않겠다고 울부짖었는데, 고용주는 딸까지 뺏어가겠다고 협박했다.

에머리는 달아나기로 결심했다. 딸을 데리고서 도둑과 강간범과 식인종이 판치는 도로를 용감하게 마주하기로. 가진 것이 하나도 없으니 도둑질당할 일은 처음부터 없었고, 강간은 노예로 계속 산다고 피할 수 있는 일이 아니었다. 식인종에 대해서는…… 글쎄, 지어낸 소문인지도 모른다고 생각했다. 노예들이 겁먹고 지금 처지에 만족하게 하려고 지어낸 거짓말.

"식인종은 진짜 있어요." 함께 식사하는 동안 나는 에머리에게 우리가 전날 저녁에 목격한 일을 들려줬다. "우리가 봤어요. 살인까지 하는 것 같진 않았고, 아마 약탈자 패거리였을 거예요. 교통사고로 죽은 사람의 시체를 줍거나 했겠죠."

"약탈자도 살인을 해요." 에머리가 말했다. "그자들은 상대가 다치거나 병든 것처럼 보이면 뒤를 밟아요."

나는 고개를 끄덕였고, 에머리는 이야기를 계속했다. 어느 늦은 밤, 에머리와 토리는 무장 경비원과 전기 철조망, 음향 및 동작 감지기, 경비견 등을 피해 몰래 탈출했다. 소리 없이 움직이는 요령과 눈에 띄지 않게 이동하는 요령, 몇 시간씩 누워서 가만히 있는 요령 정도는 두 사람 다 알고 있었다. 행동 또한 신속했다. 살아남은 노예들은 그런 기술을 익히게 마련이었다. 에머리와 토리는 분명 몹시도 운이 좋았을 것이다.

에머리는 아들을 찾아 데려오겠다는 생각을 품고 있었지만, 애들이 어디로 끌려갔는지는 전혀 알지 못했다. 아이들은 트럭에 실려 갔다. 그 정도는 알았다. 그러나 그것 말고는 트럭이 고속도로에 도착한 후에 어느 쪽으로 방향을 틀었는지조차 몰랐다. 읽기와 쓰기는 부모님에게 배워서 할 줄 알았지만, 아들의 행방에 관한 기록은 어디에도 보이지 않았다. 얼마간 시간이 흐른 후 에머리는 자신의 힘으로는 남아 있는 딸을 지키는 것이 고작이라고 인정하는 수밖에 없었다.

야생식물 또는 '발견'하거나 구걸해서 얻은 것으로 연명하며, 두 사람은 정처 없이 북쪽으로 향했다. 에머리의 표현이었다. 그들은 이런저런 것들을 발견했다. 뭐, 만약 에머리의 처지였다면 나 역시 이런저런 것들을 발견해야 했을 것이다.

갱단끼리 벌인 싸움이 에머리를 우리 쪽으로 인도했다. 도시를 지날 때는 특히 갱단이 위험하다. 개별 조직의 세력권을 지날 경우에는 도로를 떠나지만 않으면 갱단의 관심을 피하는 것도 가능하다. 우리도 이때껏 그렇게 해왔다. 그런데 어젯밤 우리가 야영지로 삼은 풀이 무성한 공원은, 에머리 말에 따르면 분쟁지역이었다. 갱단 두 곳이 그 땅을 놓고 서로 총을 쏘고 욕을 하고 다툰 것이다. 이따금 그들은 싸움을 멈추고 지나가는 트럭에 총을 갈기기도 했다. 그렇게 한차례 싸움이 멈춘 사이, 에밀리와 토리는 도로변 가까이에 만든 자신들의 야영지에서 몰래 빠져나왔다.

"한 조직이 우리 쪽으로 접근했어요." 에머리가 말했다. "상대 조직한테 총질을 하고 달아나려고 하더군요. 그런데 달아나면서 우리한테 점점 가까워지는 거예요. 피하는 수밖에 없었어요. 그쪽이 소리를 듣거나 보지 못하게 살그머니요. 그러다가 당신들이 야영하는 공터를 발견했는데, 사람이 있는 줄은 알지도 못했어요. 다들 잘 숨던데요."

그 말은 내가 듣기에 칭찬 같았다. 우리는 할 수만 있으면 풍경 속으로 사라지려고 애쓰는 편이니까. 보통은 그게 잘 안 된다. 오늘 저녁에도 마찬가지였다. 그래서 오늘 밤에는 한 번에 두 명씩 불침번을 서기로 했다.

2027년 9월 12일 일요일

오늘, 토리 솔리스가 동행을 두 명 더 만들어왔다. 그레이슨 모라와 그의 딸인 도 모라였다. 도는 토리보다 한 살 어린데, 또래 여자애 둘이서 같은 길을 나란히 걷다가 어느새 친구가 된 것이다. 오늘 우리는 20번 주 고속도로를 따라 서쪽으로 방향을 틀어 다시 101번 국도로 향했다. 우리는 반콜레의 땅에 정착하는 일을 두고 긴 시간 이야기를 나눴다. 일자리, 작물, 어쩌면 그 땅에 지을지도 모를 건물 따위에 관해.

한편 토리와 도는 친구 사이가 되면서 자신들의 보호자도 서로 연결해줬다. 두 보호자는 내 관심을 끌기에 충분할 만큼 서로 비슷했다. 우선 나이가 비슷했다. 그 말은 곧 그레이슨도 에머리가 엄마가 됐을 때만큼이나 어린 나이에 아빠가 됐다는 뜻이었다. 그 자체는 드문 일이 아니었지만, 남자가 자기 아이를 책임지기로 한 것은 드문 일이었다.

그레이슨은 키가 크고 호리호리한 중남미계 흑인으로, 조용한 성격에 자기 아이를 끔찍이 챙기는 한편으로 어딘가 머뭇거리는 구석이 있었다. 그는 에머리에게 호감이 있었다. 내가 봐도 티가 날 정도였다. 하지만 어떤 면에서는 에머리에게서 멀어지려 했고, 우리에게서도 멀어지려 했다. 우리가 야영을 하려고 도로를 벗어났을 때, 딸인 도가 울면서 우리와 함께 머물자고 애원하지 않았다면 그는 그대로 계속 나아갔을 것이다. 그들은 자기네 몫의 식량이 있었기 때문에 나는 그에게 혹시 그럴 생각이 있으면 우리 근처에서 야영해도 좋다고 말했다. 그 이야기를 하는 동안 내가 깨달은 사실이 두 가지 있다.

첫째, 그레이슨은 우리를 좋아하지 않았다. 그건 분명한 사실이었다. 그는 우리를 전혀 마음에 들어하지 않았다. 나는 우리가 한마음으로 단결한 데에다 무장까지 했기 때문에 그에게 반감을 샀을 거라고 생각했다. 사람은 자기가 두려워하는 대상에게 반감을 느끼게 마련이니까. 나는 그에게 우리는 불침번을 서는데, 상관없다면 얼마든지 와도 좋다고 말했다. 그는 별일 아니라는 듯 어깨를 으쓱하고는 부드럽고 담담한 목소리로 말했다. "네, 뭐."

그레이슨은 우리와 함께 머물 것이다. 그의 아이가 그러고 싶어하고, 그 역시 마음 한구석에서는 그러고 싶어하니까. 하지만 뭔가 석연치 않다. 그에게서는 평범한 여행자의 조심성을 넘어선 어떤 것이 느껴진다.

둘째, 이건 사실 내 추측에 지나지 않는다. 내가 보기에는 그레이슨 모라와 도 모라 또한 노예 출신이다. 하지만 지금 그레이슨은 걸인치고 형편이 넉넉하다. 침낭 두 개에 식량, 물, 돈까지 지녔으니까. 내 짐작이 옳다면 다른 누구에게서 뺏었을 것이다. 또는 다른 누구의 시체에서.

그레이슨이 노예였을 거라고 추측하는 이유가 뭐냐고? 유별나게 머뭇거리는 성격이 에머리와 너무나 비슷하기 때문이다. 각자의 딸인 도와 토리도 마찬가지다. 두 아이의 외모는 전혀 닮지 않았지만 꼭 자매처럼 서로 속을 잘 아는 것 같다. 어린애끼리는 가끔 그런 경우가 있기에, 그 자체에 무슨 의미가 있는 것은 아니다. 어린애들은 같이 있기만 해도 그렇게 되곤 하니까. 하지만 겁을 먹으면 땅바닥에 몸을 옹송그리는 버릇이 있는 아이를 한꺼번에 둘이나 보기는 처음이다.

도가 발을 헛디뎌 넘어졌을 때 바로 그 버릇이 나왔다. 자라가 혹시 다치지는 않았는지 살펴보러 다가가자 도는 몸을 공처럼 동그랗게 만 채 벌벌 떨었다. 질과 앨리의 짐작대로 얻어맞거나 발에 차일 각오를 한 사람이 취하는 자세였을까? 방어와 복종을 동시에 의미하는 자세?

"저 친구, 어딘가 좀 잘못됐어." 일행들이 나란히 잠자리를 펴는 사이, 반콜레가 그레이슨 쪽을 흘깃 보며 말했다. 우리는 저녁을 먹고 나서 에머리의 사연을 더 듣고 이야기도 조금 나눴지만, 이때는 이미 피곤한 상태였다. 나는 자기 전에 글을 써야 했고 트래비스와 질은 불침번을 서는 중이었다. 이른 새벽에 자라와 함께 불침번을 설 반콜레는 이야기를 더 나누고 싶어했다. 그가 곁에 앉아 조그만 목소리로 소곤소곤 얘기했기 때문에, 내가 몸을 반대편으로 조금만 기울여도 목소리가 안 들렸다. "그레이슨은 지나치게 안절부절못해." 그가 말했다. "누가 가까이 걸어오기만 해도 움찔한다니까."

"내 생각엔 저 사람도 노예였던 것 같아요." 나도 반콜레와 마찬가지로 나직이 말했다. "그 밖의 다른 문제가 또 있을지도 모르지만, 제일 큰 문제는 그거 같아요."

"너도 눈치챘구나." 반콜레는 팔로 나를 감싸며 한숨을 쉬었다. "나도 동감이야. 저 친구하고 딸, 둘 다."

"그리고 저 사람은 우릴 안 좋아해요."

"우릴 믿지 않는 거지. 왜 아니겠어? 당분간은 저 네 사람 모두 잘 지켜봐야 해. 저 사람들은…… 묘하거든. 어쩌면 어느 날 밤에 우리 배낭을 몇 개 집어서 달아나려고 할 정도로 어리석을지도 몰라. 사소한 물건이 하나둘 사라지기 시작할 수도 있고. 그런 경우에는 아이들이 더 쉽게 들키곤 하지. 하지만 만약 어른들이 남기로 한다면 그건 아이들을 위한 결정일 거야. 아이들을 친절하게 대하면서 보호하면, 내 생각에 어른들은 우리한테 의리를 지킬 것 같아."

"그럼 우린 현대판 '언더그라운드 레일로드*' 활동가가 되는 거네요." 내가 말했다. 또다시 노예제라니. 우리 아빠가 생각했던 것보다 더 끔찍하다. 아직 그 정도까지는 아니더라도, 조만간 그렇게 될 것이다. 아빠는 노예제가 다시 부활하기까지 시간이 꽤 걸릴 거라고 짐작했는데.

"이런 건 하나도 새롭지 않아." 반콜레는 내게 몸을 기대어 편한 자세를 취했다. "내가 대학에 다니던 1990년대 초에도 농부들이 이런 비슷한 짓을 한다는 얘기를 들은 적이 있어. 사람들을 강제로 붙잡아놓고 보수도 안 주면서 억지로 일을 시키는 짓 말이야. 캘리포니아 주에서는 중남미계 사람들을, 남

---

* 19세기 미국에서 소유주에게서 탈주한 노예가 무사히 다른 곳으로 도피하고 정착하도록 도와준 비밀조직.

부 주에서는 흑인과 중남미계를……. 이따금 그런 짓을 해서 감옥에 가는 사람이 나왔지."

"하지만 에머리는 새로 생긴 법이 있다고 했잖아요. 점점 늘기만 하는 빚을 갚게 하려고 채무자나 채무자의 자녀한테 강제로 일을 시키는 걸 정당화하는 법 말이에요."

"어쩌면 그럴지도. 이제는 뭘 믿어야 할지 통 알기가 힘들어서 말이야. 정치인들이 부채 노예제를 지지하는 데 악용될 만한 법안을 통과시켰을 수도 있지. 하지만 난 그런 소식을 들은 적이 전혀 없거든. 노예 거래상이 될 정도로 추잡한 인간이라면, 거짓말을 늘어놓는 정도의 짓은 얼마든지 하고도 남지. 저 여자의 아들들이 가축처럼 팔려갔다는 건 너도 알아차렸을 거야. 보나 마나 매춘에 쓸 용도로 팔려갔겠지."

나는 고개를 끄덕였다. "에머리도 알아요."

"그렇군. 맙소사."

"모든 게 점점 더 무너지는 중이에요." 나는 잠시 입을 다물었다. "그래도 말이죠, 만약 우리가 도망 노예들을 설득하면, 함께 자유를 누릴 수 있다고 설득하면 말이에요, 그 사람들은 자유를 지키려고 누구보다도 치열하게 싸울 거예요. 하지만 그러려면 더 좋은 총이 필요해요. 그리고 아주 조심해야 해요……. 세상은 갈수록 더 위험해지니까요. 저렇게 어린 여자애들이 함께 있으니 훨씬 더 위험하겠죠."

"아이들은 소리 내지 않는 법을 알아." 반콜레가 말했다.

"토끼처럼 날쌔고 조용하지. 그래서 여태 살아 있는 거고."

제24장

하느님을 경배하라.
노동을 기원하라.
학습을,
계획을,
실천을 기원하라.
창작을,
교육을,
달성을 기원하라.
노동을 기원하라.
생각이 집중되기를,
공포가 가라앉기를,
사명이 강해지기를 기원하라.
하느님을 경배하라.
하느님을 빚어라.

노동을 기원하라.

—《지구종: 산 자들의 책》에서

2027년 9월 17일 금요일

오늘 오전에 우리는 잠시 시를 읽으며 지구종에 관해 이야기했다. 그렇게 하면 교회에 온 것처럼 마음이 차분해진다. 우리는 우리를 차분하게 안심시켜줄 것이 필요했다. 새로 합류한 사람들도 함께 앉아 질문하고 자기 생각을 말하고 시의 내용을 자기 경험에 대입했다.

변화가 곧 하느님이고, 마지막에는 하느님이 진실로 승리한다. 하지만 그 마지막이 언제이고 어째서 찾아오는지에 대해서는 할 말이 있다.

정말로.

지난 한 주는 끔찍했다.

우리는 어제와 오늘, 이틀을 휴일로 정했다. 어쩌면 내일까지일 수도 있다. 다른 일행들은 어떨지 몰라도 나는 그래야 한다. 우리 모두 애도의 슬픔과 피로 때문에 몸이 아프고 욱신거릴 지경이다. 하지만 우리는 의기양양하다. 묘하게도 의기양양하다. 일행 대부분이 살아남았기 때문일 것이다. 우리는 살아남겠다는 의지의 결실이다. 하지만 생각해보면, 우리는 언제나 그랬다.

우리에게 일어난 일은 다음과 같다.

화요일 점심시간에 여자애 둘, 즉 토리와 도가 소변을 보러 일행 곁을 떠났다. 에머리가 아이들과 함께 갔다. 에머리는 이미 자기 딸인 토리뿐 아니라 도까지 돌보다시피 했다. 전날 밤, 에머리와 그레이슨 모라는 야영지를 몰래 빠져나가 한 시간 넘게 단둘이 있다가 돌아왔다. 해리와 내가 불침번을 서다가 다른 곳으로 가는 두 사람을 목격했다. 이제 그 둘은 커플이었다. 서로 홀딱 빠졌으나, 서로를 제외한 모든 이에게는 데면데면하게 구는 커플. 유별난 사람들이었다.

아무튼 에머리는 아이들을 데리고 볼일을 보러 갔다. 멀리 간 것도 아니었다. 산비탈 너머에 있어서 안 보이는 곳, 시든 덤불과 말라죽은 키 큰 풀로 뒤덮인 땅 너머까지만 갔을 뿐이었다. 남은 일행은 음식을 먹고 물을 마시고, 반 정도 말라죽은 것처럼 보이는 참나무 수풀의 성긴 그늘에 앉아 땀을 흘렸다. 수풀의 나무는 가지가 많이 사라지고 없었다. 땔감이 필요한 사람들 짓이었다. 비명이 처음 터져 나왔을 때 나는 나뭇가지가 부러진 자리에 비죽배죽하게 난 흉터를 보고 있었다.

처음에는 바늘처럼 가늘고 뾰족한 여자애들의 새된 비명이 들리다가, 뒤이어 도와달라고 외치는 에머리 목소리가 들려왔다. 그다음은 웬 남자가 욕을 지껄이는 소리가 들렸다.

일행들 대부분이 생각할 겨를도 없이 벌떡 일어나 소리가 나는 곳을 향해 달려갔다. 나는 달리는 도중에 해리와 자라의 팔을 붙잡아 주의를 끌었다. 그런 다음 둘에게 야영지로 돌아가 짐과 아기들을 보려고 남아 있는 나티비다드와 앨리를 지키라고 손짓으로 알렸다. 해리는 라이플총을 들었고 자라는 베레타 자동권총 한 정을 들고 있었는데, 내 지시를 받을 당시에는 둘 다 거세게 화를 내며 반감을 표했다. 그래도 어쩔 수 없었다. 나는 야영지로 돌아가는 두 사람을 보며 잠깐 동안 든든함을 느꼈다. 둘은 필요하면 우리에게 엄호 사격을 해주고 우리가 적에게 압도당하지 않게 막아줄 지원군이었다.

우리가 발견했을 때 에머리는 토리를 붙잡고 있는 덩치 큰 대머리 남자와 싸우는 중이었다. 도는 이미 비명을 지르며 우리 쪽으로 달려오고 있었다. 도는 자기 아빠의 품으로 곧장 파고들었다. 그레이슨은 도를 낚아채 품에 안고서 고속도로 쪽으로 냅다 달아나다가, 이내 수풀 쪽으로 방향을 틀어 우리 야영지로 향했다. 고속도로 쪽에서 머리를 빡빡 민 다른 무리가 다가오기 때문이었다. 우리와 마찬가지로 그들도 비명을 듣고 달려오는 중이었다. 무리에서 햇빛에 반짝이는 금속 물체가 내 눈에 띄었다. 무기가 칼뿐인 모양이었다. 어쩌면 총이 있을지도 몰랐다. 트래비스도 그 무리를 발견하고 나보다 앞서 사람들에게 경고를 외쳤다.

나는 뒤로 물러나 한쪽 무릎을 꿇고 45구경 자동권총을 두 손으로 쥔 다음, 에머리를 공격한 남자가 더 잘 보일 때까지 기다렸다. 남자는 에머리보다 키가 훨씬 컸을뿐더러, 그가 붙들고 있는 토리에게 가려진 부분만 빼면 머리와 어깨가 고스란히 드러나 있었다. 아이는 남자가 한 팔로 끌어안은 인형처럼 조그마했다. 문제는 에머리였다. 덩치가 작고 재빠른 에머리는 남자의 눈을 후비려고 달려들며 얼굴을 할퀴어댔다. 남자는 자기 눈을 지킬 생각에 에머리를 때리거나 잡아서 패대기치려고 했다. 양손이 다 자유롭다면 진작 에머리를 흠씬 구타했을 테지만, 남자는 버둥거리는 토리를 놔줄 생각이 없었다. 에머리 역시 순순히 물러날 생각이 없긴 마찬가지였다.

한순간, 남자는 에머리를 때려 물러나게 만들었다. 그 짧은 순간을 틈타 나는 남자를 겨누고 방아쇠를 당겼다. 남자의 주먹에 맞아 귀가 윙윙 울리는 에머리의 통증을 함께 느끼던 중이었다.

나는 남자가 총에 맞은 것을 즉시 알아챘다. 남자는 쓰러지지 않았지만 그의 고통이 나에게도 느껴졌다. 덕분에 나는 한동안 꼼짝도 할 수 없었다. 이내 그가 고꾸라지자 나도 그와 함께 쓰러졌다. 하지만 내 눈과 귀는 여전히 멀쩡했고, 나에게는 아직 총이 있었다.

고함 소리가 들렸다. 고속도로에서 달려온 민머리 패거리가 이제 우리 일행을 덮치기 직전이었다. 여섯, 일곱, 여덟 명이었다. 나는 고통을 다스리는 동안에는 아무 짝에도 도움이 안 되는 존재였지만, 그래도 그들을 발견하기는 했다. 내가 쏜 남자는 이제 금방 의식을 잃거나 죽을 운명이었다. 그러면 나는 자유였다. 우리 일행들에게는 내가 필요했다.

야영지에서 나 외에 총을 들고 온 사람은 반콜레뿐이었다.

나는 다 회복되지 않은 몸을 일으키다가 하마터면 다시 쓰러질 뻔했지만, 이내 트래비스를 덮치려는 적을 쏴서 처치했다. 트래비스는 에머리를 부축하여 달아나는 중이었다.

나는 그대로 다시 쓰러졌지만 의식까지 잃지는 않았다. 반콜레가 토리를 붙잡더니 질에게 거의 집어던지듯 건네는 모습이 보였다. 질은 토리를 안고 돌아서서 우리 야영지 쪽으로 달려갔다.

반콜레가 다가와 나를 일으켰다. 나는 간신히 몸을 세워 그와 함께 우리 일행 뒤에서 엄호 사격을 했다.

우리가 후퇴할 곳은 가지 부러진 나무들이 있는 수풀뿐이었지만, 나무줄기는 굵직하고 튼튼해 보였다. 우리가 숨는 사이에 적이 쏜 총알 몇 발이 나무에 박혔다.

누군가 우리에게 총을 쏘고 있음을 알아차리기까지 몇 초가 걸렸다. 그 사실을 알자마자 나는 일행들과 나무 뒤에 납작 엎드린 다음, 총을 든 적이 어느 쪽에 있는지 찾아봤다.

뭔가 찾기도 전에 내 뒤쪽에서 우리 편의 라이플총이 천둥 같은 소리를 냈다. 해리가 총을 쏘는 중이었다. 그 애는 총을 두 발 더 발사했다. 나도 두 발 쐈지만 겨냥은 간신히 했고, 총마저 간신히 지탱했다. 반콜레도 총을 쐈던 것 같다. 그러고 나서 나는 정신을 잃고 쓸모없는 몸이 됐다. 누군지 모를 적과 함께 죽은 것이다. 총격이 멈췄다.

뒤이어 나는 또다시 누군가와 함께 죽었다. 누가 내 몸에 손을 얹자 나는 손가락을 움찔거려 방아쇠를 한 번 더 당길 만큼 정신이 들었다.

손을 얹은 사람은 반콜레였다.

"이 멍청이!" 나는 훌쩍였다. "하마터면 당신을 죽일 뻔했잖아요."

"너 피가 나잖아." 반콜레가 말했다.

나는 깜짝 놀라 혹시 내가 총에 맞았는지 기억을 더듬어봤다. 어쩌면 그냥 뾰족한 나뭇조각 위에 쓰러졌는지도 몰랐다. 나도 내 몸의 감각을 느낄 수 없었다. 아팠지만, 어디가 아픈지 정확히 짚을 수도 없었다. 그 고통이 내 것인지 남의 것인지조차 분간이 가지 않았다. 그 고통은 격렬한 한편으로 어째선지 미약했다. 마치 몸에서 내가 빠져나가는 듯한 기분이었다.

"다른 사람들은 다 괜찮아요?" 내가 물었다.

"움직이지 마." 반콜레가 말했다.

"싸움은 다 끝났어요, 반콜레?"

"그래. 살아남은 놈들은 다 달아났어."

"그럼 내 총을 받아요. 가져가서 나티비다드한테 줘요. 혹시 적들이 다시 돌아올 마음을 먹을지도 모르니까."

반콜레가 내 손에서 총을 받아드는 기척까지는 느꼈던 것 같다. 제대로 알아들을 수 없는 말이 웅얼거리는 목소리에 실려 들려왔다. 나는 그제야 의식이 점점 희미해진다는 것을 알아차렸다. 이제는 그래도 상관없었다. 적어도 뭔가 보람 있는 일을 할 만큼은 버텼으니까.

질 길크리스트가 죽었다.

질은 토리를 안고 수풀로 달아나다가 등에 총을 맞았다. 반콜레는 그 사실을 숨기고 내가 꼭 알아야 할 때까지 감추려 했다. 알고 보니 나 역시 부상을 입었기 때문이다. 나는 운이 좋았다. 경상으로 끝났으니까. 아프기는 했지만 통증만 빼면 별 것 아니었다. 질은 운이 좋지 않았다. 나는 의식을 회복하고 나서 앨리가 갈라진 목소리로 외치는 비통한 절규를 듣고 질이 죽은 것을 알았다.

질은 토리를 수풀까지 데려와 땅에 내려놓은 다음, 아무 소리도 내지 않고 마치 엄폐물 뒤에 숨듯이 땅바닥에 넙죽 엎드렸다. 에머리는 토리를 붙들고 몸을 바짝 웅크린 채 두려움과 안도감에 젖어 아이와 함께 엉엉 울었다. 다른 일행들은 먼저 숨을 곳을 찾은 다음, 총을 쏘거나 총 쏠 곳을 가리키느라 모두 바빴다. 질의 몸 주위에 흥건하게 고인 피를 맨 먼저 발견한 사람은 트래비스였다. 그는 큰 소리로 반콜레를 부른 다음 질을 똑바로 돌려 눕혔다. 그러다가 질의 가슴에서 피가 뿜어져 나오는 것을 알아차렸는데, 알고 보니 그 상처는 총알이 빠져나간 구멍이었다. 질은 반콜레가 도착하기도 전에 이미 숨이 끊어졌다고 했다. 마지막 유언도 못 남기고, 동생인 앨리를 마지막으로 보지도 못하고. 심지어 자신이 토리를 구했는지조차 확실히 알지 못한 채로. 질은 그 아이를 구했다. 토리는 멍이 들기는 했어도 무사했다. 질만 빼고 모두 무사했다.

내 상처는 크게 긁힌 정도였다. 총알 한 개가 왼쪽 옆구리에 직선으로 홈을 한 줄 파놓고 지나가면서 약간의 상처와 많은 양의 출혈, 셔츠에 뚫린 구멍 두 개, 극심한 통증을 남겼다. 상처는 화상보다 더 심하게 욱신거렸지만 몸을 못 쓸 정도는 아니었다.

"이건 '카우보이 총상'이네." 해리는 자라와 함께 나를 살펴보러 왔다가 그렇게 말했다. 둘 다 몰골이 지저분하고 초췌했지만, 해리는 나를 위해 쾌활한 척했다. 둘은 방금 막 다른 사람들과 힘을 합쳐 질을 땅에 묻고 온 길이었다. 내가 정신을 잃은 사이에 일행들이 맨손과 막대기, 손도끼 따위로 질을 위해 얕은 무덤을 팠던 것이다. 그들은 수풀에 있는 나무들 뿌리 사이에 질의 시신을 넣고 흙으로 덮은 다음, 커다란 돌을 굴려 무덤에 쌓았다. 질은 나무에 속할 뿐, 들개와 식인종의 차지는 되지 않을 것이다.

우리는 지금 있는 곳에서 하룻밤을 보내기로 결정했다. 참나무 수풀이 고속도로와 지나치게 가까워 밤을 보낼 야영지로 적합하지 않았는데도 말이다.

"넌 구제 불능 바보인 데에다 더럽게 무겁기까지 해서, 어디로 옮겨줄 수도 없어." 자라는 내게 그렇게 말했다. "그러니까 그냥 거기서 쉬다가 반콜레한테 보살펴달라고 해. 어차피 남들이 말려도 그렇게 할 사람이지만."

"넌 그냥 카우보이 총상을 입은 거야." 해리가 아까 한 말을 되풀이했다. "내가 전에 산 책에서 읽었는데, 옆구리나 팔다리에 총상을 입는 건 너무 흔한 일이라 별 대단한 상처도 아니래. 반콜레 말로는 그중 적잖은 사람이 파상풍이나 다른 감염증 때문에 죽을 수도 있다지만."

"기운 나는 이야기 들려줘서 고마워." 내가 말했다.

자라는 해리를 힐긋 째려보고는 내 어깨를 다독였다. "괜찮아. 그 아저씨가 병균 하나 안 남게 소독해줬을 테니까. 반콜레는 네가 괜히 나서서 총에 맞았다며 화가 머리끝까지 났어.

너한테 생각이 조금만 있었다면 아이들하고 같이 여기 남았을 거라면서."

"뭐라고요?"

"야, 옛날 사람이잖아." 해리가 말했다. "생각하는 게 뻔하지, 뭐."

한숨이 나왔다. "앨리는 어때?"

"울고 있어." 해리는 고개를 절레절레 흔들었다. "저스틴 말고는 아무도 곁에 못 오게 해. 그 어린 녀석까지 앨리를 달래려 하더라니까. 우는 걸 보고 자기도 불안해졌나 봐."

"에머리하고 토리도 흠씬 얻어맞은 것 같은 상태야. 우리가 떠나지 못한 건 그 둘 때문이기도 해." 자라가 잠시 말을 멈췄다. "저기, 로런. 그 둘한테서 이상한 낌새 못 느꼈어? 그러니까, 에머리하고 토리 말이야. 그레이슨이라는 남자도 그렇고."

머릿속에서 뭔가 찰칵 맞물리는 느낌이 들며, 내 입에서 또다시 한숨이 나왔다. "그 사람들도 초공감자예요. 맞죠?"

"맞아, 다 그래. 어른 둘 다, 아이 둘 다. 넌 알고 있었어?"

"방금 알았어요. 어딘가 이상하다는 건 눈치챘어요. 머뭇거리는 버릇도, 예민한 성격도……. 누가 건드리는 것도 싫어하잖아요. 게다가 네 명 다 노예였고요. 전에 내 동생 마커스한테 들었는데 초공감자는 노예로 써먹기에 아주 좋다고 했어요."

"그레이슨은 여길 떠나고 싶대." 해리가 말했다.

"가라고 해." 내가 대답했다. "어차피 총싸움이 벌어지기 직전에도 우릴 떠나려고 한 사람이야."

"다시 돌아왔잖아. 질의 무덤을 파는 것까지 도와줬고. 내 말은, 그 사람이 우리랑 다 같이 떠나고 싶어한다는 거야. 그 사람이 그러는데 밤이 되면 우리가 쫓아낸 패거리가 다시 돌아올 거래."

"확실하대?"

"응. 아주 제정신이 아니야. 애를 데리고 어서 여기를 떠나고 싶어서."

"에머리하고 토리가 걸을 수 있을까?"

"토리는 내가 안고 갈게요." 다른 사람의 목소리였다. "에머리는 걸을 수 있어요." 목소리의 주인은 물론, 그레이슨 모라였다. 일행을 버리는 모습이 마지막이었던 그레이슨.

나는 천천히 몸을 일으켰다. 옆구리가 아팠다. 의식을 잃은 사이에 반콜레가 상처를 소독하고 붕대를 감아줬는데, 통증을 못 느낀 건 그나마 다행이었다. 다만 이제는 의식을 반쯤 되찾은 상태였다. 고통을 제외한 모든 감각이 마치 두꺼운 목면 너머로 느끼는 것처럼 둔했다. 오로지 고통만이 날카로운 진짜였다. 그 사실이 거의 고맙게 느껴질 정도였다.

"나도 걷는 건 괜찮아요." 나는 몇 걸음을 떼어보고 나서 그렇게 말했다. "그런데 꼭 기다란 나무 막대기를 타고 걷는 것 같아요. 평소처럼 속도를 낼 자신이 없네요."

그레이슨 모라가 내게 가까이 다가왔다. 해리를 흘깃 보는 모습이 꼭 자리를 비켜줬으면 하는 것 같았다. 해리는 그런 그를 말똥말똥 마주 볼 뿐이었다.

"몇 번이나 죽었어요?" 그레이슨은 나에게 그렇게 물었다.

"최소 세 번이요." 내가 대답했다. 꼭 정상인끼리 대화하는 것처럼. "어쩌면 네 번. 이렇게 몇 번씩 되풀이한 적은 처음이에요. 미칠 노릇이네요. 그런데 당신은 멀쩡해 보이네요."

그레이슨은 나한테 따귀라도 맞은 것처럼 표정이 굳었다. 하긴, 내가 한 말이 그에게는 모욕이었다. 나는 이렇게 말한 셈이었다. '그대는 어디에 계셨소, 초공감자 동지여, 그대의 여인과 일행들이 위험에 처한 순간에.' 우스웠다. 미처 자각하지도 못한 생각이 입 밖으로 나오다니.

"도를 안전한 곳으로 피신시키려면 어쩔 수 없었어요." 그레이슨이 말했다. "어차피 나한테는 총도 없었고."

"총을 쏠 줄 알아요?"

그레이슨은 머뭇거렸다. "한 번도 안 쏴봤어요." 그는 솔직히 인정했다. 중얼거리는 듯 조그맣게 낮춘 목소리였다. 내가 그를 또다시 모욕한 셈이었다. 이번엔 고의가 아니었지만.

"우리가 사격을 가르쳐주면 배워서 총을 쏠 건가요? 일행을 지키기 위해?"

"그럼요!" 대답은 그렇게 했지만, 그 순간 그레이슨이 쏘고 싶었던 상대는 다름 아닌 나였을 것이다.

"지독하게 아파요." 나는 경고 삼아 말했다.

그레이슨은 대수롭지 않다는 듯이 어깨를 으쓱했다. "다른 것들도 대부분 다 아파요."

나는 그레이슨의 야위고 화난 얼굴을 가만히 들여다봤다. 노예들은 다 그렇게 야위었을까? 못 먹고, 무리하게 일하고, 세상일이란 건 대부분 다 아프게 마련이라고 배울까? "당신은 이 근처 출신인가요?"

"새크라멘토가 고향이에요."

"그럼 우리한테 가르쳐줄 정보가 잔뜩 있겠네요. 총은 아예 안 잡아도 좋으니까, 우리가 여기서 살아남게 도와줘요."

"내가 줄 정보는 산 위에 사는 패거리가 몸에 물감을 칠하고 쳐들어와서 총질을 하고 불을 지르기 전에 어서 여기서 달아나라는 거예요."

"젠장." 내가 중얼거렸다. "그놈들 정체가 그거였군요."

"그럼 뭔 줄 알았는데요?"

"생각해볼 겨를도 없었어요. 어차피 별로 중요한 것도 아니고. 해리, 죽은 사람들 몸수색은 했어?"

"응." 해리는 나를 보며 엷게 웃었다. "총이 한 정 더 생겼어. 38구경이야. 네가 처치한 놈들한테서 챙긴 물건은 네 배낭에

535

다 넣어뒀어."

"고마워. 배낭을 메고 움직일 수 있을지 모르겠어. 혹시 반 콜레가……."

"그 사람이 벌써 카트에 실어놨어. 자, 가자."

우리는 도로로 출발했다.

"그런 식으로 살아남은 건가요?" 나란히 걷던 그레이슨 모라가 내게 물었다. "누구든 먼저 죽이고 살아남은 쪽이 다 차지하는 식으로?"

"맞아요, 하지만 우린 누가 먼저 위협하는 경우가 아니면 살인은 안 해요. 사람을 사냥하지도 않고요. 사람 고기도 안 먹어요. 적 앞에서는 함께 힘을 합쳐 싸우죠. 일행 중에 누가 위험에 빠지면 나머지 사람들이 도와줘요. 그리고 우리끼리는 절대 도둑질을 하지 않아요. 절대로."

"에머리도 그렇게 말했어요. 처음엔 그 말 안 믿었는데."

"당신도 우리 식대로 살 건가요?"

"……네. 그럴 것 같네요."

나는 망설이다가 말을 꺼냈다. "그럼 또 뭐가 문제예요? 보니까 아직도 우리를 못 믿는 눈치인데."

그레이슨은 내게 더 가까이 걸어왔지만, 나를 건드리지는 않았다. "저 백인 남자는 어디서 왔나요?" 그가 물었다.

"나랑 태어나서 이때껏 알고 자란 사이예요. 저 사람하고 나하고 다른 일행들 모두, 서로 도우면서 살아남은 지도 이제 오래됐어요."

"하지만…… 저 사람도 다른 일행들도, 다들 아무것도 못 느껴요. 느끼는 사람은 당신 한 명뿐이잖아요."

"우린 그걸 '초공감'이라고 해요. 그걸 할 수 있는 사람은 나뿐이고요."

"하지만 저 사람들은…… 당신은……."

"우리는 서로 돕는 사이예요. 집단은 강하니까요. 한두 사람은 강도를 당하거나 살해당하기 쉽지만요."

"맞아요." 그레이슨은 주위의 일행을 둘러봤다. 신뢰하거나 좋아하는 기색은 표정에 전혀 드러나지 않았지만, 아까보다는 더 안심하고 만족한 것처럼 보였다. 꼭 골치 아픈 퍼즐을 다 푼 사람처럼 말이다.

그를 시험해볼 생각으로, 나는 일부러 비틀거리며 쓰러지는 척했다. 어려운 일도 아니었다. 내 발과 다리에는 아직 감각이 거의 없었으니까.

그레이슨은 옆으로 비켜섰다. 내 팔을 잡지도, 나를 도와주려고 손을 내밀지도 않았다. 자상한 남자 같으니.

나는 그레이슨을 남겨두고 앨리에게 다가가 잠시 함께 걸었다. 앨리가 느끼는 비통함과 분노가 꼭 나를 막으려고 세운 벽

같았다. 아마 모두를 향해 세운 벽이겠지만, 그때 앨리를 귀찮게 한 사람은 나뿐이었으니까. 게다가 나는 살아 있고 앨리의 언니는 죽었다. 그 언니가 앨리에게는 세상에 하나 남은 가족이었다. 그런데 나는 왜 앨리 앞에서 당장 사라지지 않은 걸까?

앨리는 한마디도 하지 않았다. 그저 내가 그곳에 없는 것처럼 행동할 뿐이었다. 앨리는 저스틴이 탄 유아차를 밀고 가며, 딱딱하게 굳은 자기 얼굴에서 이따금 눈물을 훔치느라 손을 재빨리 채찍처럼 움직이곤 했다. 그러면서 스스로를 상처 입히는 중이었다. 자기 얼굴을 너무 세게, 너무 빠르게, 피부가 벗겨질 정도로 문지르면서. 앨리는 나에게까지 고통을 주고 있었는데, 나에게 고통은 이미 느낀 것만으로도 충분했다. 그래도 나는 앨리 곁에 머물렀다. 주체할 길 없는 비탄이 다시금 파도처럼 밀려와 앨리의 마음에 쳐진 방벽을 하나둘 무너뜨렸다. 앨리는 자해를 멈추고 눈물이 얼굴에 흘러내리도록, 가슴과 갈라진 아스팔트 노면에 떨어지도록 놔뒀다. 꼭 갑자기 짊어진 짐에 짓눌려 축 늘어진 사람 같았다.

나는 그제야 앨리를 끌어안았다. 앨리의 양어깨를 손으로 잡아 술 취한 사람처럼 터벅터벅 걷던 걸음을 멈춰 세웠다. 앨리가 빙글 돌아서 나를 마주했을 때, 적개심에 물든 비참한 표정으로 나를 봤을 때, 나는 앨리를 끌어안았다. 앨리는 뿌리칠 수도 있었다. 그때 나는 기운이 바닥까지 떨어진 상태였으니까. 하지만 처음에는 발끈해서 밀어내다가, 이내 내게 매달려 절규하기 시작했다. 나는 그런 소리로 신음하는 사람을 그때 처음 봤다. 앨리는 그렇게 도로변에 서서 울며 신음했고, 다른 일행들은 걸음을 멈추고 우리를 기다려줬다. 아무도 아무 말도 하지 않았다. 저스틴이 조금씩 훌쩍거리자 나티비다드가 와서 달래줬다. 일행들이 침묵에 담아 보낸 그 무언의 메시지에는 저스틴과 앨리, 둘 다를 위한 내용이 담겨 있었다. '상실과 고통을 겪기는 했지만, 넌 혼자가 아니야. 너한텐 지금도 너를 보살펴주고 네가 무사하길 바라는 사람들이 있어. 너한텐 지금도 가족이 있단다.'

잠시 후, 앨리와 나는 서로를 봐줬다. 앨리는 말수가 많은 여성이 아니었고 고통의 한복판에 있을 때는 더더욱 그랬다. 앨리는 나티비다드에게서 저스틴을 받아든 다음, 아이의 머리를 빗기고 안아줬다. 다시 길을 나선 후에 앨리는 한동안 저스틴을 안은 채 걸었고, 나는 유아차를 밀었다. 그렇게 나란히 걷는 동안 뭔가 말을 해야겠다는 생각은 조금도 들지 않았다.

도로에는 양쪽 방향으로 오가는 보행자의 수가 상당히 많았다. 그럼에도 우리처럼 인원수가 많은 집단은 어떤 상황에서도 눈에 잘 띄고 위치도 특정하기 쉬울 듯해 불안했다. 내가 불안해한 까닭은 우리를 공격한 자들의 행동 방식이 이해가 가지 않기 때문이었다.

얼마간 시간이 흐른 후에 앨리는 내가 건넨 유아차에 저스틴을 다시 태웠고, 나는 반콜레와 에머리가 있는 곳으로 가서 그들과 나란히 걸었다. 에머리는 나에게 현재 상황을 설명해준 사람이자, 첫 번째 화재에서 솟은 연기를 맨 먼저 발견한 장본인이기도 했다. 분명 아까부터 그 연기를 찾고 있었기 때문일 것이다. 장담할 수는 없지만, 그 불은 우리가 참나무 수풀에 멈춰 있는 동안에 이미 시작됐는지도 몰랐다.

"모든 걸 태워버릴 거예요." 에머리가 나와 반콜레에게 나직한 목소리로 말했다. "그자들은 갖고 있는 '로'를 다 쓰고 나서야 멈출 거예요. 밤새도록 다 불태울 거예요. 물건도, 사람도."

로, 파이로, 파이로 중독자들. 망할 놈의 불 마약이 또.

"우릴 쫓아올까요?" 내가 물었다.

에머리는 난들 알겠냐는 듯이 어깨를 으쓱했다. "우리 일행은 수가 많잖아요. 당신이 그쪽 편을 몇 명 죽이기까지 했고요. 놈들은 다른 사람들을 상대로 보복할 거예요. 더 약한 여행자들한테요." 에머리가 또다시 어깨를 으쓱했다. "그놈들한테는 다 똑같아요. 여행자는 그냥 여행자예요."

"그럼 우리는 놈들이 지른 불에 걸려들지만 않으면……."

"맞아요, 우리는 무사할 거예요. 그놈들은 자기들 패거리가 아닌 사람은 다 미워해요. 그놈들은 로를 조금 더 살 수만 있다면 내 딸 토리를 팔려고 할 거예요."

나는 멍들고 부은 에머리의 얼굴을 바라봤다. 반콜레는 에머리의 통증이 가라앉도록 무슨 약을 줬다. 나는 그런 반콜레에게 감사하는 한편으로, 나에게는 아무것도 주지 않는 그에게 조금 화가 났다. 그는 내가 수풀에서 몸이 마비되어 축 처졌을 때의 감각을 이해하지 못했고, 그래서 마음 불편해했다. 그것도 이제는 다 지나간 일이지만. 자기가 직접 서너 번 죽어보고 어떤 기분인지 느껴보라지. 아니, 다행히도 그는 그 기분을 절대로 알지 못할 것이다. 그건 말이 안 되는 기분이니까. 그 짤막하면서도 영원한 고통이 거듭되는 기분은, 정말 말도 안 된다. 문득문득 정신을 차려보면 나는 내가 어떻게 아직도 살아 있는지 궁금해지곤 한다.

"에머리?" 나는 목소리를 나직이 유지한 채로 말했다.

에머리가 나를 돌아봤다.

"내가 초공감자인 거 알죠."

에머리는 고개를 끄덕이고는 곁눈질로 반콜레를 흘깃 봤다.

"이 사람도 알아요." 나는 에머리를 안심시켰다. "그런데⋯⋯ 있잖아요, 내가 아는 초공감자 중에 아이가 있는 사람은 당신하고 그레이슨뿐이에요." 에머리에게 당신과 그레이슨이 내가 태어나서 처음으로 만난 초공감자들이라고 굳이 밝힐 이유는 없었다. "언젠가 나도 내 아이를 갖고 싶거든요. 그래서 궁금한데······ 초공감은 예외 없이 물려받는 건가요?"

"내 아들 중 한 명은 물려받지 않고 태어났어요. 아이를 못 갖는 초공감자도 있고요. 이유는 나도 몰라요. 자녀 두세 명이 몽땅 안 물려받은 경우도 있죠. 고용주들은 초공감을 할 수 있기를 바라지만요."

"당연히 그럴 테죠."

"때로는." 에머리는 이야기를 계속했다. "때로는 초공감자를 더 비싼 값 쳐주기도 해요. 특히 아이들한테."

에머리의 아이들처럼. 다만 그들은 초공감자가 아닌 남자애들을 데려가고 초공감자인 여자애를 남겨뒀다. 그들이 여자애를 데려가려고 다시 돌아올 때까지 얼마나 걸렸을까? 어쩌면 남자애들을 한 쌍으로 묶어 팔면 더 후한 값을 쳐주겠다는 제안이 들어왔고, 그래서 먼저 팔았는지도 모른다.

"맙소사." 반콜레가 말했다. "이놈의 나라가 이백 년 전으로 되돌아가버렸군."

"내가 어렸을 적엔 그래도 사정이 더 나았어요." 에머리가 말했다. "어머니는 세상이 다시 좋아질 거라고 늘 말씀하셨죠. 좋은 시절이 다시 올 거라고요. 늘 그래왔다고 하셨어요. 그럴 때면 아버지는 고개만 저을 뿐 아무 말씀도 안 하셨죠." 에머리는 토리가 어디 있는지 보려고 주위를 둘러보았다. 토리는 그레이슨 모라의 어깨 위에 앉아 있었다. 뒤이어 뭔가 다른 것을 봤는지, 에머리는 헉 소리를 내며 숨을 들이쉬었다.

에머리의 눈길을 좇아가 보니 뒤편 산에 불이 번지고 있었다. 멀찍한 곳이었지만 충분히 멀지는 않았다. 새로 일어난 산불이었고, 메마른 저녁 바람을 타고 채찍처럼 넘실거렸다. 우리를 공격한 패거리가 우리를 좇아와 불을 질렀거나, 다른 패거리가 그들을 흉내 내려고 똑같은 짓을 하는 중이었다.

우리는 속도를 더 높여 계속 걸으며 앞길이 안전한지 확인하려고 안간힘을 썼다. 고속도로 양옆은 모두 마른 풀밭과 숲이었고, 개중에는 말라죽은 식물도 있었다. 산불은 도로 건너편의 북쪽에서만 타고 있었다. 아직은.

우리는 남쪽 도로변에 붙어 이동하며 그쪽은 부디 안전하기를 바랐다. 내가 가진 그 지역 지도에 따르면 앞쪽에 호수가 하나 있었다. '클리어 호수'라는 곳이었다. 지도에는 널따란 호수로 표시돼 있었고 고속도로는 북쪽 호숫가를 따라 몇 킬로미터쯤 이어졌다. 우리는 이제 곧 그곳에 도착할 참이었다. 얼마나 금방일까?

걷는 동안 계산해봤다. 이튿날. 이튿날 저녁에야 호숫가에서 야영을 할 수 있었다. 그렇게 금방은 아니었다.

이제 연기 냄새가 느껴졌다. 그렇다면 바람이 산불을 우리 쪽으로 부채질한다는 뜻일까?

다른 여행자들은 남쪽 도로변에 바짝 붙은 채로 점점 빠르게 걸어 서쪽으로 나아갔다. 이제 동쪽으로 향하는 사람은 아무도 없었다. 트럭은 아직 한 대도 안 보였지만, 날이 슬슬 어두워지는 중이었다. 머지않아 트럭들이 쏜살같이 질주할 참이었다. 이제 곧 밤을 보낼 야영지를 찾아야 했다. 과연 우리에게 그럴 용기가 있을까?

뒤편의 남쪽 도로변에는 아직 불이 번지지 않았지만 북쪽에서는 불길이 우리를 슬금슬금 따라왔다. 불길과 우리 사이의 거리는 좁아지지 않았지만 그렇다고 벌어지지도 않았다.

우리는 한동안 나아가며 툭하면 뒤를 돌아봤다. 모두 지쳐 있었고 몇몇은 다치기까지 한 상태였다. 나는 일행들을 멈춰 세운 다음, 도로를 벗어나 쉴 만한 공간이 있는 남쪽 도로변 한쪽으로 가자고 손짓했다.

"여기 있으면 안 돼요." 그레이슨이 말했다. "불이 언제 도로를 뛰어넘어 번질지 모른다고요."

"잠깐 쉬는 것 정도는 괜찮아요. 여기선 불이 어디 있는지 보이잖아요. 언제 다시 출발할지는 불이 가르쳐주겠죠."

"지금 가야 돼요! 불이 계속 저렇게 활활 타면 우리가 뛰는 속도보다 더 빨리 번질 거예요! 한참 여유를 두고 앞서가는 게 낫다고요!"

"앞서가려면 체력부터 비축하는 게 나을걸요." 나는 그렇게 대꾸하고는 배낭에서 물병을 꺼내 물을 마셨다. 우리가 있는 곳에서는 도로가 보였다. 그렇게 탁 트인 곳에서는 음식물을 섭취하지 않는 것이 우리의 원칙이었지만, 이날은 그 원칙을 접어둬야 했다. 도로에서 떨어진 산으로 들어갔다가는 산불 때문에 도로와 격리될 위험이 있었다. 바람에 날려온 불씨가 언제, 어디에 떨어질지 우리로서는 알 길이 없었다.

다른 일행들도 나를 따라 물을 마시고 말린 과일이나 육포, 빵을 조금 먹었다. 반콜레와 나는 에머리와 토리에게 먹을 것을 나눠줬다. 그레이슨은 우리를 무시하고 떠나고 싶은 눈치였지만, 그의 딸 도가 땅바닥에 앉아 자라에게 기댄 채 반쯤 잠들어 있었다. 그는 두 사람 곁에 앉아 딸에게 물과 과일을 조금 먹였다.

"밤새 걸어야 할지도 몰라요." 그렇게 말하는 앨리의 목소리는 너무 작아서 잘 들리지도 않았다. "어쩌면 휴식은 이걸로 끝이겠네요." 뒤이어 앨리가 트래비스에게 말했다. "도미니크가 간식을 다 먹으면 저스틴이 탄 유아차에 같이 태우는 게 좋겠어요."

그 말에 트래비스가 고개를 끄덕였다. 그는 여기까지 도미니크를 안고 걸어 왔다. 트래비스가 아기를 저스틴 곁에 눕혔다. "유아차는 내가 잠깐 밀고 갈게요." 그가 말했다.

반콜레는 내 상처를 살펴보고 붕대를 갈아줬는데, 이번에는 통증을 다스릴 약도 줬다. 그는 평평한 돌로 땅에 구멍을 판

다음, 피 묻은 붕대를 그 속에 묻었다.

에머리는 잠든 딸을 안고 나와 함께 반콜레가 하는 일을 지켜보다가, 화들짝 놀라며 눈을 돌렸다. 한 손으로는 자기 옆구리를 짚은 채였다.

"그렇게 크게 다친 줄 몰랐어요." 에머리가 나직이 말했다.

"그렇지도 않아요." 나는 억지로 웃었다. "피가 많이 나서 실제보다 더 지독해 보이지만, 그렇게 아프진 않아요. 질에 비하면 운이 더럽게 좋은 거죠. 걷는 것도 문제없고요."

"걷는 동안에는 나한테 통증을 전혀 공유시키지 않았잖아요." 에머리가 말했다.

나는 고개를 끄덕였다. 에머리를 속이는 데에 성공하다니 뿌듯했다. "보기에 안 좋아서 그렇지, 아파서 죽을 정도는 아니에요."

에머리는 기분이 조금 나아졌는지 편안한 자세로 앉았다. 보나 마나 긴장이 풀렸을 것이다. 만약 내가 신음을 흘리며 끙끙댔다면, 그들 네 사람도 다 함께 신음하며 끙끙댔을 것이다. 아이들은 숫제 나와 함께 피까지 흘렸을지도 모른다. 그들이 알아차리지 못하도록 주의를 기울여야 했다. 적어도 산불이 위협하는 동안에는……. 또는, 내가 할 수 있는 한 오랫동안.

사실, 피에 젖은 그 붕대 때문에 나는 엄청난 공포에 빠진 상태였다. 상처 또한 전에 없이 심하게 아팠다. 하지만 계속 나아가지 않으면 불에 타 죽을 것이 뻔했다. 잠시 후, 반콜레가 준 알약 덕분에 통증의 날이 무뎌졌다. 덕분에 세상 전체가 조금 더 견딜 만한 곳으로 변했다.

한 시간쯤 쉬고 나니 불 때문에 더는 그곳에 머물지 못할 만큼 불안해졌다. 우리는 다시 일어나 걷기 시작했다. 그때쯤에는 불이 이미 도로를 건너뛰어 우리 뒤편 이곳저곳에 번져 있었다. 이제는 북쪽도 남쪽도 안전해 보이지 않았다. 날이 어두워질 때까지 우리 뒤편 산에 보이는 거라곤 연기뿐이었다. 연기는 으스스하고 섬뜩하게 움직이는 벽이었다.

날이 캄캄해지고 나서, 우리 쪽으로 점점 번지는 불길이 보였다. 도로를 따라 우리와 나란히 달리는 개들이 있었지만 녀석들은 우리를 거들떠도 안 봤다. 고양이와 사슴도 우리를 지나 달려갔고, 스컹크 한 마리도 종종걸음으로 그 뒤를 따랐다. 바야흐로 너도 살고 나도 살아야 할 때였다. 인간도 동물도 상대를 공격하느라 시간을 낭비할 만큼 어리석지는 않았다. 뒤편 북쪽 도로변에서 불길이 으르렁대듯 넘실거렸으니까.

우리는 토리를 유아차에 태우고 저스틴과 도미니크를 그 애 다리 사이에 앉혔다. 그동안 둘은 한 번도 잠에서 깨지 않았다. 토리 역시 선잠보다 더 깊은 잠에 빠진 상태였다. 유아차가 무게를 못 견디고 부서질까 봐 걱정됐지만, 다행히 버텨줬다. 유아차는 트래비스와 해리, 앨리가 번갈아가며 밀었다.

도는 반콜레 카트에 실린 짐 위에 앉혔다. 자리가 편할 리 없는데도 그 애는 불평하지 않았다. 도는 토리보다 더 오래 깨어 있었고, 납치 미수범들과 맞닥뜨린 사건 이후 여기까지 오는 동안 거의 내내 자기 힘으로 걸었다. 도는 강한 어린애였다. 그 아빠에 그 딸이었다.

그레이슨 모라는 반콜레를 거들어 카트를 밀었다. 도를 태운 다음부터는 그레이슨이 내내 밀다시피 했다. 정이 안 가는 남자였지만, 그래도 딸을 아끼는 마음만은 높이 살 만했다.

끝나지 않을 것 같던 밤의 어느 순간, 전에 없이 자욱한 연기와 재가 우리를 감싸기 시작했다. 나는 어느새 우리 운명도 여기서 끝이 아닐까 하는 생각에 빠져 있었다. 우리는 멈추지 않고 계속 걸으면서 셔츠든 스카프든 잡히는 대로 물에 적신 다음, 코와 입이 가려지도록 얼굴에 감았다.

불은 사납게 넘실거리며 우리를 앞질러 북쪽으로 쏜살같이 번져갔다. 머리카락과 옷이 불에 그슬리는 동안 숨을 쉬는 것조차 지독히 힘들었다. 잠에서 깬 아기들이 두려움과 고통 속에 비명을 지르다 숨이 막혀 컥컥거리는 통에 하마터면 나까지 주저앉을 뻔했다. 토리는 자신의 고통뿐 아니라 아기들의 고통까지 더해져 엉엉 울면서도, 아기들이 버둥거리다가 유아차에서 떨어지지 않도록 꼭 붙잡았다.

나는 우리가 죽을 거라고 생각했다. 그 불과 열풍과 연기와 재의 바다에서 살아남을 방법은 없다고 확신했다. 다른 여행자들이 쓰러지는 모습이 보였지만, 우리는 그들이 고속도로에 널브러져 불타도록 내버려뒀다. 뒤를 돌아보는 일도 그만뒀다. 거세게 이글거리는 불길 속에서는 사람들이 비명을 지르는지 어떤지도 확실치 않았다. 아기들의 모습은 나티비다드가 그들에게 젖은 천을 덮어주기 전까지 내 눈에 들어왔다. 애들이 비명을 지른다는 것은 눈으로만 봐도 알 수 있었다. 그러다가 아이들이 천에 가려져 더는 보이지 않았을 때 기분은, 거의 축복 같았다.

물통이 슬슬 바닥을 드러내고 있었다.

계속 나아가든가 불에 타든가, 둘 중 하나를 택하는 수밖에 없었다. 불이 타면서 내는 무시무시한 소리, 귀가 멀 것처럼 시끄러운 소리는 점점 커지다가 이내 작아졌고, 다시 커지다가 이내 작아졌다. 불길이 도로를 떠나 북쪽으로 향하다가 방향을 홱 틀어 다시 우리 쪽으로 내려오는 모양이었다.

불은 꼭 살아 있는 사악한 생물처럼, 고통과 공포를 일으키려고 작정한 것처럼 우리를 괴롭혔다. 토끼를 쫓는 개처럼 우리를 앞에 놓고 몰아갔다. 그러면서도 우리를 잡아먹지는 않았다. 잡아먹을 수도 있었지만 그러지 않았다.

그러다 끝내는, 전에 없이 지독한 불길이 북서쪽에서 사납게 타올랐다. 나중에 반콜레가 가르쳐준 그 불길의 정체는 '화재 폭풍'이었다. 그랬다. 그 폭풍은 마치 불의 회오리처럼 사방을 휩쓸며 타올랐고, 우리를 아슬아슬하게 피해갔으며, 우리를 갖고 놀다가, 나중에는 우리를 살려줬다.

우리는 멈춰서 쉴 수가 없었다. 아직도 주위에 불이 있었으니까. 큰불로 번질 위험이 있는 잔불이 곳곳에 있었다. 그리고 연기, 눈앞을 캄캄하게 가리고 숨이 턱 막히게 하는 연기도……. 정말이지 쉬고 있을 때가 아니었다.

하지만 걸음을 늦추는 것 정도는 가능했다. 우리는 최악의 연기와 재를 뚫고 나왔고, 휘몰아치는 열풍 속에서도 탈출했다. 길가에 잠시 멈춰 서서 마음 놓고 웩웩거리는 것 정도는 해도 괜찮았다. 구역질하는 소리가 사방에서 터져나왔다. 쿨룩거리는 소리와 웩웩대는 소리, 얼굴에 진흙 길 두 줄을 남기며 엉엉 우는 소리도 들렸다. 도저히 믿기가 힘들었다. 우리는 살아남을 운명이었다. 아직 살아 있었고, 함께였다. 불에 그슬린 비참한 몰골에 물이 간절히 필요한 상태였지만, 그래도 살아 있었다. 우리는 해낼 운명이었다.

나중에 조금 용기가 생겼을 때, 우리는 도로에서 벗어나 반콜레의 카트에서 내 배낭을 내렸다. 그런 다음 반콜레가 여분으로 챙겨뒀던 물통을 꺼냈다. 물통은 그가 직접 찾았다. 혼자 마시려고 감춰둘 수도 있었지만, 그는 우리에게 물이 있다고 알려줬다.

"내일 중에는 클리어 호수에 도착할 거예요." 내가 말했다. "아마 내일 오전에 도착할 것 같아요. 우리가 얼마나 왔는지, 또 여기가 어딘지 알 길이 없으니까, 그냥 내일 일찌감치 도착할 거라고 짐작할 뿐이에요. 하지만 호수는 내일 우리를 만나려고 지금 그 자리에서 계속 기다릴 거예요."

일행들은 투덜거리거나 쿨룩거리거나, 반콜레의 보조 물통에 든 물을 마시느라 꿀꺽거렸다. 아이들은 물을 너무 벌컥대며 마시지 못하게 말려야 했다. 그냥 놔뒀던 도미니크는 사레가 들리는 바람에 또다시 울음을 터뜨렸다.

우리는 도로에서 훤히 보이는 바로 그 자리에 야영지를 차렸다. 두 사람은 졸음을 참고 불침번을 서야 했다. 나는 너무 아파서 잠도 안 올 지경이었기 때문에 첫 번째 불침번에 자원했다. 나는 나티비다드에게 빌려준 총을 돌려받고는 그가 탄약을 장전해뒀는지 확인했다. 장전이 완료된 것을 본 다음, 함께 불침번을 설 동료를 찾아 주위를 두리번거렸다.

"내가 같이 설게요." 그 말을 한 사람은 그레이슨 모라였다.

나에게는 당황스러운 말이었다. 총을 다룰 줄 아는 사람이 더 마음에 들었으니까. 믿고 총을 맡겨도 되는 사람 말이다.

"당신이 잠들어야 나도 잠들 수 있어요." 그레이슨이 말했다. "이유는 그게 다예요. 그러니까 둘이서 같이 고통을 보람으로 바꿔보자고요."

나는 에머리와 두 아이가 방금 그 말을 들었는지 확인하려고 그들을 돌아봤지만, 세 사람은 이미 잠든 모양이었다. "알았어요." 내가 말했다. "우린 모르는 사람들하고 산불을 조심해야 해요. 뭐든 이상한 게 보이면 큰 소리로 알려줘요."

"나한테도 총을 줘요." 그레이슨이 말했다. "누가 가까이 오면 총으로 겁주는 것 정도는 할 수 있어요."

캄캄한 한밤중에, 퍽이나. "총은 안 돼요, 아직은. 당신이 알아야 할 게 아직 많이 남았어요."

그레이슨은 몇 초 동안 나를 빤히 보다가, 내게 등을 돌리는 동시에 반콜레에게 이렇게 말했다. "보세요, 이런 데에서 불침번을 서려면 총이 있어야 한다는 거 아시잖아요. 이쪽은 그걸 몰라요. 스스로는 안다고 생각하는데, 몰라요."

반콜레는 어쩌겠냐는 듯 어깨를 으쓱했다. "못 하겠으면 가서 자, 이 친구야. 우리 중에 한 명이 같이 서면 돼."

"젠장." 그레이슨은 그 말을 야비한 느낌이 나도록 길게 늘여 말했다. "제엔자아앙. 난 이 여자를 처음 봤을 때 이미 남자란 걸 알았어. 단지 이 패거리에 사내가 이 여자 하나란 걸 몰랐을 뿐이지."

깊은 침묵이 감돌았다.

그 상황을 힘닿는 데까지 추스른 사람은 어린 도 모라였다. 도는 자기 아빠 뒤로 다가가 손으로 등을 톡톡 두드렸다. 그레이슨은 싸우고 싶어 안달하는 기세로 홱 돌아섰고, 그 기세가 어찌나 빠르고 노기등등했던지 그의 어린 딸아이는 그만 꺅 소리를 지르며 뒤로 폴짝 물러섰다.

"이게 무슨 짓이야!" 그레이슨이 소리쳤다. "뭘 어쩌라고!"

아이는 겁에 질린 채 아빠를 빤히 바라볼 뿐이었다. 잠시 후, 아이가 아빠를 향해 내민 손에는 석류 한 알이 쥐여 있었다. "자라가 우리 먹으라고 줬어요." 아이의 목소리는 조그마했다. "아빠가 잘라줄래요?"

좋은 생각이야, 자라! 나는 자라 쪽으로 눈을 돌리지 않았지만, 자라가 이쪽을 지켜보고 있다는 것은 느껴졌다. 이 무렵에는 아직 깨어 있는 일행들 모두가 이쪽을 지켜보는 중이었다.

"모두 지치고 다쳤어요." 나는 그레이슨에게 그렇게 말했다. "모두 다 마찬가지예요, 당신만 그런 게 아니라. 그래도 우린 살아남는 데 성공했어요. 우리가 다 함께 힘을 합치고 멍청한 짓도, 멍청한 말도 안 해서 가능했던 일이에요."

"그 정도로는 성에 안 찬다면." 반콜레가 분노로 물들어 험악해진 목소리로 덧붙였다. "내일 우리랑 헤어져서 다른 패거리를 찾도록 해. 자기네 시간을 낭비하면서 당신 딸의 목숨을 하루에 두 번이나 구해줄 만큼 남자다움이 넘쳐나는 패거리를 한번 찾아봐."

그레이슨에게도 틀림없이 어딘가 쓸 만한 구석이 있을 것이다. 그는 더 이상 아무 말도 하지 않았다. 그저 조용히 칼을 꺼내 석류를 네 조각으로 잘라 도에게 줬다. 절반은 자기가 가졌다. 딸이 절반은 아빠가 먹어야 한다고 한사코 우겼기 때문이다. 둘은 나란히 앉아 즙도 씨도 많은 그 붉은 과일을 먹었다. 그러고 나서 그레이슨은 도를 다시 재우고 편안한 자리를 찾아 앉았다. 총 없이 첫 번째 불침번을 설 자리였다.

그레이슨은 총 얘기를 더 꺼내지 않았고, 사과의 말 또한 하지 않았다. 물론 우리를 떠나지도 않았다. 가봤자 어디로 갈까? 도망 노예인 처지에. 우리는 그가 이때껏 찾은 최고의 행운이다. 그리고 도를 데리고 다니는 한, 그가 앞으로 찾을 최고의 행운이기도 하다.

이튿날 아침, 우리는 클리어 호수에 도착하지 못했다. 사실대로 말하면, 우리가 눈을 붙일 때 이미 동이 튼 후였다. 우리는 너무나 피곤하고 온몸이 욱신거려서 새벽에 도저히 일어날 수 없었다. 새벽은 두 번째 조가 불침번 근무를 시작하고 나서 얼마 되지 않아 찾아왔다. 우리가 마침내 길을 나선 까닭은 순전히 물 때문이었다. 바야흐로 열기와 연기가 가득한 오전 11시였다.

도로로 돌아온 우리는 젊은 여성의 시체를 발견했다. 몸에 상처는 보이지 않지만 숨이 끊어진 상태였다.

"이 여자 옷은 내가 가져야겠어요." 에머리가 나직이 말했다. 가까이에 있지 않았다면 듣지 못했을 정도로 나직했다. 죽은 여성은 체격이 에머리와 비슷했고, 입고 있던 면 셔츠와 면 바지는 거의 새 옷 같았다. 물론 지저분하긴 했지만, 그래도 에머리가 입은 옷에 비하면 훨씬 덜했다.

"옷을 벗겨요, 그럼." 내가 말했다. "나도 도와주고 싶은데 오늘 아침에는 몸이 영 뻣뻣하네요."

"내가 거들게요." 앨리가 나직이 말했다. 저스틴은 도미니크와 함께 유아차 안에 잠들어 있었기 때문에, 앨리는 우리가 살아남으려고 저지르는 평범하고 소름 끼치는 일에 힘을 보탤 여유가 있었다.

죽은 여성은 숨이 끊어져가면서도 배설물을 흘려 자기 몸을 더럽히지 않았다. 그 덕분에 더 지저분할 수도 있었던 일이 조금은 깔끔했다. 하지만 사후경직이 이미 시작된 탓에 두 명은 달라붙어야 옷을 벗기는 게 가능했다.

도로의 그 부근에는 우리뿐이라서, 에머리와 앨리는 서두를 필요가 전혀 없었다. 이날 아침에는 다른 여행자가 아직 한 명도 보이지 않았다.

에머리와 앨리는 시체의 옷가지를 자잘한 것까지 모조리, 속옷과 양말과 신발까지 죄다 벗겼다. 다만 신발은 에머리에게 너무 큰 듯했다. 그래도 상관없었다. 아무도 안 신을 거라면 팔면 되니까.

무엇보다, 에머리가 태어나 처음 손에 쥐어본 현금이 바로 그 신발에서 나왔다. 노예로 살던 농장에서 에머리는 현금이 아닌 회사 전표만 지급받았는데, 그 전표는 농장을 벗어나면 아무 가치도 없을뿐더러 농장에서도 거의 가치가 없었다.

죽은 여성은 신발 속에 꼬깃꼬깃 접은 100달러 지폐 다섯 장을 감추고 실로 꿰매두었다. 신발 두 짝을 합치니 1천 달러였다. 우리는 에머리에게 그 돈이 얼마나 적은 액수인지 알려줘야 했다. 씀씀이에 주의를 기울이고, 상품 가격이 가장 싼 가게에서만 물건을 사고, 고기와 밀가루와 유제품 따위를 전혀 먹지 않으면, 혼자서 두 주 정도 먹고살 만한 돈이었다. 에머리와 토리 둘이서는 고작 열흘쯤 버틸 만한 액수였다. 그럼에도 에머리에게는 그 돈이 거액처럼 보였을 것이다.

그날 느지막이 클리어 호수(내가 기대한 것보다 훨씬 더 작았다)에 도착했을 때, 우리는 조그맣고 물건값이 비싼 상점을 지나갔다. 반쯤 불타고 무너진 오두막이 모여 있는 곳 근처에 오래된 트럭을 세워놓고, 그 뒤에다 차린 가게였다. 파는 물건은 과일과 채소, 견과류, 훈제 생선 따위였다. 일행들 모두 사야 할 물건이 몇 가지씩 있었지만, 에머리의 경우에는 모두에게 줄 배와 호두를 사느라 돈을 너무 많이 쓰고 말았다. 배와 호두를 일행들에게 돌리면서, 모처럼 우리에게 뭔가 베푸는 여유를 누리면서, 에머리는 정말로 기뻐했다. 에머리는 괜찮다. 쇼핑하는 요령과 돈의 가치 같은 것은 가르쳐줘야겠지만, 그래도 제몫을 하는 사람이다. 우리 일행의 일원이 되기로 결심한 사람이기도 하다.

2027년 9월 26일 일요일

어찌어찌해서 우리는 새 보금자리에 도착했다. 이곳은 험볼트 카운티의 해안가 산기슭에 있는 반콜레의 토지다. 101번 국도는 동쪽과 북쪽으로 지나가고, 멘도시노 곶과 그 앞바다는 서쪽에 펼쳐져 있다. 남쪽으로 몇 킬로미터 떨어진 주립 공원에는 거대한 미국삼나무와 불법점거자 패거리가 가득했다. 하지만 우리 주위의 땅은 내가 이때껏 본 적이 없을 만큼 공허한 야생의 공간이다. 마른 덤불과 수풀, 나무 그루터기로 뒤덮인 이 땅은 근처에 도시가 한 곳도 없고, 도로를 따라 늘어선 조그만 마을들에서도 가파른 길을 한참 걸어야 접근이 가능하다. 이 일대 사람들은 농사를 짓고 벌목도 하며 외딴 곳에서 자기들끼리 살아간다. 반콜레의 말에 따르면, 이곳에서는 자기 일이나 잘하면서 이웃한 토지의 소유주들이 무슨 일로 밥벌이를 하는지에 대해서는 별 관심을 안 보이는 것이 가장 좋다고 한다. 만약 그들이 101번 국도에서 트럭을 탈취하거나,

대마초를 재배하거나, 위스키를 만들거나, 또는 그보다 더 만들기 까다로운 불법 약물을 제조한다면……. 뭐, 각자 자기 방식대로 사는 거지.

반콜레가 일행을 이끌고 들어선 좁다란 아스팔트 길은 얼마 안 가서 좁다란 흙길로 바뀌었다. 우리는 땅을 갈아 만든 밭 몇 군데와 과거의 산불이 남긴 흉한 흔적 몇 군데, 그리고 사람 손이 안 닿은 듯한 드넓은 대지를 목격했다. 흙길은 끝에 이르기도 전에 거의 사라지다시피 했다. 은둔하기에 좋은 장소였고, 짐을 싣고 드나들기에는 불편한 곳이었다. 일터까지 오고가기도 불편했다. 반콜레는 자기 동생의 남편이 가족을 떠나 여러 마을에서 오랫동안 머문다고 했다. 이제 그 말이 이해가 갔다. 이곳에 살면서 다른 곳에서 일한다면 날마다 또는 이틀에 한 번씩 귀가하기가 불가능했다. 그렇다면 무슨 수로 현금을 모을까? 마을에 갈 때는 남의 집 문간이나 공원에서 자는 걸까? 가족이 한곳에 모여 안전하게 살 수만 있다면 그 정도 불편은 감수할 가치가 있는지도 몰랐다. 자포자기한 사람들, 제정신이 아닌 자들, 그리고 사악한 무리에게서 멀리 떨어질 수만 있다면.

적어도 내 생각은 그랬다. 반콜레의 여동생이 사는 집과 그 집의 별채가 있어야 할 산기슭에 도착하기 전까지는.

그곳에는 집이 없었다. 건물이 한 채도 없었다. 거의 아무것도 없다시피 했다. 산기슭에 널따랗게 나 있는 시커먼 흔적. 잿더미에서 비죽 불거진, 개중에는 서로 기대선 것도 있는 불탄 기둥 몇 개. 그리고 높다란 벽돌 굴뚝 한 개가 외로이 시커멓게, 오래된 묘지 그림 속 묘비처럼 서 있을 뿐이었다. 뼈와 재 사이에, 묘비처럼.

제 25장

하느님의 형상을 만들지 마라.
하느님이 준 형상을
받아들여라.
그 형상은 모든 것에,
모든 곳에 있다.
변화가 곧 하느님이다—
씨가 자라 나무가 되고,
나무가 자라 숲이 된다.
비가 모여 강이 되고,
강이 모여 바다가 된다.
애벌레가 자라 벌이 되고,
벌이 모여 무리를 이룬다.
하나에서 여럿이 나오고
여럿이 모여 하나가 된다.

영원토록 단결하고, 성장하고, 섞여라—
영원토록 변화하라.
우주는
하느님의 자화상이다.

—《지구종: 산 자들의 책》에서

2027년 10월 1일 금요일

우리는 뼈와 재가 널린 이곳에 머무를지를 놓고 꼬박 일주
일 동안 논쟁을 벌였다.

우리가 찾은 유골은 다섯 구였다. 세 구는 집의 잔해에서 나
왔고 두 구는 바깥에 있었다. 흩어진 뼈도 몇 점 있었지만, 완
전한 유골 한 구를 이루기에는 부족했다. 개들이 뼈를 물고 간
탓이었다. 어쩌면 식인종들도. 불은 잿더미에서 잡풀이 자랄
만큼 오래전에 일어났다. 두 달쯤 전이었을까? 석 달 전? 멀리
떨어진 곳에 사는 이웃 일부가 불을 질렀는지도 모른다.

확실히 알 방법은 아무것도 없지만, 내 짐작에 그 뼈는 반콜
레의 여동생과 그 집 식구들이었다. 반콜레도 그렇게 생각하
는 모양이었으나 유골을 매장하고 동생을 보내줄 엄두를 내지
못했다. 우리가 이곳에 도착한 이튿날에 그는 해리와 함께 우

리가 지나온 가장 가까운 마을인 글로리까지 걸어가서 그곳 경찰과 이야기를 나눴다. 자기들 말로는 부보안관이라는 사람들이었다. 나는 경찰이 되려면 어떻게 해야 하는지 궁금하다. 경찰 배지가 실은 도둑질해도 좋다는 면허증이 아니면 대체 무엇인지도 궁금하다. 예전에는 경찰이 무슨 일을 했기에 반콜레 나이대 사람들이 그 배지를 그렇게 신뢰하는 걸까. 오래된 책에 나온 이야기들은 읽어서 알지만, 그래도 궁금하기는 마찬가지다.

부보안관들은 반콜레가 하는 이야기와 질문을 죄다 무시하다시피 했다. 아무것도 받아 적지 않았고, 아는 것도 없다고 잡아뗐다. 반콜레를 대하는 태도 역시 그에게 정말로 여동생이 있는지, 그가 밝힌 신원이 사실인지 의심하는 듯했다. 요즘은 훔친 신분증이 너무나 많이 돌아다니니까. 그들은 반콜레의 몸수색을 하고 수중에 있던 현금을 압수했다. 경찰 서비스 이용료라나. 반콜레는 용의주도하게도 경찰이 친절하게 대할 정도는 되지만 필요 이상으로 의심을 품거나 욕심을 부릴 만큼은 안 되는 액수의 현금만 지니고 갔다. 꽤 묵직한 나머지 돈뭉치는 나에게 맡겼다. 그는 그 정도로 나를 신뢰했다. 총은 장을 보러간 해리의 손에 맡겼다.

반콜레에게 유치장은 곧 팔려가는 신세가 되어 일정 기간 동안 보수도 안 받고 고된 노동을 해야 한다는 뜻이었다. 노예

생활이었다. 만약 그가 더 젊었다면 부보안관들은 그에게서 돈을 뺏고 가짜 혐의를 뒤집어씌워 어떻게든 체포했을 것이다. 나는 그에게 제발 가지 말라고, 경찰이나 공무원은 아무도 믿지 말라고 애원했다. 내가 보기에 그들은 강도질을 하고 노예를 매매하는 갱단보다 나을 것 없는 부류였다.

반콜레는 내 생각에 동의하면서도 가겠다고 고집했다.

"내 여동생이야." 반콜레가 말했다. "적어도 그 애가 어떻게 됐는지 조사 정도는 해봐야지. 누가 이런 짓을 했는지 알아야 하니까. 무엇보다 조카들 중에 살아남은 애가 있는지 알아야 해. 유골 다섯 구 가운데 한두 구는 방화범일 가능성도 있어." 그는 한데 모아놓은 유골들을 가만히 바라봤다. "위험하더라도 보안관 사무소에 가야 해." 그가 말을 이었다. "하지만 넌 안 돼. 데려가지 않을 거야. 경찰들한테 너에 관한 정보는 아무것도 주기 싫어. 같이 갔다간 네가 초공감자인 걸 들킬 수도 있어. 여동생이 죽은 것 때문에 네 목숨이나 자유를 뺏기는 사태가 벌어지는 건 바라지 않아."

우리는 그 때문에 싸웠다. 나는 반콜레가 잘못될까 봐 걱정했고, 그는 내가 잘못될까 봐 걱정했다. 둘 다 전에 없이 상대에게 화가 났다. 나는 그가 살해당하거나 체포당할까 봐, 그 후에 그가 어떻게 됐는지 우리가 영영 알지 못할까 봐 두려웠다. 이런 세상에서는 아무도 혼자 돌아다니면 안 된다.

"이것 봐." 마침내 반콜레가 말했다. "넌 여기서 일행들을 도와주면 돼. 여기 남는 총 네 정 가운데 한 정은 네 것이고, 네 머릿속에는 생존 요령도 가득하잖아. 사람들한테는 네가 필요해. 만약 경찰이 날 가두기로 마음먹으면 네가 할 수 있는 일은 없어. 한술 더 떠서 경찰이 너를 붙잡기로 마음먹으면, 내가 할 일은 네 복수를 하려다가 살해당하는 것뿐이야."

그 말에 흥분이 조금 가라앉았다. 도와주기는커녕 내 손으로 그를 죽을 위험에 몰아넣을지도 모른다는 생각이 들었다. 그 생각을 완전히 믿지는 않았지만, 그래도 마음이 진정됐다. 그때 해리가 끼어들어 자신도 가겠다고 했다. 어차피 가려던 참이라고 했다. 일행들에게 필요한 물건을 사고 일자리도 찾아보고 싶다면서. 해리는 돈을 벌고 싶어했다.

"내가 힘닿는 데까지 도울게." 해리는 반콜레와 함께 출발하기 직전에 나에게 그렇게 말했다. "못된 아저씨는 아니야. 무사히 데리고 돌아와서 너한테 넘길게."

둘은 서로를 데리고 돌아왔다. 반콜레는 재산이 몇 천 달러 줄어든 채로, 해리는 여전히 무직인 채로. 다만 생필품과 수공구 몇 가지는 사서 돌아왔다. 반콜레는 여동생과 그 집 식구들에 관해 더 알게 된 것이 하나도 없었지만, 경찰은 화재와 유골을 조사하러 들르겠다고 말했다.

우리는 조만간 경찰이 나타날까 봐 걱정이 됐다. 지금도 경찰이 오는지 보려고 보초를 세우고 있다. 귀중품은 거의 모두 땅속에 묻어 감춰뒀다. 유골도 매장하고 싶지만 차마 엄두가 나질 않는다. 반콜레는 유골 때문에 괴로워한다. 그것도 아주 많이. 나는 일행들끼리 장례식을 치르고 매장하자고 제안했다. 경찰들이야 신경 쓸 것 없다고. 하지만 반콜레는 거절했다. 경찰을 자극하는 짓은 되도록 안 하는 게 좋다면서. 만약 온다면, 경찰은 우리 물건을 훔치려고 톡톡히 행패를 부릴 것이다. 거기에 더 날뛸 이유를 주지 않는 게 상책이다.

별채 잔해 밑에서 구식 수동 펌프가 달린 우물이 나왔다. 펌프는 지금도 작동한다. 본채 옆 태양광발전식 전기 펌프는 작동하지 않는다. 안정적인 물 공급원이 없으면 오래 머무르지 못한다. 다만 이제 우물을 찾았으니 방화범과 경찰이 있는데도 불구하고 떠나기가, 피난처가 될 만한 곳에서 제 발로 나가기가 힘들어졌다.

이 땅은 온전히 반콜레의 것이고, 저당 같은 것도 잡히지 않았다. 이곳에는 절반쯤 망가진 텃밭과 아직 여물지 않은 열매가 잔뜩 달린 감귤류 나무들이 있다. 우리는 이미 이곳의 당근과 감자를 캐서 먹고 있다. 다른 과일나무와 견과류가 열리는 나무도 많고 구주소나무와 미국삼나무, 미송도 자라 있다. 이 나무들은 키가 그리 크지는 않다. 이 일대는 반콜레가 토지를 사들이기 얼마 전에 벌목됐다. 반콜레는 이 일대 삼림이 1980년대와 1990년대에 모조리 벌목됐다고 하지만, 나무야 그 후에 자란 것을 이용해도 되고 우리가 더 심을 수도 있다. 우리는 이곳에 거처를 짓고 내가 가져온 씨앗과 집을 떠난 후로 모은 씨앗을 심어 겨울 텃밭을 가꿀 수도 있다. 물론 그중 대부분은 오래된 씨앗이다. 집에 살 때 씨앗을 자주 새것으로 교체해야 했지만 그러지 않았으니까. 그럴 생각을 안 했다니 이상한 일이다. 집에 살 때도 상황은 악화일로였건만, 나는 약탈자들이 쳐들어올 때 구명줄이 돼줄 비상 배낭을 점점 더 소홀히 했다. 그것 말고도 걱정할 일은 너무나 많았다. 생각해보면 나 역시 나름의 현실 부정에 빠져 있었는데, 그게 어떤 방식으로는 코리나 조앤 엄마의 현실 부정만큼 지독했던 것 같다. 하지만 이제는 다 까마득한 옛일처럼 느껴진다. 지금 당장을 걱정해야 했다. 이제 우리는 어떻게 해야 할까?

"여기선 못 버틸 것 같아." 오늘 저녁 일찌감치 모닥불에 둘러앉았을 때 해리가 한 말이었다. 그때 우리는 저녁을 배불리 먹고 친구들과 함께 모닥불 앞에 있었으니 즐거운 기분이 들어야 마땅했다. 심지어 오늘 저녁에는 고기도 먹었다. 그것도 신선한 고기를. 반콜레가 라이플총을 들고 혼자서 한동안 외출했다가 토끼 세 마리를 들고 돌아온 덕분이었다. 자라와 나는 토끼 가죽을 벗기고 내장을 바르고 불에 구웠다. 텃밭에서

캔 고구마도 같이 구웠다. 그러니 기분이 흡족해야 마땅했다. 그럼에도 우리는 그저 지난 며칠 동안 반복한 오래된 논쟁을 그대로 되풀이했다. 어쩌면 산비탈 바로 위에 있는 사람 뼈와 잿더미가 내내 마음에 걸렸는지도 모른다. 우리는 조금이라도 마음이 편해지기를 바라며 화재 현장이 안 보이는 곳에 야영지를 차렸다. 나는 고기를 안정적으로 확보하려면 토끼를 산 채로 몇 마리 잡아 사육할 방법을 찾아봐야겠다고 궁리하던 중이었다. 그게 가능할까? 여기에 터를 잡으면 안 될 것도 없지 않을까? 어차피 우리는 한곳에 머물러야 하는데.

"북쪽으로 더 가봤자 여기보다 더 낫거나 더 안전한 곳은 못 찾을 거야." 내가 말했다. "여기서 사는 게 쉽진 않겠지만 우리가 힘을 합치면, 또 조심하면, 못 할 것도 없어. 우린 여기에 공동체를 세울 수 있어."

"아, 젠장, 또 지구종 타령이네." 앨리가 말했다. 하지만 웃으면서 한 말이었다. 다행이었다. 앨리는 요즘 들어 통 웃질 않았으니까.

"우린 여기에 공동체를 세울 수 있어요." 나는 같은 말을 되풀이했다. "맞아요, 위험하죠. 하지만, 젠장, 위험하긴 어디나 마찬가지예요. 도시는 사람들이 더 바글거리니까 위험한 일도 더 많아요. 여긴 공동체를 세우기엔 턱없이 안 어울리는 장소이긴 해요. 외진 곳이고, 변변한 도로 하나 없이 사방 몇 킬로미터가 허허벌판이니까요. 하지만 그래도 우리한테는, 지금 당장은, 완벽한 장소예요."

"누가 불을 질러서 다 타버린 것만 빼면 말이죠." 그레이슨이 말했다. "여기다 뭘 지으면 그 자체로 표적이 될 거예요."

"우리가 짓는 건 어디서든 표적이 될 거야." 자라가 반박했다. "하지만 전에 여기 살던 사람들은…… 미안해요, 반콜레. 그래도 이 말은 해야겠어요. 그 사람들은 경계를 제대로 설 방법이 없었어. 남자 어른 한 명에 여자 어른 한 명, 아이 셋이었으니까. 낮 동안 내내 힘들게 일하고 밤이 되면 내내 잤을 테지. 달랑 어른 둘이서 밤 시간을 절반씩 맡아 불침번을 서기는 너무 힘들었을 거야."

"그 애 가족은 불침번을 서지 않았어." 반콜레가 말했다. "우리는 한 명씩 서야겠지. 개도 두어 마리 키우는 게 좋겠어. 강아지일 때 사서 경비견으로 훈련시키면……."

"개한테 고기를 먹이자고요?" 그레이슨이 화가 잔뜩 난 목소리로 따지듯이 물었다.

"당장 그러자는 건 아니야." 반콜레는 대수롭지 않다는 듯이 어깨를 으쓱했다. "우리 몫을 충분히 마련한 다음에 해도 늦지 않아. 그래도 개가 생기면, 녀석들 덕분에 다른 재산을 지키기가 더 수월할걸."

"난 개한테 총알이나 돌멩이 말고는 아무것도 안 줄 거예요." 그레이슨이 말했다. "전에 걔가 어떤 여자를 먹는 걸 봤다고요."

"반콜레하고 내가 들른 마을에는 일자리가 없어." 해리가 말했다. "하나도 없었어. 숙식을 제공하는 하인 자리조차 없더라고. 온 마을을 다 돌아다니면서 물어봤는데도. 일자리를 아는 사람조차 없더라니까."

나는 눈살을 찌푸려졌다. "이 근방 마을은 죄다 고속도로에서 가까워. 분명 지나가는 사람이 굉장히 많을 테고, 정착할 곳을 찾는 사람도…… 또는 강도질, 강간, 살인을 할 곳을 찾는 사람도 많겠지. 이곳 토박이들은 낯선 사람을 반기지 않을 거야. 모르는 사람은 누구든 신뢰하지 않을 테고."

해리는 나에게서 반콜레 쪽으로 눈길을 돌렸다.

"그 말이 맞아." 반콜레가 말했다. "동생 남편도 사람들하고 낯을 익히기 전에는 꽤 애를 먹었어. 그 집 식구들이 이사 온 때는 시절이 그렇게 험악해지기 전이었는데도 말이지. 그 친구는 배관공 일에 목공, 전기 공사, 오토바이 수리도 할 줄 알았어. 물론 흑인이라는 점이 불리하긴 했지. 백인이었으면 아마 사람들하고 더 일찍 친해졌을지도 몰라. 다만 내가 보기에 우리가 여기서 돈을 번다면 상당 부분은 땅에서 나올 것 같아. 요즘은 식량값이 금값인데, 여기선 작물을 기를 수 있거든. 우리한테는 몸을 지킬 총이 있으니까 가까운 마을이나 고속도로에 가서 작물을 팔면 돼."

"뭘 길러서 팔 때까지 살아남는다면 말이죠." 그레이슨이 중얼거렸다. "만약 물이 충분하다면, 만약 해충이 작물을 먹어 치우지 않는다면, 만약 아무도 우리를 저 산기슭에 있는 사람들처럼 불태워버리지 않는다면. 만약, 만약, 또 만약!"

앨리가 한숨을 쉬었다. "어휴, 만약, 만약, 또 만약 타령은 어딜 가나 마찬가지예요. 여기도 그렇게 나쁘진 않다고요." 앨리는 잠든 저스틴의 머리를 자기 무릎에 올려놓은 채 침낭에 앉아 있었다. 그렇게 앉아서 말하는 동안 앨리는 저스틴의 머리를 다독거렸다. 내 머릿속에 떠오른 생각은, 앨리가 아무리 억척스럽게 보이려고 애쓴들 저 어린애는 열쇠처럼 앨리의 마음을 거뜬히 열어버린다는 것이었다. 오늘 처음 떠오른 생각도 아니었다. 이곳에 있는 어른들 대부분에게 아이는 곧 마음의 빗장을 여는 열쇠였다.

"잘될 거라는 보장은 어디에도 없어요." 나는 앨리의 말에 동의했다. "하지만 우리가 마음먹고 일하면, 여기서 잘될 가망은 적지 않아요. 내 배낭에 씨앗이 조금 있어요. 씨앗은 더 사면 돼요. 지금 당장 할 일은 경작이 아니라 텃밭 가꾸기예요. 뭐든 다 손으로 해야 해요. 퇴비 만들기, 물 대기, 김매기, 작물에서 해충이든 애벌레든 뭐든 떼어내서 필요하면 한 마리 한 마리 죽이기까지, 전부 다요. 물 걱정은, 만약 10월인 지금도 우물에 물이 남아 있다면, 우물이 마를 걱정은 안 해도 될 것 같아요. 어쨌거나 올해 안에는."

내 말이 이어졌다. "그리고 만약에 우리 목숨이나 작물을 위협하는 자들이 있으면, 우리 손으로 죽이면 돼요. 그게 다예요. 우리가 죽이지 않으면 그자들이 우릴 죽일 거니까요. 힘을 합치면 우리를 지킬 수 있고, 아이들도 지킬 수 있어요. 공동체의 으뜸가는 사명은 그 안에서 살아가는 아이들을 지키는 거니까요. 지금 있는 아이들과 나중에 얻을 아이들을."

잠시 침묵이 흐르는 동안 일행들은 내 말을 곱씹었다. 어쩌면 이곳을 떠나 계속 북쪽으로 향할 경우 겪을 일과 내가 한 이야기를 견줘보는지도 몰랐다.

"결정을 내려야 해요." 내가 말했다. "여기 남을 거라면 건물을 짓고 농사도 지어야 해요. 식량, 씨앗, 연장도 더 사야 하고요." 이제는 단호하게 나갈 때였다. "앨리, 당신은 여기 남을 건가요?"

앨리는 꺼진 모닥불 너머로 나를 봤다. 꼭 내 표정에서 자신이 찾는 답이 보이기를 바라는 사람처럼, 나를 빤히 봤다.

"씨앗은 뭐가 있어요?" 앨리가 물었다.

나는 마음이 놓인 나머지 숨을 한 번 길게 들이쉬었다. "대부분 여름 작물이에요. 옥수수, 피망, 해바라기, 가지, 멜론, 토마토, 강낭콩, 애호박 같은 거요. 하지만 겨울 작물도 조금 있

571

어요. 완두콩, 당근, 양배추, 브로콜리, 겨울호박, 양파, 아스파라거스, 허브, 초록 잎채소 몇 가지……. 씨앗은 더 사면 돼요. 이곳 텃밭에 남은 것도 있고, 근처의 참나무하고 소나무, 감귤류 나무에서 수확할 수도 있어요. 나무 씨앗도 같이 가져왔어요. 떡갈나무에 감귤류, 복숭아, 배, 천도복숭아, 아몬드, 호두, 그 밖에도 몇 가지 더 있어요. 몇 년 동안은 아무 쓸모도 없겠지만 미래를 생각하면 굉장한 투자예요."

"그건 아이들도 마찬가지죠." 앨리가 말했다. "내 입에서 이런 멍청한 소리가 나올 줄은 몰랐지만, 그래요, 여기 남을게요. 나도 뭔가 세우고 싶거든요. 지금까지는 뭘 세울 기회가 한 번도 없었어요."

그렇다면 앨리와 저스턴은 찬성한다는 뜻이었다.

"해리? 자라?"

"우리야 당연히 남아야지." 자라가 말했다.

반면 해리는 표정을 찌푸렸다. "잠깐만요. 꼭 그러지 않아도 돼요."

"알아. 그래도 남을 거야. 만약 우리가 로런이 말한 것 같은 공동체를 세울 수만 있다면, 그 덕분에 모르는 자들한테 고용돼서 어쩔 수 없이 그자들을 믿고 따르는 처지를 피할 수만 있다면. 그렇다면 우린 로런 말대로 해야 돼. 너도 내가 자란 데에서 자랐다면 그래야 한다는 걸 이해할 거야."

"해리." 내가 말했다. "우린 태어나서 이때껏 알고 지낸 사이잖아. 넌 내가 아는 생존자 중에서 가장 형제 같은 존재야. 떠날 생각을 진지하게 하는 건 아니지, 그렇지?" 아주 설득력 있는 말은 아니었을 것이다. 해리는 조앤의 사촌이자 연인이었는데도, 조앤과 함께 떠날 수 있는 기회를 버리고 조앤 혼자 보낸 전적이 있으니까.

"난 나만의 것을 갖고 싶어." 해리가 말했다. "땅이든, 집이든, 아니면 가게나 조그만 농장이라도. 뭐든 내 것이 갖고 싶단 말이야. 이 땅은 반콜레 거잖아."

"맞아." 반콜레가 말했다. "하지만 넌 땅을 공짜로 써도 돼. 물도 원하는 대로 마음껏 쓰고. 만약 네가 캘리포니아 주를 벗어나 먼 북쪽에 도착하면 땅이니 물이니 하는 것들이 얼마나 비쌀 거 같아? 그런 걸 손에 넣을 수나 있다면 말이지만."

"하지만 여긴 일이 없잖아요!"

"이 친구야, 여긴 발에 차이는 게 일이야. 일, 그리고 값싼 토지가 전부라고. 자네를 포함해 온 세상 사람이 죄다 몰려가는 북쪽 땅값이 과연 얼마나 저렴할 것 같아?"

해리는 그 말을 곰곰이 생각하다가 자포자기한 사람처럼 양손을 쫙 폈다. "내가 걱정하는 건, 여기서 우리가 가진 돈을 다 써버린 후에 그제야 가망이 없다고 깨닫는 거예요."

나는 고개를 끄덕였다. "그 생각은 나도 해봤어. 마음에 걸

573

리기는 나도 마찬가지야. 하지만 말이야, 그럴 가능성은 어디에나 있어. 오리건 주나 워싱턴 주에 정착해도 일자리를 못 구한 채 돈이 다 떨어질지도 몰라. 아니면 에머리나 그레이슨이 겪은 것과 똑같은 처지에서 억지로 일해야 할지도 모르고. 사람들이 강물처럼 북쪽으로 몰려가서 일자리를 구하는 이상, 고용주는 마음에 드는 사람을 골라 내키는 만큼만 급여를 주면 될 테니까."

에머리는 자기 곁에 앉아 꾸벅꾸벅 조는 토리를 한 팔로 감쌌다. "당신은 운전사 자리 정도는 구할 수 있을지도 몰라요." 에머리가 말했다. "사람들은 백인 운전사를 좋아하니까요. 만약 당신이 글을 읽고 쓸 줄 알고 그 일을 할 마음이 있다면, 아마 채용될 거예요."

"운전은 못 하지만 배울 자신은 있어요." 해리가 말했다. "당신이 말하는 운전이란 게 커다란 무장 트럭을 모는 거죠?"

에머리는 당황한 눈치였다. "트럭이라고요? 아뇨, 내 말은, 사람을 몬다는 뜻이에요. 사람들한테 일을 시킨다고요. 더 빨리 일하라고 닦달하는 식으로. 고용주가 시키는 건 뭐든 하라고 사람들을 다그치는 일 말이에요."

해리의 표정은 희망에서 공포로 흐려졌다가 다시 분노로 이글거렸다. "미치고 환장하겠네, 나를 뭘로 보고 지금! 어떻게 내가 그런 일을 할 거라고 생각할 수가 있어요?"

에머리는 난들 알겠냐는 듯이 어깨를 으쓱했다. 에머리가 그런 얘기를 아무렇지 않게 꺼내다니 놀라웠지만, 정작 본인은 대수롭지 않게 여기는 모양이었다. "그걸 좋은 일자리로 여기는 사람도 있어요." 에머리가 말했다. "우리가 마지막으로 같이 일한 운전사는 전에 컴퓨터 관련 일을 하던 사람이었어요. 무슨 일인지 나는 잘 모르지만요. 다니던 회사가 문을 닫는 바람에 우리를 운전하는 일을 하게 됐다더군요. 그 사람은 그 일을 즐겼던 것 같아요."

"에머리." 해리는 낮게 깐 목소리로 에머리를 부르고는 에머리가 자신을 볼 때까지 기다렸다. "지금 진심으로 내가 노예들을 이리저리 몰고 다니면서 노예의 아이들을 뺏어가는 일을 즐길 거라고 말하는 거예요?"

에머리는 해리를 마주 보며 표정을 살폈다. "당신이 그런 사람이 아니면 좋겠어요." 그러고는 이렇게 덧붙였다. "가끔은 일자리라고 해봐야 그런 것밖에 없을 때가 있어요. 노예, 아니면 노예 운전사요. 소문으로 들었는데 캐나다 국경 바로 남쪽에는 그런 일자리밖에 없는 공장이 굉장히 많대요."

나는 인상을 찌푸렸다. "노예노동으로 공장을 돌린다고요?"

"맞아요. 일꾼들이 캐나다나 아시아에 있는 회사들의 물건을 만들어요. 그 사람들은 보수를 제대로 받질 못해서 빚을 지게 돼요. 다치거나 병들기도 하고요. 마시는 물이 깨끗하지 않고 작업환경도 위험하거든요. 그런 곳엔 독성물질도 많고, 사람을 짓뭉개거나 절단하는 기계도 가득해요. 하지만 사람들은 현금을 얼마쯤 손에 넣은 다음에 그만두면 된다고 생각하죠. 내가 같이 일했던 여자 중에 몇 명은 거기까지 올라가서 둘러본 다음에 다시 남쪽으로 돌아왔어요."

"당신은 그걸 알면서도 북쪽으로 가는 중이었고요?" 해리가 따지듯 물었다.

"그런 공장에서 일하려고 가는 건 아니었어요. 그 여자들이 경고해줬으니까요."

"그런 곳이 있다는 얘기는 나도 들었어." 반콜레가 말했다. "북쪽으로 쏟아져 들어오는 사람들한테 일자리를 주려고 만든 공장들이지. 도너 대통령이 전적으로 지원하는 곳이기도 하고. 거기 일꾼들은 노예라기보다 일회용 인간에 더 가까워. 독성 연기를 흡입하거나, 오염된 물을 마시거나, 안전설비를 안 갖춘 기계류에 휘말려 들어가거나 하니까⋯⋯. 그래도 큰 문제는 아니야. 그런 부류는 갈아치우기가 쉽거든. 일자리 하나에 실업자 수천 명이 달려드니까."

"국경 일자리라는 거죠." 그레이슨이 말했다. "그런 일이라고 다 엉망인 건 아니에요. 내가 들었는데 어떤 데에선 현금을 준대요. 회사 전표가 아니라."

"당신도 거기로 가고 싶어요?" 내가 물었다. "아니면 여기

남을 건가요?"

그레이슨은 아직도 고구마 한 조각을 야금야금 뜯어먹는 도를 내려다봤다. "난 여기 남고 싶어요." 그레이슨은 그 말로 나를 놀라게 했다. "여기에 뭘 세울 거라는 계획은 가망이 없어 보이지만, 그래도 당신 정도로 미친 사람이면 그런 계획도 돌아가게 할 테니까." 그리고 만약 내 계획대로 돌아가지 않더라도, 그레이슨은 노예 신세에서 탈출할 때보다 못한 처지가 되지는 않을 것이다. 그는 강도질을 하면서 북쪽으로 가는 여행을 계속할 수도 있다. 또는 안 그럴 수도 있고. 나는 그레이슨에게 관해 오랫동안 생각했다. 그는 남들이 그에게서 거리를 두고 싶어할 짓을 많이 저질렀다. 남들이 자신에 관해 너무 많이 알지 못하도록, 자신이 무엇을 느끼는지 남들이 알지 못하도록. 또는, 자신이 뭔가 느끼는지 어떤지 알지 못하도록. 초공감자라서 자신의 취약한 구석을 필사적으로 감추려 하는 걸까? 남자인 경우에는 초공감을 더 힘들어할 것이다. 내 동생들이 초공감자라면 어땠을까? 그 생각을 여태 해본 적이 없다니, 이상하다.

"남겠다고 하니 기쁘네요." 내가 말했다. "우리한텐 당신이 필요하거든요." 뒤이어 나는 트래비스와 나티비다드를 돌아봤다. "당신들도 필요하긴 마찬가지예요. 여기 남을 거죠?"

"남을 줄 다 알면서 뭘 물어봐." 트래비스가 말했다. "다만

577

그레이슨의 의견에 원치 않게 더 마음이 기우는군. 우리가 여기서 성공할 가망이 있을 것 같진 않아."

"우리는 뭐든 우리가 빚는 대로 거둘 거예요." 내가 말했다. 그러고는 눈을 돌려 해리를 마주 봤다. 해리는 자라와 둘이서 소곤거리는 중이었다. 그러던 해리가 나를 봤다.

"그레이슨 말이 맞아." 해리가 말했다. "넌 미쳤어."

내 입에서 한숨이 나왔다.

"하지만 지금은 미친 시대니까." 해리의 말이 이어졌다. "어쩌면 너야말로 이 시대에 필요한 사람인지도 모르지…… 아니면 우리한테 필요한 사람이거나. 난 남을 거야. 나중에 후회할지도 모르지만, 그래도 남을 거야."

이제 이곳에 남기로 한 결정은 일행들의 인정을 받았다. 더는 논쟁할 필요도 없다. 내일 우리는 겨울 텃밭을 일굴 준비를 시작할 것이다. 다음 주에는 일행 몇 명이 마을에 가서 연장과 다른 작물의 씨앗, 생필품 따위를 사올 것이다. 슬슬 거처를 마련할 때도 됐다. 이 일대에는 나무도 충분하고, 지면이나 오르막의 흙을 파서 굴을 낼 수도 있다. 그레이슨은 전에 노예들이 사는 오두막을 지어본 적이 있다고 했다. 그는 더 제대로 된 건물, 인간이 살기에 걸맞은 건물을 만들고 싶은 마음이 간절하다고 한다. 게다가 이렇게나 북쪽인 데에다 바다에 이렇게나 가까운 땅이면, 비도 웬만큼은 내릴 테다.

오늘은 반콜레의 가족을 위해 장례식을 치렀다. 화재로 죽은 다섯 명을 위해. 경찰은 한 번도 와보지 않았다. 마침내 반콜레는 경찰이 오는 일은 영영 없을 테니 여동생네 식구들에게 번듯한 장례를 치러줄 때가 됐다고 결론지었다. 우리는 눈에 띄는 유골을 빠짐없이 주워 모았다. 어제는 나티비다드가 자신이 몇 년 전에 뜨개질을 해서 짠 숄로 그 유골들을 고이 감쌌다. 그 숄은 나티비다드가 지닌 것 가운데 가장 아름다운 물건이었다.

"이런 물건은 산 사람이 써야 하는데." 반콜레는 나티비다드가 숄을 내밀었을 때 그렇게 말했다.

"당신이 산 사람이잖아요." 나티비다드가 말했다. "난 당신이 좋아요. 당신 여동생도 만났으면 좋았을 텐데."

반콜레는 잠시 나티비다드를 가만히 바라봤다. 그는 숄을 받아들고 나티비다드를 끌어안더니 울음을 터뜨렸다. 그러고는 일행들에게 보이지 않는 수풀로 가버렸다. 나는 그를 혼자 두었다가 한 시간쯤 후에 찾으러 갔다.

반콜레는 쓰러진 통나무에 앉아 눈물을 훔치고 있었다. 나는 잠시 그와 나란히 앉았을 뿐, 아무 말도 하지 않았다. 얼마간 시간이 흐르고 나서 그가 일어섰다. 반콜레는 내가 따라 일어설 때까지 기다렸고, 우리는 다시 야영지로 향했다.

"그분들께 떡갈나무 수풀을 만들어드리고 싶어요." 내가 말했다. "돌보다는 나무가 더 좋거든요. 생명으로 생명을 기리는 셈이니까."

반콜레는 나를 힐긋 돌아봤다. "그래."

"반콜레?"

그는 걸음을 멈추더니 의미를 알 수 없는 표정으로 나를 바라봤다.

"우리 중에 동생분을 아는 사람은 아무도 없어요. 알았으면 좋았을 텐데. 나도 알고 싶었어요. 그분이 나 때문에 아무리 놀란다고 해도요."

반콜레는 힘겹게 미소를 지었다. "그 앤 먼저 너를 봤다가, 그다음엔 나를 봤다가, 그다음엔 네 앞에서 대놓고 이렇게 말했을 거야. '이런, 바람도 늦바람이 제일 무섭다더니.' 그래도 일단 화가 다 풀린 후에는 널 좋아하게 됐을걸."

"당신이 보기에 동생분께 새로 이웃이 생긴다면, 동생이 참아줄 것 같아요? 받아들여줄까요?"

"무슨 말이야?"

나는 숨을 한 번 깊이 들이쉬고 내가 무슨 말을 하려는지 곰곰이 생각해봤다. 일이 틀어질지도 몰랐다. 반콜레가 오해할 수도 있었다. 그럼에도 꼭 해야 하는 이야기였다.

"우린 당신이 잃은 사람들을 내일 매장할 거예요. 난 당신이 옳은 결정을 내렸다고 생각해요. 그리고 우리도 우리가 잃은 사람들을 매장해야 할 것 같아요. 우리 일행들은 대부분 화장도 매장도 못 한 망자들에게서 떠나야 하는, 달아나야 하는 사람들이에요. 내일 우리는 그들 모두를 추모해야 해요. 그리고 할 수만 있다면 그들을 영면에 들게 해줘야 해요."

"네 가족 말이야?"

나는 고개를 끄덕였다. "우리 가족, 자라의 가족, 해리의 가족, 앨리의 아들과 언니 질, 에머리의 아들들, 그리고 내가 모르는 사람이 더 있겠죠. 그레이슨은 자기 얘기를 거의 안 하지만 분명 먼저 보낸 식구가 있을 거예요. 도의 엄마라든가."

"그 일을 어떻게 하고 싶은데?"

"일행 한 명 한 명이 저마다 먼저 보낸 가족을 매장해야 해요. 어떤 사람이었는지는 우리가 알아요. 적당한 추도사를 찾을 수 있을 거예요."

추도사는 성서에서 찾아야겠지, 아마도?

"말, 추억, 인용구, 생각, 노래, 뭐든지 좋으니까……. 우리 아빠도 시체는 끝내 못 찾았지만 장례식은 치렀어요. 하지만 동생들 셋하고 새엄마한테는 아무것도 못 해줬어요. 식구들이 죽는 걸 자라가 봤으니 망정이지, 안 그랬으면 내 가족이 어떻게 됐는지 까맣게 몰랐을 거예요." 나는 잠시 생각에 빠졌다. "내가 가진 도토리는 일행들 각자가 먼저 보낸 가족을 위해

떡갈나무를 한 그루씩 심어도 될 만큼 많아요. 저스틴의 엄마
몫까지 심어도 될 만큼 넉넉해요. 장례식은 아주 조촐하게 치
를 생각이에요. 하지만 모두에게 한마디씩 할 시간은 줘야 해
요. 어린 여자애 둘한테도요."

반콜레는 고개를 끄덕였다. "난 전적으로 찬성이야. 괜찮은
생각 같아." 그러고는 몇 걸음 더 걸어갔다. "이때껏 너무 많은
사람이 죽었어. 앞으로는 훨씬 더 많겠지."

"우리 일이 아니면 좋겠네요, 부디."

반콜레는 한동안 말이 없었다. 그러다가 멈춰 서더니, 손으
로 내 어깨를 짚어 나도 멈춰 세웠다. 처음에 그는 우두커니
서서 나를 보기만 했다. 내 얼굴을 샅샅이 조사하기라도 하듯
이. "넌 너무 어려." 그가 말했다. "지금처럼 끔찍한 시대를 이
렇게 어린 나이로 살아가라고 하는 건 죄악이나 다름없어. 그
나마 건져 올릴 가망이라도 있던 시절의 이 나라를 네가 알았
더라면 좋았을 텐데."

"이 나라는 살아남을지도 몰라요. 변화한 채로, 하지만 여전
히 스스로인 채로."

"아니." 반콜레는 나를 자기 곁으로 끌어당기더니 한 팔로
안았다. "인간들은 당연히 살아남겠지. 다른 나라도 몇 군데
는 살아남을 테고. 어쩌면 그 나라들이 이 나라의 잔해를 흡수
할지도 몰라. 아니면 이 나라가 수많은 작은 주로 쪼개져서 얼

마 안 되는 부스러기를 놓고 서로 다투고 싸울지도 모르고. 다른 주와 소통을 끊고 스스로 문을 걸어 잠근 주들은 이미 거의 그런 식이야. 주 경계를 국경처럼 취급하지. 너처럼 총명하면 오히려 이해하지 못할 거야……. 우리가 잃어버린 게 뭔지, 넌 아마 모를 거야. 어쩌면 몰라서 다행일 수도 있지."

"변화가 곧 하느님이에요." 내가 말했다.

"올라미나, 그 말에는 아무 의미도 담겨 있지 않아."

"그 속에 모든 게 담겨 있어요. 모든 게!"

반콜레는 한숨을 내쉬었다. "저기 말이야, 지금 상황이 아무리 안 좋아 보여도 바닥을 치려면 아직 멀었어. 기아, 질병, 마약의 폐해, 폭도의 준동 같은 건 이제 겨우 시작일 뿐이야. 연방정부와 주정부, 지방정부는 지금 적어도 명목상으로라도 존재하지. 가끔은 세금을 걷고 군대를 투입하는 것 이상의 일을 간신히 해내기도 해. 그리고 화폐도 아직 제대로 기능하고 있고. 내가 보기에 그건 정말 놀라운 일이야. 요즘은 뭘 사든 예전보다 훨씬 더 많은 돈을 내야 하지만, 그래도 돈을 내면 받아주거든. 그건 희망적인 징조인지도 몰라. 아니면 그냥 내가 방금 한 말의 또 다른 증거인지도 모르지. 바닥을 치려면 아직 멀었다는 말."

"글쎄요. 여기 남은 한, 우리는 지금보다 더 깊은 바닥으론 내려가지 않을 거예요."

반콜레는 텁수룩하게 자란 머리를 절레절레 흔들었다. 머리
카락과 수염과 진지한 표정 때문인지, 그의 얼굴은 예전에 내
게 있었던 노예해방 운동가 프레더릭 더글러스의 오래된 사진
과 적잖이 비슷해 보였다.

"나도 그렇게 믿고 싶어." 반콜레가 말했다. 그건 어쩌면 슬
픔을 토로하는 그 나름의 방식인지도 몰랐다. "난 우리가 여기
서 성공할 가망이 없다고 보거든."

나는 한 팔로 반콜레를 슬며시 안았다. "이제 돌아가요. 우
린 할 일이 있잖아요."

그리하여 오늘, 우리는 먼저 떠나보낸 친구와 가족을 추모
했다. 우리는 개인적인 추억을 얘기하고 나서 성서 구절과 지
구종 시, 산 사람이나 죽은 사람이 가장 좋아했던 노래나 시의
일부를 인용했다.

그다음 망자를 땅에 묻고 떡갈나무를 심었다.

나중에, 우리는 함께 앉아 얘기를 나누고 식사를 하며 이 땅
의 이름을 '도토리'라는 뜻의 '에이콘Acorn'으로 정하기로 했다.

씨 뿌리는 사람이 씨를 뿌리러 나갔다. 그가 씨를 뿌리는데, 더
러는 길가에 떨어지니, 발에 밟히기도 하고, 하늘의 새들이 쪼아

먹기도 하였다. 또 더러는 돌짝밭에 떨어지니, 싹이 돋아났다가 물기가 없어서 말라버렸다. 또 더러는 가시덤불 속에 떨어지니, 가시덤불이 함께 자라서, 그 기운을 막았다. 그런데 더러는 좋은 땅에 떨어져서 자라나, 백 배의 열매를 맺었다.

— <누가복음> 8장 5~8절

Parable of

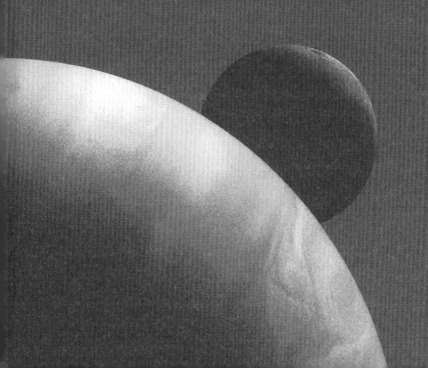

the Sower

옮긴이 장성주

출판 편집자를 거쳐 번역자 및 기획자로 일하고 있다. 우리말로 옮긴 책에 토머스 새비지의 《파워 오브 도그》, 스티븐 킹의 《별도 없는 한밤에》《언더 더 돔》, '다크 타워' 시리즈, 켄 리우의 《종이 동물원》《제왕의 위엄》《어딘가 상상도 못 할 곳에, 수많은 순록 떼가》, 윌 리엄 깁슨의 《모나 리자 오버드라이브》, 레이 브래드버리의 《일러스트레이티드 맨》, 데 즈카 오사무의 《아돌프에게 고한다》, 우메즈 가즈오의 《표류 교실》 등이 있다. 2019년 《종이 동물원》으로 제13회 유영번역상을 수상했다.

Modern&Classic

씨앗을 뿌리는 사람의 우화

1판 1쇄 발행 2022년 3월 22일   **1판 2쇄 발행** 2023년 6월 1일
지은이 옥타비아 버틀러   **옮긴이** 장성주
펴낸이 고세규
편집 백경현 류효정 박정선   **디자인** 박주희   **마케팅** 이헌영   **홍보** 이혜진

발행처 김영사
주소 경기도 파주시 문발로 197(문발동) 우편번호 10881
등록 1979년 5월 17일(제406-2003-036호)
구입 문의 전화 031)955-3100   **팩스** 031)955-3111
편집부 전화 02)3668-3289   **팩스** 02)745-4827   **전자우편** literature@gimmyoung.com
비채 블로그 blog.naver.com/viche_books
인스타그램 @drviche   **트위터** @vichebook
ISBN 978-89-349-2157-8 04800   책값은 뒤표지에 있습니다.

비채는 김영사의 문학 브랜드입니다.